L'ÎLE SOUS LA MER

DU MÊME AUTEUR

LE PLAN INFINI, Fayard, 1994.
LA MAISON AUX ESPRITS, Fayard, 1994.
EVA LUNA, Fayard, 1995.
PAULA, Fayard, 1997.
LES CONTES D'EVA LUNA, LGF, 1998.
D'AMOUR ET D'OMBRE, LGF, 1998.
FILLE DU DESTIN, Grasset, 2000.
PORTRAIT SÉPIA, Grasset, 2001.
APHRODITE. *Contes, recettes et autres aphrodisiaques*, Grasset, 2001.
LA CITÉ DES DIEUX SAUVAGES, Grasset, 2002.
MON PAYS RÉINVENTÉ, Grasset, 2003.
LE ROYAUME DU DRAGON D'OR, Grasset, 2004.
ZORRO, Grasset, 2005.
LA FORÊT DES PYGMÉES, Grasset, 2006.
INÈS DE MON ÂME, Grasset, 2008.

ISABEL ALLENDE

L'ÎLE SOUS LA MER

roman

Traduit de l'espagnol (Chili)
par
Nelly et Alex Lhermillier

BERNARD GRASSET
PARIS

L'édition originale de cet ouvrage a été publiée par
Random House Mondadori S.A. en août 2009, sous le titre :

LA ISLA BAJO EL MAR

ISBN 978-2-246-77321-4

À mes enfants, Nicolás et Lori

Zarité

À quarante ans, moi, Zarité Sedella, j'ai eu plus de chance que bien d'autres esclaves. Je vivrai longtemps et ma vieillesse sera heureuse, parce que ma z'étoile brille dans la nuit, même lorsque le ciel est couvert. Je connais le plaisir d'être avec l'homme que mon cœur a choisi quand ses grandes mains réveillent ma peau. J'ai eu quatre enfants et un petit-fils, et ceux qui sont vivants sont également libres. Mon premier souvenir de bonheur, j'étais alors une gamine maigrichonne, échevelée, c'est de bouger au son des tambours, mais c'est aussi mon plaisir le plus récent, car j'étais hier soir sur la place du Congo, dansant encore et encore, la tête vide de pensées, si bien qu'aujourd'hui mon corps est chaud et fatigué. La musique est un vent qui emporte les années, les souvenirs et la peur, cet animal tapi au fond de moi. Avec les tambours, la Zarité de tous les jours disparaît et je redeviens la petite fille qui dansait alors qu'elle savait à peine marcher. Je frappe la terre avec la plante de mes pieds et la vie monte le long de mes jambes, elle parcourt mon squelette, s'empare de moi, me lave de toute peine et adoucit ma mémoire. Le monde frissonne. Le rythme naît dans l'île sous la mer, il secoue la terre, me traverse comme un éclair et s'en va au ciel, emportant mes chagrins afin que Papa Bondye les mâche, les avale et me laisse propre, satisfaite. Les tambours dominent la peur. Les tambours sont l'héritage de ma mère, la force de la Guinée qui coule dans mes veines. Alors, personne ne peut me soumettre, je deviens aussi puissante qu'Erzulie, loa de l'amour, et plus vive que le fouet. Les coquillages claquent à mes chevilles et mes poignets, les

9

calebasses interrogent, les tambours djembés répondent de leur voix sylvestre et les timbales de leur voix métallique, les djun djuns qui savent parler exhortent et le grand Maman mugit quand on le frappe pour appeler les loas. Les tambours sont sacrés, à travers eux parlent les loas.

Dans la maison où j'ai passé mes premières années, les tambours restaient silencieux dans la pièce que je partageais avec Honoré, l'autre esclave, mais ils sortaient souvent se promener. Madame Delphine, ma maîtresse d'alors, ne voulait entendre aucun bruit de nègres, elle n'aimait que les plaintes mélancoliques de son clavecin. Le lundi et le mardi, elle faisait la classe à des fillettes de couleur, et le reste de la semaine enseignait dans les demeures des Grands Blancs, où les demoiselles disposaient de leurs propres instruments, car elles ne pouvaient utiliser ceux qu'avaient touchés les mulâtresses. J'ai appris à nettoyer les touches au jus de citron, mais je ne pouvais faire de musique, car Madame nous interdisait de nous approcher de son clavecin. Nous n'en avions pas besoin. Honoré pouvait tirer de la musique d'une casserole, n'importe quel objet entre ses mains avait une mesure, une mélodie, un rythme, une voix; les sons possédaient son corps, il les avait apportés du Dahomey. Mon jouet était une calebasse creuse que nous faisions tinter; il m'a ensuite appris à caresser ses tambours tout doucement. Et ce dès le début, quand il me portait encore dans ses bras et m'emmenait aux danses et aux services vaudous, dans lesquels il marquait la cadence avec le tambour principal, pour que les autres le suivent. C'est ainsi que je m'en souviens. Honoré avait l'air très vieux parce que ses os avaient pris froid, et pourtant, à l'époque, il n'était pas plus âgé que moi aujourd'hui. Il buvait du tafia pour supporter la douleur que lui causait chaque mouvement mais, plus que cet alcool âpre, son meilleur remède était la musique. Ses gémissements devenaient rire au son des tambours. Avec ses mains déformées, Honoré pouvait à peine éplucher les pommes de terre pour le repas de la maîtresse, mais quand il frappait le tambour il était infatigable, et lorsqu'il s'agissait de danser personne ne levait plus haut les genoux, ni ne ballottait la tête avec plus de force, ni ne remuait le derrière avec plus de plaisir. Avant que je sache marcher, il me faisait danser assise, et dès que j'ai pu me *tenir sur mes jambes, il m'incitait à me perdre dans la musique comme dans un rêve. « Danse, Zarité, danse, car un esclave qui danse est libre... aussi longtemps qu'il danse », me disait-il. Moi, j'ai toujours dansé.*

PREMIÈRE PARTIE

Saint-Domingue, 1770-1793

Le mal espagnol

Toulouse Valmorain arriva à Saint-Domingue en 1770, l'année où le dauphin de France épousa l'archiduchesse autrichienne Marie-Antoinette. Avant de s'embarquer pour la colonie, alors qu'il était loin de soupçonner que son destin allait lui jouer un tour et qu'il finirait enterré dans une plantation de canne à sucre aux Antilles, il avait été invité à Versailles, à des fêtes en l'honneur de la nouvelle dauphine, une blondinette de quatorze ans qui bâillait sans dissimulation au milieu du protocole rigide de la cour de France.

Tout cela se trouva relégué dans le passé. Saint-Domingue était un autre monde. Le jeune Valmorain avait une idée assez vague de l'endroit où son père amassait tant bien que mal le pain de la famille, avec l'ambition de faire fortune. Il avait lu quelque part que les premiers habitants de l'île, les Arawaks, l'appelaient Haïti avant que les conquistadors ne changent son nom pour Hispaniola et n'exterminent tous les natifs. En moins de cinquante ans, il ne resta pas un seul Arawak vivant, pas même à titre d'exemple : tous périrent, victimes de l'esclavage, des maladies européennes et du suicide. C'était une race à la peau rougeâtre, aux épais cheveux noirs, d'une inaltérable dignité, si timide qu'un seul Espagnol pouvait vaincre dix d'entre eux à mains nues. Ils vivaient en communautés polygames, cultivaient la terre en prenant soin de ne pas l'épuiser :

patate douce, maïs, calebasse, arachide, piments, pommes de terre, manioc. La terre, comme le ciel et l'eau, n'avait pas de propriétaire avant que les étrangers s'en emparent pour cultiver des plantes jamais vues grâce au travail forcé des Arawaks. C'est à cette époque que la coutume de « lâcher les chiens » vit le jour : tuer des personnes sans défense en excitant les chiens contre elles. Quand ils eurent anéanti les indigènes, ils importèrent des esclaves séquestrés en Afrique et des Blancs d'Europe, convicts, orphelins, prostituées et rebelles.

À la fin du XVIIe siècle, l'Espagne céda la partie occidentale de l'île à la France qui lui donna le nom de Saint-Domingue, laquelle allait devenir la colonie la plus riche du monde. À l'époque où Toulouse Valmorain y débarqua, le tiers des exportations de la France provenait de l'île : sucre, café, tabac, coton, indigo, cacao. Il n'y avait plus d'esclaves blancs, mais les noirs se comptaient par centaines de mille. La culture la plus exigeante était la canne à sucre, l'or doux de la colonie ; couper la canne, la broyer et la réduire en sirop n'était pas un labeur d'être humain mais, comme l'affirmaient les planteurs, un travail de bête.

Valmorain venait d'avoir vingt ans lorsqu'il fut appelé à la colonie par un message pressant de l'agent commercial de son père. Il débarqua vêtu à la dernière mode – poignets de dentelle, perruque poudrée et chaussures à hauts talons –, persuadé que les livres d'exploration qu'il avait lus le mettaient largement en mesure de conseiller son père pendant quelques semaines. Il voyageait accompagné d'un *valet*[1] presque aussi élégant que lui, avec plusieurs malles contenant ses vêtements et ses livres. Il se définissait comme un homme de lettres et avait l'intention, à son retour en France, de se consacrer à la science. Il admirait les philosophes et les encyclopédistes, qui

---

1. Les mots en italique (en romain dans les chapitres en italiques intitulés *Zarité*) sont en français dans le texte original. *(N.d.T.)*

avaient eu tant d'influence en Europe au cours des dernières décennies, et partageait certaines de leurs idées libérales : à dix-huit ans, *Le Contrat social* de Rousseau avait été son livre de chevet. Dès qu'il eut débarqué, après une traversée qui avait failli se terminer en tragédie lorsque le bateau avait affronté un ouragan dans la mer des Caraïbes, il eut sa première surprise désagréable : son géniteur ne l'attendait pas au port. Il fut reçu par l'agent, un juif aimable vêtu de noir de la tête aux pieds, qui le renseigna sur les précautions qu'il fallait nécessairement prendre lorsqu'on se déplaçait dans l'île, lui trouva des chevaux, deux mules pour le transport des bagages, un guide et un milicien pour l'accompagner à l'*habitation*[1] Saint-Lazare. Le jeune homme n'avait jamais mis les pieds hors de France et il avait prêté fort peu d'attention aux anecdotes – du reste banales – que racontait son père lors de ses rares visites à la famille, à Paris. Il n'avait jamais imaginé se rendre un jour à la plantation ; l'accord tacite était que son père devait consolider sa fortune dans l'île tandis que lui-même prenait soin de sa mère et de ses sœurs, tout en supervisant les négoces en France. La lettre qu'il avait reçue faisait état de problèmes de santé, aussi avait-il supposé qu'il s'agissait d'une fièvre passagère, mais en arrivant à Saint-Lazare après une journée de voyage à bride abattue dans une nature goulue et hostile, il comprit que son père était mourant. Il ne souffrait pas de malaria, comme il le pensait, mais de syphilis, un mal qui dévastait également Blancs, Noirs et mulâtres. L'affection avait atteint son stade ultime et son père était pratiquement invalide, couvert de pustules, les dents branlantes, l'esprit embrumé. Les traitements dantesques à base de saignées, de mercure et de cautérisations du pénis avec des fils métalliques chauffés au rouge ne l'avaient pas soulagé, mais il continuait à les pratiquer en manière d'acte de contrition. Il venait d'avoir cinquante ans et c'était un vieillard qui donnait des ordres

---

1. Dans les pays créoles, une *habitation* désigne une plantation. *(N.d.T.)*

extravagants, urinait sur lui sans s'en rendre compte et passait son temps dans un hamac avec ses mascottes, deux petites négresses à peine pubères.

Tandis que les esclaves déballaient son équipage sous la houlette du *valet*, un gommeux qui avait très mal supporté la traversée et était horrifié par les conditions primitives du lieu, Toulouse Valmorain sortit parcourir la vaste propriété. Il ignorait tout de la culture de la canne à sucre, mais cette promenade lui suffit pour comprendre que les esclaves étaient faméliques et que la plantation n'avait échappé à la ruine que parce que le monde consommait du sucre avec une voracité croissante. Il trouva dans les livres de comptes l'explication des mauvaises finances de son père, qui ne pouvait entretenir sa famille à Paris avec la dignité correspondant à sa position sociale. La production était un désastre et les esclaves tombaient comme des mouches ; il n'eut aucun doute sur le fait que les contremaîtres s'en mettaient plein les poches, profitant de la brusque détérioration de la santé du maître. Il maudit son sort et s'apprêta à remonter ses manches et à travailler, une perspective qu'aucun jeune homme de son milieu n'envisageait : le travail était réservé à une autre catégorie de gens. Il commença par obtenir un emprunt grâce à l'appui et aux relations que l'agent commercial de son père entretenait avec les banquiers, puis il ordonna aux *commandeurs* des champs de cannes à sucre de travailler aux côtés de ceux qu'ils avaient martyrisés et les remplaça par d'autres moins dépravés, il réduisit les châtiments et embaucha un vétérinaire qui passa deux mois à Saint-Lazare à essayer de rendre un peu de santé aux Noirs. Le vétérinaire ne put sauver son *valet,* qu'une dysenterie foudroyante expédia dans l'autre monde en moins de trente-huit heures. Valmorain constata que les esclaves de son père duraient en moyenne dix-huit mois, bien moins que dans d'autres plantations, avant de s'enfuir ou de s'écrouler morts de fatigue. Les femmes vivaient plus longtemps que les hommes, mais leur rendement était inférieur dans l'épuisant travail des champs, et elles avaient la mauvaise habitude de tomber enceintes. Très peu de nouveau-nés survivaient, et la fécondité était si basse parmi les Noirs qu'elle n'était pas rentable pour les planteurs. Le jeune Valmorain réalisa les changements nécessaires de façon automatique, sans plans et très vite, décidé à repartir au plus tôt, mais lorsque son père mourut, quelques mois plus tard, il dut se rendre à l'inéluctable évidence qu'il était pris au piège. Il n'avait pas l'intention de laisser ses os dans cette colonie infestée de moustiques, mais s'il s'en allait trop tôt il perdrait la plantation et, avec elle, les revenus et la position sociale de sa famille en France.

Valmorain ne fit aucun effort pour entrer en relation avec d'autres colons. Les *Grands Blancs*, propriétaires d'autres plantations, le tenaient pour un prétentieux qui ne séjournerait pas longtemps dans l'île, aussi furent-ils étonnés de le voir brûlé par le soleil et chaussé de bottes crottées de boue. L'antipathie était réciproque. Pour Valmorain, ces Français transplantés aux Antilles étaient des rustres aux antipodes de la société qu'il avait fréquentée, où l'on exaltait les idées, la science, les arts et où personne ne parlait argent ni esclaves. De «l'âge de la raison» qui avait cours à Paris il plongea dans un monde primitif et violent où les vivants et les morts se donnaient la main. Il ne noua aucune amitié non plus avec les *Petits Blancs*, dont le seul capital était la couleur de peau, des pauvres diables empoisonnés par l'envie et la médisance, comme il disait. Ils venaient des quatre points cardinaux et il n'y avait aucun moyen de vérifier la pureté de leur sang ou de leur passé. Dans le meilleur des cas, c'étaient des marchands, des artisans, des religieux de peu de vertu, des marins, des militaires et des petits fonctionnaires, mais il y avait aussi des truands, des souteneurs, des criminels et des boucaniers qui utilisaient chaque recoin des Caraïbes pour leurs canailleries. Il n'avait rien de commun avec ces gens-là.

Parmi les mulâtres libres ou *affranchis*, il existait plus de soixante classifications selon le pourcentage de sang blanc qui coulait dans leurs veines, lequel déterminait leur niveau social. Valmorain ne parvint jamais à distinguer les nuances ni à apprendre la dénomination de chaque combinaison des deux races. Les *affranchis* n'avaient aucun pouvoir politique, mais ils manipulaient beaucoup d'argent, raison pour laquelle les Blancs pauvres les détestaient. Certains gagnaient leur vie grâce à des trafics illicites, de la contrebande à la prostitution, mais d'autres avaient été élevés en France et possédaient une fortune, des terres, des esclaves. Par-delà les subtilités de la couleur, les mulâtres étaient unis par leur aspiration commune à passer pour des Blancs et le mépris viscéral qu'ils portaient aux Noirs. Les esclaves – dont le nombre était dix fois supérieur à celui des Blancs et affranchis confondus – ne comptaient pour rien, pas plus dans le recensement de la population que dans la conscience des colons.

Comme il ne lui convenait pas de s'isoler complètement, Toulouse Valmorain fréquentait de temps à autre certaines familles de *Grands Blancs* du Cap, la ville la plus proche de sa plantation. Au cours de ces voyages, il achetait ce qui était nécessaire à son approvisionnement et, s'il ne pouvait faire autrement, il passait à l'Assemblée coloniale saluer ses pairs, afin qu'ils n'oublient point son nom, mais il ne participait pas aux réunions. Il en profitait aussi pour aller au théâtre voir des comédies, assister aux fêtes des *cocottes* – les exubérantes courtisanes françaises, espagnoles et métisses qui régnaient sur la vie nocturne – et coudoyer des explorateurs et des scientifiques qui faisaient escale dans l'île, de passage vers d'autres sites plus captivants. Saint-Domingue n'attirait pas les visiteurs, mais quelques-uns venaient parfois étudier la nature ou l'économie des Antilles, que Valmorain invitait à Saint-Lazare dans l'intention de retrouver, ne fût-ce que brièvement, le plaisir de la conversation élevée qui avait agrémenté ses années à Paris. Trois ans après la mort de son père, il pouvait leur montrer sa propriété avec fierté ; il avait transformé ce désastre de nègres malades et de champs de cannes à sucre desséchés en l'une des plantations les plus prospères parmi les quatre-vingts que comptait l'île, multiplié par cinq la quantité de sucre non raffiné pour l'exportation, et installé une distillerie où il produisait d'excellentes barriques d'un rhum bien supérieur à celui qu'on buvait d'ordinaire. Ses visiteurs passaient une ou deux semaines dans la rustique maison de bois, s'imprégnant de la vie campagnarde et appréciant de près l'invention magique du sucre. Ils se promenaient à cheval dans d'épais pâturages qui sifflaient, menaçants, sous la brise, protégés du soleil par de grands chapeaux de paille, haletant dans l'humidité brûlante des Caraïbes, tandis que les esclaves, telles des ombres affilées, coupaient les tiges au ras de terre sans arracher la racine, en vue d'autres récoltes. De loin, on aurait dit des insectes au milieu des cannes bigarrées deux fois plus hautes qu'eux. Le travail consistant à nettoyer les cannes dures, à les écraser dans les machines dentées, à les tasser dans les presses et à faire bouillir leur jus dans de profonds chaudrons de cuivre, pour obtenir un sirop obscur, paraissait fascinant à ces gens de la ville qui n'avaient vu que les cristaux blancs destinés à sucrer leur café. Ces visiteurs mettaient Valmorain au courant de ce qui se passait en Europe – une Europe de plus en plus lointaine à ses yeux –, des nouveaux progrès technologiques et scientifiques et des idées philosophiques en vogue. Ils lui ouvraient une lucarne qui lui permettait d'entrevoir le monde, et lui laissaient quelques livres en cadeau. Valmorain avait plaisir à converser avec ses invités, mais il en avait plus encore lorsqu'ils s'en allaient ; il n'aimait avoir de témoins ni dans sa vie ni dans sa propriété. Les étrangers regardaient l'esclavage avec un mélange de répugnance et de curiosité morbide qui lui paraissait offensant, parce qu'il se considérait comme un maître juste : s'ils avaient su comment d'autres planteurs traitaient leurs nègres, ils auraient été de son avis. Il savait que plus d'un retournerait à la civilisation converti en abolitionniste, prêt à boycotter la consommation de sucre. Avant d'être obligé de vivre dans

21

l'île, l'esclavage l'aurait choqué lui aussi, s'il en avait connu les détails, mais son père n'avait jamais abordé le sujet. Maintenant, avec des centaines d'esclaves à sa charge, ses idées à cet égard avaient changé.

Pour Toulouse Valmorain, les premières années s'envolèrent à relever Saint-Lazare de la dévastation, aussi lui fut-il impossible de quitter une seule fois la colonie. Il perdit le contact avec sa mère et ses sœurs, sauf à travers de rares lettres au ton formel qui ne transmettaient que des banalités sur l'existence quotidienne et la santé.

Il avait pris à l'essai deux administrateurs venus de France – les créoles avaient la réputation d'être corrompus –, mais ce furent des échecs : l'un mourut à la suite d'une morsure de serpent et l'autre succomba à la tentation du rhum et des concubines, jusqu'à ce que son épouse vînt le sauver et l'emmenât définitivement. Maintenant il avait à l'essai Prosper Cambray qui, comme tous les mulâtres libres de la colonie, avait servi trois années réglementaires dans la milice – la Maréchaussée – chargée de faire respecter la loi, de maintenir l'ordre, d'encaisser les impôts et de poursuivre les nègres marrons. N'ayant ni fortune ni appuis, Cambray avait choisi de gagner sa vie en exerçant le métier ingrat qui consistait à traquer les nègres dans cette géographie extravagante faite de jungles hostiles et de montagnes abruptes, où même les mules avançaient d'un pas hésitant. Il avait la peau jaunâtre, marquée par la vérole, des cheveux roux crépus, des yeux tirant sur le vert, toujours furibonds, et une voix bien modulée et douce qui contrastait, à la manière d'une plaisanterie, avec son caractère brutal et son physique de fier-à-bras. Il exigeait des esclaves une servilité abjecte, et en même temps rampait devant toute personne d'un rang supérieur au sien. Au début il tenta de gagner l'estime de Valmorain par des intrigues, mais il comprit très vite qu'un abîme de race et de classe les séparait. Le patron lui offrit un bon salaire, l'occasion d'exercer son autorité et la perspective de devenir gérant.

22

Alors Valmorain eut plus de temps pour lire, aller chasser et se rendre au Cap. Il y avait rencontré Violette Boisier, la *cocotte* la plus sollicitée de la ville, une jeune femme libre réputée propre et saine, ayant un héritage africain et l'apparence d'une Blanche. Au moins, avec elle, il ne finirait pas comme son père, le sang changé en eau par le « mal espagnol ».

Oiseau de la nuit

Violette Boisier était la fille d'une autre courtisane, une magnifique mulâtresse qui était morte à l'âge de vingt-neuf ans, transpercée par le sabre d'un officier français — peut-être le père de Violette, bien que cela n'eût jamais été confirmé — que la jalousie avait rendu fou. La jeune fille avait commencé à exercer la profession à onze ans, sous la tutelle de sa mère ; à treize ans, lorsque celle-ci fut assassinée, elle dominait les arts exquis du plaisir et, à quinze ans, surpassait toutes ses rivales. Valmorain préférait ne pas imaginer avec qui sa *petite amie* batifolait en son absence, car il n'était pas disposé à acheter l'exclusivité. Il s'était amouraché de Violette, pure pétulance et rire, mais il avait suffisamment de sang-froid pour maîtriser son imagination, à la différence du militaire qui avait tué la mère, ruinant sa carrière et son nom. Il se contentait de l'emmener au théâtre et aux fêtes d'hommes auxquelles n'assistaient pas les femmes blanches, où sa beauté rayonnante attirait les regards. L'envie qu'il provoquait chez les autres hommes lorsqu'il se montrait avec elle à son bras lui donnait une satisfaction perverse ; beaucoup auraient sacrifié leur honneur pour passer une nuit entière avec Violette, au lieu d'une ou deux heures comme il était prescrit, mais ce privilège n'appartenait qu'à lui. Du moins le croyait-il.

24

La jeune fille disposait d'un appartement de trois pièces avec balcon, dont la grille en fer forgé arborait des motifs de fleurs de lys, au premier étage d'un édifice près de la place Clugny, seul bien hérité de sa mère en dehors de quelques robes convenant à l'exercice de son métier. Elle y vivait dans un certain luxe en compagnie de Loula, une forte esclave africaine d'aspect viril faisant office de servante et de garde du corps. Violette passait les heures les plus chaudes de la journée à se reposer ou à prendre soin de sa beauté : massages au lait de coco, épilation au caramel, bains d'huile pour les cheveux, tisanes de simples pour éclaircir la voix et le regard. Dans certains moments d'inspiration, elle préparait avec Loula des onguents pour la peau, du savon d'amandes douces, des crèmes et des poudres de maquillage qu'elle vendait à ses relations féminines. Ses journées s'écoulaient lentement, dans l'oisiveté. Le soir, quand les rayons affaiblis du soleil ne risquaient plus de brunir sa peau, elle sortait se promener à pied, si le temps le permettait, ou dans une litière portée par deux esclaves qu'elle louait à une voisine, évitant ainsi de se salir avec le crottin de cheval, les ordures et la boue des rues du Cap. Elle s'habillait discrètement afin de ne pas offenser d'autres femmes : les Blanches pas plus que les mulâtresses n'acceptaient de bon gré une telle concurrence. Elle allait faire ses courses dans les boutiques et chercher les articles de contrebande des marins dans le port, rendait visite à la modiste, au coiffeur et à ses amies. Sous prétexte de prendre un jus de fruit, elle s'arrêtait à l'hôtel ou dans un café, où il se trouvait toujours un monsieur disposé à l'inviter à sa table. Elle connaissait intimement les Blancs les plus puissants de la colonie, y compris le militaire le plus gradé, le gouverneur. Ensuite elle rentrait chez elle se parer pour l'exercice de sa profession, tâche compliquée qui lui prenait deux heures. Elle avait des toilettes de toutes les couleurs de l'arc-en-ciel, confectionnées dans de superbes étoffes d'Europe et d'Orient, des escarpins et des sacs assortis, des chapeaux à plumes, des châles brodés de Chine, de petites capes en peau destinées à être traînées sur le sol, car le climat ne permettait pas de les porter, et un coffret contenant des bijoux de pacotille. Chaque soir, l'heureux ami dont c'était le tour – on ne parlait pas de clients – l'emmenait à un spectacle et un dîner, puis à une fête qui durait jusqu'au petit matin, et enfin il la raccompagnait à son appartement où elle se sentait en sécurité, parce que Loula dormait sur une paillasse à portée de voix et qu'en cas de besoin elle pouvait la débarrasser d'un homme violent. Son prix était connu, mais jamais mentionné; l'argent était déposé sur la table dans une boîte laquée, et du pourboire dépendait le prochain rendez-vous.

Dans un espace entre deux planches du mur que seule Loula connaissait, Violette cachait un écrin en peau de chamois qui contenait ses pierres précieuses, certaines offertes par Toulouse Valmorain, dont on pouvait tout dire sauf qu'il était avare, et quelques pièces d'or acquises peu à peu, ses économies pour le futur. Elle préférait des parures de fantaisie, pour ne pas tenter les voleurs ni provoquer de commérages, mais se parait de ses bijoux lorsqu'elle sortait avec celui qui les lui avait offerts. Elle portait toujours une modeste bague d'opale au dessin vieillot qu'Étienne Relais, un officier français, lui avait passée au doigt en signe d'engagement. Elle le voyait peu, parce qu'il passait son existence à cheval, à la tête de son unité, mais s'il se trouvait au Cap elle négligeait d'autres amis pour se consacrer à lui. Relais était le seul avec qui elle pouvait s'abandonner au charme d'être protégée. Toulouse Valmorain ne se doutait pas qu'il partageait avec ce rude soldat l'honneur de passer toute la nuit avec Violette. Elle ne donnait pas d'explications et n'avait pas eu à choisir, car les deux hommes ne s'étaient jamais trouvés en ville en même temps.

«Que vais-je faire de ces hommes qui me traitent comme leur fiancée? demanda un jour Violette à Loula.

26

« — Ces choses-là se résolvent d'elles-mêmes, répliqua l'esclave en tirant sur son cigarillo de tabac brut.

— Ou elles se résolvent dans le sang. Souviens-toi de ma mère.

— Ça ne t'arrivera pas à toi, mon ange, parce que je suis là pour te protéger. »

Loula avait raison : le temps se chargea d'éliminer l'un des prétendants. Au bout de deux ans, la relation avec Valmorain fit place à une amitié amoureuse d'où avait disparu la passion des premiers temps, lorsqu'il était capable de galoper à crever sa monture pour la serrer dans ses bras. Les cadeaux onéreux s'espacèrent et il venait parfois au Cap sans lui faire signe. Violette ne lui adressa aucun reproche, car les limites de leur relation avaient toujours été claires à ses yeux, mais elle garda le contact, qui pouvait leur être bénéfique à tous deux.

Le capitaine Étienne Relais avait la réputation d'être incorruptible dans un milieu où le vice représentait la norme, où l'honneur était à vendre, les lois faites pour être violées, et où l'on partait du principe que celui qui n'abusait pas du pouvoir ne méritait pas de le posséder. Son intégrité l'empêcha de s'enrichir comme d'autres dans une position similaire, et même la tentation d'accumuler suffisamment pour se retirer en France, comme il l'avait promis à Violette Boisier, ne put le détourner de ce qu'il considérait comme la rectitude militaire. Il n'hésitait pas à sacrifier ses hommes dans une bataille ou à torturer un enfant pour obtenir un renseignement de sa mère, mais jamais il n'aurait mis la main sur de l'argent qu'il n'avait pas gagné proprement. Il était pointilleux sur son honneur et son honnêteté. Il désirait emmener Violette là où on ne les connaîtrait pas, où personne ne se douterait qu'elle avait gagné sa vie grâce à des pratiques de petite vertu et où son sang mêlé ne serait pas évident : il fallait avoir l'œil formé aux Antilles pour deviner qu'un sang africain coulait sous sa peau claire.

Bien que l'idée de partir pour la France ne séduisît pas vraiment Violette, car elle craignait davantage les hivers glacés que les mauvaises langues contre lesquelles elle était immunisée, elle avait accepté de l'accompagner. D'après les calculs de Relais, s'il vivait frugalement, acceptait des missions risquées pour lesquelles on offrait des récompenses et gravissait rapidement les échelons, il pourrait réaliser son rêve. Il espérait qu'alors Violette aurait mûri et n'attirerait pas autant l'attention par l'insolence de son rire, l'éclat trop malicieux de ses yeux noirs et le balancement cadencé de sa démarche. Jamais elle ne passerait inaperçue, mais peut-être pourrait-elle assumer le rôle d'épouse d'un militaire à la retraite. *Madame Relais*... Il savourait ces deux mots, les répétait en manière d'incantation. La décision de l'épouser n'avait pas été le résultat d'une stratégie minutieusement élaborée, comme le reste de son existence, mais d'une impulsion si violente qu'il ne l'avait jamais mise en doute. Ce n'était pas un homme sentimental, mais il avait appris à faire confiance à son instinct, fort utile dans la guerre.

Il avait connu Violette deux ans plus tôt, en plein marché du dimanche, au milieu des cris des vendeurs et des attroupements de gens et d'animaux. Dans un théâtre misérable, qui ne consistait qu'en une plate-forme couverte d'un vélum fait de bouts de tissu violet, un type aux moustaches énormes et tatoué d'arabesques se pavanait, tandis qu'un gamin annonçait à tue-tête ses qualités de puissant magicien de Samarkand. Cette représentation pathétique n'aurait pas attiré l'attention du capitaine sans la présence lumineuse de Violette. Quand le magicien invita un volontaire dans le public, elle se fraya un passage entre les badauds et grimpa sur la scène avec un enthousiasme enfantin, riant et saluant avec son éventail. Elle venait d'avoir quinze ans, mais elle avait déjà le corps et l'attitude d'une femme expérimentée, comme c'est souvent le cas sous ce climat où, comme les fruits, les filles mûrissent vite. Obéissant aux instructions de l'illusionniste, Violette s'accroupit dans une malle entièrement couverte de symboles égyptiens. Le harangueur, un petit Noir d'une dizaine d'années déguisé en Turc, verrouilla le couvercle avec deux gros cadenas, et un autre spectateur fut appelé pour vérifier leur solidité. L'homme de Samarkand exécuta quelques passes avec sa cape, et aussitôt remit deux clés au volontaire pour ouvrir les cadenas. Lorsqu'il souleva le couvercle de la malle, on vit que la jeune fille n'était plus à l'intérieur, mais quelques instants plus tard un roulement de tambour du négrillon annonça sa prodigieuse apparition derrière le public. Tous se retournèrent pour admirer, bouche bée, la jeune fille qui s'était matérialisée du néant et s'éventait, une jambe posée sur un tonneau.

Dès le premier regard, Étienne Relais sut qu'il ne pourrait s'arracher de l'âme cette jeune fille de miel et de soie. Il sentit quelque chose exploser en lui, sa bouche se dessécha et il perdit le sens de l'orientation. Il dut faire un effort pour revenir à la réalité et se rendre compte qu'il se trouvait au marché, entouré de gens. Essayant de se contrôler, il aspira à grandes goulées l'humidité de midi, la puanteur du poisson et des viandes macérant au soleil, des fruits pourris, des ordures et des excréments d'animaux. Il ignorait le nom de la belle, mais il supposa qu'il serait facile de l'apprendre ; il déduisit qu'elle n'était pas mariée, car aucun mari n'aurait permis qu'elle s'exposât avec un tel aplomb. Elle était si magnifique que tous les yeux étaient fixés sur elle, si bien que personne en dehors de Relais, entraîné à observer jusqu'au plus infime détail, ne remarqua le trucage de l'illusionniste. En d'autres circonstances, peut-être aurait-il démasqué le double fond de la malle et la trappe sur l'estrade, par pur souci de précision, mais il supposa que la jeune fille participait en tant que complice du magicien et il préféra lui éviter un mauvais moment. Il ne resta pas pour voir le gitan tatoué sortir un singe d'une bouteille ni décapiter un volontaire, comme l'annonçait le jeune crieur public. Il écarta la foule en jouant des coudes et partit derrière la jeune fille, qui s'éloignait rapidement au bras d'un homme en uniforme, sans doute un soldat de son régiment. Il ne put la rejoindre, car une négresse aux bras musclés couverts de bracelets de pacotille l'arrêta net, se planta devant lui et lui signifia qu'il devait faire la queue, vu qu'il n'était pas le seul intéressé par sa maîtresse, Violette Boisier. Voyant l'expression déconcertée du capitaine, elle se pencha pour lui murmurer à l'oreille le montant du pourboire nécessaire s'il voulait être placé en tête de la file des clients de la semaine. Ainsi apprit-il qu'il s'était épris de l'une de ces courtisanes qui faisaient la réputation du Cap.

Relais se présenta pour la première fois dans l'appartement de Violette Boisier, raide dans son uniforme fraîchement repassé, avec une bouteille de champagne et un modeste cadeau. Il déposa le paiement à l'endroit que Loula lui indiqua et s'apprêta à jouer son avenir en deux heures. Loula disparut discrètement et il resta seul, transpirant dans l'air chaud de la petite salle bourrée de meubles, légèrement écœuré par le parfum douceâtre des mangues posées sur une assiette. Violette ne se fit pas attendre plus de quelques minutes. Elle entra en glissant, silencieuse, et lui tendit ses deux mains, tandis qu'elle l'examinait les yeux mi-clos, un vague sourire sur les lèvres. Relais prit ces mains longues et fines entre les siennes, ignorant quelle était l'étape suivante. Elle se détacha, lui caressa le visage, flattée qu'il se fût rasé pour elle, et lui fit signe d'ouvrir la bouteille. Il fit sauter le bouchon, et la mousse de champagne, propulsée avant qu'elle pût présenter sa coupe, lui mouilla le poignet. Elle passa ses doigts humides sur son cou et Relais eut envie de lécher les gouttes qui brillaient sur cette peau sublime, mais il resta cloué sur place, muet, sans volonté. Elle remplit la coupe et la laissa, sans y goûter, sur une petite table près du divan, puis elle s'approcha et de ses doigts experts déboutonna l'épaisse casaque de son uniforme. «Enlève-la, il fait chaud. Et les bottes aussi», dit-elle en lui tendant un peignoir chinois sur lequel étaient peints des hérons. Il sembla peu convenable à Relais, mais il l'enfila sur sa chemise, luttant avec un enchevêtrement de larges manches, puis, angoissé, prit place sur le divan. Il avait l'habitude de commander, mais il comprit qu'entre ces quatre murs, c'était Violette qui donnait les ordres. Les fentes de la persienne laissaient entrer le bruit de la place et la dernière lumière du soleil qui, se glissant en estafilades verticales, éclairait la petite pièce. La jeune fille portait une tunique en soie couleur émeraude, serrée à la taille par un cordon doré, des babouches turques et un turban compliqué brodé de petites perles. Une mèche de cheveux noirs ondulés lui tombait sur le visage. Violette but une gorgée de champagne et lui offrit la même coupe, qu'il vida d'un trait, haletant, tel un naufragé. Elle la remplit à nouveau et tint le pied délicat en attente, jusqu'à ce qu'il l'appelle à côté de lui sur le divan. Ce fut la dernière initiative de Relais ; à partir de cet instant, elle se chargea de mener la rencontre à sa manière.

L'œuf de pigeon

Violette avait appris à complaire à ses amis dans le temps prescrit sans leur donner l'impression d'être pressée. Tant de coquetterie et de soumission moqueuse dans ce corps d'adolescente désarma complètement Relais. Elle défit lentement la longue étoffe de son turban, qui tomba sur le plancher dans un tintement de perles, et secoua la cascade sombre de ses cheveux sur ses épaules et son dos. Ses mouvements langoureux, sans aucune affectation, avaient la fraîcheur d'une danse. Les bouts de ses seins, qui n'avaient pas encore atteint leur taille définitive, soulevaient la soie verte, semblables à deux cailloux. Sous la tunique, elle était nue. Relais admira ce corps de mulâtresse, les jambes fermes et les chevilles fines, les fesses et les cuisses rondes, la taille cambrée, les doigts élégants, courbés en arrière, sans bagues. Son rire naissait dans son ventre, tel un ronronnement sourd, et il montait peu à peu, cristallin, bruyant, la tête levée, la chevelure vive et le cou élancé, palpitant. Violette coupa un morceau de mangue à l'aide d'un couteau d'argent, le mit dans sa bouche avec avidité et un filet de jus dégoulina dans son décolleté, humide de sueur et de champagne. D'un doigt elle recueillit la coulure du fruit, une épaisse goutte ambrée qu'elle frotta sur les lèvres de Relais, tandis qu'elle s'asseyait à califourchon sur ses genoux avec la légèreté d'un félin. Le visage de l'homme se retrouva entre ses seins parfumés à la mangue. Elle se pencha, l'enveloppant dans sa crinière sauvage, l'embrassa sur la bouche, et avec sa langue lui fit glisser le morceau de fruit qu'elle avait mordu. Relais reçut la pulpe mâchée avec un frisson de surprise : il n'avait jamais rien connu d'aussi intime, d'aussi choquant et merveilleux. Elle lécha son menton, prit sa tête entre ses mains et le couvrit de baisers rapides, semblables à des coups de bec, sur les paupières, les joues, les lèvres, le cou, jouant et riant. L'homme entoura sa taille et de ses mains fébriles arracha sa tunique, révélant cette fille svelte et musquée qui se pliait, se fondait, s'émiettait contre les os et les muscles durs de son corps de soldat tanné par les batailles et les privations. Il voulut la soulever dans ses bras pour la porter sur le lit qu'il pouvait voir dans la pièce voisine, mais Violette ne lui en laissa pas le temps ; ses mains d'odalisque ouvrirent le peignoir aux hérons et firent glisser les chausses, ses hanches opulentes serpentèrent savamment sur lui jusqu'à venir s'empaler sur son membre de pierre avec un profond soupir de joie. Étienne Relais eut l'impression de plonger dans un marécage de plaisir, sans mémoire ni volonté. Il ferma les yeux, baisant cette bouche succulente, savourant le parfum de la mangue, tandis qu'il parcourait de ses mains calleuses de soldat l'incroyable douceur de cette peau et l'abondante richesse de cette chevelure. Il sombra en elle, s'abandonnant à la chaleur, au goût et à l'odeur de cette jeune fille, submergé par la sensation de trouver enfin son lieu en ce monde, après avoir si longtemps vogué seul à la dérive. En quelques minutes il explosa comme un adolescent étourdi, dans un jet spasmodique et un cri de frustration pour ne pas lui avoir donné de plaisir, car ce qu'il désirait par-dessus tout dans la vie, c'était la rendre amoureuse. Violette attendit que cela finisse, immobile, mouillée, haletante, montée sur lui, le visage plongé au creux de son épaule, murmurant des mots incompréhensibles.

Relais ne sut pas combien de temps ils restèrent ainsi enlacés, jusqu'à ce qu'il retrouvât une respiration normale et que l'épaisse brume qui l'enveloppait fût un peu dissipée ; alors il se rendit compte qu'il était toujours en elle, bien retenu par ces muscles élastiques qui le massaient en cadence, serrant et relâchant. Tout juste parvint-il à se demander comment cette enfant avait appris ces arts de courtisane expérimentée avant de se perdre à nouveau dans le magma du désir et la confusion d'un amour instantané. Lorsque Violette le sentit ferme à nouveau, elle lui entoura la taille de ses jambes, croisa les pieds dans son dos et d'un geste lui indiqua la pièce à côté. Relais la porta dans ses bras, toujours fichée sur son membre, et s'écroula avec elle sur le lit, où ils purent jouir l'un de l'autre à l'envi jusqu'à fort tard dans la nuit, plusieurs heures de plus qu'il n'était décrété par Loula. La forte femme entra à deux reprises, disposée à mettre fin à ces excès, mais Violette, attendrie à la vue de ce fougueux militaire qui sanglotait d'amour, la renvoya sans ménagement.

L'amour, qu'il n'avait jamais connu, faucha Étienne Relais à la manière d'une terrible vague, pure énergie, sel et écume. Il estima qu'il ne pouvait rivaliser avec d'autres clients de cette fille, plus beaux, plus puissants et plus riches, et pour cette raison décida au petit matin de lui offrir ce que peu d'hommes blancs seraient prêts à lui donner : son nom. « Épouse-moi », l'implora-t-il entre deux étreintes. Violette s'assit jambes croisées sur le lit, les cheveux humides collés à la peau, les yeux incandescents, les lèvres gonflées de baisers. Les restes de trois bougies moribondes qui les avaient accompagnés dans leurs interminables acrobaties l'éclairaient. « Je n'ai pas l'étoffe d'une épouse », lui répondit-elle ; elle ajouta qu'elle n'avait pas encore saigné selon les cycles de la lune, et que d'après Loula il était bien tard pour cela, elle ne pourrait jamais avoir d'enfants. Relais sourit, car il voyait les enfants comme un embarras.

« Si je me mariais avec toi je serais toujours seule, pendant que tu es en campagne. Je n'ai pas ma place parmi les Blancs et mes amis me rejetteraient parce qu'ils ont peur de toi, ils disent que tu es sanguinaire.

— Mon travail l'exige, Violette. De même que le médecin ampute un membre gangrené, je remplis mes obligations pour éviter un mal plus grand, mais je n'ai jamais fait de tort à personne sans une bonne raison.

— Je peux, moi, te donner toutes sortes de bonnes raisons. Je ne veux pas connaître le même sort que ma mère.

— Jamais tu n'auras à avoir peur de moi, Violette, dit Relais en la prenant par les épaules et en la regardant droit dans les yeux un long moment.

— Je l'espère, soupira-t-elle enfin.

— Nous nous marierons, je te le promets.

— Ton salaire ne suffira pas à m'entretenir. Avec toi je manquerais de tout : de robes, de parfums, de théâtre et de temps à perdre. Je suis paresseuse, capitaine, c'est la seule façon que j'ai de gagner ma vie sans m'abîmer les mains, et cela ne durera pas beaucoup plus longtemps.

— Quel âge as-tu ?

— Je ne suis pas vieille, mais on ne peut pas exercer long-temps ce métier. Les hommes se fatiguent des mêmes visages et des mêmes culs. Je dois tirer parti de la seule chose que j'ai, comme dit Loula. »

Le capitaine fit en sorte de la voir aussi souvent que le lui permettaient ses campagnes, et en quelques mois il parvint à se rendre indispensable ; il la protégea et la conseilla comme un oncle, si bien qu'elle finit par ne plus pouvoir imaginer la vie sans lui et commença à considérer la possibilité de l'épouser dans un avenir poétique. Relais estimait qu'ils pourraient le faire dans cinq ans. Cela leur donnait le temps de mettre leur amour à l'épreuve et d'économiser chacun de leur côté. Il se résigna à ce que Violette continue à exercer son métier de toujours et à lui payer ses services comme les autres clients, reconnaissant de passer quelques nuits entières avec elle. Au début ils faisaient l'amour jusqu'à en être meurtris, mais ensuite la véhémence se changea en tendresse et ils passaient des heures précieuses à bavarder, à faire des projets et à se reposer, enlacés dans la chaude pénombre de l'appartement de Violette. Relais apprit à connaître le corps et le caractère de la jeune femme, il savait anticiper ses réactions, prévenir ses colères – semblables à des tempêtes tropicales, soudaines et brèves – et lui faire plaisir. Il découvrit que cette fille tellement sensuelle était exercée à donner du plaisir, pas à en recevoir, aussi s'appliqua-t-il à la satisfaire, avec patience et bonne humeur. La différence d'âge et son tempérament autoritaire compensaient la légèreté de Violette, qui pour lui faire plaisir se laissait guider dans quelques domaines pratiques, mais gardait son indépendance et défendait ses secrets.

Loula administrait l'argent et gérait les clients en gardant la tête froide. Un jour, Relais trouva Violette avec un œil tuméfié et, furieux, il voulut savoir qui était le coupable afin de lui faire payer cette audace. «Loula l'a déjà fait payer. Nous nous débrouillons très bien toutes seules», se moqua-t-elle, et il n'y eut pas moyen de lui faire avouer le nom de l'agresseur. La formidable esclave savait que la santé et la beauté de sa maîtresse étaient leur capital à toutes deux, et qu'inévitablement le moment viendrait où elles commenceraient à se déprécier; il fallait en outre considérer la concurrence des nouvelles fournées d'adolescentes qui chaque année prenaient d'assaut la profession. Quel dommage que le capitaine fût pauvre, pensait Loula, car Violette méritait une vie aisée. L'amour lui paraissait sans importance, elle le confondait avec la passion et avait vu combien celle-ci dure peu, mais elle n'osa pas recourir à des intrigues pour éloigner Relais. Il fallait craindre cet homme. De plus, Violette ne montrait aucun empressement à se marier et, en attendant, d'autres prétendants jouissant d'une meilleure situation financière pouvaient se présenter. Loula décida d'économiser sérieusement ; il ne suffisait pas d'accumuler des babioles dans un trou, il fallait investir de manière plus inventive, au cas où le mariage avec l'officier ne se ferait pas. Elle restreignit les dépenses et augmenta le tarif de sa maîtresse : plus elle prenait cher, plus ses faveurs étaient considérées comme exclusives. Stratégiquement, elle se chargea de répandre les rumeurs les plus exagérées sur Violette : elle affirmait que sa maîtresse pouvait retenir un homme en elle toute la nuit ou ressusciter l'énergie du plus flapi d'entre eux douze fois de suite ; elle avait appris cela d'une Mauresque et s'exerçait avec un œuf de pigeon : elle faisait ses courses, allait au théâtre et aux combats de coqs avec l'œuf dans son nid secret sans le casser ni le laisser tomber. Certains se battirent au sabre pour la jeune *poule*, ce qui contribua grandement à son prestige. Les Blancs les plus riches et les plus influents s'inscrivaient docilement sur la liste et attendaient leur tour. C'est Loula qui conçut le projet d'investir dans l'or, afin que les économies ne glissent pas entre leurs doigts comme du sable. Relais, qui n'était pas en condition de contribuer beaucoup, donna à Violette la bague de sa mère, la seule chose qui restait de sa famille.

La fiancée de Cuba

En octobre 1778, la huitième année de son séjour dans l'île,
Toulouse Valmorain effectua un autre de ses brefs voyages à
Cuba, où il avait des affaires qu'il ne lui convenait pas de
divulguer. Comme tous les colons de Saint-Domingue, il
devait ne commercer qu'avec la France, mais il y avait mille
manières de contourner habilement la loi et il en connaissait
plusieurs. L'évasion fiscale ne lui apparaissait pas comme un
péché, car au bout du compte les impôts finissaient dans les
coffres sans fonds du Roi. La côte accidentée se prêtait parfaitement à ce qu'une embarcation discrète lève l'ancre la nuit
vers une autre crique de la mer des Caraïbes sans que personne s'en aperçoive, et la frontière perméable avec la partie
espagnole de l'île, moins peuplée et beaucoup plus pauvre
que la française, permettait un constant trafic de fourmis à
l'insu des autorités. Toutes sortes de produits de contrebande
passaient, depuis les armes jusqu'aux malfaiteurs, mais surtout des sacs de sucre, de café et de cacao des plantations,
qui de là partaient vers d'autres destinations en évitant les
douanes.

Dès que Valmorain eut remboursé les dettes de son père
et commencé à accumuler plus de bénéfices qu'il n'en avait
rêvés, il décida de placer des réserves d'argent à Cuba, où
elles seraient plus en sécurité qu'en France et à portée de

main en cas de nécessité. Il arriva à La Havane avec l'intention de n'y séjourner qu'une semaine pour rencontrer son banquier, mais la visite se prolongea plus que prévu, car lors d'un bal au consulat de France il fit la connaissance d'Eugenia García del Solar. Depuis un angle du prétentieux salon, il vit au loin une opulente jeune fille à la peau diaphane, couronnée d'une crinière de cheveux châtains et vêtue comme une provinciale, l'opposée de l'élégante Violette Boisier, mais pas moins belle à ses yeux. Il la distingua tout de suite au milieu de la foule de la salle de bal, et pour la première fois se sentit déplacé. Son costume, acquis à Paris quelques années auparavant, ne se portait plus, le soleil avait tanné sa peau comme du cuir, il avait les mains d'un forgeron, son crâne le démangeait sous sa perruque, les dentelles de son col l'asphyxiaient et ses chaussures pointues de gandin le serraient, leurs talons tordus l'obligeant en outre à marcher comme un canard. Ses manières, autrefois raffinées, étaient brusques comparées à l'aisance des Cubains. Les années passées dans la plantation l'avaient endurci au-dedans comme au-dehors, et maintenant, au moment où il en avait le plus besoin, les arts de la cour qui lui étaient si naturels dans sa jeunesse lui faisaient défaut. Ajoutez à cela que les danses à la mode étaient un micmac accéléré de pirouettes, de révérences, de virevoltes et de sautillements qu'il se trouvait dans l'incapacité d'imiter.

Il apprit que la jeune fille était la sœur d'un Espagnol, Sancho García del Solar, d'une famille de la petite noblesse au nom pompeux, mais appauvrie depuis deux générations. La mère avait mis fin à ses jours en sautant du clocher d'une église et le père était mort jeune après avoir jeté les biens de la famille par les fenêtres. Eugenia avait été éduquée dans un couvent glacé de Madrid, où les bonnes sœurs lui avaient inculqué le strict nécessaire pour orner le caractère d'une dame : pudeur, prières et broderie. Entre-temps, Sancho était arrivé à Cuba pour y tenter fortune, car il n'y avait pas de

39

place en Espagne pour une imagination aussi fertile que la sienne ; en revanche, cette île des Caraïbes où débarquaient des aventuriers en tout genre se prêtait aux négoces lucratifs, quoique pas toujours licites. Il y menait une vie turbulente de célibataire, sur la corde raide de dettes qu'il payait difficilement et toujours à la dernière heure, grâce à des gains aux tables de jeu et à l'aide de ses amis. Bien fait de sa personne, il avait une langue d'or pour embobiner son prochain, et se donnait de si grands airs que personne n'imaginait la profondeur du trou dans sa poche. Brusquement, au moment où il s'y attendait le moins, les religieuses lui expédièrent sa sœur accompagnée d'une duègne et d'une lettre succincte expliquant qu'Eugenia n'avait pas la vocation religieuse et qu'il lui revenait désormais, à lui son unique parent et gardien, d'en assumer la charge.

Avec cette jeune fille virginale sous son toit, ce fut la fin des bringues pour Sancho ; il avait le devoir de lui trouver un mari convenable avant qu'elle ne dépasse l'âge et se retrouve vieille fille, avec ou sans vocation. Son intention était de la marier au plus offrant, un homme qui les sortirait tous deux de la pauvreté où les avait mis la dissipation de leurs parents, mais il n'avait pas imaginé que le poisson serait aussi gros que Toulouse Valmorain. Il savait fort bien qui était le Français et combien il valait, il l'avait en ligne de mire pour lui proposer des négoces, mais ne le présenta pas à sa sœur pendant le bal parce qu'elle n'était franchement pas à son avantage, comparée aux célèbres beautés cubaines. Eugenia était timide, elle n'avait pas de robes convenables et il ne pouvait lui en offrir, elle ne savait pas se coiffer, bien que la chance l'eût dotée d'une épaisse chevelure, et elle n'avait pas la taille de guêpe qu'imposait la mode. Il fut donc surpris lorsque, le lendemain, Valmorain lui demanda la permission de leur rendre visite avec des intentions sérieuses, comme il le déclara.

« C'est sûrement un vieil éclopé, plaisanta Eugenia lorsqu'elle l'apprit, en donnant à son frère un coup de son éventail fermé.

« — C'est un gentilhomme cultivé et riche, mais même s'il était bossu tu l'épouserais. Tu vas avoir vingt ans et tu n'as pas de dot...

— Mais je suis jolie ! l'interrompit-elle en riant.

— Il y a beaucoup de femmes plus jolies et plus minces que toi à La Havane.

— Tu me trouves grosse ?

— Tu ne peux te faire prier, encore moins s'agissant de Valmorain. C'est un excellent parti, il possède des titres et des propriétés en France, même si le gros de sa fortune est une plantation de canne à sucre à Saint-Domingue, lui expliqua Sancho.

— *Santo Domingo* ? demanda-t-elle, alarmée.

— Saint-Domingue, Eugenia. La partie française de l'île est très différente de l'espagnole. Je vais te montrer une carte et tu verras que c'est tout près, tu pourras venir me rendre visite quand tu le voudras.

— Je ne suis pas une ignorante, Sancho. Je sais que cette colonie est un purgatoire de maladies mortelles et de nègres sauvages.

— Ce ne sera que pour un temps. Les colons blancs s'en vont dès qu'ils le peuvent. Dans quelques années, tu seras à Paris. N'est-ce pas le rêve de toutes les femmes ?

— Je ne parle pas le français.

— Tu l'apprendras. Dès demain tu auras un professeur », conclut Sancho.

Si Eugenia García del Solar avait l'intention de s'opposer aux desseins de son frère, elle renonça à cette idée à l'instant où Toulouse Valmorain se présenta chez elle. Il était plus jeune et plus attirant qu'elle ne s'y attendait, de taille moyenne, bien proportionné, les épaules larges, un visage viril aux traits harmonieux, la peau bronzée par le soleil et les yeux gris. Sa bouche aux lèvres fines avait une expression dure. Sous la perruque de travers, quelques cheveux blonds dépassaient, et il paraissait mal à l'aise dans ses vêtements trop serrés. Eugenia apprécia sa façon de parler sans détour et de la regarder comme s'il la déshabillait, lui causant un fourmillement coupable qui aurait horrifié les religieuses du sinistre couvent de Madrid. Elle pensa qu'il était dommage que Valmorain vécût à Saint-Domingue, mais si son frère ne l'avait pas trompée, ce serait pour peu de temps. Sancho invita le prétendant à se refraîchir d'une boisson au miel de canne dans la pergola du jardin, et en moins d'une demi-heure le marché fut tacitement conclu. Eugenia ne sut rien des détails ultérieurs, qui furent résolus à huis clos par les deux hommes, elle n'eut à s'occuper que de son trousseau. Elle le commanda en France, conseillée par la femme du consul, et son frère le finança grâce à un prêt usuraire que lui obtint son irrésistible éloquence de charlatan. À ses messes matinales, Eugenia remerciait Dieu avec ferveur de la chance unique qui lui était donnée de se marier par convenance avec un homme qu'il lui serait possible d'aimer.

Valmorain resta deux mois à Cuba, faisant la cour à Eugenia de façon improvisée, car il avait perdu l'habitude de fréquenter des femmes de son milieu ; les méthodes utilisées avec Violette Boisier ne servaient à rien dans ce cas. Il venait chaque jour chez sa promise, de quatre heures à six heures de l'après-midi, pour prendre un rafraîchissement et jouer aux cartes, toujours en présence de la duègne toute vêtue de noir, qui d'un œil faisait de la dentelle aux fuseaux et de l'autre les surveillait. La demeure de Sancho laissait beaucoup à désirer et Eugenia, n'ayant aucune vocation domestique, ne se donna pas la peine de l'arranger. Pour éviter que la crasse du mobilier n'abîmât les habits de son fiancé, elle le recevait dans le jardin où la végétation exubérante des tropiques débordait, telle une menace botanique. Parfois ils allaient se promener, accompagnés de Sancho, ou s'apercevaient de loin à l'église, où ils ne pouvaient se parler.

Valmorain avait noté les conditions précaires dans lesquelles vivaient les García del Solar et en déduisit que si sa fiancée s'y sentait à l'aise, à plus forte raison le serait-elle dans l'*habitation* Saint-Lazare. Il lui envoyait des cadeaux délicats, des fleurs et des billets formels qu'elle rangeait dans un coffret garni de velours, mais laissait sans réponse. Jusqu'alors, Valmorain avait eu peu de relations avec des Espagnols, ses amitiés étant françaises, mais il constata bientôt qu'il se sentait bien parmi eux. Il n'eut pas de problème d'échange, car la seconde langue de la haute société et des gens cultivés de Cuba était le français. Il confondit les silences de sa promise avec de la réserve, une vertu féminine appréciable à ses yeux, et il ne lui vint pas à l'idée qu'elle le comprenait à peine. Eugenia n'avait pas une bonne oreille et les efforts du professeur ne suffirent pas à lui inculquer les subtilités de la langue française. La discrétion d'Eugenia et ses manières de novice apparurent à Valmorain comme une garantie qu'elle ne tomberait pas dans la conduite dissipée de tant de femmes de Saint-Domingue, qui oubliaient la pudeur en prenant prétexte du climat. Une fois qu'il eut compris le caractère espagnol, avec son sens exagéré de l'honneur et son absence d'ironie, il se sentit à l'aise avec la jeune fille et accepta de bonne grâce l'idée de s'ennuyer auprès d'elle en toute conscience. Peu lui importait. Il voulait une épouse honnête et une mère exemplaire pour sa descendance ; pour se distraire, il avait ses livres et ses négoces.

Sancho était le contraire de sa sœur et d'autres Espagnols que Valmorain connaissait : cynique, débauché, immunisé contre le mélodrame et les sautes de jalousie, mécréant et habile à saisir au vol les occasions qui se présentaient. Même si certains aspects de son futur beau-frère le choquaient, Valmorain s'amusait avec lui et se laissait enjôler, disposé à perdre de l'argent pour le plaisir de sa conversation spirituelle et d'un moment de légèreté. Pour commencer, il en fit son associé dans un trafic de vins français qu'il avait l'intention d'organiser entre Saint-Domingue et Cuba, où ils étaient très appréciés. Ce fut le début d'une longue et solide complicité qui devait les unir jusqu'à la mort.

La maison du maître

Toulouse Valmorain revint fin novembre à Saint-Domingue afin de préparer l'arrivée de sa future épouse. Comme toutes les plantations, Saint-Lazare avait une « Grand-Case », la grande maison, qui dans ce cas était à peine plus qu'une baraque rectangulaire de bois et de brique, soutenue par des pilots à trois mètres au-dessus du sol pour se protéger des inondations à la saison des ouragans, et se défendre lors d'une révolte d'esclaves. Elle comptait une série de chambres sombres, plusieurs d'entre elles avec des planches pourries, un grand salon et une vaste salle à manger, pourvus de fenêtres se faisant face pour permettre à l'air de circuler, et un système d'éventails en tissu pendus au plafond que les esclaves actionnaient en tirant sur une corde. Le va-et-vient des ventilateurs faisait voler un léger nuage de poussière et d'ailes séchées de moustiques, qui se déposait en pellicules sur les vêtements. Les fenêtres n'avaient pas de vitres mais du papier ciré, et les meubles étaient grossiers, à peine adaptés à la demeure provisoire d'un homme seul. Sous le toit nichaient des chauves-souris, on trouvait souvent des bestioles dans les coins, et la nuit, dans les chambres, on entendait les pas menus des souris. Une galerie ou terrasse couverte, aux meubles en osier très abîmés, entourait la maison sur trois côtés. Tout autour s'étendaient un potager mal entretenu planté d'arbres fruitiers malades, plusieurs cours où picoraient des poules éberluées par la chaleur, une écurie pour les chevaux de race, les chenils et une remise pour les voitures, plus loin l'océan rugissant des champs de cannes et, en toile de fond, les montagnes violettes se découpant sur un ciel capricieux. Peut-être y avait-il eu un jardin autrefois, mais il n'en restait pas le moindre souvenir. Les moulins à sucre, les cabanes et les baraques des esclaves n'étaient pas visibles depuis la maison. Toulouse Valmorain parcourut tout cela d'un œil critique, remarquant pour la première fois la précarité et la rusticité de l'endroit. Comparé à la maison de Sancho, c'était un palace, mais par rapport aux demeures des autres *Grands Blancs* de l'île et au petit *château* de sa famille en France, où il n'avait pas mis les pieds depuis huit ans, c'était d'une laideur honteuse. Il décida de commencer sa vie d'homme marié d'un bon pied et de faire à son épouse la surprise d'une maison digne des noms de Valmorain et García del Solar. Quelques aménagements s'imposaient.

Violette Boisier reçut la nouvelle du mariage de son client avec philosophie et bonne humeur. Loula, qui était au courant de tout, lui avait appris que Valmorain avait une fiancée à Cuba. «Il te regrettera, mon ange, et je peux t'assurer qu'il reviendra», dit-elle. Et il en fut ainsi. Peu de temps après, Valmorain frappa à la porte de l'appartement, non pas en quête des services habituels, mais pour demander à son ancienne maîtresse de l'aider à recevoir sa femme comme il se devait. Il ne savait par où commencer et ne voyait pas à qui d'autre demander cette faveur.

«Est-il vrai que les Espagnoles dorment avec une chemise de nonne pourvue d'une ouverture sur le devant pour faire l'amour? lui demanda Violette.

— Comment le saurais-je? Je ne suis pas encore marié, mais si c'est le cas, je la lui arracherai aussitôt, répondit le fiancé en riant.

— Sûrement pas ! Tu m'apportes la chemise de nuit et ici, avec Loula, nous lui ouvrons un autre trou par-derrière », répliqua-t-elle.

La jeune *cocotte* fut prête à l'aider moyennant une commission raisonnable de quinze pour cent sur le prix d'achat des meubles. Pour la première fois dans sa relation avec un homme, les voltiges au lit n'étaient pas comprises et elle se mit à la tâche avec enthousiasme. Elle se rendit avec Loula à Saint-Lazare pour avoir une idée de la mission dont elle avait la charge, et à peine eut-elle franchi le seuil qu'un lézard tomba du plafond à caissons dans son décolleté. Son hurlement attira plusieurs esclaves de la cour, qu'elle s'empressa de recruter pour un nettoyage à fond. Pendant une semaine cette belle courtisane, que Valmorain avait vue à la lumière dorée des lampes habillée de soie et de taffetas, maquillée et parfumée, dirigea l'équipe d'esclaves pieds nus, vêtue d'un peignoir de toile grossière et la tête enveloppée dans un torchon. Elle paraissait dans son élément, comme si elle avait fait cette rude besogne toute sa vie. Sous ses ordres, ils grattèrent les planches saines et remplacèrent les pourries, changèrent le papier des fenêtres et les moustiquaires, ventilèrent, mirent du poison pour les souris, brûlèrent du tabac pour chasser les insectes, expédièrent les meubles branlants au quartier des esclaves et, à la fin, la maison fut propre et vide. Violette la fit peindre en blanc à l'extérieur et, comme il restait de la chaux, elle l'utilisa pour les cabanes des esclaves domestiques qui se trouvaient près de la Grand-Case, puis elle fit planter des bougainvillées de couleur parme au pied de la galerie. Valmorain se proposa de tenir la maison soignée et chargea plusieurs esclaves de réaliser un jardin inspiré de Versailles, bien que le climat excessif se prêtât peu à l'art géométrique des paysagistes de la cour de France.

Violette retourna au Cap avec une liste d'achats. « Ne fais pas trop de dépenses, cette maison est temporaire. Dès que j'aurai un bon administrateur général, nous partirons pour la

France », lui dit Valmorain. Elle ne l'écouta pas, car elle n'aimait rien tant que faire des emplettes.

Du Cap partait le trésor inépuisable de la colonie tandis qu'arrivaient les produits autorisés et de contrebande. Une foule bigarrée se côtoyait dans les rues boueuses, marchandant en plusieurs langues au milieu des charrettes, des mules, des chevaux et des bandes de chiens sans maître qui se nourrissaient des ordures. On y vendait de tout, des articles de luxe de Paris et des chinoiseries de l'Orient au butin des pirates, et chaque jour, sauf le dimanche, des esclaves étaient vendus aux enchères pour répondre à la demande : entre vingt et trente mille par an juste pour maintenir leur nombre stable, car ils ne vivaient pas longtemps. Violette dépensa la bourse et continua à acheter à crédit avec la garantie du nom de Valmorain. Malgré sa jeunesse, elle choisissait avec un grand aplomb, parce que la vie mondaine l'avait aguerrie et lui avait affiné le goût. À un capitaine de bateau qui faisait la traversée entre les îles, elle commanda des couverts d'argent, des verres en cristal et un service de porcelaine pour les réceptions. La fiancée devait apporter les draps et les nappes qu'elle avait sans doute brodés depuis son enfance, aussi ne s'occupa-t-elle pas de cela. Elle dénicha des meubles français pour le salon, une lourde table américaine avec dix-huit chaises faites pour durer plusieurs générations, des tapisseries hollandaises, des paravents laqués, de grands coffres espagnols pour les vêtements, un nombre excessif de candélabres en fer forgé et de lampes à huile, car elle affirmait qu'on ne peut vivre dans l'obscurité, de la vaisselle du Portugal pour l'usage quotidien et un assortiment de parures, mais aucun tapis, car l'humidité les moisissait. Les *comptoirs* se chargèrent d'expédier les achats et d'envoyer la facture à Valmorain. Bientôt arrivèrent à l'*habitation* Saint-Lazare des charrettes lourdement chargées de caisses et de paniers ; les esclaves sortaient de la paille une série interminable d'objets : horloges allemandes, cages à oiseaux, boîtes chinoises, répliques de statues romaines mutilées, miroirs vénitiens, gravures et peintures de différents styles choisies en fonction de leur thème, car Violette ne connaissait rien à l'art, instruments de musique dont personne ne savait jouer, et même un ensemble incompréhensible de verres épais, de tubes et de petites roues en bronze que Valmorain assembla comme un puzzle et qui s'avéra être une longue-vue pour espionner les esclaves depuis la galerie. Toulouse trouva les meubles trop somptueux et les décorations parfaitement inutiles, mais, ne pouvant les rendre, il se résigna à les garder. Quand l'orgie des dépenses fut terminée, Violette toucha sa commission et annonça que la future épouse de Valmorain allait avoir besoin de domestiques : une bonne cuisinière, des serviteurs pour la maison et une femme de chambre. C'était le minimum requis, comme le lui avait assuré Madame Delphine Pascal, qui connaissait toutes les personnes de la bonne société du Cap.

« Sauf moi, fit remarquer Valmorain.

— Tu veux que je t'aide ou non ?

— C'est entendu, je vais demander à Prosper Cambray de former quelques esclaves.

— Sûrement pas ! Tu ne peux pas économiser là-dessus ! Ceux des champs ne servent à rien, ils sont abrutis. Je me chargerai moi-même de chercher les domestiques », décida Violette.

Zarité allait avoir neuf ans quand Violette l'acheta à Madame Delphine, une Française aux boucles cotonneuses et à la poitrine de dindon, déjà mûre mais bien conservée si l'on considérait les ravages que causait le climat. Bien que veuve d'un modeste fonctionnaire civil français, Delphine Pascal se donnait des airs de personne haut placée en raison de ses relations avec les *Grands Blancs*, alors que ceux-ci ne venaient la voir que pour des trafics douteux. Elle connaissait bien des secrets, ce qui lui donnait l'avantage à l'heure d'obtenir des faveurs. En apparence, elle vivait de la pension de son défunt mari et des cours de clavecin qu'elle dispensait à des demoiselles, mais en sous-main elle revendait des objets volés, servait d'entremetteuse et, en cas d'urgence, pratiquait des avortements. En cachette aussi, elle enseignait le français à quelques *cocottes* qui se faisaient passer pour blanches : elles avaient le teint adéquat, mais leur accent les trahissait. C'est ainsi qu'elle avait connu Violette Boisier, l'une des plus claires de ses élèves, mais n'ayant aucunement la prétention de se franciser ; au contraire, la jeune fille évoquait sans complexe sa grand-mère sénégalaise. Elle voulait parler un français correct pour se faire respecter de ses amis blancs. Madame Delphine n'avait que deux esclaves : un vieil homme, Honoré, pour tout le service y compris la cuisine, acquis à vil prix parce qu'il avait les os tordus, et Zarité – Tété – une petite mulâtresse arrivée chez elle à peine âgée de quelques semaines et qui ne lui avait rien coûté. Lorsque Violette l'obtint pour Eugenia García del Solar, la petite était maigrichonne, toute en lignes verticales et en angles, la crinière compacte et impénétrable, mais se déplaçait avec grâce, avait un visage noble et de beaux yeux couleur de miel liquide. Peut-être, comme elle-même, descendait-elle d'une Sénégalaise, pensa Violette. Tété avait appris très tôt les avantages de se taire et d'obéir aux ordres l'expression vide, sans donner l'impression de comprendre ce qui se passait autour d'elle, mais Violette avait toujours soupçonné qu'elle était bien plus vive qu'on pouvait l'imaginer à première vue. Habituellement, elle ne prêtait pas attention aux esclaves – à l'exception de Loula, elle les considérait comme de la marchandise –, mais cette créature suscitait sa sympathie. Sous certains aspects, elles se ressemblaient, bien qu'elle-même fût libre, belle, et eût l'avantage d'avoir été choyée par sa mère et désirée par tous les hommes qui avaient croisé son chemin. Tété n'avait rien de cela, elle n'était qu'une esclave en haillons, mais Violette pressentit sa force de caractère. À l'âge de Tété, elle aussi avait été un paquet d'os, et puis, à la puberté, elle s'était remplumée, ses arêtes étaient

50

devenues des courbes tandis que s'affirmaient les formes qui feraient son succès. Alors sa mère avait commencé à lui apprendre la profession dont elle tirait profit, afin qu'elle ne se brise pas le dos comme servante. Violette se révéla une élève douée, et à l'époque où sa mère fut assassinée elle se débrouillait déjà seule avec l'aide de Loula, qui la défendait avec une jalouse loyauté. Grâce à cette excellente femme, elle n'avait nul besoin de la protection d'un souteneur et prospérait dans un métier ingrat où d'autres jeunes femmes laissaient leur santé et parfois leur vie. Dès que surgit l'idée de trouver une esclave attachée à la personne de l'épouse de Toulouse Valmorain, elle se souvint de Tété. « Pourquoi cette morveuse t'intéresse-t-elle autant ? » lui demanda Loula, toujours méfiante, lorsqu'elle connut ses intentions. « C'est un pressentiment, je crois qu'un jour nos chemins se croiseront », fut la seule explication qui vint à l'esprit de Violette. Loula consulta les coquillages de cauri sans obtenir de réponse satisfaisante ; cette méthode de divination ne servait à rien pour éclairer les affaires d'importance, n'ayant d'utilité que dans celles de peu de valeur.

Madame Delphine reçut Violette dans une toute petite salle, où trônait un clavecin tel un pachyderme. Elles s'assirent sur des chaises fragiles aux pieds courbes et prirent le café dans des tasses pour nains, décorées de fleurs peintes, en bavardant de tout et de rien, comme elles l'avaient fait d'autres fois. Après quelques détours, Violette exposa le motif de sa visite. La veuve fut surprise que quelqu'un eût remarqué l'insignifiante Tété, mais elle avait du nez et flaira aussitôt un profit possible.

« Je n'avais pas l'intention de vendre Tété, mais puisqu'il s'agit de vous, une si chère amie…

— J'espère que la fille est en bonne santé. Elle est très maigre, l'interrompit Violette.

— Ce n'est pas par manque de nourriture ! » s'exclama la veuve, offensée.

51

Elle resservit du café et très vite elles en vinrent au prix, qui parut exagéré à Violette. Plus elle paierait cher, plus sa commission serait élevée, mais elle ne pouvait tromper Valmorain trop effrontément; tout le monde connaissait le prix des esclaves, en particulier les planteurs, qui passaient leur temps à en acheter. Une morveuse maigrelette n'était pas un article de valeur, plutôt une chose que l'on offre pour rétribuer une attention.

«J'ai de la peine de me défaire de Tété, soupira Madame Delphine en essuyant une larme invisible, après qu'elles se furent accordées sur la somme. C'est une bonne fille, elle ne vole pas et parle correctement le français. Je ne lui ai jamais permis de s'adresser à moi en petit-nègre. Dans ma maison, personne n'écorche la belle langue de Molière.

— Je ne sais à quoi cela va lui servir, commenta Violette, amusée.

— Comment ça à quoi? Une femme de chambre qui parle le français est très élégante. Tété vous servira bien, je vous le garantis. Mais je dois vous avouer, mademoiselle, que j'ai dû lui donner quelques coups de bâton pour lui ôter la très mauvaise habitude de s'enfuir.

— Voilà qui est grave! Et l'on dit qu'il n'y a pas de remède...

— C'est vrai de certaines négresses arrivées récemment d'Afrique, qui jusque-là étaient libres, mais Tété est née esclave. La liberté! Quelle arrogance! s'exclama la veuve en fixant ses petits yeux de poule sur la fillette qui attendait, debout près de la porte. Mais ne vous inquiétez pas, mademoiselle, elle ne s'y risquera plus. La dernière fois, elle s'est perdue pendant plusieurs jours et quand on me l'a ramenée, elle avait été mordue par un chien et avait la fièvre. Vous ne savez pas ce qu'il m'en a coûté de la soigner, mais elle n'a pas échappé au châtiment.

— Quand cela s'est-il produit? demanda Violette en prenant note du silence hostile de l'esclave.

— Il y a un an. Maintenant elle ne ferait plus une bêtise pareille, mais quoi qu'il en soit, surveillez-la. Elle a le sang maudit de sa mère. Ne soyez pas tendre avec elle, elle a besoin d'une main dure.

— Que me dites-vous de la mère ?

— C'était une reine. Elles disent toutes qu'elles étaient des reines, là-bas en Afrique, se moqua la veuve. Elle est arrivée enceinte ; c'est toujours comme ça, de vraies chiennes en chaleur.

— La *pariade*. Les marins les violent dans les bateaux, comme vous savez. Aucune n'y échappe, répliqua Violette avec un frisson en pensant à sa propre grand-mère, qui avait survécu à la traversée de l'océan.

— Cette femme a failli tuer sa fille. Imaginez-vous ! On a dû la lui enlever des mains. Monsieur Pascal, mon époux, Dieu l'ait en sa gloire, m'a apporté la petite en cadeau.

— Quel âge avait-elle alors ?

— Deux ou trois mois, je ne me souviens pas. Honoré, mon autre esclave, lui a donné ce nom si étrange, Zarité, et l'a nourrie au lait d'ânesse ; c'est pour cela qu'elle est forte et travailleuse, mais aussi têtue. Je lui ai appris toutes les tâches domestiques. Elle vaut plus que ce que je vous en demande, mademoiselle Boisier. Je vous la vends uniquement parce je pense retourner bientôt à Marseille, je peux encore refaire ma vie, ne croyez-vous pas ?

— Certainement, madame », répliqua Violette en examinant le visage poudré de la femme.

Elle emmena Tété le jour même, sans autres biens que les haillons qu'elle portait sur elle et une grossière poupée en bois semblable à celles que les esclaves utilisaient pour leurs cérémonies vaudoues. « J'ignore d'où elle a sorti cette cochonnerie », commenta Madame Delphine en faisant mine de la lui enlever, mais la fillette s'accrocha à son unique trésor avec un tel désespoir que Violette intervint. Honoré fit en pleurant ses adieux à Tété et lui promit d'aller lui rendre visite si on le lui permettait.

Toulouse Valmorain ne put éviter une exclamation de contrariété lorsque Violette lui montra qui elle avait choisi pour servir sa femme. Il espérait quelqu'un de plus âgé, de meilleur aspect et d'expérience, pas cette créature échevelée marquée par les coups qui se recroquevilla comme un escargot lorsqu'il lui demanda son nom, mais Violette l'assura que son épouse en serait très satisfaite une fois qu'elle l'aurait préparée comme il fallait.

«Et combien cela va-t-il me coûter?

— Ce dont nous sommes convenus, une fois que Tété sera prête.»

Trois jours plus tard, Tété ouvrit la bouche pour la première fois, demandant si ce monsieur allait être son maître; elle croyait que Violette l'avait achetée pour elle. «Ne pose pas de questions et ne pense pas à l'avenir. Pour les esclaves, seul compte le jour d'aujourd'hui», l'avertit Loula. L'admiration que Tété éprouvait pour Violette balaya sa résistance et bientôt, enthousiasmée, elle s'abandonna au rythme de la maisonnée. Elle mangeait avec la voracité d'une enfant qui a connu la faim, et au bout de quelques semaines elle s'était un peu étoffée. Elle avait soif d'apprendre et suivait Violette comme un chien, la dévorant des yeux, nourrissant au plus secret de son cœur le désir impossible de lui ressembler, d'être aussi belle et élégante qu'elle, mais surtout, libre. Violette lui apprit à faire les coiffures compliquées à la mode ainsi que les massages, à amidonner et repasser les vêtements fins, et d'autres choses que sa future maîtresse pouvait exiger d'elle. D'après Loula, il n'était pas nécessaire de se donner tant de mal, parce que les Espagnoles n'avaient pas le raffinement des Françaises, elles étaient très ordinaires. Elle rasa elle-même l'immonde chevelure de Tété et l'obligea à se baigner fréquemment, habitude inconnue de la fillette, car d'après Madame Delphine l'eau amollissait; elle-même se passait seulement un chiffon humide sur les parties cachées et s'arrosait de parfum. Loula se sentait envahie par la fillette, elles tenaient à peine toutes les deux dans la petite pièce qu'elles partageaient la nuit. Elle l'accablait d'injonctions et d'insultes, plus par habitude que par méchanceté, et la frappait lorsque Violette était absente, mais elle ne lésinait pas sur sa nourriture. « Plus tôt tu grossiras, plus tôt tu t'en iras », lui disait-elle. En revanche, elle était d'une amabilité exquise avec le vieil Honoré lorsque, timidement, il venait en visite. Elle l'installait dans le meilleur fauteuil du salon, lui servait un rhum de qualité et l'écoutait, bouche bée, parler de tambours et d'arthrite. « Cet Honoré est un vrai monsieur ! Comme on aimerait que certains de tes amis soient aussi polis que lui ! » commentait-elle ensuite à Violette.

Zarité

Pendant un certain temps, deux ou trois semaines, je n'ai pas pensé à m'enfuir. Mademoiselle était amusante et jolie, elle avait des robes de toutes les couleurs, elle sentait les fleurs et sortait le soir avec ses amis, qui venaient ensuite chez elle pour leurs petites affaires ; moi, dans la pièce de Loula, je me bouchais les oreilles, mais je les entendais quand même. Lorsque Mademoiselle se réveillait, vers midi, je lui apportais son petit déjeuner sur le balcon, comme elle me l'avait ordonné, elle me parlait alors de ses fêtes et me montrait les cadeaux de ses admirateurs. Je lustrais ses ongles avec un petit morceau de peau de chamois et ils devenaient aussi brillants que des coquillages, je brossais ses cheveux ondulés et la frictionnais avec de l'huile de coco. Sa peau était pareille à la crème caramel, ce dessert qu'Honoré me préparait parfois, avec du lait et des jaunes d'œuf, en cachette de Madame Delphine. J'ai appris très vite. Mademoiselle disait que j'étais intelligente et elle ne me frappait jamais. Peut-être ne me serais-je pas enfuie si elle avait été ma maîtresse, mais elle m'enseignait tout cela pour servir une Espagnole dans une plantation éloignée du Cap. Le fait qu'elle soit espagnole n'augurait rien de bon ; au dire de Loula, qui savait tout et était devineresse, elle avait vu dans mes yeux que j'allais m'enfuir avant que je le décide moi-même et elle l'avait annoncé à Mademoiselle, mais celle-ci ne lui avait pas prêté attention. « Nous avons perdu beaucoup d'argent ! Qu'allons-nous faire maintenant ? » s'est écriée Loula quand j'ai disparu. « Attendons », a répondu Mademoiselle en continuant tranquillement à boire son café. Au lieu d'engager un chasseur de nègres, comme on fait toujours, elle a demandé à son fiancé, le capitaine Relais, d'envoyer ses gardes me chercher discrètement et de ne pas me faire de mal. Ainsi me l'a-t-on raconté. Il a été très facile de m'en aller de cette maison. J'ai enveloppé une mangue et un croûton de pain dans un mouchoir, je suis sortie par la porte principale et me suis éloignée sans courir, pour ne pas attirer l'attention. J'ai aussi emporté ma poupée, qui était sacrée, comme les saints de Madame Delphine, mais plus puissante, comme me l'avait dit Honoré lorsqu'il l'avait taillée pour moi. Honoré me parlait toujours de la Guinée, des loas, du vaudou, et il m'a avertie de ne jamais m'adresser aux dieux des Blancs, car ce sont nos ennemis. Il m'a expliqué que dans la langue de ses parents vaudou veut dire esprit divin. Ma poupée représentait Erzulie, loa de l'amour et de la maternité. Madame Delphine me faisait prier la Vierge Marie, une déesse qui ne danse pas, qui passe son temps à pleurer parce qu'on a tué son fils et qu'elle n'a jamais connu le plaisir d'être avec un homme. Honoré s'est occupé de moi dans mes premières années, puis ses os sont devenus aussi noueux que des branches sèches, alors ç'a été mon tour de prendre soin de lui. Qu'a-t-il bien pu advenir d'Honoré ? Il doit être avec ses ancêtres dans l'île sous la mer, car trente ans ont passé depuis la dernière fois que je l'ai vu, assis dans le salon de l'appartement de Mademoiselle, place Clugny, buvant un café avec du rhum et savourant les petits gâteaux de Loula. J'espère qu'il a survécu à la révolution, avec toutes ses atrocités, et qu'il est parvenu à être libre dans la République noire d'Haïti avant de mourir tranquillement de vieillesse. Il rêvait d'avoir un lopin de terre, d'élever quelques animaux et de planter ses légumes, comme le faisaient ses parents au Dahomey. Je l'appelais grand-père, car d'après lui il n'est pas besoin d'être du même sang ou de la même tribu pour être de la même famille, mais en réalité j'aurais dû l'appeler maman. Il a été la seule mère que j'aie connue.

Personne ne m'a arrêtée dans les rues quand j'ai quitté l'appartement de Mademoiselle. J'ai marché plusieurs heures et je crois que j'ai traversé toute la ville. Je me suis perdue dans le quartier du port, mais j'apercevais les montagnes au loin et il suffisait de marcher dans cette direction. Nous, les esclaves, nous savions que les fugitifs étaient dans les montagnes, mais nous ne savions pas que derrière les premiers sommets il y en avait beaucoup d'autres, tellement qu'on ne pouvait les compter. La nuit est tombée, j'ai mangé le pain et gardé la mangue. Je me suis cachée dans une écurie, sous un tas de paille, et pourtant j'ai peur des chevaux, avec leurs pattes comme des marteaux et leurs naseaux fumants. Les animaux étaient tout près, je pouvais sentir leur respiration à travers la paille, une haleine verte et douce comme les herbes du bain de Mademoiselle. Agrippée à ma poupée Erzulie, mère de la Guinée, j'ai dormi toute la nuit sans faire de mauvais rêves, enveloppée par la chaleur des chevaux. Au petit matin, un esclave est entré dans l'écurie et m'a trouvée en train de ronfler, les pieds dépassant de la paille ; il m'a attrapée par les chevilles et m'a tirée d'un coup. Je ne sais pas ce qu'il s'attendait à découvrir, mais sûrement pas une gamine, parce qu'au lieu de me frapper il m'a soulevée en l'air, m'a amenée à la lumière et regardée, bouche bée. « Es-tu folle ? Quelle idée as-tu de te cacher ici ? » m'a-t-il enfin demandé sans élever la voix. « Je dois aller dans les montagnes », lui ai-je expliqué, en murmurant moi aussi. L'homme a hésité, car il savait, comme tout le monde, quel châtiment l'attendait s'il aidait un esclave fugitif. « Lâchez-moi, je vous en prie, personne ne saura que je suis passée par ici ! » l'ai-je supplié. Il a réfléchi un moment, m'a finalement ordonné de ne pas bouger de l'écurie et il est sorti, après s'être assuré qu'il n'y avait personne dans les environs. Il est bientôt revenu avec une galette rassise et une calebasse de café très sucré, il a attendu que j'aie mangé et m'a ensuite indiqué la sortie de la ville. S'il m'avait dénoncée, il aurait reçu une récompense, mais il ne l'a pas fait. J'espère que le Papa Bondye l'aura récompensé. Je me suis mise à courir, laissant derrière moi les dernières maisons du Cap. Ce jour-là, j'ai marché sans m'arrêter : j'avais les pieds en sang et je transpirais en pensant aux chiens des chasseurs de nègres, à la Maréchaussée. Le soleil était haut lorsque je suis entrée dans la forêt, verte, toute verte, on ne voyait pas le ciel et la lumière traversait à peine les feuilles. Je percevais le bruit des animaux et le murmure des esprits. Peu à peu le sentier s'est effacé. J'ai mangé la mangue, mais l'ai vomie presque aussitôt. Les gardes du capitaine Relais n'ont pas perdu leur temps à me chercher, car je suis revenue seule après avoir passé la nuit blottie entre les racines d'un arbre vivant, je pouvais entendre battre son cœur comme celui d'Honoré. C'est ainsi que je m'en souviens.

J'ai passé la journée à marcher et marcher, à demander et demander, jusqu'à ce que j'arrive à la place Clugny. Je suis entrée dans l'appartement de Mademoiselle tellement affamée et épuisée que j'ai à peine senti la gifle de Loula, qui m'a projetée au loin. Sur ce, Mademoiselle est apparue ; elle se préparait à sortir et était encore en déshabillé, *les cheveux défaits*. Elle m'a prise par un bras, m'a tirée en un clin d'œil jusqu'à sa chambre et d'une poussée m'a assise sur son lit ; elle était beaucoup plus forte qu'elle le paraissait. Elle est restée debout, les mains sur les hanches, me regardant sans rien dire, puis elle m'a tendu un mouchoir pour que je nettoie le sang de la gifle. « Pourquoi es-tu revenue ? » m'a-t-elle demandé. Je n'avais pas de réponse. Elle m'a donné un verre d'eau, et c'est alors que mes larmes se sont mises à couler telle une pluie chaude, se mêlant au sang de mon nez. « Remercie-moi de ne pas te fouetter comme tu le mérites, pauvre idiote. Où pensais-tu aller ? Dans les montagnes ? Tu n'y arriverais jamais. Seuls quelques hommes y parviennent, les plus désespérés et les plus courageux. Si par miracle tu pouvais t'enfuir de la ville, traverser les forêts et les marais sans traverser les plantations où les chiens te dévoreraient, si tu pouvais éviter les miliciens, les démons, les serpents venimeux et arrivais dans les montagnes, les fugitifs te tueraient. À quoi leur servirait une gamine comme toi ? Es-tu capable de chasser, de te battre, de tenir une machette ? Sais-tu seulement donner du plaisir à un homme ? » J'ai dû admettre que non. Elle m'a dit de tirer profit de mon sort, car je n'étais pas si mal lotie. Je l'ai suppliée de me permettre de rester auprès d'elle, mais elle m'a répondu qu'elle n'avait aucun besoin de moi. Elle m'a conseillé de bien me tenir, si je ne voulais pas me retrouver à couper la canne. Elle me formait pour devenir l'esclave personnelle de Madame Valmorain, un travail léger : je vivrais dans la Grand-Case où je mangerais bien, et m'y trouverais mieux que chez Madame Delphine. Elle a ajouté qu'il ne fallait pas écouter Loula, car être espagnole n'était pas une maladie, cela signifiait simplement que cette dame parlait une autre langue que la nôtre. Elle connaissait mon nouveau maître, a-t-elle dit, un chevalier honnête, n'importe quelle esclave serait contente de lui appartenir. « Je veux être libre, comme vous », lui ai-je dit entre deux sanglots. Alors elle m'a parlé de sa grand-mère capturée au Sénégal, où vivent les gens les plus beaux du monde. Un riche commerçant l'avait achetée, un Français qui avait une épouse en France, mais qui était tombé amoureux d'elle dès qu'il l'avait vue au marché aux nègres. Elle lui avait donné plusieurs enfants et il les avait tous émancipés ; il voulait les éduquer afin qu'ils prospèrent, comme tant de gens de couleur à Saint-Domingue, mais il était mort brusquement et les avait laissés dans la misère, parce que son épouse avait réclamé tous ses biens. La grand-mère sénégalaise avait monté une baraque à friture sur le port pour nourrir la famille, mais la plus jeune de ses filles, âgée de douze ans, avait refusé de s'épuiser à étriper le poisson au milieu des fumerolles d'huile rance et décidé de se consacrer au service des messieurs. Cette enfant, qui avait hérité de la noble beauté de sa mère, était devenue la courtisane la plus sollicitée de la ville et à son tour elle avait eu une fille, Violette Boisier, à qui elle avait appris ce qu'elle savait. Ainsi me l'a raconté Mademoiselle. « Si un Blanc ne l'avait tuée par jalousie, ma mère serait encore la reine de la nuit au Cap. Mais ne te fais pas d'illusions, Tété, l'histoire d'amour de ma grand-mère n'arrive que très rarement. L'esclave reste esclave. S'il s'enfuit et a de la chance, il meurt pendant sa fuite. S'il n'en a pas, ils l'attrapent vivant. Extirpe la liberté de ton cœur, c'est ce que tu peux faire de mieux », a-t-elle ajouté. Puis elle m'a emmenée là où était Loula pour qu'elle me donne à manger.

Quand le maître Valmorain est venu me chercher, quelques semaines plus tard, il ne m'a pas reconnue : j'avais grossi, j'étais propre, je portais les cheveux courts et une robe neuve que Loula m'avait cousue. Il m'a demandé mon nom et je lui ai répondu de ma voix la plus ferme, sans lever les yeux, car on ne regarde jamais un Blanc en face : « Zarité de Saint-Lazare, maître », comme Mademoiselle me l'avait appris. Mon nouveau maître a souri et avant que nous partions il a laissé une bourse. Je n'ai pas su combien il m'avait achetée. Dans la rue attendait un autre homme avec deux chevaux, qui m'a examinée de la tête aux pieds et m'a fait ouvrir la bouche pour regarder mes dents. C'était Prosper Cambray, le gérant. Il m'a soulevée d'un coup pour m'asseoir sur la croupe de son cheval, un animal haut, large et chaud, qui soufflait fort, agité. Mes *jambes étaient trop courtes pour m'agripper et j'ai dû me tenir à la taille de l'homme. Je n'étais jamais montée à cheval, mais j'ai ravalé ma peur: personne ne se souciait de ce que je ressentais. Le maître Valmorain est monté lui aussi et nous nous sommes éloignés au pas. Je me suis retournée pour regarder la maison. Mademoiselle était sur le balcon, agitant la main en guise d'adieu, jusqu'à ce que nous ayons tourné le coin de la rue et que je ne la voie plus. C'est ainsi que je m'en souviens.*

Le châtiment

Sueur et moustiques, coassement de crapauds et fouet, journées de fatigue et nuits de frayeur pour la caravane d'esclaves, de contremaîtres, de soldats à la solde, et pour les maîtres, Toulouse et Eugenia Valmorain. Il leur faudrait trois longues journées pour se rendre de la plantation à la ville du Cap, qui était toujours le port le plus important de la colonie, mais plus sa capitale, déplacée à Port-au-Prince dans l'espoir de mieux contrôler le territoire. La mesure avait peu d'effet : les colons trompaient la loi, les pirates allaient et venaient le long de la côte, et des milliers d'esclaves s'enfuyaient dans les montagnes. Ces marrons, toujours plus nombreux et plus audacieux, tombaient sur les plantations et sur les voyageurs avec une fureur justifiée. Le capitaine Étienne Relais, « le molosse de Saint-Domingue », avait capturé cinq de leurs chefs, une mission difficile, car les fugitifs connaissaient le terrain, ils se déplaçaient aussi vite que la brise et se cachaient sur des hauteurs inaccessibles aux chevaux. Armés seulement de couteaux, de machettes et de bâtons, ils ne prenaient pas le risque d'affronter les soldats à terrain découvert ; c'était une guerre d'escarmouches, d'assauts par surprise et de retraites, d'incursions nocturnes, de rapines, d'incendies et d'assassinats qui épuisaient les forces régulières de la Maréchaussée et de l'armée. Les esclaves des plantations les protégeaient, les uns parce qu'ils espéraient les rejoindre, les autres parce qu'ils en avaient peur. Relais ne perdait jamais de vue l'avantage des marrons – des désespérés qui défendaient leur vie et leur liberté – sur ses soldats, qui ne faisaient qu'obéir aux ordres. Le capitaine était un homme de fer, sec, mince, fort, tout en muscles et en nerfs, tenace et courageux, avec des yeux froids et des rides profondes sur un visage toujours exposé au soleil et au vent, peu bavard, précis, impatient et sévère. Personne ne se sentait à l'aise en sa présence, ni les *Grands Blancs* dont il protégeait les intérêts, ni les *Petits Blancs*, classe à laquelle il appartenait, ni les *affranchis* qui constituaient le plus gros de ses troupes. Les civils le respectaient parce qu'il imposait l'ordre, et les soldats parce qu'il n'exigeait rien d'eux qu'il ne fût prêt à faire lui-même. Il mit du temps à retrouver les rebelles dans les montagnes, en suivant d'innombrables fausses pistes, mais il ne douta jamais de la réussite. Il obtenait des informations par des méthodes d'une extrême brutalité, qu'en temps normal on n'évoquait pas en société, mais depuis l'époque de Mackandal même les dames s'acharnaient contre les esclaves insurgés ; celles-là mêmes qui défaillaient à la vue d'un scorpion ou à l'odeur de la merde ne manquaient pas les supplices, qu'elles commentaient ensuite entre des verres de rafraîchissements et des pâtisseries.

Le Cap, avec ses maisons aux toits rouges, ses ruelles bruyantes et ses marchés, avec le port où il y avait toujours des douzaines de bateaux ancrés pour rentrer en Europe avec leur trésor de sucre, de tabac, d'indigo et de café, continuait à être le Paris des Antilles, comme l'appelaient les colons français en plaisantant, leur aspiration commune étant de faire rapidement fortune et de retourner à Paris pour oublier la haine qui flottait dans l'air de l'île, comme les nuages de moustiques et la pestilence d'avril. Certains laissaient les plantations entre les mains de gérants ou administrateurs qui les dirigeaient à leur guise, volant et exploitant à mort les esclaves, mais c'était une perte calculée, le prix à payer pour retourner à la civilisation. Tel n'était pas le cas de Toulouse Valmorain, qui depuis plusieurs années vivait cloîtré dans l'*habitation* Saint-Lazare.

Le gérant, Prosper Cambray, rongeait le frein de son ambition et avançait prudemment, car son patron était méfiant et il s'avéra que ce n'était pas une proie facile, comme il l'avait pensé au début, mais il gardait l'espoir qu'il ne restât plus très longtemps dans la colonie : il n'avait pas les couilles et le sang lourd qu'il faut dans une plantation, et il avait en plus la charge de l'Espagnole, cette petite femme aux nerfs fragiles dont le seul désir était de s'échapper de là.

En saison sèche, avec de bons chevaux, le voyage jusqu'au Cap pouvait se faire en une journée complète, mais Toulouse Valmorain voyageait en compagnie d'Eugenia dans une chaise à porteurs et avec les esclaves à pied. Il n'avait laissé à la plantation que les femmes, les enfants et les hommes qui avaient perdu toute volonté et n'avaient pas besoin du spectacle d'un supplice. Cambray avait choisi les plus jeunes, ceux qui pouvaient encore rêver de liberté. Les *commandeurs* avaient beau fustiger les gens, ils ne pouvaient les presser au-delà de la capacité humaine. La route n'était pas sûre et c'était la saison des pluies. Seuls l'instinct des chiens et le regard acéré de Prosper Cambray – un *créole* né dans la colonie et qui connaissait le terrain – les empêchaient de se perdre dans la végétation épaisse où les sens se confondaient et où l'on pouvait éternellement tourner en rond. Tous avaient peur : Valmorain d'une attaque de marrons ou d'une rébellion de ses esclaves – ce ne serait pas la première fois que face à la possibilité de s'enfuir les Noirs opposeraient leurs poitrines nues aux armes à feu, persuadés que leur *loas* les protégeraient des balles ; les esclaves redoutaient les coups de fouet et les esprits maléfiques de la forêt ; Eugenia, ses propres hallucinations. Cambray ne tremblait que devant les morts vivants, les zombis, et cette crainte ne consistait pas à les affronter, vu qu'ils étaient très rares et timides, mais à finir comme l'un d'eux. Le zombi était l'esclave d'un sorcier, un *bokor*, et la mort elle-même ne pouvait l'en libérer, parce qu'il était déjà mort.

Prosper Cambray avait parcouru bien des fois cette région à la poursuite de fugitifs avec d'autres miliciens de la Maréchaussée. Il savait déchiffrer les signes dans la nature, les traces invisibles à d'autres yeux, il pouvait suivre une empreinte comme le meilleur limier, sentir la peur et la sueur d'une proie à plusieurs heures de distance, voir la nuit comme les loups, deviner une rébellion avant qu'elle se prépare et l'écraser. Il se vantait de ce que peu d'esclaves se soient enfuis de Saint-Lazare sous son commandement, sa méthode consistant à briser leur âme et leur volonté. Seules la peur et la fatigue l'emportaient sur l'attrait de la liberté. Produire, produire, produire jusqu'au dernier souffle, qui ne mettait pas longtemps à venir, car personne ici ne faisait de vieux os, trois ou quatre ans, jamais plus de six ou sept. «N'exagère pas sur les châtiments, Cambray, tu affaiblis mes gens», lui avait ordonné Valmorain plus d'une fois, écœuré par les plaies purulentes et les amputations qui mettaient hors d'état de travailler, mais il ne le contredisait jamais devant les esclaves; la parole du gérant devait être sans appel pour maintenir la discipline. C'est ce que désirait Valmorain, parce qu'il lui répugnait de batailler avec les Noirs. Il préférait que Cambray fût le bourreau et se réservait le rôle du maître bienveillant, ce qui était en accord avec les idées humanistes de sa jeunesse. D'après Cambray, il était plus rentable de remplacer les esclaves que de les traiter avec considération; une fois leur coût amorti, le mieux était de les exploiter à mort, puis d'en acheter d'autres plus jeunes et plus forts. Si quelqu'un avait des doutes sur la nécessité d'utiliser la manière forte, l'histoire de Mackandal, le magicien mandingue, les lui dissipait.

Entre 1751 et 1757, à l'époque où Mackandal avait semé la mort parmi les Blancs de la colonie, Toulouse Valmorain était un enfant gâté qui vivait aux environs de Paris dans un petit *château*, propriété de la famille depuis plusieurs générations, et il n'avait pas entendu parler de Mackandal. Il ignorait que son père avait échappé par miracle aux empoisonnements collectifs de Saint-Domingue, et que si l'on n'avait pas attrapé Mackandal le vent de la rébellion aurait balayé l'île. On avait reporté son exécution pour laisser aux planteurs le temps d'arriver au Cap avec leurs esclaves ; les Noirs seraient ainsi convaincus, une fois pour toutes, que Mackandal était mortel. « L'histoire se répète, rien ne change dans cette île maudite », commenta Toulouse Valmorain à sa femme tandis qu'ils parcouraient le même chemin qu'avait emprunté son père des années auparavant pour la même raison : assister à un supplice. Il lui expliqua que c'était la meilleure façon de décourager les rebelles, comme en avaient décidé le gouverneur et l'intendant, pour une fois d'accord sur quelque chose. Il espérait que le spectacle rassurerait Eugenia, mais il n'avait pas imaginé que le voyage tournerait au cauchemar. Il était tenté de faire demi-tour et de rentrer à Saint-Lazare, mais il ne pouvait le faire, les planteurs devaient présenter un front uni contre les Noirs. Il savait que des commérages circulaient à son sujet : on disait qu'il avait épousé une Espagnole à moitié folle, qu'il se montrait arrogant et profitait des privilèges de sa position sociale sans remplir ses obligations à l'Assemblée coloniale où le siège des Valmorain restait inoccupé depuis la mort de son père. Le *Chevalier* avait été un monarchiste fanatique, mais son fils méprisait Louis XVI, ce monarque irrésolu entre les mains grassouillettes de qui reposait la monarchie.

Mackandal

L'histoire de Mackandal, que son mari lui avait contée, déchaîna la démence d'Eugenia mais n'en fut pas la cause, car elle coulait dans ses veines : personne n'avait dit à Toulouse Valmorain, à l'époque où il aspirait à sa main à Cuba, qu'il y avait plusieurs lunatiques dans la famille García del Solar. Mackandal était un Noir arrivé d'Afrique, musulman, cultivé ; il lisait et écrivait l'arabe, avait des connaissances en médecine et en plantes. Il avait perdu le bras droit dans un accident horrible, qui aurait tué un homme moins fort, et comme il était devenu inutilisable pour les champs de cannes, son maître l'avait envoyé surveiller le bétail. Il parcourait la région en se nourrissant de lait et de fruits, jusqu'à ce qu'il apprît à utiliser sa main gauche et ses orteils pour tendre des pièges et faire les nœuds ; il put ainsi chasser des rongeurs, des reptiles, des oiseaux. Dans la solitude et le silence, il retrouva les images de son adolescence, lorsqu'il s'entraînait à la guerre et à la chasse, comme c'était le devoir d'un fils de roi : le front haut, la poitrine large, les jambes rapides, l'œil aux aguets et la lance fermement tenue dans son poing. La végétation de l'île était différente de celle des régions enchantées de sa jeunesse, mais il se mit à goûter feuilles, racines, écorces et champignons de toutes sortes, découvrant que certains servaient à soigner, d'autres à provoquer des rêves et des états de transe, quelques-uns à tuer. Il avait toujours su qu'il allait s'évader, car il préférait perdre la vie dans les pires supplices que demeurer esclave ; mais il se prépara avec soin et attendit patiemment l'occasion favorable. Enfin il s'enfuit dans les montagnes, et de là suscita le soulèvement d'esclaves qui allait secouer l'île à la manière d'une terrible tempête. Il s'unit à d'autres fugitifs et l'on vit bientôt les effets de sa furie et de sa ruse : une attaque par surprise dans la nuit la plus obscure, la lueur des torches, les coups des pieds nus, les cris, le métal contre les chaînes, l'incendie des champs de cannes. Le nom du Mandingue courait de bouche en bouche, répété par les Noirs comme une prière d'espoir. Mackandal, le prince de Guinée, se transformait en oiseau, en lézard, en mouche, en poisson. L'esclave attaché au poteau voyait détaler un lièvre avant de recevoir le coup de fouet qui le plongerait dans l'inconscience : c'était Mackandal, témoin du supplice. Un iguane impassible observait la fillette violée qui gisait dans la poussière. « Lève-toi, lave-toi dans le fleuve et n'oublie pas, car je viendrai bientôt pour la vengeance », sifflait l'iguane. Mackandal. Coqs décapités, symboles peints avec du sang, haches sur les portes, une nuit sans lune, un autre incendie.

D'abord, le bétail se mit à mourir. Les colons en attribuèrent la cause à une plante mortifère qui poussait dissimulée dans les champs et ils firent appel, sans résultats, à des botanistes européens et des sorciers locaux pour la découvrir et l'éradiquer. Puis ce furent les chevaux dans les écuries, les chiens méchants, et enfin des familles entières qui tombèrent foudroyées. Le ventre des victimes gonflait, leurs gencives noircissaient, leur sang se changeait en eau, leur peau se détachait par lambeaux et elles mouraient dans des souffrances atroces. Les symptômes ne correspondaient à aucune des maladies qui ravageaient les Antilles, mais ils se manifestaient uniquement chez les Blancs ; alors on ne douta plus que c'était du poison. Mackandal, toujours Mackandal. Les hommes tombaient alors qu'ils buvaient une gorgée d'alcool, les femmes et les enfants à cause d'une tasse de chocolat, tous les invités d'un banquet avant que le dessert fût servi. On ne pouvait faire confiance ni aux fruits des arbres ni à une bouteille de vin cachetée, pas même à un cigare, car on ignorait comment le poison était administré. On tortura des centaines d'esclaves sans pouvoir établir comment la mort entrait dans les maisons, jusqu'à ce qu'une jeune fille de quinze ans, l'une de celles à qui le Mandingue rendait visite la nuit sous forme de chauve-souris, face à la menace d'être brûlée vive, indiqua la piste qui menait à Mackandal. Ils la brûlèrent de toute façon et sa confession conduisit les miliciens au repaire de Mackandal, escaladant à pied comme des chèvres par pics et ravins jusqu'aux cimes cendrées des anciens caciques arawaks. Ils le prirent vivant. À ce moment, six mille personnes étaient mortes. «C'est la fin de Mackandal», disaient les Blancs. «Nous verrons», murmuraient les Noirs.

La place était trop petite pour le public arrivé des plantations. Les *Grands Blancs* s'installèrent sous des vélums avec repas et boissons, les *Petits Blancs* se contentèrent des galeries et les *affranchis* louèrent les balcons autour de la place, qui appartenaient à d'autres personnes libres de couleur. La meilleure vue fut réservée aux esclaves, amenés par leurs maîtres depuis les endroits les plus reculés, afin qu'ils voient de leurs propres yeux que Mackandal n'était qu'un pauvre nègre manchot qui allait rôtir comme un porc. Ils entassèrent les Africains autour du bûcher, surveillés par les chiens qui tiraient sur leurs chaînes, rendus fous par l'odeur humaine. L'aube de l'exécution se leva nuageuse, chaude et sans brise. Le relent de la foule compacte se mêlait à celui du sucre brûlé, à la graisse des fritures et aux fleurs sauvages emmêlées dans les arbres. Plusieurs religieux aspergeaient de l'eau bénite et offraient un beignet pour chaque confession. Les esclaves avaient appris à se contenter d'avouer aux prêtres de vagues péchés, car les fautes reconnues arrivaient directement aux oreilles du maître ; mais en cette occasion, aucun n'avait envie de beignet. Ils attendaient joyeusement Mackandal.

Le ciel couvert portait menace de pluie et le gouverneur estima qu'il y aurait juste assez de temps avant l'averse, mais il devait attendre l'intendant, qui représentait le gouvernement civil. Enfin, sur l'une des tribunes d'honneur apparurent l'intendant et son épouse, une adolescente accablée par sa lourde robe, sa coiffure à plumes et son ennui ; elle était la seule Française du Cap à n'avoir aucune envie d'être là. Son mari, encore jeune bien qu'il eût le double de son âge, aux genoux cagneux, fessu et ventripotent, mais sous sa perruque compliquée avait une belle tête d'antique sénateur romain. Un roulement de tambour annonça l'apparition du prisonnier. Il fut accueilli par un chœur de menaces et d'insultes de la part des Blancs, de moqueries de la part des mulâtres et de cris d'enthousiasme frénétiques de la part des Africains. Défiant les chiens, les coups de fouet et les ordres des contremaîtres et des soldats, les esclaves se levèrent, sautèrent les bras au ciel pour acclamer Mackandal. Cela produisit une réaction unanime, même le gouverneur et l'intendant se levèrent.

Grand, très foncé, tout le corps marqué de cicatrices, à peine vêtu d'un caleçon immonde et souillé de sang séché, Mackandal était enchaîné, mais droit, altier, indifférent. Il dédaigna les Blancs, les soldats, les prêtres et les chiens ; ses yeux parcoururent lentement la foule des esclaves et chacun sut que ces pupilles noires le distinguaient, lui communiquant le souffle de son esprit indomptable. Ce n'était pas un esclave qui allait être exécuté, mais le seul homme véritablement libre dans cette foule. C'est ainsi que tous le comprirent et un profond silence s'abattit sur la place. Enfin les Noirs réagirent et un chœur incontrôlable hurla le nom du héros, Mackandal, Mackandal, Mackandal. Le gouverneur comprit qu'il valait mieux en finir au plus vite, avant que le cirque prévu ne dégénérât en bain de sang ; à son signal, les soldats enchaînèrent le prisonnier au poteau du bûcher.

Le bourreau enflamma la paille, et rapidement les bûches enduites de graisse prirent feu, soulevant une épaisse fumée. On n'entendait pas un soupir sur la place lorsque s'éleva la voix profonde de Mackandal : «Je reviendrai ! Je reviendrai !»

Que se passa-t-il alors ? Cette question obséderait l'île pour le reste de son histoire, comme disaient les colons. Les Blancs et les mulâtres virent Mackandal se libérer de ses chaînes et sauter par-dessus les troncs ardents, mais les soldats se jetèrent sur lui, le frappèrent et le ramenèrent sur le bûcher où, quelques minutes plus tard, les flammes et la fumée l'absorbèrent. Les Noirs virent Mackandal se libérer de ses chaînes, sauter par-dessus les troncs ardents et, quand les soldats lui tombèrent dessus, se changer en moustique et s'envoler à travers le nuage de fumée, faire un tour complet de la place, afin que tous pussent lui dire adieu, puis se perdre dans le ciel, juste avant l'averse qui arrosa le bûcher et éteignit le feu. Les Blancs et les *affranchis* virent le corps calciné de Mackandal. Les Noirs ne virent que le poteau vide. Les premiers se retirèrent en courant sous la pluie et les autres restèrent et chantèrent, lavés par l'orage. Mackandal avait vaincu et il tiendrait sa promesse. Mackandal reviendrait. Et c'est pour cette raison, parce qu'il fallait détruire à jamais cette absurde légende, comme le dit Valmorain à son épouse déséquilibrée, qu'ils allaient avec leurs esclaves, vingt-trois ans plus tard, assister au Cap à une autre exécution.

La longue caravane avançait, surveillée par quatre miliciens chargés de mousquets, Prosper Cambray et Toulouse Valmorain armés de pistolets et les *commandeurs*, étant des esclaves, portant seulement des sabres et des machettes. On ne pouvait leur faire confiance, en cas d'attaque ils pouvaient se joindre aux rebelles. Les Noirs, maigres et affamés, avançaient très lentement, portant les paquets sur le dos et unis par une chaîne qui ralentissait leur marche ; cela paraissait exagéré au maître, mais il ne pouvait désavouer le gérant. «Personne ne tentera de s'enfuir, les nègres craignent plus les démons de la jungle que les bêtes venimeuses », expliqua Valmorain à sa femme, mais Eugenia ne voulait entendre parler ni de nègres, ni de démons, ni de bêtes nuisibles. La petite Tété avançait librement, marchant à côté de la chaise de sa maîtresse que portaient deux esclaves, choisis parmi les plus forts. Le sentier se perdait dans un enchevêtrement de végétation et de boue, et le cortège était un triste serpent qui se traînait vers Le Cap en silence. De temps en temps, un aboiement de chien, un hennissement de cheval ou le claquement sec d'un fouet suivi d'un cri interrompait le murmure de la respiration humaine et la rumeur de la forêt. Au début, Prosper Cambray voulait que les esclaves chantent pour se donner du courage et éloigner les serpents, comme ils le faisaient dans les champs de cannes à sucre, mais Eugenia, hébétée par la nausée et la fatigue, ne le supportait pas.

Dans la forêt, la nuit tombait tôt sous l'épaisse voûte des arbres et le jour se levait tard à cause de la brume qui s'accrochait aux fougères. La journée paraissait courte à Valmorain, mais éternelle aux autres. La nourriture des esclaves consistait en une bouillie de maïs ou de patate douce accompagnée de viande séchée et d'un bol de café, distribués le soir, quand ils campaient. Le maître avait ordonné d'ajouter au café un morceau de sucre et un peu de tafia, l'alcool de canne des pauvres, pour réchauffer les gens qui dormaient sur le sol, trempés de pluie et de rosée, exposés à un accès de fièvre. Cette année-là, les épidémies avaient été calamiteuses dans les plantations : il avait fallu remplacer de nombreux esclaves et aucun nouveau-né n'avait survécu. Cambray prévint son patron que l'alcool et le sucre corrompaient les esclaves, et qu'ensuite il n'y avait pas moyen d'éviter qu'ils sucent la canne. Il existait une peine spéciale pour ce délit, mais Valmorain n'était pas partisan de tortures raffinées, sauf dans le cas des fugitifs, pour lesquels il suivait le Code Noir au pied de la lettre.

73

L'exécution des marrons au Cap lui semblait une perte de temps et d'argent : il eût suffi de les pendre sans tout ce tintouin.

Les miliciens et les *commandeurs* montaient la garde à tour de rôle pour surveiller le campement et les feux, qui tenaient les animaux à l'écart et calmaient les gens. Personne n'était tranquille dans l'obscurité. Les maîtres dormaient dans des hamacs sous une ample tente en toile cirée, avec leurs malles et quelques meubles. Eugenia, autrefois gourmande, avait à présent un appétit d'oiseau, mais elle prenait place à table avec cérémonie, car elle tenait encore à l'étiquette. Ce soir-là, vêtue de satin, ses cheveux sales rassemblés en un chignon, elle occupait une chaise tendue de tissu bleu et sirotait une citronnade corsée de rhum. Face à elle, son mari, sans plastron de dentelle, chemise ouverte, barbe naissante et les yeux rougis, buvait l'alcool directement à la bouteille. La femme pouvait à peine contenir ses nausées devant les plats : rôti d'agneau servi avec une sauce piquante et des épices pour dissimuler la mauvaise odeur du deuxième jour de voyage, haricots, riz, tartes salées au maïs et fruits au sirop. Tété l'éventait et ne pouvait s'empêcher de la plaindre. Elle s'était attachée à doña Eugenia, comme celle-ci préférait qu'on l'appelât. La maîtresse ne la frappait pas et lui confiait ses peines, même si au début elle ne la comprenait pas, parce qu'elle lui parlait en espagnol. Elle lui raconta que son mari l'avait courtisée à Cuba avec des galanteries et des cadeaux, mais qu'ensuite, à Saint-Domingue, il avait montré son véritable caractère : il était corrompu par le mauvais climat et la magie des nègres, comme tous les colons des Antilles. Elle, en revanche, était de la meilleure société de Madrid, de famille noble et catholique. Tété ne pouvait imaginer comment était sa maîtresse en Espagne ou à Cuba, mais elle se rendait compte qu'elle dépérissait à vue d'œil. Quand elle l'avait connue, Eugenia était une jeune femme robuste disposée à s'adapter à sa vie de jeune mariée, mais en quelques mois son âme était tombée malade. Elle s'effrayait de tout et pleurait pour un rien.

Zarité

Sous la tente, les maîtres dînaient comme dans la salle à manger de la Grand-Case. Un esclave balayait les bestioles sur le sol et chassait les moustiques, tandis que deux autres se tenaient debout derrière les sièges des maîtres, pieds nus, la livrée tachée, coiffés de perruques blanches puantes, prêts à les servir. Le maître avalait distraitement, presque sans mâcher, tandis que doña Eugenia recrachait les bouchées entières dans sa serviette, car pour elle tout avait le goût de soufre. Son mari lui répétait qu'elle pouvait manger tranquillement : la rébellion avait été écrasée avant de commencer et les meneurs étaient enfermés au Cap, avec plus de fers sur eux qu'ils n'en pouvaient soulever, mais elle craignait qu'ils brisent leurs chaînes, comme le sorcier Mackandal. Le maître avait eu la mauvaise idée de lui parler de Mackandal, ce qui l'avait complètement épouvantée. Doña Eugenia avait entendu parler des bûchers d'hérétiques qui se pratiquaient autrefois dans son pays et elle ne voulait pas assister à une telle horreur. Ce soir-là, elle s'est plainte qu'un tourniquet lui serrait la tête, elle n'en pouvait plus, elle voulait aller voir son frère à Cuba et pouvait s'y rendre seule, le voyage était court. J'ai voulu lui éponger le front avec un mouchoir, mais elle m'a repoussée. Le maître lui a répondu que ce n'était pas la peine d'y songer, car c'était très dangereux et il ne serait pas convenable qu'elle arrive seule à Cuba. « Qu'il n'en soit plus jamais question ! » s'est-il exclamé, irrité, en se levant avant que l'esclave ait le temps de reculer sa chaise, et il est sorti donner les dernières instructions au gérant. Elle m'a fait un signe, j'ai pris son assiette et je

75

l'ai emportée dans un coin, couverte d'une serviette, pour manger les restes plus tard, et aussitôt je l'ai préparée pour la nuit. Elle ne portait plus le corset, les bas et les jupons qui emplissaient ses malles de fiancée ; à la plantation, elle portait des peignoirs légers, mais elle s'habillait toujours pour le dîner. Je l'ai déshabillée, j'ai apporté son seau de toilette, je l'ai lavée avec un tissu mouillé, lui ai passé de la poudre de camphre pour éloigner les moustiques, ai mis du lait sur son visage et ses mains, ôté les épingles qui retenaient sa coiffure et brossé cent fois ses cheveux châtains, tandis qu'elle se laissait faire, le regard absent. Elle était transparente. Le maître disait qu'elle était très belle, mais moi, ses yeux verts et ses canines pointues ne me paraissaient pas humains. Lorsque j'ai eu fini de lui faire sa toilette, elle s'est agenouillée sur son prie-Dieu et a dit tout haut un chapelet entier ; je l'ai accompagnée, comme c'était mon devoir. J'avais appris les prières, mais je n'en comprenais pas le sens. À cette époque, je connaissais plusieurs mots en espagnol et je pouvais lui obéir, car elle ne donnait pas les ordres en français ou en créole. Ce n'était pas à elle de faire des efforts pour communiquer, mais à nous. C'est ce qu'elle disait. Les grains de nacre passaient entre ses doigts blancs tandis que je calculais combien il me faudrait encore attendre avant de manger et d'aller me coucher. Enfin elle a embrassé la croix du chapelet et l'a rangé dans une bourse en cuir, plate et longue comme une enveloppe, qui pendait à son cou. C'était sa protection, comme la mienne était ma poupée Erzulie. Je lui ai servi un verre de porto pour l'aider à s'endormir, et elle l'a bu avec une grimace de dégoût ; je l'ai aidée à s'étendre dans son hamac, l'ai couverte avec la moustiquaire et me suis mise à la bercer, priant pour qu'elle s'endorme rapidement sans être distraite par les battements d'ailes des chauves-souris, les petits pas discrets des animaux et les voix qui à cette heure la harcelaient. Ce n'étaient pas des voix humaines, m'avait-elle expliqué ; elles venaient des ombres, de la jungle, de dessous la terre, de l'enfer, de l'Afrique ; elles ne s'exprimaient pas avec des mots, mais avec des hurlements et des rires hystériques. « Ce sont les spectres qu'invoquent les Noirs », disait-elle en pleurant, terrifiée. « Chut, doña Eugenia, fermez les yeux, priez… » J'étais aussi effrayée qu'elle, bien que je n'aie jamais entendu ces voix, ni vu ces spectres. « Tu es née ici, Zarité, c'est pourquoi tu as les oreilles sourdes et les yeux aveugles. Si tu venais de

Guinée, tu saurais qu'il y a des spectres partout», m'affirmait Tante Rose, la guérisseuse de Saint-Lazare. On l'avait désignée pour être ma marraine quand j'étais arrivée à la plantation, elle avait dû tout m'apprendre et me surveiller pour que je ne m'enfuie pas. « Ne t'avise pas d'essayer, Zarité, tu te perdrais dans les champs de cannes à sucre et les montagnes sont plus éloignées que la lune. »

Doña Eugenia s'est endormie et je me suis traînée dans mon coin, où n'arrivait pas la lumière tremblante des lampes à huile, j'ai cherché l'assiette à tâtons, pris un peu de ragoût avec les doigts et noté que les fourmis m'avaient devancée, mais j'aime leur goût piquant. J'allais prendre la deuxième bouchée quand le maître et un esclave sont entrés, deux ombres longues sur la toile de la tente et l'intense odeur de cuir, de tabac et de cheval des hommes. J'ai couvert l'assiette et attendu en retenant mon souffle, espérant de tout mon cœur qu'ils ne me remarqueraient pas. « Vierge Marie, Mère de Dieu, prie pour nous pauvres pécheurs », a murmuré la maîtresse dans son rêve et elle a ajouté dans un cri : « Putain du diable ! » Je me suis précipitée pour balancer le hamac avant qu'elle ne se réveille.

Le maître s'est assis sur sa chaise et l'esclave lui a enlevé ses bottes ; puis il l'a aidé à quitter son pantalon et le reste des vêtements, jusqu'à ce qu'il se retrouve en chemise ; celle-ci lui arrivait à la hauteur des hanches et laissait voir son sexe, rose et mou comme un boyau de porc, dans un nid de poils jaune paille. L'esclave lui a tenu le vase de nuit pour qu'il urine, il a attendu qu'il le renvoie, a éteint les lampes à huile, mais laissé les bougies, puis il s'est retiré. Doña Eugenia s'est de nouveau agitée et cette fois elle s'est réveillée, les yeux épouvantés, mais je lui avais déjà servi un autre verre de porto. J'ai continué à la bercer, et bientôt elle s'est rendormie. Le maître s'est approché, une bougie à la main, et il a éclairé son épouse, je ne sais ce qu'il cherchait, peut-être la jeune fille qui l'avait séduit un an plus tôt. Il a fait mine de la toucher, mais a réfléchi et s'est contenté de l'observer avec une expression étrange.

« Ma pauvre Eugenia. Elle passe la nuit agitée par les cauchemars et la journée tourmentée par la réalité, a-t-il murmuré.

— Oui, maître.

— Tu ne comprends rien à ce que je dis, n'est-ce pas, Tété ?

77

— Non, maître.

— C'est mieux ainsi. Quel âge as-tu ?

— Je ne sais pas, maître. Dix ans à peu près.

— Alors tu n'es pas encore prête à devenir une femme, n'est-ce pas ?

— C'est possible, maître. »

Son regard m'a parcourue de la tête aux pieds. Il a porté une main à son membre et l'a soutenu, comme le soupesant. J'ai reculé, le visage en feu. De la bougie est tombée une goutte de cire sur sa main et il a lancé un juron, puis il m'a ordonné d'aller dormir en gardant un œil ouvert pour veiller sur la maîtresse. Il s'est étendu dans son hamac tandis que je me glissais comme un lézard dans mon coin. J'ai attendu que le maître s'endorme et j'ai mangé discrètement, sans faire de bruit. Dehors il s'est mis à pleuvoir. C'est ainsi que je m'en souviens.

Le bal de l'intendant

Les voyageurs de Saint-Lazare, exténués, arrivèrent au Cap la veille de l'exécution des marrons, alors que la ville palpitait d'impatience ; tant de gens s'y entassaient que l'air était empuanti par l'odeur de la foule et le crottin de cheval. Il n'y avait plus d'endroit où se loger. Valmorain avait envoyé un éclaireur au galop pour réserver une grande baraque pour ses gens, mais celui-ci était arrivé trop tard et il n'avait pu louer qu'un espace dans les entrailles d'une goélette ancrée face au port. Il ne fut pas facile de faire monter les esclaves dans les canots et de là dans le bateau, car ils se jetèrent à terre en hurlant de terreur, convaincus que le voyage macabre qui les avait amenés d'Afrique allait recommencer. Prosper Cambray et les *commandeurs* les traînèrent de force et les enchaînèrent dans la cale pour éviter qu'ils se lancent à la mer. Les hôtels pour Blancs étaient complets, ils étaient arrivés avec une journée de retard et les maîtres n'avaient pas de chambre. Valmorain ne pouvait emmener Eugenia dans une pension d'*affranchis*. S'il avait été seul, il n'aurait pas hésité à se présenter chez Violette Boisier, qui lui devait quelques faveurs. Ils n'étaient plus amants, mais leur amitié s'était renforcée grâce à la décoration de la maison de Saint-Lazare et aux donations qu'il lui avait faites pour l'aider à éponger ses dettes. Violette s'amusait à acheter à crédit sans compter les dépenses, avant

79

que les réprimandes de Loula et d'Étienne Relais ne l'obligent à vivre avec plus de prudence.

Ce soir-là, l'intendant offrait un dîner au gratin de la société civile, tandis qu'à quelques pâtés de maisons de là le gouverneur recevait l'état-major de l'armée pour fêter par avance la fin des rebelles. Étant donné l'urgence des circonstances, Valmorain se présenta à la résidence de l'intendant pour demander l'hospitalité. Il ne restait que trois heures avant la réception et dans la maison régnaient l'animation et la précipitation qui précèdent un ouragan : les esclaves couraient avec des bouteilles de liqueur, des vases de fleurs, des meubles de dernière heure, des lampes et des candélabres, tandis que les musiciens, tous mulâtres, installaient leurs instruments sous les ordres d'un chef d'orchestre français, et que le majordome, une liste à la main, comptait les couverts en or pour la table. La malheureuse Eugenia arriva dans sa litière, à demi évanouie, suivie de Tété qui portait un flacon de sels et un pot de chambre. Une fois remis de la surprise de les voir si tôt devant sa porte, l'intendant leur souhaita la bienvenue, bien qu'il les connût à peine, attendri par le nom prestigieux de Valmorain et l'état pitoyable où se trouvait sa femme. L'homme avait vieilli prématurément, il devait avoir cinquante et quelques années, toutefois il les portait mal. Son ventre l'empêchait de voir ses pieds, il marchait avec les jambes raides et écartées, ses bras étaient trop courts pour boutonner sa veste, il soufflait comme un bœuf et son profil d'aristocrate disparaissait entre des joues rouges et un nez bulbeux de bon vivant, mais son épouse avait peu changé. Elle était prête pour la réception, habillée à la dernière mode de Paris, avec une perruque ornée de papillons et une robe couverte de nœuds et de cascades de dentelles, dont le décolleté profond laissait entrevoir des seins de fillette. Elle était toujours le même moineau insignifiant qu'elle était à dix-neuf ans, lorsqu'elle avait assisté dans une tribune d'honneur au bûcher de Mackandal. Depuis, elle avait été témoin de suffisamment de tortures pour alimenter de cauchemars le reste de ses nuits. Traînant le poids de sa robe, elle conduisit ses hôtes au premier étage, installa Eugenia dans une chambre et ordonna qu'on lui préparât un bain, mais celle-ci ne voulait que se reposer.

Deux heures plus tard, les invités commencèrent à arriver et bientôt la maison s'anima de musique et de voix qui arrivaient en sourdine jusqu'à Eugenia, allongée sur le lit. Les nausées l'empêchaient de bouger, tandis que Tété lui appliquait des compresses d'eau froide sur le front et l'éventait. Sur un sofa l'attendaient sa toilette compliquée de brocart, qu'une esclave de la maison avait repassée, ses bas de soie blanche et ses escarpins de taffetas noir à hauts talons. Au rez-de-chaussée les dames buvaient le champagne debout, car l'amplitude des jupes et l'étroitesse du corsage rendaient difficile la position assise, tandis que les messieurs commentaient le spectacle du lendemain sur un ton mesuré, car il n'était pas de bon goût de trop s'exciter à propos du supplice de quelques nègres insurgés. Bientôt les musiciens interrompirent la conversation par un appel de clairon et l'intendant porta un toast au retour de la normalité dans la colonie. Tous levèrent leurs coupes et Valmorain but la sienne en se demandant ce que diable signifiait la normalité : Blancs et Noirs, libres et esclaves, tous vivaient sous l'empire de la peur.

Le majordome, vêtu d'un théâtral uniforme d'amiral, frappa trois fois le sol avec un bâton d'or pour annoncer le dîner avec toute la pompe exigée. À vingt-cinq ans, cet homme était trop jeune pour un poste d'une telle responsabilité et d'un tel éclat. Ce n'était pas non plus un Français, comme on aurait pu s'y attendre, mais un bel esclave africain aux dents parfaites, à qui certaines dames avaient déjà lancé une œillade. Et comment ne l'auraient-elles pas remarqué… Il mesurait près de deux mètres et se tenait avec plus de prestance et d'autorité que le plus haut placé des invités. Après le toast, l'assistance se glissa vers la fastueuse salle à manger qu'éclairaient des centaines de bougies. Dehors la nuit avait fraîchi, mais à l'intérieur la chaleur augmentait. Valmorain, entêté par l'odeur poisseuse de sueur et de parfums, vit les longues tables scintillantes d'or et d'argent, de cristal de Baccarat et de porcelaine de Sèvres, les esclaves en livrée, un derrière chaque siège et d'autres alignés contre les murs pour servir le vin, faire passer les plats, emporter les assiettes, et il pensa que la nuit serait bien longue ; l'excès d'étiquette produisait chez lui autant d'impatience que la conversation banale. Peut-être était-il vrai qu'il devenait un cannibale, comme l'en accusait sa femme. Les invités tardaient à s'installer dans un remue-ménage de chaises traînées, de froissement de soies, de conversations et de musique. Enfin entra une double file de serviteurs portant le premier des quinze plats annoncés en lettres d'or sur le menu : de minuscules perdrix farcies de pruneaux et présentées dans les flammes bleues du cognac flambé. Valmorain n'avait pas terminé de gratter les petits os de son oiseau quand l'admirable majordome s'approcha et lui murmura à l'oreille que son épouse était indisposée. Ce qu'au même instant un autre domestique annonça à la femme de l'amphitryon, laquelle lui fit un signe de l'autre bout de la table. Tous deux se levèrent sans attirer l'attention dans le caquetage des voix et le tumulte des couverts contre la porcelaine, et ils montèrent au premier étage.

Eugenia était verte et la pièce empestait le vomi et les déjections. La femme de l'intendant suggéra que le docteur Parmentier s'occupât d'elle, car par chance il se trouvait dans la salle à manger, et l'esclave de garde devant la porte partit aussitôt le chercher. Le médecin, d'une quarantaine d'années, petit, mince, aux traits presque féminins, était l'homme de confiance des *Grands Blancs* du Cap pour sa discrétion et ses succès professionnels, bien que ses méthodes ne fussent pas des plus orthodoxes : il préférait utiliser les plantes des pauvres plutôt que les purgatifs, saignées, onguents, cataplasmes et autres remèdes fantaisistes de la médecine européenne. Parmentier avait réussi à discréditer l'élixir de lézard et de poudre d'or qui avait la réputation de guérir la fièvre jaune, remède strictement destiné aux riches, les autres ne pouvant se l'offrir. Il parvint à prouver que ce breuvage était tellement toxique que si le patient survivait au mal de Siam il mourait empoisonné. Il ne se fit pas prier pour monter voir Madame Valmorain ; au moins pourrait-il respirer deux bouffées d'air moins vicié que dans la salle à manger. Il la trouva exsangue sur les coussins du lit et entreprit de l'examiner pendant que Tété retirait les cuvettes et les serviettes qu'elle avait utilisées pour la nettoyer.

« Nous avons voyagé trois jours pour le spectacle de demain et voyez l'état où se trouve mon épouse, commenta Valmorain depuis le seuil, un mouchoir sur le nez.

— Madame ne pourra pas assister à l'exécution, elle devra se reposer pendant une semaine ou deux, annonça Parmentier.

— Encore ses nerfs ? demanda le mari, contrarié.

— Elle a besoin de repos pour éviter les complications. Elle est enceinte, dit le docteur en couvrant Eugenia avec le drap.

— Un enfant ! s'exclama Valmorain en s'avançant pour caresser les mains inertes de sa femme. Nous resterons ici tout le temps que vous direz, docteur. Je louerai une maison pour ne pas imposer notre présence à monsieur l'intendant et son aimable épouse. »

En l'entendant, Eugenia ouvrit les yeux et se redressa avec une énergie inattendue.

« Nous allons partir à l'instant même ! cria-t-elle.

— Impossible, *ma chérie*, vous ne pouvez voyager dans ces conditions. Après l'exécution, Cambray ramènera les esclaves à Saint-Lazare et je resterai ici pour prendre soin de vous.

— Tété, aide-moi à m'habiller ! » cria-t-elle en rejetant le drap sur le côté.

Toulouse tenta de la retenir, mais elle le repoussa et, les yeux en flammes, exigea qu'ils s'enfuient immédiatement, car les armées de Mackandal étaient déjà en marche pour sauver les rebelles du cachot et se venger des Blancs. Son mari la pria de baisser le ton afin qu'on ne l'entendît pas dans toute la maison, mais elle continua à hurler. L'intendant arriva pour voir ce qui se passait et il trouva son invitée presque nue, luttant avec son mari. Le docteur Parmentier sortit de sa mallette un flacon et ensemble les trois hommes l'obligèrent à avaler une dose de laudanum capable d'endormir un boucanier. Dix-sept heures plus tard, l'odeur de roussi qui entrait par la fenêtre réveilla Eugenia Valmorain. Son linge et le lit étaient couverts de sang; ainsi prit fin l'espoir du premier enfant. Et c'est ainsi que Tété n'eut pas à assister à l'exécution des condamnés qui, comme Mackandal, périrent sur le bûcher.

La folle de la plantation

Sept ans plus tard, en 1787, au cours d'un mois brûlant fouetté par les ouragans, Eugenia Valmorain donna le jour à son premier enfant vivant, après plusieurs grossesses avortées qui lui avaient coûté sa santé. Ce fils tant désiré arriva alors qu'elle ne pouvait plus l'aimer. À cette époque, devenue un véritable paquet de nerfs, elle sombrait dans des états lunatiques qui la faisaient errer dans d'autres mondes pendant des jours, parfois des semaines. Au cours de ces périodes de délire, on la calmait avec de la teinture d'opium, et le reste du temps avec les infusions de plantes de Tante Rose, la savante guérisseuse de Saint-Lazare, qui transformaient l'angoisse d'Eugenia en perplexité, plus supportable pour ceux qui devaient cohabiter avec elle. Au début, Valmorain se moquait des « herbes de nègres », mais il avait changé d'avis en constatant le respect que le docteur Parmentier portait à Tante Rose. Le médecin venait à la plantation lorsque son travail le lui permettait, malgré le désastre que causait la galopade sur son fragile organisme, sous prétexte d'examiner Eugenia, mais en réalité pour étudier les méthodes de Tante Rose. Il les essayait ensuite dans son hôpital, en notant les résultats avec une précision fastidieuse, parce qu'il avait l'intention d'écrire un traité sur les remèdes naturels des Antilles, limité à la botanique, car ses collègues ne prendraient jamais au sérieux la magie, qui l'intriguait lui-même tout autant que les plantes. Une fois que Tante Rose se fut habituée à la curiosité de ce Blanc, elle lui permit de l'accompagner en forêt à la recherche d'ingrédients. Valmorain leur fournissait des mules et deux pistolets, que Parmentier portait à sa ceinture bien qu'il ne sût pas s'en servir. La guérisseuse refusait qu'un *commandeur* armé les accompagnât, car selon elle c'était la meilleure façon d'attirer les bandits. Si Tante Rose ne trouvait pas ce dont elle avait besoin lors de ses excursions, et si elle n'avait pas l'occasion de se rendre au Cap, elle chargeait le médecin de le lui rapporter ; c'est ainsi qu'il finit par connaître sur le bout du doigt les mille boutiques de simples et de magie du port, qui approvisionnaient les gens de toutes couleurs. Parmentier passait des heures à bavarder avec les « docteurs-feuilles » dans les échoppes de la rue et les réduits cachés des arrière-boutiques, où l'on vendait les remèdes de la nature, des potions magiques, des fétiches vaudous et chrétiens, des drogues et des poisons, des articles porte-bonheur et d'autres pour jeter des malédictions, de la poudre d'aile d'ange et de corne de démon. Il avait vu Tante Rose guérir des blessures qu'il aurait résolues par une amputation, effectuer proprement des amputations qui faites par lui se seraient gangrenées, et traiter avec succès les fièvres et la diarrhée, ou dysenterie, qui faisaient des ravages chez les soldats français entassés dans les casernes. « Qu'ils ne boivent pas d'eau. Donnez-leur beaucoup de café léger et de la soupe de riz », lui apprit Tante Rose. Parmentier en déduisit qu'il fallait faire bouillir l'eau, mais il s'aperçut que sans l'infusion de plantes de la guérisseuse il n'y avait pas de guérison. Les Noirs se défendaient mieux contre ces maux, mais les Blancs tombaient foudroyés et, s'ils ne mouraient pas en quelques jours, ils restaient abattus pendant des mois. Cependant, pour les altérations mentales aussi profondes que celle d'Eugenia, les docteurs noirs étaient aussi démunis que les européens. Les bougies bénites, les fumigations de sauge et les frictions de graisse de serpent étaient aussi inutiles que les solutions de mercure et les bains d'eau glacée que recommandaient les traités de médecine. À l'asile de fous de Charenton, où Parmentier avait brièvement pratiqué dans sa jeunesse, il n'existait pas de traitement pour les déséquilibrés.

À vingt-sept ans, Eugenia avait perdu la beauté qui avait séduit Toulouse Valmorain lors de ce bal du consulat à Cuba, elle était consumée par les obsessions, affaiblie par le climat et les fausses couches. Sa détérioration avait commencé à se manifester peu après son arrivée à la plantation et elle s'était accentuée à chaque grossesse non menée à terme. Elle avait pris en horreur les insectes, dont la variété était infinie à Saint-Domingue, elle portait des gants, un chapeau à large bord avec un épais voile qui descendait jusqu'au sol, des chemises à manches longues. Deux petits esclaves se relayaient pour l'éventer et écraser tout insecte qui apparaissait près d'elle. Un scarabée pouvait lui provoquer une crise. Sa phobie prit de telles proportions qu'elle sortait rarement de la maison, en particulier à la tombée de la nuit, l'heure des moustiques. Elle s'absorbait en elle-même et traversait des périodes de terreur ou d'exaltation religieuse suivies de moments d'impatience au cours desquels elle frappait quiconque se trouvait à portée de sa main, mais jamais Tété. Elle dépendait de la fillette pour tout, même pour ses besoins les plus intimes, Tété était sa confidente, la seule qui demeurait auprès d'elle lorsque les démons la tourmentaient. Tété accomplissait ses désirs avant qu'elle les formulât, elle était toujours aux aguets pour lui tendre le verre de citronnade dès que la soif se manifestait, saisir au vol l'assiette qu'elle jetait à terre, arranger les épingles à cheveux qui se plantaient dans sa tête, éponger sa sueur ou la faire asseoir sur la chaise percée. Eugenia ne remarquait pas la présence de son esclave, seulement son absence. Pendant ses crises de terreur, lorsqu'elle criait à en perdre la voix, Tété s'enfermait avec elle pour chanter ou prier jusqu'à ce que la crise de nerfs se dissipât et qu'elle sombrât dans un profond sommeil, d'où elle émergeait sans souvenir. Dans ses longues périodes de mélancolie, la fillette se glissait dans son lit pour la caresser comme un amant jusqu'à ce qu'elle s'endorme, épuisée par les pleurs. « Quelle triste vie que celle de doña Eugenia ! Elle est plus esclave que moi, car elle ne peut échapper à ses terreurs », dit-elle un jour à Tante Rose. La guérisseuse connaissait bien les rêves de liberté de Tété, car elle avait dû l'attacher plus d'une fois, mais depuis deux ou trois ans, l'adolescente semblait s'être résignée à son sort et elle n'avait plus reparlé de s'enfuir.

Tété fut la première à se rendre compte que les crises de sa maîtresse coïncidaient avec l'appel des tambours les nuits de *calenda*, lorsque les esclaves se réunissaient pour danser. Ces *calendas* se transformaient souvent en cérémonies vaudoues, qui étaient interdites, mais Cambray et les *commandeurs* n'essayaient pas de les empêcher par crainte des pouvoirs surnaturels de la *mambo*, Tante Rose. À Eugenia, les tambours annonçaient des spectres, des sorcelleries et des malédictions ; selon elle, tous ses malheurs étaient la faute du vaudou. Le docteur Parmentier lui avait expliqué en vain que le vaudou n'avait rien de terrifiant, que c'était un ensemble de croyances et de rituels, comme n'importe quelle religion y compris la catholique, et très nécessaire, parce qu'elle donnait du sens à la misérable existence des esclaves. « Hérétique ! Il fallait un Français pour comparer la sainte foi du Christ aux superstitions de ces sauvages ! » s'exclamait Eugenia. Pour Valmorain, rationaliste et athée, les transes des Noirs entraient dans la même catégorie que les chapelets de sa femme, et par principe il ne s'opposait à aucun des deux. Il tolérait avec une même équanimité les cérémonies vaudoues et les messes des prêtres qui venaient à la plantation, attirés par le rhum fin de sa distillerie. Les Africains recevaient le baptême en masse dès qu'ils débarquaient au port, comme l'exigeait le Code Noir, mais leur contact avec le christianisme n'allait pas plus loin que ce baptême et ces messes dites à toute allure par les religieux itinérants. Si le vaudou les consolait, il n'y avait aucune raison de le leur interdire, pensait Toulouse Valmorain.

Voyant la détérioration inexorable d'Eugenia, son mari voulut l'emmener à Cuba pour voir si le changement d'atmosphère la soulageait, mais son beau-frère Sancho lui expliqua par lettre que la réputation du nom des Valmorain et des García del Solar était en jeu. De la discrétion avant toute chose. Il ne serait pas bon pour leurs affaires à tous les deux que l'on commentât la folie de sa sœur. Au passage, il manifesta combien il était confus de lui avoir donné en mariage une femme timbrée. Il n'avait eu aucun soupçon en vérité, car au couvent sa sœur n'avait jamais présenté de symptômes de trouble, et quand on la lui avait envoyée elle paraissait normale, bien que d'une intelligence assez limitée. Il ne s'était pas souvenu des antécédents familiaux. Comment pouvait-il imaginer que la mélancolie religieuse de sa grand-mère et l'hystérie délirante de sa mère étaient héréditaires ?... Toulouse Valmorain ne tint aucun compte de l'avertissement de son beau-frère, il emmena la malade à La Havane et la laissa aux bons soins des religieuses durant huit mois. Pendant tout ce temps, Eugenia ne mentionna jamais son mari, mais elle demandait souvent après Tété, qui était restée à Saint-Lazare. Dans la paix et le silence du couvent elle se tranquillisa ; quand son mari vint la chercher il la trouva en meilleure santé, et contente. Sa bonne santé dura peu à Saint-Domingue. Très vite elle tomba enceinte, le drame de la perte d'un enfant se répéta et de nouveau elle fut sauvée de la mort grâce à l'intervention de Tante Rose.

Pendant les brèves périodes où Eugenia semblait remise de son trouble, les gens de la Grand-Case respiraient, soulagés, et dans les champs de cannes à sucre les esclaves eux-mêmes, qui l'apercevaient seulement de loin lorsqu'elle prenait l'air, enveloppée dans sa moustiquaire, sentaient l'amélioration. « Suis-je encore belle ? » demandait-elle à Tété en palpant son corps qui avait perdu toute volupté. « Oui, très belle », la rassurait la jeune fille, mais elle l'empêchait de se regarder dans le miroir vénitien du salon avant de l'avoir baignée, de lui avoir lavé les cheveux, mis l'une de ses jolies robes, bien que passées de mode, et maquillée en lui mettant du rouge sur les joues et du fusain sur les paupières. «Ferme les volets de la maison et brûle des feuilles de tabac pour éloigner les insectes, je vais dîner avec mon mari», lui ordonnait Eugenia, plus animée. Ainsi vêtue, vacillante, les yeux exorbités et les mains tremblantes à cause de l'opium, elle se présentait à la salle à manger, où elle n'avait pas mis les pieds depuis des semaines. Valmorain la recevait avec un mélange de surprise et de méfiance, car on ne savait jamais comment se termineraient ces réconciliations sporadiques. Après tant de désagréments conjugaux, il avait choisi de l'écarter, comme si ce fantôme enveloppé d'étoffe n'avait aucune relation avec lui, mais lorsque Eugenia apparaissait vêtue de fête à la lumière flatteuse des candélabres, l'illusion lui revenait l'espace de quelques instants. Il ne l'aimait plus, mais c'était sa femme et ils devraient rester ensemble jusqu'à la mort. Ces étincelles de normalité les conduisaient en général au lit, où il l'assaillait sans préambules, avec l'urgence d'un marin. Ces étreintes ne parvenaient ni à les unir ni à ramener Eugenia sur le terrain de la raison, mais elles conduisaient parfois à une autre grossesse, et ainsi se répétait le cycle de l'espoir et de la frustration. En juin de cette année-là, on sut qu'elle était de nouveau enceinte et personne, surtout pas elle, n'eut le courage de célébrer la nouvelle. Par pure coïncidence, il y eut un *calenda* le soir même où Tante Rose lui confirma son état et elle crut que les tambours lui annonçaient la gestation d'un monstre. La créature dans son ventre était maudite à cause du vaudou, c'était un enfant zombi, un mort vivant. Il n'y eut pas moyen de la calmer et son hallucination fut si vive qu'elle la transmit à Tété. «Et si c'était vrai?» demanda celle-ci à Tante Rose en tremblant. La guérisseuse lui assura que jamais personne n'avait engendré de zombis, il fallait les faire avec un cadavre frais, un procédé qui n'avait rien de simple, et elle proposa de mener une cérémonie pour le mal de l'imagination dont souffrait la maîtresse. Elles attendirent que Valmorain s'absente et Tante Rose entreprit d'inverser la magie noire présumée des tambours par des rituels compliqués et des envoûtements destinés à transformer le petit zombi en un bébé normal. «Comment saurons-nous si cela a été efficace?» demanda Eugenia à la fin. Tante Rose lui donna à boire une tisane nauséabonde et lui dit que si son urine était bleue, c'est que tout s'était bien passé. Le lendemain Tété retira un vase de nuit contenant un liquide bleu qui tranquillisa Eugenia, mais seulement à moitié, car elle crut qu'on avait mis quelque chose dans son pot de chambre. Le docteur Parmentier, à qui on ne pipa mot de l'intervention de Tante Rose, ordonna de maintenir Eugenia Valmorain dans un long demi-sommeil jusqu'à son accouchement. À cette époque, il avait perdu tout espoir de la guérir, persuadé que l'atmosphère de l'île la tuait à petit feu.

Prêtresse de cérémonies

La mesure drastique consistant à maintenir Eugenia abrutie par les drogues donna un meilleur résultat que ne l'espérait Parmentier lui-même. Au cours des mois qui suivirent, son ventre s'arrondit normalement tandis qu'elle passait son temps allongée sur un divan de la galerie sous une moustiquaire, somnolente ou distraite par le passage des nuages, entièrement déconnectée du prodige qui se produisait en elle. Tété entendit le maître dire : « Si elle était toujours aussi calme, ce serait parfait. » Elle s'alimentait de sucre et d'une épaisse bouillie de maïs avec un bouillon concentré de poule et de légumes écrasés dans un mortier en pierre, capable de ressusciter un mort, inventée par Tante Mathilde, la cuisinière. Tété accomplissait ses tâches dans la maison, puis elle s'installait dans la galerie pour coudre le trousseau du bébé et chanter de sa voix rauque les hymnes religieux qu'aimait Eugenia. Parfois, lorsqu'elles étaient seules, Prosper Cambray arrivait en visite sous prétexte de demander un verre de citronnade, qu'il buvait avec une extrême lenteur, assis une jambe sur la balustrade, frappant ses bottes de son fouet enroulé. Les yeux toujours rougis du gérant s'attardaient sur le corps de Tété.

« Tu estimes son prix, Cambray ? Elle n'est pas à vendre, le surprit Toulouse Valmorain un après-midi, apparaissant soudainement dans la galerie.

— Comment dites-vous, monsieur ? » répondit le mulâtre sur un ton de défi, sans changer de position.

Valmorain l'appela d'un geste et l'autre le suivit à contre-cœur dans le bureau. Tété ne sut pas de quoi ils avaient parlé ; son maître lui fit seulement savoir qu'il ne voulait voir personne rôder autour de la maison sans son autorisation, pas même le gérant. L'attitude insolente de Cambray ne changea pas après cet entretien à huis clos avec le patron ; sa seule précaution, avant de s'approcher de la galerie pour demander à boire et déshabiller Tété du regard, était de s'assurer que Valmorain ne se trouvait pas dans les parages. Il y avait long-temps qu'il avait perdu tout respect à l'égard du maître, mais il n'osait pas tirer trop sur la corde, car il nourrissait encore l'ambition d'être nommé par lui administrateur général.

Lorsque décembre arriva, Valmorain fit appeler le docteur Parmentier afin qu'il demeurât à la plantation le temps néces-saire jusqu'à l'accouchement d'Eugenia, car il ne voulait pas laisser cela entre les mains de Tante Rose. « Elle en sait plus que moi dans ce domaine », argua le médecin, mais il accepta l'invitation parce qu'elle lui donnerait le temps de se reposer, de lire et de noter de nouveaux remèdes de la guérisseuse pour son livre. On venait consulter Tante Rose d'autres plantations et elle soignait aussi bien les esclaves que les animaux, se battait contre les infections, cousait les blessures, soulageait les fièvres et les accidents, aidait aux accouche-ments ou essayait de sauver la vie des Noirs battus. On lui permettait d'aller loin chercher ses plantes et on l'emmenait au Cap acheter ses ingrédients : on l'y laissait munie de quelques pièces, avant de la récupérer deux jours plus tard. Elle était la *mambo*, la prêtresse des *calendas*, auxquels venaient les Noirs d'autres plantations, et Valmorain ne s'y opposait pas non plus, bien que son gérant l'eût averti qu'ils se termi-naient en orgies sexuelles ou avec des douzaines de possédés roulant à terre, les yeux révulsés. « Ne sois pas si sévère, Cambray, laisse-les se défouler, ils reviennent ainsi plus dociles au travail », répliquait le maître avec bonne humeur. Tante Rose se perdait pendant des jours et, au moment où le gérant annonçait que la femme avait rejoint les marrons ou traversé le fleuve en direction du territoire espagnol, elle revenait en boitillant, exténuée et sa musette pleine. Tante Rose et Tété échappaient à l'autorité de Cambray, car celui-ci craignait que la première le transformât en zombi, et la seconde était l'esclave personnelle de la maîtresse, indispensable dans la Grand-Case. « Personne ne te surveille, pourquoi tu ne t'enfuis pas, marraine ? » lui demanda un jour Tété. « Comment pourrais-je courir avec ma patte folle ? Et que deviendraient les gens qui ont besoin de mes soins ? En plus, il ne sert à rien que je sois libre si les autres sont esclaves », lui répondit la guérisseuse. Tété n'avait jamais vu la chose sous cet angle, et cela se mit à tourner comme un frelon dans sa tête. Elle en reparla bien des fois avec sa marraine, mais ne parvint jamais à accepter l'idée que sa liberté était irrémédiablement liée à celle de tous les autres esclaves. Si elle pouvait s'enfuir, elle le ferait sans penser à ceux qui restaient derrière elle, elle en était certaine. Après ses excursions, Tante Rose la convoquait dans sa cabane et elles s'enfermaient pour préparer des remèdes qui exigeaient la fraîcheur de la matière naturelle, une préparation précise et des rites appropriés. De la sorcellerie, disait Cambray, voilà ce que faisaient ces deux femmes, rien qu'il n'eût pu résoudre par une bonne raclée. Mais il ne prenait pas le risque de les toucher.

Un jour, après avoir passé les heures les plus chaudes de l'après-midi plongé dans la somnolence de la sieste, le docteur Parmentier alla rendre visite à Tante Rose afin de lui demander s'il existait des remèdes pour les piqûres de mille-pattes. Comme Eugenia était calme et surveillée par une infirmière, il demanda à Tété de l'accompagner. Ils trouvèrent la guérisseuse assise sur un siège en osier devant la porte de sa cabane disloquée par les dernières tempêtes, chantonnant dans une langue africaine, tandis qu'elle ôtait les feuilles d'une branche sèche et les posait sur un bout de tissu, tellement absorbée dans sa tâche qu'elle ne les vit que lorsqu'ils furent devant elle. Elle fit mine de se lever, mais Parmentier l'arrêta d'un geste. Le docteur s'épongea le front et le cou avec un mouchoir et la guérisseuse lui offrit de l'eau, qui était dans sa cabane. Celle-ci était plus vaste qu'elle ne paraissait de l'extérieur, très ordonnée – chaque chose ayant une place précise –, obscure et fraîche. Le mobilier était superbe comparé à celui des autres esclaves : une table en planches, une armoire hollandaise décrépite, une malle en laiton oxydé, plusieurs caisses que Valmorain lui avait procurées pour garder ses remèdes et une collection de petites marmites en terre cuite destinées à ses coctions. Un tas de feuilles sèches et de paille recouvert d'un tissu à carreaux et d'une fine couverture servait de lit. Du toit de palme pendaient des branches, des bouquets de plantes, des reptiles disséqués, des plumes, des colliers de graines, des semences, des coquillages et bien d'autres choses nécessaires à l'exercice de sa science. Le docteur but deux gorgées d'une calebasse, attendit quelques minutes d'avoir retrouvé son souffle et, lorsqu'il se sentit dispos, s'approcha pour observer l'autel sur lequel étaient déposés des offrandes de fleurs en papier, des morceaux de patate douce, un dé à coudre contenant de l'eau et du tabac pour les *loas*. Il savait que la croix n'était pas chrétienne, elle représentait les croisements de chemins, mais il ne douta pas que la statue de plâtre peinte était la Vierge Marie. Tété lui expliqua qu'elle-même l'avait donnée à sa marraine, c'était un cadeau de l'âme. « Mais je préfère Erzulie, et ma marraine aussi », ajouta-t-elle. Le médecin tendit la main pour saisir l'*asson* sacré du vaudou, une calebasse peinte de symboles, montée sur un bâton, décorée de graines et remplie des menus os d'un nouveau-né défunt, mais il retint à temps son geste. Personne ne devait le toucher sans la permission de son propriétaire. « Cela confirme ce que j'ai entendu dire : Tante Rose est une prêtresse, une *mambo* », dit-il. L'*asson* était normalement entre les mains du *houngan*, mais à Saint-Lazare il n'y en avait pas et c'était Tante Rose qui dirigeait les cérémonies. Le médecin but encore un peu d'eau, il mouilla son mouchoir et le noua autour de son cou avant de sortir à nouveau dans la chaleur. Tante Rose ne leva pas les yeux de son travail méticuleux, et ne leur offrit pas davantage un siège, car elle ne possédait qu'une chaise. On avait du mal à lui donner un âge, son visage était jeune, mais son corps abîmé, ses bras minces et forts. Ses seins pendaient comme des papayes sous la chemise, elle avait la peau très sombre, le nez droit et large à la base, les lèvres bien dessinées et le regard perçant. Elle couvrait sa tête d'un mouchoir sous lequel on devinait la masse abondante de ses cheveux, qu'elle n'avait jamais coupés et portait divisés en bandeaux rêches et serrés, semblables à des cordes de sisal. À quatorze ans, une charrette lui était passée sur la jambe, brisant plusieurs os qui s'étaient mal ressoudés, c'est pourquoi elle avait du mal à se déplacer, s'appuyant sur un bâton qu'un esclave reconnaissant avait taillé pour elle. La femme considérait que l'accident avait été une chance, parce qu'il l'avait libérée des champs de cannes à sucre. N'importe quelle autre esclave estropiée se serait retrouvée à remuer la mélasse bouillante ou à laver le linge dans le fleuve, mais elle avait fait exception, parce que très jeune les *loas* l'avaient distinguée comme *mambo*. Parmentier ne l'avait jamais vue dans une cérémonie, mais il pouvait l'imaginer en transe, transfigurée. Dans le vaudou, tous les participants étaient des officiants et pouvaient connaître la divinité lorsque les *loas* s'emparaient d'eux, le rôle du *houngan* ou de la *mambo* consistant uniquement à préparer le *hounfort* pour la cérémonie. Valmorain avait exprimé ses doutes à Parmentier : il pensait que Tante Rose était une charlatane qui exploitait l'ignorance de ses patients. « L'important, ce sont les résultats. Elle réussit mieux avec ses méthodes que moi avec les miennes », avait répondu le médecin.

Des champs leur parvenaient les voix des esclaves qui coupaient la canne, tous au même rythme. Le travail commençait avant le lever du jour, parce qu'ils devaient chercher du fourrage pour les animaux et du bois pour le feu, ils travaillaient ensuite du lever au coucher du soleil, avec une pause de deux heures en milieu de journée, quand le ciel devenait blanc et que la terre suait. Cambray avait voulu supprimer ce repos prescrit par le Code Noir et rejeté par la majorité des planteurs, mais Valmorain le considérait nécessaire. Il leur accordait également une journée de repos par semaine afin qu'ils cultivent leurs légumes et un peu de nourriture, jamais suffisamment, mais plus que dans certaines plantations où l'on partait du principe que les esclaves devaient survivre avec ce qu'ils faisaient pousser dans leurs jardins potagers. Tété avait entendu commenter une réforme du Code Noir : trois jours fériés par semaine et l'abolition du fouet, mais elle avait également entendu dire qu'aucun colon ne respecterait cette loi, dans le cas hypothétique où le Roi l'approuverait. Sans le fouet, qui travaillerait pour quelqu'un d'autre ? Le docteur ne comprenait pas les paroles de la chanson des travailleurs. Il vivait dans l'île depuis des années et son oreille s'était habituée au *créole* de la ville, un dialecte dérivé du français, au débit saccadé et au rythme africain, mais le *créole* des plantations lui était incompréhensible, parce que les esclaves en avaient fait une langue codée qui excluait les Blancs, raison pour laquelle il avait besoin de Tété comme interprète. Il se pencha pour examiner l'une des feuilles que Tante Rose séparait. « À quoi servent-elles ? » lui demanda-t-il. Elle lui expliqua que le *koulant* s'utilise pour les tambours dans la poitrine, les bruits dans la tête, la fatigue du crépuscule et le désespoir.

« Ça me serait utile, dit-il. Mon cœur est défaillant.

— Oui, ça vous servirait, car le *koulant* ôte aussi les pets », expliqua-t-elle, et tous trois éclatèrent de rire.

À cet instant, ils entendirent le galop d'un cheval qui approchait. C'était l'un des *commandeurs* qui venait chercher Tante

Rose, car il y avait eu un accident au moulin. « Séraphine a mis la main où il ne fallait pas ! » cria-t-il depuis son cheval, et il repartit aussitôt sans proposer d'emmener la guérisseuse. Elle enveloppa délicatement les feuilles dans le morceau d'étoffe et les déposa dans sa cabane, elle saisit sa musette, qui était toujours prête, et se mit en chemin aussi vite que possible, suivie de Tété et du médecin.

En chemin, ils dépassèrent plusieurs charrettes qui avançaient au pas lent des bœufs, chargées jusqu'au sommet d'une montagne de cannes récemment coupées, qui ne pouvaient attendre plus de deux jours avant d'être traitées. En s'approchant des grossiers édifices en bois du moulin, l'épaisse odeur de la mélasse leur colla à la peau. De chaque côté du sentier, les esclaves travaillaient avec des couteaux et des machettes, surveillés par les *commandeurs*. Au moindre signe de faiblesse de ses contremaîtres, Cambray les renvoyait couper la canne et les remplaçait par d'autres. Pour prêter main-forte à ses esclaves, Valmorain avait loué deux équipes à son voisin Lacroix, et comme Cambray se fichait du temps qu'ils dureraient, leur sort était bien pire. Plusieurs enfants parcouraient les rangées, munis de seaux et d'une louche pour distribuer de l'eau. De nombreux Noirs n'avaient que la peau sur les os, les hommes étaient à peine couverts d'un caleçon en toile grossière et d'un chapeau de paille, les femmes d'une longue chemise et d'un mouchoir sur la tête. Les mères coupaient la canne, pliées en deux avec leur enfant sur le dos. On leur accordait quelques minutes pour les allaiter pendant les deux premiers mois, puis elles devaient les laisser dans un appentis, à la garde d'une vieille et des enfants plus grands, qui s'en occupaient comme ils pouvaient. Beaucoup mouraient de tétanos, paralysés, la mâchoire bloquée, un autre des mystères de l'île, car les Blancs ne souffraient pas de ce mal. Les maîtres ne se doutaient pas que ces symptômes peuvent être provoqués sans laisser de trace en enfonçant une aiguille dans le point tendre du crâne, avant que les os ne soient soudés ;

ainsi le bébé partait heureux pour l'île sous la mer sans connaître l'esclavage. Il était rare de voir des Noirs avec des cheveux gris, comme Tante Mathilde, la cuisinière de Saint-Lazare, qui n'avait jamais travaillé dans les champs. Lorsque Violette Boisier l'avait achetée pour Valmorain, elle était déjà assez âgée, mais dans son cas l'âge importait peu, seule comptait l'expérience, et elle avait servi dans la cuisine d'un des *affranchis* les plus riches du Cap, un mulâtre éduqué en France qui contrôlait l'exportation de l'indigo.

Dans le moulin, ils trouvèrent une jeune femme couchée par terre au milieu d'un nuage de mouches, dans le fracas des machines mises en mouvement par les mules. Le procédé, délicat, était confié aux esclaves les plus habiles, qui devaient déterminer la mesure exacte de chaux à utiliser et le temps de cuisson du sirop pour obtenir un sucre de qualité. Au moulin survenaient les pires accidents et cette fois la victime, Séraphine, saignait tellement que Parmentier crut que quelque chose lui avait explosé dans la poitrine, mais il vit ensuite que le sang sortait du moignon d'un bras, qu'elle serrait sur son ventre rond. D'un geste rapide Tante Rose enleva le chiffon qu'elle avait sur la tête et l'attacha au-dessus du coude, en murmurant une invocation. La tête de Séraphine tomba sur les genoux du docteur et Tante Rose se déplaça pour l'installer dans son propre giron, elle lui ouvrit la bouche et y versa un jus brunâtre d'un flacon tiré de sa musette. «Ce n'est que de la mélasse, pour la ranimer», dit-elle, bien qu'il n'eût rien demandé. Un esclave expliqua que la jeune fille tassait la canne dans la presse : elle avait eu un instant d'inattention et les palettes dentées lui avaient happé la main. Ses cris l'avaient alerté et il avait réussi à arrêter les mules avant que la succion de la machine ne lui emportât le bras jusqu'à l'épaule. Pour la libérer, il avait dû lui trancher la main avec la hache pendue à un crochet pour cet usage. «Il faut arrêter le sang. Si ça ne s'infecte pas, elle vivra», décréta le docteur, et il demanda à l'esclave d'aller à la Grand-Case

99

chercher sa mallette. L'homme hésita parce qu'il ne recevait d'ordre que des *commandeurs*, mais sur un mot de Tante Rose il partit en courant. Séraphine avait entrouvert les yeux et elle balbutiait quelque chose entre ses dents, que le docteur put à peine saisir. Tante Rose se pencha pour l'entendre. «Je peux pas, *p'tite*, le Blanc est ici, je peux pas», lui répondit-elle dans un murmure. Deux esclaves soulevèrent Séraphine et l'emportèrent dans une baraque en planches où ils l'étendirent sur une table de bois brut. Tété chassa les poules et un cochon qui fourrageait dans les ordures dont le sol était jonché, pendant que les hommes tenaient Séraphine et que la guérisseuse la lavait avec l'eau d'un seau. «Je peux pas, *p'tite,* je peux pas», lui répétait-elle à l'oreille de temps en temps. Un autre homme apporta des braises ardentes du moulin. Par chance, Séraphine avait perdu connaissance lorsque Tante Rose entreprit de cautériser le moignon. Le docteur nota qu'elle était enceinte de six ou sept mois et pensa que la perte de sang la ferait certainement avorter.

À ce moment, sur le seuil de la remise apparut la silhouette d'un cavalier; l'un des esclaves courut attraper les brides et l'homme sauta à terre. C'était Prosper Cambray, un pistolet à la ceinture et le fouet à la main, vêtu d'un pantalon foncé et d'une chemise de toile ordinaire, mais avec des bottes en cuir et un chapeau américain de bonne facture, semblable à celui de Valmorain. Aveuglé par la lumière de l'extérieur, il ne reconnut pas le docteur Parmentier. «Qu'est-ce que c'est que ce tintouin?» demanda-t-il de sa voix douce, qui savait être si menaçante, en frappant ses bottes de son fouet, comme il le faisait toujours. Tous s'écartèrent pour qu'il voie lui-même, alors il aperçut le médecin et le ton changea.

«Ne vous dérangez pas pour cette bêtise, docteur. Tante Rose va s'occuper de tout. Permettez-moi de vous accompagner à la Grand-Case. Où est votre cheval? lui demanda-t-il avec amabilité.

— Emmenez cette jeune femme à la cabane de Tante Rose pour qu'elle s'en occupe. Elle est enceinte, répliqua le docteur.

— Ça n'a rien de nouveau pour moi, dit Cambray en riant.

— Si la blessure se gangrène, il faudra lui couper le bras, insista Parmentier, rouge d'indignation. Je vous répète que vous devez la porter tout de suite à la cabane de Tante Rose.

— Pour cela il y a l'hôpital, docteur, lui répondit Cambray.

— Ceci n'est pas un hôpital, c'est une étable immonde ! »

Le gérant scruta le hangar avec une expression de curiosité, comme s'il le voyait pour la première fois.

« Ça ne vaut pas la peine de s'inquiéter pour cette femme, docteur ; de toute façon elle ne sert plus à rien pour le sucre et je devrai l'occuper à autre chose...

— Vous ne m'avez pas compris, Cambray, l'interrompit le médecin sur un ton de défi. Voulez-vous que j'aie recours à Monsieur Valmorain pour régler cela ? »

Tété n'osa pas regarder l'expression du gérant ; elle n'avait jamais entendu quelqu'un s'adresser à lui sur ce ton, pas même le maître, et elle craignit qu'il ne levât le poing sur le Blanc, mais lorsqu'il répondit sa voix était humble, comme celle d'un domestique.

« Vous avez raison, docteur. Si Tante Rose la sauve, nous aurons au moins l'enfant », décida-t-il en touchant le ventre ensanglanté de Séraphine avec le manche de son fouet.

Un être qui n'est pas humain

Le jardin de Saint-Lazare, qui avait surgi sous l'impulsion d'une idée de Valmorain peu après son mariage, était au fil des ans devenu son projet favori. Il l'avait conçu en copiant des dessins dans un livre sur les palais de Louis XIV, toutefois les plantes d'Europe ne poussaient pas aux Antilles et il avait dû engager un botaniste de Cuba, un ami de Sancho García del Solar, pour le conseiller. Le jardin était coloré et exubérant, mais trois esclaves devaient inlassablement le défendre de la voracité tropicale, et s'occuper en outre des orchidées cultivées à l'ombre. Chaque jour, avant la canicule, Tété allait couper des fleurs pour les bouquets de la maison. Ce matin-là, Valmorain se promenait avec le docteur Parmentier sur l'étroit sentier du jardin, qui divisait les parties géométriques plantées d'arbustes et de fleurs, lui expliquant qu'après l'ouragan de l'année précédente il avait dû tout replanter, mais l'esprit du médecin vagabondait ailleurs. Parmentier n'avait pas l'œil artistique qui lui eût permis d'apprécier les plantes d'ornement, qu'il considérait d'ailleurs comme un gaspillage de la nature ; il était bien plus intéressé par les vilaines herbes du jardin de Tante Rose, qui avaient le pouvoir de guérir ou de tuer. Il était également intrigué par les incantations de la guérisseuse, dont il avait constaté les bienfaits sur les esclaves. Il avoua à Valmorain que, plus d'une fois, il avait eu la tentation de traiter un malade en utilisant les méthodes des sorciers noirs, mais qu'il en avait toujours été empêché par son pragmatisme français et la peur du ridicule.

« Ces superstitions ne méritent pas l'attention d'un scientifique comme vous, docteur, ironisa Valmorain.

— J'ai vu des guérisons prodigieuses, *mon ami*, tout comme j'ai vu des gens mourir sans aucune cause, pour la seule raison qu'ils se croyaient victimes de magie noire.

— Les Africains sont très influençables.

— Tout comme les Blancs. Votre épouse, sans aller plus loin…

— Docteur, il y a une différence fondamentale entre un Africain et mon épouse, aussi dérangée soit-elle ! Vous ne croyez tout de même pas que les nègres sont comme nous, n'est-ce pas ? l'interrompit Valmorain.

— Du point de vue biologique, il est évident qu'ils le sont.

— On voit bien que vous n'avez pas souvent affaire à eux. Les nègres ont une constitution qui les destine aux travaux pénibles, ils ressentent moins la douleur et la fatigue, leur cerveau est limité, ils n'ont aucun discernement, ils sont violents, désordonnés, paresseux, ils manquent d'ambition et de sentiments nobles.

— On pourrait dire la même chose d'un Blanc abruti par l'esclavage, *monsieur*.

— Quel argument absurde ! dit l'autre avec un sourire dédaigneux. Les nègres ont besoin d'une main ferme. Et notez que je parle de fermeté, pas de brutalité.

— Sur ce point, il n'y a pas de moyen terme. Dès lors qu'on accepte la notion d'esclavage, le traitement revient au même, lui rétorqua le médecin.

— Je ne suis pas d'accord. L'esclavage est un mal nécessaire, c'est la seule manière de mener une plantation, mais on peut le faire de façon humanitaire.

— Il ne peut être humanitaire de posséder et d'exploiter une autre personne, répliqua Parmentier.

— Vous n'avez jamais eu d'esclave, docteur ?

— Non, et je n'en aurai jamais.

— Je vous en félicite. Vous avez la chance de ne pas être un planteur, dit Valmorain. Je n'aime pas l'esclavage, je vous l'assure, et j'aime encore moins vivre ici, mais il faut bien que quelqu'un dirige les colonies pour que vous puissiez sucrer votre café et fumer un cigare. En France, on profite de nos produits, mais personne ne veut savoir comment on les obtient. Je préfère l'honnêteté des Anglais et des Américains, qui acceptent l'esclavage avec pragmatisme, conclut Valmorain.

— En Angleterre et aussi aux États-Unis, certains remettent sérieusement en question l'esclavage et refusent de consommer les produits des îles, en particulier le sucre, lui rappela Parmentier.

— Ils sont en nombre insignifiant, docteur. Je viens de lire dans une revue scientifique que les nègres appartiennent à une autre espèce que la nôtre.

— Comment l'auteur explique-t-il que deux espèces différentes aient des enfants ? lui demanda le médecin.

— En croisant un poulain et une ânesse on obtient une mule, qui n'est ni l'un ni l'autre. Du mélange de Blancs et de Noirs naissent les mulâtres, dit Valmorain.

— Les mules ne peuvent se reproduire, *monsieur*, les mulâtres oui. Dites-moi, si vous aviez un enfant avec une esclave, serait-il humain ? Aurait-il une âme immortelle ? »

Irrité, Toulouse Valmorain lui tourna le dos et se dirigea vers la maison. Ils ne se revirent que le soir. Parmentier s'habilla pour le dîner et il se présenta dans la salle à manger avec ce mal de tête tenace qui le tourmentait depuis son arrivée à la plantation, trois jours plus tôt. Souffrant de migraines et de faiblesses, il disait que son organisme ne supportait pas le climat de l'île ; cependant, il n'avait attrapé aucune des maladies qui décimaient d'autres Blancs. L'ambiance de Saint-Lazare l'oppressait et la discussion avec Valmorain l'avait mis de mauvaise humeur. Il voulait rentrer au Cap, où l'attendaient d'autres patients et la consolation discrète de sa douce Adèle, mais il s'était engagé à s'occuper d'Eugenia et voulait tenir sa promesse. Il l'avait examinée le matin même et estimait qu'elle accoucherait bientôt. Son hôte l'attendait et le reçut avec le sourire, comme si le fâcheux différend de la mi-journée n'avait jamais eu lieu. Au cours du repas, ils parlèrent de livres et de la politique en Europe, chaque jour plus incompréhensible, et s'accordèrent sur le fait que la Révolution américaine de 1776 avait eu une énorme influence en France, où certains groupes attaquaient la monarchie en des termes aussi virulents que ceux qu'avaient utilisés les Américains dans leur Déclaration d'indépendance. Parmentier ne cachait pas son admiration pour les États-Unis et Valmorain la partageait, tout en pariant que l'Angleterre reprendrait le contrôle de sa colonie américaine dans la poudre et le sang, comme le ferait tout empire désireux de le rester. Et si Saint-Domingue se rendait indépendante de la France, comme les Américains s'étaient libérés de l'Angleterre ? avança Valmorain, précisant aussitôt que c'était une question rhétorique, en aucun cas un appel à la sédition. Ils parlèrent aussi de l'accident survenu au moulin, et le médecin affirma qu'on pourrait éviter ces accidents si les rotations étaient plus courtes, vu que le travail terrible des pressoirs et la chaleur des chaudrons troublaient l'esprit. Il lui dit que l'hémorragie de Séraphine avait été jugulée et qu'il était trop tôt pour détecter des signes d'infection, mais qu'ayant perdu beaucoup de sang, elle était perturbée et si faible qu'elle ne réagissait pas, cependant il s'abstint d'ajouter que Tante Rose la maintenait certainement endormie avec ses potions. Il ne pensait pas revenir sur le sujet de l'esclavage, qui avait tellement contrarié son hôte, mais après le dîner, installés dans la galerie et savourant la fraîcheur de la nuit, le cognac et les cigares, Valmorain lui-même l'évoqua.

« Excusez mon emportement de ce matin, docteur. Dans ces solitudes, j'ai bien peur d'avoir perdu la bonne habitude de la conversation intellectuelle. Je n'ai pas voulu vous offenser.

— Vous ne m'avez pas offensé, *monsieur*.

— Vous n'allez pas me croire, docteur, mais avant de venir ici j'admirais Voltaire, Diderot et Rousseau, lui dit Valmorain.

— Plus maintenant ?

— Maintenant je mets en doute les spéculations des humanistes. La vie dans cette île m'a endurci, ou disons qu'elle m'a rendu plus réaliste. Je ne peux accepter que les nègres soient aussi humains que nous-mêmes, quoiqu'ils aient une intelligence et une âme. La race blanche a créé notre civilisation. L'Afrique est un continent obscur et primitif.

— Vous y avez séjourné, *mon ami* ?

— Non.

— Moi oui. J'ai passé deux ans en Afrique, à voyager d'un côté et d'autre, raconta le docteur. En Europe, on sait fort peu de choses de ce territoire immense et varié. En Afrique existait déjà une civilisation complexe alors que nous autres Européens vivions couverts de peaux de bêtes, dans des cavernes. Je vous accorde qu'en certains domaines la race blanche est supérieure : nous sommes plus agressifs et plus cupides. C'est ce qui explique notre puissance et l'étendue de nos empires.

— Bien avant que les Européens n'arrivent en Afrique, les Noirs se réduisaient les uns les autres en esclavage et ils le font encore, dit Valmorain.

— De même que les Blancs se réduisent les uns les autres en esclavage, *monsieur*, lui rétorqua le médecin. Tous les Noirs ne sont pas des esclaves, pas plus que tous les esclaves ne sont des Noirs. L'Afrique est un continent de gens libres. Il y a certes des millions d'Africains soumis à l'esclavage, mais bien davantage sont libres. Leur destinée n'est pas l'esclavage, pas plus qu'elle n'est celle des milliers de Blancs qui sont aussi des esclaves.

106

— Je comprends votre répugnance pour l'esclavage, docteur, dit Valmorain. L'idée de le remplacer par un autre système de travail me séduit également, mais je crains que dans certains cas, comme celui des plantations, il n'y en ait pas. L'économie du monde repose sur lui, on ne peut l'abolir.

— Peut-être pas du jour au lendemain, mais cela pourrait se faire de façon progressive. À Saint-Domingue, c'est le contraire qui se passe, ici le nombre des esclaves augmente d'année en année. Imaginez-vous ce qui se passera le jour où ils se soulèveront ? demanda Parmentier.

— Vous êtes un pessimiste, commenta l'autre en terminant son cognac.

— Comment pourrais-je ne pas l'être ? Il y a longtemps que je vis à Saint-Domingue, *monsieur*, et pour être franc, j'en ai plus qu'assez. J'y ai vu des horreurs. Sans aller plus loin, il y a peu j'étais à l'*habitation* Lacroix où plusieurs esclaves se sont suicidés ces deux derniers mois. Deux d'entre eux se sont jetés dans un chaudron de mélasse bouillante, tant ils devaient être désespérés.

— Rien ne vous retient ici, docteur. Avec votre licence royale vous pouvez pratiquer votre science où bon vous semble.

— Je suppose qu'un jour je m'en irai, répondit le médecin, en pensant qu'il ne pouvait mentionner la seule raison qui le faisait rester dans l'île : Adèle et leurs enfants.

— Moi aussi je veux emmener ma famille à Paris », ajouta Valmorain, mais il savait que cette possibilité était lointaine.

La France était en crise. Cette année-là, le directeur général des Finances avait convoqué une assemblée de notables pour obliger la noblesse et le clergé à payer des impôts et partager la charge économique, mais son initiative n'avait pas eu d'écho. De loin, Valmorain pouvait voir s'effriter le système politique. Ce n'était pas le moment de rentrer en France, et il ne pouvait pas davantage laisser la plantation entre les mains de Prosper Cambray. Il n'avait pas confiance en lui, mais il ne s'en séparait pas parce qu'il y avait longtemps qu'il était à son service et que le remplacer serait pire que le supporter. La vérité, qu'il n'aurait jamais admise, c'est qu'il en avait peur.

Le docteur but le reste de son cognac, savourant son picotement sur le palais et l'illusion de bien-être qui l'envahissait en de brefs instants. Ses tempes battaient et la douleur s'était concentrée dans ses orbites. Il pensa aux paroles de Séraphine, qu'il avait réussi à saisir au moulin, demandant à Tante Rose de l'aider à partir avec son enfant non né au royaume des Morts et des Mystères, dans la lointaine Guinée. «Je peux pas, *p'tite.*» Il se demanda ce qu'aurait fait la femme s'il ne s'était trouvé là. Peut-être l'aurait-elle aidée malgré le risque d'être prise sur le fait et de le payer cher. Il y a des façons discrètes de s'y prendre, pensa le docteur, très fatigué.

«Excusez-moi d'insister sur notre conversation de ce matin, *monsieur.* Votre épouse se croit victime du vaudou, elle dit que les esclaves l'ont ensorcelée. Je pense que nous pourrions utiliser cette obsession en sa faveur.

— Je ne comprends pas, dit Valmorain.

— Nous pourrions la convaincre que Tante Rose peut contrecarrer la magie noire. Nous ne perdons rien à essayer.

— Je vais y réfléchir, docteur. Quand Eugenia aura accouché nous nous occuperons de ses nerfs», répliqua Valmorain dans un soupir.

À ce moment, la silhouette de Tété passa dans la cour, éclairée par le clair de lune et des torches, que l'on gardait allumées la nuit pour la surveillance. Le regard des hommes la suivit. Valmorain l'appela par un sifflement et un instant plus tard elle se présenta dans la galerie, aussi légère et silencieuse qu'un chat. Elle portait une vieille jupe de sa maîtresse, déteinte et raccommodée, mais de bonne facture, et un ingénieux turban formé de plusieurs nœuds qui la grandissait d'un empan. Svelte, les pommettes proéminentes, la jeune fille avait des yeux en amandes aux paupières lourdes et aux pupilles dorées, une grâce naturelle, des gestes fluides et précis. Elle irradiait une puissante énergie que le docteur ressentit sur sa peau. Il devina que sous son apparence austère se cachait la puissance contenue d'un félin au repos. Valmorain lui montra le verre et elle se dirigea vers le buffet de la salle à manger, en revint avec la bouteille de cognac et les servit tous deux.

« Comment va Madame ? demanda Valmorain.

— Elle est calme, maître, répondit-elle, et elle recula pour se retirer.

— Attends, Tété. Voyons si tu peux nous aider à résoudre une interrogation. Le docteur Parmentier affirme que les Noirs sont aussi humains que les Blancs et je dis le contraire. Toi, qu'en penses-tu ? » lui demanda Valmorain, sur un ton qui parut au docteur plus paternel que sarcastique.

Elle demeura muette, les yeux baissés et les mains jointes.

« Allons, Tété, réponds sans crainte. J'attends…

— Le maître a toujours raison, murmura-t-elle enfin.

— Autrement dit, tu es d'avis que les Noirs ne sont pas tout à fait humains…

— Un être qui n'est pas humain n'a pas d'opinion, maître. »

Le docteur Parmentier ne put s'empêcher d'éclater de rire et Toulouse Valmorain, après un moment d'hésitation, se mit à rire aussi. D'un geste de la main il congédia l'esclave, qui disparut dans l'ombre.

Zarité

C'est le lendemain, au milieu de l'après-midi, que doña Eugenia a donné le jour. L'accouchement a été rapide, bien qu'elle n'ait aidé qu'au dernier moment. Le docteur était à côté d'elle et regardait, assis sur une chaise, car recevoir les bébés n'est pas l'affaire des hommes, comme il l'a dit lui-même. Le maître Valmorain croyait qu'un diplôme de médecin portant le sceau royal valait plus que l'expérience, aussi n'avait-il pas voulu faire appel à Tante Rose, la meilleure sage-femme du nord de l'île ; même les femmes blanches avaient recours à elle quand le terme arrivait. J'ai soutenu ma maîtresse, je l'ai rafraîchie, j'ai prié avec elle en espagnol et je lui ai donné l'eau miraculeuse qu'on lui avait envoyée de Cuba. Le docteur pouvait entendre clairement les battements du cœur de l'enfant ; il était prêt à naître, mais doña Eugenia refusait d'y mettre du sien. Je lui ai expliqué que ma maîtresse allait accoucher d'un zombi et que le Baron Samedi était arrivé pour le prendre ; alors, il s'est mis à rire de si bon cœur qu'il en avait les larmes aux yeux. Ce Blanc étudiait le vaudou depuis des années, il savait que le Baron Samedi est le serviteur et associé de Ghédé, loa du monde des morts, je me demande ce qu'il trouvait de si drôle. « Quelle idée grotesque ! Je ne vois aucun baron ! » Le Baron ne se montre pas à ceux qui ne le respectent pas. Mais très vite, le docteur a compris que ça n'avait rien d'une plaisanterie, car doña Eugenia était très agitée. Il m'a envoyée chercher Tante Rose. J'ai trouvé le maître dans un fauteuil du salon, endormi par plusieurs verres de cognac, il m'a autorisée à appeler ma marraine et je

111

suis partie en courant la chercher. Elle était prête et m'attendait, vêtue de sa robe blanche de cérémonie, avec sa musette, ses colliers et l'asson. Elle s'est dirigée vers la Grand-Case sans me poser de questions, est montée dans la galerie et entrée par la porte des esclaves. Pour se rendre dans la chambre de doña Eugenia elle devait passer par le salon et les coups de son bâton sur le plancher ont réveillé le maître. « Prends garde à ce que tu fais à madame », l'a-t-il avertie d'une voix nasillarde, mais elle n'a pas fait attention à lui et a poursuivi son chemin, parcourant le couloir à tâtons pour arriver dans la chambre où elle était souvent allée soigner doña Eugenia. Cette fois, elle ne venait pas comme guérisseuse mais en tant que mambo, pour affronter l'associé de la Mort.

Depuis le seuil, Tante Rose a vu le Baron Samedi et un frisson l'a secouée, mais elle n'a pas reculé. Elle l'a salué par une révérence, en agitant l'asson avec son cliquetis d'osselets, et lui a demandé la permission de s'approcher du lit. Le loa des cimetières et des croisements de chemins, avec sa tête blême de mort et son chapeau noir, s'est écarté, l'invitant à s'approcher de doña Eugenia ; celle-ci respirait comme un poisson, trempée, les yeux rougis par la terreur, luttant contre son corps qui faisait du mieux qu'il pouvait pour libérer le bébé, tandis qu'elle le retenait en serrant avec force. Tante Rose lui a mis l'un de ses colliers de graines et de coquillages autour du cou et elle lui a dit quelques mots de réconfort, que j'ai répétés en espagnol. Puis elle s'est tournée vers le Baron.

Le docteur Parmentier observait, fasciné, et pourtant il ne voyait que la partie correspondant à Tante Rose ; moi, au contraire, je voyais tout. Ma marraine a allumé un cigare et elle l'a agité, dégageant un nuage de fumée qui rendait l'air irrespirable, car la fenêtre restait toujours fermée pour empêcher les moustiques d'entrer, puis elle a dessiné un cercle à la craie autour du lit et s'est mise à tourner en faisant des pas de danse, montrant les quatre coins avec l'asson. Dès qu'elle a eu terminé de saluer les esprits, elle a dressé un autel avec plusieurs objets sacrés tirés de sa musette, et y a disposé des offrandes de rhum et de cailloux, enfin elle s'est assise au pied du lit, prête à négocier avec le Baron. Tous deux sont partis dans un long marchandage en créole, si intense et si rapide que je n'ai pas compris grand-chose, mais j'ai entendu plusieurs fois le nom de Séraphine. Ils discutaient, se fâchaient, riaient, elle fumait le cigare et soufflait la fumée, que le Baron avalait à grandes bouffées. Cela a continué un long moment et le docteur Parmentier a commencé à perdre patience. Il a essayé d'ouvrir la fenêtre, mais il y avait longtemps qu'on ne l'avait pas utilisée et elle était bloquée. Toussant et larmoyant à cause de la fumée, il a pris le pouls de doña Eugenia, comme s'il ne savait pas que les enfants sortent par le bas, bien loin du poignet.

Enfin Tante Rose et le Baron sont parvenus à un accord. Elle s'est dirigée vers la porte et, avec une profonde révérence, elle a congédié le loa qui est sorti en faisant ses petits sauts de grenouille. Ensuite, Tante Rose s'est adressée à la maîtresse pour lui expliquer la situation : ce qu'elle avait dans le ventre n'était pas de la chair de cimetière, mais un bébé normal que le Baron Samedi n'emporterait pas avec lui. Doña Eugenia a cessé de se débattre, elle s'est mise à pousser de toutes ses forces et bientôt un jet de liquide jaunâtre et de sang a souillé les draps. Quand la tête du bébé est apparue, ma marraine l'a attrapée doucement, puis elle a aidé le reste du corps à sortir. Elle m'a remis le nouveau-né et a annoncé à la mère que c'était un garçon, mais celle-ci n'a même pas voulu le regarder, elle a tourné la tête du côté du mur et a fermé les yeux, exténuée. J'ai serré le bébé contre ma poitrine, en le tenant bien, car il était glissant, couvert de graisse. J'ai eu la certitude absolue qu'il me reviendrait d'aimer cet enfant comme le mien et aujourd'hui, après tant d'années et tant d'amour, je sais que je ne me suis pas trompée. Je me suis mise à pleurer.

Tante Rose a attendu que la maîtresse expulse ce qui lui restait à l'intérieur et elle l'a lavée, puis elle a bu d'un trait l'offrande de rhum de l'autel, a remis ses affaires dans la musette et a quitté la pièce, appuyée sur son bâton. Le docteur écrivait à toute vitesse dans son carnet, tandis que je continuais à pleurer et lavais l'enfant, qui était aussi léger qu'un chaton. Je l'ai enveloppé dans la couverture que j'avais tissée au cours de mes soirées dans la galerie et je l'ai porté à son père afin qu'il fasse sa connaissance, mais le maître avait ingurgité tant de cognac que je n'ai pas pu le réveiller. Dans le couloir, une esclave attendait, les seins gonflés, fraîchement baignée et la tête rasée à cause des poux ; c'est elle qui donnerait son lait au fils des maîtres dans la Grand-Case, tandis que le sien serait nourri à l'eau de riz dans le quartier des Noirs. Aucune Blanche n'allaite ses enfants, c'est ce que je croyais alors. La femme s'est assise par terre jambes croisées, elle a ouvert sa blouse et reçu le petit, qui s'est accroché à son sein. J'ai senti ma peau me brûler et mes mamelons se durcir : mon corps était prêt pour cet enfant.

À la même heure, dans la cabane de Tante Rose, Séraphine est morte toute seule, sans s'en rendre compte, parce qu'elle dormait. C'est ainsi que cela s'est passé.

La concubine

Il fut prénommé Maurice. Son père était ému aux larmes par ce cadeau inespéré du ciel, qui venait combattre sa solitude et réveiller son ambition. Ce fils allait prolonger la dynastie Valmorain. Il décréta un jour de fête, personne ne travailla dans la plantation ; il ordonna qu'on fît rôtir plusieurs bêtes et assigna trois assistants à Tante Mathilde pour préparer en quantité des plats piquants au maïs, un assortiment de légumes et des gâteaux pour tout le monde. Il autorisa un *calenda* dans la cour principale, devant la Grand-Case, qui se remplit d'une foule bruyante. Les esclaves se parèrent du peu qu'ils possédaient – une étoffe de couleur, un collier de coquillages, une fleur –, apportèrent leurs tambours et d'autres instruments improvisés, et bientôt il y eut de la musique et des gens qui dansaient devant le regard moqueur de Cambray. Le maître fit distribuer deux tonneaux de tafia et chaque esclave en reçut un bon gorgeon dans sa calebasse pour fêter l'événement. Tété apparut dans la galerie avec l'enfant enveloppé dans une mantille, et le père le prit pour l'élever au-dessus de sa tête et le montrer aux esclaves. « Voici mon héritier ! Il s'appellera Maurice Valmorain, comme mon père ! » s'exclama-t-il, la voix rauque d'émotion et encore un peu sonné par la cuite de la veille. Un silence de fonds marins accueillit ses paroles. Même Cambray eut peur. Ce Blanc

115

ignorant avait commis l'incroyable imprudence de donner à son fils le nom d'un aïeul défunt ; lorsqu'on l'appellerait, celui-ci pouvait sortir de sa tombe et enlever l'enfant pour l'emporter dans le monde des morts. Croyant que le silence était dû au respect, Valmorain ordonna de distribuer une seconde tournée de tafia et de continuer à faire la fête. Tété récupéra le nouveau-né et l'emmena en courant, lui mouillant le visage d'une pluie de salive pour le protéger du malheur invoqué par l'imprudence de son père.

Le lendemain, alors que les esclaves domestiques nettoyaient dans la cour les restes de la fête et que les autres étaient retournés dans les champs de cannes à sucre, le docteur Parmentier se prépara rapidement à retourner en ville. Le petit Maurice tétait sa nourrice comme un veau et Eugenia ne présentait aucun des symptômes de la fatale fièvre puerpérale. Tété lui avait frotté les seins avec un mélange de graisse et de miel, puis les lui avait bandés avec une étoffe rouge, méthode de Tante Rose pour assécher le lait avant qu'il commence à couler. Sur la table de nuit d'Eugenia s'alignaient les flacons de gouttes pour le sommeil, de cachets pour étouffer l'angoisse et de sirops pour supporter la peur, rien qui pût la guérir, comme le docteur lui-même l'admettait, mais ils allégeaient son existence. L'Espagnole était devenue une ombre, elle avait la peau cendrée et le visage altéré, plus à cause de la teinture d'opium que du déséquilibre de son esprit. Dans le ventre de sa mère, Maurice avait subi les effets de la drogue, expliqua le médecin à Valmorain, raison pour laquelle il était né si menu et si fragile, il serait sûrement malingre, il avait besoin d'air, de soleil et d'une bonne alimentation. Il ordonna que l'on donne chaque jour trois œufs crus à la nourrice pour fortifier son lait. « Maintenant, ta maîtresse et le bébé sont à ta charge, Tété. Ils ne pourraient pas être entre de meilleures mains », ajouta le médecin. Toulouse Valmorain lui paya ses services avec largesse et lui fit ses adieux avec regret, car il estimait vraiment cet homme cultivé d'un caractère amène, avec lequel il avait joué d'innombrables parties de cartes pendant les longues soirées de Saint-Lazare. Leurs conversations allaient lui manquer, en particulier celles où ils n'étaient pas d'accord, parce qu'elles l'obligeaient à s'exercer dans l'art oublié d'argumenter par plaisir. Il mit deux contre-maîtres armés à la disposition du médecin pour l'accompagner dans son voyage de retour au Cap.

Parmentier était en train de faire ses paquets, tâche qu'il ne déléguait pas aux esclaves, car il était très méticuleux à l'endroit de ses instruments, quand Tété frappa discrètement à la porte et, dans un filet de voix, demanda si elle pouvait lui dire un mot en privé. Parmentier l'avait souvent eue à ses côtés, il l'utilisait pour communiquer avec Eugenia, qui semblait avoir oublié le français, et avec les esclaves, en particulier avec Tante Rose. « Tu es une excellente infirmière, Tété, mais ne traite pas ta maîtresse comme une invalide, il faut qu'elle commence à se débrouiller seule », l'avait-il avertie lorsqu'il l'avait vue lui donner à manger à la cuillère et avait appris qu'elle l'asseyait sur la chaise percée et lui nettoyait le derrière pour qu'elle ne se salisse pas. La jeune fille répondait à ses questions avec précision, dans un français correct, mais elle n'entamait jamais un dialogue ni ne le regardait en face, ce qui lui avait permis de l'observer à loisir. Elle devait avoir environ dix-sept ans, bien que son corps ne fût plus celui d'une adolescente mais d'une femme. Valmorain lui avait raconté l'histoire de Tété au cours de l'une des parties de chasse qu'ils avaient faites ensemble. Il savait que la mère de l'esclave était arrivée enceinte sur l'île et avait été achetée par un *affranchi* propriétaire d'un commerce de chevaux au Cap. La femme avait tenté de se faire avorter et, pour cette raison, avait reçu plus de coups de fouet que n'aurait supporté une autre femme dans son état, mais la créature dans son ventre, tenace, était née à terme et en bonne santé. Dès que la mère avait pu se lever, elle avait voulu la tuer en la jetant à terre, mais on la lui avait enlevée à temps. Une autre esclave s'en était occupée

117

pendant quelques semaines, jusqu'à ce que son maître décidât de l'utiliser pour régler une dette de jeu à un fonctionnaire français du nom de Pascal, mais la mère n'en avait rien su, car elle s'était jetée à la mer du haut d'un parapet. Valmorain lui avait encore dit qu'il avait acheté Tété pour servir de femme de chambre à son épouse et qu'il y avait gagné, car finalement la jeune fille faisait également office d'infirmière et de gouvernante. Désormais, selon toute évidence, elle servirait aussi de nounou à Maurice.

« Que veux-tu, Tété ? » lui demanda le docteur, tandis qu'il rangeait avec précaution ses précieux instruments en argent et en bronze dans une boîte de bois poli.

Elle ferma la porte et lui raconta avec un minimum de mots, et sans aucune expression sur le visage, qu'elle avait un fils d'un peu plus d'un an, qu'elle n'avait vu qu'un instant à sa naissance. Parmentier eut l'impression que sa voix se brisait, mais lorsqu'elle reprit la parole pour lui expliquer qu'elle avait eu l'enfant pendant que sa maîtresse se reposait à Cuba, elle usa du même ton neutre que précédemment.

« Le maître m'a interdit de mentionner l'enfant. Doña Eugenia ne sait rien, conclut Tété.

— Monsieur Valmorain a bien fait. Son épouse n'avait pas pu avoir d'enfants et elle se troublait beaucoup lorsqu'elle en voyait. Quelqu'un est-il au courant pour ton enfant ?

— Seulement Tante Rose. Je crois que le gérant s'en doute, mais il n'a pas pu en avoir confirmation.

— Maintenant que Madame a son propre bébé, la situation a changé. Ton maître voudra certainement récupérer ton enfant, Tété. Après tout il lui appartient, non ? commenta Parmentier.

— Oui, c'est sa propriété. Et c'est aussi son fils. »

« Comment cette évidence ne m'a-t-elle pas traversé l'esprit ! » pensa le docteur. Il n'avait pas perçu le moindre signe d'intimité entre Valmorain et l'esclave, mais on pouvait supposer qu'avec une épouse dans l'état où se trouvait la sienne, l'homme se consolerait avec n'importe quelle femme à portée de sa main. Tété était très attirante, elle avait quelque chose d'énigmatique et de sensuel. Des femmes comme elle sont des pierres précieuses que seul un œil exercé sait distinguer parmi les pierres grossières, songea-t-il, ce sont des boîtes fermées que l'amant doit ouvrir peu à peu pour révéler leurs mystères. N'importe quel homme pourrait se sentir très heureux de son affection, mais il doutait que Valmorain sût l'apprécier. Il se souvint de son Adèle avec nostalgie. Elle aussi était un diamant brut. Elle lui avait donné trois enfants, et bien des années d'une compagnie si discrète qu'il n'avait jamais eu besoin de donner des explications dans la société mesquine où il exerçait sa science. Si l'on avait su qu'il avait une concubine et des enfants de couleur, les Blancs l'auraient rejeté ; en revanche, ils acceptaient avec le plus grand naturel les rumeurs sur son homosexualité, qui expliquaient qu'il fût célibataire et disparût fréquemment dans les quartiers des *affranchis*, où les souteneurs proposaient de jeunes garçons pour tous les caprices. Par amour pour Adèle et les enfants, il ne pouvait rentrer en France, aussi désespéré fût-il de rester dans l'île. «Ainsi le petit Maurice a un frère… Dans ma profession, on apprend toutes sortes de choses», murmura-t-il entre ses dents. Valmorain n'avait pas envoyé sa femme à Cuba pour qu'elle y recouvrât la santé, comme il l'avait annoncé à cette occasion, mais pour lui cacher ce qui se passait dans sa propre maison. Pourquoi tant de mystères ? C'était une situation courante et acceptée, l'île était pleine de bâtards de race mêlée, il lui avait même semblé voir deux petits mulâtres parmi les esclaves de Saint-Lazare. La seule explication était qu'Eugenia n'aurait pas supporté que son mari couche avec Tété, sa seule ancre dans la profonde confusion de sa folie. Valmorain avait sans doute deviné que cela aurait achevé de la tuer et il n'avait pas eu assez de cynisme pour imaginer qu'en réalité sa femme serait mieux morte. Enfin, cela n'était pas de son ressort, décida le médecin. Valmorain devait avoir ses excuses et ce n'était pas à lui de les chercher, mais il était intrigué et se demandait s'il avait vendu l'enfant ou voulait seulement le garder éloigné pendant un temps prudent.

« Que puis-je faire, Tété ? demanda Parmentier.

— S'il vous plaît, docteur, pouvez-vous demander à Monsieur Valmorain ? Je veux savoir si mon fils est vivant, s'il l'a vendu et à qui…

— Ce n'est pas à moi de faire cela, ce serait une grossièreté. À ta place, je ne penserais plus à cet enfant.

— Oui, docteur, répondit-elle d'une voix presque inaudible.

— Ne t'inquiète pas, je suis sûr qu'il est dans de bonnes mains », ajouta Parmentier, peiné.

Tété sortit de la pièce et ferma la porte sans bruit.

Avec la naissance de Maurice, le train-train habituel changea dans la maison. Si Eugenia se réveillait tranquille, Tété l'habillait, lui faisait faire quelques pas dans la cour, puis l'installait dans la véranda avec Maurice dans son berceau. De loin, Eugenia avait l'air d'une mère normale surveillant le sommeil de son enfant, tous deux protégés par les moustiquaires qui les recouvraient, mais cette illusion s'évanouissait lorsqu'on s'approchait et qu'on voyait l'expression absente de la femme. Quelques semaines après avoir accouché, elle traversa une autre de ses crises et ne voulut plus sortir à l'air libre, convaincue que les esclaves l'épiaient pour l'assassiner. Elle passait ses journées dans sa chambre, oscillant entre l'hébétude du laudanum et le délire de sa démence, si égarée qu'elle se souvenait à peine de son fils. Elle ne demanda jamais comment on le nourrissait et personne ne lui dit que Maurice s'allaitait accroché au mamelon d'une Africaine, car elle aurait conclu qu'il tétait du lait empoisonné. Valmorain espérait que l'implacable instinct maternel pourrait rendre le jugement à sa femme, telle une bourrasque qui lui balaierait les os et le cœur, la laissant propre à l'intérieur, mais lorsqu'il la vit secouer Maurice comme un pantin pour le faire taire, risquant de lui rompre le cou, il comprit que la plus grande menace pour l'enfant était sa mère. Il le lui arracha et, ne pouvant se contenir, il lui donna une gifle qui la jeta à terre les quatre fers en l'air. Il n'avait jamais frappé Eugenia et fut surpris de sa propre violence. Tété releva sa maîtresse, qui pleurait sans comprendre ce qui lui arrivait, elle la mit au lit et alla lui préparer une infusion pour les nerfs. Toulouse l'intercepta à mi-chemin et lui mit le bébé dans les bras.

« À partir de maintenant, c'est toi qui prendras soin de mon fils. Quoi qu'il lui arrive tu le paieras cher. Ne laisse pas Eugenia le toucher à nouveau ! brama-t-il.

— Et que dois-je faire si la maîtresse demande son enfant ? demanda Tété en serrant le petit Maurice contre sa poitrine.

— Peu m'importe ce que tu fais ! Maurice est mon seul fils et je ne laisserai pas cette imbécile lui faire du mal. »

Tété respecta à moitié les instructions. Elle portait l'enfant à Eugenia pendant de brefs moments et la laissait le tenir, tandis qu'elle-même la surveillait. La mère restait immobile, le petit paquet sur les genoux, le regardant avec une expression d'étonnement qui faisait bientôt place à de l'impatience. Au bout de quelques instants, elle le rendait à Tété et son attention errait dans une autre direction. Tante Rose eut l'idée d'envelopper une poupée de chiffon dans la couverture de Maurice et elles constatèrent que la mère ne remarquait pas la différence, ainsi elles purent espacer les visites jusqu'à ce qu'elles ne fussent plus nécessaires. On installa Maurice dans une autre chambre, où il dormait avec sa nourrice, et pendant la journée Tété le portait dans son dos, comme les Africaines, enveloppé dans un fichu. Si Valmorain était à la maison, elle mettait le berceau dans le salon ou la véranda, pour que le maître puisse voir son fils. Pendant ses premiers mois de vie, l'odeur de Tété fut la seule que Maurice reconnaissait ; la nourrice devait se vêtir d'une blouse de Tété pour que l'enfant accepte son sein.

La deuxième semaine de juillet, Eugenia sortit en chemise de nuit, pieds nus, avant le lever du jour et, titubante, elle partit en direction du fleuve par l'allée de cocotiers qui donnait accès à la Grand-Case. Tété donna l'alarme et aussitôt on forma des équipes pour partir à sa recherche, lesquelles se joignirent aux patrouilles de surveillance de la propriété. Les limiers les menèrent au fleuve, où ils la trouvèrent dans l'eau jusqu'au cou et les pieds pris dans la vase du fond. Personne ne comprit comment elle était arrivée si loin, car elle avait peur de l'obscurité. La nuit, ses hurlements de possédée s'entendaient jusque dans les cabanes des esclaves, leur donnant la chair de poule. Valmorain en conclut que Tété ne lui donnait pas assez de gouttes du flacon bleu, car si elle avait été dopée elle ne se serait pas échappée, et pour la première fois il la menaça du fouet. Elle passa plusieurs jours terrorisée à attendre le châtiment, mais l'ordre ne vint jamais.

Eugenia fut bientôt tout à fait déconnectée du monde, elle ne tolérait que Tété, qui la nuit dormait à côté d'elle, blottie par terre, prête à la tirer de ses cauchemars. Lorsque Valmorain désirait l'esclave, il le lui indiquait par un geste au moment du dîner. Elle attendait que la malade fût endormie, traversait silencieusement la maison et arrivait dans la chambre principale, à l'autre bout de la maison. C'est dans une occasion semblable que, s'étant réveillée seule dans sa chambre, Eugenia s'était enfuie vers la rivière, et c'est peut-être pour cette raison que son mari ne fit pas payer la faute à Tété. Ces étreintes nocturnes à huis clos entre le maître et l'esclave, dans le lit conjugal choisi des années plus tôt par Violette Boisier, n'étaient jamais évoquées à la lumière du jour, elles n'existaient que sur le plan des rêves. À la deuxième tentative de suicide d'Eugenia, cette fois en allumant un incendie qui faillit détruire la maison, la situation se précisa et plus personne ne tenta de sauver les apparences. Dans la colonie, tout le monde sut que Madame Valmorain était folle et peu s'en étonnèrent, car le bruit courait depuis des années que l'Espagnole venait d'une famille de folles à lier. De plus, il n'était pas rare que les femmes blanches arrivées de l'extérieur perdent la raison dans la colonie. Les maris les envoyaient se rétablir sous un autre climat et ils se consolaient avec le choix de jeunes filles de tous les tons que l'île offrait. Les *créoles*, elles, s'épanouissaient dans cette atmosphère décadente où l'on pouvait succomber aux tentations sans en payer les conséquences. Dans le cas d'Eugenia, il était trop tard pour l'envoyer où que ce soit hormis dans un asile, option que Valmorain n'aurait jamais envisagée, par sens des responsabilités et par orgueil : le linge sale se lave à la maison. La sienne comptait de nombreuses chambres, un salon et une salle à manger, un bureau et deux dépenses, si bien qu'il pouvait passer des semaines sans voir sa femme. Il la confia à Tété, et lui-même se consacra à son fils. Il n'avait jamais imaginé qu'il fût possible d'aimer à ce point un autre être, davantage que toutes ses affections antérieures confondues, plus que soi-même. Aucun sentiment ne s'apparentait à celui que Maurice lui inspirait. Il pouvait passer des heures à le contempler, se surprenait à chaque instant à penser à lui, et une fois, alors qu'il était en chemin pour Le Cap, il fit demi-tour et revint au galop avec le pressentiment atroce qu'il était arrivé un malheur à son fils. Lorsqu'il constata qu'il n'en était rien, le soulagement fut si accablant qu'il se mit à pleurer. Il s'installait dans la bergère avec l'enfant dans ses bras, sentant le doux poids de la tête sur son épaule et la respiration chaude dans son cou, respirant l'odeur de lait aigre et de sueur enfantine. Il tremblait en pensant aux accidents ou maladies qui pourraient le lui enlever. À Saint-Domingue, la moitié des enfants mouraient avant d'atteindre cinq ans, ils étaient les premières victimes en cas d'épidémie, et cela sans compter les dangers immatériels telles les malédictions, dont il se moquait seulement du bout des lèvres, ou une insurrection des esclaves dans laquelle périrait jusqu'au dernier Blanc, comme Eugenia l'avait prophétisé pendant des années.

Esclave à tout faire

La maladie mentale de sa femme avait donné une bonne excuse à Valmorain pour échapper à la vie sociale qui l'ennuyait ; trois ans après la naissance de son fils, il était devenu un véritable reclus. Ses affaires l'obligeaient à se rendre au Cap et, de temps à autre, à Cuba, mais les déplacements étaient dangereux à cause des nombreuses bandes de nègres qui descendaient des montagnes et infestaient les chemins. Le bûcher des marrons de 1780 puis d'autres par la suite n'avaient pas réussi à dissuader les esclaves de s'enfuir, ni les marrons d'attaquer les plantations et les voyageurs. Aussi préférait-il rester à Saint-Lazare. « Je n'ai besoin de personne », se disait-il avec l'orgueil sournois de ceux qui ont une vocation de solitaires. Les années passant, il perdait ses illusions sur les gens ; tout le monde, en dehors du docteur Parmentier, lui semblait stupide ou vénal. Il n'avait que des relations commerciales, tels son agent juif du Cap ou son banquier de Cuba. L'autre exception, Parmentier mis à part, était son beau-frère Sancho García del Solar, avec lequel il entretenait une correspondance suivie, mais ils se voyaient fort peu. Sancho l'amusait et les affaires qu'ils avaient montées ensemble avaient été fructueuses pour tous les deux. De l'aveu de Sancho, qui le disait avec bonne humeur, c'était un véritable miracle, car avant de connaître Valmorain, rien ne lui avait réussi. «Prépare-toi, mon cher beau-frère, car un de ces jours, je vais te précipiter dans la ruine», plaisantait-il, mais il continuait à lui emprunter de l'argent, et au bout d'un certain temps le lui rendait au quintuple.

Tété dirigeait les esclaves domestiques avec affabilité et fermeté, minimisant les problèmes afin d'éviter l'intervention du maître. Sa silhouette fine, vêtue d'une jupe sombre et d'un corsage de percale, coiffée d'un *tignon* amidonné, son trousseau de clés à la ceinture, portant Maurice sur sa hanche ou accroché à ses jupes lorsqu'il avait commencé à marcher, paraissait être partout à la fois. Rien n'échappait à sa vigilance : pas plus les instructions pour la cuisine que le blanchissage du linge, les points des couturières, les besoins urgents du maître ou de l'enfant. Elle savait déléguer et avait formé une esclave qui ne servait plus dans les champs de cannes à sucre pour l'assister auprès d'Eugenia et la libérer de l'obligation de dormir dans la chambre de la malade. La femme restait auprès d'elle, mais Tété lui administrait les médicaments et lui faisait sa toilette, car Eugenia ne permettait à personne d'autre de la toucher. La seule chose que Tété ne déléguait pas, c'était le soin de Maurice. Elle adorait avec une jalousie de mère ce petit être capricieux, délicat et sensible. À cette époque, la nourrice était retournée au quartier des esclaves et Tété partageait sa chambre. Elle se couchait sur un petit matelas par terre et Maurice, qui refusait de dormir dans son berceau, se blottissait à côté d'elle, serré contre son grand corps chaud et ses seins généreux. Parfois, réveillée par la respiration de l'enfant, elle le caressait dans l'obscurité, émue aux larmes par son odeur, ses boucles en bataille, ses petites mains douces, son corps abandonné dans le sommeil, pensant à son propre fils et se demandant si une autre femme, quelque part, lui prodiguait la même tendresse. Elle donnait à Maurice tout ce qu'Eugenia ne pouvait lui donner : histoires, chansons, rires, baisers et, de temps en temps, une tape pour le faire obéir. En ces rares occasions où elle le grondait, le petit

125

se jetait à terre en donnant des coups de pied et menaçait de le dire à son père, mais il ne le faisait jamais, parce que sans doute, d'une manière ou d'une autre, pressentait-il que les conséquences seraient graves pour cette femme qui était tout son univers.

Prosper Cambray n'avait pas réussi à imposer sa loi de terreur aux serviteurs de la maison, car une frontière tacite s'était dessinée entre le petit territoire de Tété et le reste de la plantation. Sa partie à elle fonctionnait comme une école, celle de Cambray comme une prison. Dans la maison, chaque esclave se voyait assigner des tâches précises qu'il accomplissait avec calme et fluidité. Dans les champs de cannes à sucre, les gens marchaient en file sous le fouet toujours prêt des *commandeurs*, ils obéissaient sans broncher et vivaient constamment sur le qui-vive, car toute négligence se payait par le sang. Cambray se chargeait personnellement de la discipline. Valmorain ne levait pas la main sur les esclaves, car il considérait cela comme dégradant, mais il assistait aux châtiments pour établir son autorité et s'assurer que le gérant ne dépassait pas la mesure. Il ne lui faisait jamais aucun reproche en public, toutefois sa présence devant le poteau de torture lui imposait une certaine modération. La maison et les champs étaient des mondes à part, mais Tété et le gérant ne manquaient pas d'occasions de se croiser, et l'air se chargeait alors de l'électricité menaçante d'un orage. Cambray la cherchait, excité par le mépris évident de la jeune femme, et elle l'évitait, inquiète de sa lascivité insolente. «Si Cambray dépasse les bornes avec toi, je veux le savoir sur-le-champ, tu m'as compris ?» l'avait plus d'une fois avertie Valmorain, mais elle faisait mine de ne pas s'en apercevoir ; elle ne voulait pas provoquer la colère du gérant.

Sur l'ordre de son maître, qui ne supportait pas d'entendre Maurice *parler nèg*, Tété s'exprimait toujours en français dans la maison. Avec les autres personnes de la plantation, elle utilisait le *créole* et, avec Eugenia, un espagnol qui s'était peu à

126

peu réduit à quelques mots indispensables. La malade était plongée dans une mélancolie si persistante et une indifférence des sens si totale que si Tété ne l'avait pas nourrie et lavée elle aurait fini par mourir de faim et sale comme un cochon ; si elle ne l'avait pas fait changer de position, ses os se seraient soudés, et si elle ne l'avait pas incitée à parler elle serait devenue muette. Elle ne souffrait plus de crises d'angoisse, passait ses journées telle une somnambule dans un fauteuil, le regard fixe, comme une grande marionnette. Elle disait encore son chapelet, qu'elle portait toujours dans la petite bourse en cuir pendue à son cou, bien qu'elle ne prêtât plus attention aux paroles. « Quand je mourrai, tu garderas mon chapelet, ne laisse personne te le prendre, car il est béni par le pape », disait-elle à Tété. Dans ses rares moments de lucidité, elle priait Dieu de l'emporter. D'après Tante Rose, son *ti-bon-ange* était enlisé en ce monde et il fallait un *service* spécial pour le libérer, rien de douloureux ou de compliqué, mais Tété ne pouvait se résoudre à une si inexorable solution. Elle voulait aider sa pauvre maîtresse, mais la responsabilité de sa mort serait un trop lourd fardeau, même partagé avec Tante Rose. Peut-être que le *ti-bon-ange* de doña Eugenia avait encore quelque chose à faire dans son corps ; il fallait lui laisser le temps de se détacher tout seul.

Toulouse Valmorain imposait fréquemment ses étreintes à Tété, plus par habitude que par tendresse ou désir, sans l'urgence de l'époque où elle était entrée dans la puberté et où il avait été pris d'une passion subite. Seule la démence d'Eugenia expliquait qu'elle ne se soit pas rendu compte de ce qui se passait sous ses yeux. « La maîtresse s'en doute, mais que peut-elle faire ? Elle est incapable de l'empêcher », avait opiné Tante Rose, la seule personne à qui Tété avait osé confier qu'elle était enceinte. Elle craignait la réaction de sa maîtresse lorsque cela commencerait à se voir, mais avant que ça n'arrive Valmorain avait emmené sa femme à Cuba, où il l'aurait volontiers laissée pour toujours si les sœurs du couvent avaient accepté de se charger d'elle. Lorsqu'il l'avait ramenée à la plantation, le nouveau-né de Tété avait disparu et Eugenia n'avait jamais demandé pourquoi son esclave pleurait des larmes comme des cailloux. Au lit, la sensualité de Valmorain était gloutonne et pressée. Il se rassasiait sans perdre de temps en préambules. De même que le rituel de la longue nappe et des candélabres d'argent autrefois imposé par Eugenia au dîner l'ennuyait, le jeu amoureux lui paraissait tout aussi inutile.

Pour Tété, c'était une besogne de plus, qu'elle accomplissait en quelques minutes, sauf en ces occasions où le diable s'emparait de son maître, ce qui n'arrivait pas souvent, bien qu'elle-même l'attendît toujours avec terreur. Elle remerciait sa chance, parce que Lacroix, le maître de la plantation voisine de Saint-Lazare, entretenait un sérail de fillettes enchaînées dans une baraque pour satisfaire ses fantasmes, auxquels participaient ses invités ainsi que des Noirs qu'il appelait « mes poulains ». Valmorain n'avait assisté qu'une fois à ces soirées cruelles, et il en avait été si profondément affecté qu'il n'y était jamais retourné. Ce n'était pas un homme embarrassé par les scrupules, mais il croyait que les péchés capitaux se paient tôt ou tard et il ne voulait pas être dans la proximité de Lacroix lorsque celui-ci aurait à payer les siens. C'était son ami, ils avaient des intérêts communs — de l'élevage d'animaux à la location d'esclaves pour la récolte de la canne —, il assistait à ses fêtes, ses rodéos et ses combats d'animaux, mais refusait de mettre les pieds dans cette baraque. Lacroix lui faisait une confiance absolue et lui remettait ses économies, sans autre garantie qu'un simple reçu signé, afin qu'il les dépose sur un compte secret lorsqu'il se rendait à Cuba, à l'abri des griffes cupides de sa femme et de sa famille. Valmorain devait user de beaucoup de tact pour refuser de façon répétée les invitations à ses orgies.

Tété avait appris à se laisser utiliser avec une passivité de brebis, le corps mou, n'opposant aucune résistance, tandis que son esprit et son âme s'envolaient ailleurs ; ainsi son maître terminait rapidement avant de s'écrouler dans un sommeil de mort. Elle savait que l'alcool était son allié si elle lui administrait la juste mesure. Avec un ou deux verres le maître s'excitait, au troisième elle devait se tenir sur ses gardes, car il devenait violent, au quatrième la brume de l'ivresse l'enveloppait et, si elle se dérobait avec délicatesse, il s'endormait avant de l'avoir touchée.

Valmorain ne se demanda jamais ce qu'elle ressentait lors de ces rencontres, de même il ne lui serait pas venu à l'idée de se demander ce que ressentait son cheval lorsqu'il le montait. Il était accoutumé à elle et il recherchait rarement d'autres femmes. Il se réveillait parfois pris d'une vague angoisse dans la couche vide où persistait l'empreinte quasi imperceptible du corps tiède de Tété ; il évoquait alors ses lointaines nuits avec Violette Boisier ou les amourettes de sa jeunesse en France, qui lui paraissaient avoir été vécues par un autre, un homme dont l'imagination s'envolait à la vue d'une cheville de femme et qui était capable de batifoler avec une fougue renouvelée. À présent, cela lui était impossible. Tété ne l'excitait plus comme avant, mais l'idée ne lui venait pas de la remplacer, parce que c'était commode et qu'il était un homme d'habitudes. Parfois, il attrapait au vol une jeune esclave, mais l'affaire n'allait pas au-delà d'un viol hâtif et beaucoup moins agréable qu'une page du livre qu'il était en train de lire. Il attribuait son manque d'envie à une crise de malaria qui avait failli l'expédier dans l'autre monde et l'avait grandement affaibli. Le docteur Parmentier l'avait prévenu contre les effets de l'alcool, aussi pernicieux que la fièvre sous les tropiques, mais il ne buvait pas trop, il en était certain, juste ce qu'il fallait pour atténuer la fatigue et la solitude. Il ne remarquait même pas l'insistance de Tété à remplir son verre. Autrefois, lorsqu'il se rendait encore souvent au Cap, il en profitait pour se divertir avec quelque courtisane à la mode, l'une de ces jolies *poules* qui enflammaient sa passion mais le décevaient. En chemin, il se promettait des plaisirs qui une fois consommés ne lui laissaient aucun souvenir, en partie parce qu'au cours de ses voyages il s'enivrait pour de bon. Il payait ces filles pour faire, en définitive, la même chose qu'avec Tété, la même étreinte brutale, la même hâte, et à la fin il s'en allait en titubant, ayant l'impression d'avoir été floué. Avec Violette, ç'aurait été différent, mais elle avait abandonné la profession depuis qu'elle vivait avec Relais. Valmorain rentrait à Saint-Lazare plus tôt que prévu, pensant à Maurice, impatient de retrouver la sécurité de ses habitudes.

« Je me fais vieux », marmottait Valmorain en s'étudiant dans le miroir quand son esclave le rasait, voyant la toile d'araignée des fines rides qui entouraient ses yeux et le début d'un double menton. Il avait quarante ans, le même âge que Prosper Cambray, mais ne possédait pas son énergie et s'empâtait. « C'est la faute de ce maudit climat », ajoutait-il. Il avait l'impression que sa vie ressemblait à une navigation sans gouvernail ni boussole, il voguait à la dérive, attendant quelque chose qu'il ne savait nommer. Il détestait cette île. Le jour, il était occupé à la gestion de la plantation, mais les soirées et les nuits s'étiraient interminablement. Le soleil se couchait, la nuit tombait et les heures se traînaient avec leur poids de souvenirs, de craintes, de remords et de fantômes. Il trompait le temps en lisant et jouant aux cartes avec Tété. C'étaient les seuls moments où elle baissait la garde et s'abandonnait à l'enthousiasme du jeu. Au début, lorsqu'il lui avait appris à jouer, il gagnait sans arrêt, mais il avait deviné qu'elle perdait exprès, de peur de le fâcher. « Ainsi, ce n'est pas drôle pour moi, essaie de me battre », avait-il exigé, et alors il s'était mis à perdre. Il se demandait avec étonnement comment cette mulâtresse pouvait rivaliser d'égale à égal avec lui dans un jeu de logique, de ruse et de calcul. Personne n'avait appris l'arithmétique à Tété, mais elle faisait le compte des cartes par instinct, tout comme pour les dépenses de la maison. La possibilité qu'elle fût aussi habile que lui le perturbait et le confondait.

Le maître dînait de bonne heure dans la salle à manger, trois plats simples et roboratifs, son repas important de la journée, servi par deux esclaves silencieux. Il buvait quelques verres de bon vin, celui-là même qu'il envoyait en contrebande à son beau-frère Sancho et qui se vendait à Cuba le double de ce qu'il lui coûtait à Saint-Domingue. Après le dessert, Tété lui apportait la bouteille de cognac et le mettait au courant des affaires domestiques. La jeune femme glissait sur ses pieds nus comme si elle flottait, mais il percevait le tintement délicat des clés, le frôlement de ses jupes et la chaleur de sa présence avant qu'elle n'entre. « Assieds-toi, je n'aime pas que tu me parles par-dessus ma tête », lui répétait-il chaque soir. Elle attendait cet ordre pour s'asseoir à faible distance, très droite sur sa chaise, les mains sur sa jupe et les paupières baissées. À la lueur des bougies, son visage harmonieux et son cou mince paraissaient taillés dans le bois. Ses yeux en amande, ensommeillés, brillaient de reflets dorés. Elle répondait à ses questions sans affectation, sauf lorsqu'elle parlait de Maurice ; alors elle s'animait, célébrant chacune des espiègleries de l'enfant comme s'il s'agissait d'une prouesse. « Tous les petits garçons courent après les poules, Tété », se moquait-il, mais dans le fond il partageait sa conviction qu'ils élevaient un génie. Pour cette raison, plus que toute autre, Valmorain l'appréciait : son fils ne pouvait être dans de meilleures mains. Malgré lui, car il n'était pas partisan de gâteries excessives, il était ému de les voir ensemble dans cette complicité de caresses et de secrets que les mères ont avec leurs enfants. Maurice répondait à la tendresse de Tété avec une fidélité si exclusive que son père en éprouvait souvent de la jalousie. Valmorain lui avait interdit de l'appeler *maman*, mais Maurice lui désobéissait. « *Maman*, jure-moi que jamais, jamais on ne se séparera », avait-il entendu son fils murmurer dans son dos. « Je te le jure, mon enfant. » À défaut d'un autre interlocuteur, il prit l'habitude de

131

confier à Tété ses inquiétudes concernant les affaires, la direction de la plantation et les esclaves. Il ne s'agissait pas de conversations, car il n'attendait pas de réponse, mais de monologues qui lui permettaient de s'épancher et d'entendre le son d'une voix humaine, même si ce n'était que la sienne. Parfois ils échangeaient des idées et il lui semblait qu'elle n'apportait rien, parce qu'il ne se rendait pas compte de la manière dont, en quelques phrases, elle le manipulait.

« As-tu vu la marchandise qu'a apportée Cambray, hier ?

— Oui, maître. J'ai aidé Tante Rose à les examiner.

— Et alors ?

— Ils ne vont pas bien.

— Ils viennent d'arriver, ils perdent beaucoup de poids pendant le voyage. Cambray les a achetés dans une vente par lots, tous pour le même prix. C'est la plus mauvaise méthode, on ne peut pas les examiner et on se fait arnaquer ; les négriers sont experts en supercheries. Mais enfin, je suppose que le gérant sait ce qu'il fait. Qu'en dit Tante Rose ?

— Il y en a deux qui ont la diarrhée, ils ne tiennent pas debout. Elle dit qu'on les lui laisse une semaine pour les soigner.

— Une semaine !

— Ça vaut mieux que de les perdre, maître. C'est ce que dit Tante Rose.

— Il y a une femme dans le lot ? Il en faudra une autre à la cuisine.

— Non, mais il y a un garçon d'environ quatorze ans...

— C'est celui que Cambray a fouetté en chemin ? Il a dit qu'il voulait s'enfuir et qu'il a dû lui donner une leçon sur-le-champ.

— C'est ce que dit Monsieur Cambray, maître.

— Et toi, Tété, que crois-tu qu'il s'est passé ?

— Je ne sais pas, maître, mais je pense que le garçon serait plus utile à la cuisine qu'au champ.

— Ici il tenterait à nouveau de s'échapper, il y a peu de surveillance.

— Aucun esclave de la maison ne s'est encore enfui, maître. »

Le dialogue restait en suspens, mais plus tard, lorsque Valmorain examinait ses nouvelles acquisitions, il distinguait le gamin et prenait une décision. Le dîner terminé, Tété partait vérifier qu'Eugenia était propre et tranquille dans son lit, puis elle restait avec Maurice jusqu'à ce qu'il s'endorme. Valmorain s'installait dans la galerie, si le temps le permettait, ou dans le salon sombre, caressant son troisième cognac, mal éclairé par une lampe à huile, lisant un livre ou un journal. Les nouvelles lui parvenaient avec des semaines de retard, mais peu lui importait, les faits survenaient dans un autre univers. Il renvoyait les domestiques, parce qu'à la fin de la journée il était fatigué qu'ils devinent sa pensée, et restait seul à lire. Plus tard, lorsque le ciel était un impénétrable manteau noir et qu'on n'entendait plus que le sifflement constant des champs de cannes à sucre, le murmure des ombres à l'intérieur de la maison et, parfois, la vibration secrète de tambours lointains, il allait dans sa chambre et se déshabillait à la lueur d'une seule bougie. Tété ne tarderait pas à arriver.

Zarité

C'est ainsi que je m'en souviens. Dehors les grillons et l'appel du hibou, à l'intérieur la lumière de la lune éclairant son corps endormi de rayures précises. Si jeune ! Veille sur lui pour moi, Erzulie, loa des eaux profondes, priais-je en serrant ma poupée, celle que m'avait donnée mon grand-père Honoré et qui m'accompagnait encore à cette époque. Viens, Erzulie, mère, amante, parée de tes colliers d'or pur, de ta cape de plumes de toucan, de ta couronne de fleurs et de tes trois anneaux, un pour chaque époux ; aide-nous, loa des rêves et des espoirs. Protège-le de Cambray, rends-le invisible aux yeux du maître, rends-le prudent devant les autres, mais superbe dans mes bras, apaise son cœur d'Africain à la lumière du jour, afin qu'il survive, et donne-lui la bravoure durant la nuit, afin qu'il ne perde pas le goût de la liberté. Regarde-nous avec bienveillance, Erzulie, loa de la jalousie. Ne nous envie pas, car ce bonheur est aussi fragile que des ailes de mouche. Il s'en ira. S'il ne s'en va pas, il mourra, tu le sais, mais ne me l'enlève pas tout de suite, laisse-moi caresser son dos mince d'adolescent avant qu'il ne devienne celui d'un homme.

C'était un guerrier, cet amour mien, comme le nom que lui avait donné son père, Gambo, qui veut dire guerrier. Je murmurais son nom interdit lorsque nous étions seuls, Gambo, et ce mot résonnait dans mes veines. Répondre au nom qu'on lui avait donné ici et cacher son vrai nom lui a valu bien des raclées. Gambo, m'a-t-il dit en touchant sa poitrine la première fois que nous nous sommes aimés. Gambo, Gambo,

135

a-t-il répété jusqu'à ce que j'ose le prononcer. Il parlait alors dans sa langue et je lui répondais dans la mienne. Il lui a fallu du temps pour apprendre le créole et m'apprendre un peu de sa langue, celle que ma mère n'a pu me donner, mais dès le début nous n'avons pas eu besoin de parler. L'amour a des paroles muettes, plus transparentes que le fleuve.

Gambo était arrivé depuis peu, on aurait dit un enfant, il n'avait que la peau sur les os, il était terrifié. D'autres captifs plus grands et plus forts sont morts, flottant à la dérive dans la mer âpre, cherchant la route vers la Guinée. Comment a-t-il supporté la traversée ? Les coups de fouet avaient mis sa chair à vif, la méthode de Cambray pour briser les nouveaux, celle qu'il utilisait avec les chiens et les chevaux. Sur la poitrine, au niveau du cœur, il portait les initiales de la compagnie négrière qu'on lui avait marquées au fer rouge en Afrique avant de l'embarquer, et la brûlure n'était toujours pas cicatrisée. Tante Rose m'a dit de laver ses blessures avec de l'eau, beaucoup d'eau, et de les couvrir avec des emplâtres de morelle, d'aloès et de graisse. Elles devaient se fermer du dedans vers le dehors. Sur la brûlure, pas d'eau, seulement de la graisse. Personne ne savait soigner comme elle, même le docteur Parmentier voulait connaître ses secrets et elle les lui donnait, bien qu'ils doivent servir à soulager d'autres Blancs, parce que la connaissance vient de Papa Bondye, elle appartient à tous, et si on ne la partage pas elle se perd. C'est ainsi. À cette époque, elle était occupée avec les esclaves qui étaient arrivés malades, et c'est moi qui ai dû soigner Gambo.

La première fois que je l'ai vu il était couché sur le ventre à l'hôpital des esclaves, couvert de mouches. Je l'ai soulevé avec difficulté pour lui donner une gorgée de tafia et une petite cuillère des gouttes de la maîtresse, que j'avais subtilisées dans son flacon bleu. Puis j'ai entrepris la tâche ingrate de le nettoyer. Les blessures n'étaient pas trop irritées, parce que Cambray n'avait pas pu y mettre du sel et du vinaigre, mais la douleur devait être terrible. Gambo se mordait les lèvres, sans se plaindre. Puis je me suis assise tout près de lui et j'ai chanté, car je ne connaissais pas de mots de consolation dans sa langue. J'aurais voulu lui expliquer comment on fait pour ne pas provoquer la main qui tient le fouet, comment on travaille et on obéit, tandis que l'on alimente la vengeance, ce brasier qui brûle à l'intérieur. Ma marraine a convaincu

136

Cambray que le garçon avait la peste et qu'il valait mieux le laisser seul, afin qu'il n'aille pas la transmettre aux autres hommes de l'équipe. Le gérant lui a permis de l'installer dans sa cabane, car il nourrissait l'espoir que Tante Rose attrape une fièvre mortelle, mais elle était immunisée, elle avait conclu un marché avec Lêgba, le loa des enchantements. Entre-temps, j'ai commencé à souffler au maître l'idée de mettre Gambo à la cuisine. Dans les champs de cannes à sucre, il n'allait pas durer longtemps, car le gérant l'avait à l'œil depuis le début.

Tante Rose nous laissait seuls dans sa cabane pendant les soins. Elle avait deviné. Et c'est arrivé le quatrième jour. Gambo était tellement abattu par la douleur et par tout ce qu'il avait perdu — sa terre, sa famille, sa liberté — que j'ai voulu le prendre dans mes bras comme l'aurait fait sa mère. La tendresse aide à la guérison. Un mouvement a entraîné le suivant et je me suis glissée sous lui sans lui toucher les épaules, afin qu'il appuie sa tête sur ma poitrine. Son corps le brûlait, il avait encore de la fièvre, je ne crois pas qu'il ait eu conscience de ce que nous faisions. Je ne connaissais pas l'amour. Ce que le maître faisait avec moi était obscur et honteux, c'est ce que je lui ai dit, mais il ne me croyait pas. Avec le maître, mon âme, mon ti-bon-ange, se détachait et s'envolait ailleurs, seul mon corps-cadavre était dans ce lit. Gambo. Son corps léger sur le mien, ses mains autour de ma taille, son souffle dans ma bouche, ses yeux qui me regardaient depuis l'autre rive de la mer, depuis la Guinée, c'était cela l'amour. Erzulie, loa de l'amour, sauve-le de tout mal, protège-le. Voilà ce que j'implorais.

Des temps turbulents

Plus de trente ans avaient passé depuis que Mackandal, ce sorcier de légende, avait planté la graine de l'insurrection ; depuis, son esprit voyageait en compagnie du vent d'une extrémité à l'autre de l'île, il s'introduisait dans les baraquements, les cabanes, les *ajoupas*, les moulins à sucre, excitant les esclaves avec sa promesse de liberté. Il adoptait la forme d'un serpent, d'un scarabée, d'un singe, d'un perroquet, consolait avec le murmure de la pluie, implorait avec le tonnerre, incitait à la rébellion dans le fracas de la tempête. Les Blancs aussi le sentaient. Chaque esclave était un ennemi, il y en avait déjà cinq cent mille et les deux tiers d'entre eux venaient directement d'Afrique avec leur immense fardeau de ressentiment, ne vivant que pour rompre leurs chaînes et se venger. Des milliers d'esclaves arrivaient à Saint-Domingue, mais ils n'étaient jamais assez pour l'insatiable demande des plantations. Le fouet, la faim, le travail. La surveillance pas plus que la répression la plus brutale n'empêchait que beaucoup s'échappent ; certains le faisaient dans le port, à peine débarqués, dès qu'on leur avait ôté les chaînes pour les baptiser. Ils se débrouillaient pour courir nus et malades, avec une seule pensée : fuir les Blancs. Ils traversaient les plaines, se traînaient dans les pâturages, s'enfonçaient dans la jungle et escaladaient les montagnes de ce territoire inconnu. S'ils parvenaient à rejoindre une bande de marrons, ils échappaient à l'esclavage. La guerre, la liberté. Les bossales, nés libres en Afrique et prêts à mourir pour le redevenir, insufflaient leur courage à ceux qui étaient nés dans l'île et ne connaissaient pas la liberté, pour qui la Guinée était un vague royaume au fond de la mer. Les planteurs vivaient armés, en attente. Le régiment du Cap avait été renforcé par quatre mille soldats français, qui étaient tombés dès qu'ils avaient posé le pied sur la terre ferme, foudroyés par le choléra, la malaria et la dysenterie.

Les esclaves croyaient que les moustiques, responsables de cette hécatombe, constituaient les armées de Mackandal combattant contre les Blancs. Mackandal s'était libéré du brasier transformé en moustique. Mackandal était revenu, comme il l'avait promis. À Saint-Lazare, moins d'esclaves que dans d'autres *habitations* avaient fui et Valmorain attribuait cela au fait qu'il ne s'acharnait pas contre ses nègres : pas question de les enduire de mélasse et de les exposer aux fourmis rouges comme le faisait Lacroix. Dans ses étranges monologues nocturnes, il racontait à Tété que personne ne pouvait l'accuser de cruauté, mais que si la situation continuait à empirer il devrait donner carte blanche à Cambray. Elle prenait soin de ne pas prononcer le mot rébellion devant lui. Tante Rose l'avait assurée qu'une révolte générale des esclaves n'était qu'une question de temps et que Saint-Lazare, comme toutes les autres plantations de l'île, allait disparaître dans les flammes.

Prosper Cambray avait commenté cette improbable rumeur avec son patron. Aussi loin qu'il se souvînt, on parlait de cette révolte, mais jamais elle ne se concrétisait. Que pouvaient faire de misérables esclaves contre la milice et des hommes comme lui, prêts à tout ? Comment allaient-ils s'organiser et s'armer ? Qui allait les diriger ? Impossible. Il passait ses journées à cheval et dormait avec deux pistolets à portée de la main en gardant un œil ouvert, constamment sur ses gardes. Le fouet était une prolongation de son poing, le langage qu'il connaissait le mieux et que tous redoutaient. Rien ne lui plaisait davantage que la crainte qu'il inspirait. Seuls les scrupules de son patron l'avaient empêché d'employer des méthodes de répression plus inventives, mais cela allait changer, car les premières manifestations d'insurrection s'étaient multipliées. L'occasion était venue de démontrer qu'il pouvait diriger la plantation même dans les pires conditions, cela faisait trop longtemps qu'il attendait ce poste d'administrateur. Il ne pouvait se plaindre, car grâce à la subornation, aux détournements et à la contrebande il avait amassé un capital qui n'avait rien de négligeable. Valmorain n'avait aucune idée des quantités qui disparaissaient de ses entrepôts. Cambray se vantait d'être un étalon, aucune fille n'échappait au service dans son hamac et personne ne s'en mêlait. Tant qu'il n'embêtait pas Tété, il pouvait forniquer autant qu'il voulait, mais la seule qui l'enflammait de luxure et de dépit, c'était elle, parce qu'elle était hors de portée. Il l'observait de loin, l'épiait de près, l'attrapait au vol dès qu'elle avait un moment d'inattention et elle lui échappait toujours. « Prenez garde, monsieur Cambray. Si vous me touchez, je le dirai au maître », l'avertissait Tété en essayant de dominer le tremblement de sa voix. « Toi, prends garde, putain, car le jour où je t'aurai entre les mains tu me le paieras. Qui crois-tu être, malheureuse ? Tu as déjà vingt ans, bientôt ton maître te remplacera pour une autre plus jeune, et alors ce sera mon tour. Je t'achèterai. Je t'achèterai à bas prix, parce que tu ne vaux rien, tu n'es même pas une bonne reproductrice. Ou ton maître n'aurait-il pas de couilles ? Avec moi, tu sauras ce qui est bon. Ton maître sera heureux de te vendre », la menaçait-il en jouant avec le fouet de cuir tressé.

Dans l'intervalle, la Révolution française était arrivée dans la colonie, semblable à un coup de queue de dragon, l'ébranlant jusque dans ses fondations. Les *Grands Blancs*, conservateurs et monarchistes, voyaient les changements avec horreur, mais les *Petits Blancs* soutenaient la République, qui avait mis fin aux différences de classes : liberté, égalité, fraternité pour les hommes blancs. De leur côté, les *affranchis* avaient envoyé des délégations à Paris pour revendiquer leurs droits de citoyens devant l'Assemblée nationale, car à Saint-Domingue aucun Blanc, riche ou pauvre, n'était disposé à les leur accorder. Valmorain ajourna indéfiniment son retour en France lorsqu'il comprit que plus rien ne l'attachait à son pays. Autrefois il pestait contre le gaspillage de la monarchie, et à présent fulminait contre le chaos républicain. Au bout de tant d'années passées à contre-courant dans la colonie, il avait fini par accepter que sa place était au Nouveau Monde. Sancho García del Solar lui avait écrit avec son habituelle franchise pour lui suggérer d'oublier l'Europe en général et la France en particulier, où il n'y avait pas de place pour des hommes entreprenants, et lui dire que l'avenir était en Louisiane. Il avait de bonnes relations avec La Nouvelle-Orléans, il ne lui manquait que le capital pour mettre sur pied un projet ; plusieurs étaient déjà intéressés, mais il voulait donner la préférence à Valmorain en raison de leurs liens familiaux, et parce que l'or jaillissait là où ils mettaient le doigt ensemble. Il lui avait expliqué qu'au début la Louisiane était une colonie française et que depuis une vingtaine d'années elle appartenait à l'Espagne, mais que la population demeurait obstinément loyale à ses origines. Le gouvernement était espagnol, mais la culture et la langue restaient françaises. Le climat ressemblait à celui des Antilles et les mêmes cultures y rendaient bien, avec l'avantage qu'il y avait plus d'espace qu'il n'en fallait et que la terre ne coûtait rien ; ils pourraient acquérir une grande plantation et l'exploiter sans problèmes politiques ni soulèvements d'esclaves. Ils amasseraient une fortune en peu d'années, lui promit-il.

Après avoir perdu son premier enfant, Tété voulait être stérile comme les mules du moulin. Pour aimer et souffrir en tant que mère, Maurice lui suffisait, ce petit enfant délicat auquel la musique tirait des larmes d'émotion et que la cruauté faisait uriner sur lui d'angoisse. Maurice avait peur de

Cambray, il lui suffisait d'entendre les coups de talon de ses bottes dans la galerie pour courir se cacher. Afin d'éviter une autre grossesse, Tété recourait aux remèdes de Tante Rose, comme le faisaient les autres esclaves, mais cela n'était pas toujours efficace. La guérisseuse disait que certains enfants veulent absolument venir au monde, car ils n'ont aucune idée de ce qui les attend. Ce fut le cas pour le deuxième bébé de Tété. Les bouquets d'étoupe imprégnée de vinaigre ne servirent à rien pour l'éviter, pas plus que les infusions de bourrache, les fumigations de moutarde et le coq sacrifié aux *loas* pour avorter. À la troisième pleine lune sans menstruation, elle alla prier sa marraine d'en finir avec son problème au moyen d'un bâton pointu, mais celle-ci refusa : le risque d'une infection était énorme et si elles étaient surprises en train d'attenter à la propriété du maître, Cambray aurait un excellent motif de les écorcher à coups de fouet.

« Je suppose que celui-ci aussi est un enfant du maître, commenta Tante Rose.

— Je n'en suis pas sûre, marraine. Il se peut que ce soit celui de Gambo, murmura Tété, honteuse.

— De qui ?

— De l'aide de la cuisinière. Son vrai nom est Gambo.

— C'est un gamin, mais je vois qu'il sait déjà faire comme les hommes. Il doit avoir cinq ou six ans de moins que toi.

— Qu'est-ce que ça fait ? Ce qui importe, c'est que si l'enfant est noir le maître nous tuera tous les deux !

— Les enfants de sang mêlé sont souvent aussi foncés que les grands-parents », l'assura Tante Rose.

Effrayée devant les possibles conséquences de cette grossesse, Tété imaginait qu'elle avait une tumeur, mais le quatrième mois elle sentit un battement d'ailes de colombe, un souffle obstiné, la première manifestation de vie impossible à confondre, et elle ne put s'empêcher d'éprouver de la tendresse et de la compassion pour cet être blotti au creux de son ventre. La nuit, étendue à côté de Maurice, elle lui demandait pardon dans des chuchotements pour la terrible offense qu'elle lui faisait de le mettre au monde comme esclave. Cette fois, il ne fut pas nécessaire de cacher son ventre ni que le maître parte précipitamment avec son épouse à Cuba, car la malheureuse ne se rendait plus compte de rien. Il y avait longtemps qu'Eugenia n'avait aucun contact avec son mari, et les rares fois où elle l'apercevait dans l'atmosphère floue de sa déraison elle demandait qui était cet homme. Elle ne reconnaissait pas plus Maurice. Dans ses bons moments, elle retournait à son adolescence, elle avait quatorze ans et jouait avec d'autres écolières bruyantes dans le couvent des bonnes sœurs à Madrid, en attendant l'épais chocolat du petit déjeuner. Le reste du temps elle errait dans un paysage de brume sans contours précis, où elle ne souffrait plus comme avant. D'elle-même, Tété décida de lui supprimer peu à peu l'opium et il n'y eut aucune différence dans le comportement d'Eugenia. D'après Tante Rose, la maîtresse avait rempli sa mission en donnant le jour à Maurice et il ne lui restait plus rien à faire en ce monde.

Valmorain connaissait le corps de Tété mieux qu'il n'était parvenu à connaître celui d'Eugenia ou d'aucune de ses fugaces maîtresses, et il se rendit bientôt compte que sa taille épaississait et qu'elle avait les seins gonflés. Il l'interrogea alors qu'ils étaient au lit, après l'un de ces coïts qu'elle supportait avec résignation, qui n'étaient pour lui qu'un soulagement nostalgique, et Tété se mit à pleurer. Cela le surprit, car il ne l'avait pas vue verser une larme depuis qu'il lui avait enlevé son premier enfant. Il avait entendu dire que les nègres ont une moindre capacité de souffrance : la preuve, c'est qu'aucun Blanc n'accepterait ce qu'ils supportaient et, de même qu'on retirait leurs chiots aux chiennes et leurs veaux aux vaches, on pouvait séparer les esclaves de leurs enfants ; en peu de temps elles se remettaient de cette perte et ne s'en souvenaient même plus par la suite. Il n'avait jamais pensé aux sentiments de Tété, partant du principe qu'ils étaient très limités. En son absence, elle se diluait, s'effaçait, restait suspendue dans le néant jusqu'à ce qu'il ait besoin d'elle ; alors elle se matérialisait à nouveau, elle n'existait que pour le servir. Ce n'était plus une jeune fille, mais il lui semblait qu'elle n'avait pas changé. Il se souvenait vaguement de la fillette maigrichonne que lui avait remise Violette Boisier des années plus tôt, de la jeune fille fruitée qui avait émergé de ce cocon si peu prometteur et qu'il avait déflorée d'un coup de griffe dans la chambre même où Eugenia dormait sous l'effet de la drogue, de la jeune femme qui avait accouché sans une plainte, un morceau de bois entre les dents, de la mère de dix-sept ans qui avait dit adieu à l'enfant qu'elle ne reverrait jamais en posant un baiser sur son front, de la femme qui berçait Maurice avec une infinie tendresse, celle qui fermait les yeux et se mordait les lèvres lorsqu'il la pénétrait, celle qui parfois s'endormait à son côté, exténuée par les fatigues de la journée, mais se réveillait en sursaut avec le nom de Maurice sur les lèvres et s'en allait en courant. Et toutes ces images de Tété se confondaient en une seule, comme si le temps ne passait pas pour elle. Cette nuit où il palpa les changements de son corps, il lui ordonna d'allumer la lampe pour la regarder. Ce qu'il vit lui plut, ce corps aux lignes longues et fermes, la peau couleur bronze, les hanches généreuses, les lèvres sensuelles, et il en conclut qu'elle était son bien le plus précieux. D'un doigt il recueillit une larme qui glissait le long de son nez et, sans y penser, la porta à ses lèvres. Elle était salée, comme les larmes de Maurice.

« Que t'arrive-t-il ? lui demanda-t-il.

— Rien, maître.

— Ne pleure pas. Cette fois tu pourras garder ton enfant, maintenant cela n'a plus d'importance pour Eugenia.

— S'il en est ainsi, maître, pourquoi ne pas reprendre mon fils ?

— Ce serait très délicat.

— Dites-moi s'il est vivant...

— Bien sûr qu'il est vivant, femme ! Il doit avoir quatre ou cinq ans, non ? Ton devoir est de t'occuper de Maurice. Ne mentionne plus jamais cet enfant devant moi et sois heureuse que je te permette d'élever celui que tu portes. »

Zarité

Gambo aurait préféré couper la canne au travail humiliant de la cuisine. «Si mon père me voyait, il se lèverait d'entre les morts pour cracher à mes pieds et me renier, moi son fils aîné, parce que je fais des choses de femme. Mon père est mort en se battant contre ceux qui attaquaient notre village, comme il est naturel que meurent les hommes.» C'est ce qu'il me disait. Les chasseurs d'esclaves étaient d'une autre tribu, ils venaient de loin, de l'ouest, avec des chevaux et des mousquets semblables à ceux du gérant. D'autres villages avaient disparu, incendiés, ils emmenaient les jeunes, tuaient les vieux et les enfants en bas âge, mais son père les croyait à l'abri, protégés par la distance et la forêt. Les chasseurs vendaient leurs captifs à des créatures qui avaient des dents de hyène, des griffes de crocodile et se nourrissaient de chair humaine. Personne ne revenait jamais. Gambo a été le seul de sa famille attrapé vivant, par bonheur pour moi et par malheur pour lui. Il a supporté la première partie du trajet, qui a duré deux cycles complets de la lune, à pied, attaché aux autres par des cordes, le cou pris dans un joug de bois, poussé à coups de bâton, pratiquement sans eau ni nourriture. Alors qu'il ne pouvait plus faire un pas, devant ses yeux est apparue la mer, qu'aucun ne connaissait dans la longue file des captifs, et un imposant château sur le sable. Ils n'ont pas eu le temps de s'émerveiller devant l'immensité et la couleur de l'eau, qui se confondait avec le ciel à l'horizon, car on les a enfermés. Alors, pour la première fois, Gambo a vu les Blancs et il a pensé que c'étaient des démons; puis

147

il a compris que c'étaient des gens, mais il n'a jamais cru que c'étaient des humains comme nous. Vêtus de morceaux de tissu trempés de sueur, de plastrons en métal et de bottes en cuir, ils criaient et frappaient sans raison. Ils n'avaient ni dents ni griffes, mais des poils sur le visage, des armes et des fouets, et leur odeur était si répugnante qu'elle donnait la nausée aux oiseaux du ciel. C'est ainsi qu'il me l'a raconté. Ils l'ont séparé des femmes et des enfants, ils l'ont enfermé dans un enclos, brûlant le jour et froid la nuit, avec des centaines d'hommes qui ne parlaient pas sa langue. Il ne sait pas combien de temps il est resté là, parce qu'il a oublié de suivre les pas de la lune, ni combien sont morts, parce que personne n'avait de nom et personne ne tenait le compte. Au début, ils étaient tellement serrés qu'ils ne pouvaient pas s'allonger par terre, mais il y a eu plus d'espace au fur et à mesure qu'ils sortaient les cadavres. Puis est venu le pire, dont il ne voulait pas se souvenir, mais qu'il revivait dans ses rêves : le bateau. Ils étaient couchés l'un à côté de l'autre, comme des bûches, sur plusieurs étages de planches, avec des fers au cou et des chaînes, sans savoir où on les emmenait ni pourquoi cette énorme calebasse ballottait, tous gémissant, vomissant, faisant sur eux, mourant. La puanteur était telle qu'elle parvenait jusqu'au monde des morts et que son père la sentait. Là non plus Gambo n'a pas pu faire le compte du temps, bien qu'il ait été plusieurs fois sous le soleil et les étoiles, lorsqu'on les sortait en groupes sur le pont pour les laver en leur jetant des seaux d'eau de mer et les obliger à danser afin qu'ils n'oublient pas l'usage de leurs jambes et de leurs bras.

Les marins jetaient les morts et les malades par-dessus bord, puis ils choisissaient quelques captifs et les fouettaient pour se distraire. Les plus insolents, ils les pendaient par les poignets et les descendaient lentement dans l'eau, qui grouillait de requins, et lorsqu'ils les remontaient il ne restait que les bras. Gambo a vu aussi ce qu'ils faisaient avec les femmes. Il a cherché l'occasion de se jeter par-dessus bord, en pensant qu'après le festin des requins qui ont suivi le bateau de l'Afrique jusqu'aux Antilles, son âme nagerait vers l'île sous la mer pour rejoindre son père et le reste de sa famille. « Si mon père savait que je voulais mourir sans me battre, de nouveau il cracherait à mes pieds. » C'est ainsi qu'il me l'a raconté.

Sa seule raison de rester dans la cuisine de Tante Mathilde était qu'il se préparait à fuir. Il connaissait les risques. À Saint-Lazare, certains esclaves n'avaient ni nez ni oreilles et des fers soudés aux chevilles ; ils ne pouvaient les enlever et il leur était impossible de courir avec. Je crois qu'il différait sa fuite à cause de moi, à cause de la façon dont nous nous regardions, des messages de petits cailloux dans le poulailler, des friandises qu'il volait pour moi à la cuisine, de l'espoir de nous étreindre, qui était comme un picotement de poivre sur tout le corps, et à cause de ces rares moments où nous étions enfin seuls et où nous nous touchions. « Nous allons être libres, Zarité, et nous serons toujours ensemble. Je t'aime plus que quiconque, plus que mon père et ses cinq épouses, qui étaient mes mères, plus que mes frères et mes sœurs, plus qu'eux tous réunis, mais pas plus que mon honneur. » Un guerrier fait ce qu'il a à faire, c'est plus important que l'amour, comment ne l'aurais-je pas compris ? Les femmes, nous aimons plus profondément et plus longtemps, cela aussi je le sais. Gambo était orgueilleux, et il n'est pire danger que l'orgueil pour un esclave. Je le suppliais de rester à la cuisine s'il voulait rester en vie, de se rendre invisible pour éviter Cambray, mais c'était trop lui demander, c'était lui demander de mener une vie de lâche. La vie est écrite dans notre z'étoile et nous ne pouvons rien y changer. « Tu viendras avec moi, Zarité ? » Je ne pouvais pas partir avec lui, j'étais lourde et ensemble nous ne serions pas allés très loin.

Les amants

Il y avait plusieurs années que Violette Boisier avait délaissé la vie nocturne du Cap, non parce qu'elle s'était flétrie, car elle pouvait encore faire concurrence à n'importe laquelle de ses rivales, mais à cause d'Étienne Relais. Leur relation s'était muée en une complicité amoureuse, pimentée par sa passion à lui et sa bonne humeur à elle. Ils étaient ensemble depuis près d'une décennie, et ils ne l'avaient pas vue passer. Au début ils vivaient séparés et ne pouvaient se voir que durant les brèves visites de Relais, entre deux campagnes militaires. Elle avait continué son métier pendant un certain temps, mais elle n'offrait ses magnifiques services qu'à une poignée de clients, les plus généreux. Elle était devenue tellement sélective que Loula devait supprimer de la liste les impétueux, les hommes d'une laideur irrémédiable et ceux qui avaient mauvaise haleine ; en revanche, elle donnait sa préférence aux vieux messieurs, car ils étaient reconnaissants. Quelques années après avoir rencontré Violette, Relais fut promu au grade de lieutenant-colonel et chargé de la sécurité dans le nord de l'île ; il partait alors pour des périodes plus courtes. Dès qu'il put s'installer au Cap, il cessa de dormir à la caserne et l'épousa. Il le fit de façon provocante, en grande pompe, avec cérémonie à l'église et annonce dans le journal, comme pour les noces des *Grands Blancs*, à la confusion de ses compagnons d'armes

150

incapables de comprendre ses raisons d'épouser une femme de couleur, qui avait en outre une réputation douteuse, alors qu'il pouvait l'entretenir comme sa maîtresse ; mais aucun d'eux ne lui posa la question en face et il ne donna aucune explication. Il espérait que personne n'oserait faire offense à sa femme. Violette fit savoir à ses « amis » qu'elle n'était plus disponible, elle partagea entre d'autres *cocottes* les robes de fête qu'elle n'avait pu transformer en toilettes plus discrètes, vendit son appartement et partit vivre avec Loula dans une maison louée par Relais dans un quartier de *Petits Blancs* et d'*affranchis*. Ses nouvelles amitiés étaient des mulâtres, certains assez riches, propriétaires de terres et d'esclaves, catholiques, bien qu'en secret ils eussent recours au vaudou. Ils descendaient des mêmes Blancs qui les méprisaient, étant leurs enfants ou leurs petits-enfants, et ils les imitaient en tout, mais niaient autant qu'ils le pouvaient le sang africain de leurs mères. Relais n'était pas un homme cordial, il ne se sentait à l'aise que dans la rude camaraderie de la caserne, mais de temps en temps il accompagnait sa femme à des réunions sociales. « Souris, Étienne, pour que mes amis n'aient plus peur du molosse de Saint-Domingue », lui demandait-elle. Violette avoua à Loula que le faste des fêtes et des spectacles qui emplissaient autrefois ses nuits lui manquait. « À cette époque, tu avais de l'argent et tu t'amusais, mon ange, maintenant tu es pauvre et tu t'ennuies. Qu'as-tu gagné avec ton soldat ? » Ils vivaient avec sa solde de lieutenant-colonel, mais à son insu elles faisaient des affaires : des petites trafics, des prêts à intérêt. Ainsi augmentaient-elles le capital que Violette avait gagné et que Loula savait investir.

Étienne Relais n'avait pas oublié ses projets de retourner en France, surtout maintenant que la République avait donné du pouvoir aux citoyens ordinaires comme lui. Il en avait plus qu'assez de la vie dans cette colonie, mais ses économies n'étaient pas suffisantes pour se retirer de l'armée. La guerre ne l'écœurait pas, c'était un centaure qui avait mené bien des batailles, habitué à souffrir et à faire souffrir, mais il était las de ce désordre. Il ne comprenait pas la situation à Saint-Domingue : les alliances se faisaient et se défaisaient en quelques heures, les Blancs se bagarraient entre eux et contre les *affranchis*, personne n'accordait d'importance à l'insurrection grandissante des nègres, qu'il considérait quant à lui comme le plus grave. Malgré l'anarchie et la violence, le couple avait trouvé un bonheur paisible qu'aucun des deux ne connaissait. Ils évitaient de parler d'enfants, car elle ne pouvait en concevoir et ils n'intéressaient pas Étienne ; mais lorsqu'un soir inoubliable Toulouse Valmorain se présenta chez eux avec un nouveau-né enveloppé dans une mantille, ils le reçurent comme une mascotte qui allait remplir les heures de Violette et de Loula, ne se doutant pas qu'il allait devenir le fils dont ils n'avaient pas osé rêver. Valmorain l'avait apporté à Violette parce qu'aucune autre solution ne lui était venue à l'esprit pour le faire disparaître avant le retour d'Eugenia de Cuba. Il devait éviter que sa femme n'apprît que l'enfant de Tété était aussi le sien. Il ne pouvait être d'un autre, car à Saint-Lazare il était le seul Blanc. Il ignorait que Violette avait épousé le militaire. Il ne la trouva pas à l'appartement de la place Clugny, qui avait maintenant un autre propriétaire, mais il lui fut facile de connaître sa nouvelle adresse et il y arriva avec l'enfant et une nourrice qu'il avait trouvée grâce à son voisin Lacroix. Il présenta l'affaire au couple comme un arrangement provisoire, n'ayant aucune idée de la manière dont il la résoudrait plus tard ; ce fut donc un soulagement que Violette et son mari acceptent l'enfant sans demander autre chose que son prénom. « Je ne l'ai pas baptisé, vous pouvez l'appeler comme vous voulez », leur dit-il en cette occasion.

Étienne Relais était aussi féroce, aussi vigoureux et en bonne santé que dans sa jeunesse. C'était le même paquet de muscles fibreux, avec une tignasse de cheveux gris et le caractère de fer qui l'avait élevé dans l'armée et lui avait fait gagner

152

plusieurs médailles. Il avait d'abord servi le Roi et il servait à présent la République avec la même loyauté. Il désirait encore très souvent faire l'amour avec Violette et elle l'accompagnait avec bonne humeur dans ces cabrioles d'amants, que Loula considérait comme déplacées chez des époux d'âge mûr. Le contraste était frappant entre sa réputation d'impitoyable et la douceur cachée dont il débordait avec sa femme et avec l'enfant, qui gagna rapidement son cœur, cet organe qui lui faisait défaut, d'après ce qu'on affirmait à la caserne. « Cet enfant pourrait être mon petit-fils », disait-il souvent, et il était en vérité aussi gâteux qu'un grand-père. Violette et le petit étaient les deux seules personnes qu'il avait aimées dans sa vie et, si on le pressait un peu, il admettait qu'il aimait aussi Loula, cette Africaine autoritaire qui lui avait mené une telle guerre, au début, quand elle voulait que Violette trouve un fiancé plus approprié. Relais lui offrit l'émancipation ; la réaction de Loula fut de se jeter à terre en gémissant qu'ils voulaient se débarras- ser d'elle, comme tant d'esclaves inutiles, parce que vieux ou malades, que leurs maîtres abandonnaient dans la rue pour ne pas avoir à les nourrir ; qu'elle avait passé sa vie à veiller sur Violette et que lorsqu'ils n'avaient plus besoin d'elle ils la condamnaient à demander l'aumône ou à mourir de faim, et ce furent des cris sans fin. Relais parvint enfin à se faire entendre pour l'assurer qu'elle pouvait rester esclave jusqu'à son dernier souffle, si c'était ce qu'elle souhaitait. À partir de cette promesse, l'attitude de la femme changea, et au lieu de lui mettre des poupées transpercées d'épingles sous le lit, elle fit de son mieux pour lui préparer les plats qu'il préférait.

Violette avait mûri lentement, comme les mangues. Au fil des années, elle n'avait rien perdu de sa fraîcheur, de son port altier et de son rire en cascade, elle avait juste un peu grossi, ce qui ravissait son mari. Elle avait l'attitude confiante de ceux qui jouissent de l'amour. Avec le temps et la stratégie des rumeurs de Loula, elle était devenue une légende et, où qu'elle allât, regards et murmures la suivaient, y compris de la part de personnes qui ne la recevaient pas chez elles. « Ils doivent se demander ce qu'il en est de l'œuf de pigeon », disait Violette en riant. Les hommes les plus hautains soulevaient leur chapeau sur son passage lorsqu'ils étaient seuls, beaucoup se souvenaient de nuits ardentes passées dans l'appartement de la place Clugny ; mais les femmes, quelle que soit leur couleur, détournaient les yeux, d'envie. Violette s'habillait de couleurs joyeuses et ses seuls bijoux étaient l'anneau d'opale que lui avait offert son mari, et de lourdes créoles en or aux oreilles, qui rehaussaient ses traits magnifiques et l'ivoire de sa peau, résultat d'une vie passée à se protéger du soleil. Elle ne possédait pas d'autres bijoux, elle les avait tous vendus pour augmenter le capital indispensable à ses activités d'usurière. Elle avait accumulé les solides pièces d'or de ses économies pendant des années dans un trou de la cour, sans éveiller les soupçons de son mari, jusqu'à ce que vînt le moment de s'en aller. Ils étaient au lit un dimanche à l'heure de la sieste, sans se toucher car il faisait trop chaud, lorsqu'elle lui annonça que s'il voulait vraiment retourner en France, comme il le disait depuis une éternité, ils avaient les moyens de le faire. Cette même nuit, à l'abri de l'obscurité, avec Loula, elle déterra son trésor. Une fois que le lieutenant-colonel eut soupesé la bourse de pièces, qu'il se fut remis de sa surprise et eut laissé de côté ses objections d'homme humilié par la ruse des femmes, il décida de présenter sa démission à l'armée. Il avait largement rempli son devoir vis-à-vis de la France. Le couple commença alors à planifier le voyage et Loula dut se résigner à l'idée d'être libre, car en France on avait aboli l'esclavage.

Les enfants du maître

Cet après-midi-là, les époux Relais attendaient la visite la plus importante de leur vie, comme Violette l'avait expliqué à Loula. La maison du militaire était un peu plus grande que le trois-pièces de la place Clugny, confortable, mais sans apparat. La simplicité adoptée par Violette dans sa toilette s'étendait à sa demeure, décorée de meubles d'artisans locaux et dépourvue des chinoiseries qui lui plaisaient tant autrefois. La maison était accueillante, avec des coupes de fruits, des vases de fleurs, des cages à oiseaux et plusieurs chats. Le premier à se présenter fut le notaire, accompagné de son jeune commis aux écritures portant un gros livre à la couverture bleue. Violette les installa dans une pièce contiguë à la salle principale, qui servait de bureau à Relais, et elle leur offrit le café ainsi que de délicieux *beignets* confectionnés par les religieuses, qui d'après Loula n'étaient que de la pâte frite qu'elle-même pouvait préparer beaucoup mieux. Peu après, Toulouse Valmorain frappa à la porte. Il avait pris plusieurs kilos et paraissait plus usé, plus épais que Violette ne s'en souvenait, mais il gardait la même arrogance de *Grand Blanc*, que Violette avait toujours trouvée comique, car elle avait coutume de déshabiller les hommes d'un seul regard, et qu'une fois nus leurs titres, leur pouvoir, leur fortune ou leur race ne valaient plus grand-chose ; seuls comptaient l'état physique et les

155

intentions. Valmorain la salua d'un baisemain, mais sans la toucher des lèvres, ce qui devant Relais eût été une impolitesse, et il accepta le siège ainsi que le verre de jus de fruits qu'on lui offrait.

«Quelques années ont passé depuis la dernière fois que nous nous sommes vus, monsieur, dit-elle, d'un ton formel qui était nouveau entre eux, essayant de dissimuler l'anxiété qui lui opprimait la poitrine.

— Le temps s'est arrêté pour vous, madame, vous n'avez pas changé.

— Ne m'offensez pas, je me trouve beaucoup mieux, dit-elle avec un sourire, surprise de voir l'homme rougir ; peut-être était-il aussi nerveux qu'elle.

— Comme vous l'a appris ma lettre, monsieur Valmorain, nous avons l'intention de partir dans peu de temps pour la France, commença Étienne Relais, en uniforme, raide comme un piquet sur sa chaise.

— Oui, oui, l'interrompit Valmorain. Avant tout, je dois vous remercier tous deux d'avoir pris soin de l'enfant pendant toutes ces années. Comment s'appelle-t-il ?

— Jean-Martin, dit Relais.

— Je suppose que c'est un petit homme maintenant. Je voudrais le voir, si c'est possible.

— Dans un instant. Il est en promenade avec Loula, ils ne vont pas tarder à rentrer.»

Violette tira sur la jupe de sa sobre robe de *crêpe* vert foncé ornée de liserés violets, et elle remplit à nouveau les verres de jus. Ses mains tremblaient. Pendant deux éternelles minutes personne ne dit mot. L'un des canaris se mit à chanter dans sa cage, rompant le lourd silence. Discrètement, Valmorain observa Violette, prenant note des changements de ce corps qu'il avait jadis aimé avec obstination, bien qu'il eût quelque peu oublié ce qu'ils faisaient au lit. Il se demanda quel âge elle pouvait avoir et si elle utilisait des baumes mystérieux pour préserver sa beauté, comme il avait lu quelque part que faisaient les pharaonnes de l'Antiquité, qui se retrouvaient finalement momifiées. Il éprouva un sentiment d'envie en imaginant la chance qu'avait Relais de vivre auprès d'elle.

« Toulouse, nous ne pouvons emmener Jean-Martin dans les conditions actuelles, dit enfin Violette sur le ton familier qu'elle employait lorsqu'ils étaient amants, en posant une main sur son épaule.

— Il ne nous appartient pas, ajouta le lieutenant-colonel, un rictus à la bouche et les yeux fixés sur son ancien rival.

— Nous aimons beaucoup cet enfant et il croit que nous sommes ses parents. J'ai toujours voulu avoir des enfants, Toulouse, mais Dieu ne m'en a pas donné. C'est pourquoi nous voulons acheter Jean-Martin, l'émanciper et l'emmener en France sous le nom de Relais, comme notre fils légitime », dit Violette, et aussitôt elle se mit à pleurer, secouée par les sanglots.

Aucun des deux hommes ne fit mine de la consoler. Ils restèrent à regarder les canaris, mal à l'aise, jusqu'à ce qu'elle se calme, juste au moment où Loula rentrait, tenant le petit par la main. Il était beau. Il courut vers Relais pour lui montrer quelque chose qu'il serrait dans son poing, babillant, tout excité, les joues rouges. Relais lui indiqua le visiteur et l'enfant s'approcha, lui tendit une main potelée et le salua sans timidité. Valmorain l'étudia, satisfait, et constata qu'il ne ressemblait en rien à lui ou à son fils Maurice.

« Qu'as-tu là ? lui demanda-t-il.

— Un escargot.

— Tu me le donnes ?

— Je ne peux pas, il est pour mon *papa*, répondit Jean-Martin en revenant près de Relais pour grimper sur ses genoux.

— Va avec Loula, mon fils », lui ordonna le militaire. L'enfant obéit aussitôt, il saisit la jupe de la femme et tous deux disparurent.

« Si tu es d'accord, Toulouse… Eh bien, nous avons

157

convoqué un notaire au cas où tu accepterais notre proposition. Ensuite il faudrait se rendre chez un juge», balbutia Violette, sur le point de se remettre à pleurer.

Valmorain était venu à l'entretien sans intention arrêtée. Il savait ce qu'ils allaient lui demander parce que Relais le lui avait expliqué dans sa lettre, mais il n'avait pas pris de décision, voulant d'abord voir l'enfant. Celui-ci lui avait fait très bonne impression, il était beau et à première vue il ne manquait pas de caractère, il valait pas mal d'argent, mais pour lui ce serait un embêtement. Ils l'avaient gâté depuis sa naissance, c'était évident, et il ne soupçonnait pas sa véritable position dans la société. Que ferait-il de ce petit bâtard de sang-mêlé ? Les premières années, il devrait le garder dans la Grand-Case. Il ne savait pas comment Tété réagirait ; elle se consacrerait certainement à son fils, et Maurice, qui jusqu'à présent avait été élevé comme un fils unique, se sentirait abandonné. L'équilibre délicat de son foyer risquait de s'écrouler. Il pensa aussi à Violette Boisier, au souvenir imprécis de l'amour qu'il lui avait porté, aux services qu'ils s'étaient rendus mutuellement au long des années et à la vérité toute simple qu'elle était, bien plus que Tété, la mère de Jean-Martin. Les Relais offraient à l'enfant ce qu'il n'avait aucune intention de lui donner : la liberté, une éducation, un nom et une situation respectable.

«Je vous en prie, monsieur, vendez-nous Jean-Martin. Nous vous paierons ce que vous en demanderez, mais comme vous le voyez, nous ne sommes pas fortunés, le supplia Étienne Relais, crispé et tendu, tandis que Violette tremblait, appuyée contre l'encadrement de la porte qui les séparait du notaire.

— Dites-moi, monsieur, combien avez-vous dépensé pour l'entretenir pendant toutes ces années ? demanda Valmorain.

— Je n'ai jamais tenu ce compte, répondit Relais, surpris.

— Eh bien, c'est ce que vaut le garçon. Nous sommes quittes. Cet enfant est le vôtre.»

La grossesse de Tété s'écoula sans changements pour elle ; elle continua à travailler du lever au coucher du soleil, comme d'habitude, et venait dans la couche de son maître chaque fois qu'il en avait envie, pour faire comme les chiens, quand le ventre devint un obstacle. Tété le maudissait intérieurement, mais elle redoutait également qu'il la remplaçât par une autre esclave et la vendît à Cambray, le pire des sorts imaginables.

« Ne t'inquiète pas, Zarité, si ce moment arrive, je me chargerai du gérant, lui avait promis Tante Rose.

— Pourquoi ne le fais-tu pas maintenant, marraine ? lui avait demandé la jeune femme.

— Parce qu'il ne faut pas tuer sans une très bonne raison. »

Ce soir-là Tété se sentait ballonnée, elle avait l'impression d'avoir une pastèque dans le ventre, tandis qu'elle cousait dans un coin à quelques pas de Valmorain, qui lisait et fumait dans son fauteuil. L'arôme piquant du tabac, qu'elle trouvait agréable en temps normal, lui retournait à présent l'estomac. Cela faisait des mois que personne n'était venu en visite à Saint-Lazare, car même le visiteur le plus assidu, le docteur Parmentier, appréhendait le chemin ; on ne pouvait voyager dans le nord de l'île sans une forte escorte. Valmorain avait instauré l'habitude que Tété lui tînt compagnie après le dîner, une obligation de plus parmi les nombreuses qu'il lui imposait. À cette heure, elle n'avait qu'une envie : se coucher, pelotonnée près de Maurice, et dormir. Elle n'en pouvait plus avec son corps toujours chaud, fatigué, en sueur, avec la pression du bébé sur les os, la douleur dans le dos, les seins durs, les mamelons brûlants. Cette journée avait été la pire, l'air se raréfiait et elle avait du mal à respirer. Il était encore tôt, mais comme un orage avait avancé la nuit et l'avait obligée à fermer les volets, la maison semblait aussi étouffante qu'une prison. Il y avait une demi-heure qu'Eugenia dormait accompagnée par son infirmière et Maurice l'attendait, mais il avait appris à ne pas l'appeler, car son père s'en indignait.

159

L'orage céda aussi subitement qu'il avait éclaté, les coups répétés de la pluie et les bourrasques de vents cessèrent, faisant place à un chœur de crapauds. Tété se dirigea vers l'une des fenêtres et ouvrit les volets, aspirant profondément le souffle d'humidité et de fraîcheur qui balaya la salle. Le jour lui avait paru interminable. Elle était allée deux ou trois fois à la cuisine sous prétexte de parler à Tante Mathilde, mais elle n'avait pas vu Gambo. Où était donc fourré le garçon ? Elle tremblait pour lui. À Saint-Lazare arrivaient les rumeurs de toute l'île, portées de bouche en bouche par les Noirs et ouvertement commentées par les Blancs, qui se souciaient peu de ce qu'ils disaient devant leurs esclaves. La dernière nouvelle était celle de la Déclaration des droits de l'homme proclamée en France. Les Blancs étaient sur des charbons ardents et les *affranchis*, qui avaient toujours été tenus à l'écart, voyaient enfin la possibilité d'obtenir l'égalité avec les Blancs. Les Droits de l'homme excluaient les Noirs, comme l'avait expliqué Tante Rose aux gens réunis lors d'un *calenda*, la liberté n'était pas gratuite, il fallait l'obtenir par la lutte. Tous savaient que des centaines d'esclaves des plantations voisines avaient disparu pour rejoindre les bandes de rebelles. À Saint-Lazare, vingt s'étaient enfuis, mais Prosper Cambray et ses hommes leur avaient fait la chasse et étaient revenus avec quatorze. Les six autres étaient morts sous les balles, aux dires du gérant, mais personne n'avait vu leurs corps et Tante Rose pensait qu'ils avaient réussi à atteindre les montagnes. Cela avait renforcé Gambo dans sa détermination à s'enfuir. Tété ne pouvait plus le retenir et pour elle avait commencé le calvaire de lui dire adieu et de l'arracher de son cœur. Il n'y a pire souffrance que d'aimer dans la peur, disait Tante Rose.

Valmorain détourna le regard de la page qu'il lisait pour boire une autre gorgée de cognac et ses yeux se posèrent sur son esclave, qui depuis un bon moment se tenait debout près de la fenêtre ouverte. À la faible lueur des lampes, il la vit haletante, en sueur, les mains crispées sur son ventre. Soudain

Tété étouffa un gémissement et remonta sa jupe au-dessus de ses chevilles, déconcertée, regardant la mare qui s'étendait sur le sol et trempait ses pieds nus. «L'heure est venue», murmura-t-elle, et elle sortit en s'appuyant sur les meubles en direction de la galerie. Deux minutes plus tard une autre esclave arriva, empressée, pour nettoyer par terre.

«Appelle Tante Rose, lui ordonna Valmorain.

— On est déjà allé la chercher, maître.

— Avertis-moi quand l'enfant sera né. Et apporte-moi du cognac.»

Zarité

Rosette est née le jour où Gambo a disparu. Il en a été ainsi. Rosette m'a aidée à supporter l'angoisse qu'on l'ait attrapé vivant et le vide qu'il avait laissé dans mon corps. J'étais absorbée par ma fille. Gambo courant dans la forêt, poursuivi par les chiens de Cambray, n'occupait qu'une partie de mes pensées. Erzulie, loa mère, guide cette enfant. Comme je n'avais pas pu mettre mon premier enfant au sein, je n'avais jamais éprouvé cette sorte d'amour. Le maître avait prévenu Tante Rose que je ne devais pas le voir, ainsi la séparation serait plus facile, mais elle m'avait laissée le tenir un moment dans mes bras avant qu'il ne l'emporte. Elle m'avait dit ensuite, tandis qu'elle me lavait, que c'était un garçon sain et fort. Avec Rosette, j'ai mieux compris ce que j'avais perdu. Si on me l'enlevait aussi je deviendrais folle, comme doña Eugenia. J'essayais de ne pas l'imaginer, parce que cela peut faire que les choses arrivent, mais une esclave vit toujours avec cette inquiétude. Nous ne pouvons protéger nos enfants ni leur promettre que nous serons auprès d'eux aussi longtemps qu'ils auront besoin de nous. Nous les perdons trop tôt, c'est pourquoi il vaut mieux ne pas leur donner le jour. J'ai fini par pardonner à ma mère, qui n'a pas voulu vivre ce tourment.

J'ai toujours su que Gambo s'en irait sans moi. Dans notre tête, tous deux l'avions accepté, mais pas dans notre cœur. Gambo pourrait se sauver seul, si c'était écrit dans sa z'étoile et si les loas le permettaient, mais tous les loas réunis ne pourraient empêcher qu'on l'attrape s'il m'emmenait avec lui. Gambo mettait sa main sur mon ventre et il

163

sentait bouger le bébé, certain que c'était le sien et qu'il s'appellerait Honoré, en souvenir de l'esclave qui m'avait élevée dans la maison de Madame Delphine. Il ne pouvait lui donner le nom de son père, qui était avec les Morts et les Mystères, mais Honoré n'était pas mon parent par le sang, et il n'était donc pas imprudent d'utiliser son nom. Honoré est un nom fait pour quelqu'un qui met l'honneur au-dessus de tout, y compris au-dessus de l'amour. «Sans liberté, il n'y a pas d'honneur pour un guerrier. Viens avec moi, Zarité.» Je ne pouvais partir avec mon gros ventre, et je ne pouvais pas non plus abandonner doña Eugenia, qui n'était plus qu'une poupée dans son lit, et encore moins Maurice, mon enfant, à qui j'avais promis que nous ne nous séparerions jamais.

Gambo n'a pas su que j'avais accouché, car pendant que je poussais dans la case de Tante Rose, il courait comme le vent. Il avait tout bien préparé. Il s'est enfui à la nuit tombée, avant que les vigiles sortent avec les chiens. Tante Mathilde n'a donné l'alerte que le lendemain à midi, bien qu'elle ait remarqué son absence dès l'aube, et cela lui a donné plusieurs heures d'avance. Elle était la marraine de Gambo. À Saint-Lazare, comme dans d'autres plantations, on assignait aux bossales un parrain, un autre esclave pour lui apprendre à obéir, mais comme on avait mis Gambo à la cuisine, on lui avait donné Tante Mathilde, qui avait déjà une longue vie derrière elle ; elle avait perdu ses enfants et l'avait pris en affection, c'est pour cette raison qu'elle l'a aidé. Prosper Cambray accompagnait un groupe de la Maréchaussée, poursuivant des esclaves qui s'étaient enfuis peu auparavant. Comme il affirmait qu'il les avait tués, personne ne comprenait son acharnement à continuer les recherches. Gambo est parti dans la direction opposée et il a fallu un peu de temps au gérant pour s'organiser et l'inclure dans le tableau de chasse. Il est parti cette nuit-là parce que les loas le lui avaient indiqué : cela a coïncidé avec l'absence de Cambray et avec la pleine lune ; on ne peut courir par une nuit sans lune. C'est ce que je crois.

Ma fille est née les yeux ouverts, en amande, de la même couleur que les miens. Elle a tardé à prendre son souffle, mais quand elle l'a trouvé ses braillements ont fait trembler la petite flamme de la bougie. Avant de la laver, Tante Rose me l'a posée sur la poitrine, encore unie à moi par

164

un épais boyau. Je l'ai appelée Rosette à cause de Tante Rose, à qui j'ai demandé d'être sa grand-mère, puisque nous n'avions pas d'autre famille. Le lendemain, le maître l'a baptisée en jetant de l'eau sur son front et en murmurant quelques paroles chrétiennes, mais le dimanche suivant Tante Rose a organisé une véritable cérémonie Rada pour Rosette. Le maître nous a autorisées à faire un calenda et nous a donné deux chèvres à rôtir. C'est ainsi que ça s'est passé. C'était un honneur, car dans les plantations on ne célèbre pas les naissances d'esclaves. Les femmes ont préparé le repas et les hommes ont allumé des feux et des torches, puis ils ont frappé les tambours dans le hounfort de Tante Rose. Ma marraine a dessiné sur la terre, avec une fine ligne de farine de maïs, l'écriture sacrée du vévé autour du pilier central, le poteau-mitan ; par là sont descendus les loas et ils ont chevauché plusieurs serviteurs, mais pas moi. Tante Rose a sacrifié une poule : elle a commencé par lui briser les ailes, puis elle lui a arraché la tête avec les dents, comme cela doit se faire. J'ai offert ma fille à Erzulie. J'ai dansé et dansé, les seins lourds, les bras levés, les hanches folles, les jambes séparées de mes pensées, répondant aux tambours.

Au début, le maître ne s'est pas du tout intéressé à Rosette. Cela le dérangeait de l'entendre pleurer et que je m'occupe d'elle, il ne me permettait pas non plus de la porter sur le dos, comme je l'avais fait pour Maurice, je devais la laisser dans une caisse pendant que je travaillais. Très vite, le maître m'a de nouveau appelée dans sa chambre, parce que je l'excitais avec mes seins qui avaient doublé de volume et qu'il suffisait de regarder pour que le lait se mette à couler. Plus tard il s'est mis à prêter attention à Rosette, car Maurice s'est attaché à elle. À la naissance, Maurice était à peine une petite souris, pâlichonne et silencieuse, qui tenait tout entière dans une seule de mes mains, très différent de ma fille, grande et braillarde. Maurice, ça lui avait fait du bien de passer ses premiers mois collé à moi, comme les enfants africains, qui sont toujours aux bras et ne touchent terre, à ce qu'on dit, que lorsqu'ils apprennent à marcher. Grâce à la chaleur de mon corps et son bon appétit, il a grandi en bonne santé et n'a pas eu les maladies qui tuent tant d'enfants. Il était vif, comprenait tout, et dès deux ans posait des questions auxquelles son père lui-même ne savait pas répondre. Personne ne lui avait appris le créole, *mais il le parlait aussi bien que le français. Le maître ne lui permettait pas de se mêler aux esclaves, mais il s'esquivait pour jouer avec les quelques négrillons de la plantation, et moi j'étais incapable de le réprimander, car il n'y a rien de plus triste qu'un enfant solitaire. Dès le début, Maurice s'est fait le gardien de Rosette. Il ne s'éloignait pas d'elle, sauf lorsque son père l'emmenait parcourir la propriété pour lui montrer ses possessions. Le maître a toujours pris grand soin de son héritage, c'est pourquoi, des années plus tard, il a tant souffert de la trahison de son fils. Maurice s'installait près de la caisse de Rosette pendant des heures, jouant avec ses cubes et son petit cheval de bois ; il pleurait quand elle pleurait, lui faisait des grimaces et riait aux éclats lorsqu'elle y répondait. Le maître m'avait interdit de dire que Rosette était sa fille, ce qui ne me serait jamais venu à l'esprit, mais Maurice l'a deviné ou inventé, car il l'appelait sœur. Son père a eu beau lui frotter la bouche avec du savon, il n'a pu lui ôter cette habitude, comme il lui avait ôté celle de m'appeler maman. Il avait peur de sa vraie mère, il ne voulait pas la voir et l'appelait « la dame malade ». Maurice a appris à m'appeler Tété, comme tout le monde, à l'exception de quelques-uns qui me connaissent en dedans et m'appellent Zarité.*

Le guerrier

Après avoir passé plusieurs jours à poursuivre Gambo, Prosper Cambray était rouge de colère. Il avait entre les mains une meute de chiens fous, à moitié aveugles et le museau en sang, mais aucune trace du garçon. Il rejeta la faute sur Tété. C'était la première fois qu'il l'accusait ouvertement et il savait qu'à cet instant quelque chose changeait entre le patron et lui. Jusqu'alors, il suffisait d'un mot de lui pour que la condamnation d'un esclave fût sans appel et le châtiment immédiat, mais avec Tété il n'avait jamais osé.

«La maison ne se dirige pas comme la plantation, Cambray, le raisonna Valmorain.

— Elle est responsable des domestiques! insista l'autre. Si on ne fait pas un exemple, d'autres vont disparaître.

— Je résoudrai cela à ma façon», répliqua le patron, peu enclin à charger Tété, qui venait d'accoucher et qui avait toujours été une excellente gouvernante. La marche de la maison se faisait en douceur et les domestiques accomplissaient bien leurs tâches. En plus, bien sûr, il y avait Maurice et la tendresse que l'enfant portait à cette femme. La fouetter, comme le voulait Cambray, reviendrait à fouetter Maurice.

«Je vous ai prévenu il y a longtemps, patron, que ce nègre avait un mauvais naturel; ce n'est pas pour rien que j'ai dû le briser dès que je l'ai acheté, mais je n'ai pas été assez dur.

167

— C'est bien, Cambray, quand tu l'attraperas tu pourras en faire ce que tu voudras », l'autorisa Valmorain, tandis que Tété, qui écoutait debout dans un coin comme une coupable tentait de dissimuler son angoisse.

Valmorain était trop préoccupé par ses affaires et par l'état de la colonie pour s'inquiéter d'un esclave de plus ou de moins. Il ne s'en souvenait absolument pas, il était impossible d'en distinguer un parmi des centaines. Deux ou trois fois, Tété avait fait référence au « gamin de la cuisine », et il était resté avec l'idée que c'était un gosse, mais il ne devait pas l'être s'il avait pris un tel risque, il fallait être un homme pour s'enfuir. Il était certain que Cambray ne tarderait pas à le retrouver, il avait trop d'expérience dans la chasse aux nègres. Le gérant avait raison : il fallait renforcer la discipline ; il y avait assez de problèmes dans l'île parmi les gens libres pour passer sur l'insolence des esclaves. En France, l'Assemblée nationale avait enlevé à la colonie le peu de pouvoir autonome dont elle jouissait, c'est-à-dire qu'à Paris quelques bureaucrates, qui n'avaient jamais mis les pieds aux Antilles et savaient à peine se torcher le cul, comme il l'affirmait, prenaient à présent des décisions sur des sujets extrêmement graves. Aucun *Grand Blanc* n'était disposé à accepter les décrets absurdes qui leur venaient à l'esprit. Il fallait voir l'ignorance de ces gens-là ! Le résultat était le tumulte et le chaos, comme cette histoire d'un certain Vincent Ogé, un riche mulâtre qui était allé à Paris exiger l'égalité des droits pour les *affranchis* et était revenu la queue entre les jambes, comme il fallait s'y attendre, car où va-t-on si on efface les distinctions naturelles de classes et de races. Ogé et son compère Chavannes, avec l'aide de quelques abolitionnistes – de ceux dont il y a toujours pléthore –, avaient fomenté une rébellion dans le Nord, tout près de Saint-Lazare. Trois cents mulâtres bien armés ! Il avait fallu tout le poids du régiment du Cap pour les mettre en déroute, raconta Valmorain à Tété au cours de l'une de ses causeries nocturnes. Il ajouta que le héros de l'expédition était une connaissance à lui, le lieutenant-colonel Étienne Relais, militaire expérimenté et courageux, mais aux idées républicaines. Les survivants furent capturés lors d'une manœuvre rapide et au cours des jours qui suivirent des centaines d'échafauds se dressèrent au centre de la ville, une forêt de pendus qui se décomposèrent bientôt dans la chaleur, un festin pour les vautours. Les deux chefs furent lentement suppliciés sur la place publique sans la miséricorde et la grâce d'un coup de hache. Non qu'il fût partisan de châtiments cruels, mais ils s'avéraient parfois exemplaires pour la population. Tété écoutait, muette, pensant au capitaine Relais d'autrefois, dont elle se souvenait à peine et qu'elle ne pourrait reconnaître si elle le voyait, car elle ne l'avait vu qu'une ou deux fois dans l'appartement de la place Clugny, voilà des années. Si l'homme aimait encore Violette, il n'avait pas dû lui être facile de combattre les *affranchis*, Ogé aurait pu être son ami ou un parent.

Avant sa fuite, on avait assigné à Gambo le soin de s'occuper des hommes capturés par Cambray, lesquels se trouvaient dans le dépotoir qui servait d'hôpital. Les femmes de la plantation les nourrissaient de maïs, de patates, d'okra, de bananes et de manioc pris sur leurs provisions, mais Tante Rose se présenta devant le maître, car il était inutile de s'adresser à Cambray, pour lui dire qu'ils ne survivraient pas sans une soupe d'os, d'herbes et de foies des animaux que l'on consommait dans la Grand-Case. Valmorain leva les yeux de son livre sur les jardins du Roi-Soleil, dérangé par cette interruption, mais cette étrange femme parvenait à l'intimider et il l'écouta. « Ces nègres ont déjà reçu une leçon. Donne-leur ta soupe, femme, et si tu les sauves, je n'aurai pas perdu autant d'argent », lui répondit-il. Les premiers jours, Gambo les nourrissait, car ils étaient incapables de le faire eux-mêmes, il leur distribuait une pâte de feuilles et de cendre de quinoa que, d'après Tante Rose, ils devaient garder dans la bouche sous forme de boule pour supporter la douleur et reprendre des forces. C'était un secret des caciques arawaks, qui d'une façon ou d'une autre avait survécu trois cents ans et que seuls connaissaient quelques guérisseurs. La plante était très rare, on ne la trouvait pas sur les marchés qui vendaient des produits destinés à la magie et Tante Rose n'avait pas pu la cultiver dans son potager, c'est pourquoi elle la réservait pour les cas désespérés.

Gambo profitait de ces moments passés seul avec les esclaves punis pour demander comment ils s'étaient enfuis, pourquoi on les avait attrapés et ce qui était arrivé aux six hommes qui manquaient. Ceux qui pouvaient parler lui racontèrent qu'ils s'étaient séparés en sortant de la plantation, que certains s'étaient dirigés vers le fleuve dans l'intention de nager vers l'amont, mais qu'on ne peut lutter longtemps contre le courant, il finit toujours par gagner. Ils avaient entendu des coups de feu et ils ne savaient pas si les autres avaient été tués, mais quel qu'eût été leur sort, il était sans doute préférable au leur. Il les interrogea sur la forêt, les arbres, les lianes, la boue, les pierres, la force du vent, la température, la lumière. Cambray et les autres chasseurs de nègres connaissaient la région sur le bout des doigts, mais il y avait des endroits qu'ils évitaient, comme les marais et les croisements de chemins des morts – où les fugitifs n'entraient pas non plus, aussi désespérés qu'ils fussent –, de même que les sites inaccessibles aux mules et aux chevaux. Ils dépendaient entièrement de leurs animaux et de leurs armes à feu, qui parfois devenaient une gêne. Les chevilles des chevaux se brisaient et il fallait les tuer. Charger un mousquet nécessitait plusieurs secondes, il arrivait souvent qu'il se bloque ou que la poudre soit mouillée, et entre-temps un homme nu avec un couteau à couper la canne profitait de l'avantage. Gambo comprit que le danger le plus immédiat était les chiens, capables de distinguer l'odeur d'un homme à un kilomètre de distance. Il n'y avait rien de plus terrifiant qu'un chœur d'aboiements en train de se rapprocher.

À Saint-Lazare, les chenils se trouvaient derrière les écuries, dans l'une des cours de la Grand-Case. Les chiens de chasse et de garde restaient enfermés dans la journée, afin qu'ils ne s'habituent pas aux gens, et on les sortait pour les rondes de nuit. Les deux molosses de Jamaïque, couverts de cicatrices et entraînés à tuer, appartenaient à Prosper Cambray. Il les avait acquis pour des combats de chiens, qui avaient le double mérite de satisfaire son goût de la cruauté et de lui rapporter de l'argent. Ce sport avait remplacé les tournois d'esclaves, qu'il avait dû abandonner parce que Valmorain les interdisait. Un bon champion africain, capable de tuer son adversaire à mains nues, pouvait être très lucratif pour son propriétaire. Cambray avait ses astuces : il les nourrissait de viande crue, les rendait fous avec un mélange de tafia, de poudre et de piment fort avant chaque tournoi, les récompensait avec des femmes après une victoire et leur faisait payer cher une défaite. Grâce à ses champions, un Congo et un Mandingue, il avait arrondi sa paye lorsqu'il était chasseur de nègres, mais ensuite il les avait vendus pour acheter ces molosses, dont la réputation était parvenue jusqu'au Cap. Il les gardait affamés et assoiffés, attachés pour qu'ils ne se mettent pas en pièces l'un l'autre. Gambo devait les éliminer, mais s'il les empoisonnait Cambray torturerait cinq esclaves pour chaque chien, jusqu'à ce que quelqu'un se dénonce.

À l'heure de la sieste, alors que Cambray partait se rafraîchir au fleuve, le garçon se dirigea vers la case du gérant, située au bout de l'avenue des cocotiers, à l'écart de la Grand-Case et des logements des esclaves domestiques. Il s'était renseigné sur les noms des concubines que le gérant avait choisies cette semaine-là, des fillettes à peine pubères et déjà aussi craintives que des bêtes battues. Elles le reçurent apeurées, mais il les rassura en leur offrant un morceau de gâteau qu'il avait dérobé à la cuisine, et leur demanda du café pour l'accompagner. Elles ravivèrent le feu tandis qu'il se glissait à l'intérieur de la case. Elle était de dimensions modestes, mais confortable, orientée de façon à bénéficier de la brise et construite sur une élévation de terrain, comme la Grand-Case, pour éviter les dégâts lors des inondations. Les meubles, rares et simples, étaient quelques-uns de ceux que Valmorain avait mis au rebut lorsqu'il s'était marié. Gambo la parcourut en moins d'une minute. Il pensait voler une couverture, mais dans un coin il vit un panier de linge sale et en sortit rapidement une chemise du gérant, dont il fit une boule qu'il jeta par la fenêtre dans les buissons, puis il but son café sans se presser et dit au revoir aux petites, leur promettant de leur apporter une autre part de gâteau dès qu'il le pourrait. À la nuit tombante il revint chercher la chemise. Dans la dépense, dont les clés pendaient toujours à la ceinture de Tété, on gardait un sac de piment fort, une poudre toxique pour combattre les scorpions et les rongeurs, qui après l'avoir reniflée se retrouvaient desséchés au petit matin. Si Tété s'était rendu compte qu'on consommait beaucoup de piment, elle n'en avait rien dit.

Le jour indiqué par les *loas*, le garçon partit à la tombée du jour, avec la dernière traînée de lumière. Il dut traverser le village des esclaves, qui lui rappela celui où il avait vécu les quinze premières années de sa vie et qui brûlait comme un brasier la dernière fois qu'il l'avait vu. Les gens n'étaient pas encore rentrés des champs, aussi était-il à peu près désert. Une femme qui transportait deux grands seaux d'eau ne s'étonna pas de voir un visage inconnu, car les esclaves étaient nombreux et des nouveaux arrivaient toujours. Ces premières heures marqueraient pour Gambo la frontière entre la liberté et la mort. Tante Rose, qui la nuit pouvait aller dans des endroits où les autres ne s'aventuraient pas le jour, lui avait décrit le terrain, sous prétexte de lui parler des plantes médicinales mais aussi de celles qu'il fallait absolument éviter : champignons mortels, arbres dont les feuilles arrachent la peau, anémones où se cachent des crapauds dont le jet de salive rend aveugle. Elle lui avait expliqué comment survivre dans la forêt en mangeant des fruits, des noix, des racines et des tiges aussi succulentes qu'un morceau de chèvre rôtie, et comment se guider grâce aux lucioles, aux étoiles, au sifflement du vent. Gambo n'était jamais sorti de Saint-Lazare, mais grâce à Tante Rose il pouvait situer mentalement la région des mangroves et des marais, où tous les serpents sont venimeux, et les endroits de croisements entre deux mondes, où attendent les Invisibles. « J'y suis allée et j'ai vu de mes yeux Calfou et Guédé, mais je n'ai pas eu peur. Il faut les saluer avec respect, leur demander la permission de passer et te faire indiquer le chemin. Si ce n'est pas ton heure de mourir, ils t'aideront. C'est eux qui décident », lui dit la guérisseuse. Le garçon lui avait posé des questions sur les zombis, dont il avait entendu parler pour la première fois dans l'île ; personne ne soupçonnait leur existence en Afrique. Elle lui expliqua qu'on les reconnaît à leur aspect cadavérique, à leur odeur de pourri et à leur manière de marcher, avec les jambes et les bras raides. « Certains vivants, comme Cambray, sont plus à craindre que les zombis », ajouta-t-elle. Le message n'avait pas échappé à Gambo.

Lorsque la lune fit son apparition, il se mit à courir en faisant des zigzags. De temps en temps il laissait un morceau de la chemise du gérant dans la végétation pour tromper les molosses, qui n'identifiaient que son odeur, car personne d'autre ne les approchait, et désorienter les autres chiens. Deux heures plus tard il arriva au fleuve. Il entra dans l'eau froide jusqu'au cou avec un gémissement de soulagement, mais il tint son sac sur la tête, au sec. Il lava sa sueur et le sang des égratignures des branches et des coupures des pierres, et en profita pour boire et uriner. Il avança dans l'eau sans s'approcher de la berge, même si cela ne trompait pas les chiens, qui flairaient dans des cercles de plus en plus larges, jusqu'à ce qu'ils trouvent la trace, mais il pouvait les retarder. Il n'essaya pas de passer sur l'autre rive. Le courant était implacable et il y avait peu d'endroits où un bon nageur pouvait s'aventurer, mais il ne les connaissait pas et ne savait pas nager. Par la position de la lune, il devina qu'il était environ minuit et calcula la distance parcourue ; alors il sortit de l'eau et se mit à répandre les poudres de piment. Il ne sentait pas la fatigue, il était ivre de liberté.

Il marcha trois jours et trois nuits sans autre nourriture que les feuilles magiques de Tante Rose. La boule noire qu'il avait dans la bouche lui endormait les gencives et le maintenait éveillé, sans appétit. Des champs de cannes à sucre il passa à la forêt, à la jungle, aux marais, longeant la plaine en direction des montagnes. Il n'entendait pas d'aboiements de chiens et cela aiguisait son courage. Il buvait l'eau des mares, lorsqu'il en trouvait, mais il dut passer le troisième jour sans eau, avec un soleil de feu qui peignait le monde d'un blanc incandescent. Alors que ses forces l'abandonnaient, une averse tomba du ciel, brève et froide, qui le ressuscita. Il marchait alors à découvert, la route que seul un fou oserait emprunter et que, pour cette raison, Cambray écarterait. Il ne pouvait perdre de temps à chercher de la nourriture, et s'il se reposait il lui serait impossible de se remettre debout. Ses jambes avançaient seules, poussées par le délire de l'espoir et par la boule de feuilles dans sa bouche. Il ne pensait plus, ne sentait plus la douleur, avait oublié la peur et tout ce qu'il avait laissé derrière lui, y compris Zarité ; il ne se souvenait que de son propre nom de guerrier. Il marchait parfois d'un pas énergique, mais sans courir, surmontant les obstacles du terrain avec calme, pour ne pas s'épuiser ou se perdre, comme le lui avait dit Tante Rose. À un moment il lui sembla qu'il pleurait à grosses larmes, mais sans en être sûr, ce n'était peut-être que le souvenir de la rosée ou de la pluie sur sa peau. Il vit une chèvre qui bêlait entre deux rochers avec une patte brisée et il résista à la tentation de l'égorger et de boire son sang, de même qu'il résista à celle de se cacher dans les montagnes, qui paraissaient à portée de la main, et à celle de dormir un moment dans la paix de la nuit. Il savait où il devait arriver. Chaque pas, chaque minute comptaient.

Enfin il arriva au pied des montagnes et entreprit la dure

ascension, pierre après pierre, sans regarder en bas pour ne pas succomber au vertige, ni vers le haut pour ne pas perdre courage. Il cracha la dernière bouchée de feuilles et fut de nouveau assailli par la soif. Il avait les lèvres boursouflées et crevassées. L'air était bouillant, il se sentait confus, nauséeux, se souvenait à peine des instructions de Tante Rose et n'avait qu'une idée : trouver de l'ombre et de l'eau, mais il continua à grimper en s'accrochant aux rochers et aux racines. Soudain il se retrouva près de son village, dans les plaines immenses, gardant le bétail aux longues cornes et se préparant pour le repas que ses mères allaient servir dans la maison de son père, au centre de l'ensemble familial. Lui seul, Gambo, le fils aîné, mangeait avec le père, côte à côte, comme des égaux. Depuis sa naissance, il se préparait à le remplacer ; un jour lui aussi serait juge et chef. Un faux pas et la douleur aiguë du coup sur les pierres le ramena à Saint-Domingue ; les vaches, son village, sa famille disparurent, et son *ti-bon-ange* se trouva de nouveau pris dans le mauvais rêve de sa captivité, qui durait depuis un an. Il gravit les versants escarpés pendant des heures et des heures, jusqu'à ce que ce ne soit plus lui qui avançât, mais un autre : son père. La voix de son père répétait son nom : Gambo. C'était son père qui tenait à distance l'oiseau noir à la nuque pelée qui volait en cercles au-dessus de sa tête.

Il arriva sur un sentier raide et étroit qui serpentait entre rochers et crevasses, au bord d'un précipice. À un tournant, il tomba sur un semblant de degrés taillés dans la roche vive, l'un des chemins cachés des caciques qui, selon Tante Rose, n'avaient pas disparu quand les Blancs les avaient tués parce qu'ils étaient immortels. Peu avant la nuit, il se retrouva à l'un des terribles croisements. Les signaux l'avertirent avant qu'il ne le vît : une croix formée par deux bâtons, une tête de mort humaine, des os, une poignée de plumes et de cheveux, une autre croix. Le vent apportait l'écho de hurlements de loups entre les rochers et deux rapaces noirs s'étaient joints

au premier, le guettant d'en haut. La peur qu'il avait mainte-
nue derrière lui pendant trois jours l'attaqua de face, mais il
ne pouvait plus reculer. Ses dents claquaient et sa sueur se
glaça. Le fragile sentier des caciques disparut soudain devant
une lance plantée en terre, soutenue par un tas de pierres : le *poteau-mitan*, l'intersection entre le ciel et le lieu d'en bas, entre le monde des *loas* et celui des humains. Et alors il les vit. D'abord deux ombres, puis l'éclat du métal, des couteaux et des machettes. Il ne leva pas les yeux. Il salua avec humilité, répétant le mot de passe que Tante Rose lui avait trans-
mis. Il n'y eut pas de réponse, mais il perçut la chaleur de ces êtres, si proches que s'il tendait la main il pourrait les toucher.
Ils n'empestaient ni le pourri ni le cimentière, exhalaient la même odeur que les gens dans les champs de cannes à sucre.
Il demanda à Calfou et Guédé l'autorisation de continuer et il n'y eut pas plus de réponse. Enfin, avec le peu de voix qu'il parvint à tirer du sable rugueux qui fermait sa gorge, il demanda quel était le chemin pour continuer. Il sentit qu'on le prenait par les bras.

Gambo se réveilla bien plus tard dans l'obscurité. Il voulut se lever, mais toutes les fibres de son corps lui faisaient mal et il ne put bouger. Une plainte lui échappa, il referma les yeux et plongea dans le monde des mystères, dont il entrait et sortait sans volonté, parfois recroquevillé par la souffrance, flottant d'autres fois dans un espace obscur et profond comme le firmament par une nuit sans lune. Peu à peu il reprit conscience, enveloppé de brume, engourdi. Il resta immobile et silencieux, accommodant le regard pour voir dans la pénombre. Ni lune ni étoiles, aucun murmure de brise, silence, froid. Il ne put se souvenir que de la lance du croisement. À ce moment, il perçut une lueur vacillante qui se déplaçait à faible distance et peu après une silhouette tenant une petite lampe se pencha sur lui, une voix de femme lui dit quelque chose d'incompréhensible, un bras l'aida à se redres-
ser et une main approcha une calebasse d'eau de ses lèvres. Il

but tout le contenu, désespérément. Il apprit ainsi qu'il était arrivé à destination : il se trouvait dans l'une des grottes sacrées des Arawaks, que les marrons utilisaient comme poste de guet.

Au cours des jours, des semaines et des mois qui suivirent, Gambo découvrirait peu à peu le monde des fugitifs, qui existait dans la même île et le même temps, mais dans une autre dimension, un monde semblable à celui de l'Afrique, mais beaucoup plus primitif et plus misérable ; il entendrait des langues familières et des histoires connues, mangerait la purée de bananes cuites de ses mères, s'assiérait de nouveau près d'un feu pour affûter ses armes de guerre, comme le faisait son père, mais sous d'autres étoiles. Les campements, véritables petits villages, étaient dispersés au plus impénétrable des montagnes, des milliers et des milliers d'hommes et de femmes échappés de l'esclavage et leurs enfants, nés libres. Ils vivaient sur la défensive et se méfiaient des esclaves enfuis des plantations, parce qu'ils pouvaient les trahir, mais Tante Rose leur avait fait savoir, grâce à de mystérieux intermédiaires, que Gambo était en chemin. Sur les vingt fugitifs de Saint-Lazare, seuls six arrivèrent au croisement et deux d'entre eux étaient si grièvement blessés qu'ils ne survécurent pas. Cela confirma alors ce que Gambo soupçonnait : que Tante Rose servait de contact entre les esclaves et les bandes de marrons. Aucun supplice n'avait arraché le nom de Tante Rose aux hommes que Cambray avait repris.

La conspiration

Huit mois plus tard, dans la Grand-Case de l'*habitation* Saint-Lazare, Eugenia García del Solar rendit l'âme dans la plus grande discrétion. Âgée de trente et un ans, elle en avait passé sept déséquilibrée et quatre dans le demi-sommeil de l'opium. Ce matin-là, son infirmière resta endormie et ce fut Tété, venue comme d'habitude lui donner sa bouillie et lui faire sa toilette, qui la trouva recroquevillée comme un nouveau-né au milieu de ses coussins. Sa maîtresse souriait et, dans le contentement de mourir, elle avait retrouvé une certaine beauté et un air de jeunesse. Tété fut la seule qui la regretta, car elle s'était tant occupée d'elle qu'elle avait fini par l'aimer vraiment. Elle la lava, l'habilla, la peigna pour la dernière fois, puis elle posa le missel entre ses mains croisées sur sa poitrine. Elle rangea le chapelet bénit dans la bourse en peau de chamois, l'héritage que sa maîtresse lui avait laissé, et elle le suspendit à son cou, sous son corsage. Avant de lui faire ses adieux, elle lui enleva une petite médaille en or avec l'image de la Vierge qu'Eugenia portait toujours, pour la donner à Maurice. Puis elle alla appeler Valmorain.

Le petit Maurice ne se rendit pas compte de la mort de sa mère parce qu'il y avait des mois que « la dame malade » était recluse, et on l'empêcha de voir le corps. Tandis qu'on sortait de la maison le cercueil en noyer orné de rivures d'argent,

178

que son père avait acheté en contrebande à un Américain à l'époque où elle avait tenté de se suicider, Maurice se trouvait dans la cour avec Rosette, improvisant un enterrement pour un chat mort. Il n'avait jamais assisté à des rites de cette sorte, mais son imagination fertile lui permit d'enterrer l'animal avec plus de sentiment et de solennité que n'en eut sa mère.

Rosette était audacieuse et précoce. Elle se traînait par terre avec une étonnante agilité sur ses genoux grassouillets, suivie de Maurice qui ne la quittait pas un instant des yeux. Tété fit fermer les coffres et les meubles où elle pouvait se pincer les doigts, et bloquer les accès à la galerie avec du grillage de poulailler pour l'empêcher de rouler au-dehors. Elle se résigna aux souris et aux scorpions, car sa fille pouvait approcher le nez du piment fatidique, ce qui ne serait jamais venu à l'idée de Maurice, bien plus prudent. C'était une fillette ravissante. Sa mère l'admettait avec regret, parce que la beauté était un malheur pour une esclave, à qui l'invisibilité convenait bien mieux. Tété, qui à dix ans avait tellement rêvé d'être comme Violette Boisier, constata émerveillée que, par un tour d'illusionnisme du destin, Rosette ressemblait à cette femme si belle, avec ses cheveux ondulés et son séduisant sourire à fossettes. Dans la classification raciale compliquée de l'île, c'était une quarteronne, fille d'un Blanc et d'une mulâtresse, et sa couleur était plus proche de celle de son père que de sa mère. À cet âge, Rosette marmottait un charabia qui ressemblait à la langue des renégats, que Maurice traduisait sans difficulté. Le garçon lui passait ses caprices avec une patience de grand-père, laquelle se transforma ensuite en une tendresse attentionnée qui marquerait leurs vies. Il serait son seul ami, la consolerait de ses peines et lui apprendrait l'indispensable, depuis éviter les chiens méchants aux lettres de l'alphabet, mais cela, plus tard. Ce qu'il lui montra d'essentiel dès le début, c'est le chemin menant tout droit au cœur de son père. Maurice fit ce que Tété n'aurait pas osé faire : il imposa la fillette à Toulouse Valmorain de façon irrémédiable. Le maître cessa de la considérer comme l'une de ses propriétés et il se mit à chercher dans ses traits et dans son caractère quelque chose de lui-même. Il ne le trouva pas, mais il lui porta en tout cas cette tendresse tolérante qu'inspirent les mascottes et lui permit de rester dans la Grand-Case, au lieu de l'envoyer vivre dans le quartier des esclaves. À la différence de sa mère, dont le sérieux constituait presque un défaut, Rosette était bavarde et séductrice, un tourbillon d'activité qui égayait la maison, le meilleur antidote à la totale incertitude de ces années-là.

Lorsque la France eut dissous l'Assemblée coloniale de Saint-Domingue, les patriotes, comme on désignait les colons monarchistes, refusèrent de se soumettre aux autorités de Paris. Après avoir passé tant de temps isolé dans sa plantation, Valmorain se mit à comploter avec ses pairs. Comme il se rendait fréquemment au Cap, il loua la maison meublée d'un riche commerçant portugais qui était retourné provisoirement dans son pays. Elle se trouvait près du port et était pratique pour lui, mais il voulait bientôt acheter une maison avec l'aide de l'agent qui négociait sa production de sucre, ce même vieux juif d'une extrême honnêteté qui avait servi son père.

C'est Valmorain qui prit l'initiative d'entretiens secrets avec les Anglais. Dans sa jeunesse, il avait connu un marin qui commandait à présent la flotte britannique dans les Caraïbes, et dont les instructions étaient d'intervenir dans la colonie française dès que l'occasion se présenterait. À cette époque, les affrontements entre Blancs et mulâtres avaient atteint une violence inconcevable, et les Noirs profitaient du chaos pour se révolter, d'abord dans l'ouest de l'île, puis dans le nord, à Limbé. Les patriotes suivaient les événements avec une grande attention, attendant avec impatience le moment favorable pour trahir le gouvernement français.

Cela faisait un mois que Valmorain était installé au Cap avec Tété, les enfants et le cercueil d'Eugenia. Il se déplaçait toujours avec son fils et, à son tour, Maurice n'allait nulle part sans Rosette et Tété. La situation politique était trop instable pour se séparer de l'enfant et il ne voulait pas non plus laisser Tété à la merci de Prosper Cambray, qui gardait toujours un œil sur elle et avait même voulu l'acheter. Valmorain supposait que dans sa situation un autre la lui aurait vendue pour le satisfaire et, en même temps, se débarrasser d'une esclave qui ne l'excitait plus, mais Maurice l'aimait comme une mère. Cette affaire s'était en outre transformée en une lutte muette de volontés entre lui et le gérant. Au cours de ces semaines, il avait participé aux réunions politiques des patriotes, qui se tenaient chez lui dans une atmosphère de secret et de conspiration, bien qu'en réalité personne ne les espionnât. Il projetait de chercher un précepteur pour Maurice, qui vivait depuis bientôt cinq ans à l'état sauvage. Il devait lui donner les rudiments d'éducation qui lui permettraient d'être plus tard pensionnaire dans un collège en France. Tété priait pour que ce moment n'arrivât jamais, convaincue que loin d'elle et de Rosette Maurice mourrait. Il devait aussi prendre des dispositions au sujet d'Eugenia. Les enfants s'habituèrent au cercueil en travers des couloirs, et acceptèrent avec naturel qu'il contenait les restes mortels de la dame malade. Ils ne posèrent pas de questions sur ce qu'étaient exactement les restes mortels, évitant à Tété de devoir expliquer quelque chose qui aurait de nouveau donné des cauchemars à Maurice, mais lorsque Valmorain les surprit en train d'essayer de l'ouvrir à l'aide d'un couteau de cuisine, il comprit qu'il était temps de prendre une décision. Il ordonna à son agent de l'expédier au cimetière des sœurs à Cuba, où Sancho avait acheté un caveau, car Eugenia lui avait fait jurer de ne pas l'enterrer à Saint-Domingue, où ses os pouvaient finir dans un tambour de nègres. L'agent pensait profiter d'un bateau qui allait dans cette direction pour envoyer le cercueil et, en attendant, il le mit debout dans un coin de la boutique, où il resta oublié jusqu'à ce que, deux ans plus tard, les flammes le consument.

Soulèvement dans le Nord

À la plantation, Prosper Cambray fut réveillé au lever du jour par un incendie dans l'un des champs et les cris des esclaves, dont beaucoup ne savaient pas ce qui se passait, car ils n'avaient pas été mis dans le secret du soulèvement. Cambray profita de la confusion générale pour cerner le secteur des logements et soumettre les gens, qui n'eurent pas le temps de réagir. Les domestiques ne participèrent à rien, ils restèrent rassemblés autour de la Grand-Case, s'attendant au pire. Cambray ordonna d'enfermer les femmes et les enfants et il dirigea lui-même la purge parmi les hommes. Il n'y eut pas grand-chose à déplorer, l'incendie fut rapidement maîtrisé, seuls brûlèrent deux *carrés* de cannes sèches ; ce fut beaucoup plus grave dans d'autres plantations du Nord. Lorsque les premiers détachements de la Maréchaussée arrivèrent, avec pour mission de rétablir l'ordre dans le secteur, Prosper Cambray se contenta de lui remettre ceux qu'il considérait comme suspects. Il aurait préféré s'en occuper personnellement, mais l'idée était de coordonner les efforts et d'écraser la révolte à la racine. Ils furent emmenés au Cap pour leur arracher les noms des meneurs.

Le gérant ne se rendit compte de la disparition de Tante Rose que le lendemain, lorsqu'il fallut commencer à soigner ceux qui avaient subi le fouet à Saint-Lazare.

Pendant ce temps, au Cap, Violette Boisier et Loula achevaient d'empaqueter les biens de la famille qu'elles déposèrent dans un entrepôt du port en attendant le bateau qui les emmènerait en France. Enfin, au bout de près de dix ans d'attente, de travail, d'épargne, d'usure et de patience, le plan conçu par Étienne Relais dans les premiers temps de sa liaison avec Violette allait se réaliser. Ils commençaient à faire leurs adieux à leurs amis lorsque le militaire fut convoqué au bureau du gouverneur, le vicomte de Blanchelande ; l'édifice n'était pas aussi luxueux que l'intendance, il avait l'austérité d'une caserne et sentait le cuir et le métal. Le vicomte était un homme d'âge mûr, ayant une impressionnante carrière militaire derrière lui : il avait été maréchal de camp et gouverneur de Trinidad avant d'être envoyé à Saint-Domingue. Il venait d'arriver et commençait à prendre le pouls de la colonie ; il ne savait pas qu'une révolution se préparait dans les faubourgs de la ville. Il avait des lettres de créance de l'Assemblée nationale à Paris, dont les capricieux délégués pouvaient lui retirer leur confiance avec la même promptitude qu'ils la lui avaient accordée. Son origine noble et sa fortune pesaient contre lui parmi les groupes les plus radicaux, les jacobins, qui voulaient en finir avec tout vestige du régime monarchiste. Étienne Relais fut conduit au bureau du vicomte à travers plusieurs salles presque nues, ornées de sombres tableaux de batailles populaires noircis par la suie des lampes. Le gouverneur, en civil et sans perruque, disparaissait derrière une rustique table de caserne, marquée par de nombreuses années de service. Derrière lui pendait le drapeau français couronné de l'écusson de la Révolution, et à sa gauche, sur un autre mur, était déployée une carte prétentieuse des Antilles, illustrée de monstres marins et de galions antiques.

« Lieutenant-colonel Étienne Relais, du régiment du Cap, se présenta l'officier en uniforme de gala et avec toutes ses décorations, se sentant ridicule devant la simplicité de son supérieur.

— Asseyez-vous, lieutenant-colonel, je suppose que vous voulez un café», soupira le vicomte, qui semblait avoir passé une mauvaise nuit.

Il sortit de derrière la table et le conduisit vers deux vieux fauteuils en cuir. Aussitôt surgit du néant un ordonnance suivi de trois esclaves, quatre personnes pour deux petites tasses : l'un des esclaves portait le plateau, un autre versait le café et le troisième offrait le sucre. Après avoir servi, les esclaves se retirèrent à reculons, mais l'ordonnance se mit au garde-à-vous entre les deux fauteuils. Le gouverneur était un homme de taille moyenne, mince, avec de profondes rides et de rares cheveux gris. De près, il avait l'air beaucoup moins impressionnant qu'à cheval, portant un chapeau à plumes, couvert de médailles et l'écharpe de sa charge lui barrant la poitrine. Relais était très mal à l'aise au bord du fauteuil, tenant avec maladresse la tasse de porcelaine qu'un souffle pouvait réduire en miettes. Il n'avait pas l'habitude de faire abstraction de la rigide étiquette militaire imposée par le rang.

«Vous devez vous demander pourquoi je vous ai convoqué, lieutenant-colonel Relais, dit Blanchelande en remuant le sucre dans son café. Que pensez-vous de la situation à Saint-Domingue ?

— Ce que j'en pense ? répéta Relais, déconcerté.

— Il y a des colons qui veulent leur indépendance et nous avons une flottille anglaise visible du port, prête à les aider. L'Angleterre ne demande pas mieux que d'annexer Saint-Domingue ! Vous savez sans doute de qui je veux parler, vous pouvez me donner les noms des séditieux.

— Cette liste compterait environ quinze mille personnes, maréchal : tous les propriétaires et les gens qui ont de l'argent, blancs comme *affranchis*.

— C'est ce que je craignais. Je n'ai pas assez de troupes pour défendre la colonie et faire respecter les nouvelles lois françaises. Je serai franc avec vous : certains décrets me paraissent absurdes, comme celui du 15 mai qui donne des droits politiques aux mulâtres.

— Il ne concerne que les *affranchis* fils de parents libres et propriétaires terriens, moins de quatre cents hommes.

— Là n'est pas le sujet ! l'interrompit le vicomte. Le sujet est que les Blancs n'accepteront jamais l'égalité avec les mulâtres et je ne le leur reproche pas. Cela déstabilise la colonie. Rien n'est clair dans la politique de la France et nous, nous subissons les conséquences du désastre ; les décrets changent chaque jour, lieutenant-colonel. Un bateau m'apporte des instructions et le bateau suivant m'apporte le contrordre.

— Et il y a le problème des esclaves rebelles, ajouta Relais.

— Ah ! les nègres… Je ne peux pas m'occuper de cela maintenant. La rébellion de Limbé a été écrasée et bientôt nous aurons les meneurs.

— Aucun des prisonniers n'a révélé de noms, monsieur. Ils ne parleront pas.

— Nous verrons bien. La Maréchaussée sait gérer ce genre de choses.

— Avec tout mon respect, maréchal, je crois que cela mérite votre attention, insista Étienne Relais en posant sa tasse sur une table basse. La situation de Saint-Domingue est différente de celle des autres colonies. Ici les esclaves n'ont jamais accepté leur sort, ils se sont soulevés à maintes reprises depuis près d'un siècle, des dizaines de milliers de marrons se cachent dans les montagnes. Actuellement, nous avons cinq cent mille esclaves. Ils savent que la République a aboli l'esclavage en France et ils sont prêts à lutter pour obtenir la même chose ici. La Maréchaussée ne pourra pas les contrôler.

— Proposez-vous que nous utilisions l'armée contre les nègres, lieutenant-colonel ?

— Il faudra utiliser l'armée pour imposer l'ordre, monsieur le maréchal.

— Comment voulez-vous que nous fassions ? On m'envoie le dixième des soldats que je demande, et dès qu'ils mettent pied à terre ils tombent malades. C'est à cela que je voulais en venir, lieutenant-colonel Relais : je ne peux accepter en ce moment que vous preniez votre retraite. »

Étienne se leva, très pâle. Le gouverneur l'imita et tous les deux se mesurèrent du regard pendant quelques secondes.

« Monsieur le maréchal, je suis entré dans l'armée à dix-sept ans, j'ai servi pendant trente-cinq ans, j'ai été blessé six fois et j'ai cinquante et un ans, dit Relais.

— J'en ai cinquante-cinq et moi aussi je voudrais me retirer dans ma propriété de Dijon, mais la France a besoin de moi, comme elle a besoin de vous, répliqua sèchement le vicomte.

— Ma retraite a été signée par votre prédécesseur, le gouverneur de Peinier. Je n'ai plus de maison, monsieur, je suis avec ma famille dans une pension, prêt à embarquer sur la goélette *Marie-Thérèse*, jeudi prochain. »

Les yeux bleus de Blanchelande se plantèrent dans ceux du lieutenant-colonel, qui finit par baisser les siens et se mit au garde-à-vous.

« À vos ordres, gouverneur », accepta Relais, vaincu.

Blanchelande soupira de nouveau et se frotta les yeux, épuisé, puis il fit signe à l'ordonnance d'appeler son secrétaire et se dirigea vers la table.

« Ne vous inquiétez pas, le gouvernement vous trouvera une maison, lieutenant-colonel Relais. Venez ici maintenant et montrez-moi sur la carte les endroits les plus vulnérables de l'île. Personne ne connaît le terrain mieux que vous. »

Zarité

C'est ainsi qu'on me l'a raconté. C'est ainsi que ça s'est passé à Bois-Caïman. C'est ainsi que c'est écrit dans la légende du lieu qu'on appelle aujourd'hui Haïti, la première république indépendante des Noirs. Je ne sais pas ce que cela signifie, mais ce doit être important, parce que les Noirs le disent avec des applaudissements et les Blancs avec rage. Bois-Caïman se trouve dans le Nord, près des grandes plaines, sur le chemin du Cap, à plusieurs heures de distance de l'habitation Saint-Lazare. C'est une forêt immense, un lieu de croisements et d'arbres sacrés où habite Dambala sous sa forme de serpent, loa des sources et des fleuves, gardien de la forêt. À Bois-Caïman vivent les esprits de la nature et des esclaves morts qui n'ont pas trouvé le chemin de la Guinée. Cette nuit-là sont aussi arrivés dans la forêt d'autres esprits qui étaient bien installés parmi les Morts et les Mystères, mais ils sont venus prêts à combattre, parce qu'on les avait appelés. Il y avait une armée de centaines de milliers d'esprits qui luttaient à côté des Noirs, c'est pour cela qu'ils ont fini par vaincre les Blancs. Nous sommes tous d'accord là-dessus, y compris les soldats français, qui ont senti leur fureur. Le maître Valmorain, qui ne croyait pas à ce qu'il ne comprenait pas, et comme il ne comprenait pas grand-chose il ne croyait à rien, a été lui aussi convaincu que les morts aidaient les rebelles. Cela expliquait qu'ils aient pu vaincre la meilleure armée d'Europe, comme il disait. La rencontre des esclaves à Bois-Caïman a eu lieu à la mi-août, par une nuit chaude, trempée de la sueur de la terre et des hommes. Comment le bruit a-t-il couru ? On dit que ce

187

sont les tambours qui ont porté le message de calenda en calenda, de hounfort en hounfort, d'ajoupa en ajoupa ; le son des tambours voyage plus loin et plus vite que le bruit d'un orage, et tous connaissaient leur langue. Les esclaves sont venus des plantations du Nord, bien que les maîtres et la Maréchaussée soient sur le qui-vive depuis le soulèvement de Limbé, qui avait eu lieu quelques jours plus tôt. Ils avaient pris plusieurs rebelles vivants et on supposait qu'ils leur avaient arraché des informations, personne ne supporte la torture sans avouer dans les cachots du Cap. En quelques heures, les marrons ont déplacé leurs campements sur les plus hauts sommets pour éviter les cavaliers de la Maréchaussée, et ils ont hâté l'assemblée à Bois-Caïman. Ils ne savaient pas qu'aucun des prisonniers n'avait parlé et qu'ils ne parleraient pas.

Des milliers de marrons sont descendus des montagnes. Gambo est arrivé avec le groupe de Zamba Boukman, un géant qui inspirait un double respect parce qu'il était chef de guerre et houngan. Depuis un an et demi qu'il était libre, Gambo avait atteint sa taille d'homme, il avait les épaules larges, des jambes infatigables et une machette pour tuer. Il avait gagné la confiance de Boukman. Il s'introduisait dans les plantations pour voler de la nourriture, des outils, des armes et des animaux, mais il n'a jamais essayé de venir me voir. C'était risqué. Des nouvelles de lui m'arrivaient par Tante Rose. Ma marraine ne me précisait pas comment elle recevait les messages et j'en suis venue à penser qu'elle les inventait pour me rassurer, parce qu'à cette époque mon besoin d'être avec Gambo était revenu, aussi brûlant que des charbons ardents. « Donne-moi un remède contre cet amour, Tante Rose. » Mais il n'y a pas de remèdes contre cela. Je me couchais épuisée par les besognes de la journée, avec un enfant de chaque côté, mais je ne pouvais m'endormir. Pendant des heures, j'écoutais la respiration agitée de Maurice et le ronronnement de Rosette, les bruits de la maison, l'aboiement des chiens, le coassement des grenouilles, le chant des coqs, et quand enfin je m'endormais, c'était comme m'enfoncer dans la mélasse. Je dis cela avec honte : parfois, lorsque je couchais avec le maître, j'imaginais que j'étais avec Gambo. Je me mordais les lèvres pour ne pas prononcer son nom, et dans l'espace obscur de mes yeux clos j'imaginais que l'odeur d'alcool du Blanc était l'haleine de vert pâturage de Gambo, dont les dents n'étaient

188

pas encore pourries d'avoir mangé du mauvais poisson, que l'homme velu et lourd qui haletait au-dessus de moi était Gambo, mince et agile, avec sa peau jeune zébrée de cicatrices, ses lèvres douces, sa langue curieuse, sa voix qui murmurait. Alors mon corps s'ouvrait et ondulait au souvenir du plaisir. Le maître me donnait ensuite une tape sur les fesses et riait, satisfait, alors mon ti-bon-ange revenait dans ce lit et à cet homme, j'ouvrais les yeux et je prenais conscience de l'endroit où je me trouvais. Je me précipitais dans la cour et je me lavais rageusement avant d'aller me coucher avec les enfants.

Les gens ont marché des heures et des heures avant d'arriver à Bois-Caïman, certains sont sortis de leurs plantations pendant la journée, d'autres sont venus des criques de la côte, tous sont arrivés à la nuit noire. On dit qu'une bande de marrons a voyagé depuis Port-au-Prince, mais c'est très loin et je n'y crois pas. La forêt était remplie : hommes et femmes se glissaient furtivement entre les arbres dans un silence complet, mêlés aux morts et aux ombres, mais lorsqu'ils ont senti dans leurs pieds la vibration des premiers tambours, ils se sont animés, ils ont pressé le pas, parlant en murmures puis en cris, se saluant, se nommant. La forêt s'est éclairée de torches. Certains connaissaient le chemin et ils ont guidé les autres vers la grande clairière que Boukman, le houngan, avait choisie. Un collier de feux et de torches éclairait le hounfort. Les hommes avaient préparé le poteau-mitan sacré, un grand et gros tronc, car il fallait que le chemin soit large pour les loas. Une longue file de jeunes filles vêtues de blanc, les hounsis, sont arrivées, escortant Tante Rose également vêtue de blanc, qui portait l'asson de la cérémonie. Les gens s'inclinaient pour toucher le bord de sa jupe ou les bracelets qui tintaient à ses bras. Elle avait rajeuni, car Erzulie l'accompagnait depuis qu'elle avait quitté l'habitation Saint-Lazare : elle était devenue infatigable pour se déplacer d'un côté et d'autre sans bâton, et invisible pour que la Maréchaussée ne la trouve pas. Les tambours en demi-cercle appelaient, tam tam tam. La foule se rassemblait par groupes, commentant les nouvelles de Limbé et la souffrance des prisonniers au Cap. Boukman a pris la parole pour invoquer le dieu suprême, Papa Bondye, et lui deman-der de les mener à la victoire. Il a crié : « Écoutez la liberté qui parle à

189

notre cœur!» et les esclaves ont répondu par une clameur qui a secoué toute l'île. C'est ainsi qu'on me l'a raconté.

Les tambours ont commencé à parler et à se répondre, à marquer le rythme pour la cérémonie. Les hounsis ont dansé autour du poteau-mitan en bougeant comme des flamants, se baissant, se relevant, le cou ondulant, les bras levés, et elles ont chanté en appelant les loas, d'abord Lêgba, comme on le fait toujours, puis les autres un à un. La mambo, Tante Rose, a tracé le vévé autour du pilier sacré avec un mélange de farine, pour nourrir les loas, et de cendres, pour honorer les morts. Les tambours ont augmenté leur pression, le rythme s'est accéléré et la forêt tout entière palpitait, des racines les plus profondes aux étoiles les plus lointaines. Alors Ogoun est descendu avec un esprit de guerre, Ogoun Ferraille, dieu viril des armes, agressif, irrité, dangereux, et Erzulie a lâché Tante Rose pour laisser la place à Ogoun, qui l'a chevauchée. Tous ont vu la transformation. Tante Rose s'est dressée, bien droite, du double de sa taille, sans sa claudication ni toutes ses années sur le dos, les yeux blancs, elle a fait un bond incroyable et elle a atterri sur ses pieds à trois mètres de distance, devant l'un des feux. De la bouche d'Ogoun est sorti un mugissement de tonnerre et le loa a dansé en s'élevant du sol, tombant et rebondissant comme une balle, avec la force des loas, accompagné par le fracas des tambours. Deux hommes se sont approchés, les plus vaillants, pour lui donner du sucre et le calmer, mais le loa les a attrapés comme des pantins et il les a projetés au loin. Il était venu remettre un message de guerre, de justice et de sang. Avec ses doigts, Ogoun a pris un charbon ardent, il l'a introduit dans sa bouche, a fait un tour complet en suçant le feu, puis il l'a craché sans se brûler les lèvres. Aussitôt il a pris un grand couteau à l'homme le plus proche, a laissé l'asson par terre, s'est dirigé vers le cochon noir du sacrifice attaché à un arbre et de son bras de guerrier l'a décapité d'un seul coup, séparant la grosse tête du tronc et s'inondant de son sang. À ce moment-là, beaucoup de serviteurs avaient été chevauchés et la forêt s'est emplie d'Invisibles, de Morts et de Mystères, de loas et d'esprits mêlés aux humains, tous en transe, chantant, dansant, sautant et se roulant à terre au son des tambours, marchant sur les braises ardentes, léchant des lames de couteau chauffées au rouge et mangeant des piments piquants par poignées. L'air de la nuit était lourd, comme chargé d'une terrible tempête, mais il n'y avait pas le moindre souffle de vent. Les torches éclairaient comme en plein jour, mais la Maréchaussée qui faisait sa ronde à proximité ne les a pas vues. C'est ainsi qu'on me l'a raconté.

Un long moment après, alors que l'immense foule frissonnait comme une seule personne, Ogoun a lancé un rugissement de lion pour imposer le silence. Alors tous les tambours se sont tus, tous sauf la mambo sont redevenus eux-mêmes et les loas se sont retirés au sommet des arbres. Ogoun Ferraille a levé l'asson vers le ciel et la voix du loa le plus puissant a éclaté dans la bouche de Tante Rose pour exiger la fin de l'esclavage, appeler à la rébellion totale et nommer les chefs : Boukman, Jean-François, Jeannot, Boisseau, Célestin et quelques autres. Elle n'a pas nommé Toussaint, parce que cette nuit-là l'homme qui allait devenir l'âme des rebelles se trouvait dans la plantation de Bréda, où il servait comme cocher. Il n'a rejoint la rébellion que quelques semaines plus tard, après avoir mis à l'abri toute la famille de son maître. Je n'ai entendu le nom de Toussaint qu'un an plus tard.

Voilà ce qu'a été le début de la révolution. Bien des années ont passé, le sang continue à couler et à détremper la terre d'Haïti, mais je ne suis plus là pour pleurer.

La vengeance

Dès qu'il eut vent du soulèvement des esclaves et de l'histoire des prisonniers de Limbé, morts sans avoir été confessés, Toulouse Valmorain ordonna à Tété de préparer rapidement le retour à Saint-Lazare, ignorant les avertissements de tout le monde, en particulier du docteur Parmentier, sur le danger que couraient les Blancs dans les plantations. « N'exagérez pas, docteur. Les Noirs ont toujours été rebelles. Prosper Cambray les tient sous son contrôle », répliqua Valmorain avec emphase, bien qu'il eût des doutes. Tandis que l'écho des tambours résonnait dans le Nord, appelant les esclaves à l'assemblée de Bois-Caïman, la voiture de Valmorain, protégée par une escorte renforcée, se dirigeait au trot vers la plantation. Ils arrivèrent dans un nuage de poussière, suffocants, anxieux, les enfants défaillants et Tété engourdie par le ballottement du véhicule. Le maître sauta de la voiture et s'enferma avec le gérant dans le bureau pour entendre son rapport sur les pertes, qui en réalité étaient minimes, puis il s'en alla parcourir la propriété et rencontrer les esclaves qui d'après Cambray s'étaient mutinés, mais pas au point de les livrer à la Maréchaussée comme il l'avait fait avec d'autres. C'était le genre de situation qui mettait Valmorain mal à l'aise et qui ces derniers temps se répétait souvent. Le gérant défendait les intérêts de Saint-Lazare mieux que le propriétaire, il agissait

192

avec fermeté et sans prendre de gants, alors que lui hésitait, peu disposé à se salir les mains de sang. Une fois de plus il montrait son ineptie. Cela faisait vingt et quelques années qu'il vivait dans la colonie, mais il ne s'était pas adapté, il avait toujours l'impression d'être de passage, et son fardeau le plus désagréable était les esclaves. Il se sentait dans l'incapacité de donner l'ordre de rôtir un homme à feu lent, bien que la mesure parût indispensable à Cambray. Son argument devant le gérant et les *Grands Blancs*, car il avait dû se justifier plus d'une fois, c'était que la cruauté s'avérait inefficace, les esclaves sabotaient ce qu'ils pouvaient, depuis le fil des couteaux jusqu'à leur propre santé, ils se suicidaient ou mangeaient de la charogne et s'affaiblissaient dans les vomissements et la merde, extrémités qu'il tentait d'éviter. Il se demandait si ses considérations servaient à quelque chose, ou s'il était aussi haï que Lacroix. Peut-être Parmentier avait-il raison et la violence, la peur, la haine étaient-elles inhérentes à l'esclavage, mais un planteur ne pouvait se donner le luxe d'avoir des scrupules. Dans les rares occasions où il se couchait sobre, il ne parvenait pas à dormir, tourmenté par des visions. La fortune de sa famille, commencée par son père et multipliée plusieurs fois par lui-même, était ensanglantée. À la différence des autres *Grands Blancs*, il ne pouvait ignorer les voix qui s'élevaient en Europe et en Amérique pour dénoncer l'enfer des plantations des Antilles.

À la fin du mois de septembre, la rébellion s'était généralisée dans le Nord, les esclaves fuyaient en masse et mettaient le feu à tout avant de partir. Il manquait des bras dans les champs et les planteurs ne voulaient pas continuer à acheter des esclaves qui s'enfuyaient à la première inattention. Le marché aux nègres du Cap était quasiment paralysé. Prosper Cambray doubla le nombre des *commandeurs*, il renforça la surveillance et la discipline, tandis que Valmorain succombait à la férocité de son employé sans intervenir. À Saint-Lazare, personne ne dormait tranquille. La vie, qui n'avait jamais été oisive, ne fut plus qu'effort et souffrance. On supprima les *calendas* et des heures de repos, mais avec la chaleur insupportable de la mi-journée le rendement était nul. Depuis que Tante Rose avait disparu, il n'y avait personne pour soigner, donner des conseils ou une aide spirituelle. Le seul satisfait de l'absence de la *mambo* était Prosper Cambray, qui n'avait rien fait pour la retrouver, parce que plus cette sorcière capable de changer un mortel en zombi était loin, mieux ça valait. À quelle autre fin collectait-elle la poussière des tombeaux, le foie du poisson ballon, les crapauds et les plantes vénéneuses si ce n'était pour ces aberrations ? Voilà pourquoi le gérant n'enlevait jamais ses bottes. Ils mettaient du verre pilé sur le sol, le venin entrait par les blessures dans la plante des pieds et, la nuit suivant les funérailles, ils déterraient le cadavre changé en zombi et le ressuscitaient par une raclée monumentale. « Je suppose que tu ne crois pas à ces balivernes ! » dit Valmorain en riant un jour qu'ils parlaient de cela. « Croire, non, monsieur ; mais les zombis existent, c'est sûr », répondit le gérant.

À Saint-Lazare, comme dans le reste de l'île, on vivait une période d'attente. Tété écoutait les rumeurs répétées par son maître ou chez les esclaves, mais sans Tante Rose elle ne savait plus les interpréter. La plantation s'était refermée sur elle-même, comme un poing. Les journées étaient pesantes et les nuits semblaient ne jamais finir. On regrettait même la folle. La mort d'Eugenia avait laissé un vide, il y avait trop d'heures et d'espace, la maison paraissait immense et même l'agitation des enfants ne pouvait la remplir. Dans la fragilité de cette époque, les règles se relâchèrent et les distances se réduisirent. Valmorain s'accoutuma à la présence de Rosette et finit par tolérer la familiarité à son égard. Elle ne l'appelait pas maître, mais monsieur, qu'elle prononçait comme un miaulement de chat. « Quand je serai grand, je me marierai avec Rosette », disait Maurice. On aurait bien le temps de mettre les choses au point, pensait son père. Tété essaya d'inculquer aux enfants la différence fondamentale entre les deux : Maurice avait des privilèges interdits à Rosette, comme par exemple entrer dans une pièce sans autorisation ou s'asseoir sur les genoux du maître sans y être invité. Le petit était en âge d'exiger des explications et Tété répondait toujours à ses questions en lui disant la vérité. « Parce que tu es le fils légitime du maître, tu es un garçon, blanc, libre et riche, mais pas Rosette. » Loin de le satisfaire, cela provoquait chez Maurice des crises de larmes. « Pourquoi ? Pourquoi ? » répétait-il entre deux sanglots. « Parce que la vie est ainsi faite, mon enfant. Viens ici que je te mouche », répliquait Tété. Valmorain considérait que son fils avait largement l'âge de dormir seul, mais chaque fois qu'il essayait de l'y obliger, celui-ci trépignait et avait de la fièvre. Il continua à dormir avec Tété et Rosette en attendant que la situation se normalisât, comme l'avertit son père, mais le climat de tension dans l'île était loin de se calmer.

Un après-midi arrivèrent plusieurs miliciens qui parcouraient le Nord en essayant de contrôler l'anarchie, et avec eux Parmentier. Le docteur voyageait rarement hors du Cap, en raison des dangers du chemin et de ses devoirs vis-à-vis des soldats français qui agonisaient dans son hôpital. Il y avait eu une vague de fièvre jaune dans l'une des casernes, qui avait pu être maîtrisée avant de devenir une épidémie, mais la malaria, le choléra et la dengue causaient des ravages. Parmentier s'était joint aux miliciens, seule façon de voyager avec quelque sécurité, moins pour rendre visite à Valmorain, qu'il voyait souvent au Cap, que pour consulter Tante Rose. Il fut déçu d'apprendre la disparition de son professeur. Valmorain offrit l'hospitalité à son ami ainsi qu'aux miliciens, couverts de poussière, assoiffés, exténués. Pendant deux ou trois jours, la Grand-Case se remplit d'activités, de voix masculines et même de musique, car plusieurs hommes jouaient des instruments à cordes. On utilisa enfin ceux que Violette avait achetés par caprice lorsqu'elle avait décoré la maison, treize ans plus tôt ; ils étaient désaccordés, mais pouvaient servir. Valmorain fit venir plusieurs esclaves doués pour les tambours et une fête fut organisée. Tante Mathilde vida la réserve de son meilleur contenu et elle prépara des tartes aux fruits ainsi que des plats *créoles* compliqués, gras et pimentés, qu'elle n'avait pas confectionnés depuis longtemps. Prosper Cambray se chargea de rôtir un agneau, parmi les rares qui restaient, car ils disparaissaient mystérieusement. Les cochons aussi se volatilisaient, et comme il était impossible aux marrons de voler ces gros animaux sans la complicité des esclaves de la plantation, lorsqu'il en manquait un Cambray prenait dix Noirs au hasard et il les faisait fouetter ; quelqu'un devait payer pour la faute. Au cours de ces mois, le gérant, investi de plus de pouvoir que jamais auparavant, agissait comme s'il était le véritable maître de Saint-Lazare et son insolence avec Tété, de plus en plus effrontée, était sa manière de défier son patron, qui manquait de nerf depuis que la rébellion avait éclaté. La visite inattendue des miliciens, tous mulâtres comme lui, accrut son arrogance : il distribuait l'alcool de Valmorain sans le consulter, donnait des ordres péremptoires en sa présence aux domestiques et faisait des plaisanteries à ses dépens. Le docteur Parmentier le constata, de même qu'il constata que Tété et les enfants tremblaient devant le gérant, et il faillit en faire la remarque à son amphitryon, mais l'expérience l'avait rendu réservé. Chaque plantation était un monde à part, avec son propre système de relations, ses secrets et ses vices. Par exemple Rosette, cette fillette à la peau si claire, ne pouvait être que la fille de Valmorain. Et qu'était devenu l'autre enfant de Tété ? Il aurait aimé le savoir, mais il n'osa jamais poser la question à Valmorain ; les relations des Blancs avec leurs esclaves étaient un sujet tabou dans la bonne société.

« Je suppose que vous avez pu apprécier les ravages de la rébellion, docteur, commenta Valmorain. Les bandes ont dévasté la région.

— En effet. En venant ici nous avons vu le nuage de fumée d'un incendie à la plantation Lacroix, lui raconta Parmentier. En nous approchant, nous avons vu que les champs de cannes à sucre brûlaient toujours. Il n'y avait pas âme qui vive. Le silence était effrayant.

— Je sais, docteur, parce que j'ai été parmi les premiers à arriver à l'*habitation* Lacroix après l'attaque, lui expliqua Valmorain. La famille Lacroix au complet, ses contremaîtres et ses domestiques ont été anéantis ; le reste des esclaves a disparu. Nous avons creusé une fosse et enterré les corps de façon provisoire, en attendant que les autorités enquêtent sur ce qui s'est passé. Nous ne pouvions les laisser jetés comme de la charogne. Les nègres ont fait une orgie de sang.

— Ne craignez-vous pas qu'il arrive la même chose ici ? demanda Parmentier.

— Nous sommes armés et sur nos gardes, et j'ai confiance dans la capacité de Cambray, répliqua Valmorain. Mais je vous avoue que je suis très inquiet. Les Noirs se sont acharnés sur Lacroix et sa famille.

— Votre ami Lacroix avait la réputation d'être cruel, l'interrompit le médecin. Cela a encore plus excité les assaillants, mais dans cette guerre personne n'a de considération pour personne, *mon ami*. Il faut se préparer au pire.

— Saviez-vous que l'étendard des rebelles est un enfant blanc embroché sur une baïonnette, docteur ?

— Tout le monde le sait. En France, il y a une réaction d'horreur devant ces faits. Les esclaves ne bénéficient plus d'aucune sympathie à l'Assemblée, même la Société des amis des Noirs se tait, mais ces atrocités sont la réponse logique à celles que nous-mêmes avons perpétrées contre eux.

— Ne nous incluez pas, docteur ! s'exclama Valmorain. Vous et moi n'avons jamais commis ces excès !

— Je ne me réfère à personne en particulier, mais à la norme que nous avons imposée. La revanche des Noirs était inévitable. J'ai honte d'être français, dit Parmentier tristement.

— S'il s'agit de revanche, nous en sommes au point de choisir entre eux et nous. Nous les planteurs, nous défendrons nos terres et nos investissements. D'une façon ou d'une autre, nous récupérerons la colonie. Nous ne resterons pas les bras croisés ! »

Ils ne restaient pas les bras croisés. Les colons, la Maréchaussée, l'armée sortaient chasser et, lorsqu'ils attrapaient un nègre rebelle, ils l'écorchaient vif. Ils importèrent quinze cents chiens de la Jamaïque et deux fois plus de mules de la Martinique, entraînées à grimper les montagnes en tirant des canons.

La terreur

L'une après l'autre, les plantations du Nord se mirent à brûler. L'incendie dura des mois. La nuit, on apercevait la lueur des flammes à Cuba, l'épais nuage de fumée noya Le Cap et, d'après les esclaves, il arriva jusqu'en Guinée. Le lieutenant-colonel Étienne Relais, qui était chargé d'informer le gouverneur sur les pertes, en avait compté plus de deux mille parmi les Blancs fin décembre et, si ses calculs étaient exacts, il y en avait dix mille de plus parmi les Noirs. En France, l'opinion se retourna lorsqu'on connut le sort que couraient les colons de Saint-Domingue, et l'Assemblée nationale annula le récent décret qui accordait des droits politiques aux *affranchis*. Comme le dit Relais à Violette, cette décision manquait totalement de logique, vu que les mulâtres n'avaient rien à voir avec la rébellion, ils étaient les pires ennemis des Noirs et les alliés naturels des *Grands Blancs*, avec lesquels ils avaient tout en commun hormis la couleur. Le gouverneur Blanchelande, dont la sympathie n'allait pas aux républicains, dut utiliser l'armée pour étouffer la révolte des esclaves qui prenait des proportions catastrophiques, et pour intervenir dans le conflit barbare entre Blancs et mulâtres, qui commença à Port-au-Prince. Les *Petits Blancs* entreprirent une tuerie contre les *affranchis* et ceux-ci répondirent en commettant des atrocités pires que celles des Noirs et Blancs

199

confondus. Personne n'était à l'abri. L'île tout entière tremblait sous le grondement d'une haine ancienne qui attendait ce prétexte pour exploser dans les flammes. Au Cap la racaille blanche, excitée par ce qui s'était passé à Port-au-Prince, attaqua les gens de couleur dans les rues ; ils entrèrent dans leurs maisons et les saccagèrent, ils violèrent les femmes, égorgèrent les enfants et pendirent les hommes à leurs propres balcons. On pouvait sentir la puanteur des cadavres jusque dans les bateaux ancrés en dehors du port. Dans une note que Parmentier adressa à Valmorain, il commenta les nouvelles de la ville : « Il n'y a rien d'aussi dangereux que l'impunité, mon ami, car alors les gens deviennent fous et commettent les pires bestialités ; ils sont tous semblables, quelle que soit la couleur de leur peau. Si vous voyiez ce que j'ai vu, vous vous interrogeriez sur la supériorité de la race blanche, dont nous avons parlé tant de fois. »

Effrayé devant ce déchaînement, le docteur demanda audience et se présenta dans le bureau spartiate d'Étienne Relais, qu'il connaissait par son travail à l'hôpital militaire. Il savait qu'il avait épousé une femme de couleur et se montrait avec elle à son bras, se moquant des mauvaises langues, ce que lui-même n'aurait jamais osé faire avec Adèle. Il estima que cet homme comprendrait sa situation mieux que personne et s'apprêta à lui révéler son secret. L'officier l'invita à s'asseoir sur l'unique chaise disponible.

« Veuillez m'excuser d'oser venir vous déranger avec une affaire d'ordre personnel, lieutenant-colonel..., bégaya Parmentier.

— En quoi puis-je vous être utile, docteur ? répondit aimablement Relais, qui devait au docteur la vie de plusieurs de ses subalternes.

— La vérité, c'est que j'ai une famille. Ma femme s'appelle Adèle. Ce n'est pas exactement mon épouse, vous comprenez, n'est-ce pas ? Mais il y a de nombreuses années que nous

200

sommes ensemble et nous avons trois enfants. C'est une *affranchie*.

— Je le savais, docteur, lui dit Relais.

— Comment le saviez-vous ? s'exclama l'autre, déconcerté.

— Mon poste exige que je sois informé et mon épouse, Violette Boisier, connaît Adèle. Elle lui a acheté plusieurs robes.

— Adèle est une excellente couturière, ajouta le docteur.

— Je suppose que vous êtes venu me parler des attaques contre les *affranchis*. Je ne puis vous promettre que la situation s'améliorera bientôt, docteur. Nous essayons de contrôler la population, mais l'armée n'a pas suffisamment de ressources. Je suis très inquiet. Mon épouse n'a pas mis le nez dehors depuis deux semaines.

— J'ai peur pour Adèle et les enfants.

— En ce qui me concerne, je crois que la seule façon de protéger ma famille est de l'envoyer à Cuba jusqu'à ce que la tourmente soit passée. Ils partiront demain en bateau. Je peux offrir la même chose à la vôtre, si vous voulez. Ils voyageront de façon peu confortable, mais le voyage n'est pas long. »

Cette nuit-là, un peloton de soldats escorta les femmes et les enfants jusqu'au bateau. Adèle était une mulâtresse basanée et robuste, sans attrait à première vue, mais d'une douceur et d'une bonne humeur inépuisables. Personne ne pouvait éviter de remarquer la différence entre elle, vêtue comme une domestique et résolue à rester dans l'ombre pour protéger la réputation du père de ses enfants, et la belle Violette avec son port de reine. Elles n'étaient pas de la même classe sociale, plusieurs degrés de couleur les séparaient, ce qui à Saint-Domingue déterminait le sort d'une personne, tout comme le fait que l'une était couturière et l'autre sa cliente ; mais elles s'embrassèrent avec sympathie, car elles allaient affronter ensemble les aléas de l'exil. Loula larmoyait en tenant Jean-Martin par la main. Elle lui avait mis des fétiches catholiques et vaudous sous sa chemise afin que Relais, agnostique résolu, ne les voie pas. L'esclave n'était jamais montée dans un canot, encore moins dans un bateau, et elle était terrifiée à l'idée de s'aventurer sur une mer infestée de requins dans cet amas de bouts de bois mal ficelés avec des voiles qui ressemblaient à des jupons. Tandis que le docteur Parmentier faisait de loin de discrets signes d'adieu à sa famille, Étienne Relais fit devant ses soldats ses adieux à Violette, la seule femme qu'il eût aimée dans sa vie, par un baiser désespéré et le serment qu'ils se retrouveraient très vite. Il ne la reverrait jamais.

Dans le campement de Zamba Boukman, plus personne n'avait faim et les gens commençaient à reprendre des forces : on ne voyait plus les côtes des hommes, les rares enfants qu'il y avait n'étaient pas des squelettes aux ventres gonflés et aux yeux d'outre-tombe, et les femmes se mirent à tomber enceintes. Avant la rébellion, lorsque les marrons vivaient cachés dans les crevasses des montagnes, on calmait la faim en dormant et la soif avec des gouttes de pluie. Les femmes cultivaient quelques plants de maïs rachitiques qu'elles devaient souvent abandonner avant de les récolter, et elles défendaient de leur propre vie les rares chèvres disponibles, car il y avait plusieurs enfants, nés en liberté mais destinés à vivre peu de temps si le lait de ces nobles animaux venait à manquer. Gambo et cinq autres hommes, les plus hardis, étaient chargés de trouver des provisions. L'un d'eux portait un mousquet et il était capable d'atteindre un lièvre à la course depuis une distance impossible, mais les rares munitions étaient réservées aux plus grosses proies. Les hommes s'introduisaient la nuit dans les plantations, où les esclaves partageaient avec eux leurs provisions, de gré ou de force, mais il y avait le terrible danger d'être trahis ou surpris. S'ils parvenaient à pénétrer dans le secteur des cuisines ou des domestiques, ils pouvaient soustraire un ou deux sacs de farine ou un baril de poisson séché, ce qui était peu, mais mastiquer des lézards était pire. Gambo, qui avait une main magique pour traiter avec les animaux, volait en général l'une des vieilles mules du moulin, dont on tirait ensuite profit jusqu'au dernier os. Cette manœuvre exigeait autant de chance que d'audace, car si la mule s'entêtait il n'y avait pas moyen de la faire avancer, et si elle était docile il fallait la dissimuler jusqu'à parvenir avec elle à l'ombre de la forêt, où il lui demandait pardon de lui ôter la vie, comme le lui avait appris son père lorsqu'ils allaient chasser, et aussitôt il la sacrifiait. À eux tous ils transportaient la viande en haut de la montagne, effaçant les traces pour éviter d'être poursuivis. Ces incursions désespérées prenaient à présent une autre tournure. Plus personne ne s'opposait à eux dans les plantations, presque toutes abandonnées ; ils pouvaient en tirer ce qui avait été sauvé des flammes. Grâce à cela, dans le campement ne manquaient pas les cochons, les poules, plus de cent chèvres, les sacs de maïs, de manioc, de pommes de terre et de haricots, même le rhum, tout le café qu'ils voulaient et le sucre, que beaucoup d'esclaves n'avaient jamais goûté bien qu'ils aient passé des années à le produire. Les fugitifs d'autrefois étaient les révolutionnaires d'aujourd'hui. Il ne s'agissait plus de bandits émaciés, mais de guerriers décidés, parce qu'il n'y avait pas de retour en arrière : on mourait en se battant ou l'on mourait supplicié. Ils ne pouvaient parier que sur la victoire.

Le campement était entouré de piloris surmontés de têtes de mort et de corps empalés qui macéraient au soleil. Dans un grand hangar, ils gardaient les prisonniers blancs qui attendaient leur tour d'être exécutés. Les femmes devenaient esclaves et concubines, comme l'avaient été les Noires dans les plantations. Gambo n'éprouvait aucune compassion pour les captifs, il les achèverait lui-même si le besoin de le faire se présentait, mais on ne lui en avait pas donné l'ordre. Comme il était doté de jambes rapides et de bon sens, Boukman l'envoyait aussi porter des messages à d'autres chefs et

203

espionner. La région était parsemée de bandes, que le jeune homme connaissait bien. Le pire campement, pour les Blancs, était celui de Jeannot : on en sélectionnait plusieurs chaque jour pour leur infliger une mort lente et macabre, inspirée de la tradition des atrocités initiées par les colons eux-mêmes. Jeannot, comme Boukman, était un puissant *houngan*, mais la guerre l'avait rendu fou et son appétit de cruauté était insatiable. Il se vantait de boire le sang de ses victimes dans un crâne humain. Même ses propres hommes le craignaient. Gambo entendit d'autres chefs discuter sur la nécessité de l'éliminer avant que ses aberrations n'irritent Papa Bondye, mais il n'en dit rien : comme espion, il préférait la discrétion.

Dans l'un des campements, il fit la connaissance de Toussaint, qui remplissait la double fonction de conseiller militaire et de docteur, car il connaissait les plantes médicinales et exerçait une influence notable sur les chefs, même si à cette époque il se tenait encore au second plan. C'était l'un des rares à savoir lire et écrire ; ainsi était-il au courant, bien qu'avec retard, des événements qui se produisaient dans l'île et en France. Personne ne connaissait mieux que lui la mentalité des Blancs. Il était né et avait vécu esclave dans une plantation à Bréda, s'était éduqué seul, avait embrassé avec ferveur la religion chrétienne et gagné l'estime de son maître, qui lui confia même sa famille lorsque vint le moment de fuir. Cette relation suscitait des soupçons, beaucoup croyaient que Toussaint se soumettait aux Blancs comme un domestique, mais Gambo l'entendit à maintes reprises dire que le but de sa vie était d'en finir avec l'esclavage à Saint-Domingue, et que rien ni personne ne l'y ferait renoncer. Dès le début, sa personnalité attira Gambo et il décida que si Toussaint devenait chef, il changerait de bande sans hésiter. Boukman, ce géant à la voix de tempête, l'élu d'Ogoun Ferraille, fut l'étincelle qui alluma le brasier de la rébellion à Bois-Caïman, mais Gambo devina que l'étoile la plus brillante au ciel était celle de Toussaint, ce petit homme laid à la mâchoire proéminente et aux jambes arquées, qui parlait comme un prédicateur et priait le Jésus des Blancs. Et il vit juste, car quelques mois plus tard Boukman l'invincible, qui affrontait le feu ennemi en déviant les balles à coups de fouet avec une queue de bœuf comme s'il s'agissait de mouches, fut fait prisonnier par l'armée lors d'une escarmouche. Étienne Relais donna l'ordre de l'exécuter sur-le-champ, afin de devancer la réaction des rebelles d'autres campements. Ils emportèrent sa tête fichée sur une lance et la plantèrent au centre de la place du Cap, où tout le monde fut obligé de la voir. Gambo fut le seul qui échappa à la mort lors de cette embuscade, grâce à son extraordinaire rapidité, et il put porter la nouvelle. Ensuite il rejoignit le campement où se trouvait Toussaint, bien que celui de Jeannot fût plus nombreux. Il savait que les jours de Jeannot étaient comptés. Et en effet, ils l'attaquèrent au petit matin et le pendirent sans lui appliquer les tortures que lui-même avait imposées à ses victimes, parce qu'ils n'en eurent pas le temps : ils se préparaient à parlementer avec l'ennemi. Gambo crut qu'après la mort de Jeannot et de plusieurs de ses officiers, l'heure des captifs blancs allait venir aussi, mais l'idée de Toussaint l'emporta de les garder en vie et de les utiliser comme otages en vue de négociations.

Étant donné le désastre à la colonie, la France envoya une commission parlementer avec les chefs noirs, qui se montrèrent disposés à rendre les otages en signe de bonne volonté. Ils se donnèrent rendez-vous dans une plantation du Nord. Lorsque les prisonniers blancs, qui avaient survécu des mois dans l'enfer inventé par Jeannot, se trouvèrent près de la maison et comprirent qu'on ne les emmenait pas vers une mort horrible, mais leur libération, il se produisit une fuite précipitée et des femmes et des enfants furent renversés par les hommes qui couraient se mettre à l'abri. Gambo s'arrangea pour suivre de près Toussaint et les autres chargés de parlementer avec les commissaires. Une demi-douzaine de *Grands Blancs*, représentant le reste des colons, accompagnait les autorités récemment arrivées de Paris, qui ne se rendaient pas encore vraiment compte de la manière dont les choses se déroulaient à Saint-Domingue. Dans un sursaut, Gambo reconnut parmi eux son ancien maître et recula pour se cacher, mais il devina bientôt que Valmorain ne l'avait pas remarqué, et que s'il l'apercevait il ne le reconnaîtrait pas.

Les conversations eurent lieu en plein air, sous les arbres de la cour, et dès les premiers mots la tension fut palpable. La méfiance et la rancune régnaient entre les rebelles et l'aveuglement hautain des colons. Médusé, Gambo écouta les termes de paix proposés par ses chefs : la liberté pour eux et une poignée de ceux qui les suivaient ; en échange, le reste des rebelles retournerait en silence à l'esclavage dans les plantations. Les commissaires de Paris acceptèrent aussitôt – la clause ne pouvait être plus avantageuse –, mais les *Grands Blancs* de Saint-Domingue n'étaient pas disposés à accorder quoi que ce soit : ils voulaient que les esclaves se rendent en masse et sans conditions. « Qu'est-ce que vous imaginez ! Que nous allons transiger avec les nègres ? Qu'ils soient contents d'avoir la vie sauve ! » s'exclama l'un d'eux. Valmorain essaya de discuter avec ses pairs, mais la voix de la majorité l'emporta finalement et ils décidèrent de ne rien accorder à ces Noirs insurgés. Les chefs rebelles se retirèrent offensés et Gambo les suivit, brûlant de fureur à l'idée qu'ils étaient prêts à trahir les gens avec qui ils vivaient et combattaient. « Dès que l'occasion se présentera, je les tuerai tous, un par un », se promit-il à part lui. Il perdit la foi en la révolution. Il ne pouvait imaginer qu'à ce moment se déterminait l'avenir de l'île, car l'intransigeance des colons allait obliger les rebelles à poursuivre la guerre pendant de nombreuses années, jusqu'à la victoire et la fin de l'esclavage.

Les commissaires, impuissants devant l'anarchie, finirent par quitter Saint-Domingue ; peu après, trois autres délégués dirigés par Sonthonax, un jeune avocat bien en chair, arrivèrent avec six mille soldats en renfort et de nouvelles instructions de Paris. La loi avait de nouveau changé pour accorder aux mulâtres libres les droits de tout citoyen français qu'elle leur avait refusés peu de temps auparavant. Plusieurs *affranchis* furent nommés officiers de l'armée, beaucoup de militaires blancs refusèrent de servir sous leurs ordres et désertèrent. Cela attisa les esprits, et la haine centenaire entre Blancs et *affranchis* atteignit des proportions bibliques. L'Assemblée coloniale, qui jusqu'alors avait dirigé les affaires internes de l'île, fut remplacée par une commission composée de six Blancs, cinq mulâtres et un Noir libre. Au milieu de la violence croissante, que plus personne ne pouvait contrôler, le gouverneur Blanchelande fut accusé de ne pas obéir aux mandats du gouvernement républicain et de favoriser les monarchistes. Il fut déporté en France avec les chaînes aux pieds, et peu après perdit la tête sur l'échafaud.

Le goût de la liberté

Les choses en étaient là, à l'été de l'année suivante, lorsqu'une nuit Tété se réveilla brusquement, une main fermement appuyée sur sa bouche. Elle pensa que l'assaut de la plantation, redouté depuis si longtemps, avait fini par arriver, et elle pria que la mort fût rapide, au moins pour Maurice et Rosette endormis auprès d'elle. Elle attendit sans essayer de se défendre, pour ne pas réveiller les enfants et dans l'éventualité peu probable que ce fût un cauchemar, jusqu'à ce qu'elle distingue la forme penchée au-dessus d'elle, à la faible lueur des torches de la cour qui filtrait à travers le papier ciré de la fenêtre. Elle ne le reconnut pas, car depuis un an et demi qu'ils étaient séparés le garçon n'était plus le même, mais alors il murmura son nom, Zarité, et elle sentit sa poitrine transpercée par un éclair, non plus de terreur mais de bonheur. Elle leva les mains pour l'attirer à elle et sentit le métal du couteau qu'il serrait entre les dents. Elle le lui ôta et lui, dans un gémissement, se laissa tomber sur ce corps qui se préparait à le recevoir. Les lèvres de Gambo cherchèrent les siennes avec la soif accumulée de tant d'absence, sa langue s'ouvrit un passage dans sa bouche et ses mains s'agrippèrent à ses seins à travers la fine chemise. Elle le sentit dur entre ses cuisses et s'ouvrit pour lui, mais elle se souvint des enfants, qu'elle avait

208

oubliés l'espace d'un instant, et elle le repoussa. « Viens avec moi », lui murmura-t-elle.

Ils se levèrent avec précaution et enjambèrent Maurice. Gambo récupéra son couteau qu'il glissa dans la lanière en cuir de chèvre de sa ceinture, tandis qu'elle tirait la moustiquaire pour protéger les enfants. Tété lui fit signe de ne pas bouger et sortit s'assurer que le maître était dans sa chambre, où elle l'avait laissé deux heures plus tôt, puis elle éteignit la lampe du couloir et revint chercher son amant. À tâtons elle le guida jusqu'à la chambre de la folle, à l'autre bout de la maison, inoccupée depuis sa mort.

Ils tombèrent enlacés sur le matelas abandonné à l'humidité et s'aimèrent dans l'obscurité, dans un silence total, accablés de paroles muettes et de cris de plaisir qui se délitaient en soupirs. Pendant le temps de leur séparation, Gambo s'était soulagé avec d'autres femmes dans les campements, mais il n'avait pas réussi à apaiser son appétit d'amour insatisfait. Il avait dix-sept ans et vivait embrasé par le désir persistant de Zarité. Dans son souvenir, elle était grande, abondante, généreuse ; à présent elle était plus petite que lui et ses seins, qui autrefois lui paraissaient énormes, tenaient à présent amplement dans ses mains. Sous lui, Zarité devenait écume. Dans le chavirement et la voracité de l'amour si longtemps contenu, il ne parvint pas à la pénétrer et en un instant la vie s'en fut en une seule explosion. Il sombra dans le vide, jusqu'à ce que le souffle brûlant de Zarité dans son oreille le ramène dans la chambre de la folle. Elle le berça en lui donnant de petites tapes dans le dos, comme elle le faisait pour consoler Maurice, et lorsqu'elle sentit qu'il commençait à renaître elle le retourna sur le lit, l'immobilisant d'une main sur le ventre, tandis qu'avec l'autre, avec ses lèvres et sa langue affamée elle le massait et le léchait, l'emportant au firmament, où il se perdit dans les étoiles fugaces de l'amour imaginé à chaque moment de repos, à chaque pause entre deux batailles, à chaque aube brumeuse, dans les crevasses millénaires des caciques où il avait tant de fois monté la garde. Incapable de se retenir plus longtemps, le garçon la souleva par la taille et elle le chevaucha, s'embrochant sur ce membre brûlant qu'elle avait si ardemment désiré, se penchant pour couvrir son visage de baisers, lui lécher les oreilles, le caresser du bout de ses seins, se balancer sur ses hanches étourdies, le presser entre ses cuisses d'amazone, ondulant comme une anguille sur le fond sableux de la mer. Ils s'ébattirent comme pour la première et la dernière fois, inventant de nouveaux pas d'une danse antique. L'air de la chambre se satura de l'odeur de sperme et de sueur, de la violence prudente du plaisir et des déchirures de l'amour, de plaintes étouffées, de rires tus, de charges désespérées et de halètements de moribond qui à l'instant se changeaient en joyeux baisers. Peut-être ne firent-ils rien qu'ils n'eussent fait avec d'autres, mais faire l'amour lorsqu'on aime est bien différent.

Épuisés de bonheur, ils s'endormirent serrés dans un nœud de bras et de jambes, étourdis par la chaleur lourde de cette nuit de juillet. Gambo se réveilla quelques minutes plus tard, effrayé d'avoir baissé la garde de cette manière, mais lorsqu'il sentit la femme abandonnée qui ronronnait dans son sommeil, il prit le temps de la caresser avec légèreté, sans la réveiller, et de percevoir les changements de son corps, qui au moment de son départ était déformé par la grossesse. Les seins avaient encore du lait, mais ils étaient plus mous et les mamelons distendus, la taille lui parut très fine, parce qu'il ne se souvenait plus de son aspect d'avant la grossesse ; le ventre, les hanches, les fesses et les cuisses n'étaient qu'opulence et douceur. Le parfum de Tété aussi avait changé, elle ne sentait plus le savon mais le lait, et à ce moment elle était imprégnée de leur odeur à tous deux. Il plongea le nez dans son cou, sentant le flux du sang dans ses veines, le rythme de sa respiration, le battement de son cœur. Tété s'étira avec un soupir satisfait. Elle rêvait de Gambo et il lui fallut un instant pour se rendre compte qu'ils étaient vraiment ensemble, qu'elle n'avait pas besoin de l'imaginer.

«Je suis venu te chercher, Zarité. Il est temps de partir», dit Gambo à voix basse.

Il lui expliqua qu'il n'avait pu venir avant parce qu'il n'avait nulle part où l'emmener, mais il ne pouvait plus attendre davantage. Il ne savait pas si les Blancs réussiraient à écraser la rébellion, mais ils devraient tuer jusqu'au dernier Noir avant de proclamer la victoire. Aucun des rebelles n'était prêt à retourner à l'esclavage. Dans l'île, la mort était partout à l'affût. Il n'y avait pas un seul endroit sûr, mais continuer à vivre séparés était pire que la peur et la guerre. Il lui dit qu'il ne faisait pas confiance aux chefs, pas même à Toussaint, qu'il ne leur devait rien et avait l'intention de lutter à sa manière, en changeant de bande ou en désertant, selon la tournure des événements. Pendant un temps ils pourraient vivre ensemble dans son campement, lui dit-il; il avait construit une *ajoupa* avec des troncs et des palmes, et la nourriture ne leur manquerait pas. Il ne pouvait lui offrir qu'une vie dure alors qu'elle était habituée aux commodités de la maison du Blanc, mais jamais elle ne le regretterait, car lorsqu'on goûte à la liberté on ne peut revenir en arrière. Il sentit des larmes chaudes sur le visage de Tété.

«Gambo, je ne peux pas laisser les enfants, lui dit-elle.

— Nous emmènerons mon fils.

— C'est une fille, elle s'appelle Rosette et ce n'est pas ta fille, c'est celle du maître.»

Gambo se redressa, surpris. Au cours de cette année et demie à penser à son fils, l'enfant noir qui se prénommait Honoré, il n'avait pas imaginé que ce pouvait être une mulâtresse, fille du maître.

«Nous ne pouvons pas emmener Maurice, parce qu'il est blanc, ni Rosette, qui est trop petite pour connaître les privations, lui expliqua Tété.

— Tu dois venir avec moi, Zarité. Et il faut que ce soit cette nuit, car demain il sera trop tard. Ces enfants sont ceux du Blanc. Oublie-les. Pense à nous et aux enfants que nous aurons, pense à la liberté.

— Pourquoi dis-tu que demain il sera trop tard ? lui demanda-t-elle en essuyant ses larmes du dos de la main.

— Parce qu'ils vont attaquer la plantation. C'est la dernière, toutes les autres ont été détruites. »

Alors elle comprit l'ampleur de ce que Gambo lui demandait, c'était bien plus que se séparer des enfants, c'était les abandonner à un sort horrible. Elle lui fit front avec une colère aussi intense que sa passion quelques minutes plus tôt : jamais elle ne les laisserait, ni pour lui ni pour la liberté. Gambo l'étreignit contre sa poitrine, comme s'il voulait l'emporter dans ses bras. Il lui dit que Maurice était perdu de toute façon, mais que dans le campement Rosette pourrait être acceptée, à condition qu'elle ne soit pas trop claire.

« Aucun des deux ne survivrait au milieu des rebelles, Gambo. La seule manière de les sauver, c'est que le maître les emmène. Je suis sûre qu'il protégera Maurice de sa vie, mais pas Rosette.

— Nous n'avons plus le temps, ton maître est déjà un cadavre, Zarité, répliqua-t-il.

— S'il meurt, les enfants meurent aussi. Nous devons les sortir tous les trois de Saint-Lazare avant le lever du jour. Si tu ne veux pas m'aider, je le ferai seule », décida Tété en enfilant sa chemise dans la pénombre.

Son plan était d'une simplicité enfantine, mais elle l'exposa avec une telle détermination que Gambo finit par céder. Il ne pouvait l'obliger à partir avec lui, pas plus qu'il ne pouvait la laisser. Il connaissait la région, il avait l'habitude de se cacher, il savait se déplacer la nuit, éviter les dangers et se défendre, pas elle.

« Crois-tu que le Blanc acceptera cela ? lui demanda-t-il enfin.

— Quelle autre issue a-t-il ? S'il reste, ils l'étripent, lui et Maurice. Non seulement il va accepter, mais il va en payer le prix. Attends-moi ici », répliqua-t-elle.

Zarité

J'avais le corps chaud et humide, le visage gonflé de baisers et de larmes, et ma peau portait l'odeur de ce que j'avais fait avec Gambo, mais ça m'était égal. Dans le couloir, j'ai allumé l'une des lampes à huile, je me suis dirigée vers sa chambre et je suis entrée sans frapper, ce que je n'avais jamais fait jusqu'à ce jour. Je l'ai trouvé engourdi par l'alcool, étendu sur le dos, la bouche ouverte, un filet de salive sur le menton, une barbe de deux jours et ses cheveux pâles en bataille. Toute la répulsion que j'éprouvais pour lui m'a secouée et j'ai cru que j'allais vomir. Ma présence et la lumière ont mis un peu de temps à traverser la brume du cognac; il s'est réveillé dans un cri et d'un geste vif sa main a saisi le pistolet qu'il gardait sous son oreiller. Lorsqu'il m'a reconnue, il a baissé le canon, mais n'a pas lâché l'arme. « Que se passe-t-il, Tété ? » m'a-t-il apostrophée en sortant du lit d'un bond. « Je viens vous proposer quelque chose, maître », lui ai-je dit. Ma voix ne tremblait pas, ni la lampe dans ma main. Il ne m'a pas demandé comment j'osais le réveiller au milieu de la nuit, pressentant qu'il s'agissait d'une chose très grave. Il s'est assis sur le lit, le pistolet posé sur les genoux, et je lui ai expliqué que dans quelques heures les rebelles allaient attaquer Saint-Lazare. Qu'il était inutile d'alerter Cambray, car il faudrait une armée pour les arrêter. Comme ailleurs, ses esclaves se joindraient aux assaillants, il y aurait un massacre et un incendie, c'est pourquoi nous devions fuir immédiatement avec les enfants, ou dès demain nous serions morts. Et cela, si nous avions de la chance, car il serait pire d'agoniser. C'est ce que

213

je lui ai dit. Et comment je le savais ? L'un de ses esclaves, qui s'était enfui il y avait plus d'un an, était venu m'avertir. Cet homme allait nous guider, parce que nous n'arriverions jamais seuls au Cap, la région était aux mains des rebelles.

« Qui est-ce ? m'a-t-il demandé tandis qu'il s'habillait rapidement.

— Il s'appelle Gambo et c'est mon amant… »

Il m'a retourné le visage d'une gifle qui m'a presque étourdie, mais alors qu'il allait de nouveau me frapper j'ai saisi son poignet avec une force que j'ignorais moi-même. Jusqu'à cet instant, je ne l'avais jamais regardé en face et je ne savais pas qu'il avait les yeux clairs, semblables à un ciel nuageux.

« Nous allons tenter de vous sauver la vie, à vous et Maurice, mais le prix est ma liberté et celle de Rosette », lui ai-je dit en prononçant bien chaque mot afin qu'il me comprenne.

Il a planté ses doigts dans mes bras en approchant son visage, menaçant. Ses dents grinçaient tandis qu'il m'insultait, les yeux exorbités par la rage. Un long moment s'est écoulé, éternel, et de nouveau j'ai eu des nausées, mais je n'ai pas détourné les yeux. Enfin il s'est rassis, la tête entre les mains, vaincu.

« Va-t'en avec ce maudit. Tu n'as pas besoin que je te donne ta liberté.

— Et Maurice ? Vous ne pouvez le protéger. Je ne veux pas vivre en fuyant toujours, je veux être libre.

— C'est bien, tu auras ce que tu veux. Allons, dépêche-toi, habille-toi et prépare les enfants. Où est cet esclave ? m'a-t-il demandé.

— Ce n'est plus un esclave. Je vais l'appeler, mais auparavant écrivez un papier qui me donne ma liberté et celle de Rosette. »

Sans ajouter un mot, il a pris place à sa table et a rapidement écrit sur une feuille, puis il a séché l'encre avec du talc, l'a soufflé et a mis le sceau de son anneau avec la cire, comme j'avais vu qu'il faisait toujours avec les documents importants. Il me l'a lu à voix haute, car je ne pouvais le faire. Ma gorge s'est serrée, mon cœur s'est mis à battre la chamade dans ma poitrine : ce morceau de papier avait le pouvoir de changer ma vie et celle de ma fille. Je l'ai soigneusement plié en quatre, et je l'ai rangé dans la bourse du chapelet de doña Eugenia que je *portais toujours au cou, sous ma chemise. J'ai dû laisser le chapelet et j'espère que doña Eugenia me pardonnera.*

« Maintenant, donnez-moi le pistolet », lui ai-je dit.

Il n'a pas voulu se séparer de l'arme ; il m'a m'expliqué qu'il n'avait pas l'intention de l'utiliser contre Gambo, qui était notre unique salut. Je ne me souviens pas très bien de la manière dont nous nous sommes organisés, mais en quelques minutes il s'est armé de deux autres pistolets et a sorti toutes ses pièces d'or du bureau, tandis que je donnais aux enfants du laudanum de l'un des flacons bleus de doña Eugenia que nous avions encore. Ils sont restés comme morts et j'ai craint de leur en avoir trop donné. Je ne me suis pas inquiétée pour les esclaves des champs, le lendemain serait leur premier jour de liberté, mais lors de ces attaques le sort des domestiques était en général aussi atroce que celui des maîtres. Gambo a décidé d'avertir Tante Mathilde. La cuisinière lui avait laissé une avance de plusieurs heures lorsqu'il s'était enfui, et elle avait été punie ; c'était maintenant son tour de lui rendre cette faveur. Au bout d'une demi-heure, quand nous nous serions suffisamment éloignés, elle pourrait rassembler les domestiques et se mêler aux esclaves de jardin. J'ai attaché Maurice sur le dos de son père, donné deux paquets de provisions à Gambo et pris Rosette. Le maître a considéré que c'était une folie de partir à pied, nous pouvions sortir des chevaux de l'écurie, mais d'après Gambo cela attirerait les gardiens et la route que nous allions prendre n'était pas faite pour des chevaux. Nous avons traversé la cour dans l'ombre des bâtiments, nous avons évité l'avenue des cocotiers, où un garde faisait sa ronde, et nous sommes partis en direction des champs de cannes. Les rats à la longue queue répugnante qui infestaient les champs traversaient devant nous. Le maître a hésité, mais Gambo a mis le couteau sur sa gorge et il ne l'a pas tué parce que j'ai retenu son bras, lui rappelant que nous avions besoin de lui pour protéger les enfants.

Nous nous sommes enfoncés dans le chuintement terrifiant des cannes agitées par la brise, les sifflements, les coups de couteau, les démons cachés dans les arbres, les serpents, les scorpions, un labyrinthe où les sons sont dénaturés, où les distances se courbent, où une personne peut se perdre pour toujours et où elle aura beau crier et crier, on ne la retrouvera jamais.

C'est pour cette raison que les champs de cannes sont divisés en carrés, ou blocs, et que la coupe se fait toujours des bords vers le centre. L'un des châtiments de Cambray consistait à abandonner un esclave la nuit dans les champs et, à l'aube, à lâcher les chiens. Je ne sais comment Gambo nous a guidés, peut-être par instinct ou parce qu'il avait l'expérience de voler dans d'autres plantations. Nous avancions à la queue leu leu, collés les uns derrière les autres pour ne pas nous perdre, nous protégeant comme nous pouvions des feuilles effilées, jusqu'à ce qu'enfin, longtemps après, nous sortions de la plantation et entrions dans la forêt. Nous avons marché des heures et des heures, mais peu progressé. À l'aube, nous avons vu clairement le ciel orangé de l'incendie de Saint-Lazare et nous avons été suffoqués par la fumée piquante, douceâtre, portée par le vent. Les enfants endormis étaient aussi lourds que des pierres sur nos épaules. Erzulie, loa mère, aide-nous.

J'ai toujours marché sans chaussures, mais je n'étais pas habituée à ce genre de terrain, j'avais les pieds en sang. Je tombais de fatigue ; le maître, lui, plus vieux de vingt ans, marchait sans s'arrêter, avec le poids de Maurice sur le dos. Enfin Gambo, le plus jeune et le plus fort des trois, a dit que nous devions nous reposer. Il nous a aidés à détacher les enfants et nous les avons posés sur un tas de feuilles, après les avoir remuées à l'aide d'une branche pour effrayer les serpents. Gambo voulait les pistolets du maître, mais celui-ci l'a convaincu qu'ils étaient plus utiles entre ses mains, car Gambo ne connaissait rien à ces armes. Ils ont conclu un marché : il en porterait une et le maître les deux autres. Nous étions tout près des marais et c'est à peine si quelques rayons de lumière pénétraient à travers la végétation. L'air était semblable à de l'eau chaude. La boue mouvante pouvait avaler un homme en deux minutes, mais Gambo ne semblait pas inquiet. Il a découvert une mare, nous avons bu, mouillé nos vêtements et ceux des enfants, qui étaient toujours engourdis, nous nous sommes partagé quelques pains des provisions et nous sommes reposés un moment.

Bientôt Gambo nous a fait reprendre la marche et le maître, qui n'avait jamais reçu d'ordre, a obéi sans un mot. Les marais n'étaient pas un bourbier, comme je l'imaginais, mais de l'eau stagnante, sale, qui exhalait une vapeur nauséabonde. La vase était au fond. Je me suis souvenue de doña Eugenia, qui aurait préféré tomber aux mains des rebelles plutôt que traverser cet épais brouillard de moustiques ; par chance, elle était au ciel des chrétiens. Gambo connaissait tous les passages, mais il n'était pas facile de le suivre avec le poids des enfants. Erzulie, loa de l'eau, sauve-nous. Gambo a déchiré mon tignon, il a couvert mes pieds de feuilles et les a enveloppés avec la toile. Le maître avait des bottes hautes et Gambo croyait que les dents des bêtes ne pouvaient pas entamer les cals de ses pieds. Ainsi nous avons marché.

Maurice s'est réveillé le premier, alors que nous étions encore dans les marais, et il a eu peur. Quand Rosette s'est réveillée, je l'ai mise un moment au sein sans cesser d'avancer et elle s'est rendormie. Nous avons marché toute la journée et nous sommes arrivés à Bois-Caïman, où il n'y avait pas de danger de disparaître dans la boue, mais nous pouvions être attaqués. C'est là que Gambo avait vu le début de la rébellion, quand ma marraine, chevauchée par Ogoun, avait appelé à la guerre et désigné les chefs. Ainsi me l'a raconté Gambo. Depuis ce jour, Tante Rose allait d'un campement à l'autre, soignant, célébrant des services pour les loas et voyant l'avenir, redoutée et respectée par tous, accomplissant le destin marqué dans sa z'étoile. Elle avait dit à Gambo de se réfugier sous l'aile de Toussaint, parce qu'il serait roi quand la guerre finirait. Gambo lui avait demandé si alors nous serions libres et elle avait affirmé que oui, mais qu'avant il faudrait tuer tous les Blancs, y compris les nouveau-nés, et qu'il y aurait tant de sang sur la terre que les épis de maïs pousseraient rouges.

J'ai redonné des gouttes aux enfants et nous les avons installés entre les racines d'un grand arbre. Gambo craignait plus les meutes de chiens sauvages que les humains ou les esprits, mais nous n'avons pas osé allumer un feu pour les tenir éloignés. Nous avons laissé le maître avec les enfants et les trois pistolets chargés, certains qu'il ne s'éloignerait pas de Maurice, tandis que Gambo et moi nous sommes un peu éloignés pour faire ce que nous voulions faire. La haine a déformé le visage du maître quand je me suis apprêtée à suivre Gambo, mais il n'a rien dit. J'ai craint ce qui m'arriverait par la suite, parce que je connais la cruauté des Blancs à l'heure de la vengeance, et pour moi cette heure viendrait tôt ou tard. J'étais épuisée et endolorie par le poids de Rosette, *mais la seule chose que je désirais, c'était que Gambo me serre dans ses bras. À ce moment, rien d'autre n'avait d'importance. Erzulie, loa du plaisir, fais que cette nuit dure toujours. C'est ainsi que je m'en souviens.*

Fugitifs

Les rebelles tombèrent sur Saint-Lazare à l'heure imprécise où la nuit recule, quelques instants avant que la cloche du travail ne réveille les esclaves. Au début ce fut la queue resplendissante d'une comète, des points de lumière qui se déplaçaient rapidement : les torches. Les champs de cannes à sucre cachaient les silhouettes humaines, mais lorsqu'elles commencèrent à émerger de l'épaisse végétation on vit qu'il y en avait des centaines. L'un des vigiles parvint à atteindre la cloche, mais vingt mains brandissant des couteaux le réduisirent à l'état de pulpe méconnaissable. Les cannes sèches brûlèrent en premier, avec la chaleur les autres s'enflammèrent et en moins de vingt minutes l'incendie couvrait les champs, progressant vers la Grand-Case. Les flammes bondissaient dans toutes les directions, si hautes et si puissantes que le coupe-feu que constituaient les cours ne put les arrêter. À la clameur de l'incendie s'ajoutèrent les cris assourdissants des assaillants et le hurlement lugubre des conques qui soufflaient, annonçant la guerre. Ils couraient nus ou à peine vêtus de guenilles, armés de machettes, de chaînes, de couteaux, de bâtons, de baïonnettes, de mousquets sans balles qu'ils brandissaient comme des gourdins. Beaucoup étaient barbouillés de suie, d'autres en transe ou ivres, mais dans cette anarchie le but était unique : tout détruire. Les esclaves des champs mêlés aux domestiques, qui avaient été avertis à temps par la cuisinière, abandonnèrent leurs cabanes et se joignirent à la foule pour participer à ces saturnales de vengeance et de dévastation. Au début certains hésitaient, craignant la violence irrépressible des rebelles et les représailles inévitables du maître, mais ils n'avaient plus le choix. S'ils reculaient, ils mourraient.

Les uns après les autres, les *commandeurs* tombèrent aux mains de la horde, mais Prosper Cambray et deux autres hommes se précipitèrent dans les dépenses de la Grand-Case, ils se munirent d'armes et de munitions et se défendirent pendant plusieurs heures. Ils espéraient que l'incendie attirerait la Maréchaussée ou les soldats qui parcouraient la région. Les attaques des Noirs avaient la fureur et la vitesse d'un typhon, elles duraient deux heures puis ils se dispersaient. Le gérant fut surpris que la maison soit vide, il pensa que Valmorain avait préparé à l'avance un refuge souterrain où il devait se terrer avec son fils, Tété et la petite. Il laissa ses hommes et se dirigea vers le bureau qui était toujours fermé à clé, mais il le trouva ouvert. Il ne connaissait pas la combinaison du coffre-fort et s'apprêtait à le faire sauter d'une balle, personne ne saurait ensuite qui avait volé l'or, mais lui aussi était ouvert ; c'est alors qu'il commença à se douter que Valmorain avait fui sans le prévenir. « Maudit lâche ! » s'exclama-t-il furieux. Pour sauver sa misérable peau il avait abandonné la plantation. Sans prendre le temps de se lamenter, il partit rejoindre les autres juste au moment où était lancé l'ordre d'attaquer.

Cambray entendit les hennissements des chevaux et les aboiements des chiens, et il put distinguer ceux de ses molosses assassins, plus rauques et plus féroces. Il calcula que ses valeureux animaux feraient plusieurs victimes avant de mourir. La maison était encerclée, les assaillants avaient envahi les cours et piétinaient le jardin, il ne restait pas une seule des précieuses orchidées du patron. Le gérant les entendit dans la galerie ; ils abattaient les portes, entraient par les fenêtres et détruisaient tout sur leur passage, étripant les meubles français, lacérant les tapisseries hollandaises, vidant les coffres espagnols, réduisant en miettes les paravents chinois et les porcelaines, les horloges allemandes, les cages dorées, les statues romaines et les miroirs vénitiens, tout ce qui avait été acquis en son temps par Violette Boisier. Et lorsqu'ils se lassèrent du fracas, ils se mirent à chercher la famille. Cambray et les deux *commandeurs* avaient bloqué la porte du magasin avec des sacs, des tonneaux, des meubles et ils commencèrent à tirer entre les barreaux de fer qui protégeaient les petites fenêtres. Seules les planches des murs les séparaient des rebelles, ivres de liberté et indifférents aux balles. Dans la lumière de l'aube ils en virent tomber plusieurs, si proches qu'ils pouvaient les sentir malgré la fumée fétide de la canne brûlée. Les uns tombaient et d'autres passaient par-dessus avant que Cambray et ses hommes n'aient le temps de recharger. Ils entendirent les coups sur la porte, les planches résonnaient, secouées par un ouragan de haine qui depuis cent ans, dans la Caraïbe, accumulait de la force. Dix minutes plus tard, la Grand-Case n'était plus qu'un immense brasier. Les esclaves rebelles attendirent dans la cour et lorsque les *commandeurs* sortirent pour échapper aux flammes, ils les prirent vivants. Cependant, ils ne purent faire payer ses tortures à Prosper Cambray : il préféra mettre le canon du pistolet dans sa bouche et se faire sauter la cervelle.

Pendant ce temps, Gambo et son petit groupe grimpaient, agrippés aux rochers, aux troncs, aux racines et aux lianes, ils franchissaient des précipices et entraient jusqu'à la taille dans des ruisseaux torrentueux. Gambo n'avait pas exagéré, ce n'était pas une route pour des cavaliers, mais pour des singes. Dans ce vert profond apparaissaient soudain des touches de couleur : le bec jaune et orange d'un toucan, les plumes irisées de perroquets et d'aras, des fleurs tropicales accrochées aux branches. Il y avait de l'eau partout, des ruisseaux, des mares, de la pluie, des cascades cristallines traversées d'arcs-en-ciel qui tombaient du ciel et se perdaient en bas dans une masse dense de fougères brillantes. Tété mouilla un mouchoir et le noua sur sa tête pour protéger son œil tuméfié par la gifle de Valmorain. Afin d'éviter un affrontement entre les deux hommes, elle dit à Gambo qu'une bestiole l'avait piquée à la paupière. Valmorain enleva ses bottes trempées, car ses pieds étaient à vif et Gambo se mit à rire en les voyant, incapable de comprendre comment le Blanc pouvait se déplacer dans la vie avec ces pieds mous et roses qui avaient l'air de lapins écorchés. Au bout de quelques pas Valmorain dut remettre ses bottes. Il ne pouvait plus porter Maurice. Le garçonnet marchait un moment en tenant la main de son père, à d'autres il montait sur les épaules de Gambo, s'agrippant à la masse crépue de ses cheveux.

À plusieurs reprises ils durent se cacher des rebelles, qui étaient partout. Une fois, Gambo laissa les autres dans une grotte et sortit seul retrouver un petit groupe qu'il connaissait, car ils avaient séjourné ensemble dans le campement de Boukman. L'un des hommes portait un collier d'oreilles, certaines sèches comme du cuir, d'autres fraîches et roses. Ils partagèrent leurs provisions avec lui, des pommes de terre cuites et quelques tranches de viande de chèvre fumée, et ils se reposèrent un moment, commentant les vicissitudes de la guerre et les rumeurs qui entouraient un nouveau chef, Toussaint. Ils dirent qu'il ne paraissait pas humain, il avait le cœur d'un chien de la forêt, rusé et solitaire; il était indifférent aux tentations de l'alcool, des femmes et des médailles dorées que les autres chefs convoitaient; il ne dormait pas, se nourrissait de fruits et pouvait passer deux jours et deux nuits à cheval. Jamais il n'élevait la voix, mais les gens tremblaient en sa présence. C'était un docteur-feuilles et un devin, il savait déchiffrer les messages de la nature, les signes dans les étoiles et les intentions les plus secrètes des hommes, ce qui lui permettait d'éviter trahisons et embuscades. Le soir venu, dès qu'il commença à faire plus frais, ils se séparèrent. Gambo tarda un peu à retrouver son chemin, car il s'était beaucoup éloigné de la grotte, mais finalement il rejoignit les autres, qui défaillaient de soif et de chaleur mais n'avaient pas osé mettre le nez dehors pour chercher de l'eau. Il les conduisit à une mare proche où ils purent boire à satiété, mais il fallut rationner les rares provisions.

Les pieds de Valmorain n'étaient qu'une plaie dans ses bottes, les élancements de douleur lui traversaient les jambes et il en pleurait de rage, tenté de se laisser mourir, mais il continuait à cause de Maurice. Au crépuscule du deuxième jour, ils virent deux hommes nus, sans autre parure qu'une bande de cuir à la taille pour tenir le couteau, armés de machettes. Ils parvinrent à se cacher dans les fougères, où ils attendirent plus d'une heure qu'ils se perdent dans les fourrés. Gambo se dirigea vers un palmier, dont la cime s'élevait à plusieurs mètres au-dessus de la végétation, il grimpa sur le tronc droit en s'agrippant aux écailles de l'écorce et arracha deux noix de coco, qui tombèrent sans bruit sur les fougères. Les enfants purent boire le lait et se partager la délicate pulpe. Il dit que, depuis le sommet, il avait vu la plaine, Le Cap n'était pas loin. Ils passèrent la nuit sous les arbres et gardèrent le reste des maigres provisions pour le lendemain. Maurice et Rosette s'endormirent blottis l'un contre l'autre, surveillés par Valmorain qui en quelques jours avait vieilli de mille ans ; il se sentait disloqué, avait perdu son honneur, sa virilité, son âme et était réduit à l'état d'animal, lambeau de chair en sang et souffrance, qui tel un chien suivait un Noir maudit qui forniquait avec son esclave à quelques pas de là. Il pouvait les entendre cette nuit-là, comme les nuits précédentes, ils ne faisaient même pas attention à lui par décence ou par crainte. Clairement lui parvenaient les gémissements de plaisir, les soupirs de désir, les mots inventés, le rire étouffé. Ils copulaient encore et encore comme des bêtes, car tant de désirs et tant d'énergie n'étaient pas propres à des humains, le maître en pleurait d'humiliation. Il imaginait le corps connu de Tété, ses jambes de marcheuse, sa croupe ferme, sa taille étroite, ses seins généreux, sa peau lisse, douce, sucrée, humide de sueur, de désir, de péché, d'insolence et de provocation. Dans ces moments il lui semblait voir son visage, les yeux mi-clos, les lèvres molles pour donner et recevoir, la langue audacieuse, les narines dilatées, humant cet homme. Et malgré tout, malgré la torture de ses pieds, son immense fatigue, son orgueil piétiné et sa terreur de mourir, cela excitait Valmorain.

« Demain nous laisserons le Blanc et son fils dans la plaine. De là ils n'ont plus qu'à marcher tout droit, annonça Gambo à Tété entre deux baisers, dans l'obscurité.

— Et si les rebelles les trouvent avant qu'ils arrivent au Cap ?

— J'ai accompli ma part, je les ai sortis vivants de leur plantation. Qu'ils se débrouillent seuls maintenant. Nous, nous irons au campement de Toussaint. Sa *z'étoile* est la plus brillante au ciel.

— Et Rosette ?

— Elle vient avec nous, si tu veux.

— Je ne peux pas, Gambo, je dois aller avec le Blanc. Pardonne-moi… », murmura-t-elle, pleine de tristesse.

Le garçon l'écarta, incrédule. Elle dut le lui répéter à deux reprises pour qu'il comprenne la fermeté de cette décision, la seule possible, car chez les rebelles Rosette serait une misérable quarteronne à la peau claire, rejetée, affamée, exposée aux hasards de la révolution ; avec Valmorain, au contraire, elle serait en sécurité. Elle lui expliqua qu'elle ne pouvait se séparer des enfants, mais Gambo n'entendit pas ses arguments, il comprit seulement que sa Zarité préférait le Blanc. Il la prit par les épaules et la secoua.

« Et la liberté ? C'est sans importance pour toi ?

— Je suis libre, Gambo. J'ai le papier dans cette bourse, écrit et cacheté. Rosette et moi sommes libres. Je continuerai à servir le maître pendant quelque temps, jusqu'à ce que la guerre soit finie, et ensuite je partirai avec toi où tu voudras. »

Ils se séparèrent dans la plaine. Gambo s'empara des pistolets, il leur tourna le dos et disparut en courant vers la forêt, sans dire adieu et sans se retourner pour un dernier regard, afin de ne pas succomber à la puissante tentation de tuer Valmorain et son fils. Il l'aurait fait sans hésiter, mais il savait que s'il faisait du mal à Maurice il perdrait Tété pour toujours. Valmorain, la femme et les enfants atteignirent le chemin, une piste aussi large que pour trois chevaux, très exposée s'ils tombaient sur des Noirs rebelles ou des mulâtres excités contre les Blancs. Valmorain ne pouvait faire un pas de plus avec ses pieds écorchés, il se traînait en gémissant, suivi de Maurice qui pleurait avec lui. Tété trouva de l'ombre sous des arbustes, elle donna la dernière bouchée des provisions à Maurice et lui expliqua qu'elle reviendrait le chercher, mais qu'elle pouvait tarder et qu'il devait avoir du courage. Elle l'embrassa, le laissa près de son père et se mit à marcher sur le sentier avec Rosette sur son dos. Désormais, c'était une question de chance. Le soleil tombait à l'aplomb sur sa tête nue. Le terrain, d'une monotonie déprimante, était parsemé de rochers et d'arbustes bas écrasés par la force du vent, et couvert d'une herbe épaisse, courte et dure. La terre était sèche et granuleuse, il n'y avait d'eau nulle part. Depuis la rébellion, ce chemin, très fréquenté en temps normal, n'était plus emprunté que par l'armée et la Maréchaussée. Tété avait une vague idée de la distance, mais elle ne pouvait calculer combien d'heures elle devrait marcher pour atteindre les fortifications proches du Cap, car elle avait toujours fait le voyage dans la voiture de Valmorain. « Erzulie, *loa* de l'espoir, ne m'abandonne pas. » Elle avança, décidée, sans penser à la distance qui restait mais à celle qu'elle avait parcourue. Le paysage était désolé, il n'y avait aucun repère, tout se ressemblait, elle était plantée au même endroit, comme dans les cauchemars. Rosette réclamait de l'eau, elle avait les lèvres sèches et les yeux vitreux. Elle lui redonna quelques gouttes du flacon bleu, la berça jusqu'à ce qu'elle s'endorme et continua.

Elle marcha trois ou quatre heures sans s'arrêter, la tête vide. « De l'eau, je ne pourrai pas continuer sans eau. » Un pas, un autre pas, un de plus. « Erzulie, *loa* des eaux douces et salées, ne me tue pas de soif. » Ses jambes avançaient seules, elle entendait les tambours : l'appel du *boula*, le contrepoint du *segon*, le soupir profond du *maman* brisant le rythme, les autres qui recommençaient, variations, subtilités, bonds, soudain le son joyeux des maracas et de nouveau des mains invisibles qui frappaient la peau tendue des tambours. Le son la remplit tout entière et elle se mit à bouger au rythme de la musique. Une heure encore. Elle flottait dans un espace incandescent. De plus en plus détachée, elle ne sentait plus les coups de fouet dans ses os ni le bruit de pierres dans sa tête. Un pas de plus, une heure de plus. « Erzulie, *loa* de la compassion, aide-moi. » Soudain, alors que ses genoux se pliaient, la décharge électrique d'un éclair la secoua du crâne jusqu'aux pieds, feu, glace, vent, silence. Et alors vint la déesse Erzulie, telle une rafale puissante, et elle chevaucha Zarité, sa servante.

Étienne Relais fut le premier à la voir, car il était à la tête de son peloton de cavaliers. Une ligne sombre et mince sur le chemin, une illusion, une silhouette tremblante dans la réverbération de cette lumière implacable. Il éperonna son cheval et s'avança pour voir qui pouvait avoir l'idée d'un voyage aussi dangereux dans ces solitudes et par cette chaleur. En s'approchant il vit la femme de dos, droite, fière, les bras tendus comme prête à s'envoler et ondulant au rythme d'une danse secrète et glorieuse. Il remarqua le balluchon qu'elle portait attaché dans son dos et en déduisit que c'était un enfant, mort peut-être. Il l'appela d'un cri et elle ne répondit pas, elle continua à léviter comme un mirage jusqu'à ce que le cheval s'arrête devant elle. En voyant ses yeux blancs il comprit qu'elle était démente ou en transe. Il avait vu cette

226

expression exaltée dans les *calendas,* mais il pensait que cela ne se produisait que dans l'hystérie collective des tambours. En tant que militaire français, pragmatique et athée, Relais avait horreur de ces possessions, qu'il tenait pour une preuve de plus de la condition primitive des Africains. Erzulie se dressa devant le cavalier, séductrice, belle, sa langue de vipère entre ses lèvres rouges, le corps semblable à une flamme. L'officier leva sa cravache, il toucha son épaule et aussitôt l'enchantement prit fin. Erzulie se volatilisa et Tété tomba évanouie sans un soupir, un tas de hardes dans la poussière du chemin. Les autres soldats avaient rejoint leur chef et les chevaux entourèrent la femme prostrée. Étienne Relais mit pied à terre, il se pencha au-dessus d'elle et se mit à tirer sur son balluchon improvisé afin d'en libérer le contenu : une fillette endormie ou inconsciente. Il retourna le paquet et vit une mulâtresse très différente de celle qui dansait sur le chemin, une pauvre jeune femme couverte de crasse et de sueur, le visage défait, un œil au beurre noir, les lèvres crevassées par la soif, les pieds en sang dépassant des haillons. L'un des soldats sauta lui aussi à terre et s'accroupit pour verser un filet d'eau de sa gourde dans la bouche de l'enfant, et un autre dans celle de la femme. Tété ouvrit les yeux et pendant plusieurs minutes elle ne se souvint de rien, ni de sa marche forcée, ni de sa fille, ni des tambours, ni d'Erzulie. Ils l'aidèrent à se lever et lui donnèrent plus d'eau, jusqu'à ce qu'elle n'ait plus soif, et que les visions dans sa tête prennent un sens. «Rosette...», balbutia-t-elle. «Elle est en vie, mais elle ne répond pas et nous ne pouvons la réveiller», lui dit Relais. Alors la terreur des derniers jours revint à la mémoire de l'esclave : le laudanum, la plantation en flammes, Gambo, son maître et Maurice qui l'attendaient.

Valmorain vit le nuage de poussière sur le chemin, il se blottit entre les arbustes, troublé par une peur viscérale qui avait pris racine devant le cadavre écorché de son voisin

Lacroix et avait grandi jusqu'à ce moment où il avait perdu toute notion du temps, de l'espace et des distances. Il ne savait pas pourquoi il était terré au milieu des buissons comme un lièvre, ni qui était ce gamin évanoui à côté de lui. Le groupe s'arrêta tout près et l'un des cavaliers l'appela en criant son nom, alors il osa jeter un coup d'œil et vit les uniformes. Un hurlement de soulagement jaillit de ses entrailles. Il sortit à quatre pattes, échevelé, en guenilles, couvert d'égratignures, de croûtes et de boue séchée, sanglotant comme un enfant, et il resta à genoux devant les chevaux, répétant merci, merci, merci. Ébloui par la lumière et déshydraté comme il l'était, il ne reconnut pas Relais ni ne se rendit compte que tous les hommes du peloton étaient des mulâtres, il lui suffit de voir les uniformes de l'armée française pour comprendre qu'il était sauvé. Il tira le sac qu'il portait attaché à sa ceinture et jeta une poignée de pièces devant les soldats. L'or brilla sur le sol, merci, merci. Écœuré par ce spectacle, Étienne Relais lui ordonna de ramasser ses pièces d'or, il fit un signe à ses subalternes et l'un d'eux mit pied à terre pour lui donner de l'eau et lui céder son cheval. Tété, qui était montée sur la croupe d'un autre, descendit avec difficulté, parce qu'elle n'avait pas l'habitude de monter à cheval et portait Rosette sur le dos, et elle alla chercher Maurice. Elle le trouva pelotonné sous les arbustes, délirant de soif.

Ils étaient près du Cap et quelques heures plus tard ils entraient dans la ville sans avoir subi de nouveaux contretemps. Pendant ce temps, Rosette sortit de la somnolence du laudanum, Maurice dormit exténué dans les bras d'un cavalier et Toulouse Valmorain recouvra son calme. Les images de ces trois jours commencèrent à s'effacer et l'histoire à changer dans son esprit. Lorsqu'il eut la possibilité d'expliquer ce qui s'était passé, sa version n'avait pas grand-chose à voir avec celle que Relais avait entendue de la bouche de Tété : Gambo avait disparu du tableau, lui-même avait prévu l'attaque des rebelles et devant l'impossibilité de défendre sa plantation il avait fui pour protéger son fils, emmenant l'esclave qui avait élevé Maurice et sa fille. C'était lui, lui seul, qui les avait tous sauvés. Relais ne fit aucun commentaire.

Le Paris des Antilles

Le Cap était rempli de réfugiés qui avaient abandonné les plantations. La fumée des incendies, apportée par le vent, flottait dans l'air depuis des semaines. Le Paris des Antilles empestait l'ordure et l'excrément, les cadavres des exécutés qui pourrissaient sur les échafauds et dans les fosses communes des victimes de la guerre et des épidémies. L'approvisionnement était très irrégulier et pour se nourrir la population dépendait des bateaux et des barques de pêche, mais les *Grands Blancs* continuaient à vivre dans le même luxe qu'autrefois, sauf qu'il leur coûtait plus cher à présent. Sur leurs tables, rien ne manquait, le rationnement, c'était pour les autres. Les fêtes continuèrent avec des gardes armés devant les portes, on ne ferma ni les théâtres ni les bars, et les belles *cocottes* égayaient encore les nuits. Il ne restait aucune chambre libre où se loger, mais Valmorain avait loué la maison du Portugais avant l'insurrection, et il s'y installa pour se remettre de sa frayeur ainsi que de ses meurtrissures physiques et morales. Six esclaves, loués eux aussi, le servaient sous la direction de Tété ; il ne lui convenait pas de les acheter alors qu'il faisait justement le projet de changer de vie. Il n'acheta qu'un cuisinier formé en France, qu'il pourrait ensuite revendre sans perdre d'argent ; le prix d'un bon cuisinier était l'une des rares choses qui restaient stables. Il était sûr qu'il récupérerait sa propriété, ce n'était pas le premier soulèvement d'esclaves dans les Antilles et tous, jusque-là, avaient été écrasés. La France n'allait pas permettre que quelques bandits noirs ruinent la colonie. Quoi qu'il en soit, même si la situation redevenait comme avant, il quitterait Saint-Lazare, il l'avait décidé. Il savait que Prosper Cambray était mort, parce que les miliciens avaient trouvé son corps dans les décombres de la plantation. «Je ne me serais pas débarrassé de lui autrement», pensa-t-il. Sa propriété était en cendres, mais la terre était là, personne ne pouvait la lui enlever. Il trouverait un administrateur, quelqu'un d'expérience ayant l'habitude de ce climat, le temps n'était plus aux gérants venus de France, comme il l'expliqua à son ami Parmentier tandis que ce dernier lui soignait les pieds avec les herbes cicatrisantes qu'il avait vu Tante Rose utiliser.

«Vous allez retourner à Paris, *mon ami*? lui demanda le docteur.

— Je ne crois pas. J'ai des intérêts dans la Caraïbe, pas en France. Je me suis associé à Sancho García del Solar, le frère d'Eugenia, qu'elle repose en paix, nous avons acheté des terres en Louisiane. Et vous, quels sont vos projets, docteur?

— Si la situation ne s'améliore pas ici, j'ai l'intention de partir pour Cuba.

— Vous avez de la famille là-bas?

— Oui, admit le médecin en rougissant.

— La paix de la colonie dépend du gouvernement en France. Les républicains sont responsables de ce qui s'est passé ici, le Roi n'aurait jamais permis que l'on en vienne à de telles extrémités.

— Je crois que la Révolution française est irréversible, répliqua le médecin.

— La République n'a aucune idée de la manière dont on gouverne cette colonie, docteur. Les commissaires ont déporté la moitié d'un régiment du Cap et ils l'ont remplacée par des mulâtres. C'est une provocation, aucun soldat blanc n'acceptera de se placer sous les ordres d'un officier de couleur.

— Le moment est peut-être venu pour les Blancs et les *affranchis* d'apprendre à vivre ensemble, puisque les Noirs sont leur ennemi commun.

— Je me demande ce que veulent ces sauvages, dit Valmorain.

— La liberté, *mon ami*, expliqua Parmentier. L'un des chefs, je crois qu'il s'appelle Toussaint, soutient que les plantations peuvent fonctionner avec une main-d'œuvre libre.

— Même si on les payait, les Noirs ne travailleraient pas ! s'exclama Valmorain.

— Cela, personne ne peut l'affirmer, car on n'a pas essayé. Toussaint dit que les Africains sont des paysans, qu'ils sont familiarisés avec la terre, cultiver est ce qu'ils savent et veulent faire, insista Parmentier.

— Ce qu'ils savent et veulent faire, c'est tuer et détruire, docteur ! En plus, ce Toussaint est passé du côté espagnol.

— Il se réfugie sous le drapeau espagnol parce que les colons français ont refusé de traiter avec les rebelles, lui rappela le médecin.

— J'y étais, docteur. J'ai essayé en vain de convaincre les autres planteurs d'accepter les termes de la paix proposés par les Noirs qui demandaient uniquement la liberté des chefs et de leurs lieutenants, environ deux cents personnes, lui raconta Valmorain.

— Dans ce cas, la faute de la guerre n'est pas le fait de l'incompétence du gouvernement républicain en France, mais de l'orgueil des colons de Saint-Domingue, argua Parmentier.

— Je vous concède que nous devons être plus raisonnables, mais nous ne pouvons négocier d'égal à égal avec les esclaves, ce serait un fâcheux précédent.

— Il faudrait s'entendre avec Toussaint, qui semble être le plus raisonnable des chefs rebelles. »

Tété tendait l'oreille lorsqu'il était question de Toussaint.

Elle gardait son amour pour Gambo au fond de l'âme, résignée à l'idée de ne pas le voir pendant longtemps, peut-être plus jamais, mais il était planté dans son cœur et elle l'imaginait dans les rangs de ce Toussaint. Elle entendit Valmorain dire qu'aucune révolution d'esclaves n'avait jamais triomphé dans l'histoire, mais elle se prenait à rêver du contraire et se demandait comment serait la vie sans l'esclavage. Elle organisa la maison comme elle l'avait toujours fait, mais Valmorain lui expliqua qu'ils ne pouvaient continuer à vivre comme à Saint-Lazare, où seul comptait le confort et où il importait peu que l'on servît à table avec ou sans gants. Au Cap, il fallait du style. La révolte avait beau gronder aux portes de la ville, il devait rendre leurs attentions aux familles qui l'invitaient fréquemment et qui s'étaient donné la mission de lui trouver une épouse.

Le maître fit des recherches et il trouva un mentor pour Tété : le majordome de l'intendance. C'était cet Adonis africain qui servait dans la demeure de l'intendant lorsque Valmorain était arrivé avec Eugenia malade pour demander l'hospitalité, en 1780, mais il était encore plus séduisant, parce qu'il avait mûri avec une grâce extraordinaire. Il s'appelait Zacharie, il était né et avait grandi entre ces murs. Ses parents avaient été les esclaves d'autres intendants, qui les avaient vendus à leur successeur lorsqu'ils étaient rentrés en France ; c'est ainsi qu'ils en étaient venus à faire partie de l'inventaire. Le père de Zacharie, aussi beau que lui, l'avait formé tout jeune à la prestigieuse charge de majordome, parce qu'il avait vu qu'il possédait les vertus essentielles pour ce poste : l'intelligence, l'astuce, la dignité et la prudence. Zacharie se gardait des avances des femmes blanches, car il en connaissait les risques ; il avait, de la sorte, évité bien des problèmes. Valmorain offrit de payer l'intendant pour les services de son majordome, mais celui-ci ne voulut pas en entendre parler. « Donnez-lui un pourboire, cela suffira. Zacharie économise pour acheter sa liberté, bien que je ne comprenne pas pourquoi il la désire. Sa situation actuelle ne pourrait être plus avantageuse », lui dit-il. Ils convinrent que Tété se rendrait chaque jour à l'intendance afin de se perfectionner.

Zacharie la reçut froidement, établissant dès le début une certaine distance, car il avait la charge la plus élevée parmi les domestiques de Saint-Domingue, alors qu'elle était une esclave sans rang, mais il fut bientôt trahi par son désir de transmettre et finit par lui livrer les secrets du métier, avec une générosité qui dépassait de beaucoup le pourboire de Valmorain. Étant habitué à l'admiration féminine, il fut surpris de constater qu'il n'impressionnait pas cette jeune femme. Il devait user de beaucoup d'habileté pour détourner les compliments et rejeter les avances des femmes, mais avec Tété il put se détendre dans une relation dénuée d'intentions cachées. Ils s'adressaient l'un à l'autre avec courtoisie, en s'appelant Monsieur Zacharie et Mademoiselle Zarité.

Tété se levait à l'aube, organisait les esclaves, répartissait les tâches domestiques, laissait les enfants à la charge de la bonne provisoire que son maître avait louée, et elle partait à ses cours avec sa meilleure blouse et son *tignon* fraîchement amidonné. Elle ne sut jamais combien l'intendance comptait en tout de domestiques ; seulement à la cuisine, il y avait trois cuisiniers et sept aides, mais elle calcula qu'ils n'étaient pas moins de cinquante. Zacharie avait la charge du budget et il servait d'intermédiaire entre les maîtres et le service, étant la plus haute autorité dans cette organisation compliquée. Aucun esclave n'osait s'adresser à lui sans être appelé, raison pour laquelle tous s'offensèrent des visites de Tété qui au bout de quelques jours, faisant fi des règles, entrait directement dans le temple interdit, le minuscule bureau du majordome. Sans s'en rendre compte, Zacharie se mit à l'attendre, parce qu'il avait plaisir à lui apprendre ce qu'il savait. Elle se présentait à l'heure exacte, ils prenaient un café et tout de suite après il lui faisait part de ses connaissances. Ils parcouraient les dépendances de la demeure en observant le service. L'élève apprenait rapidement et elle domina bientôt les huit verres indispensables dans un banquet, la différence entre une fourchette à escargots et une autre semblable pour la langouste, de quel côté on pose le rince-doigts et l'ordre de préséance des différentes sortes de fromages, de même que la façon la plus discrète de placer les chaises percées dans une fête, quoi faire avec une dame éméchée et la hiérarchie des hôtes à table. La leçon terminée, Zacharie l'invitait à prendre un autre café et il en profitait pour lui parler politique, le sujet qui le passionnait par-dessus tout. Au début elle l'écoutait par politesse, se demandant quelle importance pouvaient avoir les querelles des personnes libres pour un esclave, jusqu'à ce qu'il mentionne la possibilité que l'esclavage fût aboli. «Imaginez-vous, mademoiselle Zarité, j'économise depuis des années pour ma liberté et il est possible qu'on me la donne avant que je puisse l'acheter», dit Zacharie en riant. Il était au courant de tout ce qui se disait à l'intendance, y compris des traités conclus à huis clos. Il savait qu'à l'Assemblée nationale de Paris on discutait de l'incongruité injustifiable de maintenir l'esclavage dans les colonies après l'avoir aboli en France. «Savez-vous quelque chose de Toussaint, monsieur?» lui demanda Tété. Le majordome lui récita sa biographie, qu'il avait lue dans un dossier confidentiel de l'intendant, et il ajouta que le représentant Sonthonax et le gouverneur devraient parvenir à un accord avec lui, parce qu'il commandait une armée très organisée et comptait sur l'appui des Espagnols de l'autre côté de l'île.

Nuits de malheur

Grâce aux leçons de Zacharie, au bout de deux mois le foyer de Valmorain fonctionnait avec un raffinement que celui-ci n'avait pas connu depuis ses années de jeunesse à Paris. Il décida de donner une fête en louant les services onéreux, mais prestigieux, de l'entreprise de banquet de Monsieur Adrien, un mulâtre libre qu'avait recommandé Zacharie. Deux jours avant la fête, Monsieur Adrien envahit la maison avec une escouade de ses esclaves, il écarta le cuisinier et le remplaça par cinq grosses matrones qui préparèrent un menu de quatorze plats inspiré d'un banquet de l'intendance. Bien que la maison ne se prêtât point à des agapes de haut rang, elle semblait élégante une fois qu'on eut éliminé les horribles ornements du propriétaire portugais et qu'on l'eut décorée de palmiers nains en pots, de bouquets de fleurs et de lanternes chinoises. Le soir de la fête, le maître de cérémonie se présenta avec une douzaine de domestiques en livrée bleu et or qui occupèrent leurs postes avec la discipline d'un bataillon. La distance entre les maisons des *Grands Blancs* dépassait rarement deux pâtés de maisons, mais les invités arrivèrent en voiture et, quand le défilé des carrosses fut terminé, la rue était un bourbier de crottin de cheval que les laquais nettoyèrent pour éviter que la puanteur ne brouillât les parfums des dames.

236

« Comment me trouves-tu ? » demanda Valmorain à Tété. Il portait un gilet de brocart avec des fils d'or et d'argent, assez de dentelle aux poignets et au cou pour une nappe, des bas roses et des chaussures de bal. Elle ne répondit pas, éblouie par la perruque couleur lavande. « Ces rustres de jacobins veulent en finir avec les perruques, mais c'est la touche d'élégance indispensable pour une réception comme celle-ci. C'est ce que dit mon coiffeur », l'informa Valmorain.

Monsieur Adrien avait servi la deuxième tournée de champagne aux convives et l'orchestre avait attaqué un autre menuet quand l'un des secrétaires du gouverneur arriva en courant, apportant l'incroyable nouvelle qu'en France Louis XVI avait été guillotiné. La tête royale avait été promenée dans les rues de Paris, comme l'avaient été celles de Boukman et de tant d'autres au Cap. Les faits, survenus en janvier, n'arrivaient à Saint-Domingue qu'en mars. Il y eut une débandade de panique, les invités partirent en courant, et c'est ainsi que prit fin, avant que le repas fût servi, la première et unique fête de Toulouse Valmorain dans cette maison.

Cette nuit-là, après que Monsieur Adrien, monarchiste fanatique, se fut retiré en sanglotant avec ses gens, Tété ramassa la perruque lavande que Valmorain avait piétinée, elle s'assura que Maurice était tranquille, ferma portes et fenêtres et alla se reposer dans la petite chambre qu'elle occupait avec Rosette. Valmorain avait profité du changement de maison pour sortir son fils de la chambre de Tété, car il voulait qu'il dorme seul, mais Maurice était un paquet de nerfs et, craignant qu'il ait à nouveau de la fièvre, il l'avait installé sur un lit provisoire dans un coin de sa chambre. Depuis qu'ils étaient arrivés au Cap, Valmorain n'avait pas fait mention de Gambo, mais il n'avait pas non plus appelé Tété la nuit. L'ombre de l'amant s'interposait. Ses pieds mirent des semaines à guérir et, dès qu'il fut capable de marcher, il sortait chaque soir pour oublier les mauvais moments. À ses vêtements imprégnés de parfums de fleurs entêtants, Tété devina qu'il rendait visite aux *cocottes* et elle supposa que les étreintes humiliantes du maître étaient enfin terminées pour elle. C'est pourquoi elle fut affligée de le trouver en pantoufles et robe de chambre de velours vert assis au pied de son lit, où Rosette ronflait, jambes écartées, avec l'impudeur des innocents. « Viens avec moi ! » lui ordonna-t-il en la tirant par un bras en direction de l'une des chambres d'invités. Il la retourna d'une poussée, lui arracha sa robe et la viola avec précipitation dans l'obscurité, avec une urgence plus proche de la haine que du désir.

Le souvenir de Tété faisant l'amour avec Gambo rendait Valmorain furieux, mais il lui évoquait aussi des visions irrésistibles. Ce scélérat avait osé poser ses mains immondes sur rien de moins que sa propriété. Lorsqu'il l'attraperait, il le tuerait. La femme aussi méritait un châtiment exemplaire, mais deux mois s'étaient écoulés et il ne lui avait pas fait payer son incroyable effronterie. Chienne. Chienne en chaleur. Il ne pouvait exiger morale et décence de la part d'une esclave, mais son devoir était de lui imposer sa volonté. Pourquoi ne l'avait-il pas fait ? Il n'avait aucune excuse. Elle l'avait défié et il fallait corriger cette aberration. Cependant, il avait aussi une dette envers elle. Son esclave avait renoncé à sa liberté pour les sauver, lui et Maurice. Pour la première fois il se demanda quels sentiments cette mulâtresse éprouvait à son égard. Il pouvait revivre ces nuits humiliantes dans la jungle alors qu'elle se roulait par terre avec son amant, les étreintes, les baisers, l'ardeur renouvelée, y compris l'odeur des corps lorsqu'ils revenaient. Tété transformée en démon, pur désir, léchant et suant et gémissant. Tandis qu'il la violait dans la chambre des invités, il ne pouvait arracher cette scène de son esprit. Il la prit de nouveau, la pénétrant avec fureur, surpris par sa propre vigueur. Elle gémit et il se mit à lui donner des coups de poing, avec la colère de la jalousie et le plaisir de la revanche, « chienne jaune, je vais te vendre, putain, putain, et je vendrai aussi ta fille ». Tété ferma les yeux et s'abandonna, le corps mou, sans opposer de résistance ni essayer d'éviter les coups, tandis que son âme s'envolait ailleurs. «Erzulie, *loa* du désir, fais que cela finisse vite.» Valmorain s'écroula sur elle pour la deuxième fois, trempé de sueur. Tété attendit sans bouger pendant plusieurs minutes. Leur respiration à tous deux s'apaisa et elle commença à se glisser lentement hors du lit, mais il la retint.

«Ne t'en va pas encore, lui ordonna-t-il.

— Voulez-vous que j'allume une bougie, monsieur? lui demanda-t-elle d'une voix cassée, car l'air brûlait ses côtes tuméfiées.

— Non, je préfère comme ça.»

C'était la première fois qu'elle s'adressait à lui en l'appelant monsieur, au lieu de maître; Valmorain le remarqua, mais il laissa passer. Tété s'assit dans le lit, essuyant le sang sur sa bouche et son nez avec sa chemise déchirée pendant l'assaut.

«Dès demain tu sors Maurice de ma chambre, dit Valmorain. Il doit dormir seul. Tu l'as trop gâté.

— Il n'a que cinq ans.

— À cet âge, j'apprenais à lire, je sortais chasser sur mon propre cheval et j'avais des cours d'escrime.»

Ils restèrent un moment dans la même position et elle se résolut enfin à lui poser la question qu'elle avait sur les lèvres depuis l'arrivée au Cap.

«Quand serai-je libre, monsieur? demanda-t-elle, se recroquevillant dans l'attente d'un autre coup, mais il se redressa, sans la toucher.

— Tu ne peux pas être libre. De quoi vivrais-tu? Je t'entretiens et je te protège. Avec moi, toi et ta fille êtes en sécurité. Je t'ai toujours très bien traitée. De quoi te plains-tu?

— Je ne me plains pas…

— La situation est très dangereuse. As-tu oublié les horreurs par lesquelles nous sommes passés? Les atrocités qui ont été commises? Réponds-moi!

— Non, monsieur.

— Liberté, dis-tu ? Veux-tu donc abandonner Maurice ?

— Si vous voulez, je peux continuer à m'occuper de Maurice comme toujours, au moins jusqu'à ce que vous vous remariez.

— Me marier ? dit-il en riant. Avec Eugenia, j'ai été échaudé ! C'est la dernière chose que je ferais. Si tu restes à mon service, pourquoi veux-tu t'émanciper ?

— Tout le monde veut être libre.

— Les femmes ne le sont jamais, Tété. Elles ont besoin d'un homme qui prenne soin d'elles. Lorsqu'elles sont célibataires, elles appartiennent à leur père et lorsqu'elles se marient, à leur époux.

— Le papier que vous m'avez donné… C'est ma liberté, non ? insista-t-elle.

— En effet.

— Mais Zacharie dit qu'un juge doit le signer pour qu'il soit valable.

— Qui est-ce ?

— Le majordome de l'intendance.

— Il a raison. Mais le moment n'est pas opportun. Attendons que le calme revienne à Saint-Domingue. Ne parlons plus de cela. Je suis fatigué. Maintenant tu le sais : demain je veux dormir seul et que tout redevienne comme avant, tu m'as compris ? »

Le nouveau gouverneur de l'île, le général Galbaud, débarqua avec la mission de mettre fin au chaos dans la colonie. Il avait les pleins pouvoirs militaires, mais l'autorité républicaine était représentée par Sonthonax et les autres commissaires. Il revint à Étienne Relais de lui remettre le premier rapport. La production de l'île était réduite à néant, le Nord n'était qu'un nuage de fumée et dans le Sud les tueries ne cessaient pas, la ville de Port-au-Prince avait été entièrement brûlée. Il n'y avait ni transport, ni ports efficaces, ni sécurité pour qui que ce soit. Les Noirs rebelles bénéficiaient de l'appui de l'Espagne, l'armada britannique contrôlait la Caraïbe et s'apprêtait à s'emparer des villes de la côte. Ils étaient bloqués, ne pouvaient recevoir de France ni troupes ni ravitaillement, il était à peu près impossible de se défendre. «Ne vous inquiétez pas, lieutenant-colonel, nous trouverons une solution diplomatique», répliqua Galbaud. Il tenait des conversations secrètes avec Toulouse Valmorain et le Club des patriotes, partisans acharnés de l'indépendance de la colonie et qui souhaitaient la placer sous la protection de l'Angleterre. Le gouverneur était d'accord avec les conspirateurs sur le fait que les républicains de Paris ne comprenaient rien à ce qui se passait dans l'île et commettaient maladresse sur maladresse, de façon irréparable. Parmi les plus graves il y avait la dissolution de l'Assemblée coloniale ; on avait perdu toute autonomie et chaque décision mettait à présent des semaines pour arriver de France. Galbaud possédait des terres dans l'île et il avait épousé une *créole* dont il était toujours amoureux après plusieurs années de mariage ; il comprenait mieux que personne les tensions entre races et classes sociales.

Les membres du Club des patriotes trouvèrent un allié idéal chez le général, qu'inquiétait davantage la lutte entre Blancs et *affranchis* que l'insurrection des Noirs. Beaucoup de *Grands Blancs* faisaient du négoce dans la Caraïbe et aux États-Unis, ils n'avaient absolument pas besoin de la mère patrie et considéraient l'indépendance comme la meilleure option, à moins que les choses ne changent et qu'une monarchie puissante fût restaurée en France. L'exécution du Roi avait été une tragédie, mais elle représentait aussi une opportunité extraordinaire d'avoir un monarque moins sot. L'indépendance, au contraire, ne convenait pas du tout aux *affranchis,* car seul le gouvernement républicain de France était disposé à accepter leur statut de citoyens, ce qui n'arriverait jamais si Saint-Domingue se plaçait sous la protection de l'Angleterre, des États-Unis ou de l'Espagne. Le général Galbaud pensait que dès que le problème entre Blancs et mulâtres serait réglé, il serait assez simple d'écraser les Noirs, de les enchaîner à nouveau et d'imposer l'ordre, mais il n'en dit mot à Étienne Relais.

« Parlez-moi du commissaire Sonthonax, lieutenant-colonel, lui demanda-t-il.

— Il obéit aux ordres du gouvernement, général. Le décret du 4 avril a donné des droits politiques aux gens libres de couleur. Le commissaire est arrivé ici avec six mille soldats pour faire respecter ce décret.

— Oui, oui… Cela, je le sais. Dites-moi, en toute confidence bien sûr, quel genre d'homme est ce Sonthonax ?

— Je le connais peu, général, mais on dit qu'il est très intelligent et qu'il prend à cœur les intérêts de Saint-Domingue.

— Sonthonax a fait savoir qu'il n'est pas dans son intention d'émanciper les esclaves, mais j'ai entendu des rumeurs selon lesquelles il pourrait le faire, dit Galbaud, scrutant le visage impassible de l'officier. Vous vous rendez compte que ce serait la fin de la civilisation dans cette île, n'est-ce pas ? Imaginez le chaos : les Noirs livrés à eux-mêmes, les Blancs exilés, les mulâtres faisant ce qu'ils veulent et la terre abandonnée.

— Je ne sais rien de cela, général.

— Que feriez-vous dans ce cas ?

— Comme toujours, général, j'obéirai aux ordres. »

Galbaud avait besoin d'officiers de confiance dans l'armée pour affronter le pouvoir de la métropole, mais il ne pouvait compter sur Étienne Relais. Il avait découvert qu'il était marié à une mulâtresse, sans doute sympathisait-il avec la cause des *affranchis,* et selon toute apparence il admirait Sonthonax. Il lui sembla que c'était un homme peu éclairé, ayant une mentalité de fonctionnaire et sans ambition, car il fallait en être totalement dépourvu pour épouser une femme de couleur. Il était remarquable qu'il eût pris du galon dans sa carrière avec un tel handicap. Mais Relais l'intéressait beaucoup parce qu'il

242

comptait avec la loyauté de ses soldats : il était le seul capable de faire cohabiter dans ses rangs, sans que cela pose de problèmes, des Blancs, des mulâtres et même des Noirs. Il se demanda combien valait cet homme ; tout le monde a un prix.

Ce même après-midi, Toulouse Valmorain se présenta à la caserne pour s'entretenir avec Relais, entre amis, comme il le dit. Il commença par le remercier de lui avoir sauvé la vie lorsqu'il avait dû fuir la plantation.

« J'ai une dette envers vous, lieutenant-colonel, lui dit-il sur un ton plus empreint d'arrogance que de reconnaissance.

— Vous n'avez aucune dette envers moi, monsieur, mais envers votre esclave. Moi, je ne faisais que passer par là, c'est elle qui vous a sauvé, répliqua Relais, mal à l'aise.

— Vous péchez par modestie. Mais dites-moi, comment se porte votre famille ? »

Relais se douta aussitôt que Valmorain était venu le suborner et qu'il mentionnait sa famille pour lui rappeler qu'il lui avait donné Jean-Martin. Ils étaient quittes, la vie de Valmorain contre le fils adopté. Il se sentit tendu, comme avant une bataille, le fixa avec cette froideur qui faisait trembler ses subalternes et attendit de voir ce que voulait exactement son visiteur. Valmorain ignora le regard incisif et le silence.

« Aucun *affranchi* n'est en sécurité dans cette ville, dit-il d'un ton affable. Votre épouse est en danger, c'est pourquoi je suis venu vous offrir mon aide. Quant à l'enfant... comment s'appelle-t-il ?

— Jean-Martin Relais, répondit l'officier, la mâchoire serrée.

— Bien sûr, Jean-Martin. Excusez-moi, avec tous les problèmes que j'ai dans la tête, je l'avais oublié. J'ai une maison plutôt agréable face au port, dans un quartier agréable où il n'y a pas de désordres. Je peux recevoir votre épouse et votre fils...

« — Ne vous inquiétez pas pour eux, monsieur. Ils sont à l'abri à Cuba », l'interrompit Relais.

Valmorain se trouva décontenancé, il avait perdu une carte maîtresse dans son jeu, mais il se reprit aussitôt.

« Ah ! C'est là que vit mon beau-frère, don Sancho García del Solar. Je vais lui écrire aujourd'hui même pour lui demander de protéger votre famille.

— Ce ne sera pas nécessaire, monsieur, merci.

— Mais bien sûr que si, lieutenant-colonel. Une femme seule a toujours besoin de la protection d'un gentilhomme, surtout lorsqu'elle est aussi belle que la vôtre. »

Pâle d'indignation devant l'insulte dissimulée, Étienne Relais se leva pour clore l'entretien, mais Valmorain resta tranquillement assis, comme si ce bureau lui appartenait, et il entreprit de lui expliquer, dans des termes courtois mais directs, que les *Grands Blancs* allaient reprendre le contrôle de la colonie en mobilisant toutes les ressources à leur portée, et qu'il fallait donc se définir et prendre parti. Personne, en particulier un militaire de haut rang, ne pouvait rester indifférent ou neutre face aux terribles événements qui s'étaient déchaînés et ceux, sans doute pires, qui se produiraient dans l'avenir. Il revenait à l'armée d'éviter une guerre civile. Les Anglais avaient débarqué dans le Sud, et ce n'était qu'une question de jours avant que Saint-Domingue se déclarât indépendante et se plaçât sous la protection du drapeau britannique. Cela pourrait se faire de manière civilisée ou sanglante, tout dépendrait de l'armée. Un officier qui soutenait la noble cause de l'indépendance aurait beaucoup de pouvoir, il serait le bras droit du gouverneur Galbaud, ce poste entraînant naturellement une position économique et sociale. Personne ne ferait offense à un homme marié à une femme de couleur, si cet homme était, par exemple, le nouveau commandant en chef des forces armées de l'île.

« En bref, monsieur, vous m'incitez à la trahison, répliqua Relais sans pouvoir éviter un sourire ironique, que

Valmorain interpréta comme une porte ouverte à poursuivre le dialogue.

— Il ne s'agit pas de trahir la France, lieutenant-colonel Relais, mais de décider ce qui est le mieux pour Saint-Domingue. Nous vivons une époque de profonds changements, non seulement ici, mais aussi en Europe et en Amérique. Il faut s'adapter. Dites-moi que vous réfléchirez au moins à notre conversation, dit Valmorain.

— J'y réfléchirai avec le plus grand soin, monsieur», répondit Relais en le reconduisant à la porte.

Zarité

Il a fallu deux semaines au maître pour obtenir que Maurice dorme seul. Il m'a accusée d'en faire un lâche, comme une femme ; je me suis emportée et je lui ai répondu que nous les femmes, nous ne sommes pas lâches. Il a levé la main, mais il ne m'a pas frappée. Quelque chose avait changé. Je crois qu'il commençait à me respecter. Une fois, à Saint-Lazare, l'un des gros chiens de garde s'était échappé et avait mis en pièces une poule dans la cour ; il était sur le point de s'attaquer à une autre quand le petit chien de Tante Mathilde s'est précipité à sa rencontre. Ce toutou de la taille d'un chat lui faisait face en grognant et montrant les crocs, la gueule baveuse. Je ne sais pas ce qui s'est passé dans le crâne du mâtin, mais il a fait demi-tour et il est parti en courant, la queue entre les pattes, poursuivi par le petit chien. Prosper Cambray l'a ensuite abattu d'une balle parce qu'il s'était montré lâche. Le maître, habitué à aboyer fort et à inspirer la peur, s'est dégonflé comme ce gros chien devant le premier à s'être dressé devant lui : Gambo. Je crois que s'il s'inquiétait autant du courage de Maurice, c'est que lui-même en manquait. Dès que le soir tombait, Maurice commençait à être nerveux à l'idée de rester seul. Je le couchais avec Rosette jusqu'à ce qu'ils s'endorment. Elle s'écroulait en deux minutes, collée contre son frère, tandis qu'il restait à écouter les bruits de la maison et de la rue. Sur la place, on montait les échafauds des condamnés, les cris traversaient les murs et stagnaient dans les chambres, nous les entendions encore des heures après que la mort les eut fait taire. «Tu les entends, Tété ?» me demandait Maurice en grelottant. Je les

247

entendais moi aussi, mais comment pouvais-je le lui dire ? « Je n'entends rien, mon tout petit, endors-toi », et je lui chantais une berceuse. Quand enfin il s'endormait, épuisé, j'emportais Rosette dans notre chambre. Maurice a raconté devant son père que les condamnés se promenaient dans la maison et le maître l'a enfermé dans une armoire, il a mis la clé dans sa poche et il est parti. Rosette et moi, nous nous sommes assises près de l'armoire pour lui parler de choses joyeuses, nous ne l'avons pas laissé un seul instant, mais les fantômes sont entrés à l'intérieur et quand le maître l'en a sorti il avait de la fièvre d'avoir tant pleuré. Il a passé deux jours brûlant, tandis que son père ne quittait pas son chevet et que j'essayais de le rafraîchir avec des compresses d'eau froide et des infusions de tilleul.

Le maître adorait Maurice, mais à cette époque son cœur s'est aigri ; il ne s'intéressait qu'à la politique, il ne parlait pas d'autre chose et il a cessé de s'occuper de son fils. Maurice ne voulait pas manger et il s'est mis à mouiller son lit la nuit. Le docteur Parmentier, qui était le seul véritable ami du maître, a dit que l'enfant était malade de frayeur et qu'il avait besoin de tendresse ; alors son père s'est adouci et j'ai pu le porter dans ma chambre. Cette fois-là, le docteur est resté auprès de Maurice, attendant que sa fièvre baisse, et nous avons pu parler seul à seule. Il m'a posé beaucoup de questions. Étienne Relais lui avait raconté que j'avais aidé le maître à s'enfuir de la plantation, mais cette version ne concordait pas avec celle du maître. Il a voulu connaître les détails. J'ai dû parler de Gambo, mais je n'ai rien dit de notre amour. Je lui ai montré le papier de ma liberté. « Prends-en soin, Tété, car il vaut de l'or », m'a-t-il dit après l'avoir lu. Ça, je le savais.

Le maître avait des réunions à la maison avec d'autres Blancs. Madame Delphine, ma première maîtresse, m'avait appris à être silencieuse, vigilante, et à prévenir les désirs des maîtres ; une esclave doit être invisible, disait-elle. C'est ainsi que j'ai appris à espionner. Je ne comprenais pas grand-chose aux conversations du maître avec les patriotes, et en réalité seules m'intéressaient les nouvelles des rebelles, mais Zacharie, avec qui j'ai continué à être amie après les cours à l'intendance, me demandait de lui répéter tout ce qu'ils disaient. « Les Blancs croient que nous autres Noirs sommes sourds et que les femmes sont idiotes. Cela nous convient très bien. Prêtez l'oreille et racontez-moi, mademoiselle Zarité. » J'ai appris grâce à lui que des milliers de rebelles campaient aux abords du Cap. La tentation de partir à la recherche de Gambo m'empêchait de dormir, mais je savais qu'après je ne pourrais pas revenir. Comment pouvais-je abandonner mes enfants ? J'ai demandé à Zacharie, qui avait des contacts jusque dans la lune, de vérifier si Gambo se trouvait parmi les rebelles, mais il m'a assurée qu'il ne savait rien d'eux. J'ai dû me contenter d'envoyer par la pensée mes messages à Gambo. Parfois, je sortais le papier de ma liberté de la bourse, je le dépliais du bout des doigts pour ne pas l'abîmer et je le regardais comme s'il m'était possible de l'apprendre par cœur, mais je ne connaissais pas les lettres.

La guerre civile a éclaté au Cap. Le maître m'a expliqué que dans une guerre, tout le monde se bat contre un ennemi commun, mais que dans une guerre civile les gens se divisent – et l'armée aussi – et alors ils s'entretuent, comme cela se passait maintenant entre Blancs et mulâtres. Les nègres ne comptaient pas parce que ce n'étaient pas des personnes, c'étaient des biens. La guerre civile n'a pas eu lieu du jour au lendemain, cela a pris plus d'une semaine, et alors il n'y a plus eu de marchés ni de calendas de Noirs, ni de vie sociale pour les Blancs, très peu de commerces ouvraient leurs portes et même les échafauds de la place sont restés déserts. Le malheur flottait dans l'air. « Prépare-toi, Tété, car les choses sont sur le point de changer », m'a annoncé le maître. « Comment voulez-vous que je me prépare ? » lui ai-je demandé, mais lui-même n'en savait rien. J'ai fait comme Zacharie, qui entassait les provisions et emballait les choses les plus fines, au cas où l'intendant et son épouse décideraient de s'embarquer pour la France.

Une nuit, on a apporté par la porte de service une caisse pleine de pistolets et de mousquets ; nous avions des munitions comme pour un régiment, a dit le maître. La chaleur augmentait, dans la maison nous gardions les carreaux du sol mouillés et les enfants restaient nus. Sur ce est arrivé sans s'annoncer le général Galbaud, que je n'ai presque pas reconnu bien qu'il soit venu bien des fois aux réunions des patriotes, parce qu'il ne portait pas son uniforme coloré couvert de médailles, mais un obscur costume de voyage. Ce Blanc ne m'avait jamais plu, il était très hautain et toujours de mauvaise humeur, il ne s'adoucissait que lorsque ses yeux de rat se posaient sur son épouse, une jeune femme aux cheveux roux. Pendant que je leur servais du vin, du fromage et de la viande froide, j'ai entendu que le commissaire Sonthonax avait destitué le gouverneur Galbaud, l'accusant de conspirer contre le gouvernement légitime de la colonie. Sonthonax avait l'intention de déporter massivement ses ennemis politiques, il en avait déjà cinq cents dans la cale des bateaux du port, attendant son ordre pour lever l'ancre. Galbaud a annoncé que l'heure était venue d'agir.

Peu après sont arrivés d'autres patriotes qui avaient été avertis. Je les ai entendus dire que les soldats blancs de l'armée régulière et près de trois mille marins du port étaient prêts à lutter aux côtés de Galbaud. Sonthonax ne comptait qu'avec le soutien des gardes nationaux et des troupes de mulâtres. Le général a promis que la bataille ne durerait que quelques heures et que Saint-Domingue serait indépendant, Sonthonax verrait son dernier jour, les droits des affranchis seraient révoqués et les esclaves retourneraient dans les plantations. Tous se sont levés pour porter un toast. J'ai de nouveau rempli les verres, je suis sortie sans rien dire et j'ai couru chez Zacharie, qui m'a fait tout répéter, mot à mot. J'ai une bonne mémoire. Il m'a donné un verre de citronnade pour calmer mon angoisse et m'a demandé de retourner, avec instruction de ne pas dire un mot et de fermer la maison à double tour. Ce que j'ai fait.

Guerre civile

Le commissaire Sonthonax, transpirant à cause de la chaleur et de la nervosité, engoncé dans sa casaque noire et sa chemise dont le col le serrait, expliqua en quelques mots la situation à Étienne Relais. Il omit cependant de lui dire qu'il n'avait pas eu connaissance de la conspiration de Galbaud grâce à son complexe réseau d'espions, mais par le biais d'un ragot du majordome de l'intendance. Un Noir très grand et très beau était arrivé à son bureau vêtu comme un *Grand Blanc*, aussi frais et parfumé que s'il venait de sortir de son bain, qui s'était présenté sous le nom de Zacharie et avait insisté pour parler seul à seul avec lui. Sonthonax l'avait conduit dans une pièce voisine, un trou étouffant sans fenêtre entre quatre murs nus, avec une couchette de caserne, une chaise, un pichet d'eau et une cuvette posée par terre. Il dormait là depuis des mois. Il s'assit sur le lit et indiqua la seule chaise au visiteur, mais celui-ci préféra rester debout. Sonthonax, de petite taille et trapu, nota avec une certaine envie la silhouette haute et distinguée de l'autre, dont la tête frôlait le plafond. Zacharie lui avait répété les paroles de Tété.

« Pourquoi me racontez-vous cela ? » demanda Sonthonax, méfiant. Il ne parvenait pas à situer cet homme, qui ne s'était présenté qu'avec un prénom de baptême, sans nom de famille, comme un esclave, mais qui avait l'aplomb d'une personne libre et les manières de la classe haute.

« Parce que je sympathise avec le gouvernement républicain, fut la réponse simple de Zacharie.

— Comment avez-vous eu cette information ? Vous avez des preuves ?

— L'information vient directement du général Galbaud. Vous aurez les preuves dans moins d'une heure, lorsque vous entendrez les premiers tirs. »

Sonthonax mouilla son mouchoir dans le pichet, et se rinça le visage et le cou. Il avait mal au ventre, cette douleur sourde et persistante, une griffe dans les boyaux, qui le tourmentait lorsqu'il était sous pression, c'est-à-dire depuis qu'il avait débarqué à Saint-Domingue.

« Revenez me voir si vous apprenez autre chose. Je vais prendre les mesures nécessaires, dit-il, signifiant que l'entrevue était terminée.

— Si vous avez besoin de moi, vous savez que je suis à l'intendance, commissaire », dit Zacharie en prenant congé.

Sonthonax fit immédiatement appeler Étienne Relais et il le reçut dans la même pièce, car le reste de l'édifice était envahi par des fonctionnaires civils et militaires. Relais, l'officier de plus haut rang sur lequel il pouvait compter pour affronter Galbaud, avait toujours agi avec une loyauté sans faille envers le gouvernement français en place.

« Certains de vos soldats blancs ont-ils déserté, lieutenant-colonel ? lui demanda-t-il.

— Je viens de constater que tous ont déserté à l'aube, commissaire. Il ne me reste que les troupes de mulâtres. »

Sonthonax lui répéta ce que venait de lui dire Zacharie.

« Autrement dit nous devrons combattre les Blancs de tous poils, civils et militaires, outre les marins de Galbaud qui sont trois mille, conclut-il.

— Nous sommes très désavantagés, commissaire. Nous aurons besoin de renforts, dit Relais.

252

— Nous n'en avons pas. Vous êtes chargé de la défense, lieutenant-colonel. Après la victoire, je m'occuperai de votre avancement», lui promit Sonthonax.

Relais accepta la tâche avec son habituelle sérénité, après avoir négocié avec le commissaire : au lieu d'être promu au grade supérieur, il préférait qu'on lui permît de quitter l'armée. Cela faisait de nombreuses années qu'il était dans le service et, pour être franc, il en avait assez ; sa femme et son fils l'attendaient à Cuba, il était impatient de les rejoindre, lui dit-il. Sonthonax lui promit que son vœu serait exaucé, bien qu'il n'eût aucune intention de tenir sa parole ; la situation ne permettait pas de s'occuper des problèmes personnels de chacun.

Entre-temps, le port était devenu une fourmilière de bateaux pleins de marins armés, qui attaquèrent Le Cap comme une horde de pirates. Ils formaient un étrange amalgame de différentes nationalités, des hommes sans loi qui étaient en mer depuis des mois et attendaient avec impatience quelques jours de bringue et de déchaînement. Ils ne se battaient pas par conviction, car ils n'étaient même pas sûrs de la couleur de leur drapeau, mais pour le plaisir de fouler la terre ferme et de s'abandonner à la destruction et au saccage. Cela faisait des mois qu'ils n'avaient pas été payés et cette ville riche offrait des femmes et du rhum, et même de l'or, s'ils pouvaient en trouver. Galbaud comptait sur son expérience militaire pour organiser l'attaque, appuyé par les troupes régulières de Blancs qui rejoignirent tout de suite sa faction, exaspérés par les humiliations que leur avaient fait subir les soldats de couleur. Les *Grands Blancs* restèrent invisibles, tandis que les *Petits Blancs* et les marins parcouraient les rues quartier par quartier, affrontant des groupes d'esclaves qui avaient profité du branle-bas pour sortir et piller aussi. Les Noirs s'étaient déclarés partisans de Sonthonax pour provoquer leurs maîtres et jouir de quelques heures de fête, mais ils se moquaient de l'issue de cette bataille dont ils étaient exclus.

Les deux factions de rufians improvisés envahirent les entrepôts du port, où l'on stockait les tonneaux de rhum de canne pour l'exportation, et l'alcool se mit bientôt à couler sur les pavés des rues. Au milieu des ivrognes circulaient des rats et des chiens errants qui après avoir léché l'alcool avançaient en titubant. Les familles d'*affranchis* se retranchèrent dans leurs maisons pour se défendre comme elles pouvaient.

Toulouse Valmorain renvoya les esclaves, car de toute façon ils allaient s'enfuir, comme la plupart l'avaient fait. Il préférait ne pas avoir l'ennemi à l'intérieur, comme il le dit à Tété. Ils les avaient loués, ils ne lui appartenaient donc pas, et le problème de les récupérer serait du ressort de leurs maîtres. «Ils reviendront en se traînant par terre quand l'ordre sera rétabli. Il y aura du travail à la prison», commenta-t-il. Dans la ville, les maîtres préféraient ne pas se salir les mains, aussi envoyaient-ils les esclaves coupables à la prison, afin que les bourreaux de l'État se chargent de leur appliquer le châtiment pour un prix modique. Le cuisinier refusa de partir et se cacha dans la réserve à bois de la cour. Aucune menace ne parvint à le faire sortir du trou dans lequel il s'était recroquevillé, on ne put même pas compter sur lui pour préparer une soupe, et Tété, qui savait à peine allumer un feu, car parmi ses multiples tâches n'avait jamais figuré celle de faire la cuisine, donna aux enfants du pain, des fruits et du fromage. Elle les coucha tôt, feignant le calme pour ne pas les effrayer, bien qu'elle-même tremblât. Au cours des heures qui suivirent, Valmorain lui apprit à charger les armes à feu, tâche compliquée que n'importe quel soldat effectuait en quelques secondes et qui lui prenait plusieurs minutes. Valmorain avait distribué une partie de ses armes à d'autres patriotes, mais il en avait gardé une douzaine pour sa propre défense. Au fond, il était sûr qu'il ne serait pas nécessaire de les utiliser, il n'était pas dans son rôle de se battre, il y avait pour cela les soldats et les marins de Galbaud.

Peu après le coucher du soleil arrivèrent trois jeunes

conspirateurs que Tété avait vus souvent lors des réunions politiques : ils apportaient la nouvelle que Galbaud avait pris l'arsenal et libéré les prisonniers que Sonthonax gardait dans les bateaux pour les déporter ; naturellement, tous s'étaient placés sous les ordres du général. Ils décidèrent d'utiliser la maison comme caserne, à cause de sa situation privilégiée, avec vue sur le port, dans lequel on pouvait compter une centaine de bateaux et d'innombrables canots qui allaient et venaient, transportant des hommes. Après une légère collation ils partirent au combat, comme ils l'affirmèrent, mais leur enthousiasme fut de courte durée et ils revinrent moins d'une heure plus tard partager quelques bouteilles de vin et dormir à tour de rôle.

Depuis les fenêtres, ils voyaient passer la tourbe des assaillants, et se virent une seule fois obligés d'utiliser les armes pour se protéger, non contre des bandes d'esclaves ni contre les soldats de Sonthonax, mais contre leurs propres alliés, des marins ivres dont la seule intention était de piller. Ils les effrayèrent en tirant en l'air, et Valmorain les calma en leur offrant du tafia. L'un des patriotes dut sortir dans la rue en faisant rouler le tonneau d'alcool, tandis que les autres tenaient la racaille en joue depuis les fenêtres. Les marins ouvrirent aussitôt le baril et à la première gorgée plusieurs tombèrent par terre, complètement intoxiqués car ils buvaient depuis le matin. Enfin ils s'en furent, annonçant à grands cris que la prétendue bataille avait été un fiasco, qu'ils n'avaient personne à qui se mesurer. C'était vrai. La plupart des troupes de Sonthonax avaient déserté les rues sans faire front et elles s'étaient postées à l'extérieur de la ville.

Le lendemain au milieu de la matinée, Étienne Relais, blessé d'une balle dans l'épaule mais au garde-à-vous dans son uniforme taché de sang, expliqua une fois de plus à Sonthonax, réfugié avec son état-major dans une plantation proche, que sans aide d'aucune sorte ils ne pourraient mettre l'ennemi en déroute. L'assaut n'avait plus l'allure de carnaval du premier jour, Galbaud avait réussi à organiser ses troupes et il était sur le point de s'emparer de la ville. La veille, l'irascible commissaire avait refusé d'entendre raison, alors que l'écrasante supériorité de la force ennemie était évidente, mais cette fois il écouta jusqu'à la fin. L'information de Zacharie s'accomplissait au pied de la lettre.

« Nous devrons négocier une sortie honorable, commissaire, car je ne vois pas d'où nous pourrions tirer des renforts, conclut Relais, pâle et les yeux cernés, le bras attaché sur la poitrine par une écharpe improvisée, la manche vide de sa casaque pendant sur le côté.

— Moi oui, lieutenant-colonel Relais. J'y ai bien réfléchi. Dans les environs du Cap campent plus de quinze mille rebelles. Ils seront les renforts dont nous avons besoin, répondit Sonthonax.

— Les Noirs ? Je ne crois pas qu'ils voudront se mêler de cela, répliqua Relais.

— Ils le feront en échange de leur émancipation. La liberté pour eux et leurs familles. »

L'idée n'était pas de lui, elle venait de Zacharie, qui s'était arrangé pour s'entretenir une deuxième fois avec lui. À ce moment, Sonthonax avait vérifié que Zacharie était esclave et compris qu'il jouait sa vie, car si Galbaud sortait victorieux, comme cela semblait inévitable, et que l'on apprenait son rôle d'informateur, il serait mis en pièces à coups de maillet sur la roue de la place publique. Comme le lui avait expliqué Zacharie, la seule aide que Sonthonax pouvait obtenir, c'était celle des rebelles noirs. Il suffisait de leur donner un motif suffisant.

« Ils auront en plus le droit de piller la ville. Qu'en pensez-vous, lieutenant-colonel ? annonça Sonthonax à Relais sur un ton de triomphe.

— C'est risqué.

— Il y a des centaines de milliers de Noirs insurgés éparpillés dans l'île, et je vais faire en sorte qu'ils nous rejoignent.

— La majorité est du côté espagnol, lui rappela Relais.

— En échange de la liberté, ils rallieront le pavillon français, je vous le garantis. Je sais que Toussaint, entre autres, veut revenir dans le giron de la France. Choisissez un petit détachement de soldats noirs et accompagnez-moi pour parlementer avec les rebelles. Ils sont à une heure de marche d'ici. Et soignez donc votre bras, qu'il n'aille pas s'infecter. »

Étienne Relais, qui ne faisait pas confiance à ce plan, fut surpris de voir avec quelle promptitude les rebelles acceptèrent l'offre. Ils avaient été trahis à plusieurs reprises par les Blancs, mais s'accrochèrent à cette faible promesse d'émancipation. Le pillage fut un hameçon presque aussi puissant que la liberté, parce qu'il y avait des semaines qu'ils étaient inactifs et que l'ennui commençait à miner les esprits.

Sang et cendre

Toulouse Valmorain fut le premier à voir, depuis son balcon, la masse obscure qui s'avançait de la montagne vers la ville. Il eut du mal à comprendre ce que c'était, parce qu'il n'avait plus une aussi bonne vue qu'autrefois, qu'une brume ténue s'était levée et que l'air vibrait de chaleur et d'humidité.

«Tété! Viens ici et dis-moi ce que tu vois! lui ordonna-t-il.

— Des Noirs, monsieur. Des milliers de Noirs», répondit-elle sans pouvoir éviter un frémissement, mélange de terreur face à ce qui leur venait dessus et d'espoir que Gambo se trouvât parmi eux.

Valmorain réveilla les patriotes qui ronflaient dans la salle et les envoya donner l'alarme. Bientôt les voisins s'enfermèrent chez eux, barricadant portes et fenêtres, tandis que les hommes du général Galbaud émergeaient de leur beuverie et se préparaient pour une bataille perdue avant de commencer. Ils ne le savaient pas encore, mais il y avait cinq Noirs pour chaque soldat blanc, et ils arrivaient exaltés par le courage dément que leur communiquait Ogoun. D'abord on entendit une terrifiante sarabande de hurlements et l'appel aigu des conques de guerre, dont le volume augmentait sans arrêt. Les rebelles étaient beaucoup plus nombreux et plus proches qu'on ne l'avait imaginé. Ils tombèrent sur Le Cap dans un raffut assourdissant, presque nus, mal armés, sans ordre ni concertation, prêts à tout raser. Ils pouvaient se venger et détruire à loisir, en toute impunité. En un clin d'œil surgirent des milliers de torches et la ville ne fut plus qu'une flamme : les maisons de bois brûlaient par contagion, rue après rue, par quartiers entiers. La chaleur devint insupportable, le ciel et la mer se teignirent de rouge et d'orangé. Au milieu du crépitement des flammes et du fracas des édifices qui s'écroulaient dans un voile de fumée, on entendait parfaitement les cris de victoire des Noirs et ceux de terreur viscérale de leurs victimes. Les rues se remplirent des corps de ceux qui fuyaient, épouvantés, piétinés par les assaillants et par la course précipitée de centaines de chevaux échappés des écuries. Personne ne put opposer de résistance à un tel assaut. La plupart des marins furent anéantis au cours des premières heures, tandis que les troupes régulières de Galbaud tentaient de mettre les civils blancs à l'abri. Des milliers de réfugiés couraient vers le port. Certains essayaient d'emporter des paquets, mais ils les abandonnaient au bout de quelques pas, dans leur hâte de fuir.

Depuis une fenêtre du premier étage, Valmorain put se rendre compte de la situation en un coup d'œil. L'incendie était tout proche, une étincelle suffirait à transformer sa maison en brasier. Dans les rues latérales, des bandes de Noirs trempés de sueur et de sang couraient, affrontant sans hésiter les armes des rares soldats qui étaient encore debout. Les assaillants tombaient par douzaines, mais d'autres arrivaient derrière, bondissant par-dessus les corps entassés de leurs compagnons. Valmorain vit un groupe entourer une famille qui essayait d'atteindre le quai, deux femmes et plusieurs enfants protégés par un homme d'âge mûr, sûrement le père, et deux adolescents. Les Blancs, armés de pistolets, parvinrent à tirer chacun un coup à bout portant, mais aussitôt une horde les submergea et ils disparurent. Tandis que plusieurs Noirs emportaient les têtes qu'ils tenaient par les cheveux, d'autres défonçaient la porte d'une maison dont le toit était déjà en feu, et où ils entrèrent en vociférant. Ils jetèrent par les fenêtres une femme égorgée, des meubles et des ustensiles, jusqu'à ce que les flammes les obligent à sortir. Quelques instants plus tard, Valmorain entendit les premiers coups de crosse contre la porte principale de sa propre maison. La terreur qui le paralysait ne lui était pas inconnue, il l'avait déjà vécue, identique, lorsqu'il avait fui sa plantation à la suite de Gambo. Il ne comprenait pas comment les choses avaient pu se retourner et comment le tumulte séditieux des marins ivres et des soldats blancs dans les rues, qui d'après Galbaud ne devait durer que quelques heures et se terminer par une victoire assurée, était devenu ce cauchemar de Noirs déchaînés. Il serrait ses armes avec des doigts si raides qu'il aurait été incapable de tirer. Il était trempé d'une sueur aigre dont il reconnaissait la puanteur : l'odeur de l'impuissance et de la terreur des esclaves martyrisés par Cambray. Il avait la sensation que son sort était scellé et que, tout comme les esclaves de sa plantation, il n'avait pas d'échappatoire. Il lutta contre la nausée et la tentation insupportable de s'accroupir dans un coin, paralysé par une abjecte lâcheté. Un liquide chaud mouilla sa culotte.

Tété se dressait au centre de la pièce, les enfants cachés dans ses jupes, et elle tenait un pistolet à deux mains, le canon pointé vers le haut. Elle avait perdu l'espoir de trouver Gambo, car s'il se trouvait dans la ville il n'arriverait jamais jusqu'à elle avant la populace. Seule, elle ne pouvait défendre Maurice et Rosette. En voyant Valmorain paniqué uriner sur lui, elle comprit que le sacrifice de s'être séparée de Gambo n'avait servi à rien : le maître était incapable de les protéger. Il eût mieux valu partir avec les rebelles et courir le risque d'emmener les enfants avec elle. La vision de ce qui était sur le point d'arriver à ses enfants lui donna un courage aveugle et le terrible calme de ceux qui sont prêts à mourir. Le port n'était qu'à deux pâtés de maisons et, bien que la distance parût insurmontable en ces circonstances, il n'y avait pas d'autre salut. « Nous allons sortir par-derrière, par la porte des domestiques », annonça Tété d'une voix ferme. La porte principale résonnait sous les coups et l'on entendait l'explosion des vitres des fenêtres du rez-de-chaussée, mais Valmorain les croyait plus en sécurité à l'intérieur, peut-être pourraient-ils se cacher quelque part. « Ils vont brûler la maison. Je pars avec les enfants », répliqua-t-elle en lui tournant le dos. À cet instant, Maurice sortit son petit visage souillé de larmes et de morve des jupes de Tété et il courut étreindre les jambes de son père. Valmorain fut secoué par un éclair d'amour pour cet enfant et il prit conscience de l'état honteux où il était. Il ne pouvait permettre, si par miracle son fils survivait, qu'il se souvînt de lui comme d'un lâche. Il respira à fond en essayant de contrôler le tremblement de son corps, coinça un pistolet dans sa ceinture, arma l'autre, saisit Maurice par la main et l'emporta presque en volant derrière Tété qui descendait déjà, avec Rosette dans ses bras, par l'étroit escalier en colimaçon qui unissait le premier étage aux pièces des esclaves au sous-sol.

Ils sortirent par la porte de service dans la petite rue de derrière, jonchée de décombres et de cendres des bâtiments qui brûlaient, mais déserte. Valmorain se sentit désorienté, il n'avait jamais emprunté cette porte ni ce passage, et il ne savait où il menait, mais Tété marchait devant sans hésiter, tout droit vers la conflagration de la bataille. À cet instant, alors que la rencontre avec la tourbe paraissait inévitable, ils entendirent une fusillade et virent un peloton réduit des troupes régulières de Galbaud, qui n'essayait plus de défendre la ville mais battait en retraite en direction des bateaux. Ils tiraient avec ordre, calmement, sans rompre les rangs. Les Noirs rebelles occupaient une partie de la rue, mais les tirs les tenaient à distance. Alors, pour la première fois, Valmorain fut capable de penser avec une certaine clarté et il comprit que ce n'était pas le moment d'hésiter. «Allons! Courez!» cria-t-il. Ils se lancèrent derrière les soldats, s'abritant au milieu d'eux, et ainsi, bondissant entre les corps tombés et les débris en flammes, ils parcoururent ces deux rues, les plus longues de leur vie, tandis que les armes à feu leur ouvraient un passage. Sans savoir comment, ils se retrouvèrent au port, éclairé comme en plein jour par l'incendie, où s'entassaient déjà des milliers de réfugiés et où d'autres continuaient à arriver. Plusieurs rangs de soldats protégeaient les Blancs en tirant sur les Noirs qui attaquaient sur trois côtés, tandis que dans la foule les gens se battaient comme des bêtes pour monter dans les canots disponibles. Personne n'avait la charge d'organiser la retraite, c'était une cohue épouvantable. Dans leur désespoir, certains se jetaient à l'eau et tentaient de nager vers les bateaux, mais la mer grouillait de requins attirés par l'odeur du sang.

Sur ce apparut le général Galbaud, à cheval, avec sa femme en croupe, entouré d'une petite garde prétorienne qui le protégeait et dégageait le passage en frappant la foule de ses armes. L'attaque des Noirs avait pris Galbaud par surprise, c'était la dernière chose à laquelle il s'attendait, mais il se rendit compte tout de suite que la situation s'était retournée et qu'il ne lui restait plus qu'à se mettre à l'abri. Il eut juste le temps de sauver son épouse, alitée depuis deux jours à cause d'une crise de malaria et qui ne se doutait pas de ce qui se passait à l'extérieur. Elle était couverte d'un châle sur son *déshabillé*, pieds nus, les cheveux ramassés en une tresse qui pendait dans son dos, et arborait une expression indifférente, comme si elle ne percevait ni la bataille ni l'incendie. D'une manière ou d'une autre, elle était arrivée là intacte; en revanche, son mari avait la barbe et les cheveux roussis, les vêtements déchirés, tachés de sang et de suie.

Valmorain courut vers le militaire en brandissant son pistolet, il parvint à passer entre les gardes, se mit devant lui et de sa main libre s'accrocha à sa jambe. «Un canot! Un canot!» supplia-t-il celui qu'il considérait comme son ami, mais Galbaud lui répondit en l'écartant d'un coup de pied dans la poitrine. Un éclair de colère et de désespoir aveugla Valmorain. L'échafaudage des bonnes manières qui l'avait soutenu pendant ses quarante-trois années de vie s'effondra et il se transforma en un fauve traqué. Avec une force et une agilité inconnues il bondit, saisit l'épouse du général par la taille et la précipita violemment du cheval. La dame tomba les quatre fers en l'air sur les pavés chauds et, avant que la garde n'eût le temps de réagir, il lui mit le pistolet sur la tempe. «Un canot ou je la tue à l'instant même!» menaça-t-il, avec une telle détermination que personne ne douta qu'il le ferait. Galbaud arrêta ses soldats. «C'est bien, mon ami, calmez-vous, je vais vous trouver un canot», dit-il d'une voix enrouée par la fumée et la poussière. Valmorain prit la femme par les cheveux, la souleva du sol et l'obligea à marcher devant lui, le pistolet sur la nuque. Le châle resta par terre et à travers le tissu du *déshabillé*, transparent dans la lumière orangée de cette nuit diabolique, on voyait son corps mince avancer en titubant, sur la pointe des pieds, suspendue en l'air par la tresse. Ainsi arrivèrent-ils au canot qui attendait Galbaud. Au dernier moment le général tenta de négocier: il n'y avait de place que pour Valmorain et son fils, allégua-t-il, on ne pouvait donner la préférence à la mulâtresse alors que des milliers de Blancs poussaient pour monter. Valmorain tint l'épouse du général au bord du quai, au-dessus des eaux rougies par le reflet du feu et le sang. Galbaud comprit qu'à la moindre hésitation cet homme détraqué la jetterait aux requins et il céda. Valmorain monta avec les siens dans le canot.

Aider à mourir

Un mois plus tard, sur les restes fumants du Cap réduit en cendres et décombres, Sonthonax proclama l'émancipation des esclaves à Saint-Domingue. Sans eux il ne pouvait lutter contre ses ennemis intérieurs, et contre les Anglais qui occupaient déjà le Sud. Le même jour, Toussaint déclara lui aussi l'émancipation, depuis son campement en territoire espagnol. Il signa le document sous le nom de Toussaint Louverture, celui avec lequel il allait entrer dans l'Histoire. Ses rangs ne cessaient de croître, il exerçait plus d'influence que n'importe lequel des autres chefs rebelles et, à cette époque, pensait déjà changer de drapeau, car seule la France républicaine reconnaîtrait la liberté de ses gens, qu'aucun autre pays n'était prêt à tolérer.

Zacharie avait attendu cette occasion depuis qu'il avait l'âge de raison ; il avait vécu dans l'obsession de la liberté, bien que son père lui eût martelé depuis le berceau la fierté d'être majordome de l'intendance, poste normalement occupé par un Blanc. Il enleva son uniforme d'amiral d'opérette, ramassa ses économies et s'embarqua sur le premier bateau qui quitta le port ce jour-là, sans demander où il allait. Il se rendit compte que l'émancipation n'était qu'une carte politique pouvant être révoquée à tout instant, et il décida de ne pas se trouver là quand cela se produirait. De tant cohabiter avec les

Blancs, il en était venu à les connaître à fond et supposa que si les monarchistes triomphaient aux prochaines élections de l'Assemblée en France, ils destitueraient Sonthonax de son poste, voteraient contre l'émancipation, et les Noirs de la colonie devraient continuer à lutter pour leur liberté. Mais lui n'avait aucune intention de se sacrifier, la guerre lui apparaissait comme un gaspillage de ressources et de vies, la façon la moins raisonnable de résoudre les conflits. De toute façon, son expérience de majordome n'avait aucune valeur dans cette île déchirée par la violence depuis l'époque de Christophe Colomb, et il devait profiter de cette occasion pour se mettre en quête d'autres horizons. À trente-huit ans, il était prêt à changer de vie.

Étienne Relais eut connaissance de la double proclamation quelques heures avant de mourir. Sa blessure à l'épaule s'était rapidement aggravée pendant les journées au cours desquelles Le Cap avait été saccagé et brûlé jusqu'aux fondations, et lorsqu'il put enfin s'en occuper la gangrène avait commencé son œuvre. Quand le docteur Parmentier – qui avait passé ces journées à soigner des centaines de blessés sans se reposer, avec l'aide des bonnes sœurs qui avaient survécu aux viols – l'examina, il était trop tard. Sa clavicule était pulvérisée et l'emplacement de la blessure ne permettait pas la solution extrême de l'amputation. Les remèdes que lui avaient appris Tante Rose et d'autres guérisseurs étaient inutiles. Étienne Relais avait vu des blessures de toutes sortes et l'odeur lui apprit qu'il était mourant ; son plus grand regret fut de ne pouvoir protéger Violette des vicissitudes de l'avenir. Couché sur une planche sans matelas à l'hôpital, il respirait avec difficulté, trempé de la sueur épaisse de l'agonie. La douleur aurait été intolérable pour un autre, mais il avait été blessé plusieurs fois dans le passé, il menait une existence de privations et éprouvait un mépris stoïque pour les misères de son corps. Il ne se plaignait pas. Les yeux fermés il évoquait Violette, ses mains fraîches, son rire rauque, sa taille souple, ses oreilles translucides, les bouts sombres de ses seins, et il souriait, se sentant l'homme le plus heureux au monde, parce qu'elle avait été à lui pendant quatorze ans, Violette amoureuse, belle, éternelle. Parmentier n'essaya pas de le distraire, il se contenta de lui offrir de l'opium, le seul calmant disponible, ou une potion foudroyante pour mettre fin à ce supplice en quelques minutes ; c'était une option qu'il ne devait pas proposer en tant que médecin, mais il avait été le témoin de tant de souffrances dans cette île que le serment de préserver la vie à tout prix avait perdu son sens ; dans certains cas, il était plus éthique d'aider à mourir. « Le poison, à condition qu'il ne manque pas pour un autre soldat », choisit le blessé. Le docteur se pencha tout près pour l'entendre, car la voix n'était qu'un murmure. « Trouvez Violette, dites-lui que je l'aime », ajouta Étienne Relais avant que le médecin lui verse le contenu d'un petit flacon dans la bouche.

À Cuba, au même instant, Violette Boisier cogna sa main droite contre la fontaine de pierre où elle était allée chercher de l'eau, et l'opale de l'anneau, qu'elle avait porté pendant quatorze ans, se brisa. Elle tomba assise près de la fontaine, un cri bloqué dans la gorge et la main appuyée sur son cœur. Adèle, qui était avec elle, crut qu'un scorpion l'avait piquée. « Étienne, Étienne… », balbutia Violette en larmes.

À cinq rues de la fontaine où Violette sut qu'elle était veuve, Tété se tenait debout sous un vélum dans le jardin du meilleur hôtel de La Havane, près de la table où Maurice et Rosette buvaient du jus d'ananas. Il ne lui était pas permis de s'asseoir parmi les hôtes, et Rosette non plus, mais la fillette passait pour une Espagnole, personne ne soupçonnant sa véritable condition. Maurice contribuait à la tromperie en la traitant comme sa petite sœur. À une autre table, Toulouse Valmorain discutait avec son beau-frère et son banquier. La flotte de réfugiés que le général Galbaud avait sortie du Cap en cette nuit fatidique avait navigué toutes voiles dehors en direction de Baltimore, sous une pluie de cendres, mais plusieurs de cette centaine de bateaux avaient mis le cap sur Cuba, avec les *Grands Blancs* qui y avaient de la famille ou des intérêts. Du jour au lendemain, des milliers de familles françaises débarquèrent dans l'île en attendant que passe l'orage politique à Saint-Domingue. Elles furent reçues avec une généreuse hospitalité par les Cubains et les Espagnols, qui n'imaginèrent pas un instant que ces visiteurs épouvantés allaient devenir des réfugiés permanents. Parmi eux se trouvaient Valmorain, Tété et les enfants. Sancho García del Solar les emmena dans sa maison, qui pendant ces années s'était un peu plus détériorée sans que personne s'occupe de la consolider. Lorsqu'il vit les cafards, Valmorain préféra s'installer avec les siens dans le meilleur hôtel de La Havane, où lui et Maurice occupait une suite avec deux balcons ayant vue sur la mer, alors que Tété et Rosette dormaient dans les logements des esclaves qui accompagnaient leurs maîtres en voyage, des cagibis au sol de terre battue et sans fenêtre.

Sancho menait l'existence oisive d'un célibataire endurci ; il dépensait plus qu'il ne convenait en fêtes, femmes, chevaux et tables de jeu, mais il rêvait toujours, comme dans sa jeunesse, de faire fortune et de rendre à son nom le prestige qu'il avait au temps de ses aïeux. Il était constamment à l'affût d'occasions de faire de l'argent ; ainsi avait-il eu l'idée, deux ou trois ans plus tôt, d'acheter des terres en Louisiane avec les moyens que lui procura Valmorain. Son apport, c'était la vision commerciale, les contacts sociaux et le travail, à condition qu'il n'y en eût pas trop, comme il disait en riant, tandis que son beau-frère contribuait au capital. Depuis qu'il avait concrétisé cette idée, il avait souvent voyagé à La Nouvelle-Orléans et acquis une propriété sur la rive du Mississippi. Au début, Valmorain parlait du projet comme d'une aventure extravagante, mais c'était à présent la seule chose sûre qu'il eût entre les mains et il se proposa de faire de cette terre abandonnée une grande plantation de sucre. Il avait beaucoup perdu à Saint-Domingue, mais il ne manquait pas de ressources, grâce à ses investissements, à ses négoces avec Sancho, au bon jugement de son agent juif et de son banquier cubain. Telle était l'explication qu'il avait donnée à Sancho qui eut l'indiscrétion de l'interroger. Seul face à son miroir, il ne pouvait éluder la vérité qui l'accusait du fond de ses yeux : la plus grande partie de ce capital n'était pas à lui, elle avait appartenu à Lacroix. Il se répétait qu'il avait la conscience tranquille, parce qu'il n'avait jamais essayé de tirer parti de la tragédie de son ami ou de s'emparer de cet argent, il lui était simplement tombé du ciel. Quand la famille Lacroix avait été assassinée par les rebelles à Saint-Domingue et que les reçus qu'il avait signés pour l'argent qu'on lui avait confié avaient brûlé dans l'incendie, il s'était retrouvé en possession d'un compte en pesos d'or que lui-même avait ouvert à La Havane pour dissimuler les économies de Lacroix, dont personne ne soupçonnait l'existence. À chacun de ses voyages, il avait déposé l'argent que son voisin lui remettait et son banquier le plaçait sur un compte identifié par un numéro. Le banquier ignorait tout de Lacroix et plus tard, lorsque Valmorain transféra les fonds sur son propre compte, il ne fit aucune objection, car il partit du principe qu'ils lui appartenaient. Lacroix avait des héritiers en France, qui avaient plein droit sur ces biens, mais Valmorain analysa la situation et décida que ce n'était pas à lui d'aller les chercher, et qu'il serait stupide de laisser cet or enterré dans la crypte d'une banque. C'était l'un de ces rares cas où la fortune frappe à la porte et que seul un idiot laisserait passer.

Deux semaines plus tard, alors que les nouvelles de Saint-Domingue ne laissaient aucun doute sur la cruelle anarchie qui régnait dans la colonie, Valmorain décida de se rendre en Louisiane avec Sancho. La vie à La Havane était très divertissante pour quelqu'un disposé à dépenser son argent, mais il ne pouvait perdre plus de temps. Il comprit que s'il suivait Sancho de tripot en tripot et de bordel en bordel, il finirait par y brûler ses économies et sa santé. Mieux valait emmener ce charmant beau-frère loin de ses compères et lui donner un projet à la mesure de son ambition. La plantation de Louisiane pouvait ranimer chez Sancho les braises de la forteresse morale que presque tout le monde possède, pensa-t-il. Pendant toutes ces années, il s'était pris d'une affection de frère aîné pour cet homme dont il n'avait ni les défauts ni les vertus. C'est pourquoi ils s'entendaient bien. Sancho était loquace, aventurier, plein d'imagination et courageux, la sorte d'homme capable de coudoyer des princes aussi bien que des boucaniers, irrésistible pour les femmes, un coquin au cœur léger. Valmorain ne donnait pas Saint-Lazare pour perdu, mais en attendant de pouvoir récupérer la plantation il pouvait concentrer son énergie sur le projet de Sancho en Louisiane. La politique ne l'intéressait plus, le fiasco de Galbaud l'avait échaudé. L'heure était venue de revenir à la production du sucre, la seule chose qu'il savait faire.

Le châtiment

Valmorain annonça à Tété qu'ils partiraient deux jours plus tard sur une goélette américaine, et il lui donna de l'argent pour acheter des vêtements à la famille.

« Quelque chose ne va pas ? lui demanda-t-il en voyant que la femme ne faisait pas mine de prendre la bourse contenant les pièces.

— Pardonnez-moi, monsieur, mais… je ne veux pas aller là-bas, balbutia-t-elle.

— Que dis-tu, idiote ? Obéis et tais-toi !

— Le papier de ma liberté, il est valable aussi là-bas ? osa-t-elle demander.

— C'est cela qui te préoccupe ? Bien sûr qu'il est valable, là-bas et n'importe où. Il porte ma signature et mon sceau, il est légal jusqu'en Chine.

— La Louisiane est très loin de Saint-Domingue, non ? insista Tété.

— Nous n'allons pas retourner à Saint-Domingue, si c'est à ça que tu penses. Tout ce que nous avons subi là-bas ne t'a pas suffi ? Tu es plus bête que je ne pensais ! » s'exclama Valmorain, irrité.

Tété s'en fut tête basse préparer le voyage. La poupée en bois que lui avait sculptée l'esclave Honoré dans son enfance était restée à Saint-Lazare, et ce fétiche porte-bonheur lui manquait. « Reverrai-je Gambo, Erzulie ? Nous allons plus loin, il y aura plus d'eau entre nous. » Après la sieste, elle attendit que la brise de mer rafraîchisse l'après-midi et elle emmena les enfants faire les courses. Par ordre du maître, qui ne voulait pas voir Maurice jouer avec une fillette en guenilles, elle les habilla tous deux de vêtements de même qualité, et aux yeux de quiconque ils avaient l'air d'enfants riches accompagnés de leur bonne. Suivant les plans de Sancho, ils allaient s'installer à La Nouvelle-Orléans, car la nouvelle plantation n'était qu'à une journée de la ville. Ils possédaient déjà la terre, mais il manquait tout le reste : moulins, machines, outils, esclaves, logements et maison principale. Il fallait préparer les terrains et planter, il n'y aurait pas de production avant deux ans, mais grâce aux réserves de Valmorain ils ne manqueraient de rien. Comme disait Sancho, l'argent ne permet pas d'acheter le bonheur, mais il achète à peu près tout le reste. Ils ne voulaient pas arriver à La Nouvelle-Orléans en ayant l'air de s'être échappés de quelque part, ils étaient des investisseurs, pas des réfugiés. Ils avaient quitté Le Cap avec ce qu'ils portaient sur le dos et à Cuba ils avaient acheté le minimum, mais avant le voyage pour La Nouvelle-Orléans ils avaient besoin d'une garde-robe complète, de malles et de valises. « Tout de la meilleure qualité, Tété. Et achète aussi deux ou trois robes pour toi, je ne veux pas te voir vêtue comme une mendiante. Et mets des chaussures ! » lui ordonna-t-il, mais les seules bottines qu'elle possédait étaient une torture. Dans les *comptoirs* du centre, Tété acheta tout ce qui était nécessaire, après bien des marchandages, comme c'était la coutume à Saint-Domingue et comme ce devait l'être à Cuba. Dans la rue on parlait espagnol, et bien qu'elle eût un peu appris cette langue avec Eugenia, elle ne comprenait pas l'accent cubain, glissant et chantant, très différent du castillan dur et sonore de sa défunte maîtresse. Sur un marché populaire, elle aurait été incapable de marchander, mais dans les établissements commerciaux on parlait aussi français.

271

Lorsqu'elle eut terminé les achats, elle demanda qu'on les envoie à l'hôtel, selon les instructions de son maître. Les enfants avaient faim et elle était fatiguée, mais en sortant ils entendirent des tambours et elle ne put résister à leur appel. D'une ruelle à l'autre, ils arrivèrent sur une petite place où s'était rassemblée une foule de gens de couleur qui dansaient avec frénésie au son d'un orchestre. Il y avait longtemps que Tété n'avait pas senti l'impulsion volcanique de la danse dans un *calenda*, elle avait passé plus d'un an effrayée à la plantation, harcelée par les hurlements des condamnés au Cap, fuyant, faisant ses adieux, attendant. Le rythme monta de la plante nue de ses pieds jusqu'au nœud de son *tignon*, tout son corps possédé par les tambours avec la même jubilation qu'elle ressentait lorsqu'elle faisait l'amour avec Gambo. Elle lâcha les enfants et prit part au tumulte : un esclave qui danse est libre tant qu'il danse, lui avait appris Honoré. Mais elle n'était plus esclave, elle était libre, il ne manquait que la signature du juge. Libre, libre ! Alors bougeons, les pieds collés au sol, les jambes et les hanches frémissantes, les fesses se balançant, provocantes, les bras comme des ailes de mouette, les seins agités et la tête perdue. Le sang africain de Rosette répondit aussi à la formidable puissance de la musique et la fillette de trois ans sauta au milieu des danseurs, vibrant avec le même plaisir et le même abandon que sa mère. Maurice, au contraire, recula jusqu'à un mur contre lequel il se colla. Il avait assisté à quelques danses d'esclaves à l'*habitation* Saint-Lazare en tant que spectateur, protégé par son père qui lui tenait la main, mais sur cette place inconnue il était seul, happé par une masse humaine frénétique, étourdi par les tambours, oublié par Tété, sa Tété, qui s'était changée en un ouragan de jupes et de bras, oublié aussi par Rosette qui avait disparu entre les jambes des danseurs, oublié de tous. Il se mit à pleurer à grands cris. Un Noir à l'air moqueur, tout juste couvert d'un cache-sexe et de trois tours de colliers voyants, se mit à sauter devant lui en agitant une maraca pour le distraire, mais il ne réussit qu'à le terroriser davantage. Maurice partit en courant aussi vite que ses jambes le lui permettaient. Les tambours continuèrent à résonner pendant des heures et peut-être Tété aurait-elle dansé jusqu'à ce que le dernier se taise, à l'aube, si quatre mains puissantes ne l'avaient saisie par les bras et traînée hors de la fête.

Près de trois heures avaient passé depuis que Maurice était parti en courant instinctivement vers la mer, qu'il avait vue depuis les balcons de sa suite. Il était décomposé par la frayeur, ne se souvenait pas de l'hôtel, mais un enfant blond, bien vêtu et timide, pleurant dans la rue, ne pouvait passer inaperçu. Quelqu'un s'arrêta pour lui venir en aide, s'enquit du nom de son père et demanda dans plusieurs établissements jusqu'à tomber sur Toulouse Valmorain, qui n'avait pas eu le temps de penser à lui ; avec Tété, son fils était en sécurité. Lorsqu'il parvint à faire dire à l'enfant, entre deux sanglots, ce qui s'était passé, il partit en trombe à la recherche de la femme, mais un peu plus loin il se rendit compte qu'il ne connaissait pas la ville et qu'il ne pourrait la retrouver ; il fit alors appel à la garde. Deux hommes sortirent à la recherche de Tété en s'aidant des vagues indications de Maurice et, guidés par le son des tambours, ils trouvèrent bientôt le bal sur la place. Elle se débattit, mais ils l'emmenèrent dans un cachot, et comme Rosette les suivait en leur criant de lâcher sa maman, ils l'enfermèrent aussi.

Dans l'obscurité étouffante de la cellule qui puait l'urine et les excréments, Tété se blottit dans un coin avec Rosette dans ses bras. Elle s'aperçut qu'il y avait d'autres personnes, mais elle mit un moment à distinguer dans la pénombre une femme et trois hommes, silencieux et immobiles, qui attendaient leur tour de recevoir les coups de fouet ordonnés par leurs maîtres. L'un des hommes était là depuis plusieurs jours, se remettant des vingt-cinq premiers coups avant de recevoir ceux à venir, lorsqu'il pourrait les supporter. La femme lui demanda quelque chose en espagnol, mais Tété ne comprit pas. Elle commençait à mesurer les conséquences de ce qu'elle avait fait : dans le tourbillon de la danse, elle avait abandonné Maurice. S'il était arrivé quelque chose à l'enfant, elle allait le payer de sa vie, c'est pour cela qu'ils l'avaient arrêtée et qu'elle était dans ce trou immonde. Le sort de l'enfant lui importait plus que sa vie. « Erzulie, *loa* mère, fais que Maurice soit sain et sauf. » Et qu'allait-il advenir de Rosette ? Elle toucha la bourse sous son corsage. Elles n'étaient pas encore libres, aucun juge n'avait signé le papier, sa fille pouvait être vendue. Elles passèrent le reste de la nuit dans la prison, la plus longue dont Tété eût le souvenir. Rosette se fatigua de pleurer et de demander de l'eau, et elle finit par s'endormir, fiévreuse. Au matin, la lumière implacable de la Caraïbe pénétra entre les barreaux épais, et un corbeau se posa sur le rebord en pierre de l'unique petite fenêtre pour picorer des insectes. La femme se mit à gémir et Tété ne sut si c'était à cause du mauvais présage que représentait cet oiseau noir ou parce que le jour de son châtiment était arrivé. Les heures s'écoulèrent, la chaleur augmenta, l'air devint si rare et si chaud que Tété avait l'impression que sa tête était pleine de coton. Elle ne savait comment calmer la soif de sa fille, elle la mit au sein, mais elle n'avait plus de lait. Vers le milieu de la journée, la grille s'ouvrit, une large silhouette bloqua la porte et l'appela par son nom. À la deuxième tentative, Tété réussit à se lever ; ses jambes tremblaient et la soif lui donnait des visions. Sans lâcher Rosette, elle avança en titubant vers la sortie. Derrière elle, elle entendit la femme lui dire adieu avec des mots connus, car elle les avait déjà entendus dans la bouche d'Eugenia : Vierge Marie, mère de Dieu, priez pour nous pauvres pécheurs. Tété répondit intérieurement, car ses lèvres sèches refusèrent d'émettre un son : « Erzulie, *loa* de la compassion, protège Rosette. » On la conduisit dans une petite cour, avec une seule porte d'accès et entourée de hauts murs, où se dressaient un échafaud avec un gibet, un poteau et un tronc noir de sang séché pour les amputations. Le bourreau était un Congo aussi large qu'une armoire, les joues striées de cicatrices, les dents taillées en pointe, le torse nu et un tablier de cuir couvert de taches brunes. Avant que l'homme la touche, Tété poussa Rosette et lui ordonna de s'éloigner. La petite obéit en pleurnichant, trop faible pour poser des questions. « Je suis libre ! Je suis libre ! » cria Tété dans le peu d'espagnol qu'elle connaissait, montrant au bourreau la bourse qu'elle portait au cou, mais la main de l'homme la lui arracha avec sa blouse et son corsage, qui se déchirèrent au premier coup. La seconde tape lui arracha la jupe et elle se retrouva nue. Elle n'essaya pas de se couvrir. Elle dit à Rosette de regarder le mur et de ne se retourner sous aucun prétexte ; puis elle se laissa conduire au poteau et elle-même tendit les mains pour qu'on lui attache les poignets avec des cordes de sisal. Elle entendit le sifflement terrible du fouet dans l'air et pensa à Gambo.

Toulouse Valmorain attendait de l'autre côté de la porte. Comme il l'avait demandé au bourreau pour le salaire habituel et un pourboire, celui-ci donnerait une frayeur inoubliable à son esclave, mais sans lui faire de mal. Rien de sérieux n'était arrivé à Maurice, heureusement, et deux jours plus tard ils partaient en voyage ; il avait plus que jamais besoin de Tété et ne pouvait l'emmener si elle subissait pour de bon le supplice. Le fouet claqua en faisant des étincelles sur les pavés de la cour, mais Tété le sentit sur son dos, dans son cœur, dans ses entrailles, dans son âme. Ses genoux se plièrent et elle resta suspendue par les poignets. De très loin lui parvinrent l'éclat de rire du bourreau et un cri de Rosette : « Monsieur ! Monsieur ! » Elle s'obligea brutalement à ouvrir les yeux et tourner la tête. Valmorain était à quelques pas et Rosette serrait ses genoux dans ses bras, le visage plongé dans ses jambes, étouffée par les sanglots. Il lui caressa la tête et la prit dans ses bras, où la fillette s'abandonna, inerte. Sans un mot pour l'esclave, il fit un signe au bourreau et se dirigea vers la porte. Le Congo détacha Tété, ramassa ses vêtements et les lui tendit. Elle, qui

quelques instants auparavant ne pouvait bouger, suivit rapidement Valmorain, titubante, avec une énergie née de la terreur,
nue, serrant ses vêtements contre sa poitrine. Le bourreau
l'accompagna vers la sortie et lui remit la bourse en cuir qui
contenait sa liberté.

SECONDE PARTIE

Louisiane, 1793-1810

Créoles *de haut lignage*

La maison au cœur de La Nouvelle-Orléans, dans le secteur où vivaient les *créoles* d'ascendance française et de vieille souche, fut une trouvaille de Sancho García del Solar. Chaque famille constituait une société patriarcale, nombreuse et fermée, qui ne se mélangeait qu'avec d'autres de même rang. L'argent n'ouvrait pas ces portes, contrairement à ce qu'affirmait Sancho, lequel aurait dû être mieux informé vu qu'il ne les ouvrait pas davantage chez les Espagnols de caste sociale équivalente ; mais lorsque les réfugiés de Saint-Domingue commencèrent à arriver, il y eut un entrebâillement par lequel se glisser. Au début, avant que cela ne devînt un flot humain, quelques familles *créoles* accueillirent les *Grands Blancs* qui avaient perdu leurs plantations, compatissantes et épouvantées par les tragiques nouvelles qui arrivaient de l'île. Que pouvait-on imaginer de pire qu'un soulèvement de Noirs ? Valmorain dépoussiéra son titre de *chevalier* pour se présenter en société, et son beau-frère prit soin de mentionner le *château* de Paris, malheureusement abandonné depuis que la mère de Valmorain s'était installée en Italie, fuyant la terreur instaurée par le jacobin Robespierre. Cette propension à décapiter les gens pour leurs idées ou leurs titres, comme cela avait cours en France, retournait l'estomac de Sancho. Il ne sympathisait pas avec la noblesse, mais pas plus avec la racaille ; la

279

République française lui paraissait aussi vulgaire que la démocratie américaine. Lorsque, quelques mois plus tard, il apprit qu'on avait décapité Robespierre avec la même guillotine sur laquelle avaient péri des centaines de ses victimes, il célébra l'événement par une beuverie de deux jours. Ce fut la dernière, car si personne n'était abstème parmi les *créoles*, l'ébriété n'était pas tolérée ; un homme à qui la boisson faisait perdre son maintien ne méritait d'être reçu nulle part. Valmorain, qui pendant des années avait ignoré les avertissements du docteur Parmentier concernant l'alcool, dut lui aussi se mesurer ; il découvrit alors qu'il ne buvait pas par vice, comme il le soupçonnait au fond, mais pour oublier sa solitude.

Comme ils l'avaient souhaité, les deux beaux-frères n'arrivèrent pas à La Nouvelle-Orléans confondus avec les autres réfugiés, mais en tant que propriétaires d'une plantation de sucre, état le plus prestigieux sur l'échelle des castes. L'idée de Sancho d'acquérir de la terre avait été providentielle. « N'oublie pas que l'avenir est dans le coton, beau-frère. Le sucre a mauvaise réputation », dit-il à Valmorain. Des récits épouvantables circulaient sur l'esclavage aux Antilles, et les abolitionnistes avaient lancé une campagne internationale pour boycotter le sucre souillé de sang. « Crois-moi, Sancho, même si les morceaux de sucre étaient rouges, la consommation continuerait d'augmenter. La dépendance à l'or doux est plus grande que celle à l'opium », le rassura Valmorain. Personne n'évoquait ce sujet dans le cercle fermé de la bonne société. Les *créoles* affirmaient que les atrocités des îles ne se produiraient pas en Louisiane. Chez ces gens-là, unis dans un emboîtement compliqué de relations familiales, où l'on ne pouvait garder un secret — tout se savait tôt ou tard —, la cruauté était mal vue et inconvenante, car seul un sot porterait préjudice à sa propriété. De plus le clergé, dirigé par le religieux espagnol Fray Antonio de Sedella, connu comme le père Antoine, que sa réputation de sainteté rendait redoutable, se chargeait d'insister sur le fait que chacun était responsable devant Dieu des corps et des âmes de ses esclaves.

Lorsqu'il entreprit les démarches en vue d'acquérir de la main-d'œuvre pour la plantation, Valmorain se trouva face à une réalité bien différente de celle de Saint-Domingue : les esclaves coûtaient cher. Cela impliquait un investissement supérieur à celui qu'il avait estimé et il devait être prudent sur les dépenses, mais il se sentit secrètement soulagé. Il existait à présent une raison pratique pour prendre soin des esclaves, pas seulement des scrupules humanitaires pouvant être interprétés comme une marque de faiblesse. Le pire, au cours des vingt-trois années passées à Saint-Lazare – pire que la folie de sa femme, pire que le climat qui corrodait la santé et pulvérisait les principes du plus honnête des hommes, pire que la solitude et la faim de livres et de conversation –, avait été le pouvoir absolu qu'il exerçait sur d'autres vies, avec ce que cela supposait de tentations et de dégradation. Comme l'affirmait le docteur Parmentier, la révolution de Saint-Domingue était la revanche inévitable des esclaves sur la brutalité des colons. La Louisiane offrait à Valmorain l'occasion de revivre ses idéaux de jeunesse, endormis dans les replis de sa mémoire. Il se mit à rêver d'une plantation modèle capable de produire autant de sucre que Saint-Lazare, mais où les esclaves mèneraient une existence humaine. Cette fois, il ferait très attention au choix des contremaîtres et du gérant. Il ne voulait pas d'un autre Prosper Cambray.

Sancho se chargea de cultiver des amitiés parmi les *créoles*, sans lesquelles ils ne pouvaient prospérer, et en peu de temps il devint l'âme des soirées, grâce à sa voix de velours dans les chansons accompagnées à la guitare, à sa bonne humeur lorsqu'il perdait aux tables de jeu, à ses yeux langoureux et à l'humour plein de délicatesse qu'il utilisait avec les matrones, auprès desquelles il se dépensait en flatteries, car personne ne franchissait le seuil de leurs maisons sans leur approbation. Il jouait au billard, au backgammon, aux dominos et aux cartes, dansait avec grâce, aucun sujet de conversation ne lui clouait le bec et il avait l'art de toujours se présenter au bon endroit au moment opportun. Sa promenade favorite était l'allée arborée de la digue qui protégeait la ville des inondations, où tout le monde se mélangeait, des familles distinguées à la plèbe bruyante des marins, des esclaves, des gens libres de couleur et des incontournables *kaintocks*, avec leur réputation d'ivrognes, de fiers-à-bras et de coureurs de jupons. Ces hommes descendaient le Mississippi, venant du Kentucky et d'autres régions du Nord, pour vendre leurs produits – tabac, coton, peaux, bois –, affrontant en chemin des Indiens hostiles et mille autres dangers, raison pour laquelle ils étaient bien armés. À La Nouvelle-Orléans, ils vendaient leur canoë comme bois de chauffage, se divertissaient deux ou trois semaines et entreprenaient ensuite le rude voyage du retour.

Juste pour être vu, Sancho assistait aux représentations de théâtre et d'opéra, de même qu'il se rendait à la messe le dimanche. Son costume noir tout simple, ses cheveux rassemblés en un catogan et sa moustache gominée contrastaient avec les tenues de brocarts et de dentelles que portaient les Français, lui donnant un air légèrement dangereux qui attirait les femmes. Ses manières étaient irréprochables, condition essentielle dans la haute société, où le bon usage de la fourchette était plus important que la moralité d'un individu. De si magnifiques vertus n'auraient servi de rien à cet Espagnol un peu excentrique sans sa parenté avec Valmorain, Français de pure souche et riche, mais une fois qu'il s'était introduit dans les salons, personne n'avait l'idée de l'en faire sortir. Valmorain n'avait que quarante-cinq ans, il était veuf, plutôt bel homme malgré quelques kilos en trop, et naturellement les patriarches du Vieux Carré entreprirent de lui mettre le grappin dessus pour l'une de leurs filles ou de leurs nièces. Le beau-frère au nom imprononçable faisait lui aussi un candidat, car un gendre espagnol était préférable à la honte d'une fille célibataire.

Il y eut quelques commentaires, mais personne n'émit d'objections quand ces deux étrangers louèrent l'une des demeures du quartier et lorsque, plus tard, le propriétaire la leur vendit. Elle comportait un étage et une mansarde, mais pas de sous-sol, car La Nouvelle-Orléans était construite sur l'eau et il suffisait de creuser sur une profondeur d'un empan pour se mouiller. Au cimetière, les tombes étaient surélevées afin que les morts ne partent pas au fil de l'eau à chaque orage. Comme bien d'autres, la maison de Valmorain était construite en brique et bois, de style espagnol, avec une large entrée pour la calèche, une cour pavée, une fontaine en carreaux de faïence et de frais balcons ornés de grilles en fer que couvraient des plantes grimpantes odorantes. Valmorain la décora en évitant toute ostentation, signe d'arrivisme. Il n'était même pas capable de siffler, mais il investit dans des instruments de musique, car lors des soirées mondaines les demoiselles se distinguaient au piano, à la harpe ou au clavecin, les messieurs à la guitare.

À l'instar des autres enfants de riches, Maurice et Rosette durent apprendre la musique et la danse auprès de professeurs particuliers. Un réfugié de Saint-Domingue leur donnait des cours de musique à coups de baguette et un petit gros très maniéré leur apprenait les danses à la mode, à coups de baguette également. Dans le futur, ce serait aussi utile à Maurice que l'escrime pour se battre en duel et les jeux de salon ; et cela servirait à Rosette pour distraire les visiteurs, mais sans jamais rivaliser avec les fillettes blanches. Elle avait de la grâce et une belle voix ; Maurice, lui, qui avait hérité de la très mauvaise oreille de son père, assistait à ces cours avec l'attitude résignée d'un galérien. Il préférait les livres, qui n'allaient pas beaucoup lui servir à La Nouvelle-Orléans, où l'intellect était suspect ; bien plus apprécié était le talent de la conversation légère, de la galanterie et du bien-vivre.

Quant à Valmorain, accoutumé à une existence d'ermite dans sa plantation de Saint-Lazare, il considérait comme du temps perdu les heures de conversation banale dans les cafés et les bars où l'entraînait Sancho. Il devait prendre sur lui pour participer aux jeux et aux paris, détestait les combats de coqs qui éclaboussaient de sang les spectateurs, et les courses de chevaux et de lévriers auxquelles il perdait toujours. Chaque jour de la semaine se déroulait une réunion dans un salon différent, présidée par une matrone qui tenait le compte des assistants et des potins. Les hommes célibataires allaient de maison en maison, toujours avec un cadeau, en général un monstrueux dessert au sucre et aux noix, aussi lourd qu'une tête de vache. D'après Sancho, les réunions étaient obligatoires dans cette société fermée. Danses, *soirées*, pique-niques, toujours les mêmes visages et rien à dire. Valmorain préférait la plantation, mais il comprit qu'en Louisiane son goût pour la réclusion serait interprété comme de l'avarice.

Les salons et la salle à manger de la maison de la ville se trouvaient au rez-de-chaussée, les chambres à l'étage, la cuisine et les logements des esclaves dans l'arrière-cour, à l'écart. Les fenêtres donnaient sur un jardin, petit mais bien entretenu. La pièce la plus spacieuse était la salle à manger, comme dans toutes les maisons *créoles*, où la vie tournait autour de la table et de la fierté de bien recevoir. Une famille respectable possédait un service de vaisselle pour au moins vingt-quatre convives. L'une des chambres du premier étage avait une entrée séparée, car destinée aux fils célibataires qui pouvaient ainsi faire la bringue sans offenser les dames de la famille. Dans les plantations, ces *garçonnières* étaient des pavillons octogonaux en bordure du chemin. Maurice ne pourrait exiger ce privilège avant une douzaine d'années. Pour le moment et pour la première fois il dormait seul, dans une chambre située entre celle de son père et celle de son oncle Sancho.

Tété et Rosette n'étaient pas logées avec les sept autres esclaves — une cuisinière, une lavandière, un cocher, une couturière, deux bonnes à tout faire et un jeune coursier —, elles dormaient ensemble dans la mansarde, au milieu des grands coffres de vêtements de la famille. Comme toujours, Tété dirigeait la maison. Une clochette munie d'un cordon reliait les chambres et permettait à Valmorain de l'appeler la nuit.

Dès qu'il vit Rosette, Sancho devina la relation de son beau-frère avec l'esclave et il anticipa le problème. « Que vas-tu faire de Tété lorsque tu te marieras ? » demanda-t-il à brûle-pourpoint à Valmorain, qui n'avait jamais mentionné ce sujet devant quiconque et qui, pris de court, marmotta qu'il n'avait pas l'intention de se marier. « Si nous continuons à vivre sous le même toit, l'un des deux devra le faire ou l'on va penser que nous sommes des invertis », conclut Sancho.

Dans la confusion de la fuite du Cap en cette nuit fatidique, Valmorain avait perdu son cuisinier, resté caché lorsque lui-même avait pris la fuite avec Tété et les enfants, mais il ne le regretta pas, car à La Nouvelle-Orléans il avait besoin de quel-qu'un formé à la *cuisine créole*. Ses nouveaux amis l'avertirent de ne surtout pas acheter la première cuisinière qu'on lui propo-serait au *Maspero Échange*, même si c'était le meilleur marché d'esclaves d'Amérique, ni dans les établissements de la rue de Chartres, où on les déguisait de façon élégante pour impres-sionner les clients, mais sans aucune garantie de qualité. Les meilleurs esclaves se cédaient en privé entre parents ou amis. C'est ainsi qu'il acquit Célestine, une femme d'une quarantaine d'années aux mains magiques pour les mets raffinés et la pâtis-serie, formée par l'un des meilleurs cuisiniers français du mar-quis de Marigny et vendue parce que personne ne supportait ses colères. Elle avait jeté une assiette de *gumbo* de fruits de mer aux pieds de l'imprudent marquis parce qu'il avait osé demander plus de sel. Cette anecdote n'effraya pas Valmorain, car se bagarrer avec elle serait du ressort de Tété. Maigre, sèche et jalouse, Célestine ne permettait à personne d'entrer dans sa cuisine et son garde-manger, choisissait elle-même les vins et les alcools et n'admettait pas de suggestions sur le menu. Tété lui expliqua qu'elle ne devait pas mettre trop d'épices parce que le maître souffrait de douleurs d'estomac. « Tant pis pour lui. S'il veut un bouillon de malade, tu n'auras qu'à le lui préparer», lui répondit-elle, mais depuis qu'elle régnait sur les marmites Valmorain se portait bien. Célestine sentait la cannelle, et en secret, pour que personne ne soupçonne sa faiblesse, elle préparait aux enfants des *beignets* aussi légers que des meringues, de la *tarte Tatin* aux pommes caramélisées, des *crêpes* aux mandarines avec de la crème, de la *mousse au chocolat* accompagnée de petits biscuits au miel et d'autres délices, qui confirmaient la théorie selon laquelle l'humanité ne se lasserait jamais de consommer du sucre. Maurice et Rosette étaient les seuls habitants de la maison qui ne craignaient pas la cuisinière.

L'existence d'un gentilhomme *créole* se déroulait dans l'oisiveté, le travail étant le vice des protestants en général et des Américains en particulier. Valmorain et Sancho se voyaient dans l'embarras pour dissimuler les efforts qu'exigeait la mise en route de la plantation, abandonnée depuis plus de dix ans, depuis la mort du propriétaire et la faillite échelonnée des héritiers.

En premier lieu, il fallut trouver des esclaves, cent cinquante environ pour commencer, plutôt moins qu'à Saint-Lazare. Valmorain s'installa dans un coin de la maison en ruine pendant qu'on en construisait une autre d'après les plans d'un architecte français. Les baraques des esclaves, rongées par les termites et l'humidité, furent démolies et remplacées par des cases en bois, avec de grands toits pour donner de l'ombre et protéger de la pluie, trois pièces pouvant abriter deux familles chacune, alignées le long de ruelles parallèles et perpendiculaires avec une petite place centrale. Les beaux-frères visitèrent d'autres plantations, comme tant de personnes qui venaient sans invitation en fin de semaine, mettant à profit l'hospitalité traditionnelle. Valmorain en conclut que, comparés à ceux de Saint-Domingue, les esclaves de Louisiane ne pouvaient pas se plaindre, mais Sancho constata que certains maîtres gardaient leur personnel pratiquement nu, nourri d'une bouillie versée dans un abreuvoir, comme la pitance des animaux, d'où chacun puisait sa portion avec des coquilles d'huîtres, des morceaux de tuiles ou à la main, parce qu'ils ne disposaient même pas d'une cuillère.

Il leur fallut deux ans pour mettre en place le minimum indispensable : planter, construire un moulin et organiser le travail. Valmorain avait des plans grandioses, mais il dut se concentrer sur le plus urgent, il aurait ensuite le temps de réaliser son caprice : un jardin avec terrasses et cabinets de verdure, un pont ornemental sur la rivière et autres agréments. Il vivait dans l'obsession des détails, qu'il discutait avec Sancho et commentait avec Maurice.

« Regarde, mon fils, tout cela t'appartiendra, disait-il en montrant les champs de cannes à sucre du haut de son cheval. Le sucre ne tombe pas du ciel, le produire exige beaucoup de travail.

— Le travail, ce sont les Noirs qui le font, remarquait Maurice.

— Ne te trompe pas. Eux font le travail manuel, parce qu'ils ne savent pas faire autre chose, mais le maître est le seul responsable. Le succès de la plantation dépend de moi et, dans une certaine mesure, de ton oncle Sancho. Pas une seule canne n'est coupée sans que je le sache. Regarde bien, car un jour il te reviendra de prendre des décisions et de commander tes gens.

— Pourquoi ne le font-ils pas tout seuls, *papa* ?

— Ils ne peuvent pas Maurice. Il faut leur donner des ordres, ce sont des esclaves, mon fils.

— Je n'aimerais pas être comme eux.

— Tu ne le seras jamais, Maurice, dit son père avec un sourire. Tu es un Valmorain. »

Il n'aurait pu montrer Saint-Lazare à son fils avec la même fierté. Il était décidé à corriger les erreurs, les faiblesses, les omissions du passé et, secrètement, à expier les péchés atroces de Lacroix, dont il avait utilisé le capital pour acheter cette terre. Pour chaque homme torturé et chaque fillette souillée par Lacroix, il y aurait un esclave sain et bien traité dans la plantation Valmorain. Cela le justifiait de s'être approprié l'argent de son voisin, qui ne pouvait être mieux investi.

Les plans de son beau-frère n'intéressaient que peu Sancho, car il ne portait pas le même poids sur la conscience et ne pensait qu'à s'amuser. Le contenu de la soupe des esclaves ou la couleur de leurs cases lui était égal. Valmorain était embarqué dans un changement de vie, mais pour l'Espagnol cela ne représentait qu'une aventure de plus parmi toutes celles qu'il avait entreprises avec enthousiasme et abandonnées sans remords. Comme il n'avait rien à perdre, son associé assumant les risques, il lui venait des idées audacieuses dont les résultats étaient en général surprenants, comme une raffinerie, qui leur permit de vendre du sucre blanc, bien plus rentable que la mélasse des autres planteurs.

Sancho dénicha le gérant, un Irlandais qui le conseilla pour l'achat de la main-d'œuvre. Il s'appelait Owen Murphy et posa dès le début que les esclaves devaient assister à la messe. Il faudrait construire une chapelle et trouver des curés itinérants, dit-il, afin de renforcer le catholicisme avant que les Américains ne viennent prêcher leurs hérésies et que ces innocents ne soient condamnés à l'enfer. «La morale est ce qu'il y a de plus important», annonça-t-il. Murphy se dit parfaitement d'accord avec l'idée de Valmorain de ne pas abuser du fouet. Ce gros homme à l'aspect de janissaire, couvert de poils noirs, avec des cheveux et une barbe de la même couleur, avait une âme douce. Il s'installa avec sa nombreuse famille dans une tente en attendant que l'on finisse de construire sa maison. Sa femme, Leanne, qui lui arrivait à la taille, ressemblait à une adolescente sous-alimentée avec une tête de mouche, mais sa fragilité était trompeuse : elle avait donné le jour à six garçons et attendait le septième. Elle savait qu'il était de sexe masculin, parce que Dieu avait décidé de mettre sa patience à l'épreuve. Elle n'élevait jamais la voix : il lui suffisait d'un regard pour que ses fils et son mari obéissent. Valmorain pensa que Maurice aurait enfin des enfants avec qui jouer, et qu'il cesserait ainsi de vivre dans le sillage de Rosette ; cette bande d'Irlandais était d'une classe sociale très inférieure à la sienne, mais ils étaient blancs et libres. Il n'imagina pas un instant que les six Murphy allaient eux aussi tomber sous le charme de Rosette, qui venait d'avoir cinq ans et possédait l'écrasante personnalité que son père aurait souhaitée pour Maurice.

Owen Murphy avait travaillé depuis l'âge de dix-sept ans à diriger des esclaves et connaissait donc par cœur les erreurs et les réussites de cette tâche ingrate. « Il faut les traiter comme nos enfants. Autorité et justice, des règles claires, des punitions, des récompenses et un peu de temps libre ; sinon, ils tombent malades », dit-il à son patron, ajoutant que les esclaves avaient le droit de faire appel au maître pour une sentence de plus de quinze coups de fouet. « Je vous fais confiance, monsieur Murphy, cela ne sera pas nécessaire », répliqua Valmorain, peu disposé à tenir le rôle de juge. « Pour ma propre tranquillité, je préfère qu'il en soit ainsi, monsieur. Trop de pouvoir détruit l'âme de n'importe quel chrétien et la mienne est faible », expliqua l'Irlandais.

En Louisiane, la main-d'œuvre d'une plantation coûtait le tiers de la valeur de la terre, il fallait la soigner. La production était à la merci de malheurs imprévisibles, ouragans, sécheresses, inondations, maladies, rats, variations du prix du sucre, problèmes avec les machines et les animaux, prêts des banques et autres incertitudes ; il ne fallait pas y ajouter la mauvaise santé ou le découragement des esclaves, dit Murphy. Il était si différent de Cambray que Valmorain se demanda s'il ne s'était pas trompé à son sujet, mais il constata qu'il travaillait sans répit et s'imposait par sa présence, sans brutalité. Ses contremaîtres, surveillés de près, suivaient son exemple et le résultat fut que les esclaves avaient un rendement plus élevé que sous le régime de terreur de Prosper Cambray. Murphy mit en place un système de roulement pour leur permettre de se reposer au cours de la journée harassante dans les champs. Son patron précédent l'avait renvoyé parce qu'il lui avait demandé de corriger une esclave et que tandis qu'elle hurlait à pleins poumons pour impressionner, le fouet de Murphy frappait le sol sans la toucher. L'esclave était enceinte et, comme on le faisait dans ces cas-là, on l'avait étendue à terre avec le ventre dans un trou. « J'ai promis à mon épouse de ne jamais frapper des enfants ou des femmes enceintes », fut l'explication de l'Irlandais lorsque Valmorain le questionna.

On donna deux jours de repos hebdomadaire aux esclaves pour leur permettre de cultiver leur jardin, de soigner leurs bêtes et d'accomplir leurs tâches domestiques, mais le dimanche Murphy avait imposé l'assistance obligatoire à la messe. Ils pouvaient jouer de la musique et danser pendant leurs heures de loisir, et même assister de temps en temps – sous la supervision du gérant – aux *bambousses*, modestes fêtes d'esclaves à l'occasion d'un mariage, d'un enterrement ou d'une autre célébration. En principe, les esclaves ne pouvaient pas aller visiter d'autres propriétés, mais peu de maîtres respectaient ce règlement en Louisiane. Dans la plantation Valmorain, le petit déjeuner consistait en une soupe avec de la viande ou du lard – pas question de poisson sec fétide comme à Saint-Lazare –, le déjeuner en une galette de maïs accompagnée de viande salée ou fraîche et de boudin, et le dîner une soupe épaisse. On aménagea une cabane pour faire office d'hôpital, on trouva un médecin qui venait chaque mois par mesure de prévention et quand on l'appelait pour une urgence. On donnait plus de nourriture et de repos aux femmes enceintes. Valmorain ignorait, car il n'avait jamais posé la question, qu'à Saint-Lazare les esclaves accouchaient accroupies au milieu des cannes, qu'il y avait plus d'avortements que de naissances et que la plupart des enfants mouraient avant l'âge de trois mois. Dans la nouvelle plantation, Leanne Murphy exerçait en tant que sage-femme et veillait sur les enfants.

Zarité

Depuis le bateau, *La Nouvelle-Orléans* est apparue tel un croissant de lune flottant sur la mer, blanc et lumineux. En la voyant, j'ai su que je ne retournerais jamais à Saint-Domingue. J'ai parfois de ces prémonitions et elles ne me quittent pas ; ainsi, je suis préparée lorsqu'elles se réalisent. La douleur d'avoir perdu Gambo était comme une lance fichée dans ma poitrine. Au port nous attendait don Sancho, le frère de doña Eugenia, qui était arrivé quelques jours avant nous et avait déjà la maison où nous allions vivre. La rue sentait le jasmin, pas la fumée et le sang, comme *Le Cap* lorsque la ville avait été incendiée par les rebelles qui s'étaient ensuite retirés pour continuer la révolution dans d'autres parties de l'île. La première semaine à La Nouvelle-Orléans j'ai fait seule le travail, parfois aidée d'un esclave prêté par une famille que don Sancho connaissait, mais ensuite le maître et son beau-frère ont acheté des domestiques. On a assigné un précepteur à Maurice, Gaspard Séverin, comme nous réfugié de Saint-Domingue, mais pauvre. Les réfugiés arrivaient peu à peu, d'abord les hommes pour s'installer comme ils pouvaient, puis les femmes et les enfants. Certains amenaient leurs familles de couleur et leurs esclaves. À ce moment, ils étaient déjà des milliers et les gens de la Louisiane les rejetaient. Le précepteur n'approuvait pas l'esclavage, je crois que c'était l'un de ces abolitionnistes que Monsieur Valmorain détestait. Il avait vingt-sept ans, vivait dans une pension de Noirs, portait toujours le même costume et ses mains tremblaient à cause de la peur qu'il avait éprouvée à Saint-Domingue. Parfois, quand le maître s'absentait, je lui lavais sa

291

chemise et nettoyais les manches de sa veste, mais je n'ai jamais réussi à débarrasser ses vêtements de l'odeur de la peur. Je lui donnais aussi de la nourriture à emporter, discrètement pour ne pas l'offenser. Il la recevait comme s'il me faisait une faveur, mais il était reconnaissant et pour cette raison permettait à Rosette d'assister à ses cours. J'ai supplié le maître de la laisser étudier et il a fini par céder, bien qu'il soit interdit d'éduquer les esclaves, parce qu'il avait des projets pour elle : il voulait qu'elle s'occupe de lui dans sa vieillesse et qu'elle lui fasse la lecture quand sa vue aurait baissé. Avait-il oublié qu'il nous devait la liberté ? Rosette ne savait pas que le maître était son père, mais elle l'adorait tout de même et je suppose qu'à sa manière il l'aimait aussi, car personne ne résistait à la grâce de ma fille. Déjà toute petite, Rosette était une charmeuse. Elle aimait s'admirer dans le miroir, une habitude dangereuse.

À cette époque, il y avait beaucoup de personnes libres de couleur à La Nouvelle-Orléans, parce que sous le gouvernement espagnol il n'était pas difficile d'obtenir ou d'acheter sa liberté ; les Américains ne nous avaient pas encore imposé leurs lois. Je passais la majeure partie du temps en ville, m'occupant de la maison et de Maurice qui devait étudier, pendant que le maître restait à la plantation. Je ne manquais pas les bambousses du dimanche sur la place du Congo, tambours et danses, à quelques pâtés de maisons de l'endroit où nous vivions. Les bambousses étaient comme les calendas de Saint-Domingue, mais sans les offices destinés aux loas, car alors, en Louisiane, tous étaient catholiques. Aujourd'hui, beaucoup sont baptistes, parce qu'ils peuvent chanter et danser dans leurs églises, et que c'est un plaisir d'adorer Jésus de la sorte. Le vaudou commençait à peine, apporté par les esclaves de Saint-Domingue, et il s'est tellement mélangé avec les croyances des chrétiens que j'ai peine à le reconnaître. Sur la place du Congo, nous dansions de la mi-journée jusqu'à la nuit et les Blancs venaient crier au scandale parce que, pour leur donner de mauvaises pensées, nous bougions le derrière comme un tourbillon et, pour leur donner envie, nous nous frottions comme des amoureux.

Le matin, après avoir reçu l'eau et le bois distribués de maison en maison par une charrette à bras, j'allais faire les courses. Le Marché français avait deux ans d'existence, mais il occupait déjà plusieurs rues et, après la digue, c'était l'endroit préféré pour la vie sociale. C'est toujours le même. On y vend encore de tout, de la nourriture aux bijoux, et c'est là que s'installent les devins, les magiciens et les docteurs-feuilles. Les charlatans ne manquent pas, qui soignent avec de l'eau colorée et un fortifiant à base de salsepareille la stérilité, les douleurs de l'accouchement, les rhumatismes, les vomissements de sang, la fatigue du cœur, les os fragiles et pratiquement tous les autres maux du corps humain. Je n'ai aucune confiance dans ce remède. S'il était si miraculeux, Tante Rose l'aurait utilisé, mais elle ne s'est jamais intéressée à l'arbuste de salsepareille qui poussait aux abords de Saint-Lazare.

Au marché, je suis devenue l'amie d'autres esclaves et j'ai ainsi appris les coutumes de la Louisiane. Comme à Saint-Domingue, de nombreuses personnes libres de couleur ont de l'éducation ; elles vivent de leurs offices et professions, et certaines ont des plantations. On dit qu'elles sont souvent plus cruelles que les Blancs avec leurs esclaves, mais il ne m'a pas été donné de le vérifier. C'est ce qu'on m'a raconté. Au marché on voit des dames blanches et de couleur accompagnées de leurs domestiques chargés de panier. Elles ne portent rien dans les mains, sauf des gants et une petite bourse brodée de perles de verre qui contient leur argent. La loi oblige les mulâtresses à s'habiller avec modestie, pour ne pas provoquer les Blanches, mais elles réservent leurs soies et leurs bijoux pour la nuit. Les messieurs portent des cravates à trois tours, des culottes de laine, de hautes bottes, des gants en chevreau et un chapeau en poil de lapin. D'après don Sancho, les quarteronnes de La Nouvelle-Orléans sont les plus belles femmes du monde. « Tu pourrais être comme elles, Tété. Regarde comment elles marchent, légères, ondulant des hanches, la tête bien droite, la croupe haute, la poitrine arrogante. Elles ressemblent à des juments racées. Aucune femme blanche ne peut marcher ainsi », me disait-il.

Moi, je ne serai jamais comme ces femmes, mais Rosette, peut-être. Qu'allait-il en être de ma fille ? C'est ce que m'a demandé le maître quand je lui ai reparlé de ma liberté. « Veux-tu que ta fille vive dans la misère ? On ne peut émanciper un esclave avant qu'il ait trente ans. Il t'en manque six, ne viens donc plus m'ennuyer avec ça. » Six ans ! Je ne connaissais pas cette loi. C'était une éternité pour moi, mais cela donnerait à Rosette le temps de grandir protégée par son père.

Les réjouissances

La plantation Valmorain fut inaugurée en 1795 par une fête champêtre qui dura trois jours et offrit de tout à profusion, comme le voulait Sancho et comme c'était l'usage en Louisiane. La maison rectangulaire, d'inspiration grecque, à un étage, entourée de colonnes, avec une galerie en rez-de-chaussée et une autre courant sur trois côtés à l'étage, bénéficiait de pièces lumineuses et d'un plancher d'acajou, peinte de couleurs pastel selon la préférence des *créoles* français et catholiques, à la différence des maisons des Américains protestants qui étaient toujours blanches. D'après Sancho, on aurait dit une réplique en sucre de l'Acropole, mais l'opinion générale la catalogua comme l'une des plus belles maisons du Mississippi. Il y manquait encore des décorations, mais elle n'était pas nue, car on la remplit de fleurs et l'on alluma tant de lampes que les trois nuits de festivités furent aussi claires que le jour. La famille au complet y assista, y compris le précepteur Gaspard Séverin qui portait une veste neuve, cadeau de Sancho, et avait l'air moins pathétique, parce qu'à la campagne il mangeait bien et prenait le soleil. Pendant les mois d'été, lorsqu'on l'emmenait à la plantation afin que Maurice continue ses cours, il pouvait envoyer tout son salaire à ses frères à Saint-Domingue. Valmorain loua deux barcasses de douze rameurs, protégées de vélums colorés

294

pour le transport de ses invités qui arrivèrent avec leurs malles, leurs esclaves personnels et même leurs coiffeurs. Il engagea des orchestres de mulâtres libres, qui se relayaient afin que la musique ne manquât point, et se procura assez d'assiettes en porcelaine et de couverts en argent pour un régiment. Il y eut des promenades, des cavalcades, des chasses, des jeux de salon, des danses, et l'âme de la fête fut encore et toujours l'infatigable Sancho, bien plus hospitalier que Valmorain, capable de se sentir aussi à l'aise dans les festins des délinquants du Marais que dans des soirées de gala. Les femmes passaient la matinée à se reposer, ne sortant au grand air qu'après la sieste, couvertes de voiles épais et de gants ; le soir venu, elles se paraient de leurs plus beaux atours. À la lumière douce des lampes, toutes paraissaient des beautés naturelles aux yeux sombres, à la chevelure brillante et à la peau nacrée, point de visages peinturlurés ou de grains de beauté postiches comme en France, mais dans l'intimité du *boudoir* elles noircissaient leurs sourcils au fusain, frottaient des pétales de roses rouges sur leurs joues, retouchaient leurs lèvres au carmin, couvraient leurs cheveux blancs, lorsqu'elles en avaient, de marc de café, et la moitié des boucles qu'elles portaient avaient appartenu à une autre tête. Elles se vêtaient de tissus légers de couleurs claires ; même les veuves de fraîche date ne s'habillaient pas en noir, couleur lugubre qui n'avantage pas plus qu'elle ne console.

Au cours des danses de la soirée les dames rivalisèrent d'élégance, certaines suivies par un négrillon chargé de tenir leur traîne. Maurice et Rosette, âgés de huit et cinq ans, firent une démonstration de valse, de polka et de cotillon qui justifia les coups de baguette du maître et provoqua des exclamations de plaisir dans l'assistance. Tété entendit quelqu'un dire que la fillette devait être espagnole, fille du beau-frère, comment s'appelait-il déjà ? Sancho ou quelque chose comme ça. Rosette, vêtue de soie blanche et chaussée de ballerines noires, ses longs cheveux ornés d'un nœud rose, dansait avec aplomb tandis que Maurice transpirait de honte dans son habit de cérémonie, comptant les pas : deux petits sauts à gauche, un à droite, une courbette et un demi-tour, en arrière, en avant et une révérence. Répéter. Elle le conduisait, prête à dissimuler les trébuchements de son compagnon par une pirouette de sa propre inspiration. «Quand je serai grande, j'irai danser tous les soirs, Maurice. Si tu veux te marier avec moi, il vaut mieux que tu apprennes», l'avertissait-elle pendant les répétitions.

Valmorain avait acquis un majordome pour la plantation et Tété accomplissait irréprochablement la même fonction à La Nouvelle-Orléans, grâce aux leçons du beau Zacharie au Cap. Tous deux respectaient les limites de leur autorité mutuelle et lors des fêtes ils devaient collaborer afin que le service soit parfaitement huilé. Ils affectèrent trois esclaves uniquement pour transporter l'eau et retirer les sièges d'aisances, et un gamin pour nettoyer la diarrhée de deux caniches appartenant à la demoiselle Hortense Guizot, qui tombèrent malades. Valmorain engagea deux cuisiniers, des mulâtres libres, et assigna plusieurs aides à Célestine, la cuisinière de la maison. À eux tous ils suffirent à peine à la préparation de poisson et de fruits de mer, de volailles domestiques et de gibier, de plats créoles et de desserts. On sacrifia un veau et Owen Murphy dirigea les broches en plein air. Valmorain montra à ses invités la fabrique de sucre, la distillerie de rhum et les écuries, mais ce qu'il exhiba avec le plus de fierté, ce furent les installations des esclaves. Murphy leur avait donné trois jours fériés, des vêtements et des bonbons, puis il les fit chanter en l'honneur de la Vierge Marie. La ferveur religieuse des Noirs émut plusieurs dames aux larmes. L'assemblée félicita Valmorain, mais plus d'un commenta par-derrière que tant d'idéalisme allait le ruiner.

Au début, Tété ne remarqua pas Hortense Guizot parmi les autres dames, sauf à cause des fastidieux petits chiens qui chiaient partout ; l'intuition lui manqua pour deviner le rôle que cette femme allait tenir dans sa vie. Hortense avait vingt-huit ans et elle était encore célibataire, non qu'elle fût laide ou pauvre, mais parce que le fiancé qu'elle avait eu à vingt-quatre ans était tombé de cheval en faisant des cabrioles pour l'impressionner, et qu'il s'était rompu le cou. Cela avait été d'étranges fiançailles d'amour et non de convenance, comme il était habituel entre *créoles* de vieille souche. Denise, son esclave personnelle, raconta à Tété qu'Hortense avait été la première à arriver en courant et à le voir mort. «Elle n'a pas pu lui faire ses adieux», ajouta-t-elle. Au terme du deuil officiel, le père d'Hortense avait commencé à lui chercher un autre prétendant. Le nom de la jeune fille avait couru de bouche en bouche à cause de la disparition prématurée de son fiancé, mais elle avait un passé irréprochable. Elle était grande, blonde, rose et robuste, comme tant de femmes de Louisiane qui mangeaient avec plaisir et faisaient peu d'exercice. Le corset dressait ses seins comme des melons dans son décolleté, pour le plaisir des regards masculins. Hortense Guizot passa ces trois jours à changer de toilette toutes les deux ou trois heures, joyeuse, car le souvenir du fiancé ne l'avait pas suivie à la fête. Elle s'empara du piano, chanta d'une voix de soprano et dansa avec fougue jusqu'à l'aube, épuisant tous ses partenaires, hormis Sancho. La femme capable de lui en remontrer, comme il disait, n'était pas née, mais il admit qu'Hortense était une adversaire redoutable.

Le troisième jour, alors que les embarcations étaient parties avec leur chargement de visiteurs fatigués, de musiciens, de domestiques et de chiens de manchon, tandis que les esclaves ramassaient les détritus éparpillés, Owen Murphy arriva effrayé, rapportant qu'une bande de marrons venait par le fleuve, tuant les Blancs et incitant les Noirs à la révolte. On savait que des esclaves fugitifs avaient trouvé refuge dans des tribus d'Amérindiens, mais d'autres survivaient dans les marais, transformés en êtres de glaise, d'eau et d'algues, immunisés contre les moustiques et le venin des serpents,

297

invisibles aux yeux de leurs poursuivants, armés de couteaux et de machettes rouillés, de pierres coupantes, affamés, fous de liberté. Le bruit courut d'abord que les assaillants étaient une trentaine, mais deux heures plus tard on parlait déjà de cent cinquante.

« Ils arriveront jusqu'ici, Murphy ? Vous croyez que nos nègres peuvent se révolter ? lui demanda Valmorain.

— Je ne sais pas, monsieur. Ils sont tout près et peuvent nous envahir. En ce qui concerne nos gens, personne ne peut prédire comment ils vont réagir.

— Comment ça on ne peut le prédire ? Ici, ils reçoivent toutes sortes de considérations, nulle part ailleurs ils ne seraient mieux. Allez leur parler ! s'exclama Valmorain, très ébranlé, en faisant les cent pas dans la salle.

— Cela ne se règle pas en parlant, monsieur, lui expliqua Murphy.

— Ce cauchemar me poursuit ! Il est inutile de bien les traiter ! Ces nègres sont tous incorrigibles !

— Du calme, beau-frère, l'interrompit Sancho. Il ne s'est encore rien passé. Nous sommes en Louisiane, pas à Saint-Domingue, où il y avait cinq cent mille Noirs furieux face à une poignée de Blancs impitoyables.

— Je dois mettre Maurice à l'abri. Préparez un canot, Murphy, je pars tout de suite pour la ville, lui ordonna Valmorain.

— Sûrement pas ! cria Sancho. Personne ne bouge d'ici. Nous n'allons pas sortir en fuyant comme des rats. En plus, le fleuve n'est pas sûr, les révoltés ont des canots. Monsieur Murphy, nous allons protéger la propriété. Apportez toutes les armes à feu disponibles. »

Ils alignèrent les armes sur la table de la salle à manger ; les deux fils aînés de Murphy, âgés de treize et onze ans, les chargèrent, puis les distribuèrent entre les quatre Blancs, y compris Gaspard Séverin, qui n'avait jamais appuyé sur une détente et ne pouvait viser avec ses mains tremblantes.

Murphy disposa des esclaves : les hommes furent enfermés dans les écuries et les enfants dans la maison du maître ; les femmes ne bougeraient pas de leurs cases sans leurs enfants. Le majordome et Tété se chargèrent des domestiques, tourneboulés par la nouvelle. Tous les esclaves de Louisiane avaient entendu les Blancs évoquer le danger d'une révolte, mais ils croyaient que cela n'arrivait que dans des lieux exotiques et ne pouvaient l'imaginer. Tété chargea deux femmes de s'occuper des enfants, puis elle aida le majordome à barricader portes et fenêtres. Célestine réagit mieux qu'on aurait pu s'y attendre étant donné son caractère. Elle avait travaillé à six mains pendant la fête, bougonne et despotique, rivalisant avec les cuisiniers de l'extérieur, des flemmards insolents qui étaient payés pour ce qu'elle-même devait faire gratuitement, comme elle le marmottait. Elle était en train de prendre un bain de pieds lorsque Tété vint lui annoncer ce qui se passait. « Personne n'aura faim », annonça-t-elle succinctement, et elle se mit au travail avec ses aides pour nourrir tout le monde.

Valmorain, Sancho et cet épouvanté de Gaspard Séverin attendirent toute la journée les armes à la main, tandis que Murphy montait la garde devant les écuries et que ses fils surveillaient le fleuve pour donner l'alarme si nécessaire. Leanne Murphy calma les femmes avec la promesse que leurs enfants étaient en sécurité dans la grande maison, où on leur distribuait des tasses de chocolat. À dix heures du soir, alors que personne ne pouvait tenir debout à cause de la fatigue, Brandan, l'aîné des garçons Murphy, arriva à cheval avec une torche dans une main et un pistolet à la ceinture, annonçant qu'un groupe de patrouilleurs approchait. Dix minutes plus tard, les hommes mirent pied à terre devant la maison. Valmorain, qui durant toutes ces heures avait revécu les horreurs de Saint-Lazare et du Cap, les accueillit avec de telles démonstrations de soulagement que Sancho en eut honte pour lui. Il écouta le rapport des patrouilleurs et ordonna de déboucher des bouteilles de son meilleur alcool pour fêter l'événement. La crise était passée : dix-neuf rebelles noirs avaient été arrêtés, onze étaient morts et les autres seraient pendus au lever du jour. Le reste s'était dispersé et ils se dirigeaient probablement vers leurs refuges dans les marais. L'un des miliciens, un rouquin d'environ dix-huit ans, excité par cette nuit d'aventure et par l'alcool, affirma à Gaspard Séverin que de tant vivre dans la vase les pendus avaient des pattes de grenouille, des ouïes de poisson et des dents de caïman. Plusieurs planteurs de la zone s'étaient joints avec enthousiasme aux patrouilles pour leur donner la chasse, un sport qu'ils avaient rarement l'occasion de pratiquer à grande échelle. Ils avaient juré d'écraser ces Noirs insurgés jusqu'au dernier. Les pertes des Blancs étaient minimes : un contre-maître assassiné, un planteur et trois patrouilleurs blessés, un cheval avec une patte brisée. La révolte avait pu être rapide-ment étouffée grâce à un esclave domestique qui avait donné l'alerte. « Demain, quand les rebelles seront pendus à leurs gibets, cet homme sera libre », pensa Tété.

L'hidalgo espagnol

Sancho García del Solar allait et venait entre la plantation et la ville, passant plus de temps en bateau ou à cheval qu'en l'une ou l'autre de ses destinations. Tété ne savait jamais quand il allait apparaître à la maison de la ville sur son cheval exténué, de jour ou de nuit, toujours souriant, bruyant, glouton. Un lundi à l'aube il se battit en duel avec un autre Espagnol, un fonctionnaire du gouvernement, dans les jardins de Saint-Antoine, le lieu habituel des messieurs pour se tuer ou au moins se blesser, seule façon de laver l'honneur. C'était un passe-temps favori et les jardins, avec leurs arbustes touffus, offraient la discrétion voulue. On ne l'apprit à la maison qu'à l'heure du petit déjeuner, lorsque Sancho arriva la chemise en sang, réclamant du café et du cognac. Il annonça avec des éclats de rire à Tété qu'il n'avait que quelques égratignures sur les côtes ; en revanche, son rival avait le visage marqué. «Pourquoi vous êtes-vous battu ?» lui demanda-t-elle tandis qu'elle nettoyait sa blessure, si près du cœur que l'épée fût-elle entrée un peu plus profondément elle aurait dû l'habiller pour le cimetière. «Parce qu'il m'a regardé de travers» fut son explication. Il était heureux de ne pas s'être mis un mort sur la conscience. Tété apprit par la suite que la cause du duel avait été Adi Soupir, une jeune quarteronne aux courbes troublantes dont les deux hommes briguaient les faveurs.

Sancho réveillait les enfants au milieu de la nuit pour leur apprendre à tricher aux cartes et, lorsque Tété s'y opposait, il la soulevait par la taille, lui faisait faire deux tours en l'air et lui expliquait qu'on ne peut survivre en ce monde si l'on ne sait tricher, et qu'il valait donc mieux apprendre le plus tôt possible. Soudain lui prenait l'envie de manger un cochon de lait à la broche à six heures du matin et il fallait courir chercher l'animal au marché, ou alors il annonçait qu'il se rendait chez le tailleur, disparaissait pendant deux jours et revenait passablement éméché, accompagné de plusieurs acolytes à qui il avait offert l'hospitalité. Il s'habillait avec une sobre élégance, examinant chaque détail de son apparence dans le miroir. Il avait appris au jeune esclave qui faisait les courses, un garçon de quatorze ans, à lui gominer les moustaches et lui raser les joues avec le rasoir espagnol à manche d'or qui était dans la famille García del Solar depuis trois générations. «Tu te marieras avec moi quand je serai grande, oncle Sancho?» lui demandait Rosette. «Dès demain si tu veux, ma jolie», et il plantait deux baisers sonores sur ses joues. Quant à Tété, il la traitait comme une parente pauvre, avec un mélange de familiarité et de respect émaillé de plaisanteries. Parfois, lorsqu'il soupçonnait qu'elle avait atteint les limites de sa patience, il lui apportait un cadeau et le lui offrait avec un compliment et un baiser sur la main, qu'elle recevait honteuse. «Dépêche-toi de grandir, Rosette, avant que je n'épouse ta mère», menaçait-il moqueur.

Le matin, Sancho allait au *Café des Émigrés* rejoindre d'autres compagnons pour jouer aux dominos. Ses amusantes fanfaronnades de gentilhomme et son inaltérable optimisme contrastaient avec l'humeur des émigrés français humiliés et appauvris par l'exil, qui passaient leur vie à se lamenter sur la perte de leurs biens, réels ou exagérés, et à discuter de politique. Les mauvaises nouvelles étaient que Saint-Domingue restait plongée dans la violence et que les Anglais avaient envahi plusieurs villes de la côte, mais n'avaient pas réussi à occuper le centre du pays, et que par conséquent la possibilité de rendre la colonie indépendante s'était éloignée. Toussaint, comment s'appelle-t-il à présent, ce maudit ? Louverture ? Quel nom il s'est inventé là ! Eh bien ce Toussaint, qui était avec les Espagnols, a changé de drapeau et se bat maintenant aux côtés des Français républicains, qui sans son aide seraient fichus. Avant de changer, Toussaint a anéanti les troupes espagnoles sous son commandement. Jugez vous-mêmes si l'on peut se fier à cette racaille ! Le général Laveaux l'a promu général et commandant du Cordon occidental, et maintenant ce singe porte un chapeau à plumes, c'est à mourir de rire. Voilà où nous en sommes arrivés, compatriotes ! La France alliée avec les nègres ! Quelle humiliation historique ! s'exclamaient les réfugiés entre deux parties de domino.

Mais il y avait aussi quelques nouvelles optimistes pour les émigrés, par exemple qu'en France l'influence des colons monarchistes augmentait et que le public ne voulait plus entendre parler des droits des Noirs. Si les colons obtenaient les votes nécessaires, l'Assemblée serait obligée d'envoyer suffisamment de troupes à Saint-Domingue pour mettre fin à la révolte. L'île était une mouche sur la carte, disaient-ils, elle ne pourrait jamais faire face à la puissance de l'armée française. Avec la victoire, les émigrés pourraient rentrer et tout redeviendrait comme avant. Alors il n'y aurait pas de pitié pour les nègres, ils les tueraient tous et feraient venir de la chair fraîche d'Afrique.

Tété, quant à elle, apprenait les nouvelles dans les allées du Marché français. Toussaint était sorcier et devin, il pouvait jeter une malédiction de loin et tuer par la pensée. Toussaint gagnait bataille après bataille et les balles ne l'atteignaient pas. Toussaint jouissait de la protection de Jésus, qui était très puissant. Tété demanda à Sancho, parce qu'elle n'osait pas aborder le sujet avec Valmorain, si un jour ils retourneraient à Saint-Lazare et il lui répondit qu'il faudrait être fou pour aller se plonger dans cette boucherie. Cela confirma son pressentiment qu'elle ne reverrait jamais Gambo, bien qu'elle eût entendu son maître faire des plans pour récupérer sa propriété dans la colonie.

Absorbé par la plantation construite sur les ruines de la précédente, Valmorain y passait une bonne partie de l'année. Pendant la saison d'hiver, il emménageait sans plaisir dans la maison de la ville, parce que Sancho insistait sur l'importance des relations sociales. Tété et les enfants vivaient à La Nouvelle-Orléans et ne séjournaient dans la plantation que pendant les mois de chaleur et d'épidémies, lorsque toutes les familles puissantes s'échappaient de la ville. Sancho faisait des visites rapides à la campagne, parce qu'il avait toujours l'idée de planter du coton. Il n'avait jamais vu de coton à l'état naturel, uniquement sous forme de chemises amidonnées, et il avait de ce projet une vision poétique qui faisait abstraction de tout effort personnel. Il engagea un agronome américain, et avant même d'avoir mis le premier plant en terre il envisageait d'acheter une machine à récolter le coton, qui venait d'être inventée et qui, croyait-il, allait révolutionner le marché. L'Américain et Murphy proposaient d'alterner les cultures ; ainsi, lorsque le sol se fatiguait de la canne, on plantait du coton et inversement.

Le seul attachement constant dans le cœur capricieux de Sancho García del Solar était son neveu. À sa naissance, Maurice avait été menu et fragile, mais il avait une meilleure santé que ne l'avait pronostiqué le docteur Parmentier, et les seules fièvres dont il avait souffert étaient d'origine nerveuse. Il jouissait d'un trop-plein de santé mais manquait de dureté. Studieux, sensible et larmoyant, il préférait rester à observer une fourmilière dans le jardin ou lire des histoires à Rosette que participer aux jeux brutaux des Murphy. Sancho, dont la personnalité ne pouvait être plus différente, le défendait des critiques de Valmorain. Pour ne pas décevoir son père, Maurice nageait dans l'eau glacée, galopait sur des chevaux sauvages, épiait les esclaves lorsqu'elles se baignaient et se roulait dans la poussière en se battant avec les Murphy jusqu'à saigner du nez, mais il était incapable de tuer des lièvres au fusil ou d'étriper une grenouille pour voir comment elle était à l'intérieur. Il n'était ni fanfaron ni frivole ou dur, comme d'autres enfants élevés avec la même indulgence. Valmorain s'inquiétait de ce que son fils fût tellement réservé et qu'il eût le cœur si tendre, toujours prêt à protéger les plus vulnérables, ce qu'il voyait comme les signes d'une faiblesse de caractère.

L'esclavage choquait Maurice et aucun argument n'avait réussi à le faire changer d'avis. « D'où tient-il ces idées alors qu'il a toujours vécu entouré d'esclaves ? » se demandait son père. Bien que pourvu d'une profonde et irrémédiable soif de justice, le garçon apprit très tôt à ne pas poser trop de questions à ce sujet, parce que c'était très mal perçu et que les réponses ne le satisfaisaient pas. « Ce n'est pas juste ! » répétait-il, affligé devant toute forme d'abus. « Qui t'a dit que la vie est juste, Maurice ? » répliquait son oncle Sancho. Tété lui disait la même chose. Son père lui faisait avaler des discours compliqués sur les catégories imposées par la nature, qui séparent les êtres humains et sont nécessaires pour l'équilibre de la société ; il se rendrait compte qu'il était difficile de commander et beaucoup plus simple d'obéir.

L'enfant n'avait ni la maturité ni le vocabulaire qui lui auraient permis de réfuter ces arguments. Il avait une vague notion que Rosette n'était pas libre, comme lui, bien qu'en pratique la différence fût imperceptible. Il n'associait pas la fillette ou Tété aux esclaves domestiques, et encore moins à ceux qui travaillaient aux champs. On lui avait si souvent frotté la bouche de savon qu'il avait cessé de l'appeler sœur, mais moins à cause du mauvais moment à passer que parce qu'il en était amoureux. Il l'aimait de cet amour terrible, possessif, absolu avec lequel aiment les enfants solitaires, et Rosette le lui rendait avec une tendresse exempte de jalousie et de chagrin. Maurice n'imaginait pas son existence sans elle,

305

sans son bavardage incessant, sa curiosité, ses caresses enfantines et l'admiration aveugle qu'elle lui portait. Avec Rosette, il se sentait fort, protecteur et savant, parce que c'est ainsi qu'elle le voyait. Tout le rendait jaloux. Il souffrait lorsqu'elle prêtait attention, ne serait-ce qu'un instant, à l'un des fils Murphy, lorsqu'elle prenait une initiative sans le consulter, lorsqu'elle gardait un secret. Il avait besoin de partager avec elle jusqu'aux pensées, craintes et désirs les plus intimes, de la dominer et en même temps de la servir avec une totale abnégation. Les trois années qui les séparaient ne se remarquaient pas, parce qu'elle paraissait plus âgée et lui plus jeune ; elle était grande, forte, rusée, vive, audacieuse, et lui chétif, naïf, réfléchi, timide ; elle voulait avaler le monde tandis qu'il se sentait écrasé par la réalité. Il regrettait par avance les malheurs qui pouvaient les séparer, mais elle était encore trop petite pour imaginer l'avenir. Tous deux comprenaient instinctivement que leur complicité était interdite, qu'elle était de verre, transparente et fragile, et qu'ils devaient constamment la défendre en se cachant. Devant les adultes ils gardaient une réserve qui paraissait suspecte à Tété, c'est pourquoi elle les surveillait. Lorsqu'elle les surprenait en train de se caresser dans un coin, elle leur tirait les oreilles avec une fureur disproportionnée et ensuite, repentante, les couvrait de baisers. Elle ne pouvait leur expliquer pourquoi ces jeux privés, si courants entre d'autres enfants, étaient entre eux un péché. À l'époque où tous trois partageaient la même chambre, les enfants se cherchaient à tâtons dans l'obscurité, et ensuite, lorsque Maurice dormait seul, Rosette allait le retrouver dans son lit. Tété se réveillait au milieu de la nuit sans Rosette à côté d'elle et elle devait aller la chercher sur la pointe des pieds dans la chambre du garçon. Elle les trouvait endormis dans les bras l'un de l'autre, encore en pleine enfance, innocents, mais pas au point d'ignorer ce qu'ils faisaient. Tété menaçait sa fille : «Si je t'attrape encore une fois dans le lit de Maurice je te donne une fessée dont tu te souviendras toute ta vie. Tu m'as comprise ? », effrayée par les conséquences que cet amour pouvait avoir. « Je ne sais pas comment je suis arrivée ici, maman », disait Rosette en pleurant, avec une telle conviction que sa mère finit par croire qu'elle était somnambule.

Valmorain surveillait de près la conduite de son fils, il craignait qu'il fût faible ou souffrît de troubles mentaux, comme sa mère. Les doutes de son beau-frère paraissaient absurdes à Sancho. Il fit donner des cours d'escrime à son neveu et entreprit de lui apprendre sa version de la boxe, qui consistait en coups de poing et coups de pied sans danger. « Celui qui frappe le premier frappe deux fois, Maurice. N'attends pas qu'on te provoque, donne le premier coup de pied directement dans les parties », lui expliquait-il, tandis que l'enfant pleurnichait en essayant d'éviter les coups. Maurice n'était doué pour aucun sport, mais il avait la passion de la lecture, héritée de son père, le seul planteur de Louisiane à avoir ajouté une bibliothèque sur les plans de sa maison. Au début, Valmorain ne s'opposait pas aux livres, lui-même les collectionnait, mais il craignait que de tant lire son fils finît par devenir curé. « Secoue-toi Maurice ! Tu dois devenir un homme ! » et il se mettait en devoir de l'informer que les femmes naissent femmes, alors que les hommes le deviennent par leur courage et leur fermeté. « Laisse-le, Toulouse. Le moment venu, je me chargerai de l'initier aux choses des hommes », se moquait Sancho, mais Tété ne trouvait pas ça drôle.

La marâtre

Hortense Guizot devint la marâtre de Maurice un an après la fête à la plantation. Cela faisait des mois qu'elle s'y employait, avec la complicité d'une douzaine de sœurs, tantes et cousines déterminées à résoudre le drame de son célibat, et de son père, ravi à la perspective d'attirer Valmorain dans son poulailler. Les Guizot étaient d'une écrasante respectabilité, mais pas aussi riches qu'ils tentaient de le paraître, aussi une union avec Valmorain avait-elle bien des avantages à leurs yeux. Au début, celui-ci ne se rendit pas compte de la stratégie mise en œuvre pour lui mettre le grappin dessus et il crut que les attentions de la famille Guizot étaient destinées à Sancho, plus jeune et plus beau que lui. Lorsque Sancho lui-même lui montra son erreur, il voulut s'enfuir sur un autre continent ; ses habitudes de célibataire le satisfaisaient pleinement et quelque chose d'aussi irréversible que le mariage le terrifiait.

« C'est à peine si je connais cette demoiselle, je l'ai très peu vue, argua-t-il.

— Tu ne connaissais pas non plus ma sœur et pourtant tu l'as épousée, lui rappela Sancho.

— Et vois comment ça a tourné !

— Les hommes célibataires sont suspects, Toulouse. Hortense est une femme formidable.

« — Si elle te plaît tellement, épouse-la donc, répliqua Valmorain.

— Les Guizot m'ont déjà flairé, beau-frère. Ils savent que je suis un pauvre diable aux habitudes dissipées.

— Moins dissipées que celles d'autres par ici, Sancho. En tout cas, je n'ai pas l'intention de me marier. »

Mais l'idée était semée et au cours des semaines qui suivirent il commença à la considérer, d'abord comme une sottise, puis comme une possibilité. Il était encore temps d'avoir d'autres enfants, il avait toujours voulu une famille nombreuse et la volupté d'Hortense lui paraissait de bon augure, la jeune fille était prête pour la maternité. Il ne savait pas qu'elle se rajeunissait, et qu'en réalité elle avait trente ans.

Hortense était une *créole* de lignage irréprochable et de bonne éducation ; les ursulines lui avaient enseigné la lecture et l'écriture, l'essentiel en matière de géographie, d'histoire, d'arts domestiques, de broderie et de catéchisme, elle dansait avec grâce et avait une voix agréable. Personne ne doutait de sa vertu et elle bénéficiait de la sympathie générale, car l'ineptie de ce fiancé incapable de tenir sur un cheval l'avait rendue veuve avant de se marier. Les Guizot étaient des piliers de la tradition, le père avait hérité d'une plantation et les deux frères aînés d'Hortense dirigeaient un prestigieux cabinet d'avocats, seule profession acceptable dans leur milieu. Le lignage d'Hortense compensait sa faible dot et Valmorain souhaitait être accepté en société, non tant pour lui-même que pour aplanir le chemin de Maurice.

Pris dans la solide toile d'araignée tissée par les femmes, Valmorain accepta que Sancho le guidât dans les méandres de la cour, plus subtils que ceux de Saint-Domingue ou de Cuba où il était tombé amoureux d'Eugenia. « Pour le moment, pas de cadeaux ni de messages pour Hortense, concentre-toi sur la mère. Son approbation est primordiale », l'avertit Sancho. Les jeunes filles à marier ne se présentaient que rarement en public, seulement une ou deux fois à l'opéra accompagnées de toute la famille, parce que si elles étaient vues souvent elles se « brûlaient » et pouvaient finir en vieilles filles destinées à s'occuper des enfants de leurs sœurs, mais Hortense avait un peu plus de liberté. Elle avait laissé derrière elle l'âge où l'on cherche un mari – entre seize et vingt-quatre ans – et entrait dans la catégorie de « passée ».

Sancho et les harpies marieuses s'arrangèrent pour inviter Valmorain et Hortense à des *soirées*, comme on appelait les dîners dansants de parents et d'amis dans l'intimité des foyers, où ils purent échanger quelques mots, mais jamais en tête à tête. Le protocole obligeait Valmorain à annoncer rapidement ses intentions. Sancho l'accompagna pour parler à Monsieur Guizot et en privé ils établirent les termes économiques de l'union, de façon cordiale mais parfaitement claire. Peu après on célébra l'engagement par un *déjeuner de fiançailles*, au cours duquel Valmorain remit à sa fiancée la bague à la mode, un rubis entouré de diamants et enchâssé dans une monture en or.

Père Antoine, le prêtre le plus remarquable de Louisiane, les maria un mardi après-midi dans la cathédrale, sans autres témoins que la stricte famille Guizot, soit un total de quatre-vingt-douze personnes. La fiancée préférait un mariage privé. Ils entrèrent dans l'église escortés par la garde du gouverneur, et Hortense arbora la robe en soie brodée de perles que sa grand-mère, sa mère et plusieurs de ses sœurs avaient portée avant elle. Elle lui était assez serrée, bien qu'on l'eût confiée aux couturières. Après la cérémonie, le bouquet de fleurs d'oranger et de jasmin fut envoyé aux bonnes sœurs pour être déposé aux pieds de la Vierge, dans la chapelle. La réception eut lieu dans la maison des Guizot, avec déploiement de plats somptueux préparés par la même équipe de cuisiniers que Valmorain avait engagée pour la fête de sa plantation : faisans farcis aux marrons, marinade de canards, crabes flambés à l'alcool, huîtres fraîches, plusieurs sortes de poissons, soupe de tortue et plus de quarante desserts, outre la pièce montée, un indestructible édifice de pâte d'amandes et de fruits secs.

Après que les parents eurent pris congé, Hortense attendit son mari vêtue d'une chemise de mousseline, sa chevelure blonde tombant sur ses épaules, dans sa chambre de jeune fille où ses parents avaient remplacé le lit par un autre à baldaquin. À cette époque faisaient fureur les lits nuptiaux surmontés d'un dais en soie bleu pâle imitant un ciel limpide à l'horizon dégagé, orné d'une profusion de cupidons joufflus avec arcs et flèches, de bouquets de fleurs artificielles et de nœuds de dentelle.

Comme l'exigeait la coutume, les nouveaux mariés passèrent trois jours enfermés dans cette chambre, servis par deux esclaves qui leur apportaient les repas et retiraient les vases d'aisances. Il eût été honteux que la mariée se présentât en public, y compris devant sa famille, tandis qu'elle s'initiait aux secrets de l'amour. Accablé de chaleur, déprimé par la réclusion et la tête endolorie par tant de galipettes juvéniles à son âge, conscient qu'à l'extérieur se trouvaient une douzaine de parents l'oreille collée au mur, Valmorain comprit qu'il n'avait pas seulement épousé Hortense, mais la tribu Guizot. Enfin, le quatrième jour, il put sortir de cette prison et s'échapper avec sa femme à la plantation, où ils apprendraient à se connaître dans plus d'espace et d'air. Cette semaine-là débutait justement la saison d'été et tout le monde fuyait la ville.

Hortense n'avait jamais douté qu'elle mettrait le grappin sur Valmorain. Avant même que les implacables entremetteuses ne se mettent en campagne, elle avait demandé aux bonnes sœurs de broder des draps à leurs deux initiales entrelacées. Ceux qu'elle gardait depuis des années dans un coffre de l'espoir, parfumés à la lavande et portant les initiales du précédent fiancé, ne furent pas perdus ; elle fit simplement broder des fleurs par-dessus les lettres et les destina aux chambres d'invités. Comme partie de son trousseau, elle emmena Denise, l'esclave qui l'avait servie depuis ses quinze ans, la seule qui savait la peigner et repasser ses robes à son goût, et un autre esclave de la maison que son père lui donna en cadeau de noce lorsqu'elle manifesta des doutes sur le majordome de la plantation Valmorain. Elle voulait quelqu'un d'absolue confiance.

Sancho demanda de nouveau à Valmorain ce qu'il pensait faire avec Tété et Rosette, car la situation ne pouvait être dissimulée. De nombreux Blancs entretenaient des femmes de couleur, mais toujours à l'écart de leur famille légitime. Le cas d'une concubine esclave était différent. Lorsque le maître se mariait, la relation prenait fin et il fallait se séparer de la femme, qui était vendue ou envoyée dans les champs, hors de la vue de l'épouse, mais garder l'amante et la fille dans la même maison, comme le prétendait Valmorain, était inacceptable. La famille Guizot et Hortense elle-même comprendraient qu'il se fût consolé avec une esclave pendant ses années de veuvage, mais il devait à présent résoudre ce problème.

Hortense avait vu Rosette danser avec Maurice pendant la fête et peut-être nourrissait-elle des soupçons, même si Valmorain croyait que dans l'allégresse et la confusion elle n'y avait pas trop fait attention. « Ne sois pas naïf, beau-frère, les femmes ont l'instinct de ces choses-là », répliqua Sancho. Le jour où Hortense vint visiter la maison de la ville accompagnée de son cortège de sœurs, Valmorain ordonna à Tété de disparaître avec Rosette jusqu'à la fin de la visite. Il ne voulait rien précipiter, expliqua-t-il à Sancho. Fidèle à son caractère, il préféra remettre sa décision, dans l'espoir que les choses se régleraient d'elles-mêmes. Il n'aborda pas le sujet devant Hortense.

Pendant un certain temps, le maître avait continué à coucher avec Tété lorsqu'ils étaient sous le même toit, mais il ne lui parut pas nécessaire de lui dire qu'il avait l'intention de se marier : elle l'apprit par les potins qui circulaient tel un grand vent. Pendant la fête de la plantation elle avait bavardé avec Denise, femme à la langue bien pendue, puis elle l'avait revue plus d'une fois au Marché français, et apprit de sa bouche que sa future maîtresse était d'humeur emportée et jalouse. Elle savait que tout changement lui serait défavorable et qu'elle ne pourrait protéger Rosette. Une fois de plus elle constata, accablée de colère et de crainte, combien son impuissance était grande. Si son maître s'était ouvert à elle, elle se serait prosternée à ses pieds, elle se serait soumise, reconnaissante, à tous ses caprices, n'importe quoi pour maintenir la situation telle qu'elle était, mais dès que les fiançailles avec Hortense Guizot furent annoncées celui-ci ne l'appela plus dans son lit. «Erzulie, *loa* mère, protège au moins Rosette.» Pressé par Sancho, Valmorain eut l'idée d'une solution temporaire : Tété resterait avec la petite pour s'occuper de la maison de la ville de juin à novembre, pendant qu'il partait avec la famille à la plantation ; il aurait ainsi le temps de préparer Hortense. Cela signifiait six mois d'incertitude de plus pour Tété.

Hortense s'installa dans une pièce décorée en bleu impérial, où elle dormait seule, car ni elle ni son mari n'avaient l'habitude de le faire accompagnés ; et après cette lune de miel étouffante ils avaient besoin de leur propre espace. Ses jouets de petite fille, d'effrayantes poupées aux yeux de verre et aux cheveux humains, décoraient sa chambre, et ses petits caniches dormaient sur le lit, un meuble de deux mètres de large, avec des piliers sculptés, un baldaquin, des coussins, des rideaux, des franges et des pompons, sans oublier une tête de lit en tissu qu'elle-même avait brodée au point de croix au collège des ursulines. D'en haut pendait le ciel de soie orné de gros angelots que ses parents lui avaient offert pour son mariage.

La jeune mariée se levait après le déjeuner et passait les deux tiers de sa vie au lit, d'où elle dirigeait le sort d'autrui. La première nuit de noces, alors qu'elle était encore dans la maison paternelle, elle avait reçu son mari dans un *déshabillé* dont le décolleté était orné de duvets de cygne, très seyant mais

313

fatal pour lui, car les duvets lui causèrent une crise d'éternue-ments incontrôlables. Un début si peu propice ne les empê-cha pas de consommer le mariage et Valmorain eut l'agréable surprise de constater que son épouse répondait à ses désirs avec plus de générosité qu'Eugenia ou Tété n'en avaient montré.

Hortense était vierge, mais à peine. D'une manière ou d'une autre elle s'était arrangée pour tromper la vigilance familiale et apprendre des choses que les célibataires ne soupçonnaient pas. Le fiancé décédé était parti dans la tombe sans savoir qu'elle s'était ardemment donnée à lui par l'imagination et qu'elle continuerait à le faire les années suivantes dans l'inti-mité de son lit, torturée de désir insatisfait et d'amour frustré. Ses sœurs mariées lui avaient donné quelques informations didactiques. Elles n'étaient pas expertes, mais savaient au moins que n'importe quel homme apprécie certaines démons-trations d'enthousiasme, pas trop excessives cependant, pour éviter les soupçons. Hortense décida que ni elle ni son mari n'avaient l'âge des hypocrisies. Ses sœurs lui expliquèrent que la meilleure façon de dominer son mari était de faire la sotte et de lui être agréable au lit. La première chose serait pour elle bien plus difficile que la seconde, car elle n'avait rien d'une sotte.

Valmorain accepta comme un cadeau la sensualité de sa femme sans lui poser les questions dont il préférait ignorer les réponses. Le corps éblouissant d'Hortense, avec ses courbes et ses fossettes, lui rappelait celui d'Eugenia avant la folie, lorsqu'elle débordait de sa robe et, nue, paraissait faite de pâte d'amandes : pâle, tendre, odorante, toute abondance et dou-ceur. La malheureuse avait ensuite été réduite à l'état d'épou-vantail, il ne pouvait l'étreindre qu'abruti par l'alcool et désespéré. Dans l'éclat doré des bougies, Hortense était un régal pour les yeux, une nymphe opulente des peintures mythologiques. Il sentit renaître sa virilité, qu'il considérait déjà comme irrémédiablement diminuée. Son épouse l'excitait comme autrefois Violette Boisier dans son appartement de la place Clugny et Tété dans sa voluptueuse adolescence. Il s'étonnait de cette ardeur renouvelée chaque nuit et parfois même au milieu de la journée, lorsqu'il arrivait sans crier gare, les bottes couvertes de boue, et la surprenait en train de broder au milieu des coussins de son lit ; il expulsait les chiens de quelques tapes et se laissait tomber sur elle avec la joie de se sentir comme à dix-huit ans. Au cours de l'une de ces cabrioles un cupidon se détacha du ciel de lit et lui tomba sur la nuque, l'étourdissant pendant de brefs instants. Lorsqu'il recouvra ses esprits il était couvert d'une sueur glacée : son vieil ami Lacroix lui était apparu dans les brumes de l'inconscience pour lui réclamer le trésor qu'il lui avait volé.

Au lit, Hortense exhibait la meilleure part de son caractère : elle faisait des plaisanteries légères, comme tricoter au crochet un ravissant capuchon orné de petits nœuds pour le pénis de son mari, et d'autres plus lourdes, comme glisser dans son anus un boyau de poulet et annoncer que ses intestins s'échappaient. De tant s'emmêler dans les draps parés des initiales brodées par les bonnes sœurs, ils finirent par s'aimer, comme elle l'avait prévu. Essentiellement différents, ils étaient faits pour la complicité du mariage : lui craintif, indécis et facile à manipuler, elle possédant la détermination implacable dont il était dépourvu. Ensemble ils pourraient déplacer des montagnes.

Sancho, qui avait tant plaidé pour le mariage de son beau-frère, fut le premier à saisir la personnalité d'Hortense et à se repentir. Hors de sa chambre bleue, Hortense était une autre personne, mesquine, avare, ennuyeuse. Seule la musique parvenait à l'élever brièvement au-dessus de son bon sens dévastateur, l'éclairant d'une lueur angélique tandis que la maison s'emplissait de trilles tremblotants qui frappaient les esclaves de stupeur et provoquaient les hurlements des chiens de manchon. Elle avait passé plusieurs années dans le rôle ingrat de vieille fille et en avait assez d'être traitée avec un mépris

315

dissimulé ; elle voulait être enviée, et pour cette raison son mari devait être haut placé. Valmorain aurait besoin de beaucoup d'argent pour compenser son absence de racines parmi les vieilles familles *créoles* et le fait regrettable qu'il arrivait de Saint-Domingue.

Sancho entreprit d'éviter que cette femme détruisît la camaraderie fraternelle qui le liait à son beau-frère et utilisa tous les artifices de la flatterie, mais Hortense se révéla immunisée contre cette débauche de charme qui à ses yeux n'avait pas de fin pratique immédiate. Sancho ne lui plaisait pas et elle le tenait à distance tout en le traitant avec courtoisie pour ne pas blesser son mari, dont la faiblesse pour ce beau-frère lui était incompréhensible. Pourquoi avait-il besoin de Sancho ? La plantation et la maison de la ville lui appartenaient, il pouvait se séparer de cet associé qui n'apportait rien. «Le projet de venir en Louisiane était celui de Sancho, il en a eu l'idée avant la révolution à Saint-Domingue et c'est lui qui a acheté la terre. Sans lui je ne serais pas ici», expliqua Valmorain lorsqu'elle lui posa la question. Pour elle, cette loyauté masculine était d'un sentimentalisme inutile et onéreux. Si la plantation commençait à décoller, on ne pourrait pas saluer sa réussite avant au moins trois ans, et pendant que son mari investissait du capital, qu'il travaillait et économisait, l'autre dépensait comme un duc. «Sancho est comme mon frère», lui dit Valmorain dans l'espoir de trancher la question. «Mais il ne l'est pas», répliqua Hortense.

Partant du principe que les domestiques volaient, Hortense mit tout sous clé et elle imposa des mesures d'économie drastiques qui paralysèrent la maison. Les morceaux de sucre, que l'on cassait à l'aide d'un ciseau à partir d'un cône dur comme de la pierre suspendu à un crochet du toit, étaient comptés avant d'être rangés dans le sucrier et quelqu'un en calculait aussi la consommation. La nourriture qui restait du repas n'était plus, comme d'habitude, distribuée aux esclaves, mais utilisée pour d'autres plats. Célestine se mit en colère. «Si vous voulez manger des restes de restes et des peu de peu, vous n'avez pas besoin de moi, n'importe quel Noir des champs de cannes peut vous servir de cuisinier », annonça-t-elle. Sa maîtresse ne pouvait la supporter, mais le bruit avait couru que ses cuisses de grenouilles à l'ail, ses poulets à l'orange, son *gumbo* de cochon et ses vol-au-vent garnis de langoustines étaient incomparables, et lorsqu'on suggéra deux ou trois personnes intéressées par l'achat de Célestine pour un prix exorbitant, elle décida de la laisser en paix et porta son attention sur les esclaves des champs. Elle calcula qu'on pouvait peu à peu réduire la nourriture dans la mesure où augmentait la discipline, sans trop affecter la productivité. Si cela donnait des résultats avec les mules, il valait la peine d'essayer avec les esclaves. Valmorain s'opposa au début à ces mesures, parce qu'elles ne s'accordaient pas avec son projet initial, mais son épouse lui expliqua qu'on faisait ainsi en Louisiane. Le plan dura une semaine, jusqu'à ce qu'Owen Murphy entre dans une colère qui fit trembler les arbres, et la maîtresse dut accepter en rechignant que les champs, pas plus que la cuisine de sa maison, n'étaient de son ressort. Murphy s'imposa, mais le climat de la plantation changea. Les esclaves de la maison marchaient sur la pointe des pieds, et ceux des champs craignaient que la maîtresse ne renvoyât Murphy.

Hortense remplaçait et éliminait les domestiques comme dans une partie d'échecs sans fin, on ne savait jamais à qui demander quelque chose et personne n'avait une idée claire de ses obligations. Cela l'irritait et elle finissait par les frapper avec une cravache de cheval, qu'elle tenait à la main comme d'autres dames portent l'éventail. Elle convainquit Valmorain de vendre le majordome et le remplaça par l'esclave qu'elle avait amené de la maison de ses parents. Cet homme courait avec les trousseaux de clés, espionnait le reste du personnel et la tenait informée. Le processus de changement prit peu de temps, car elle bénéficiait de l'approbation inconditionnelle de son mari, à qui elle notifiait ses décisions au lit, entre deux sauts de trapéziste. « Viens ici mon amour, montre-moi comment se soulagent les séminaristes. » Alors, quand la maison marcha selon son bon plaisir, Hortense se prépara à aborder les trois problèmes en suspens : Maurice, Tété, Rosette.

Zarité

Le maître s'est marié, il est parti avec son épouse et Maurice à la plantation, et je suis restée plusieurs mois seule avec Rosette dans la maison de la ville. Les enfants ont piqué une crise de nerfs quand on les a séparés, et ensuite ils ont été de mauvaise humeur pendant des semaines, accusant Madame Hortense. Ma fille ne la connaissait pas, mais Maurice la lui avait décrite, ridiculisant ses couplets, ses petits chiens, ses robes et ses manières ; c'était la sorcière, l'intruse, la marâtre, la grosse. Il a refusé de l'appeler maman, et comme son père ne lui permettait pas de s'adresser à elle autrement, il a cessé de lui parler. On lui a imposé de la saluer en lui donnant un baiser, aussi s'arrangeait-il pour lui laisser toujours des restes de salive ou de nourriture sur les joues, jusqu'à ce que Madame Hortense elle-même le dispense de cette obligation. Maurice écrivait des petits mots à Rosette et lui envoyait des petits cadeaux qu'il lui faisait parvenir par l'intermédiaire de don Sancho, et elle lui répondait avec des dessins et les mots qu'elle savait écrire.

C'était une période d'incertitude, mais aussi de liberté, parce que personne ne me surveillait. Don Sancho passait une bonne partie de son temps à La Nouvelle-Orléans, mais il ne faisait pas attention aux détails ; il suffisait qu'on lui donne le peu qu'il demandait. Il s'était épris de la quarteronne pour laquelle il s'était battu en duel, une certaine Adi Soupir, et était plus souvent auprès d'elle qu'avec nous. Je me suis renseignée sur cette femme et ce que j'ai appris ne m'a pas plu du tout. À dix-huit ans elle avait déjà la réputation d'être frivole, cupide, et

319

d'avoir pris leur fortune à plusieurs prétendants. C'est ce qu'on m'avait raconté. Je n'ai pas osé prévenir don Sancho, parce qu'il se serait mis en colère. Le matin, j'allais avec Rosette au Marché français où je retrouvais d'autres esclaves, et nous nous asseyions à l'ombre pour bavarder. Certaines trompaient leurs maîtres sur la monnaie rendue et s'offraient un rafraîchissement ou une douzaine d'huîtres fraîches arrosées de citron, mais moi, personne ne me demandait de comptes et je n'avais pas besoin de tricher. Cela, c'était avant que Madame Hortense ne vienne à la maison de la ville. Beaucoup remarquaient Rosette, qui avait l'air d'une fillette de bonne famille, avec ses robes de taffetas et ses bottines vernies. J'ai toujours aimé le marché, avec ses étals de fruits et de légumes, ses fritures de nourriture piquante, sa foule bruyante d'acheteurs, de prédicateurs et de camelots, ses Indiens immondes vendant des paniers, ses mendiants mutilés, ses pirates tatoués, ses moines et ses religieuses, ses musiciens de rue.

Un mercredi, je suis arrivée au marché les yeux gonflés, parce que j'avais beaucoup pleuré la veille en pensant à l'avenir de Rosette. Mes amies m'ont tellement posé de questions que j'ai fini par admettre les craintes qui m'empêchaient de dormir. Les esclaves m'ont conseillée de trouver un gri-gri pour la protection, mais j'avais déjà l'une de ces amulettes, un petit sac d'herbes, d'os, d'ongles de ma fille et moi préparé par une prêtresse du vaudou, qui ne m'avait servi à rien. Quelqu'un m'a parlé du père Antoine, un religieux espagnol avec un cœur immense, qui servait de la même façon maîtres et esclaves. Les gens l'adoraient. « Va te confesser à lui, il a de la magie », m'a-t-on dit. Je ne m'étais jamais confessée, parce qu'à Saint-Domingue les esclaves qui le faisaient finissaient par payer leurs péchés dans ce monde et non dans l'autre, mais je ne savais pas à qui me confier et c'est pourquoi je suis allée le voir avec Rosette. J'ai attendu un bon moment, j'étais la dernière de la file des suppliants, chacun avec ses fautes et ses requêtes. Quand mon tour est arrivé, je n'ai pas su quoi faire, je n'avais jamais été aussi près d'un houngan catholique. Le père Antoine était encore jeune, mais il avait un visage de vieux, un long nez, de doux yeux marron, une barbe semblable à des crins de cheval et des pieds de tortue dans des sandales très usées. Il nous a appelées d'un geste, a soulevé Rosette et l'a assise sur ses genoux. Ma fille n'a pas résisté, bien qu'il sente l'ail et que son habit marron soit crasseux.

« Regarde, maman ! Il a des poils dans le nez et des miettes dans sa barbe, a commenté Rosette à ma plus grande honte.

— Je suis très laid, a-t-il répondu en riant.

— Moi, je suis jolie, a-t-elle dit.

— Ça, c'est vrai, fillette, et dans ton cas Dieu pardonne le péché de vanité. »

Son français ressemblait à de l'espagnol parlé par une personne enrhumée. Après avoir plaisanté quelques minutes avec Rosette, il m'a demandé en quoi il pouvait m'être utile. J'ai envoyé ma fille jouer dehors, afin qu'elle n'entende pas. Erzulie, loa amie, pardonne-moi, je ne pensais pas m'approcher du Jésus des Blancs, mais la voix affectueuse du père Antoine m'a désarmée et je me suis remise à pleurer, bien que j'aie pleuré une bonne partie de la nuit. Les larmes ne tarissent jamais. Je lui ai raconté que notre sort tenait à un fil, la nouvelle maîtresse était dure de sentiment et lorsqu'elle se douterait que Rosette était la fille de son mari elle se vengerait non sur lui, mais sur nous.

« Comment sais-tu cela, ma fille ? m'a-t-il demandé.

— Tout se sait, mon père.

— Personne ne connaît l'avenir, Dieu seul le connaît. Parfois, ce que nous craignons le plus se révèle être une bénédiction. Les portes de cette église sont toujours ouvertes, tu peux venir quand tu veux. Peut-être Dieu me permettra-t-il de t'aider, quand le moment sera venu.

— Le Dieu des Blancs me fait peur, père Antoine. Il est plus cruel que Prosper Cambray.

— Qui ?

— Le gérant de la plantation de Saint-Domingue. Je ne suis pas une servante de Jésus, mon père. Moi, j'ai recours aux loas qui ont accompagné ma mère depuis la Guinée. J'appartiens à Erzulie.

— Oui, ma fille, je connais ton Erzulie, dit le prêtre avec un sourire. Mon Dieu est le même que ton Papa Bondye, mais il porte un autre nom. Tes loas sont comme mes saints. Dans le cœur humain, il y a de la place pour toutes les divinités.

— Le vaudou est interdit à Saint-Domingue, mon père.

321

— Ici, tu peux continuer avec ton vaudou, ma fille, parce que personne ne s'y intéresse, du moment qu'il n'y a pas de scandale. Le dimanche est le jour de Dieu, viens à la messe le matin et l'après-midi va sur la place du Congo danser avec tes loas. Quel est le problème ?»

Il m'a donné un chiffon immonde, son mouchoir, pour que j'essuie mes larmes, mais j'ai préféré utiliser le bord de ma jupe. Alors que nous nous en allions il m'a parlé des sœurs ursulines. Le soir même, j'ai parlé à don Sancho. Ça s'est passé comme ça.

Saison d'ouragans

Dans la vie de Valmorain, Hortense Guizot fut un vent de renouveau qui le remplit d'optimisme, contrairement à ce que ressentirent le reste de la famille et le personnel de la plantation. Certaines fins de semaine, le couple recevait des hôtes à la campagne, comme le voulait l'hospitalité *créole*, mais les visites s'espacèrent et bientôt se terminèrent lorsque la contrariété d'Hortense sauta aux yeux chaque fois que quelqu'un arrivait sans avoir été invité. Les Valmorain passaient leurs journées seuls. Officiellement, Sancho vivait avec eux, comme tant d'autres célibataires proches d'une famille, mais ils se voyaient peu. Sancho trouvait des prétextes pour les éviter et Valmorain regrettait la camaraderie qu'ils avaient toujours partagée. Il passait maintenant des heures à jouer aux cartes avec sa femme, à l'écouter faire des trilles au piano ou à lire tandis qu'elle peignait un tableau à la suite de l'autre représentant des demoiselles sur des balançoires et des chatons jouant avec des pelotes de laine. Hortense ne cessait de faire des napperons au crochet destinés à couvrir toutes les surfaces disponibles. Elle avait des mains blanches et délicates, grassouillettes, aux ongles soignés, des mains actives pour les travaux de tricot et de broderie, agiles au piano, audacieuses en amour. Ils parlaient peu, mais se comprenaient par des regards affectueux et de petits baisers soufflés d'une chaise à l'autre dans l'immense salle à manger où ils dînaient seuls, car Sancho faisait rarement son apparition dans la maison et elle avait suggéré que Maurice, quand il était avec eux, prît ses repas avec son précepteur dans la gloriette du jardin, si le temps le permettait, ou dans la salle à manger de tous les jours, car il pouvait ainsi profiter de ce moment pour continuer à apprendre. Maurice avait neuf ans, mais il se comportait comme un gamin, d'après Hortense qui avait une douzaine de neveux et se considérait comme une experte dans l'art d'éduquer les enfants. Il devait s'aguerrir avec d'autres bambins de sa classe sociale, pas seulement avec ces Murphy tellement ordinaires. Il était très gâté et avait l'air d'une fille, il fallait l'exposer aux rigueurs de la vie, disait-elle.

Valmorain rajeunit, il rasa ses favoris et perdit un peu de poids grâce aux galipettes nocturnes et aux portions rachitiques que l'on servait maintenant à sa table. Il avait trouvé le bonheur conjugal qu'il n'avait pas connu avec Eugenia. Même la crainte d'une rébellion d'esclaves, qui le taraudait depuis Saint-Domingue, passa au second plan. La plantation ne l'empêchait pas de dormir, car Owen Murphy était d'une efficacité remarquable, et ce qu'il n'avait pas le temps de faire, il en chargeait son fils Brandan, un adolescent aussi costaud que son père et doté du sens pratique de sa mère, qui avait travaillé à dos de cheval dès l'âge de six ans.

Leanne Murphy avait donné le jour à son septième enfant, identique à ses frères, robuste et noir de cheveux, mais elle prenait le temps de s'occuper de l'hôpital des esclaves, où elle venait chaque jour avec son bébé dans une brouette. Elle ne pouvait pas voir sa patronne en peinture. La première fois qu'Hortense tenta de s'immiscer sur son territoire, elle se planta devant elle les bras croisés, une expression de calme glacé sur le visage. C'est ainsi qu'elle dominait la bande des Murphy depuis plus de quinze ans, et cela lui réussit également avec Hortense. Si le gérant n'avait pas été un si bon employé, Hortense Guizot se serait débarrassée d'eux tous pour le seul plaisir d'écraser cet insecte d'Irlandaise, mais la production l'intéressait bien davantage. Son père, un planteur aux idées vieillottes, disait que le sucre entretenait les Guizot depuis des générations et qu'il n'était nul besoin d'expérimentations, mais elle avait constaté les avantages du coton avec l'agronome américain et, comme Sancho, elle considérait les avantages de cette culture. Elle ne pouvait se passer d'Owen Murphy.

En août, un violent ouragan inonda une bonne partie de La Nouvelle-Orléans ; rien de grave, cela se produisait souvent, si bien que les rues changées en canaux et l'eau sale se promenant dans les cours n'inquiétaient personne outre mesure. La vie continuait comme à l'accoutumée, sauf qu'on était mouillés. Cette année-là, il n'y eut que peu de sinistrés, seuls les morts pauvres émergèrent de leurs fosses, flottant dans une soupe de boue, tandis que les morts riches continuaient à reposer en paix dans leurs mausolées, ne se voyant pas exposés à l'indignité de perdre leurs os dans la gueule des chiens errants. Dans certaines rues, l'eau arrivait aux genoux, et plusieurs hommes s'employèrent à transporter les gens sur leur dos d'un endroit à un autre, tandis que les enfants jouaient à se rouler dans les mares au milieu des déchets et du crottin de cheval.

Les médecins, toujours alarmistes, avertirent qu'il y aurait une épidémie épouvantable, mais le père Antoine organisa une procession avec le Saint-Sacrement à sa tête et personne n'osa se moquer de cette méthode pour venir à bout des intempéries, car elle avait toujours prouvé son efficacité. À cette époque, le prêtre avait déjà une réputation de saint, bien qu'il ne fût installé dans la ville que depuis trois ans. Il y avait vécu très brièvement en 1790 : à l'époque, l'Inquisition l'avait envoyé à La Nouvelle-Orléans avec la mission d'expulser les juifs, de punir les hérétiques et de propager la foi à feu et à sang, mais il n'avait rien d'un fanatique et s'était réjoui lorsque les citoyens indignés de Louisiane, peu disposés à tolérer un inquisiteur, l'avaient sans ménagement déporté en Espagne. Il était revenu en 1795 en tant que recteur de la cathédrale Saint-Louis, qui venait d'être reconstruite après l'incendie de la précédente. Il arriva disposé à tolérer les juifs, à fermer les yeux sur les hérétiques et à propager la foi avec compassion et charité. Il prêtait attention à tous, sans faire de distinction entre libres et esclaves, criminels et citoyens exemplaires, dames vertueuses ou de petite vertu, voleurs, boucaniers, avocats, bourreaux, usuriers et excommuniés. Tous entraient côte à côte dans son église. Les évêques le détestaient pour son insubordination, mais le troupeau de ses fidèles le défendait avec loyauté. Le père Antoine, avec son habit de capucin et sa barbe d'apôtre, était le flambeau spirituel de cette ville peccamineuse. Le lendemain de la procession l'eau recula, et cette année-là il n'y eut pas d'épidémie.

La maison des Valmorain fut la seule de la ville à être affectée par l'inondation. L'eau n'arriva pas de la rue, elle jaillit du sol en bouillonnant, telle une sueur épaisse. Les fondations avaient héroïquement résisté pendant des années à l'humidité pernicieuse, mais cette attaque insidieuse en vint à bout. Sancho trouva un maître d'œuvre ainsi qu'une équipe de maçons et de charpentiers qui envahirent le rez-de-chaussée avec des échafaudages, des leviers et des poulies. Ils transportèrent le mobilier au premier étage, où s'accumulèrent les caisses et les meubles couverts de draps. Il leur fallut soulever les pavés de la cour, installer des drains et démolir les logements des esclaves domestiques, noyés dans l'eau boueuse.

Malgré les inconvénients et la dépense, Valmorain était satisfait : ces dégâts lui laissaient plus de temps pour aborder le problème de Tété. Lors des visites qu'il faisait avec sa femme à La Nouvelle-Orléans, lui pour affaires et elle pour la vie mondaine, ils habitaient dans la maison des Guizot, un peu étroite, mais mieux qu'un hôtel. Hortense ne montra aucune curiosité pour les travaux, mais elle exigea que la maison fût prête pour octobre ; ainsi la famille pourrait passer la saison en ville. Il était très sain de vivre à la campagne, mais indispensable d'établir sa présence parmi les gens de bien, c'est-à-dire ceux de sa classe. Ils étaient restés trop longtemps absents.

Sancho débarqua à la plantation alors que les réparations de la maison étaient terminées, aussi tapageur que d'habitude, mais avec l'impatience contenue de celui qui doit résoudre une affaire désagréable. Hortense le remarqua et comprit instinctivement qu'il s'agissait de l'esclave dont le nom était dans l'air, la concubine. Chaque fois que Maurice demandait après elle ou Rosette, Valmorain rougissait. Hortense prolongea le dîner et la partie de dominos pour ne pas donner aux hommes l'occasion de parler seul à seul. Elle craignait l'influence de Sancho, qu'elle considérait comme néfaste, et avait besoin de préparer au lit l'esprit de son mari pour toute éventualité. À onze heures du soir, Valmorain s'étira en bâillant et annonça que l'heure d'aller dormir était venue.

« Toulouse, je dois te parler en privé, lui annonça Sancho en se levant.

— En privé ? Je n'ai pas de secrets pour Hortense, répondit l'autre, de bonne humeur.

— Bien sûr que non, mais ceci est une affaire d'hommes. Allons dans la bibliothèque. Pardonnez-moi, Hortense », dit Sancho en défiant la femme du regard.

Dans la bibliothèque les attendait le majordome en gants blancs avec l'excuse de servir le cognac, mais Sancho lui ordonna de se retirer et de fermer la porte, puis il se tourna vers son beau-frère et le somma de décider du sort de Tété. Il ne restait que onze jours avant octobre et la maison était prête pour accueillir la famille.

« Je n'ai pas l'intention de changer quoi que ce soit. Cette esclave continuera à servir comme toujours, et mieux vaut qu'elle le fasse avec bonne humeur, lui expliqua Valmorain, mis au pied du mur.

— Tu lui as promis sa liberté, Toulouse, tu lui as même signé un document.

— Oui, mais je ne veux pas subir de pression. Je le ferai en temps voulu. Si c'est nécessaire, je raconterai tout à Hortense. Je suis sûr qu'elle comprendra. Pourquoi cela t'intéresse-t-il, Sancho ?

— Parce qu'il serait regrettable que cela affecte ton couple.

— Cela n'arrivera pas. Mon Dieu, Sancho, ne dirait-on pas que je suis le premier à avoir couché avec une esclave !

— Et Rosette ? Sa présence sera humiliante pour Hortense, insista Sancho. Il est évident qu'elle est ta fille. Mais j'ai une idée pour l'enlever du milieu. Les ursulines reçoivent des filles de couleur qu'elles les éduquent aussi bien que les Blanches, mais séparément, bien sûr. Rosette pourrait passer les prochaines années interne chez les sœurs.

— Ça ne me paraît pas nécessaire, Sancho.

— Le document que Tété m'a montré inclut Rosette. Quand elle sera libre elle devra gagner sa vie, et pour cela elle a besoin d'une certaine éducation, Toulouse. Ou as-tu l'intention de toujours l'entretenir ? »

À cette époque, il fut décrété à Saint-Domingue que les colons résidant hors de l'île, où que ce soit sauf en France, étaient considérés comme des traîtres et que leurs propriétés allaient être confisquées. Certains émigrés se disposèrent à y retourner pour réclamer leurs terres, mais Valmorain hésitait : il n'y avait pas de raison de supposer que la haine raciale avait diminué. Il décida d'accepter le conseil de son ancien agent au Cap, qui lui proposa par lettre d'enregistrer temporairement l'*habitation* Saint-Lazare à son nom, pour éviter qu'on la lui retirât. Hortense trouva cette idée grotesque ; il était évident que l'homme allait s'emparer de la plantation, mais Valmorain faisait entièrement confiance au vieil homme qui avait servi sa famille pendant plus de trente ans, et comme elle ne put proposer d'autre solution, ainsi fut fait.

Toussaint Louverture était devenu le commandant en chef des forces armées ; il s'entendait directement avec le gouvernement de France et avait annoncé qu'il congédierait la moitié de ses troupes pour qu'elles retournent dans les plantations comme main-d'œuvre libre. Cette histoire de liberté était toute relative : les hommes devaient accomplir au moins trois ans de travail forcé sous contrôle militaire, et aux yeux de nombreux Noirs c'était un retour dissimulé à l'esclavage. Valmorain pensa faire un rapide voyage à Saint-Domingue pour évaluer lui-même la situation, mais Hortense poussa un hurlement d'épouvante. Elle était enceinte de cinq mois, son mari ne pouvait l'abandonner dans cet état et exposer sa vie dans cette île misérable, plus encore en naviguant en haute mer en pleine saison d'ouragans. Valmorain remit le voyage à plus tard ; il lui promit que s'il récupérait sa propriété de Saint-Domingue il la confierait à un administrateur et qu'eux-mêmes resteraient en Louisiane. Cela rassura sa femme pendant deux ou trois mois, mais elle se mit ensuite dans la tête qu'il ne fallait pas investir à Saint-Domingue. Pour une fois, Sancho fut de son avis. Il avait la pire opinion de l'île où il avait séjourné une ou deux fois pour rendre visite à sa sœur Eugenia. Il proposa de vendre Saint-Lazare au premier acheteur qui se présenterait, et avec l'aide d'Hortense tordit le bras à Valmorain, qui finit par céder après des semaines d'indécision. Cette terre était liée à son père, au nom de sa famille, à sa jeunesse, dit-il, mais ses arguments partirent en fumée face à la réalité irréfutable que la colonie n'était qu'un champ de bataille de gens de toutes les couleurs qui s'entre-tuaient.

L'humble Gaspard Séverin retourna à Saint-Domingue sans tenir compte des avertissements des autres réfugiés qui continuaient à arriver en Louisiane dans un triste état. Les nouvelles qu'ils apportaient étaient déprimantes, mais Séverin n'avait pas réussi à s'adapter et préféra partir rejoindre sa famille, bien qu'il continuât à faire des cauchemars sanglants et à trembler des mains. Il y serait retourné aussi misérable qu'il en était parti si Sancho García del Solar ne lui avait discrètement remis une somme d'argent qu'il présenta comme un prêt, mais tous deux savaient fort bien qu'il ne serait jamais rendu. Séverin porta à l'agent l'autorisation de Valmorain de vendre la terre. Il le trouva à l'adresse qui avait toujours été la sienne, bien que l'immeuble fût neuf, le précédent ayant été réduit en cendres dans l'incendie du Cap. Parmi les articles emmagasinés pour l'exportation qui avaient été brûlés dans les entrepôts se trouvait le cercueil de noyer et d'argent d'Eugenia García del Solar. Le vieil homme était toujours dans les affaires ; il vendait le peu que produisait la colonie et importait des États-Unis des maisons en bois de cyprès qui lui arrivaient en pièces détachées, prêtes à être assemblées comme des jouets. La demande était énorme, car toute escarmouche entre ennemis se terminait par un incendie. Il n'y avait plus d'acheteurs pour les objets qui lui avaient rapporté tant d'argent dans le passé : tissus, chapeaux, outils, meubles, montures, chaînes, chaudrons pour la cuisson de la mélasse…

Deux mois après le départ du précepteur, Valmorain reçut la réponse de l'agent : il avait trouvé un acheteur pour Saint-Lazare : un mulâtre, officier de l'armée de Toussaint. Il ne pouvait pas payer grand-chose, mais c'était le seul intéressé et l'agent recommanda à Valmorain d'accepter l'offre, car depuis l'émancipation des esclaves et la guerre civile, personne ne donnait rien pour la terre. Hortense dut admettre qu'elle s'était complètement trompée au sujet de l'agent, qui s'était montré plus honnête qu'on ne pouvait s'y attendre en ces temps tourmentés où la boussole de la moralité tournait comme une folle. L'agent vendit la propriété, toucha sa commission et adressa le reste de l'argent à Valmorain.

À coups de cravache

Avec le départ de Séverin prirent fin les leçons particulières de Maurice et commença son calvaire dans une école pour garçons de la haute société de La Nouvelle-Orléans, où il n'apprenait rien mais devait se défendre des fiers-à-bras qui s'acharnaient contre lui, ce qui ne le rendit pas plus audacieux, comme l'espéraient son père et sa belle-mère, mais plus prudent, comme le craignait son oncle Sancho. De nouveau il fit des cauchemars sur les condamnés du Cap et deux ou trois fois il mouilla son lit, mais personne n'en sut rien, car Tété se chargea de laver les draps en cachette. Il n'avait même pas la consolation de Rosette, car son père ne l'autorisa pas à lui rendre visite chez les ursulines et lui interdit de la mentionner devant Hortense.

Valmorain avait attendu avec une appréhension exagérée la rencontre d'Hortense et de Tété, parce qu'il ne savait pas qu'en Louisiane une chose aussi banale ne méritait pas une scène. Chez les Guizot, comme dans toute famille *créole*, personne n'osait poser de question au patriarche ; les femmes toléraient les caprices de leurs maris tant qu'ils étaient discrets, et ils l'étaient toujours. Seuls l'épouse et les enfants légitimes comptaient en ce monde et le prochain ; il eût été indigne de montrer de la jalousie vis-à-vis d'une esclave ; mieux valait la réserver aux célèbres quarteronnes libres de La Nouvelle-

Orléans, capables de s'emparer de la volonté d'un homme jusqu'à son dernier souffle. Mais même dans le cas de ces courtisanes, une dame bien née feignait l'ignorance et gardait le silence ; c'est ainsi qu'Hortense avait été élevée. Son major-dome, qui était resté à la plantation, chargé du nombreux personnel domestique, avait confirmé ses soupçons sur Tété.

« Monsieur Valmorain l'a achetée quand elle avait environ neuf ans et l'a amenée de Saint-Domingue. C'est la seule concubine qu'on lui connaisse, maîtresse, lui dit-il.

— Et la gamine ?

— Avant de se marier, Monsieur la traitait comme sa fille et le jeune Maurice l'aime comme une sœur.

— Mon beau-fils a beaucoup à apprendre », marmotta Hortense.

Il lui parut de mauvais augure que son mari eût recours à des stratagèmes compliqués pour tenir cette femme éloignée pendant des mois ; peut-être le troublait-elle encore, mais le jour où ils entrèrent dans la maison de la ville elle fut rassurée. Les domestiques alignés les reçurent tirés à quatre épingles, Tété à leur tête. Valmorain fit les présentations avec une cordialité nerveuse, tandis que sa femme toisait l'esclave de haut en bas et de l'intérieur vers l'extérieur, pour finir par décider qu'elle ne représentait une tentation pour personne et encore moins pour le mari qui lui mangeait dans la main. Cette mulâtresse avait trois ans de moins qu'elle, mais elle était abîmée par le travail et le manque de soin, elle avait les pieds calleux, les seins mous et une expression sombre. Elle admit que pour une esclave elle était svelte et digne, et qu'elle avait un visage intéressant. Elle regretta que son mari fût si veule ; la fierté était montée à la tête de cette femme. Les jours suivants, Valmorain accabla Hortense d'attentions, ce qu'elle interpréta comme un désir exprès d'humilier l'ancienne concubine. « Il n'est pas nécessaire que tu te donnes tant de mal, pensa-t-elle, je me chargerai de la mettre à sa place », mais Tété ne lui donna aucun motif de se plaindre. La maison les attendait, briquée, il ne restait aucun souvenir du fracas des marteaux, du bourbier de la cour, des nuages de poussière et de la sueur des maçons. Chaque chose était à sa place, les cheminées propres, les rideaux lavés, les balcons ornés de fleurs et les chambres aérées.

Au début, Tété servait effrayée et muette, mais au bout d'une semaine elle commença à se détendre, car elle apprit à connaître les habitudes et les manies de sa nouvelle maîtresse et fit en sorte de ne pas la provoquer. Hortense était exigeante et inflexible : dès qu'elle donnait un ordre, aussi irrationnel fût-il, il fallait obéir. Elle remarqua les mains de Tété, longues et élégantes, et la mit à laver le linge, tandis que la blanchisseuse passait ses journées dans la cour à ne rien faire, parce que Célestine n'en voulut pas comme aide ; cette femme était d'une maladresse monumentale et elle avait une odeur de lessive. Puis Hortense décida que Tété ne pouvait se retirer avant elle pour se reposer : elle devait attendre, habillée, jusqu'à ce qu'ils rentrent, alors qu'elle se levait à l'aube et devait travailler toute la journée, trébuchant à cause du manque de sommeil. Valmorain argua faiblement que cela n'était pas nécessaire, puisque le garçon qui faisait les courses se chargeait d'éteindre les lampes et de fermer la maison, et qu'il revenait à Denise de la déshabiller, mais Hortense insista. Elle était despotique avec les domestiques, qui devaient supporter ses cris et ses coups, mais elle manquait d'agilité et de temps pour s'imposer à coups de cravache comme dans la plantation, car elle était gênée par sa grossesse et très occupée par sa vie mondaine, ses *soirées* et ses spectacles, outre ses soins de beauté et de santé.

Après le déjeuner, Hortense occupait quelques heures à ses exercices vocaux, à se vêtir et se peigner. Elle n'apparaissait que vers quatre ou cinq heures de l'après-midi, lorsqu'elle était habillée pour sortir et prête à consacrer toute son attention à Valmorain. La mode imposée par la France lui allait bien : robes coupées dans des étoffes légères de couleurs claires, bordées de grecques, à ceinture haute, jupe ronde et ample avec des plis, et l'inévitable châle en dentelle sur les épaules. Les chapeaux étaient de solides constructions de plumes d'autruche, de rubans et de tulles qu'elle transformait elle-même. De même qu'elle avait voulu réutiliser les restes des repas, elle recyclait les chapeaux, enlevait les pompons de l'un pour les mettre sur un autre et enlevait les fleurs du second pour les ajouter au premier, elle teignait même les plumes sans qu'elles perdent leur forme, si bien que chaque jour elle en exhibait un différent.

Un samedi à minuit, alors qu'ils étaient en ville depuis deux semaines et rentraient du théâtre en voiture, Hortense interrogea son mari à propos de la fille de Tété.

« Où est la petite mulâtresse, chéri ? Je ne l'ai pas vue depuis que nous sommes arrivés et Maurice ne cesse de demander après elle, dit-elle d'un ton innocent.

— Tu veux parler de Rosette ? bégaya Valmorain en défaisant le nœud qui lui serrait le cou.

— C'est comme ça qu'elle s'appelle ? Elle doit avoir l'âge de Maurice, n'est-ce pas ?

— Elle va avoir sept ans ; elle est plutôt grande. Je ne pensais pas que tu te souviendrais d'elle, tu ne l'as vue qu'une seule fois, répliqua Valmorain.

— Elle était gracieuse lorsqu'elle dansait avec Maurice. Elle est en âge de travailler. Nous pouvons en obtenir un bon prix, commenta Hortense en caressant la nuque de son mari.

— Je n'ai pas l'intention de la vendre, Hortense.

— Mais j'ai déjà une acheteuse ! Ma sœur Olivia s'est entichée d'elle à la fête et elle veut l'offrir à sa fille pour ses quinze ans, dans deux mois. Comment pouvons-nous la lui refuser ?

— Rosette n'est pas à vendre, répéta-t-il.

— J'espère que tu n'auras pas l'occasion de le regretter, Toulouse. Cette gamine ne nous sert à rien et elle peut nous causer des problèmes.

— Je ne veux plus parler de cela ! s'exclama son mari.

— Je t'en prie, ne crie pas…, murmura Hortense au bord des larmes, tenant son ventre rond de ses mains gantées.

— Pardonne-moi, Hortense. Quelle chaleur il fait dans cette voiture ! Nous prendrons plus tard une décision, chérie, il n'y a pas d'urgence. »

Elle comprit qu'elle avait commis une maladresse. Elle devait agir comme sa mère et ses sœurs, qui déplaçaient leurs fils dans l'ombre avec ruse, sans affronter leur mari et en leur laissant croire qu'ils prenaient les décisions. Le mariage, cela revenait à marcher sur des œufs : il fallait avancer avec une extrême prudence.

Lorsque son ventre fut évident et qu'elle dut s'enfermer – aucune dame ne se présentait en public avec la preuve qu'elle avait copulé –, Hortense resta allongée à tisser comme une tarentule. Sans bouger, elle savait exactement ce qui se passait dans son fief, les plaisanteries qui circulaient dans la société, les nouvelles locales, les secrets de ses amies et chaque pas du malheureux Maurice. Seul Sancho échappait à sa vigilance : il était tellement désordonné et si imprévisible qu'il s'avérait difficile de suivre sa piste. Hortense accoucha à Noël, assistée par le médecin le plus réputé de La Nouvelle- Orléans, dans la maison envahie par les femmes Guizot. Il manqua des mains à Tété et aux autres domestiques pour servir les visiteurs. Malgré l'hiver, l'atmosphère était étouffante et deux esclaves furent chargés d'actionner les ventilateurs du salon et de la chambre de Madame.

Hortense n'était plus dans sa première jeunesse et le médecin avertit que des complications pouvaient se présenter, mais une petite fille aussi rubiconde que tous les Guizot vint au monde en moins de quatre heures. Toulouse Valmorain, à genoux près du lit de son épouse, annonça que la petite se prénommerait Marie-Hortense, comme il se devait pour la première-née, et tous applaudirent, émus, sauf Hortense qui se mit à pleurer de rage parce qu'elle espérait un garçon qui ferait concurrence à Maurice pour l'héritage.

On installa la nourrice dans la mansarde et Tété fut reléguée dans une cellule de la cour qu'elle partageait avec deux autres esclaves. D'après Hortense, cette mesure aurait dû être prise bien avant pour enlever à Maurice la mauvaise habitude de se glisser dans le lit de l'esclave.

La petite Marie-Hortense refusait le sein avec une telle détermination que le médecin conseilla de remplacer la nourrice avant que le bébé ne meure d'inanition. Cela coïncida avec le baptême qui fut célébré par le meilleur répertoire de Célestine : cochon de lait aux cerises, marinade de canards, fruits de mer en sauce piquante, différentes sortes de *gumbo*, carapace de tortue garnie d'huîtres, pâtisserie d'inspiration française et un gâteau de plusieurs étages couronné d'un berceau en porcelaine. Traditionnellement, la marraine appartenait à la famille de la mère, dans ce cas l'une de ses sœurs, et le parrain à celle du père, mais Hortense ne voulut pas qu'un homme aussi dissipé que Sancho, unique parent de son mari, fût le gardien moral de sa fille et l'honneur revint à l'un de ses frères. Ce jour-là, il y eut des cadeaux pour chaque invité – des boîtes d'argent portant le nom de la petite, remplies de dragées – et quelques pièces pour les esclaves. Pendant que les invités se goinfraient, la baptisée bramait de faim, car elle avait également repoussé la deuxième nourrice. La troisième ne tint pas deux jours.

Tété essaya d'ignorer ces pleurs désespérés, mais sa volonté céda et elle se présenta devant Valmorain pour lui expliquer que Tante Rose avait traité un cas semblable à Saint-Lazare avec du lait de chèvre. Pendant qu'on se mettait en quête d'une chèvre, elle mit du riz à bouillir jusqu'à ce qu'il se délite, lui ajouta une pincée de sel et une petite cuillerée de sucre, le passa et le donna à la fillette. Quatre heures plus tard, elle prépara une autre décoction similaire, cette fois à base d'avoine, et ainsi de bouillie en bouillie, et avec la chèvre qu'elle trayait dans la cour, elle la sauva. « Parfois, ces négresses en savent plus que nous », commenta le médecin, stupéfait. Hortense décida alors que Tété reviendrait dans la mansarde pour s'occuper de sa fille à plein temps. Comme sa maîtresse était encore recluse, Tété n'avait pas à attendre le chant du coq pour se coucher, et comme la fillette ne dérangeait pas la nuit, elle put enfin se reposer.

La maîtresse passa près de trois mois au lit, avec ses chiens couchés dessus, la cheminée allumée et les rideaux ouverts pour laisser entrer le soleil hivernal, à consoler son ennui avec les visites de ses amies et en mangeant des bonbons. Elle n'avait jamais autant apprécié Célestine. Lorsque enfin elle mit un terme à son repos, sur l'insistance de sa mère et de ses sœurs que cette paresse d'odalisque inquiétait, aucune robe ne lui allait plus et elle continua à porter celles de sa grossesse, avec les arrangements nécessaires pour qu'elles paraissent autres. Elle émergea de sa prostration avec de nouvelles prétentions, disposée à profiter des plaisirs de la ville avant que la saison prenne fin et qu'il faille partir pour la plantation. Elle sortait en compagnie de son mari ou de ses amies pour faire un tour sur la large digue, bien nommée la plus longue allée du monde, avec ses rangées d'arbres et ses coins ravissants, où il y avait toujours des voitures en promenade, des jeunes filles accompagnées de leurs chaperons et des jeunes hommes à cheval les épiant du coin de l'œil, sans oublier la populace invisible à ses yeux. Elle envoyait parfois deux esclaves devant avec le goûter et les chiens tandis qu'elle prenait l'air, suivie de Tété portant Marie-Hortense dans ses bras.

À cette époque, le marquis de Marigny offrit sa généreuse hospitalité à un membre de la royauté française exilé depuis 1793, durant sa visite prolongée en Louisiane. Marigny avait hérité d'une immense fortune alors qu'il n'avait que quinze ans, et l'on disait de lui qu'il était l'homme le plus riche d'Amérique. S'il ne l'était pas, il faisait son possible pour le paraître : il allumait ses cigares avec des billets de banque. Son gaspillage et son extravagance étaient tels que même la haute société décadente de La Nouvelle-Orléans en restait pantoise. Le père Antoine dénonçait ces étalages d'opulence du haut de sa chaire, rappelant à la congrégation des fidèles qu'un chameau passerait par le chas d'une aiguille avant qu'un riche franchisse la porte du ciel, mais son message de modération entrait par une oreille de ses paroissiens et sortait par l'autre. Les familles les plus arrogantes rampaient pour obtenir une invitation de Marigny ; aucun chameau, aussi biblique fût-il, ne les ferait renoncer à ces fêtes.

Hortense et Toulouse ne furent pas invités en raison de leurs noms de famille, comme ils l'espéraient, mais grâce à Sancho, qui était devenu un acolyte des bringues de Marigny et lui avait soufflé, entre deux verres, que son beau-frère et sa belle-sœur souhaitaient connaître le prince. Sancho avait beaucoup en commun avec le jeune marquis, le même courage héroïque le poussant à risquer sa vie dans des duels pour des offenses imaginaires, une énergie inépuisable pour s'amuser, un goût démesuré pour le jeu, les chevaux, les femmes, la bonne chère et l'alcool, le même divin mépris pour l'argent. Sancho García del Solar méritait d'être un *créole* de pure souche, proclamait Marigny, qui se vantait de reconnaître un véritable chevalier les yeux fermés.

Le jour du bal, la maison Valmorain se mit en état d'urgence. Dès potron-minet, les domestiques trottèrent pour exécuter les ordres péremptoires d'Hortense, montant et descendant les escaliers avec des seaux d'eau chaude pour le bain, des crèmes de massage, des infusions diurétiques pour défaire en trois heures les bourrelets de plusieurs années, de la pâte pour éclaircir la peau, des chaussures, des robes, des châles, des rubans, des bijoux, des produits de maquillage. La couturière n'y suffisait pas, le coiffeur français tomba dans les pommes et on dut le faire revenir à lui avec des frictions au vinaigre. Valmorain, mis à l'écart par la frénétique agitation collective, partit avec Sancho tuer les heures au *Café des Émigrés*, où il y avait toujours des amis pour parier aux cartes. Enfin, lorsque le coiffeur et Denise eurent fini d'étayer la tour de frisettes d'Hortense, ornée de plumes de faisan, d'une broche d'or et de diamant identique au collier et aux boucles d'oreilles, arriva l'instant solennel de lui passer la robe de Paris. Denise et la couturière la lui enfilèrent par le bas, pour ne pas toucher à la coiffure. C'était un prodige de voiles blancs et de plis profonds qui donnaient à Hortense l'aspect troublant d'une énorme statue gréco-romaine. Lorsqu'elles essayèrent de la fermer dans le dos au moyen de trente-huit minuscules boutons de nacre, elles constatèrent qu'elles avaient beau tirer, elles n'y arrivaient pas, car cette semaine-là, malgré les diurétiques, la nervosité lui avait encore fait prendre deux kilos. Hortense poussa un hurlement qui faillit briser les lampes et attira tous les occupants de la maison.

Denise et la couturière reculèrent dans un coin et s'accroupirent à terre en attendant la mort, mais Tété, qui connaissait moins bien la maîtresse, eut la mauvaise idée de proposer qu'on attachât la robe avec des aiguilles dissimulées sous le nœud de la ceinture. Hortense répondit par un autre glapissement sauvage, saisit la cravache qu'elle avait toujours à portée de la main et se jeta sur elle en crachant des insultes de marin, la frappant avec tout le ressentiment accumulé contre la concubine et l'irritation qu'elle éprouvait contre elle-même pour avoir grossi.

Tété tomba à genoux, recroquevillée, couvrant sa tête de ses bras. Tchass! Tchass! claquait la cravache, et chaque gémissement de l'esclave attisait davantage la fureur de la maîtresse. Huit, neuf, dix coups de cravache tombèrent en résonnant comme de brûlants coups de feu sans qu'Hortense, rouge et en sueur, la tour de sa coiffure s'écroulant en mèches pathétiques, ne donnât signe d'être assouvie.

À cet instant, Maurice fit irruption dans la pièce comme un taureau, écartant ceux qui assistaient à la scène, paralysés, et d'une terrible poussée, totalement inattendue de la part d'un garçon qui avait passé les onze années de sa vie à tenter d'éviter la violence, jeta sa belle-mère à terre. Il lui arracha la cravache et lui en donna un coup destiné à lui marquer le visage, mais il l'atteignit au cou, lui coupant le souffle et le cri dans la poitrine. Il leva le bras pour continuer à la frapper, aussi hors de lui qu'elle l'était une seconde auparavant, mais Tété se traîna comme elle put, l'attrapa par les jambes et le tira en arrière. Le second coup de cravache s'abattit sur les plis de la robe en mousseline d'Hortense.

Village d'esclaves

Maurice fut envoyé comme interne dans un collège à Boston, où des maîtres américains très stricts en feraient un homme, comme l'en avait tant de fois menacé son père, par des méthodes didactiques et disciplinaires d'inspiration militaire. Maurice s'en fut avec ses quelques affaires dans une malle, accompagné par un chaperon engagé à cette fin, qui le laissa aux portes de l'établissement en lui donnant une petite tape de consolation sur l'épaule. Le garçon ne put faire ses adieux à Tété, car le lendemain de la correction on l'envoya à la plantation, sans autre forme de procès, avec ordre pour Owen Murphy de la mettre tout de suite à couper la canne. Le gérant la vit arriver couverte de bleus, chacun de la grosseur d'une corde à tirer les bœufs, mais heureusement, sans aucun sur le visage, et il l'envoya à l'hôpital de sa femme. Leanne, occupée par une naissance compliquée, lui indiqua une pommade à base d'aloès à s'appliquer, tandis qu'elle-même se concentrait sur une jeune femme qui criait, terrifiée par la tempête qui secouait son corps depuis déjà plusieurs heures.

Leanne, qui avait mis sept enfants au monde rapidement et sans simagrées, expulsés par son squelette de poulet entre deux Notre Père, se rendit compte qu'elle avait un malheur entre les mains. Elle emmena Tété à l'écart et lui expliqua à voix basse, pour que l'autre n'entende pas, que l'enfant se

341

présentait en travers et qu'ainsi il n'y avait pas moyen qu'il sorte. « Il ne m'est jamais arrivé qu'une femme meure en couches, ce sera la première fois », dit-elle dans un murmure. « Laissez-moi voir, madame », répliqua Tété. Elle convainquit la femme de lui permettre de l'examiner, s'enduisit une main d'huile et de ses doigts fins et experts vérifia qu'elle était prête et que le diagnostic de Leanne était juste. À travers la peau tendue, elle devinait la forme de l'enfant comme si elle le voyait. Elle la fit se mettre à genoux, la tête posée par terre et le derrière soulevé afin de soulager la pression sur le pelvis, tandis qu'elle lui massait le ventre, pressant à deux mains pour le retourner de l'extérieur. Elle n'avait jamais réalisé cette manipulation, mais l'avait vu faire par Tante Rose et ne l'avait pas oubliée. À cet instant, Leanne poussa un cri : une petite main serrée en poing sortait par le canal de naissance. Délicatement, Tété la poussa vers l'intérieur pour ne pas déboîter le bras, jusqu'à ce qu'elle eût disparu à l'intérieur de la mère, et continua patiemment son travail. Au bout d'un moment qui parut une éternité, elle sentit le mouvement du bébé qui se retournait lentement, et enfin la tête se mit en place. Elle ne put éviter un sanglot de remerciement, et il lui sembla voir Tante Rose sourire tout près d'elle.

Leanne et elle soutinrent la mère, qui avait compris ce qui se passait et collaborait au lieu de se débattre, folle de frayeur ; elles la firent marcher en rond, lui parlant et la caressant. Dehors, le soleil s'était couché et elles s'aperçurent qu'il faisait sombre. Leanne alluma une chandelle de suif et elles continuèrent à se promener jusqu'à ce qu'arrive le moment de recevoir le bébé. « Erzulie, *loa* mère, aide-le à naître », pria Tété à haute voix. « Saint Raymond Nonnat, écoute, ne laisse pas une sainte africaine te passer devant », répondit Leanne sur le même ton, et toutes deux éclatèrent de rire. Elles placèrent la mère accroupie sur un tissu propre, en la tenant par les bras, et dix minutes plus tard Tété tenait dans ses mains un bébé violet, qu'elle obligea à respirer par une tape sur le derrière tandis que Leanne coupait le cordon.

Lorsque la mère fut propre, avec son fils sur la poitrine, elles rassemblèrent les tissus tachés de sang, les restes de l'accouchement et s'assirent sur un petit banc devant la porte, pour se reposer sous un ciel noir constellé d'étoiles. C'est ainsi que les trouva Owen Murphy, qui arriva en balançant une lanterne dans une main, un pichet de café chaud dans l'autre.

« Comment va cette affaire ? demanda le gros homme en leur passant le café sans trop s'approcher, car les mystères féminins l'intimidaient.

— Ton patron a un autre esclave et moi j'ai une assistante, lui répondit sa femme en lui montrant Tété.

— Ne me complique pas la vie, Leanne. J'ai reçu l'ordre de la mettre dans une équipe des champs de cannes, marmotta Murphy.

— Depuis quand obéis-tu aux ordres d'un autre plutôt qu'aux miens ? » dit-elle avec un sourire en se dressant sur la pointe des pieds pour l'embrasser dans le cou, là où finissait sa barbe noire.

Ainsi fut fait et personne ne posa de question, parce que Valmorain ne voulait rien savoir et qu'Hortense considérait comme close l'affaire ennuyeuse de la concubine ; elle l'avait écartée de son esprit.

Dans la plantation, Tété partageait une case avec trois femmes et deux enfants. Comme tous les autres, elle se levait au son de la cloche du matin et passait la journée occupée à l'hôpital, à la cuisine, avec les animaux domestiques et les mille tâches dont la chargeaient le gérant et Leanne. Le travail lui paraissait léger comparé aux caprices d'Hortense. Elle avait toujours servi dans la maison et lorsqu'on l'avait expédiée à la campagne elle s'était crue condamnée à une mort lente, comme elle l'avait vu à Saint-Domingue. Elle n'avait pas

343

imaginé qu'elle découvrirait quelque chose qui ressemblait au bonheur.

Il y avait près de deux cents esclaves, certains arrivés d'Afrique ou des Antilles, mais nés en Louisiane pour la plupart, unis par la nécessité de s'entraider et le malheur d'appartenir à autrui. Après la cloche de l'après-midi, quand les équipes revenaient des champs, la véritable vie en communauté commençait. Les familles se réunissaient et elles restaient dehors tant qu'il faisait jour, car dans les cases on manquait d'air et d'espace. La soupe arrivait de la cuisine de la plantation dans une brouette à partir de laquelle on la distribuait, et les uns ou les autres apportaient des légumes, des œufs et, s'il y avait quelque chose à célébrer, des poules ou des lapins. Il y avait toujours des besognes en attente : faire la cuisine, coudre, arroser le potager, réparer un toit. À moins qu'il pleuve ou qu'il fasse très froid, les femmes prenaient le temps de bavarder, les hommes de jouer avec des cailloux sur un tableau tracé sur le sol ou de jouer du banjo. Les jeunes filles se peignaient l'une l'autre, les enfants s'ébattaient, on formait des cercles pour écouter une histoire. Les contes préférés étaient ceux de *Bras Coupé*, qui terrorisait autant les enfants que les adultes, un nègre manchot et gigantesque qui rôdait dans les marais et avait plus de cent fois échappé à la mort.

C'était une société hiérarchisée. Les plus appréciés étaient les bons chasseurs, que Murphy envoyait chercher de la viande pour la soupe — des chevreuils, des oiseaux, des cochons sauvages. Au sommet de l'échelle se trouvaient ceux qui avaient un métier, tels les forgerons ou les charpentiers, les moins cotés étant les nouveaux arrivés. Les grands-mères commandaient, mais celui qui avait le plus d'autorité était le prédicateur, un homme d'une cinquantaine d'années à la peau si sombre qu'elle paraissait bleue, chargé des mules, des bœufs et des chevaux de trait. Il dirigeait les chants religieux de son irrésistible voix de baryton, citait des paraboles de saints de son invention et servait d'arbitre dans les disputes, car personne ne souhaitait régler ses problèmes en dehors de la communauté. Les contremaîtres, bien qu'esclaves et vivant avec les autres, avaient peu d'amis. Les domestiques venaient en visite dans les logements, mais personne ne les aimait, parce qu'ils se donnaient de grands airs, s'habillaient et mangeaient mieux, et pouvaient être les espions des maîtres. Ils reçurent Tété avec un respect prudent, parce qu'ils apprirent qu'elle avait retourné l'enfant dans le ventre de sa mère. Elle dit que ç'avait été un miracle de l'association d'Erzulie et de saint Raymond Nonnat, et son explication contenta tout le monde, y compris Owen Murphy qui n'avait jamais entendu parler d'Erzulie et la prit pour une sainte catholique.

Pendant les heures de repos, les contremaîtres laissaient les esclaves en paix : pas d'hommes armés faisant des patrouilles, d'aboiements exacerbés de chiens méchants, ni de Prosper Cambray dans l'ombre tenant son fouet enroulé et réclamant une vierge de onze ans pour son hamac. Après le repas du soir, Owen Murphy faisait une ronde avec son fils Brandan pour jeter un dernier coup d'œil et s'assurer que tout était en ordre avant de se retirer chez lui, où l'attendait sa famille pour le dîner et la prière. Il faisait comme si de rien n'était quand, au milieu de la nuit, l'odeur de viande grillée indiquait que quelqu'un était sorti chasser des opossums dans l'obscurité. Tant que l'homme se présentait ponctuellement au travail le matin, il ne prenait pas de sanctions.

Comme partout, les esclaves mécontents cassaient des outils, provoquaient des incendies et maltraitaient les animaux, mais c'étaient des cas isolés. D'autres s'enivraient et il se trouvait toujours quelqu'un pour aller à l'hôpital sous le prétexte d'une maladie feinte et se reposer un moment. Les malades véritables faisaient confiance aux remèdes traditionnels : rondelles de pommes de terre appliquées sur un point douloureux, graisse de caïman pour les os arthritiques, épines bouillies pour expulser les vers intestinaux et racines indiennes pour les coliques. Tété tenta en vain d'introduire quelques formules de Tante Rose ; personne ne voulait expérimenter avec sa propre santé.

Tété constata que très peu de ses compagnons avaient l'obsession de s'enfuir, comme à Saint-Domingue, et quand ils le faisaient ils revenaient en général d'eux-mêmes au bout de deux ou trois jours, fatigués d'errer dans les marais, ou capturés par les gardiens de chemins. Ils recevaient une raclée et réintégraient la communauté, humiliés, car ils ne rencontraient pas beaucoup de sympathie, personne ne voulait de problèmes. Les moines itinérants et Owen Murphy leur rabâchaient la vertu de la résignation, dont la récompense était au ciel, où toutes les âmes jouissaient d'un bonheur égal. Il semblait à Tété que cela convenait mieux aux Blancs qu'aux Noirs ; il eût mieux valu que le bonheur fût bien distribué en ce monde, mais elle n'osa pas exposer sa théorie à Leanne, pour la même raison qu'elle assistait à la messe en faisant bonne figure : afin de ne pas l'offenser. Elle ne faisait pas confiance à la religion des maîtres. Le vaudou qu'elle pratiquait à sa manière était tout aussi fataliste, mais du moins pouvait-elle faire l'expérience du pouvoir divin lorsque les *loas* la chevauchaient.

Avant de cohabiter avec les gens de la campagne, l'esclave ne savait pas combien son existence avait été solitaire, sans autre affection que celle de Maurice et de Rosette, sans personne avec qui partager ses souvenirs et ses aspirations. Elle s'habitua rapidement à cette communauté, ne regrettant que les deux enfants. Elle les imaginait seuls la nuit, effrayés, et son âme se brisait de chagrin.

« La prochaine fois qu'Owen Murphy ira à La Nouvelle-Orléans il t'apportera des nouvelles de ta fille, lui promit Leanne.

— Ce sera quand, madame ?

— Ce sera quand son patron l'y enverra, Tété. Aller à la ville coûte cher et nous économisons chaque centime. »

Les Murphy rêvaient d'acheter de la terre et de la travailler avec leurs fils, comme tant d'autres émigrants, comme certains mulâtres et Noirs libres. Il y avait peu de plantations aussi grandes que celle de Valmorain ; pour la plupart, il s'agissait de champs moyens ou petits cultivés par des familles modestes et, lorsqu'elles possédaient quelques esclaves, ceux-ci menaient la même existence que leurs maîtres. Leanne raconta à Tété qu'elle était arrivée en Amérique dans les bras de ses parents, qui s'étaient embauchés dans une plantation comme serfs pendant dix ans pour payer le prix du passage en bateau depuis l'Irlande, ce qui en pratique n'était pas différent de l'esclavage.

« Sais-tu qu'il y a aussi des esclaves blancs, Tété ? Ils coûtent moins cher que les Noirs, parce qu'ils ne sont pas aussi forts. Pour les femmes blanches, ils paient davantage. Mais tu sais à quoi ils les utilisent.

— Je n'ai jamais vu d'esclaves blancs, madame.

— À la Barbade il y en a beaucoup, et ici aussi. »

Les parents de Leanne n'avaient pas calculé que leurs patrons leur feraient payer chaque morceau de pain qu'ils mettaient dans leur bouche et leur décompteraient chaque jour où ils ne travaillaient pas, même lorsque c'était à cause du mauvais temps, si bien que la dette, au lieu de diminuer, avait augmenté.

« Mon père est mort après douze ans de travail forcé, et ma mère et moi avons continué à servir encore plusieurs années, jusqu'à ce que Dieu nous envoie Owen, qui est tombé amoureux de moi et a dépensé toutes ses économies pour solder notre dette. C'est ainsi que nous avons recouvré la liberté, ma mère et moi.

— Je n'aurais jamais imaginé que vous aviez été esclave, dit Tété, émue.

— Ma mère était malade et elle est morte peu de temps après, mais elle a pu me voir libre. Je sais ce que signifie l'esclavage. On perd tout, l'espoir, la dignité et la foi, ajouta Leanne.

— Et Monsieur Murphy..., balbutia Tété, sans savoir comment exprimer sa question.

— Mon mari est un homme bon, Tété, il essaie de soulager la vie de ses gens. Il n'aime pas l'esclavage. Lorsque nous aurons notre terre, nous la cultiverons seuls avec nos fils. Nous irons dans le Nord, là-bas ce sera plus facile.

— Je vous souhaite bonne chance, madame Murphy, mais ici nous serons tous désolés que vous vous en alliez. »

Le capitaine La Liberté

Le docteur Parmentier arriva à La Nouvelle-Orléans au début de l'année 1800, trois mois après que Napoléon Bonaparte se fut proclamé Premier Consul de France. Le médecin avait quitté Saint-Domingue en 1794, après le massacre de plus de mille civils blancs par les rebelles. Parmi eux se trouvaient plusieurs de ses connaissances, et cela, outre la certitude qu'il ne pouvait vivre sans Adèle et leurs enfants, le décida à partir. Après avoir expédié sa famille à Cuba il continua à travailler à l'hôpital du Cap dans l'espoir insensé que la tourmente de la révolution se calmerait et que les siens pourraient revenir. Il échappa aux rafles, aux conspirations, aux attaques et aux massacres parce qu'il était l'un des rares médecins qui restaient et que Toussaint Louverture, qui respectait cette profession comme aucune autre, lui accorda sa protection personnelle. Plus qu'une protection, c'était un ordre de détention dissimulé, que Parmentier parvint à enfreindre avec la secrète complicité de l'un des plus proches officiers de Toussaint, son homme de confiance, le capitaine La Liberté. Malgré sa jeunesse – il venait d'avoir vingt ans –, le capitaine avait donné des preuves de loyauté absolue, il était nuit et jour aux côtés de son général depuis plusieurs années, et celui-ci le donnait en exemple de véritable guerrier, vaillant et prudent. Ceux qui gagneraient cette longue guerre ne seraient pas les héros imprudents qui défiaient la mort, disait Toussaint, mais des hommes comme La Liberté, qui avaient envie de vivre. Il lui confiait les missions les plus délicates en raison de sa discrétion, et les plus audacieuses en raison de son sang-froid. Le capitaine était un adolescent lorsqu'il s'était placé sous ses ordres, il était arrivé presque nu et sans autre capital que des jambes rapides, un couteau à couper la canne aussi tranchant qu'un poignard et le nom que lui avait donné son père en Afrique. Toussaint l'avait promu au rang de capitaine après que le jeune homme lui eut sauvé la vie pour la troisième fois, lorsqu'un autre chef rebelle lui avait tendu une embuscade près de Limbé, où son frère Jean-Pierre avait été tué. La vengeance de Toussaint fut immédiate et définitive : il rasa le campement du traître. Pendant une conversation à bâtons rompus, au lever du jour, alors que les survivants creusaient des fosses et que les femmes entassaient les cadavres avant que les vautours les leur enlèvent, Toussaint demanda au jeune homme pourquoi il se battait.

« Ce pour quoi nous nous battons tous, mon général, pour la liberté, répondit-il.

— Nous l'avons déjà, l'esclavage a été aboli. Mais nous pouvons la perdre à tout moment.

— Seulement si nous nous trahissons les uns les autres, général. Unis, nous sommes forts.

— Le chemin de la liberté est tortueux, mon fils. Il peut parfois sembler que nous reculons, que nous pactisons, que nous perdons de vue les principes de la révolution…, murmura le général en l'observant de son regard de poignard.

— J'étais présent quand les chefs ont proposé aux Blancs de rendre les Noirs à l'esclavage en échange de la liberté pour eux, leurs familles et certains de leurs officiers, répliqua le jeune homme, conscient que ses paroles pouvaient être interprétées comme un reproche ou une provocation.

— Dans la stratégie de la guerre, très peu de choses sont

claires, nous nous mouvons au milieu des ombres, expliqua Toussaint sans se troubler. Il faut parfois négocier.

— Oui, mon général, mais pas à ce prix. Aucun de vos soldats ne redeviendra esclave, nous préférons tous la mort.

— Moi aussi, mon fils, dit Toussaint.

— Je regrette la mort de votre frère Jean-Pierre, général.

— Jean-Pierre et moi, nous nous aimions beaucoup, mais les vies personnelles doivent être sacrifiées à la cause commune. Tu es un excellent soldat, mon garçon. Je t'élèverai au grade de capitaine. Cela te plairait d'avoir un nom ? Lequel, par exemple ?

— La Liberté, mon général, répondit l'autre sans hésiter, en se mettant au garde-à-vous avec cette discipline militaire que les troupes de Toussaint copiaient sur les Français.

— Bien. Désormais tu seras Gambo La Liberté », dit Toussaint.

Le capitaine La Liberté décida d'aider le docteur Parmentier à sortir discrètement de l'île, parce qu'il mit dans la balance le strict accomplissement du devoir, que lui avait enseigné Toussaint, et la dette de gratitude qu'il avait envers le médecin. La gratitude pesa plus lourd. Les Blancs s'en allaient dès qu'ils avaient obtenu un passeport et réglé leurs finances. La plupart des femmes et des enfants partaient vers d'autres îles ou les États-Unis, mais il était très difficile aux hommes d'obtenir un passeport, car Toussaint avait besoin d'eux pour grossir ses troupes et diriger les plantations. La colonie était pratiquement paralysée, il manquait des artisans, des agriculteurs, des commerçants, des fonctionnaires et des professionnels dans toutes les branches ; seuls étaient en surnombre les bandits et les courtisanes, qui survivaient en toutes circonstances. Gambo La Liberté devait au discret docteur une main du général Toussaint et sa propre vie. Après que les bonnes sœurs eurent quitté l'île, Parmentier dirigeait l'hôpital militaire avec une équipe d'infirmières formées par lui. Il était le seul médecin et le seul Blanc de l'hôpital.

Lors de l'attaque du fort Belair, un boulet de canon avait déchiré les doigts de Toussaint, une mauvaise et sale blessure, dont le remède évident aurait été l'amputation, mais le général considérait cela comme l'ultime recours. Étant un « docteur-feuilles », Toussaint préférait, dans la mesure du possible, garder ses patients entiers. Il enveloppa sa main dans un cataplasme d'herbes, monta sur son noble cheval, le fameux *Bel Argent*, et Gambo La Liberté le conduisit au grand galop à l'hôpital du Cap. Parmentier examina la blessure, étonné que, sans traitement et exposée à la poussière du chemin, elle ne se soit pas infectée. Il demanda un demi-litre de rhum pour étourdir le patient et deux ordonnances pour le tenir, mais Toussaint refusa cette aide. Il ne buvait pas d'alcool et ne permettait à personne de le toucher en dehors de sa famille. Parmentier effectua la tâche douloureuse de nettoyer les blessures et de remettre un à un les os en place, sous l'œil attentif du général, qui pour toute consolation serrait un épais morceau de cuir entre ses dents. Lorsqu'il eut terminé de le bander et de mettre son bras en écharpe, Toussaint cracha le cuir mâché, le remercia poliment et lui fit signe de s'occuper de son capitaine. Alors Parmentier se tourna pour la première fois vers l'homme qui avait amené le général à l'hôpital et le vit appuyé contre le mur, les yeux vitreux, au-dessus d'une flaque de sang.

Gambo eut deux fois un pied dans la tombe pendant les cinq semaines où Parmentier le garda à l'hôpital, mais chaque fois il revint à la vie en souriant, avec le souvenir intact de ce qu'il avait vu dans le paradis de Guinée, où l'attendait son père et où il y avait toujours de la musique, où les arbres se courbaient sous le poids des fruits, où les végétaux poussaient seuls et les poissons sautaient hors de l'eau, si bien qu'on pouvait les ramasser sans effort, où tous étaient libres : l'île sous la mer. Il avait perdu beaucoup de sang à cause des trois balles qui lui avaient transpercé le corps, deux à la cuisse et la troisième à la poitrine. Parmentier passa des jours et des nuits

352

entières à ses côtés, combattant la mort à bras-le-corps, sans jamais se considérer vaincu, parce que le capitaine lui était sympathique. Il était d'un courage exceptionnel, tel qu'il eût aimé être lui-même.

« J'ai l'impression de vous avoir déjà vu quelque part, capitaine, lui dit-il pendant l'un des terribles traitements.

— Ah ! Je vois que vous n'êtes pas l'un de ces Blancs incapables de distinguer un Noir d'un autre, se moqua Gambo.

— Dans ce travail, la couleur de la peau importe peu, ils ont tous la même couleur de sang, mais je vous avoue que j'ai parfois du mal à distinguer un Blanc d'un autre, répliqua Parmentier.

— Vous avez une bonne mémoire, docteur. Vous avez dû me voir à la plantation Saint-Lazare. J'étais l'aide de la cuisinière.

— Je ne m'en souviens pas, mais votre visage m'est familier, dit le médecin. À cette époque, je rendais visite à mon ami Valmorain et à Tante Rose, la guérisseuse. Je crois qu'elle s'est enfuie avant que les rebelles attaquent la plantation. Je ne l'ai pas revue depuis, mais je pense souvent à elle. Avant de la connaître, j'aurais commencé par vous couper la jambe, capitaine, et j'aurais ensuite essayé de vous traiter à l'aide de saignées. Je vous aurais tué tout de suite et avec la meilleure intention. Si vous êtes encore vivant, c'est grâce aux méthodes qu'elle m'a enseignées. Avez-vous de ces nouvelles ?

— Elle est « docteur-feuilles » et *mambo*. Je l'ai vue plusieurs fois, parce que même mon général Toussaint la consulte. Elle va d'un camp à un autre pour soigner et conseiller. Et vous, docteur, savez-vous quelque chose de Zarité ?

— De qui ?

— Une esclave du Blanc Valmorain. On l'appelait Tété.

— Oui, je l'ai connue. Elle est partie avec son maître après l'incendie du Cap, à Cuba je crois, dit Parmentier.

— Elle n'est plus esclave. Elle a sa liberté sur un papier signé et scellé.

— Tété m'a montré ce papier, mais lorsqu'ils sont partis son émancipation n'avait toujours pas été légalisée », lui précisa le docteur.

Pendant ces cinq semaines, Toussaint Louverture demandait souvent des nouvelles du capitaine et chaque fois la réponse de Parmentier était la même : « Si vous voulez que je vous le rende, ne me pressez pas, général. » Les infirmières étaient amoureuses de La Liberté et, dès qu'il fut capable de s'asseoir, plus d'une se glissait la nuit dans son lit, lui montait dessus sans l'écraser et lui administrait à doses mesurées le meilleur des remèdes contre l'anémie, tandis qu'il murmurait le nom de Zarité. Parmentier ne l'ignorait pas, mais il pensait que si cela pouvait aider le blessé à guérir, eh bien elles n'avaient qu'à continuer à l'aimer. Enfin Gambo fut suffisamment remis pour enfourcher son coursier, porter un mousquet à l'épaule et partir retrouver son général.

« Merci, docteur. Je ne pensais pas rencontrer un jour un Blanc honnête, lui dit-il en partant.

— Je ne pensais pas rencontrer un jour un Noir reconnaissant, répliqua le docteur en souriant.

— Je n'oublie jamais une faveur, ni une offense. J'espère pouvoir vous rendre ce que vous avez fait pour moi. Comptez sur moi.

— Vous pouvez me le rendre aujourd'hui même, capitaine, si vous le désirez. Je veux rejoindre ma famille à Cuba et vous savez que sortir d'ici est presque impossible. »

Onze jours plus tard, par une nuit sans lune, la barque d'un pêcheur emmena à la rame le docteur Parmentier jusqu'à une frégate ancrée à une certaine distance du port. Le capitaine Gambo La Liberté lui avait obtenu un sauf-conduit et un passage, l'une des rares démarches qu'il fit à l'insu de Toussaint Louverture au cours de sa fulgurante carrière militaire. Il y mit une condition et demanda au médecin, si par hasard il voyait Tété, de lui transmettre un message : « Dites-lui que je suis fait pour la guerre, pas pour l'amour ; qu'elle ne m'attende pas, parce que je l'ai oubliée. » La contradiction du message fit sourire Parmentier.

Des vents contraires poussèrent la frégate dans laquelle Parmentier voyageait avec d'autres réfugiés français vers la Jamaïque, où on ne leur permit pas de débarquer, et après bien des détours dans les courants traîtres de la mer des Caraïbes, en esquivant typhons et boucaniers, ils arrivèrent à Santiago de Cuba. Le docteur partit pour La Havane par voie de terre à la recherche d'Adèle. Durant le temps de leur séparation, il n'avait pu lui envoyer de l'argent et il ne savait pas dans quel état de misère il allait trouver sa famille. Il avait une adresse, qu'elle lui avait indiquée par lettre plusieurs mois auparavant, et c'est ainsi qu'il parvint à un quartier de maisons modestes, mais bien entretenues, dans une rue pavée, où les maisons étaient des ateliers de divers métiers : bourreliers, perruquiers, cordonniers, menuisiers, peintres et cuisinières, qui préparaient des plats dans leurs cours pour les vendre dans la rue. Des Noires grandes et majestueuses, avec leurs robes en coton amidonné et leurs *tignons* de couleurs vives, imprégnées de parfums d'épices et de sucre, sortaient de leurs maisons en balançant des paniers et des plateaux chargés de mets délicieux et de pâtisseries, entourées d'enfants nus et de chiens. Les maisons ne portaient pas de numéro, mais Parmentier en avait la description et il n'eut pas de mal à trouver celle d'Adèle, peinte en bleu cobalt avec un toit de tuiles rouges, une porte et deux fenêtres décorées de pots de bégonias. Un écriteau accroché sur la façade annonçait en grosses lettres et en espagnol : « *Madame Adèle, moda de París* ». Le cœur battant la chamade, il frappa à la porte, entendit un aboiement, des pas qui couraient, la porte s'ouvrit et il se retrouva devant la plus jeune de ses filles, d'un empan plus grande que dans son souvenir. La petite poussa un cri, se jeta à son cou, folle de joie, et en quelques secondes le reste de la famille l'entourait, tandis que ses genoux se pliaient de fatigue et d'amour. Il avait souvent imaginé qu'il ne les reverrait jamais.

Réfugiés

Adèle avait si peu changé qu'elle portait la même robe que lorsqu'elle avait quitté Saint-Domingue, dix-huit mois plus tôt. Elle gagnait sa vie en cousant, comme elle l'avait toujours fait, et ses modestes revenus lui permettaient difficilement de payer le loyer et de nourrir sa famille, mais il n'était pas dans son caractère de se plaindre de ce qui lui manquait, elle avait plutôt tendance à remercier de ce qu'elle recevait. Avec ses enfants, elle s'était intégrée parmi les nombreux Noirs libres de la ville et avait bientôt acquis une clientèle fidèle. Elle connaissait très bien le métier du fil et de l'aiguille, mais n'entendait rien à la mode. Violette Boisier se chargeait de dessiner les modèles. Toutes deux partageaient cette intimité qui souvent, dans l'exil, unit des personnes qui ne se seraient pas jeté un regard dans leur lieu d'origine.

Grâce à sa prestance et à l'argent qu'elle avait mis de côté à Saint-Domingue, Violette s'était installée avec Loula dans une maison modeste d'un quartier de Blancs et de mulâtres, de plusieurs degrés au-dessus de celui d'Adèle dans la hiérarchie des classes sociales. Elle avait émancipé Loula contre son gré, et inscrit Jean-Martin comme interne dans une école de curés afin qu'il reçût la meilleure éducation possible. Elle avait pour lui des projets ambitieux. À huit ans, le garçonnet, un mulâtre au teint de bronze, avait des traits et des gestes si harmonieux que s'il n'avait porté les cheveux très courts il aurait pu passer pour une fille. Personne – lui moins encore – ne savait qu'il était adopté ; c'était le secret bien gardé de Violette et Loula.

Lorsque son fils fut en sécurité chez les frères, Violette tendit ses filets pour entrer en relation avec les gens bien placés qui pouvaient lui faciliter l'existence à La Havane. Elle évoluait parmi les Français, car les Espagnols et les Cubains méprisaient les réfugiés qui avaient envahi l'île ces dernières années. Les *Grands Blancs* qui arrivaient avec de l'argent finissaient par s'installer dans les provinces, où il y avait de la terre à revendre et où ils pouvaient planter du café ou de la canne à sucre, mais les autres survivaient dans les villes : quelques-uns de leurs rentes ou de la location de leurs esclaves, certains travaillaient ou montaient des négoces pas toujours honnêtes, et le journal dénonçait la concurrence déloyale des étrangers, qui menaçait la stabilité de Cuba.

Violette n'avait pas besoin d'effectuer des ouvrages peu rémunérés, comme tant de ses compatriotes, mais la vie était chère et elle devait être prudente avec ses économies. Elle n'avait ni l'âge ni le désir de reprendre son ancien métier. Loula voulait absolument qu'elle décroche un mari fortuné, mais elle aimait encore Étienne Relais et ne voulait pas donner un beau-père à Jean-Martin. Elle avait passé son existence à cultiver l'art d'être sympathique et eut bientôt un groupe d'amies auxquelles elle vendait les robes d'Adèle et les lotions de beauté préparées par Loula ; ainsi gagnait-elle sa vie. Ces deux femmes en vinrent à être ses amies intimes, les sœurs qu'elle n'avait pas eues. Elle prenait avec elles son petit café du dimanche dans la cour à l'ombre d'un vélum, en pantoufles, tandis qu'elles élaboraient des projets et faisaient leurs comptes.

« Il faudra que je dise à Madame Relais que son mari est décédé, dit Parmentier à Adèle lorsqu'il entendit l'histoire.

— Ce n'est pas nécessaire, elle le sait déjà.

— Comment peut-elle le savoir ?

— Parce que l'opale de sa bague s'est brisée », lui expliqua Adèle en lui servant une deuxième part de riz accompagné de banane frite et de viande de bœuf.

Le docteur Parmentier, qui dans ses nuits de solitude s'était promis de dédommager Adèle de l'amour sans conditions et toujours dans l'ombre qu'elle lui avait donné pendant des années, reprit à La Havane la double vie qu'il menait au Cap et s'installa dans une autre maison, cachant sa famille aux yeux de tous. Il devint l'un des médecins les plus sollicités parmi les réfugiés, mais ne parvint pas à avoir accès à la haute société créole. Il était le seul capable de guérir le choléra avec de l'eau, de la soupe et des tisanes, le seul assez honnête pour admettre qu'il n'y a pas de remède contre la syphilis ou les vomissements noirs, le seul qui pouvait arrêter l'infection d'une blessure et empêcher qu'une piqûre de scorpion ne se termine par un enterrement. Il avait le défaut de recevoir également des gens de toutes les couleurs. Sa clientèle blanche le tolérait parce que dans l'exil les différences naturelles tendent à s'effacer et qu'elle n'était pas en condition d'exiger l'exclusivité, mais on ne lui aurait pas pardonné une épouse et des enfants de sang mêlé. C'est ce qu'il dit à Adèle, bien qu'elle ne lui eût jamais demandé d'explications.

Parmentier loua une maison à étage dans un quartier de Blancs, destinant le rez-de-chaussée au cabinet de consultation et l'étage à son logement. Personne ne s'aperçut qu'il passait ses nuits à plusieurs rues de là dans une petite maison bleu cobalt. Il voyait Violette Boisier le dimanche chez Adèle. La femme avait trente-six ans fort bien portés et jouissait, dans la communauté des émigrés, de l'excellente réputation d'une veuve vertueuse. Si quelqu'un croyait reconnaître en elle une célèbre *cocotte* du Cap, il écartait aussitôt le doute comme une impossibilité. Violette portait toujours la bague avec l'opale brisée et il ne se passait pas un seul jour sans qu'elle pensât à Étienne Relais.

Aucun d'eux ne put s'adapter à Cuba et après plusieurs années ils étaient aussi étrangers qu'au premier jour, avec le problème aggravant que le ressentiment des Cubains à l'encontre des réfugiés s'était exacerbé, parce que leur nombre continuait d'augmenter et qu'ils n'étaient plus des *Grands Blancs* argentés, mais des gens ruinés s'entassant dans des quartiers où fermentaient le crime et la maladie. Personne ne les aimait. Les autorités espagnoles les harcelaient et semaient leur chemin d'obstacles légaux dans l'espoir de les voir déménager une bonne fois pour toutes.

Un décret du gouvernement annula les licences professionnelles qui n'avaient pas été obtenues en Espagne et Parmentier se retrouva à exercer illégalement la médecine. Le sceau royal de France sur son parchemin ne lui servait à rien, et dans ces conditions il ne pouvait soigner que des esclaves et des pauvres, qui avaient rarement de quoi le payer. Un autre inconvénient était qu'il n'avait pas appris un seul mot d'espagnol, à la différence d'Adèle et des enfants qui le parlaient à toute allure avec l'accent cubain.

De son côté, Violette Boisier finit par céder à la pression de Loula et elle fut à deux doigts d'épouser le propriétaire d'un hôtel, un Galicien sexagénaire, riche et de santé précaire, parfait selon Loula, car il débarrasserait bientôt le plancher, soit par une mort naturelle soit avec un peu d'aide de sa part, et elles seraient alors en sécurité. L'hôtelier, à qui cet amour tardif avait fait perdre la tête, ne voulut pas vérifier les rumeurs selon lesquelles Violette n'était pas blanche, parce que cela lui était égal. Il n'avait jamais désiré personne autant que cette femme voluptueuse, et lorsqu'il la tint enfin dans ses bras il découvrit qu'elle provoquait en lui une immense tendresse de grand-père, ce qui convenait parfaitement à Violette, car il ne rivalisait pas avec le souvenir d'Étienne Relais. Le Galicien lui ouvrit sa bourse afin qu'elle dépense comme une sultane, si cela lui faisait plaisir, mais il oublia de lui préciser qu'il était marié. Son épouse était restée en Espagne avec leur fils unique, prêtre dominicain, et aucun des deux ne s'intéressait à cet homme qu'ils n'avaient pas vu depuis vingt-sept ans. Mère et fils supposaient qu'il vivait en état de péché mortel et passait du bon temps en compagnie de femmes fessues dans les colonies dépravées des Caraïbes, mais tant qu'il leur envoyait régulièrement de l'argent l'état de son âme leur importait peu. L'hôtelier pensa que s'il épousait la veuve Relais sa famille n'en saurait rien, et c'eût été le cas sans l'intervention d'un avocat cupide, qui enquêta sur son passé et se proposa de le saigner à blanc. Il comprit qu'il ne pouvait acheter le silence de l'avocaillon, car le chantage se répéterait mille fois. Il y eut des échanges épistolaires et, quelques mois plus tard, le fils dominicain apparut à l'improviste, prêt à sauver son père des griffes de Satan, et l'héritage des griffes de cette prostituée. Violette, conseillée par Parmentier, renonça au mariage, mais elle continua à rendre visite à son amoureux de temps en temps, pour qu'il ne meure pas de chagrin.

Cette année-là, Jean-Martin fêtait ses treize ans et cela faisait cinq ans qu'il disait son intention de suivre une carrière militaire en France, comme son père. Fier et têtu comme il l'avait toujours été, il refusa d'entendre les raisons de Violette, qui ne voulait pas se séparer de lui et avait horreur de l'armée, où un si beau garçon pouvait finir sodomisé par un sergent. L'insistance de Jean-Martin fut inébranlable, si bien que sa mère dut finir par céder. Violette profita de son amitié avec un capitaine de bateau, qu'elle avait connu au Cap, pour l'envoyer en France. Il y fut reçu par un frère d'Étienne Relais, également militaire, qui l'emmena à l'École des cadets de Paris où avaient été formés tous les hommes de sa famille. Il savait que son frère avait épousé une Antillaise et la couleur du garçon n'attira pas son attention ; il ne serait pas le seul sang-mêlé de l'Académie.

Voyant que la situation devenait de plus en plus difficile à Cuba pour les réfugiés, le docteur Parmentier décida de tenter fortune à La Nouvelle-Orléans et, si les choses allaient bien pour lui, d'y faire ensuite venir sa famille. Alors, pour la première fois depuis dix-huit ans qu'ils étaient ensemble, Adèle s'imposa et expliqua qu'ils ne se sépareraient plus : ils s'en allaient tous ensemble ou personne ne partait. Elle était disposée à continuer de vivre cachée, comme un péché de l'homme qu'elle aimait, mais elle ne permettrait pas que sa famille se désagrège. Elle lui proposa de voyager dans le même bateau, mais elle et leurs enfants en troisième classe, et ils débarqueraient séparément, de sorte qu'on ne les verrait pas ensemble. Elle-même obtint des passeports après avoir soudoyé les autorités concernées, comme c'était l'habitude, et prouvé qu'elle était libre et entretenait ses enfants par son travail. Elle n'allait pas à La Nouvelle-Orléans pour demander l'aumône, dit-elle au consul avec sa douceur caractéristique, mais pour coudre des robes.

Lorsque Violette Boisier apprit que ses amis avaient l'intention d'émigrer pour la deuxième fois, elle eut l'une de ces fulgurantes crises de nerfs et de larmes dont elle était coutumière dans sa jeunesse et qui semblaient avoir disparu depuis des années. Elle se sentit trahie par Adèle.

« Comment peux-tu suivre cet homme qui ne te reconnaît pas comme la mère de ses enfants ? sanglota-t-elle.

— Il m'aime comme il peut, répondit Adèle sans se troubler.

— Tu as appris aux enfants à faire semblant de ne pas le connaître en public ! s'exclama Violette.

— Mais il les entretient, il les éduque et les aime beaucoup. C'est un bon père. Ma vie est unie à la sienne, Violette, et nous ne nous séparerons plus.

— Et moi ? Qu'est-ce que je vais devenir ici toute seule ? demanda Violette, inconsolable.

— Tu pourrais venir avec nous... », suggéra son amie.

Violette trouva l'idée formidable. Elle avait entendu dire qu'à La Nouvelle-Orléans existait une florissante société de gens de couleur libres dans laquelle tous pourraient prospérer.

362

Sans perdre de temps, elle en parla à Loula et toutes deux décidèrent que rien ne les retenait à Cuba. La Nouvelle-Orléans serait leur dernière chance de prendre racine et de faire des projets pour la vieillesse.

Toulouse Valmorain, resté en contact avec Parmentier au cours de ces sept années grâce à une correspondance sporadique, lui offrit son aide et son hospitalité, mais il l'avertit qu'à La Nouvelle-Orléans il y avait plus de médecins que de boulangers et que la concurrence serait forte. Par chance, la licence royale de la France lui servirait en Louisiane. «Et ici vous n'aurez pas besoin de parler l'espagnol, mon cher docteur, parce que la langue est le français», ajouta-t-il dans sa lettre. Parmentier descendit du bateau et tomba dans les bras de son ami qui l'attendait sur le quai. Ils ne s'étaient pas vus depuis 1793. Valmorain ne se souvenait pas qu'il était si petit et si fragile, et à son tour Parmentier ne se le rappelait pas aussi sûr de lui. Valmorain avait un nouvel air de satisfaction, il ne restait rien de l'homme tourmenté avec lequel, à Saint-Domingue, il soutenait d'interminables discussions philosophiques et politiques.

Tandis que le reste des passagers débarquait, ils attendirent les bagages. Valmorain ne remarqua absolument pas Adèle, une mulâtresse à la peau sombre accompagnée de deux garçons et d'une fillette, qui essayait de trouver une charrette à louer pour transporter ses malles, mais il distingua dans la foule une femme qui portait un élégant costume de voyage vermillon, un chapeau, un sac et des gants de la même couleur, si belle qu'il eût été impossible de ne pas la remarquer. Il la reconnut sur-le-champ, bien que ce fût le dernier endroit où il se serait attendu à la revoir. Son nom lui échappa dans un cri, et il courut la saluer avec l'enthousiasme d'un gamin. «Monsieur Valmorain, quelle surprise!» s'exclama Violette Boisier en lui tendant une main gantée, mais il la prit par les épaules et lui planta trois baisers sur les joues, dans le style français. Il constata, ravi, que Violette avait fort peu changé et que l'âge l'avait rendue encore plus désirable. En quelques mots, elle lui raconta qu'elle était veuve et que Jean-Martin étudiait en France. Valmorain ne se rappelait pas qui était ce Jean-Martin, mais lorsqu'il apprit qu'elle était venue seule il fut assailli par le désir de sa jeunesse. « J'espère que tu m'accorderas l'honneur de te rendre visite », lui dit-il en prenant congé sur le ton d'intimité qu'il n'avait pas employé avec elle depuis une dizaine d'années. À cet instant ils furent interrompus par Loula qui se battait à coups de gros mots avec deux porteurs pour qu'ils transportent leurs malles. « Les règles n'ont pas changé, vous devrez faire la queue si vous voulez être reçu par madame », lui dit-elle en l'écartant d'un coup de coude.

Adèle loua un chalet dans la rue Rampart, où vivaient des femmes libres de couleur, la plupart entretenues par un protecteur blanc, selon le système traditionnel de *plaçage* qui avait commencé dans les premiers temps de la colonie, lorsqu'il n'était pas facile de convaincre une jeune Européenne de suivre les hommes dans ces terres sauvages. Il y avait près de mille arrangements de ce genre dans la ville. La maison d'Adèle était semblable à toutes celles de la même rue, petite, confortable, bien ventilée et pourvue d'une arrière-cour dont les murs étaient couverts de bougainvillées. Le docteur Parmentier avait un appartement à quelques rues de là, où il avait aussi installé sa clinique, mais il passait ses heures libres avec sa famille de façon bien plus ouverte qu'au Cap ou à La Havane. La seule chose drôle dans cette situation, c'était l'âge des protagonistes, car le *plaçage* était un arrangement entre des Blancs et des mulâtresses de quinze ans ; le docteur Parmentier approchait la soixantaine et Adèle semblait la grand-mère de toutes ses voisines.

Violette et Loula trouvèrent une maison plus grande dans la rue de Chartres. Il leur suffit de quelques tours sur la place d'Armes, sur la digue à l'heure des promenades et dans l'église du père Antoine le dimanche à la mi-journée pour se rendre compte de la vanité des femmes. Les Blanches avaient réussi à faire passer une loi qui interdisait à celles de couleur de porter des chapeaux, des bijoux ou des robes magnifiques en public sous peine de coups de fouet. Le résultat était évident : les mulâtresses attachaient leur *tignon* avec une telle grâce qu'il surpassait le plus élégant des chapeaux de Paris, elles portaient un décolleté si aguicheur qu'un bijou eût été une distraction, et elles se déplaçaient avec une telle allure que, par comparaison, les Blanches avaient l'air de lavandières. Violette et Loula évaluèrent aussitôt les bénéfices qu'elles pouvaient tirer de leurs lotions de beauté, en particulier la crème de bave d'escargot et de perles dissoutes dans du jus de citron destinée à éclaircir la peau.

Le collège de Boston

Le coup de cravache qu'elle reçut de Maurice n'empêcha pas Hortense Guizot d'assister au célèbre bal de Marigny, car elle le dissimula sous un mince voile qui tombait par-derrière jusqu'au sol et couvrait les aiguilles qui fermaient sa robe dans le dos, mais il lui laissa une vilaine marque violette pendant plusieurs semaines. Grâce à cet hématome, elle convainquit Valmorain d'envoyer son fils à Boston. Elle avait aussi un autre argument : elle n'avait eu ses règles qu'une seule fois depuis la naissance de Marie-Hortense, elle était de nouveau enceinte et devait surveiller ses nerfs, aussi valait-il mieux éloigner le garçon pendant quelque temps. Sa fertilité n'avait rien d'un prodige, comme elle en fit courir le bruit parmi ses amies, car deux semaines après avoir accouché elle batifolait de nouveau dans le lit conjugal avec la même détermination que pendant la lune de miel. Cette fois, elle en était sûre, ce serait un garçon destiné à prolonger le nom et la dynastie de la famille. Personne n'osa lui rappeler qu'il existait déjà un Maurice Valmorain.

Maurice détesta le collège dès qu'il en eut franchi le seuil et que la lourde porte de bois se fut refermée derrière lui. Le dégoût persista jusqu'à la troisième année, car il eut alors un maître exceptionnel. Il arriva à Boston en hiver, sous un crachin glacé, et se retrouva dans un monde entièrement gris, avec un ciel nuageux, des places couvertes de gelée blanche et des arbres squelettiques dont les branches nues s'ornaient de quelques gros oiseaux engourdis. Il ne connaissait pas le vrai froid. L'hiver s'éternisa, il avait constamment mal dans les os, les oreilles bleues et les mains rouges d'engelures ; il n'enlevait pas son manteau, même pour dormir, et passait son temps à scruter le ciel dans l'espoir d'un rayon de soleil miséricordieux. Le dortoir avait un poêle à charbon à une extrémité, qu'on n'allumait que deux heures le soir pour que les garçons fassent sécher leurs chaussettes. Les draps étaient toujours glacés, les murs tachés d'une flore verdâtre, et il fallait rompre une croûte de glace dans les cuvettes pour faire sa toilette le matin.

Les garçons, bruyants et bagarreurs, vêtus d'uniformes aussi gris que le paysage, parlaient une langue que Maurice parvenait à peine à décrypter grâce à son précepteur Gaspard Séverin, qui connaissait quelques mots d'anglais et avait improvisé le reste dans ses cours à l'aide d'un dictionnaire. Plusieurs mois passèrent avant qu'il pût répondre aux questions des professeurs, et un an avant de partager les plaisanteries de ses camarades américains, qui l'appelaient le *frenchy* et le martyrisaient savamment. Les très particulières notions de boxe de son oncle Sancho se révélèrent utiles, car elles lui permettaient de se défendre en lançant des coups de pied dans les testicules de ses adversaires ; quant aux exercices d'escrime, ils lui servirent à sortir vainqueur lors des tournois imposés par le directeur du collège, qui pariait avec les professeurs et punissait ensuite le perdant.

La nourriture remplissait l'objectif strictement didactique de tremper le caractère. Celui qui était capable d'avaler du foie bouilli ou des cous de poulets parsemés de restes de plumes, accompagnés de chou-fleur et de riz brûlé, pouvait affronter les vicissitudes de l'existence, y compris la guerre, à laquelle les Américains étaient toujours en train de se préparer. Habitué à la cuisine raffinée de Célestine, Maurice passa treize jours à jeûner comme un fakir, sans que personne y prêtât la moindre attention, et enfin, lorsqu'il s'évanouit de faim, il n'eut d'autre solution que de manger ce qu'on mettait dans son assiette.

La discipline était aussi rude qu'absurde. Les malheureux garçons devaient sauter du lit au lever du jour, se laver à l'eau glacée, faire trois tours de cour au pas de course en glissant sur les flaques gelées pour se réchauffer – si on pouvait appeler chaleur le fourmillement dans les mains –, apprendre le latin pendant deux heures avant un petit déjeuner de cacao, de pain sec et de bouillie d'avoine pleine de grumeaux, endurer plusieurs heures de cours et faire du sport, discipline dans laquelle Maurice était nul. À la fin de la journée, quand les victimes défaillaient de fatigue, on leur infligeait une conférence moralisante, d'une heure ou deux selon l'inspiration du directeur. Le calvaire se terminait en récitant en chœur la Déclaration d'indépendance.

Maurice, qui avait grandi gâté par Tété, se soumit à ce régime carcéral sans se plaindre. L'effort de suivre le pas des autres garçons et de se défendre contre les durs le tenait tellement occupé que les cauchemars prirent fin et qu'il cessa de penser aux échafauds du Cap. Il aimait apprendre. Au début il dissimula sa soif de livres pour ne pas pécher par arrogance, mais bientôt il se mit à aider les autres pour les devoirs et se fit ainsi respecter. Il n'avoua à personne qu'il savait jouer du piano, danser le quadrille et composer des vers, car ils l'auraient mis en pièces. Ses camarades le voyaient écrire des lettres avec une application de moine du Moyen Âge, mais ils ne s'en moquaient pas ouvertement parce qu'il leur avait dit qu'elles étaient destinées à sa mère invalide. La mère, tout comme la patrie, ne prêtait pas aux plaisanteries : elle était sacrée.

Maurice passa l'hiver à tousser, mais le printemps venu il se secoua. Pendant des mois il était resté recroquevillé dans son manteau, la tête enfoncée dans les épaules, courbé, invisible. Quand le soleil lui réchauffa les os et qu'il put retirer ses deux gilets, ses caleçons de laine, son cache-nez, ses gants, son manteau et marcher bien droit, il se rendit compte que ses vêtements étaient devenus étroits et trop courts. Il avait eu une de ces classiques poussées de croissance de la puberté et, du plus chétif de sa classe, il était devenu l'un des plus grands et des plus forts. Observer le monde d'en haut avec un avantage de plusieurs centimètres lui donna de l'assurance.

L'été et sa chaleur humide n'affectèrent pas Maurice, habitué au climat brûlant de la Caraïbe. Le collège se vida, les élèves et la plupart des professeurs partirent en vacances et Maurice resta pratiquement seul à attendre des instructions pour rentrer dans sa famille. Les instructions n'arrivèrent jamais ; en revanche, son père envoya Jules Beluche, le chaperon qui l'avait accompagné dans le long et déprimant voyage en bateau de La Nouvelle-Orléans au collège de Boston, sur les eaux du golfe du Mexique, le long de la péninsule de Floride, bravant la mer des Sargasses et affrontant les vagues de l'océan Atlantique. Le chaperon, un parent éloigné et déchu de la famille Guizot, était un homme d'âge mûr, qui prit le garçon en pitié et essaya de lui rendre la traversée aussi agréable que possible, mais dans le souvenir de Maurice il serait toujours associé à son exil du foyer paternel.

Beluche se présenta au collège avec une lettre de Valmorain expliquant à son fils les raisons pour lesquelles il ne rentrerait pas chez lui cette année, et avec assez d'argent pour s'acheter des vêtements, des livres et n'importe quel caprice dont il aurait envie en guise de consolation. Ses ordres consistaient à servir de guide à Maurice dans un voyage culturel vers la ville historique de Philadelphie, que tout jeune homme de sa condition se devait de connaître, parce que c'était là qu'avait germé la graine de la nation américaine, comme l'annonçait pompeusement la lettre de Valmorain. Maurice partit avec Beluche et pendant ces semaines de tourisme obligé il resta silencieux et indifférent, essayant de dissimuler l'intérêt que ce voyage suscitait en lui et de lutter contre la sympathie qu'il commençait à éprouver pour ce pauvre diable de Beluche.

L'été suivant, l'adolescent resta de nouveau deux semaines à attendre au collège, sa malle prête, jusqu'à ce qu'apparût le même chaperon pour l'emmener à Washington et dans d'autres villes qu'il n'avait aucune envie de visiter.

Harrison Cobb, l'un des rares professeurs qui restaient au collège pendant la semaine de Noël, remarqua Maurice Valmorain parce qu'il était le seul élève qui ne recevait ni visites ni cadeaux et passait ces fêtes seul à lire, dans le bâtiment quasiment vide. Cobb appartenait à l'une des plus anciennes familles de Boston, établie dans la ville depuis le milieu du XVIIᵉ siècle et d'origine noble, ce que tous savaient, bien que lui-même le niât. C'était un défenseur fanatique de la République américaine et il abominait la noblesse. Il fut le premier abolitionniste que rencontra Maurice, et il allait profondément le marquer. En Louisiane, l'abolitionnisme était plus mal vu que la syphilis, mais dans l'État du Massachusetts la question de l'esclavage était constamment discutée, parce que sa Constitution, rédigée vingt ans plus tôt, contenait une clause qui l'interdisait.

Cobb trouva en Maurice une intelligence avide et un cœur fervent, dans lequel ses arguments humanitaires prirent immédiatement racine. Entre autres livres, il lui donna à lire *L'intéressante narration de la vie d'Olaudah Equiano, ou Gustavus Vassa l'Africain, écrite par lui-même*, publiée avec un énorme succès à Londres en 1789. Cette dramatique histoire d'un esclave africain, écrite à la première personne, avait provoqué un choc chez le public européen et américain, mais peu s'en avisèrent en Louisiane où le jeune garçon n'en avait pas entendu parler. Le professeur et son élève passèrent les après-midi à étudier, analyser et discuter ; Maurice put enfin comprendre le malaise que l'esclavage avait toujours produit en lui.

«Mon père possède plus de deux cents esclaves, qui un jour m'appartiendront, avoua Maurice à Cobb.

— Est-ce cela que tu veux, mon fils ?

— Oui, parce que je pourrai les émanciper.

— Alors il y aura deux cents et quelques Noirs abandonnés à leur sort et un garçon imprudent dans la pauvreté. Que gagne-t-on avec cela ? lui répliqua le professeur. La lutte contre l'esclavage ne se fait pas plantation par plantation, Maurice, il faut changer la manière de penser des gens et les lois dans ce pays et dans le monde. Tu dois étudier, prépare-toi à entrer en politique.

— Je ne suis pas bon pour cela, monsieur !

— Comment le sais-tu ? Nous avons tous en nous une réserve insoupçonnable de force qui émerge quand la vie nous met à l'épreuve.»

Zarité

D'après mes calculs, j'ai dû rester à la plantation près de deux ans, avant que les maîtres me rappellent pour servir de nouveau avec les domestiques. De tout ce temps, je n'ai pas vu Maurice une seule fois, car pendant les vacances son père ne le laissait pas revenir à la maison ; il s'arrangeait toujours pour l'envoyer en voyage quelque part, et à la fin de ses études il l'a emmené en France pour qu'il fasse la connaissance de sa grand-mère. Mais cela, c'était plus tard. Le maître voulait le tenir éloigné de Madame Hortense. Je n'ai pas pu voir Rosette non plus, mais Monsieur Murphy me rapportait de ses nouvelles chaque fois qu'il allait à La Nouvelle-Orléans. « Que vas-tu faire de cette petite si jolie, Tété ? Tu devras la garder enfermée pour qu'elle ne provoque pas de tumultes dans la rue », me disait-il en plaisantant.

Madame Hortense a donné le jour à sa deuxième fille, Marie-Louise, qui est née avec des problèmes respiratoires. Le climat ne lui convenait pas, mais comme personne ne peut modifier le climat, sauf le père Antoine et dans des cas extrêmes, il n'y avait pas grand-chose à faire pour la soulager. C'est à cause d'elle qu'on m'a rappelée à la maison de la ville. Cette année-là est arrivé le docteur Parmentier, qui avait séjourné longtemps à Cuba, et il a remplacé le médecin de la famille Guizot. La première chose qu'il a faite a été de supprimer les sangsues et les frictions à la moutarde qui tuaient la petite, et tout de suite il a demandé où j'étais. Je ne sais pas comment, après tant d'années, il se souvenait de moi. Il a convaincu le maître que j'étais la personne la mieux indiquée

373

pour prendre soin de Marie-Louise, parce que j'avais beaucoup appris de Tante Rose. Alors ils ont ordonné au gérant de me renvoyer à la ville. J'ai eu beaucoup de chagrin de dire adieu à mes amis et aux Murphy, et pour la première fois j'ai fait le voyage toute seule, munie d'une autorisation pour qu'on ne m'arrête pas.

Bien des choses avaient changé à La Nouvelle-Orléans pendant mon absence : il y avait plus d'ordures, de carrosses et de gens, une fièvre de construction de maisons et de prolongement des rues. Même le marché s'était étendu. Don Sancho ne vivait plus dans la maison de Valmorain ; il avait emménagé dans un appartement du même quartier. D'après Célestine, il avait oublié Adi Soupir et était amoureux d'une Cubaine, que personne à la maison n'avait eu l'occasion d'apercevoir. Je me suis installée dans la mansarde avec Marie-Louise, une toute petite pâle et si faible qu'elle ne pleurait même pas. J'ai eu l'idée de l'attacher sur mon dos, parce que cela avait donné de bons résultats avec Maurice, qui était né malingre lui aussi, mais Madame Hortense a dit que c'était bon pour les nègres, pas pour sa fille. J'ai refusé de la mettre dans un berceau, parce qu'elle serait morte, et j'ai pris le parti de l'avoir toujours aux bras.

Dès que j'ai pu, j'ai parlé au maître pour lui rappeler que cette année-là j'allais avoir trente ans et que je pouvais obtenir ma liberté.

« Qui va soigner mes filles ? m'a-t-il demandé.

— Moi, si cela vous convient, monsieur.

— C'est-à-dire que rien ne changera.

— Non, monsieur, mais si je suis libre je peux partir quand je veux, vous ne pouvez pas me frapper et vous devrez me payer un peu pour que je puisse vivre.

— Te payer ! s'est-il exclamé, surpris.

— C'est ainsi que travaillent les cochers, les cuisinières, les infirmières, les couturières et les autres personnes libres, monsieur.

— Je vois que tu es très bien renseignée. Alors tu sais que personne n'emploie une bonne d'enfant, c'est toujours quelqu'un de la famille, comme une seconde mère et ensuite comme une grand-mère, Tété.

— Je ne suis pas de votre famille, monsieur. Je vous appartiens.

— Je t'ai toujours traitée comme si tu étais de la famille ! Enfin, si c'est ce que tu veux, j'aurai besoin de temps pour convaincre Madame

Hortense, mais c'est un précédent désastreux et il fera beaucoup jaser. Je ferai ce que je pourrai. »

Il m'a donné la permission d'aller rendre visite à Rosette. Ma fille a toujours été grande et à onze ans elle en paraissait quinze. Monsieur Murphy ne m'avait pas menti, elle était très jolie. Les religieuses avaient réussi à dompter son impétuosité, mais elles n'avaient pas effacé son sourire à fossettes et son regard charmeur. Elle m'a saluée avec une révérence formelle, et quand je l'ai serrée dans mes bras elle s'est raidie, je crois qu'elle avait honte de sa mère, une esclave café au lait. Ma fille était ce qui m'importait le plus au monde. Nous avions vécu unies comme un seul corps, une seule âme, jusqu'à ce que la peur qu'on la vende ou que son propre père la viole à la puberté, comme il l'avait fait avec moi, m'oblige à me séparer d'elle. Plus d'une fois j'avais vu le maître la tâter comme les hommes palpent les filles pour savoir si elles sont mûres. Cela, c'était avant qu'il se marie avec Madame Hortense, ma Rosette était alors une petite sans malice, et elle s'asseyait sur ses genoux par tendresse. La froideur de ma fille m'a fait mal : pour la protéger, peut-être l'avais-je perdue.

Il ne restait rien à Rosette de ses racines africaines. Je lui avais parlé de mes loas et de la Guinée, mais au collège elle avait oublié tout cela et était devenue catholique ; les religieuses avaient presque autant horreur du vaudou que des protestants, des juifs et des kaintocks. Comment pouvais-je lui reprocher de désirer une vie meilleure que la mienne ? Elle voulait être comme les Valmorain, pas comme moi. Elle me parlait avec une fausse politesse, sur un ton que je n'ai pas reconnu, comme si j'étais une étrangère. C'est le souvenir que j'en garde. Elle m'a dit que le collège lui plaisait, que les religieuses étaient gentilles, qu'elles lui apprenaient la musique, la religion et à bien écrire, mais pas à danser, parce que cela tentait le démon. Je l'ai interrogée sur Maurice et elle m'a dit qu'il allait bien, mais qu'il se sentait seul et voulait revenir. Elle en avait des nouvelles parce qu'ils s'écrivaient, comme ils l'avaient toujours fait depuis qu'ils étaient séparés. Les lettres mettaient longtemps à arriver, mais ils les envoyaient les unes à la suite des autres, sans attendre la réponse, telle une conversation d'idiots. Rosette m'a raconté qu'il en arrivait parfois une demi-douzaine le même jour, mais qu'ensuite plusieurs semaines passaient sans nouvelles. Maintenant, cinq ans après, je sais que dans cette correspondance ils s'appelaient frère et sœur pour dérouter les religieuses, qui ouvraient les lettres des pensionnaires. Ils avaient un code religieux pour se référer à leurs sentiments : le Saint-Esprit signifiait amour, les baisers étaient des prières, Rosette tenait le rôle d'ange gardien, lui pouvait être n'importe quel saint ou martyr du calendrier catholique et, en toute logique, les ursulines étaient des démons. Une missive typique de Maurice pouvait dire que la nuit le Saint-Esprit lui rendait visite lorsqu'il rêvait de l'ange gardien, et qu'il se réveillait avec le désir de prier et de prier encore. Elle lui répondait qu'elle priait pour lui et qu'il devait prendre garde aux armées de démons qui menaçaient toujours les mortels. Je conserve aujourd'hui ces lettres dans une boîte ; je ne peux pas les lire, mais je sais ce qu'elles contiennent, parce que Maurice m'en a lu certains passages, ceux qui ne sont pas trop osés.

Rosette m'a remerciée pour les cadeaux de bonbons, de rubans et de livres qui lui parvenaient, mais ce n'était pas moi qui les lui avais envoyés. Comment aurais-je pu le faire sans argent ? J'ai supposé que c'était le maître Valmorain qui les lui apportait, mais elle m'a dit qu'il ne lui avait jamais rendu visite. C'était don Sancho qui lui donnait ces cadeaux en mon nom. Que Bondye me bénisse ce bon don Sancho ! Erzulie, loa mère, je n'ai rien à offrir à ma fille. C'était comme ça.

Promesse à tenir

À la première occasion, Tété s'en alla parler au père Antoine. Elle dut l'attendre deux heures, car il était à la prison en train de visiter les détenus. Il leur apportait à manger et nettoyait leurs blessures sans que les gardes osent l'en empêcher ; la rumeur de sa sainteté avait circulé, des témoignages affirmaient qu'on l'avait vu en plusieurs endroits à la fois et qu'un disque lumineux flottait parfois au-dessus de sa tête. Enfin le père arriva à la petite construction en pierre qui lui servait de logis et de bureau, avec son panier vide et une envie irrésistible de se reposer, mais d'autres nécessiteux l'attendaient et le soleil ne s'était pas encore couché, marquant l'heure de la prière pendant laquelle ses os se reposaient tandis que son âme montait au ciel. « Je regrette beaucoup, sœur Lucie, de ne pas avoir assez d'énergie pour prier davantage et mieux », disait-il souvent à la sœur qui le servait. « Et pourquoi voulez-vous prier davantage, *mon père*, si vous êtes déjà un saint ? » lui répondait-elle invariablement. Il reçut Tété à bras ouverts, comme il recevait tout le monde. Il n'avait pas changé, il avait le même regard doux d'un gros chien et la même odeur d'ail, portait la même soutane immonde, sa croix de bois et sa barbe de prophète.

« Qu'étais-tu devenue, Tété ! s'exclama-t-il.

377

— Vous avez des milliers de paroissiens, *mon père*, et vous vous souvenez de mon nom ! » remarqua-t-elle, émue.

Elle lui expliqua qu'elle avait séjourné dans la plantation, lui montra pour la deuxième fois le document de sa liberté, jauni et fragile, qu'elle gardait depuis des années et qui ne lui avait servi à rien, parce que son maître trouvait toujours une raison de remettre à plus tard ce qu'il avait promis. Le père Antoine chaussa de grosses lunettes d'astronome, approcha le papier de la seule bougie de la pièce et le lut lentement.

« Qui d'autre est au courant de cela, Tété ? Je veux dire quelqu'un qui vive à La Nouvelle-Orléans.

— Le docteur Parmentier l'a vu lorsque nous étions à Saint-Domingue, mais maintenant il vit ici. Je l'ai aussi montré à don Sancho, le beau-frère de mon maître. »

Le prêtre s'assit à une petite table aux pieds branlants et écrivit avec difficulté, car il voyait les choses de ce monde enveloppées d'une brume légère, alors qu'il percevait nettement celles de l'autre monde. Il lui remit deux messages mouchetés de taches d'encre, avec instruction de les remettre en mains propres à ces messieurs.

« Que disent ces lettres, *mon père* ? voulut savoir Tété.

— Qu'ils viennent me parler. Et toi aussi tu dois venir ici dimanche prochain après la messe. En attendant, je garderai ce document, dit le religieux.

— Pardonnez-moi, *mon père*, mais je ne me suis jamais séparée de ce papier…, répliqua Tété avec appréhension.

— Eh bien ce sera la première fois, dit le capucin avec un sourire en le rangeant dans un tiroir de la petite table. Ne t'inquiète pas, ma fille, ici il est en sécurité. »

Cette table démantibulée ne paraissait pas le meilleur endroit où garder son bien le plus précieux, mais Tété n'osa pas exprimer ses doutes.

Le dimanche, la moitié des habitants de la ville se rassemblaient dans la cathédrale, dont les familles Guizot et Valmorain ainsi que plusieurs de leurs domestiques. C'était le seul endroit de La Nouvelle-Orléans, en dehors du marché, où les personnes blanches et de couleur, libres et esclaves se mêlaient, mais les femmes se plaçaient d'un côté et les hommes de l'autre. Un pasteur protestant en visite dans la ville avait écrit dans un journal que l'église du père Antoine était le lieu le plus tolérant de la chrétienté. Tété ne pouvait pas toujours assister à la messe ; cela dépendait de l'asthme de Marie-Louise, mais ce jour-là la petite allait bien et on put la sortir de la maison. Après la cérémonie, elle confia les fillettes à Denise et annonça à sa maîtresse qu'elle allait s'attarder un peu car elle devait parler au saint homme.

Hortense ne s'y opposa pas, pensant qu'elle allait enfin se confesser. Tété avait apporté ses superstitions sataniques de Saint-Domingue et personne n'avait plus d'autorité que le père Antoine pour sauver son âme du vaudou. Ses sœurs et elle discutaient souvent de l'introduction en Louisiane par les esclaves des Antilles de ce redoutable culte africain, comme elles l'avaient constaté en se rendant avec leurs maris et leurs amis sur la place du Congo assister, par saine curiosité, aux orgies des nègres. Au début, ce n'était qu'agitation et bruit, maintenant il y avait une sorcière qui dansait comme possédée, un long et gros serpent enroulé autour de son corps, et la moitié des participants tombait en transe. Sanité Dédé, tel était son nom, était arrivée de Saint-Domingue avec d'autres nègres et le diable au corps. Il fallait voir le spectacle grotesque de ces hommes et ces femmes écumant de bave et les yeux révulsés, blancs, qui rampaient ensuite derrière les arbustes pour se vautrer comme des animaux. Ces gens adoraient un bric-à-brac de dieux africains et de saints catholiques, Moïse, les planètes et un endroit appelé Guinée. Seul le père Antoine comprenait ce méli-mélo, et malheureusement il l'autorisait. S'il n'avait été un saint, elle-même aurait pris l'initiative d'une campagne publique visant à l'écarter de la cathédrale, assurait Hortense Guizot. On lui avait parlé de cérémonies vaudoues au cours desquelles ils buvaient le sang d'animaux sacrifiés et où apparaissait le démon en personne pour copuler avec les femmes par-devant et les hommes par-derrière. Elle n'aurait pas été étonnée que l'esclave à qui elle confiait rien de moins que ses innocentes filles participât à ces bacchanales.

Dans la petite maison en pierre se trouvaient déjà le capucin, Parmentier, Sancho et Valmorain sur leurs chaises, intrigués, car ils ignoraient pourquoi ils avaient été convoqués. Le saint connaissait la valeur stratégique de l'attaque par surprise. La vieille sœur Lucie, qui arriva en traînant les savates, tenant péniblement un plateau en équilibre, leur servit un vin ordinaire dans des tasses en terre cuite ébréchées, puis elle se retira. C'était le signal qu'attendait Tété pour entrer, comme le lui avait ordonné le prêtre.

« Mes enfants, je vous ai fait venir dans cette maison de Dieu pour rectifier un malentendu, dit le père Antoine en sortant le papier du tiroir. Cette excellente femme, Tété, aurait dû être émancipée il y a sept ans, d'après ce document. N'est-il pas vrai, monsieur Valmorain ?

— Sept ans ? Mais Tété vient d'avoir trente ans ! Je ne pouvais pas la libérer avant ! s'exclama l'interpellé.

— D'après le Code Noir, un esclave qui sauve la vie d'un membre de la famille de son maître a le droit à sa liberté immédiate, quel que soit son âge. Tété vous a sauvé la vie à vous et votre fils Maurice.

— Cela ne peut être prouvé, *mon père*, répliqua Valmorain avec une moue dédaigneuse.

— Votre plantation de Saint-Domingue a été incendiée, vos contremaîtres ont été assassinés, tous les esclaves se sont enfuis pour rejoindre les rebelles. Dites-moi, mon fils, croyez-vous que vous auriez survécu sans l'aide de cette femme ? »

Valmorain prit le papier et y jeta un coup d'œil en soufflant.

« Ceci n'est pas daté, *mon père*.

— C'est vrai, il semble que vous ayez oublié de le faire

dans la précipitation et l'angoisse de la fuite. C'est très compréhensible. Par chance le docteur Parmentier a vu ce papier en 1793 au Cap, ainsi pouvons-nous supposer qu'il date de cette époque. Mais ce n'est pas le plus important. Nous sommes entre gentilshommes chrétiens, des hommes de foi dotés de bonnes intentions. Je vous demande, monsieur Valmorain, au nom de Dieu, de tenir votre promesse », et les yeux profonds du saint lui dénudèrent l'âme.

Valmorain se tourna vers Parmentier, qui gardait les yeux fixés sur sa petite tasse de vin, paralysé entre la loyauté envers son ami à qui il devait tant et sa propre dignité, à laquelle le père Antoine venait de faire appel de façon magistrale. Sancho, au contraire, pouvait à peine cacher un sourire sous son insolente moustache. Cette histoire lui plaisait énormément, car cela faisait des années qu'il rappelait à son beau-frère la nécessité de résoudre le problème de sa concubine, mais il avait fallu rien de moins que l'intervention divine pour qu'il l'écoute. Il ne comprenait pas pourquoi il retenait Tété alors qu'il ne la désirait plus, et qu'à l'évidence c'était un désagrément pour Hortense. Les Valmorain pouvaient choisir une autre nounou pour leurs filles parmi leurs nombreuses esclaves.

« Ne vous inquiétez pas, *mon père*, mon beau-frère fera ce qui est juste, intervint-il après un bref silence. Le docteur Parmentier et moi serons ses témoins. Demain nous irons chez le juge afin de légaliser l'émancipation de Tété.

— Parfait, mes enfants. À la bonne heure, dès demain Tété sera libre », annonça le père Antoine en levant son verre pour trinquer.

Les hommes firent mine de vider le leur, mais aucun d'eux ne fut capable d'avaler ce breuvage, et ils se levèrent pour sortir. Tété les arrêta.

« Un moment, s'il vous plaît. Et Rosette ? Elle aussi a droit à sa liberté. C'est ce que dit ce document. »

Le sang monta à la tête de Valmorain et il eut le souffle

coupé. Il serra la poignée de sa canne, les jointures blanchies, se contrôlant difficilement pour ne pas la lever sur cette esclave insolente, mais le saint homme intervint avant qu'il n'eût le temps d'agir.

« Bien sûr, Tété. Monsieur Valmorain sait que Rosette est comprise. Demain, elle aussi sera libre. Le docteur Parmentier et don Sancho veilleront à ce que tout soit fait conformément à la loi. Que Dieu vous bénisse, mes enfants… »

Les trois hommes sortirent et le prêtre invita Tété à prendre une tasse de chocolat pour fêter l'événement. Une heure plus tard, lorsqu'elle rentra à la maison, ses maîtres l'attendaient dans le salon, tels deux sévères magistrats assis côte à côte sur des chaises à haut dossier, Hortense furieuse et Valmorain offensé : il n'arrivait pas à se faire à l'idée que cette femme, sur laquelle il avait compté pendant vingt ans, l'eût humilié devant le prêtre et ses plus proches amis. Hortense annonça qu'elle porterait l'affaire devant les tribunaux : écrit sous la contrainte ce document n'était pas valable, mais Valmorain ne lui permit pas de poursuivre sur cette voie, il ne voulait pas de scandale.

Les maîtres se coupaient la parole pour couvrir l'esclave de récriminations qu'elle n'entendait pas, car un joyeux hochet de grelots résonnait dans sa tête. « Ingrate ! Puisque tout ce que tu veux c'est partir, eh bien va-t'en tout de suite. Même tes vêtements nous appartiennent, mais tu peux les emporter pour ne pas sortir nue. Je te donne une demi-heure pour quitter cette maison et je t'interdis d'y remettre les pieds. Nous allons voir ce que tu deviendras quand tu seras à la rue ! Offre-toi aux marins comme une friponne, c'est la seule chose que tu pourras faire ! » rugit Hortense en frappant les pieds de sa chaise avec sa cravache.

Tété se retira, elle ferma la porte avec soin et s'en fut à la cuisine où le reste des domestiques savait déjà ce qui s'était passé. Au risque de s'attirer les foudres de sa maîtresse, Denise lui proposa de dormir avec elle et de partir au lever du jour, ainsi elle ne serait pas à la rue sans sauf-conduit pendant la nuit. Elle n'était pas encore libre, et si la garde la prenait elle se retrouverait en prison, mais elle était impatiente de partir. Elle serra chacun dans ses bras en promettant de les voir à la messe, sur la place du Congo ou au marché ; elle n'avait pas l'intention de s'en aller au loin, La Nouvelle-Orléans était une ville parfaite à ses yeux, dit-elle. « Tu n'auras pas un maître pour te protéger, Tété, il peut t'arriver n'importe quoi, il y a beaucoup de danger là-dehors. De quoi vas-tu vivre ? lui demanda Célestine.

— De ce dont j'ai toujours vécu, de mon travail. »

Sans passer par sa chambre pour réunir ses maigres possessions, n'emportant que le papier contenant la promesse de sa liberté et le panier de nourriture que lui prépara Célestine, elle traversa la place, légère sur ses pieds, fit le tour de la cathédrale et frappa à la porte de la maisonnette du saint. La sœur Lucie lui ouvrit, une bougie à la main, et sans poser de questions la conduisit par le couloir qui reliait la maison à l'église, vers une salle mal éclairée, où une douzaine d'indigents étaient attablés autour des assiettes de soupe et du pain. Le père Antoine était en train de dîner avec eux. « Assieds-toi ma fille, nous t'attendions. Pour le moment, sœur Lucie va te trouver un coin où dormir », lui dit-il.

Le lendemain, le prêtre l'accompagna au tribunal. À l'heure dite, Valmorain, Parmentier et Sancho se présentèrent pour légaliser l'émancipation de « la servante Zarité, surnommée Tété, mulâtresse de trente ans, de bonne conduite, pour ses loyaux services. Par ce document sa fille Rosette, quarteronne de onze ans, appartient comme esclave à ladite Zarité ». Le juge fit placarder une annonce publique pour que « les personnes qui ont une objection légale se présentent devant cette cour dans un délai maximum de quarante jours à partir de cette date ». La formalité terminée – elle dura à peine neuf minutes –, tous se retirèrent de bonne humeur, y compris Valmorain, car pendant la nuit, lorsque Hortense fut endormie, fatiguée d'enrager et de se lamenter, il s'était donné le temps de réfléchir et avait compris que Sancho avait raison et qu'il devait se détacher de Tété. À la porte de l'édifice, il l'arrêta par un bras.

« Bien que tu m'aies porté un grave préjudice, je ne te garde pas rancune, femme, lui dit-il d'un ton paternel, satisfait de sa propre générosité. Je suppose que tu vas finir comme une mendiante, mais je sauverai au moins Rosette. Elle restera chez les ursulines pour achever son éducation.

— Votre fille vous en sera reconnaissante, monsieur », répliqua-t-elle, et elle partit dans la rue en dansant.

Le saint de La Nouvelle-Orléans

Les deux premières semaines, Tété gagna son pain et une paillasse pour dormir en assistant le père Antoine dans ses nombreuses œuvres de charité. Elle se levait avant le jour, alors qu'il priait depuis déjà un bon moment, puis elle l'accompagnait à la prison, à l'hôpital, à l'asile de fous, à l'orphelinat et dans certaines maisons de particuliers pour donner la communion à des vieillards et des malades prostrés. Toute la journée, sous le soleil ou la pluie, la silhouette chétive du religieux circulait dans la ville, avec sa tunique marron et sa barbe emmêlée ; on le voyait dans les demeures des riches et dans les cahutes misérables, dans les couvents et les bordels, demandant l'aumône sur le marché et dans les cafés, offrant du pain aux mendiants mutilés et de l'eau aux esclaves dans les ventes aux enchères du *Maspero Échange*, toujours suivi d'une meute de chiens faméliques. Il n'oubliait jamais de consoler les condamnés aux ceps installés dans la rue, derrière le Conseil municipal, les brebis les plus malheureuses de son troupeau, à qui il lavait les blessures avec une telle maladresse, car il avait une mauvaise vue, que Tété devait intervenir.

« Tu as des mains d'ange, Tété ! Le Seigneur t'a choisie pour être infirmière. Tu devrais rester et travailler avec moi, lui proposa le saint.

« — Je ne suis pas une religieuse, *mon père*, je ne peux pas toujours travailler gratuitement, je dois entretenir ma fille.

— Ne succombe pas à la cupidité, ma fille, rendre service à son prochain est rétribué dans le ciel, comme Jésus l'a promis.

— Dites-lui que je préférerais qu'il me rémunère ici-bas, ne serait-ce qu'un petit peu.

— Je le lui dirai, ma fille, mais Jésus a beaucoup de dépenses », répondit le prêtre avec un sourire narquois.

À la tombée du jour ils retournaient dans la maisonnette en pierre, où sœur Lucie les attendait avec de l'eau et du savon pour se laver avant de dîner avec les indigents. Tété allait se tremper les pieds dans un seau d'eau et couper des bandes d'étoffe pour faire des pansements, tandis qu'il écoutait des confessions, faisait office d'arbitre, résolvait des torts et dissipait des animosités. Il ne donnait pas de conseils, car d'après son expérience c'était une perte de temps, chacun commet ses propres erreurs et en tire les leçons.

La nuit venue, le saint se couvrait d'un plaid mité et sortait avec Tété côtoyer la plus dangereuse racaille, portant une lampe, car aucune des quatre-vingts lanternes de la ville n'était située là où elle pouvait lui être utile. Les délinquants le toléraient, parce qu'il répondait aux gros mots par des bénédictions sarcastiques et que personne ne parvenait à l'intimider. Il ne venait ni pour condamner ni pour sauver des âmes, mais pour panser les coups de couteau, séparer les violents, empêcher les suicides, secourir les femmes, ramasser les cadavres et porter les enfants à l'orphelinat des religieuses. Si par ignorance l'un des *kaintocks* osait le toucher, cent poings se levaient pour apprendre à l'étranger qui était le père Antoine. Il pénétrait dans le quartier du Marais, le pire des antres de dépravation du Mississippi, protégé par son inaltérable innocence et son auréole incertaine. C'est là que s'entassaient, dans les tripots et les lupanars, les rameurs des canots, les pirates, les souteneurs, les putains, les déserteurs de l'armée, les marins en goguette, les voleurs et les assassins. Tété, effrayée, avançait au milieu de la boue, des vomissures, de la merde et des rats, se tenant à l'habit du capucin, invoquant Erzulie à haute voix, tandis que lui savourait le plaisir du danger. « Jésus veille sur nous, Tété », l'assurait-il, heureux. « Et s'il a un moment d'inattention, *mon père* ? »

À la fin de la deuxième semaine, Tété avait les pieds couverts de plaies, le dos cassé, le cœur oppressé par les misères humaines et le soupçon qu'il était plus doux de couper la canne que de faire la charité à des ingrats. Un mardi, sur la place d'Armes, elle tomba sur Sancho García del Solar, vêtu de noir et tellement parfumé que les mouches elles-mêmes ne l'approchaient pas, très heureux parce qu'il venait de battre un Américain trop confiant dans une partie d'*écarté*. Il la salua d'une révérence fleurie et d'un baisemain, devant plusieurs curieux étonnés, puis l'invita à prendre un café.

« Il faudra que ce soit rapide, don Sancho, parce que j'attends *mon père*, il est en train de soigner les pustules d'un pécheur et je ne crois pas qu'il tarde beaucoup.

— Tu ne l'aides pas, Tété ?

— Si, mais ce pécheur a le mal espagnol et *mon père* ne me laisse pas voir ses parties intimes. Comme si c'était une nouveauté pour moi !

— Le saint homme a parfaitement raison, Tété. Si cette maladie me frappait, Dieu m'en garde !, je ne voudrais pas qu'une belle femme offense ma pudeur.

— Ne vous moquez pas, don Sancho, car ce malheur peut arriver à n'importe qui. Sauf au père Antoine, bien sûr. »

Ils prirent place à une petite table face à la place. Le propriétaire de la cafétéria, un mulâtre libre connu de Sancho, ne cacha pas sa surprise devant le contraste que présentaient l'Espagnol et sa compagne, lui avec son air royal et elle celui d'une mendiante. Sancho remarqua lui aussi l'aspect pathétique de Tété, et lorsqu'elle lui raconta ce qu'avait été sa vie pendant ces deux semaines, il éclata d'un rire sonore.

« La sainteté est certainement épuisante, Tété. Tu dois échapper au père Antoine ou tu finiras aussi décrépite que sœur Lucie, dit-il.

— Je ne peux abuser de la gentillesse du père Antoine beaucoup plus longtemps, don Sancho. Je m'en irai lorsque seront écoulés les quarante jours de la notification du juge et que je serai libre. Je verrai alors ce que je ferai, je dois trouver du travail.

— Et Rosette ?

— Elle est toujours chez les ursulines. Je sais que vous lui rendez visite et que vous lui apportez des cadeaux de ma part. Comment puis-je vous rendre les bontés que vous avez eues pour nous, don Sancho ?

— Tu ne me dois rien, Tété.

— Il me faut faire des économies pour recevoir Rosette quand elle sortira du collège.

— Qu'en dit le père Antoine ? lui demanda Sancho en mettant cinq cuillères de sucre et du cognac dans sa tasse de café.

— Que Dieu y pourvoira.

— J'espère qu'il en sera ainsi, mais il serait tout de même bon que tu prévoies un plan de rechange. J'ai besoin d'une gouvernante, ma maison est un désastre, mais si je t'emploie les Valmorain ne me le pardonneront pas.

— Je comprends, monsieur. Quelqu'un m'emploiera, j'en suis sûre.

— Ce sont les esclaves qui font les lourdes tâches, de la culture des champs à l'élevage des enfants. Savais-tu qu'il y a trois mille esclaves à La Nouvelle-Orléans ?

— Et combien de personnes libres, monsieur ?

— Environ cinq mille Blancs et deux mille de couleur, à ce qu'on dit.

— C'est-à-dire qu'il y a au moins deux fois plus de personnes libres que d'esclaves, calcula-t-elle. Comment ne

trouverais-je pas quelqu'un qui ait besoin de moi ! Un abolitionniste, par exemple.

— Un abolitionniste en Louisiane ? S'il y en a, ils sont bien
cachés, dit Sancho en riant.

— Je ne sais pas lire, ni écrire ni faire la cuisine, monsieur,
mais je sais faire les travaux domestiques, mettre les bébés au
monde, recoudre les blessures et soigner les malades, insista-
t-elle.

— Ce ne sera pas facile, femme, mais je vais essayer de
t'aider, lui dit Sancho. L'une de mes amies affirme que les
esclaves reviennent plus cher que les employés. Il faut plusieurs esclaves pour faire à contrecœur le travail qu'une personne libre fait de bon gré. Tu comprends ?

— Plus ou moins, admit-elle, mémorisant chaque parole
pour la répéter au père Antoine.

— L'esclave manque de motivations, il lui convient de travailler lentement et mal, vu que son effort ne bénéficie qu'au
maître, alors que les personnes libres, elles, travaillent pour
économiser et progresser, c'est cela qui les stimule.

— La stimulation, à Saint-Lazare, c'était le fouet de Monsieur Cambray, commenta-t-elle.

— Et tu vois comment a fini cette colonie, Tété. On ne
peut imposer la terreur indéfiniment.

— Vous devez être un abolitionniste caché, don Sancho,
vous parlez comme le précepteur Gaspard Séverin et comme
Monsieur Zacharie, au Cap.

— Ne répète pas cela en public, car tu vas m'attirer des
ennuis. Demain je veux te voir ici même, propre et bien
vêtue. Nous irons rendre visite à mon amie. »

Le lendemain, le père Antoine partit seul à ses occupations
tandis que Tété, portant son unique robe fraîchement lavée et
son *tignon* amidonné, allait en compagnie de Sancho à la
recherche d'un emploi pour la première fois. Ils n'allèrent pas
loin, à quelques pâtés de maisons dans la rue de Chartres
bigarrée, avec ses boutiques de chapeaux, de dentelles, de

389

bottines, d'étoffes et de tout ce qui existe pour entretenir la coquetterie féminine, et ils s'arrêtèrent devant une maison à un étage peinte en jaune, avec des grilles en fer vertes aux balcons.

Sancho frappa à la porte avec un petit heurtoir en forme de grenouille et une grosse femme noire leur ouvrit, qui en reconnaissant Sancho changea son expression de mauvaise humeur en un immense sourire. Tété crut avoir parcouru vingt ans en faisant des ronds pour revenir à l'endroit même où elle se trouvait lorsqu'elle avait quitté la maison de Madame Delphine. C'était Loula. La femme ne la reconnut pas, c'eût été impossible, mais comme elle venait avec Sancho elle lui souhaita la bienvenue et les conduisit dans la salle. « Madame va bientôt venir, don Sancho, elle vous attend », dit-elle et elle disparut en faisant résonner le plancher de ses pas d'éléphant.

Quelques minutes plus tard Tété, le cœur bondissant, vit entrer la même Violette Boisier du Cap, aussi belle qu'autrefois et avec l'assurance que donnent les années et les souvenirs. Sancho se transforma en un instant. Son air fanfaron de mâle espagnol disparut et il devint un gamin timide qui s'inclinait pour baiser la main de la belle, tandis que la pointe de son épée de cérémonie renversait une petite table. Tété parvint à saisir au vol un troubadour médiéval en porcelaine qu'elle serra contre sa poitrine tout en observant Violette, ébahie. « Je suppose, Sancho, que c'est la femme dont tu m'as parlé », dit-elle. Tété nota la familiarité de leur relation et le trouble de Sancho, elle se souvint des potins et comprit que Violette était la Cubaine qui, d'après Célestine, avait remplacé Adi Soupir dans le cœur volontiers amoureux de l'Espagnol.

« Madame... nous nous sommes connues il y a longtemps. Vous m'avez achetée à Madame Delphine, quand j'étais petite, parvint à articuler Tété.

— Oui ? Je ne m'en souviens pas, hésita Violette.

— Au Cap. Vous m'aviez achetée pour Monsieur Valmorain. Je suis Zarité.

« — Mais bien sûr ! Approche-toi de la fenêtre que je te voie bien. Comment aurais-je pu te reconnaître ? À cette époque, tu étais une gamine maigrichonne et tu ne pensais qu'à t'enfuir.

— Maintenant je suis libre. Bon, presque libre.

— Mon Dieu, quelle étrange coïncidence. Loula ! Viens voir qui est ici ! » cria Violette.

Loula entra en traînant son gros corps, et lorsqu'elle comprit de qui il s'agissait elle la serra contre elle dans une étreinte de gorille. Deux larmes d'émotion montèrent aux yeux de la femme lorsqu'elle se souvint d'Honoré, associé dans sa mémoire à la petite que Tété était alors. Elle lui raconta qu'avant de retourner en France Madame Delphine avait essayé de le vendre, mais il ne valait rien, c'était un vieil infirme, et elle avait dû le libérer pour qu'il se débrouille seul en demandant l'aumône.

« Il est parti avec les rebelles avant la révolution. Il est venu me dire au revoir, nous étions amis. Un vrai monsieur cet Honoré. Je ne sais pas s'il a pu atteindre les montagnes, parce que le chemin était raide et qu'il avait les os tordus. S'il y est arrivé, qui sait s'ils l'ont accepté, car il n'était en état de se battre dans aucune guerre, soupira Loula.

— Ils l'ont accepté à coup sûr, parce qu'il savait jouer du tambour et faire la cuisine. C'est plus important que de tenir une arme », la consola Tété.

Elle fit ses adieux au prêtre et à la vieille sœur Lucie en leur promettant de les aider à soigner les malades quand elle le pourrait, puis s'en alla vivre avec Violette et Loula comme elle l'avait tant désiré à l'âge de dix ans. Pour satisfaire une curiosité en attente depuis vingt ans, elle essaya de savoir combien Violette l'avait payée à Madame Delphine et apprit que c'était l'équivalent de deux chèvres, mais qu'ensuite son prix avait augmenté de quinze pour cent lorsqu'elle avait été transférée à Valmorain. « C'est plus que tu ne valais, Tété. Tu

étais une gamine vilaine et mal élevée », lui assura sérieusement Loula.

Elles lui attribuèrent la seule pièce d'esclaves de la maison,
une cellule sans ventilation, mais propre ; Violette fouilla dans
ses affaires et trouva quelque chose de convenable pour la
vêtir. Ses tâches étaient si nombreuses qu'on ne pouvait les
énumérer, mais elles consistaient principalement à obéir aux
ordres de Loula, qui n'avait plus l'âge ni le souffle pour
accomplir les corvées domestiques et passait ses journées
dans la cuisine à préparer des onguents pour rehausser la
beauté ainsi que des sirops pour stimuler la sensualité. Dans la
rue, aucun panneau n'annonçait ce qu'on proposait entre ces
murs ; le bouche à oreille suffisait, qui attirait un défilé interminable de femmes de tous âges, la plupart de couleur, même
si venaient aussi quelques Blanches dissimulées sous d'épais
voiles.

Violette ne recevait que l'après-midi, elle n'avait pas perdu
l'habitude de consacrer ses matinées à ses soins personnels et
à l'oisiveté. Sa peau, rarement touchée par la lumière directe
du soleil, était toujours aussi délicate que la *crème caramel* et les
fines ridules qui entouraient ses yeux lui donnaient du caractère ; ses mains, qui n'avaient jamais lavé de linge ni fait la
cuisine, paraissaient jeunes, et ses formes s'étaient accentuées
de plusieurs kilos qui l'adoucissaient sans lui donner l'aspect
d'une matrone. Les lotions mystérieuses avaient préservé la
couleur de jais de sa chevelure, qu'elle coiffait comme autrefois en un chignon compliqué, avec quelques boucles lâchées
pour le plaisir de l'imagination. Elle suscitait encore le désir
des hommes, la jalousie des femmes, et cette certitude ajoutait
de la souplesse à sa démarche, du ronronnement à son rire.
Ses clientes lui confiaient leurs peines, lui demandaient des
conseils dans un murmure et achetaient ses potions sans discuter, dans la discrétion la plus absolue. Tété l'accompagnait
pour acheter les ingrédients, depuis les perles destinées à
éclaircir la peau, qu'elle trouvait chez les pirates, aux flacons

en verre peint qu'un capitaine lui rapportait d'Italie. « Le contenant vaut plus que le contenu. Ce qui compte, c'est l'apparence », confia Violette à Tété. « Le père Antoine affirme le contraire », dit celle-ci en riant.

Une fois par semaine, elles se rendaient chez un écrivain public à qui Violette dictait à grands traits une lettre pour son fils en France. L'écrivain se chargeait de mettre ses pensées en phrases fleuries dans une belle calligraphie. Les lettres ne mettaient que deux mois à arriver entre les mains du jeune cadet, qui répondait ponctuellement par quatre phrases, dans un jargon militaire disant que son état était positif et qu'il étudiait la langue de l'ennemi, sans spécifier de quel ennemi particulier il s'agissait, vu que la France en comptait plusieurs. « Jean-Martin est comme son père », soupirait Violette lorsqu'elle lisait ses missives énigmatiques. Tété osa lui demander comment elle avait fait pour que la maternité ne relâche pas ses chairs et Violette l'attribua à l'héritage de sa grand-mère sénégalaise. Elle ne lui avoua pas que Jean-Martin était adopté, de même qu'elle ne fit jamais allusion à ses amours avec Valmorain. Toutefois, elle lui parla de sa longue relation avec Étienne Relais, amant et mari, à la mémoire duquel elle était restée fidèle jusqu'à ce qu'apparût Sancho García del Solar, car aucun de ses prétendants précédents à Cuba, y compris ce Galicien qui avait failli l'épouser, n'avait réussi à la rendre amoureuse.

« J'ai toujours eu de la compagnie dans mon lit de veuve pour me garder en forme. C'est grâce à cela que j'ai une belle peau et une excellente humeur. »

Tété pensa qu'elle-même serait bientôt ridée et mélancolique, car cela faisait des années qu'elle se consolait seule, sans autre stimulant que le souvenir de Gambo.

« Don Sancho est un monsieur très bon, madame. Si vous l'aimez, pourquoi ne l'épousez-vous pas ?

— Dans quel monde vis-tu, Tété ? Les Blancs n'épousent pas les femmes de couleur, c'est illégal. De plus, à mon âge, il ne faut pas se marier, surtout avec un noceur aussi impénitent que Sancho.

— Vous pourriez vivre ensemble.

— Je ne veux pas l'entretenir. Sancho mourra pauvre, alors que j'ai l'intention de mourir riche et d'être enterrée dans un mausolée surmonté d'un ange en marbre. »

Deux jours avant qu'arrive le moment de l'émancipation de Tété, Sancho et Violette l'accompagnèrent au collège des ursulines pour apporter la nouvelle à Rosette. Ils se réunirent dans la salle des visites, vaste et pratiquement nue, avec quatre chaises en bois grossier et un grand crucifix accroché au plafond. Sur une petite table, il y avait des tasses de chocolat tiède sur lequel flottait une épaisse couche de crème, et une urne pour les aumônes qui aidaient à nourrir les mendiants proches du couvent. Une religieuse assistait à l'entretien et surveillait du coin de l'œil, car les élèves ne pouvaient rester sans chaperon en présence d'un homme, même si c'était l'évêque et à plus forte raison un type aussi séduisant que cet Espagnol.

Tété avait rarement abordé la question de l'esclavage avec sa fille. Rosette savait vaguement qu'elle et sa mère appartenaient à Valmorain, et elle comparait cela à la situation de Maurice qui dépendait entièrement de son père et ne pouvait rien décider seul. Elle ne voyait rien là d'insolite. Toutes les femmes et les filles qu'elle connaissait, libres ou pas, appartenaient à un homme : père, mari ou Jésus. Cependant, c'était le sujet constant des lettres de Maurice, qui étant libre vivait bien plus angoissé qu'elle à cause de l'immoralité absolue de l'esclavage, comme il l'appelait. Dans leur enfance, quand la différence entre eux était beaucoup moins apparente, Maurice était souvent tourmenté par des états d'âme causés par les deux thèmes qui l'obsédaient : la justice et l'esclavage. « Quand nous serons grands, tu seras mon maître, moi je serai ton esclave, et nous vivrons heureux », lui avait dit un

jour Rosette. Maurice l'avait secouée, suffoquant de sanglots :
« Moi, je n'aurai jamais d'esclaves ! Jamais ! Jamais ! »

Rosette était l'une des filles les plus claires de peau parmi les élèves de couleur, et personne ne doutait qu'elle fût la fille de parents libres ; seule la mère supérieure connaissait sa véritable condition, et elle l'avait acceptée à cause de la donation que Valmorain avait faite au collège et de la promesse qu'elle serait émancipée dans un proche avenir. Cette visite fut plus détendue que les précédentes, lorsque Tété était restée en tête à tête avec sa fille sans rien avoir à se dire, toutes deux mal à l'aise. Rosette et Violette sympathisèrent tout de suite. Les voyant ensemble, Tété pensa que d'une certaine manière elles se ressemblaient, non tant par les traits que par la couleur et l'attitude. Elles passèrent l'heure de la visite à bavarder avec animation, tandis qu'elle et Sancho, muets, les observaient.

« Quelle enfant vive et belle est ta Rosette, Tété ! C'est la fille que j'aurais aimé avoir ! s'exclama Violette lorsqu'ils furent dehors.

— Que deviendra-t-elle lorsque qu'elle sortira du collège, madame ? Elle est habituée à vivre comme une fille riche, elle n'a jamais travaillé et se croit blanche, soupira Tété.

— Nous n'en sommes pas encore là. Nous verrons bien », répliqua Violette.

Zarité

Le jour dit, je me suis postée à la porte du tribunal pour attendre le juge. L'avis était toujours placardé sur le mur, comme je l'avais vu pendant ces quarante jours lorsque j'allais, morte d'inquiétude et un gri-gri porte-bonheur à la main, voir si quelqu'un s'était opposé à mon émancipation. Madame Hortense pouvait l'empêcher, ça lui était très facile ; il lui suffisait de m'accuser d'avoir des mœurs dissolues ou mauvais caractère, mais apparemment elle n'a pas osé défier son mari. Monsieur Valmorain avait horreur des ragots. Au cours de ces journées, j'ai eu le temps de penser et j'ai été assaillie de doutes. Les avertissements de Célestine et les menaces de Valmorain résonnaient dans ma tête : la liberté signifiait que je ne pouvais compter sur aucune aide, que je n'aurais ni protection ni sécurité. Si je ne trouvais pas de travail ou tombais malade, je me retrouverais dans la file des mendiants que les ursulines nourrissaient. Et Rosette ? « Calme-toi Tété. Aie confiance en Dieu, il ne nous abandonne jamais », me consolait le père Antoine. Personne ne s'est présenté au tribunal pour faire opposition : le 30 novembre 1800, le juge a signé ma liberté et m'a remis Rosette. Seul le père Antoine était là, parce que don Sancho et le docteur Parmentier, qui m'avaient promis de venir, avaient oublié. Le juge m'a demandé sous quel nom je voulais être inscrite et le saint m'a autorisée à utiliser le sien. Zarité Sedella, trente ans, mulâtresse, libre. Rosette, onze ans, quarteronne, esclave, propriété de Zarité Sedella. C'est ce que disait le papier que le père Antoine m'a lu

397

mot à mot avant de me donner sa bénédiction et de me serrer fort dans ses bras. Ça s'est passé ainsi.

Le saint est parti tout de suite s'occuper de ses nécessiteux et je me suis assise sur un petit banc de la place d'Armes pour pleurer de soulagement. Je ne sais combien de temps je suis restée là, mais j'ai pleuré longtemps, car le soleil s'est déplacé dans le ciel et mon visage a séché dans l'ombre. Alors j'ai senti qu'on me touchait l'épaule et une voix que j'ai tout de suite reconnue m'a interpellée : « Enfin vous vous calmez, mademoiselle Zarité ! J'ai cru que vous alliez fondre dans les larmes. » C'était Zacharie, qui était resté assis sur un autre banc à m'observer patiemment. C'était le plus bel homme du monde, mais je ne l'avais pas remarqué avant parce que mon amour pour Gambo me rendait aveugle. À l'intendance du Cap, avec sa livrée de cérémonie, c'était une figure imposante, mais là sur la place, avec son gilet brodé en soie couleur mousse, sa chemise de batiste, ses bottes à boucles ouvragées et plusieurs anneaux d'or, il paraissait encore plus magnifique. « Zacharie ! C'est vraiment vous ? » On aurait dit une vision, il était très distingué, avec quelques cheveux blancs sur les tempes et une canne fine terminée par une poignée d'ivoire.

Il s'est assis à côté de moi et m'a demandé d'oublier les manières formelles, d'utiliser le tu plutôt que le vous, étant donné notre vieille amitié. Il m'a raconté qu'il avait précipitamment quitté Saint-Domingue dès qu'on avait annoncé la fin de l'esclavage et qu'il s'était embarqué sur une goélette américaine qui l'avait laissé à New York, où il ne connaissait personne, grelottait de froid et ne comprenait pas un mot du jargon que parlaient ces gens-là, comme il a dit. Il savait que la plupart des réfugiés de Saint-Domingue étaient installés à La Nouvelle-Orléans et il s'était débrouillé pour venir jusqu'ici. Il s'en trouvait bien. Deux jours plus tôt, par hasard, il avait vu l'avis de ma liberté au tribunal ; après quelques vérifications, lorsqu'il avait été sûr qu'il s'agissait bien de la Zarité qu'il connaissait, esclave de Monsieur Toulouse Valmorain, il avait décidé d'apparaître à la date indiquée, puisque de toute façon son bateau était ancré à La Nouvelle-Orléans. Il m'avait vue entrer au tribunal avec le père Antoine, m'avait attendue sur la place d'Armes, et ensuite avait eu la délicatesse de me laisser pleurer tout mon soûl avant de me saluer.

398

« J'ai attendu trente ans ce moment, et quand il arrive, au lieu de danser de joie, je me mets à pleurer, lui ai-je dit honteuse.

— Tu auras tout le temps de danser, Zarité. Nous allons fêter cela ce soir même, m'a-t-il proposé.

— Je n'ai rien à me mettre !

— Il faudra que je t'achète une robe ; tu mérites au moins cela en ce jour le plus important de ta vie.

— Tu es riche, Zacharie ?

— Je suis pauvre, mais je vis comme un riche. C'est plus sage que d'être riche et de vivre comme un pauvre – et il s'est mis à rire. Quand je mourrai, mes amis devront se cotiser pour m'enterrer, mais mon épitaphe dira en lettres d'or : Ci-gît Zacharie, le Noir le plus riche du Mississippi. J'ai fait graver la pierre tombale et je la garde sous mon lit.

— C'est ce que désire Madame Violette Boisier : un tombeau impressionnant.

— C'est la seule chose qui reste, Zarité. Dans cent ans les visiteurs du cimetière pourront admirer les tombes de Violette et de Zacharie, et imaginer que nous avons eu une belle vie. »

Il m'a accompagnée à la maison. À mi-chemin nous avons croisé deux hommes blancs, presque aussi bien vêtus que Zacharie, qui l'ont regardé de la tête aux pieds avec une expression moqueuse. L'un d'eux a lancé un jet de salive tout près des pieds de Zacharie, mais lui ne s'en est pas rendu compte, à moins qu'il n'ait préféré les ignorer.

Il n'a pas été nécessaire de m'acheter une robe, parce que Madame Violette a voulu s'occuper de moi pour ce premier rendez-vous de ma vie. Avec Loula elles m'ont baignée, m'ont massée avec de la crème d'amandes, ont poli mes ongles et soigné mes pieds aussi bien que possible, mais elles n'ont pu dissimuler les cals de tant d'années passées à marcher nu-pieds. Madame m'a maquillée, et dans le miroir n'est pas apparu mon visage peint, mais une Zarité Sedella presque jolie. Elle m'a mis une robe à elle de coupe Empire en mousseline, avec une cape de la même couleur pêche, et m'a noué à sa manière un tignon en soie. Elle m'a prêté ses escarpins en taffetas et ses grandes boucles d'oreilles en or, son seul bijou à part l'anneau à l'opale brisée qui ne quittait jamais son doigt. Je n'ai pas eu besoin de mettre des babouches et d'emporter les escarpins dans un sac pour ne pas les salir dans la rue, comme on le fait toujours, car Zacharie est venu avec une voiture de location. Je suppose que Violette, Loula et plusieurs voisines qui ont mis le nez à la fenêtre pour me regarder se sont demandé pourquoi un monsieur comme lui perdait son temps avec quelqu'un d'aussi insignifiant que moi.

Zacharie m'a apporté deux gardénias, que Loula a épinglés sur mon décolleté, et nous sommes partis au Théâtre de l'Opéra. Ce soir-là on présentait une œuvre du compositeur Saint-Georges, fils d'un planteur de la Guadeloupe et de son esclave africaine. Le roi Louis XVI l'avait nommé directeur de l'Opéra de Paris, mais cela n'avait pas duré long-temps parce que les divas et les ténors refusaient de chanter sous sa direction. C'est ce que m'a raconté Zacharie. Peut-être aucun des Blancs du public, qui ont tellement applaudi, ne savait-il que la musique avait été écrite par un mulâtre. Nous avions les meilleurs fauteuils dans la partie réservée aux gens de couleur, au centre du deuxième balcon. L'air lourd du théâtre sentait l'alcool, la sueur et le tabac, mais je ne respirais que mes gardénias. Dans les galeries, il y avait plusieurs kaintocks qui interrompaient la représentation en faisant tout haut des plaisanteries, jusqu'à ce qu'on finisse par les faire sortir de force et que l'orchestre puisse continuer. Ensuite nous sommes allés au Salon Orléans, où l'on jouait des valses, des quadrilles et des polkas, ces danses que Maurice et Rosette avaient apprises à coups de baguette. Zacharie m'a guidée sans me marcher sur les pieds ni bousculer d'autres couples, nous devions faire des figures sur la piste sans agiter les bras ni remuer le derrière. Il y avait quelques hommes blancs, mais aucune femme blanche, et Zacharie était le plus noir, à part les musiciens et les serveurs, mais aussi le plus beau. Il dépassait tout le monde par la taille, dansait comme s'il flottait et souriait de ses dents parfaites.

Nous sommes restés au bal une demi-heure, mais Zacharie s'est rendu compte que je n'étais pas à mon aise et nous sommes partis. La première chose que j'ai faite une fois dans la voiture a été d'enlever mes chaussures.

Nous sommes arrivés dans une petite rue discrète éloignée du centre, près du fleuve. Ce qui a attiré mon attention, c'est que devant se trou-vaient plusieurs voitures avec des laquais endormis sur les sièges de cocher, comme s'ils attendaient depuis un bon moment. Nous nous sommes arrêtés devant un mur couvert de lierre et une porte étroite, mal éclairée par une lanterne et surveillée par un Blanc armé de deux pistolets qui a salué Zacharie avec respect. Nous sommes entrés dans une cour où se trouvait une douzaine de chevaux sellés et nous avons entendu les accords d'un orchestre. La maison, invisible depuis la rue, était assez grande mais sans prétention, et l'intérieur dissimulé par d'épais rideaux aux fenêtres.

« Bienvenue Chez Fleur, la maison de jeu la plus célèbre de La Nouvelle-Orléans », m'a annoncé Zacharie d'un geste qui embrassait la façade.

Nous nous sommes bientôt retrouvés dans un vaste salon. Dans la fumée des cigares, j'ai vu des hommes blancs et de couleur, les uns près des tables de jeu, d'autres en train de boire et quelques-uns dansant avec des femmes décolletées. Quelqu'un nous a mis des coupes de champagne dans les mains. Nous ne pouvions avancer, car on arrêtait Zacharie à chaque pas pour le saluer.

Une bagarre a brusquement éclaté entre plusieurs joueurs et Zacharie a fait mine d'intervenir, mais une énorme personne l'a devancé avec des cheveux aussi durs que de la paille sèche, un cigare entre les dents et des bottes de bûcheron ; elle a distribué quelques claques sonores et la bagarre s'est arrêtée. Deux minutes plus tard, les hommes étaient assis les cartes à la main et ils plaisantaient, comme s'ils ne venaient pas de recevoir une correction. Zacharie m'a présentée à la personne qui avait imposé l'ordre. J'ai cru que c'était un homme avec des seins, mais c'était une femme qui avait du poil sur le visage. Elle avait un nom délicat de fleur et d'oiseau qui ne correspondait en rien à son aspect : Fleur Hirondelle.

Zacharie m'a expliqué qu'avec l'argent qu'il avait économisé pendant des années pour acquérir sa liberté, et qu'il avait emporté en quittant Saint-Domingue, plus un emprunt de la banque obtenu par son associée Fleur Hirondelle, ils avaient pu acheter cette maison ; elle était en mauvais état, mais ils l'avaient restaurée, avec toutes les commodités et même un certain luxe. Ils n'avaient pas de problèmes avec les autorités, car une partie des gains était destinée aux pots-de-vin. Ils vendaient de l'alcool et

401

de quoi se restaurer, il y avait la joyeuse musique de deux orchestres et ils offraient les plus belles dames de la nuit en Louisiane. Ce n'étaient pas des employées de la maison, mais des artistes indépendantes, car Chez Fleur n'était pas un lupanar: il y en avait déjà suffisamment dans la ville. Aux tables, on perdait et, parfois, on gagnait des fortunes, mais le plus gros restait dans la maison de jeu. Chez Fleur était une bonne affaire, même s'ils n'avaient pas fini de rembourser le prêt et avaient beaucoup de frais.

« Mon rêve est d'avoir plusieurs maisons de jeu, Zarité. Bien sûr, il me faudrait des associés blancs, comme Fleur Hirondelle, pour obtenir l'argent.

— Elle est blanche ? On dirait un Indien.

— Française de pure souche, mais brûlée par le soleil.

— Tu as eu de la chance avec elle, Zacharie. Les associés ne sont pas fiables, il vaut mieux payer quelqu'un qui prête son nom. C'est ainsi que fait Madame Violette pour détourner la loi. Don Sancho se porte garant, mais elle ne lui permet pas de mettre le nez dans ses affaires. »

Dans la salle, j'ai dansé à ma façon et je n'ai pas vu passer la nuit. Quand Zacharie m'a ramenée à la maison, le jour se levait. Il a dû me tenir le bras, parce que j'avais la tête qui tournait de plaisir et de champagne, que je n'avais jamais bu auparavant. « Erzulie, loa de l'amour, ne permets pas que je tombe amoureuse de cet homme, car je vais souffrir », ai-je prié cette nuit-là en pensant à la façon dont les femmes le regardaient dans le Salon Orléans et s'offraient à lui Chez Fleur.

Par la fenêtre de la voiture nous avons vu le père Antoine qui rentrait à l'église en traînant ses sandales après une nuit de bonnes œuvres. Il était épuisé et nous nous sommes arrêtés pour l'emmener, bien que j'aie eu honte de mon haleine alcoolisée et de ma robe décolletée. « Je vois, ma fille, que tu as célébré ton premier jour de liberté en grande pompe. Rien de plus mérité, dans ton cas, qu'un peu de dissipation », voilà tout ce qu'il a dit avant de me donner sa bénédiction.

Comme Zacharie me l'avait promis, ce fut un jour heureux. C'est ainsi que je m'en souviens.

La politique du jour

À Saint-Domingue, François Dominique Toussaint, sur-
nommé Louverture en raison de son habileté à négocier, gardait un contrôle précaire sous sa dictature militaire, mais les
sept années de violence avaient dévasté la colonie et appauvri
la France. Napoléon n'allait pas permettre que ce pied-bot,
comme il l'appelait, lui imposât des conditions. Toussaint
s'était proclamé gouverneur à vie, s'inspirant en cela du titre
napoléonien de Premier Consul à vie, et il traitait celui-ci
d'égal à égal. Bonaparte avait l'intention de l'écraser comme
un cafard, de renvoyer les Noirs au travail dans les plantations
et de récupérer la colonie sous la domination des Blancs. Au
Café des Émigrés de La Nouvelle-Orléans, les clients observaient avec une attention véhémente les événements confus
des mois suivants, car ils ne perdaient pas l'espoir de retourner
dans leur île. Napoléon dépêcha une expédition nombreuse
sous le commandement de son beau-frère, le général Leclerc,
qui emmenait avec lui sa belle épouse Pauline Bonaparte. La
sœur de Napoléon voyageait accompagnée de courtisans, de
musiciens, d'acrobates, d'artistes, avec des meubles, des décorations et tout ce qu'il fallait pour installer dans la colonie une
cour aussi splendide que celle qu'elle avait laissée à Paris.

Ils quittèrent Brest à la fin de l'année 1801 ; deux mois plus
tard, Le Cap était bombardé par les navires de Leclerc et

réduit en cendres pour la seconde fois en dix ans. Toussaint Louverture ne manifesta aucun trouble. Impassible, il attendait chaque fois le moment propice pour attaquer ou se replier, et lorsque cela se produisait ses troupes laissaient la terre dévastée, sans un arbre sur pied. Les Blancs qui ne parvenaient pas à se mettre sous la protection de Leclerc étaient anéantis. En avril, la fièvre jaune s'abattit comme une nouvelle malédiction sur les troupes françaises peu habituées au climat, sans défense contre l'épidémie. Sur les dix-sept mille hommes que Leclerc commandait au début de l'expédition, il lui en resta sept mille dans un état lamentable ; sur les dix mille restants, cinq mille étaient à l'agonie et cinq mille autres sous terre. Toussaint remercia de nouveau l'aide opportune des armées ailées de Mackandal.

Napoléon envoya des renforts, et en juin trois mille autres soldats et officiers moururent de la même fièvre ; il n'y avait pas assez de chaux vive pour couvrir les corps dans les fosses communes, où vautours et chiens leur en arrachaient des morceaux. Cependant, ce même mois la *z'étoile* de Toussaint s'éteignit au firmament. Le général tomba dans un piège tendu par les Français : sous prétexte de parlementer, il fut arrêté et déporté en France avec sa famille. Napoléon avait vaincu le «plus grand général noir de l'histoire», comme tous le qualifiaient. Leclerc annonça que la seule manière de restaurer la paix serait de tuer tous les Noirs des montagnes et la moitié de ceux des plaines, hommes et femmes, et de ne garder en vie que les enfants de moins de douze ans, mais il tomba malade et ne put mettre son plan à exécution.

Les émigrés blancs de La Nouvelle-Orléans, y compris les monarchistes, burent à la santé de Napoléon, l'invincible, tandis que Toussaint Louverture mourait lentement dans une cellule glaciale d'un fort des Alpes, à deux mille neuf cents mètres d'altitude, près de la frontière suisse. La guerre continua, implacable, pendant toute l'année 1802, et peu firent le compte que Leclerc avait perdu près de trente mille hommes au cours de cette brève campagne, avant de périr lui-même du mal de Siam, en novembre. Le Premier Consul promit d'envoyer trente mille autres soldats à Saint-Domingue.

Un après-midi de l'hiver 1802, le docteur Parmentier et Tété bavardaient dans la cour d'Adèle, où ils se retrouvaient fréquemment. Trois ans plus tôt, lorsque le docteur avait vu Tété dans la maison des Valmorain peu après être arrivé de Cuba, il avait tenu parole et donné le message de Gambo. Il lui raconta les circonstances dans lesquelles il l'avait connu, ses horribles blessures et la longue convalescence qui leur avait permis de mieux se connaître, mais aussi l'aide que le brave capitaine lui avait apportée pour quitter Saint-Domingue alors que c'était pratiquement impossible. «Il a dit que tu ne l'attendes pas, Tété, parce qu'il t'avait déjà oubliée, mais s'il t'a envoyé ce message, c'est qu'il ne t'avait pas oubliée», avait précisé le médecin à cette occasion, car il supposait que Tété s'était libérée du fantôme de cet amour. Il connaissait Zacharie et n'importe qui pouvait deviner ses sentiments pour Tété, bien que le docteur n'eût jamais surpris entre eux ces gestes possessifs qui trahissent l'intimité. Peut-être l'habitude de la prudence et de la dissimulation, qui leur avait été utile dans l'esclavage, avait-elle des racines trop profondes. La maison de jeu tenait Zacharie occupé et, en plus, il se rendait de temps en temps à Cuba et dans d'autres îles pour s'approvisionner en alcool, en cigares et diverses marchandises pour son commerce. Tété n'était jamais prête quand Zacharie apparaissait dans la maison de la rue de Chartres. Parmentier avait rencontré celui-ci plusieurs fois lorsque Violette l'invitait à dîner. Il était aimable et poli, et arrivait toujours avec le classique gâteau d'amandes pour couronner la table. Avec lui, Zacharie parlait de politique, son sujet de prédilection; avec Sancho, de paris, de chevaux et de négoces imaginaires; et avec les femmes, de tout ce qui les flattait. De temps à autre son associée l'accompagnait, Fleur Hirondelle, qui semblait avoir une curieuse affinité avec Violette. Elle déposait ses armes à l'entrée, s'asseyait dans le petit salon pour prendre le thé, puis disparaissait à l'intérieur de la maison sur les pas de Violette. Le docteur pouvait jurer qu'elle revenait sans duvet sur le visage, et une fois il l'avait vue ranger un petit flacon dans son gousset à poudre, sans doute un parfum, car il avait entendu Violette dire que toutes les femmes ont une étincelle de coquetterie dans l'âme et qu'il suffit de quelques gouttes de parfum pour l'allumer. Zacharie faisait mine de ne pas se rendre compte de ces faiblesses de son associée, tandis qu'il attendait que Tété se pomponne pour sortir avec lui.

Un jour, ils emmenèrent le docteur *Chez Fleur*; il put y voir Zacharie et Fleur Hirondelle dans leur milieu et apprécier le bonheur de Tété lorsqu'elle dansait pieds nus. Comme Parmentier l'avait imaginé quand il l'avait connue dans l'*habitation* Saint-Lazare, alors qu'elle était très jeune, Tété possédait une grande réserve de sensualité, qu'elle cachait à cette époque sous une expression sévère. La voyant danser, le médecin pensa qu'en étant émancipée non seulement sa condition légale avait changé, mais aussi que cet aspect de son caractère s'était libéré.

À La Nouvelle-Orléans, la relation de Parmentier avec Adèle était normale, car plusieurs de ses amis et patients entretenaient des familles de couleur. Pour la première fois, le docteur n'avait pas besoin d'avoir recours à des stratagèmes indignes pour rendre visite à sa femme, il n'était plus question de sortir au petit matin avec des précautions de malfaiteur pour ne pas être vu. Il dînait presque tous les soirs avec elle, dormait dans son lit et le lendemain, à dix heures du matin, partait d'un pas tranquille à son cabinet de consultation, sourd aux commentaires qu'il pouvait susciter. Il avait reconnu ses enfants, qui portaient maintenant son nom, et les deux garçons étudiaient déjà en France, tandis que la fille le faisait chez les ursulines. Adèle travaillait à sa couture et économisait, comme elle l'avait toujours fait. Deux femmes l'aidaient pour les corsets de Violette Boisier, quelques armatures renforcées par des fanons de baleine, qui donnaient des courbes aux femmes les plus plates et ne se remarquaient pas, si bien que les robes semblaient flotter sur le corps nu. Les Blanches se demandaient comment une mode inspirée de la Grèce antique pouvait être mieux portée par des Africaines que par elles-mêmes. Tété allait et venait entre les deux maisons, portant les dessins, les mesures, les étoffes, les corsets et les robes terminés que Violette se chargeait ensuite de vendre à ses clientes. En l'une de ces occasions, Parmentier se retrouva à bavarder avec Tété et Adèle dans la cour aux bougainvillées, qui à cette époque de l'année n'étaient que branches sèches sans fleurs ni feuilles.

« Il y a sept mois que Toussaint Louverture est mort. Un autre crime de Napoléon. Ils l'ont laissé mourir de faim, de froid et de solitude en prison, mais on ne l'oubliera pas : le général est entré dans l'histoire », dit le docteur.

Ils buvaient du xérès après un dîner de poisson-chat accompagné de légumes, car parmi ses nombreuses qualités Adèle était une excellente cuisinière. La cour était l'endroit le plus agréable de la maison, y compris par des soirées froides comme celle-là. La faible lumière provenait d'un brasero, qu'Adèle avait allumé afin de faire des charbons pour le fer à repasser et, par la même occasion, réchauffer le petit cercle d'amis.

« La mort de Toussaint ne signifie pas la fin de la révolution. Le général Dessalines a pris le commandement. On dit que c'est un homme implacable, poursuivit le médecin.

— Et Gambo, qu'a-t-il bien pu devenir ? Il n'avait confiance en personne, même pas en Toussaint, commenta Tété.

— Par la suite, il a changé d'avis à propos de Toussaint Louverture. Plus d'une fois il a risqué sa vie pour le sauver, c'était l'homme de confiance du général.

— Alors il était avec lui lorsqu'on l'a arrêté, dit Tété.

— Toussaint est allé à un rendez-vous que lui avaient fixé

les Français pour négocier une sortie politique à la guerre, mais ils l'ont trahi. Tandis qu'il attendait à l'intérieur d'une maison, dehors ils ont tranquillement assassiné ses gardes et les soldats qui l'accompagnaient. Je crains que le capitaine La Liberté ne soit tombé ce jour-là en défendant son général, lui expliqua tristement Parmentier.

— Autrefois Gambo rôdait autour de moi, docteur.

— Comment ça ?

— En rêves », dit vaguement Tété.

Elle ne précisa pas qu'autrefois elle l'appelait chaque nuit par la pensée, telle une prière, et que parfois elle parvenait à l'invoquer si fortement qu'elle se réveillait le corps lourd, chaud, alangui, pleine du bonheur d'avoir dormi dans les bras de son amant. Elle sentait la chaleur et l'odeur de Gambo sur sa peau, et ces fois-là elle ne faisait pas sa toilette pour prolonger l'illusion d'avoir été auprès de lui. Ces rencontres dans le territoire des rêves étaient sa seule consolation dans la solitude de son lit, mais cela, c'était il y a longtemps, elle avait désormais accepté la mort de Gambo, parce que s'il était vivant il serait entré en communication avec elle d'une manière ou d'une autre. Maintenant elle avait Zacharie. Dans les nuits qu'ils partageaient, lorsqu'il était disponible, elle se reposait satisfaite et reconnaissante après avoir fait l'amour, la grande main de Zacharie posée sur elle. Depuis qu'il était entré dans sa vie, elle n'était pas retournée à l'habitude secrète de se caresser en appelant Gambo, parce que désirer les baisers d'un autre, même d'un fantôme, aurait été une trahison qu'il ne méritait pas. La tendresse sûre et tranquille qu'ils partageaient emplissait sa vie ; elle n'avait besoin de rien d'autre.

« Personne n'est sorti vivant du piège qu'ils avaient tendu à Toussaint. Il n'y a pas eu de prisonniers, en dehors du général et de sa famille, qui elle aussi a été arrêtée, ajouta Parmentier.

— Je sais qu'ils n'ont pas pris Gambo vivant, docteur, parce qu'il ne se serait jamais rendu. Tant de sacrifice et tant de guerre pour que les Blancs finissent par gagner !

« — Ils n'ont pas encore gagné. La révolution continue. Le général Dessalines vient de vaincre les troupes de Napoléon et les Français ont commencé à évacuer l'île. Bientôt nous aurons ici une autre vague de réfugiés, et cette fois ce seront des bonapartistes. Dessalines a appelé les colons blancs pour qu'ils récupèrent leurs plantations, parce qu'il a besoin d'eux pour que la colonie retrouve sa richesse d'autrefois.

— Cette histoire, nous l'avons entendue à plusieurs reprises, docteur, Toussaint a fait la même chose. Vous, vous retourneriez à Saint-Domingue ? lui demanda Tété.

— Ma famille est mieux ici. Nous allons rester. Et toi ?

— Moi aussi. Ici je suis libre et Rosette le sera très bientôt.

— N'est-elle pas trop jeune pour être émancipée ?

— Le père Antoine m'aide. Il connaît la moitié du monde sur toute la longueur et la largeur du Mississippi et aucun juge n'oserait lui refuser une faveur. »

Ce soir-là, Parmentier posa des questions à Tété sur sa relation avec Tante Rose. Il savait qu'en plus de l'assister dans les accouchements et les soins, elle l'aidait dans la préparation de potions et il s'intéressait aux recettes. Elle se souvenait de la plupart d'entre elles et lui assura qu'elles n'étaient pas compliquées et qu'on pouvait trouver les ingrédients chez les « docteurs-feuilles », au Marché français. Ils parlèrent de la façon d'arrêter les hémorragies, de faire baisser la fièvre et d'éviter les infections, des infusions pour nettoyer le foie et soulager les calculs de la vésicule et des reins, des sels contre la migraine, des herbes pour avorter et soigner la diarrhée, des diurétiques, des laxatifs et des formules pour fortifier le sang, que Tété connaissait par cœur. Ils rirent ensemble du tonique de salsepareille que les *créoles* utilisaient pour tous leurs maux, et s'accordèrent sur le fait que les connaissances de Tante Rose faisaient grand défaut. Le lendemain, Parmentier se présenta chez Violette Boisier pour lui proposer d'agrandir son commerce de lotions de beauté avec une liste de produits médicinaux de la pharmacopée de Tante Rose, que Tété pourrait préparer dans la cuisine et qu'il s'engageait à acheter en totalité. Violette n'eut pas besoin de réfléchir, ça lui parut une affaire en or pour tous les intéressés : le docteur aurait ses remèdes, Tété recevrait sa part et elle-même garderait le reste sans faire le moindre effort.

Les Américains

C'est alors que la plus invraisemblable des rumeurs secoua La Nouvelle-Orléans. Dans les cafés et les tavernes, dans les rues et sur les places, les gens se réunissaient, l'esprit en ébullition, pour commenter la nouvelle, encore incertaine, que Napoléon Bonaparte avait vendu la Louisiane aux Américains. Les jours passant, l'idée prévalut qu'il ne s'agissait que d'une calomnie, mais on continua à parler du maudit Corse, car souvenez-vous, messieurs, que Napoléon est corse, on ne peut pas dire qu'il soit français, il nous a vendus aux *kaintocks*. C'était la transaction de terrain la plus formidable et la moins onéreuse de l'histoire : plus de deux millions de kilomètres carrés pour la somme de quinze millions de dollars, autrement dit quelques centimes par hectare. La plus grande partie de ce territoire, occupé par des tribus indigènes dispersées, n'avait pas été dûment explorée par les Blancs et personne ne parvenait à l'imaginer, mais lorsque Sancho García del Solar fit circuler une carte du continent, même le plus bête put calculer que les Américains avaient doublé la taille de leur pays. «Et maintenant, qu'allons-nous devenir ? Comment Napoléon s'est-il fourré dans une pareille affaire ? Ne sommes-nous pas une colonie espagnole ? » Trois ans plus tôt, par le traité secret de Saint-Ildefonse, l'Espagne avait donné la Louisiane à la France, mais la plupart n'en savaient encore rien, car la vie

411

continuait comme avant. Personne n'avait remarqué le changement de gouvernement : les autorités espagnoles étaient restées en place tandis que Napoléon guerroyait contre les Turcs, les Autrichiens, les Italiens et quiconque se mettait en travers de sa route, outre les rebelles de Saint-Domingue. Il devait lutter sur trop de fronts, y compris contre l'Angleterre, son ennemi ancestral, et il avait besoin de temps, de troupes et d'argent ; il ne pouvait occuper ni défendre la Louisiane et, craignant qu'elle tombât aux mains des Britanniques, il préféra la vendre au seul intéressé, le président Jefferson.

À La Nouvelle-Orléans, tous sauf les oisifs du *Café des Émigrés*, qui avaient déjà un pied sur le bateau pour rentrer à Saint-Domingue, reçurent la nouvelle avec terreur. Ils voyaient les Américains comme des barbares couverts de peaux de buffle qui prenaient leur repas les bottes posées sur la table, totalement dépourvus de décence, de mesure et d'honneur. Et ne parlons même pas d'élégance ! Les seules choses qui les intéressaient : parier, boire, se tirer dessus ou se frapper à coups de poing ; ils étaient d'un désordre diabolique et, par-dessus le marché, protestants. En plus, ils ne parlaient pas le français. Eh bien ils allaient devoir l'apprendre, sinon, comment pensaient-ils vivre à La Nouvelle-Orléans ? Toute la ville fut d'accord pour dire qu'appartenir aux États-Unis équivalait à la fin de la famille, de la culture et de la seule vraie religion. Valmorain et Sancho, qui fréquentaient des Américains dans leurs affaires, apportèrent une note conciliatrice dans ce tapage, expliquant que les *kaintocks* étaient des hommes de la frontière, un peu comme des boucaniers, et qu'on ne pouvait juger tous les Américains d'après eux. De fait, dit Valmorain, au cours de ses voyages il avait connu de nombreux Américains, des gens plutôt cultivés et calmes ; à la rigueur pouvait-on leur reprocher d'être trop moralistes et spartiates dans leurs coutumes, à l'opposé des *kaintocks*. Leur défaut le plus notable était de considérer le travail comme une vertu, y compris le travail manuel. Ils étaient matérialistes, triomphateurs et animés d'un enthousiasme messianique pour réformer ceux qui ne pensaient pas comme eux, mais ils ne représentaient pas un danger immédiat pour la civilisation. Personne ne voulut les entendre, à l'exception d'un ou deux fous comme Bernard de Marigny, qui flaira les énormes possibilités commerciales qu'il y aurait à s'attirer les bonnes grâces des Américains, et le père Antoine, qui vivait dans les nuages.

D'abord, avec trois ans de retard, on transféra officiellement la colonie espagnole aux autorités françaises. Selon le discours exagéré du préfet devant la foule qui assistait à la cérémonie, les habitants de la Louisiane avaient «les âmes inondées du délire d'un bonheur extrême». On célébra avec des bals, un concert, des banquets et des spectacles de théâtre, dans la meilleure tradition *créole*, une véritable compétition de courtoisie, de noblesse et de dépense inconsidérée entre le gouvernement espagnol déposé et le flambant gouvernement français, mais cela dura peu car, juste au moment où l'on hissait le drapeau français, un navire venant de Bordeaux accosta, apportant la confirmation de la vente du territoire aux Américains. Vendus comme du bétail ! Humiliation et fureur remplacèrent l'esprit festif de la veille. Le second transfert, cette fois des Français aux Américains qui campaient à deux miles de la ville, prêts à l'occuper, eut lieu dix-sept jours plus tard, le 20 décembre 1803, et ce ne fut pas un «délire de bonheur extrême», mais un deuil collectif.

Ce même mois, Dessalines proclama l'indépendance de Saint-Domingue sous le nom de République noire d'Haïti, et un nouveau drapeau bleu et rouge. Haïti, «terre de montagnes», était le nom que les Arawaks, les indigènes disparus, donnaient à leur île. Dans l'intention d'effacer le racisme, qui avait été la malédiction de la colonie, on désignait tous les citoyens, quelle que fût la couleur de leur peau, sous le nom de *nègs*, et tous ceux qui n'étaient pas des citoyens sous celui de *blancs*.

«Je crois que l'Europe et même les États-Unis vont tenter de couler cette pauvre île, car son exemple peut inciter d'autres colonies à prendre leur indépendance. Ils ne permettront pas non plus que se propage l'abolition de l'esclavage, commenta Parmentier devant son ami Valmorain.

— Ici en Louisiane, le désastre d'Haïti nous convient parfaitement, car nous vendons plus de sucre et à un meilleur prix», conclut Valmorain, que le destin de l'île n'intéressait plus, vu que tous ses investissements était à l'extérieur.

Les émigrés de Saint-Domingue à La Nouvelle-Orléans ne parvinrent pas à s'étonner de cette première république noire, car les événements dans la ville requéraient toute leur attention. Par un jour brillant de soleil, une foule bigarrée de *créoles*, de Français, d'Espagnols, d'Indiens et de Noirs se rassembla sur la place d'Armes pour voir les autorités américaines faire leur entrée à cheval, suivies d'un détachement de dragons, de deux compagnies d'infanterie et d'une de carabiniers. Personne n'éprouvait de sympathie pour ces hommes qui se pavanaient comme si chacun d'eux avait payé de sa poche les quinze millions de dollars pour acheter la Louisiane.

Au cours d'une brève cérémonie officielle dans la salle du Conseil municipal, on remit les clés de la ville au nouveau gouverneur, puis on effectua le changement de drapeaux sur la place ; on descendit lentement le pavillon tricolore de la France et l'on hissa le drapeau étoilé des États-Unis. À l'instant où les deux étendards se croisèrent au milieu, ils s'immobilisèrent un moment et un coup de canon donna le signal, auquel répondit immédiatement un chœur de coups de feu des bateaux sur la mer. Un orchestre de musiciens joua une chanson populaire américaine que la foule écouta en silence ; beaucoup pleuraient à chaudes larmes et plus d'une dame s'évanouit de chagrin. Les nouveaux arrivants s'apprêtèrent à occuper la ville de la manière la moins agressive possible, tandis que les natifs se préparaient à leur rendre la vie aussi difficile que possible. Les Guizot avaient déjà fait circuler des lettres incitant leurs relations à les tenir à l'écart, personne ne devait collaborer avec eux ou les recevoir. Même le plus misérable mendiant de La Nouvelle-Orléans se sentait supérieur aux Américains.

L'une des premières mesures prises par le gouverneur Claiborne fut de déclarer l'anglais langue officielle, ce que les *créoles* reçurent avec une moqueuse incrédulité. L'anglais ? Ils avaient vécu des dizaines d'années comme colonie espagnole en parlant le français ; décidément, les Américains devaient être fous s'ils s'attendaient à ce que leur baragouin guttural remplaçât la langue la plus mélodieuse du monde.

Les religieuses ursulines, terrorisées par la certitude que les bonapartistes d'abord et les *kaintocks* ensuite allaient raser la ville, profaner leur église et les violer, se préparèrent rapidement à embarquer en masse pour Cuba, malgré les supplications de leurs pupilles, de leurs orphelins et des centaines d'indigents qu'elles secouraient. Seules neuf des vingt-cinq religieuses restèrent, les seize autres défilèrent tête basse vers le port, enveloppées dans leurs voiles et en pleurs, entourées par un cortège d'amis, de connaissances et d'esclaves qui les accompagnèrent jusqu'au bateau.

Valmorain reçut un message écrit à la hâte lui enjoignant de retirer sa protégée du collège dans les vingt-quatre heures. Hortense, qui attendait un autre enfant et espérait que ce serait cette fois le garçon tant attendu, fit clairement comprendre à son mari que cette fille noire ne mettrait pas les pieds chez elle et qu'elle ne voulait pas davantage que quelqu'un la vît avec lui. Les gens avaient l'esprit mal tourné et feraient certainement courir la rumeur – évidemment fausse – que Rosette était sa fille.

Comme l'avait prédit le docteur Parmentier, une deuxième avalanche de réfugiés débarqua à La Nouvelle-Orléans après la défaite des troupes napoléoniennes en Haïti ; d'abord des centaines, puis des milliers. C'étaient des bonapartistes, radicaux et athées, très différents des monarchistes catholiques qui étaient arrivés avant eux. Le choc entre émigrés fut inévitable et coïncida avec l'entrée des Américains dans la ville. Le gouverneur Claiborne, un jeune militaire aux yeux bleus, aux courts cheveux blonds, ne parlait pas un traître mot de français et ne comprenait pas la mentalité des *créoles*, qu'il considérait comme des paresseux et des décadents.

De Saint-Domingue arrivait un bateau à la suite de l'autre chargé de civils et de soldats malades de fièvre, qui représentaient un danger politique en raison de leurs idées révolutionnaires, et de santé publique étant donné la possibilité d'une épidémie. Claiborne essaya de les isoler dans des campements éloignés, mais la mesure fut très critiquée et n'empêcha pas le flot des réfugiés qui, d'une manière ou d'une autre, s'arrangeaient pour arriver en ville. Il mit en prison les esclaves qu'amenaient les Blancs, craignant que le germe de la rébellion ne contaminât les esclaves locaux ; bientôt il n'y eut plus de place dans les cellules et il fut débordé par les plaintes des maîtres, indignés que leur propriété eut été confisquée. Ils faisaient valoir que leurs Noirs étaient loyaux et d'un bon caractère éprouvé, car autrement ils ne les auraient pas amenés. En plus, ils leur faisaient grandement défaut. En Louisiane, personne ne respectait l'interdiction d'importer des esclaves et les pirates approvisionnaient le marché, mais il y avait de toute façon une grosse demande. Claiborne, qui n'était pas partisan de l'esclavage, céda à la pression de l'opinion publique et décida de considérer chaque cas individuellement, ce qui pouvait prendre des mois, tandis que La Nouvelle-Orléans était sur des charbons ardents.

Violette Boisier s'empressa de s'adapter au choc produit par les Américains. Elle devina que les aimables *créoles*, avec leur culture de l'oisiveté, ne résisteraient pas à la vigueur de ces hommes entreprenants et pratiques. « Écoute bien ce que je te dis, Sancho, en peu de temps ces *parvenus* vont nous effacer de la surface de la terre », avertit-elle son amant. Elle avait entendu parler de l'esprit égalitaire des Américains, insé-

416

parable de la démocratie, et elle se dit que s'il y avait jusque-là de la place pour les gens libres de couleur à La Nouvelle-Orléans, à plus forte raison y en aurait-il à l'avenir. «Ne te leurre pas, ils sont plus racistes que les Anglais, les Français et les Espagnols réunis», lui expliqua Sancho, mais elle n'en crut rien.

Tandis que d'autres refusaient de se mêler aux Américains, Violette entreprit de les étudier de près, pour voir ce qu'elle pouvait en apprendre et comment elle pourrait se maintenir à flot dans les changements qu'ils apporteraient inévitablement à La Nouvelle-Orléans. Elle était satisfaite de sa vie, jouissait d'indépendance et de confort. Elle parlait sérieusement lorsqu'elle disait qu'elle mourrait riche. Avec les revenus de ses crèmes et de ses conseils de mode et de beauté, en moins de trois ans elle avait acheté la maison de la rue de Chartres et projetait d'en acquérir une autre. «Il faut investir dans les propriétés, c'est la seule chose solide, le vent emporte le reste», répétait-elle à Sancho, qui ne possédait rien en propre, car la plantation appartenait à Valmorain. Le projet d'acheter de la terre et de la faire fructifier avait paru fascinant à Sancho la première année, supportable la deuxième et par la suite un tourment. Son enthousiasme pour le coton s'évapora dès qu'Hortense s'y intéressa, car il préférait ne pas avoir de relations avec cette femme. Il savait qu'Hortense conspirait pour se débarrasser de lui et reconnaissait que les raisons ne lui manquaient pas : il était une charge que Valmorain ne supportait que par amitié. Violette lui conseillait de résoudre ses problèmes en épousant une riche héritière. «Tu ne m'aimes donc pas ?» répliquait Sancho, offensé. «Je t'aime, mais pas au point de t'entretenir. Marie-toi et restons amants.»

Loula ne partageait pas l'enthousiasme de Violette pour les propriétés. Dans cette ville de catastrophes, soutenait-elle, elles étaient tributaires des caprices du climat et des incendies, il fallait investir dans l'or et s'occuper de prêter de l'argent, comme elles l'avaient fait autrefois avec de si bon résultats, mais il ne convenait pas à Violette de se mettre à dos des ennemis par des activités d'usurière. Elle avait atteint l'âge de la prudence et travaillait à sa position sociale. Son seul objet de préoccupation était Jean-Martin, qui d'après ses missives énigmatiques restait inamovible dans son projet de suivre les pas de son père, dont il vénérait la mémoire. Elle prétendait à quelque chose de mieux pour son fils, car elle ne connaissait que trop la dureté de la vie militaire ; il suffisait de voir dans quelles conditions désastreuses les soldats vaincus arrivaient d'Haïti. Elle ne parviendrait pas à le dissuader au moyen de lettres dictées à un écrivain ; il lui faudrait se rendre en France et le convaincre d'apprendre une profession rentable, comme celle d'avocat. Aussi incompétent fût-il, aucun avocat ne vivait dans la pauvreté. Le fait que Jean-Martin n'eût pas montré d'intérêt pour la justice n'était pas important, très peu d'avocats en avaient. Elle le marierait ensuite à La Nouvelle-Orléans avec une fille aussi blanche que possible, quelqu'un comme Rosette, mais avec une fortune et de bonne famille. D'après son expérience, la peau claire et l'argent facilitaient presque tout. Elle voulait que ses petits-enfants viennent au monde bien pourvus.

Rosette

Valmorain avait vu Tété dans la rue, il était impossible de ne pas se rencontrer dans cette ville ; il avait fait comme s'il ne la connaissait pas, mais il savait qu'elle travaillait pour Violette Boisier. Il avait très peu de contacts avec la belle de ses anciennes amours, parce qu'avant qu'ils ne parviennent à renouer leur amitié, comme il en avait eu l'intention le jour où il l'avait vue débarquer à La Nouvelle-Orléans, Sancho s'était présenté avec sa galanterie, sa belle allure et l'avantage d'être célibataire. Valmorain ne comprenait pas encore comment son beau-frère avait pu lui damer le pion. Sa relation avec Hortense avait perdu de son éclat depuis qu'absorbée par la maternité elle avait délaissé les acrobaties dans le grand lit matrimonial décoré d'angelots. Elle était toujours enceinte, n'avait pas le temps de se remettre d'une fille qu'elle attendait la suivante, de plus en plus fatiguée, de plus en plus grosse et tyrannique.

Valmorain trouvait accablants les mois passés à La Nouvelle-Orléans, il étouffait dans l'ambiance féminine de son foyer et la compagnie constante des Guizot ; c'est pourquoi il s'enfuyait à la plantation, laissant Hortense avec les petites à la maison de la ville. Dans le fond, elle aussi préférait qu'il en fût ainsi : son mari occupait trop d'espace. À la plantation, cela se percevait moins, mais à la ville les pièces étaient trop étroites pour eux et les heures fort longues. Lui avait sa propre vie à l'extérieur, mais à la différence des autres hommes de sa condition, il n'entretenait pas une maîtresse pour adoucir quelques après-midi par semaine. Lorsqu'il vit Violette Boisier sur le quai, il pensa qu'elle serait l'amante idéale, belle, discrète et stérile. La femme n'était plus aussi jeune, mais il ne désirait pas une jeunette dont il se lasserait rapidement. Violette avait toujours été un défi, et la maturité venue sans doute l'était-elle plus encore ; avec elle, il ne pourrait jamais s'ennuyer. Toutefois, en raison d'une règle établie entre messieurs, il n'essaya pas de la voir après que Sancho se fut amouraché d'elle. Ce jour-là, il se rendit à la maison jaune dans l'espoir de la voir, le mot des ursulines dans sa veste. Tété, avec qui il n'avait pas échangé un mot depuis trois ans, lui ouvrit la porte.

« Madame Violette n'est pas là en ce moment, lui annonça-t-elle sur le pas de la porte.

— Peu importe, c'est à toi que je veux parler. »

Elle le précéda dans le salon et lui proposa un café, qu'il accepta pour reprendre souffle, bien que le café lui causât des brûlures d'estomac. Il prit place dans un fauteuil rond où il put à peine caser son postérieur, la canne entre les jambes, haletant. Il ne faisait pas chaud, mais l'air lui manquait souvent ces derniers temps. « Il faut que je maigrisse un peu », se disait-il chaque matin lorsqu'il luttait avec sa ceinture et sa cravate à trois tours ; même ses chaussures le serraient. Tété revint avec un plateau, elle lui servit le café comme il l'aimait, très noir et amer, puis se servit une autre tasse pour elle, avec beaucoup de sucre. Valmorain nota, mi-amusé mi-irrité, une pointe de fierté chez son ancienne esclave. Bien qu'elle ne le regardât pas dans les yeux et ne commît pas l'insolence de s'asseoir, elle osait boire le café en sa présence sans lui en demander la permission, et il ne décela pas dans sa voix la soumission d'autrefois. Il admit qu'elle avait meilleur aspect que jamais ; sans doute avait-elle appris quelques trucs de

Violette, et le souvenir de cette dernière fit battre son cœur : sa peau de gardénia, sa chevelure noire, ses yeux ombragés de longs cils. Tété ne pouvait lui être comparée, mais à présent qu'elle ne lui appartenait plus elle lui paraissait désirable.

« À quoi dois-je votre visite, monsieur ? lui demanda-t-elle.

— Il s'agit de Rosette. Ne t'affole pas. Ta fille va bien, mais demain elle sortira du collège, car les religieuses s'en vont à Cuba à cause de cette histoire des Américains. C'est une réaction exagérée et sans doute reviendront-elles, mais à présent tu dois te charger de Rosette.

— Comment cela se peut-il, monsieur ? dit Tété, effrayée. Je ne sais pas si Madame Violette acceptera que je l'amène ici.

— Cela n'est pas de mon ressort. Tu dois aller la chercher demain à la première heure. À toi de voir ce que tu fais d'elle.

— Rosette est aussi de votre responsabilité, monsieur.

— Grâce à moi, cette petite a vécu comme une demoiselle et reçu la meilleure éducation. L'heure est venue pour elle d'affronter sa réalité. Elle devra travailler, à moins qu'elle trouve un mari.

— Elle a quatorze ans !

— Un bel âge pour se marier. Les Noires mûrissent vite », et il se leva avec difficulté pour s'en aller.

L'indignation embrasa Tété comme une flamme, mais trente années d'obéissance à cet homme et la crainte qu'il lui avait toujours inspirée l'empêcha de lui dire ce qu'elle avait sur le cœur. Elle n'avait pas oublié le premier viol du maître, alors qu'elle était une enfant, la haine, la douleur, la honte, ni les abus qu'elle avait subis ensuite pendant des années. Muette, tremblante, elle lui donna son chapeau et le reconduisit à la porte. Sur le seuil, il s'arrêta.

« La liberté t'a-t-elle servi à quelque chose ? Tu vis plus pauvre qu'autrefois, tu n'as même pas un toit pour ta fille. Chez moi, Rosette a toujours eu sa place.

— La place d'une esclave, monsieur. Je préfère qu'elle vive dans la misère et qu'elle soit libre, répliqua Tété en retenant ses larmes.

— L'orgueil sera ta condamnation, femme. Tu n'es rien, tu n'as pas de travail et tu n'es plus très jeune. Que vas-tu faire ? Tu me fais pitié, c'est pourquoi je vais aider ta fille. Ceci est pour Rosette. »

Il lui remit une bourse contenant de l'argent, descendit les cinq marches qui conduisaient à la rue et s'en fut à pied, satisfait, en direction de sa maison. Dix pas plus loin il avait déjà oublié cette affaire, il avait d'autres chats à fouetter.

Cette saison, Violette Boisier avait une idée fixe qui avait commencé à lui tourner dans la tête un an plus tôt, et qui se concrétisa quand les ursulines laissèrent Rosette à la rue. Personne ne connaissait mieux qu'elle les faiblesses des hommes et les besoins des femmes, elle voulait profiter de son expérience pour gagner de l'argent et, par la même occasion, offrir un service qui faisait énormément défaut à La Nouvelle-Orléans. À cette fin, elle offrit l'hospitalité à Rosette. L'adolescente arriva dans son uniforme d'écolière, sérieuse et hautaine, suivie à deux pas de distance par sa mère, qui portait les paquets et ne se lassait pas de bénir Violette de les accueillir sous son toit.

Rosette avait le port noble et les yeux de sa mère, striés d'éclairs dorés, la peau d'amande des femmes dans les peintures espagnoles, les lèvres couleur prune, les cheveux ondulés, longs jusqu'au milieu du dos, et les courbes douces de l'adolescence. À quatorze ans elle connaissait très bien le terrible pouvoir de sa beauté et, à la différence de Tété qui avait travaillé depuis l'enfance, elle semblait faite pour être servie. « Quelle sotte ! Elle est née esclave et se donne des airs de reine. Je vais la remettre à sa place, moi », déclara Loula en soufflant d'un air dédaigneux, mais Violette lui fit miroiter la possibilité qu'elle avait envisagée : investissement et bénéfice, des concepts américains que Loula avait faits siens, et elle la convainquit de céder sa chambre à Rosette pour aller dormir avec Tété dans la cellule de service. La petite allait avoir besoin de beaucoup de repos, dit-elle.

«Un jour tu m'as demandé ce que tu pourrais faire de ta fille quand elle sortirait du collège. J'ai pensé à une solution», annonça Violette à Tété.

Elle lui rappela que Rosette n'avait que peu d'alternatives. La marier sans une bonne dot équivalait à une condamnation au travail forcé auprès d'un mari pauvre. Elles devaient clairement écarter un Noir, ce ne pouvait être qu'un mulâtre, or ceux-ci essayaient par le mariage d'améliorer leur situation sociale ou financière, ce que Rosette n'offrait pas. Elle n'avait pas non plus l'étoffe d'une infirmière, d'une coiffeuse, d'une couturière ou d'un autre métier propre à sa condition. Pour le moment, son seul capital était sa beauté, mais il y avait beaucoup de belles filles à La Nouvelle-Orléans.

«Nous allons faire en sorte que Rosette vive bien sans avoir besoin de travailler, annonça Violette.

— Comment cela, madame ? s'enquit Tété avec un sourire incrédule.

— *Plaçage.* Rosette a besoin d'un homme blanc qui l'entretienne. »

Violette avait étudié la mentalité des clientes qui achetaient ses lotions de beauté, ses armatures de fanons de baleine et les robes vaporeuses que confectionnait Adèle. Elles étaient aussi ambitieuses qu'elle et toutes souhaitaient que leur descendance fût prospère. Elles donnaient un travail ou une profession à leurs fils, mais tremblaient pour l'avenir de leurs filles. Les placer auprès d'un Blanc était en général plus avantageux que les marier à un homme de couleur, mais il y avait dix jeunes filles disponibles pour chaque Blanc célibataire, et sans avoir de bonnes relations il était très difficile de réaliser ce projet. L'homme choisissait la fille et ensuite en faisait ce qu'il voulait, un arrangement très commode pour lui, mais risqué pour elle. Habituellement, l'union durait jusqu'à ce que le temps vienne pour lui d'épouser une jeune fille de sa classe, vers trente ans, mais il y avait également des cas où la relation continuait le reste de la vie et d'autres où, pour l'amour d'une femme de couleur, le Blanc restait célibataire. De toute façon, le sort d'une femme dépendait de son protecteur. Le plan de Violette consistait à imposer une certaine justice : la fille *placée* devait exiger la sécurité pour elle et ses enfants, puisqu'elle offrait une totale abnégation et le bonheur. Si le jeune homme ne pouvait pas donner de garanties, son père devait le faire, de même que la mère de la fille devait garantir la vertu et la conduite de son enfant.

« Que va penser Rosette de tout cela, madame… ? balbutia Tété, effrayée.

— Son opinion ne compte pas. Penses-y, femme. Cela n'a rien à voir avec la prostitution, comme le disent certains. Je peux t'assurer, par mon expérience personnelle, que la protection d'un Blanc est indispensable. Ma vie aurait été très différente sans Étienne Relais.

— Mais vous l'avez épousé…, argua Tété.

— Ici, c'est impossible. Dis-moi, Tété, quelle différence y a-t-il entre une Blanche mariée et une fille de couleur *placée* ? Toutes deux sont entretenues, soumises, destinées à servir un homme et à lui donner des enfants.

— Le mariage veut dire sécurité et respect…, allégua Tété.

— Le *plaçage* devrait être la même chose, dit Violette avec emphase. Il doit être avantageux pour les deux partis, pas une réserve de chasse pour les Blancs. Je vais commencer avec ta fille, qui n'a ni argent ni bonne famille, mais qui est jolie et libre, grâce au père Antoine. Elle sera la fille la mieux *placée* de La Nouvelle-Orléans. Dans un an, nous la présenterons en société, j'ai juste le temps de la préparer.

— Je ne sais pas… » Et Tété se tut, parce qu'elle n'avait rien de plus avantageux à offrir à sa fille et qu'elle faisait confiance à Violette Boisier.

Elles n'en parlèrent pas à Rosette, mais la petite se révéla plus vive qu'elles ne s'y attendaient, elle le devina et ne s'y opposa pas, car elle aussi avait un plan.

Au cours des semaines qui suivirent, Violette rendit visite une à une aux mères des adolescentes de couleur de la classe haute, les matrones de la *Société du Cordon Bleu*, et elle leur exposa son idée. Ces femmes commandaient dans leur milieu, beaucoup possédaient des commerces, des terres et des esclaves, qui dans certains cas étaient leurs propres parents. Leurs grands-mères avaient été des esclaves émancipées qui avaient eu des enfants avec leurs maîtres, dont elles avaient reçu une aide pour prospérer. Les relations de famille, même de races différentes, étaient l'échafaudage qui soutenait l'édifice complexe de la société *créole*. L'idée de partager un homme avec une ou plusieurs femmes n'avait rien d'exceptionnel pour ces quarteronnes dont les arrière-grands-mères étaient issues de familles polygames d'Afrique. Leur obligation était de procurer du bien-être à leurs filles et à leurs petits-enfants, même si ce bien-être venait du mari d'une autre femme.

Ces formidables mamans gâteaux, cinq fois plus nombreuses que les hommes de leur même classe, trouvaient rarement un gendre approprié ; elles savaient que la meilleure façon de veiller sur leurs filles était de les placer avec quelqu'un qui pût les protéger ; autrement, elles étaient à la merci de n'importe quel prédateur. Le rapt, la violence physique et le viol n'étaient pas des crimes si la victime était une femme de couleur, même libre.

Violette expliqua à ces mères que son idée était d'offrir un bal luxueux dans le meilleur salon de la ville, financé par une cotisation que verserait chacune d'elles. Les invités seraient des jeunes Blancs fortunés sérieusement intéressés par le *plaçage*, accompagnés de leur père si nécessaire, pas question de galants lâchés à la recherche d'une naïve pour se divertir sans s'engager. Plus d'une mère suggéra que les hommes paient leur entrée, mais selon Violette cela ouvrait la porte aux indésirables, comme il arrivait dans les bals de carnaval ou ceux du Salon Orléans et du Théâtre français, où pour un prix modique n'importe qui pouvait entrer, pourvu qu'il ne fût pas noir. Ce bal serait aussi sélectif que ceux des débutantes blanches. Elles auraient le temps de vérifier les antécédents des invités, car personne ne désirait livrer sa fille à un homme aux mœurs dissolues ou criblé de dettes. « Pour une fois, les Blancs devront accepter nos conditions », dit Violette.

Pour ne pas les inquiéter, elle omit de leur dire que dans le futur elle avait l'intention d'ajouter des Américains à la liste des invités, bien que Sancho l'eût avertie qu'aucun protestant ne comprendrait les avantages du *plaçage*. Enfin, elle avait le temps de penser à cela ; pour le moment elle devait se concentrer sur le premier bal.

Le Blanc pourrait danser deux fois avec l'élue, et si elle lui plaisait, lui ou son père devrait aussitôt commencer les négociations avec la mère de la fille, pas question de perdre du temps à une cour inutile. Le protecteur devait apporter une maison, une pension annuelle et éduquer les enfants du couple. Une fois ces points accordés, la fille *placée* déménagerait dans sa nouvelle maison et la cohabitation commençait. Elle offrait la discrétion pendant le temps qu'ils seraient ensemble et la certitude qu'il n'y aurait pas de drame lorsque la relation prendrait fin, ce qui dépendait entièrement de lui. « Le *plaçage* doit être un contrat d'honneur, il convient à tous d'en respecter les règles », dit Violette. Le Blanc ne pourrait laisser sa jeune maîtresse dans l'indigence, car cela mettrait en danger le subtil équilibre du concubinage accepté. Il n'y avait pas de contrat écrit, mais si un homme violait la parole donnée, les femmes se chargeraient de ruiner sa réputation. Le bal s'appellerait *Cordon Bleu* et Violette s'engagea à en faire l'événement le plus attendu de l'année pour les jeunes de toutes couleurs.

Zarité

J'ai fini par accepter le plaçage, que les mères des autres filles assumaient avec naturel; moi, il me choquait. Cela ne me plaisait pas pour ma fille, mais qu'avais-je d'autre à lui offrir? Rosette l'a tout de suite compris quand j'ai osé le lui dire. Elle avait plus de bon sens que moi.

Madame Violette a organisé le bal avec l'aide de quelques Français qui montaient des spectacles. Elle a également créé une Académie d'Étiquette et de Beauté, nom qui est devenu celui de la maison jaune où elle préparait les jeunes filles qui suivaient ses cours. Affirmant qu'elles seraient les plus sollicitées et auraient tout lieu de se réjouir du choix de leur protecteur, elle a convaincu les mères et personne ne s'est plaint que le prix était trop élevé. Pour la première fois, à quarante-cinq ans, Madame Violette sortait du lit de bonne heure. Je la réveillais avec un café bien noir et m'échappais très vite avant qu'elle me le lance à la figure. Sa mauvaise humeur durait la moitié de la matinée. Madame n'a accepté qu'une douzaine d'élèves, elle n'avait pas de place pour en prendre un plus grand nombre, mais elle projetait de trouver un local approprié pour l'année suivante. Elle a engagé des maîtres de chant et de danse; les filles marchaient avec une tasse remplie d'eau posée sur la tête afin d'améliorer leur maintien, elle leur apprenait à se coiffer et se maquiller et, pendant les heures libres, c'est moi qui leur expliquais comment tenir une maison, car j'en connais un rayon en la matière. Elle a aussi dessiné une garde-robe pour chacune, selon sa silhouette et sa couleur, que Madame Adèle

427

et ses aides réalisaient ensuite. Le docteur Parmentier a proposé que les jeunes filles aient en plus des sujets de conversation, mais d'après Madame Violette aucun homme ne s'intéresse à ce que dit une femme et don Sancho a été de son avis. Pourtant, le docteur écoute toujours l'avis d'Adèle et il suit ses conseils, car lui-même n'a de tête que pour soigner. C'est elle qui prend les décisions de la famille. Ils ont acheté la maison de la rue Rampart et ils éduquent leurs enfants grâce à son travail et ses investissements, vu que l'argent du docteur part en fumée.

Au bout de six mois, les élèves avaient fait tellement de progrès que don Sancho a parié avec ses amis du Café des Émigrés que toutes seraient bien placées. J'observais les leçons en cachette, en espérant que quelque chose pourrait me servir pour faire plaisir à Zacharie. À côté de lui, j'ai l'air d'une domestique, je n'ai ni le charme de Madame Violette ni l'intelligence d'Adèle ; je ne suis pas coquette, comme me le conseillait don Sancho, ni amusante comme le voudrait le docteur Parmentier.

Le jour, ma fille était prisonnière d'un corset et la nuit elle dormait barbouillée de crème blanchissante, avec un ruban pour lui aplatir les oreilles et une sangle de cheval lui serrant la taille. La beauté est illusion, disait Madame, à quinze ans vous êtes toutes belles, mais pour le rester il faut de la discipline. Rosette devait lire à haute voix les listes de cargaison des bateaux dans le port : ainsi s'entraînait-elle à supporter un homme ennuyeux en faisant bonne figure ; elle mangeait à peine, lissait ses cheveux avec des fers chauds, s'épilait avec du caramel, se faisait des frictions d'avoine et de citron, passait des heures à répéter des révérences, des danses et des jeux de salon. À quoi lui servait-il d'être libre si elle devait se comporter de la sorte ? Aucun homme ne mérite autant, me disais-je, mais Madame Violette m'a persuadée que c'était la seule manière d'assurer son avenir. Ma fille, qui n'avait jamais été docile, se soumettait sans se plaindre. Quelque chose avait changé en elle, elle ne se donnait plus la peine de plaire à quiconque, elle était devenue muette. Autrefois, elle passait son temps à se contempler, maintenant elle n'utilisait le miroir qu'en cours, lorsque Madame l'exigeait.

Madame enseignait la manière de flatter sans servilité, de taire les reproches, de cacher la jalousie et de vaincre la tentation de goûter à d'autres baisers. Le plus important, d'après elle, c'était de profiter du feu que nous les femmes avons dans le ventre. C'est ce que les hommes redoutent et désirent le plus. Elle conseillait aux filles de connaître leur corps et de se faire plaisir avec leurs doigts, parce que sans plaisir il n'y a ni santé ni beauté. C'est ce que Tante Rose avait tenté de m'apprendre à l'époque où avaient commencé les viols du maître Valmorain, mais je ne l'ai pas écoutée, j'étais une gamine et j'avais trop peur. Tante Rose me faisait prendre des bains de plantes et elle me mettait un cataplasme d'argile sur le ventre et les cuisses ; au début, l'argile était froide et lourde, mais ensuite elle se réchauffait et semblait bouillonner, comme si elle était vivante. C'est ainsi qu'elle me soignait. La terre et l'eau guérissent le corps et l'âme. Je suppose que j'ai senti pour la première fois avec Gambo ce que Madame évoquait, mais nous nous sommes séparés trop vite. Ensuite, je n'ai rien ressenti pendant des années, jusqu'à ce que Zacharie arrive et réveille mon corps. Il m'aime et il est patient. À part Tante Rose, il est le seul à avoir compté mes cicatrices dans les endroits secrets où le maître éteignait parfois son cigare. Madame Violette est la seule femme que j'ai entendue prononcer ce mot : plaisir. « Comment allez-vous le donner à un homme si vous ne le connaissez pas vous-mêmes ? » leur disait-elle. Plaisir de l'amour, plaisir d'allaiter un enfant, plaisir de danser. Le plaisir, c'est aussi d'attendre Zacharie en sachant qu'il va venir.

Cette année-là, j'ai été très prise par mon travail dans la maison, en plus de m'occuper des élèves, de courir chez Madame Adèle avec des commissions et de préparer les remèdes pour le docteur Parmentier. En décembre, peu avant le bal du Cordon Bleu, j'ai fait le compte que je n'avais pas saigné depuis trois mois. La seule chose étonnante, c'est que je n'aie pas été enceinte avant, parce qu'il y avait longtemps que j'étais avec Zacharie sans prendre les précautions que m'avait enseignées Tante Rose. Il a voulu que nous nous mariions dès que je le lui ai annoncé, mais d'abord je devais placer ma Rosette.

Maurice

Pendant les vacances de la quatrième année de collège, comme toujours, Maurice attendit Jules Beluche. À cette époque, il n'avait plus aucune envie de retrouver sa famille et sa seule raison de retourner à La Nouvelle-Orléans était Rosette, même si la possibilité de la voir était lointaine. Les ursulines ne permettaient les visites spontanées de qui que ce fût, et encore moins celles d'un garçon incapable de prouver une proche parenté. Il savait que son père ne lui en donnerait jamais l'autorisation, mais il ne perdait pas l'espoir d'accompagner son oncle Sancho, que les religieuses connaissaient car il n'avait jamais cessé de rendre visite à Rosette.

Il apprit grâce à ses lettres que Tété avait été reléguée à la plantation après l'incident avec Hortense, et il ne pouvait que se sentir coupable ; il l'imaginait coupant la canne du lever au coucher du soleil et sentait un poing serré au creux de l'estomac. Non seulement Tété et lui avaient payé cher ce coup de cravache, mais apparemment Rosette aussi était tombée en disgrâce. La fillette avait écrit plusieurs fois à Valmorain en le priant de venir la voir, mais elle n'avait jamais reçu de réponse. « Qu'ai-je fait pour perdre l'estime de ton père ? Autrefois j'étais comme sa fille, pourquoi m'a-t-il oublié ? » demandait-elle fréquemment dans ses lettres à Maurice, mais lui ne pouvait lui donner une réponse honnête. « Il ne t'a pas oubliée,

Rosette, *papa* t'aime comme toujours et il ne veut que ton bien-être, mais la plantation et ses affaires l'occupent beaucoup. Je ne l'ai pas vu non plus depuis plus de trois ans. » Pourquoi lui dire que Valmorain ne l'avait jamais considérée comme sa fille ? Avant d'être exilé à Boston, il avait demandé à son père de l'emmener voir sa sœur au collège, et ce dernier avait répliqué en colère que son unique sœur était Marie-Hortense.

Cet été-là, Jules Beluche ne se présenta pas à Boston ; c'est Sancho García del Solar qui vint, coiffé d'un chapeau à large bord, au grand galop et avec un autre cheval derrière lui. Il mit pied à terre d'un bond et épousseta ses vêtements à grands coups de chapeau avant de serrer son neveu dans ses bras. Jules Beluche avait reçu un coup de couteau à cause de dettes de jeu et les Guizot étaient intervenus pour éviter les ragots, car même si la parenté qui les unissait était très éloignée, les mauvaises langues se chargeraient d'associer Beluche à la branche honorable de la famille. Ils firent ce que n'importe quel *créole* de leur classe faisait en pareil cas : ils payèrent ses dettes, l'hébergèrent jusqu'à ce que sa blessure fût guérie et qu'il pût se débrouiller seul ; ils lui donnèrent de l'argent de poche, le mirent dans un bateau avec l'ordre de n'en pas descendre avant l'État du Texas et de ne jamais revenir à La Nouvelle-Orléans. Sancho raconta tout cela à Maurice en riant à gorge déployée.

« Cela aurait pu m'arriver à moi, Maurice. Jusqu'à présent j'ai eu de la chance, mais un jour ou l'autre on t'apportera la nouvelle que ton oncle préféré a été lardé de coups de poignard dans un tripot minable, ajouta-t-il.

— À Dieu ne plaise, mon oncle. Venez-vous pour m'emmener à la maison ? lui demanda Maurice d'une voix qui passait de baryton à soprano dans la même phrase.

— Quelle idée, mon garçon ! Veux-tu aller t'enterrer tout l'été dans la plantation ? Toi et moi, nous allons partir en voyage, lui annonça Sancho.

« — Autrement dit, comme je l'ai fait avec Beluche.

— Ne me compare pas, Maurice. Je n'ai pas l'intention de contribuer à ton éducation civique en te montrant des monuments, j'ai l'intention de te pervertir. Qu'en penses-tu ?

— De quelle façon, mon oncle ?

— À Cuba, mon neveu. Il n'y a pas de meilleur endroit pour deux truands comme nous. Quel âge as-tu ?

— Quinze ans.

— Et tu n'as pas encore fini de muer ?

— Ma voix a mué, mon oncle, mais je suis enrhumé, bégaya le garçon.

— À ton âge, j'étais un diable. Tu es en retard, Maurice. Prépare tes affaires, car nous partirons dès demain », lui ordonna Sancho.

À Cuba, il avait laissé de nombreux amis et quelques maîtresses, qui entreprirent de l'accueillir chaleureusement pendant ces vacances et de tolérer son compagnon, ce garçon étrange qui passait son temps à écrire des lettres et proposait d'absurdes sujets de conversation, comme l'esclavage et la démocratie, sur lesquels aucun d'eux n'avait la moindre opinion. Cela les amusait de voir Sancho faire la nounou avec un dévouement qu'ils étaient loin de soupçonner. Il s'abstenait des plus belles bringues pour ne pas laisser seul son neveu, et cessa d'assister aux combats d'animaux – taureaux contre ours, serpents contre belettes, coqs contre coqs, chiens contre chiens – parce qu'ils rendaient Maurice malade. Sancho décida d'apprendre à boire à l'adolescent et il se retrouvait au milieu de la nuit en train de nettoyer ses vomis. Il lui révéla tous ses trucs aux cartes, mais Maurice manquait de malice et il revenait à son oncle de solder ses dettes lorsque d'autres plus malins l'avaient plumé. Il dut bientôt également renoncer à l'idée de l'initier aux joutes de l'amour, car la tentative qu'il fit le tua presque de frayeur. Il avait arrangé tous les détails avec l'une de ses amies, plus très jeune mais encore attirante et généreuse, qui se dit prête à initier le neveu pour le seul plaisir

432

de rendre service à son oncle. « Ce morveux est encore très vert… », marmonna Sancho, confus, lorsque Maurice s'enfuit en voyant la femme dans un déshabillé provocant à taille haute, allongée sur un divan. « Personne ne m'avait fait un tel affront, Sancho. Ferme la porte et viens me consoler », dit-elle en riant. Malgré ces faux pas, Maurice vécut un été inoubliable et il retourna au collège plus grand, plus fort, bronzé, et avec une voix définitive de ténor. « N'étudie pas trop, ça abîme la vue et le caractère, et prépare-toi pour l'été prochain. Je t'emmènerai en Nouvelle-Espagne », précisa Sancho en lui faisant ses adieux. Il tint parole et Maurice attendait désormais l'été avec impatience.

En 1805, dernière année de collège, ce n'est pas Sancho qui vint le chercher, comme les fois précédentes, mais son père. Maurice en déduisit qu'il venait lui annoncer un malheur et il craignit pour Tété et Rosette, mais il ne s'agissait de rien de tel. Valmorain avait organisé un voyage en France pour rendre visite à la grand-mère du garçon et à deux tantes hypothétiques dont son fils n'avait jamais entendu parler. « Et ensuite nous irons à la maison, monsieur ? » lui demanda Maurice en pensant à Rosette, dont les lettres tapissaient le fond de sa malle. Lui-même lui avait écrit cent quatre-vingt-treize lettres sans penser aux changements inévitables qu'elle avait vécus pendant ces neuf années de séparation ; il s'en souvenait comme de la fillette vêtue de rubans et de dentelles qu'il avait vue pour la dernière fois peu avant le mariage de son père avec Hortense Guizot. Il ne pouvait l'imaginer à quinze ans, de même qu'elle ne l'imaginait pas à dix-huit. « Bien sûr que nous irons à la maison, mon fils ; ta mère et tes sœurs t'attendent », mentit Valmorain.

Le voyage, d'abord dans un bateau qui dut esquiver les tempêtes estivales et échappa de justesse à une attaque des Anglais, puis dans une voiture jusqu'à Paris, ne réussit pas à rapprocher le père et le fils. Valmorain avait imaginé ce voyage pour éviter quelques mois de plus à sa femme le désagrément de retrouver Maurice, mais il ne pouvait retarder indéfiniment ce moment ; bientôt il allait devoir affronter une situation que les années n'avaient pas adoucie. Hortense ne perdait pas une occasion de distiller son venin contre ce beau-fils qu'elle essayait chaque année, en vain, de remplacer par un fils à elle, tandis qu'elle continuait à mettre au monde des filles. Pour elle, Valmorain avait exclu Maurice de la famille et maintenant il s'en repentait. Cela faisait dix ans qu'il ne s'était pas vraiment occupé de son fils, toujours absorbé dans ses affaires, d'abord à Saint-Domingue, puis en Louisiane, et enfin avec Hortense et la naissance des petites. Le garçon était un inconnu qui répondait à ses rares lettres par quelques phrases formelles sur le progrès de ses études et n'avait jamais demandé de nouvelles d'aucun membre de la famille, comme s'il voulait qu'il fût bien établi qu'il ne lui appartenait plus. Il n'avait même pas réagi lorsqu'il lui avait annoncé par une seule ligne que Tété et Rosette avaient été émancipées et qu'il n'avait plus de contact avec elles.

Valmorain craignit avoir perdu son fils à un moment ou un autre au cours de ces années agitées. Ce jeune introverti, grand et beau, qui avait les traits de sa mère, ne ressemblait en rien à l'enfant aux joues rouges qu'il avait bercé dans ses bras en priant le ciel de le protéger de tout mal. Il l'aimait tout autant et peut-être davantage, car ce sentiment était teinté de culpabilité. Il essayait de se convaincre que son affection de père était payée de retour par Maurice, même s'ils avaient été un temps éloignés, mais il avait des doutes. Il avait conçu des plans ambitieux pour lui, bien qu'il ne l'eût pas encore interrogé sur ce qu'il voulait faire de sa vie. En réalité, il ne savait rien de ses centres d'intérêt ni de ses expériences, cela faisait des siècles qu'ils n'avaient pas eu de conversations. Il voulait le retrouver et il imagina que ces mois ensemble et seuls en France serviraient à établir une relation d'adultes. Il devait lui prouver son affection et lui faire comprendre qu'Hortense et leurs filles ne changeaient en rien sa condition d'unique héritier, mais chaque fois qu'il voulut aborder le sujet, il n'y eut pas de réponse. «La tradition du droit d'aînesse est très sage, Maurice : il ne faut pas diviser les biens entre les enfants, parce qu'à chaque partage la fortune de la famille s'affaiblit. Étant l'aîné, tu recevras la totalité de mon héritage et tu devras veiller sur tes sœurs. Lorsque je ne serai plus tu seras le chef de la famille Valmorain. Il est temps que tu commences à t'y préparer, tu dois apprendre à investir l'argent, à diriger la plantation et à te faire des relations en société», lui dit-il. Silence. Les conversations mouraient avant de commencer. Valmorain naviguait d'un monologue à l'autre.

Maurice observa sans faire de commentaires la France napoléonienne, toujours en guerre, les musées, les palais, les parcs et les avenues que son père voulut lui montrer. Ils visitèrent le *château* en ruine où sa grand-mère vivait ses dernières années en s'occupant de deux filles célibataires plus détériorées qu'elle par le temps et la solitude. C'était une vieille orgueilleuse, vêtue à la mode Louis XVI, résolue à mépriser les changements du monde. Elle était fermement enracinée dans l'époque antérieure à la Révolution française et avait effacé de sa mémoire la Terreur, la guillotine, l'exil en Italie, enfin le retour dans une patrie méconnaissable. En voyant Toulouse Valmorain, ce fils absent depuis plus de trente ans, elle lui tendit sa main osseuse portant des bagues démodées à chaque doigt pour qu'il la baise, et ordonna ensuite à ses filles de servir le chocolat. Valmorain lui présenta son petit-fils et essaya de résumer sa propre histoire depuis qu'il avait embarqué pour les Antilles, à vingt ans, jusqu'au moment présent. Elle l'écouta sans faire de commentaires, tandis que les sœurs offraient de petites tasses fumantes et des assiettes de vieux gâteaux, en examinant Valmorain avec prudence. Elles se souvenaient du jeune homme frivole qui les avait quittées avec un baiser distrait pour aller avec son valet et plusieurs malles passer quelques semaines chez leur père à Saint-Domingue, et qui n'était jamais revenu. Elles ne reconnaissaient pas ce frère au cheveu rare, qui avait un double menton et du ventre, et parlait avec un étrange accent. Elles savaient peu de choses de l'insurrection des esclaves dans la colonie, avaient entendu quelques bribes lâchées de-ci de-là sur les atrocités commises dans cette île décadente, mais elles ne parvenaient pas à les relier à un membre de leur famille. Elles ne s'étaient jamais montrées curieuses de savoir d'où provenaient les moyens dont elles vivaient. Le sucre ensanglanté, les esclaves rebelles, les plantations incendiées, l'exil et tout ce qu'évoquait leur frère était pour elles aussi incompréhensible qu'une conversation en chinois.

La mère, en revanche, savait exactement à quoi Valmorain faisait référence, mais rien ne l'intéressait plus trop en ce monde ; elle avait le cœur sec pour les affections et les nouveautés. Elle l'écouta dans un silence indifférent, et la seule question qu'elle lui posa à la fin fut celle de savoir si elle pouvait compter sur plus d'argent, car la somme qu'il lui envoyait régulièrement leur suffisait à peine. Il était indispensable de réparer cette grande bâtisse abîmée par les années et les vicissitudes, dit-elle ; elle ne pouvait mourir en laissant ses filles dans le besoin. Valmorain et Maurice restèrent deux jours entre ces murs lugubres, deux jours qui leur parurent aussi longs que deux semaines. « Nous ne nous reverrons plus. C'est mieux ainsi », furent les paroles de la vieille dame lorsqu'elle fit ses adieux à son fils et son petit-fils.

Maurice accompagna docilement son père partout, sauf dans un bordel de luxe où Valmorain avait espéré lui offrir les professionnelles les plus chères de Paris.

« Que se passe-t-il, mon fils ? Cela est normal et nécessaire. Il faut se débarrasser des humeurs du corps et dégager son esprit, on peut ainsi se concentrer sur d'autres choses.

— Je n'ai pas de difficulté à me concentrer, monsieur.

— Je t'ai demandé de m'appeler *papa*, Maurice. Je suppose

que pendant les voyages avec ton oncle Sancho… Eh bien les occasions n'ont pas dû te manquer.

— C'est une affaire privée, l'interrompit Maurice.

— J'espère que le collège américain n'a pas fait de toi un religieux et un efféminé», commenta son père sur le ton de la plaisanterie, mais il l'exprima sous la forme d'un grognement.

Le jeune homme ne donna pas d'explications. Grâce à son oncle, il n'était plus puceau, car pendant les dernières vacances Sancho avait réussi à l'initier en ayant recours à un ingénieux stratagème dicté par la nécessité. Il se doutait que son neveu souffrait des désirs et des rêves propres à son âge, mais c'était un romantique, et l'amour réduit à une transaction commerciale lui répugnait. Il décida qu'il lui revenait de l'aider. Ils se trouvaient dans le port prospère de Savannah, en Géorgie, que Sancho souhaitait connaître à cause des innombrables divertissements qu'il offrait, et Maurice aussi, parce que le professeur Harrison Cobb le donnait en exemple de morale négociable.

La Géorgie, fondée en 1733, avait été la treizième et dernière colonie britannique d'Amérique du Nord, et Savannah en était la première ville. Les nouveaux arrivants avaient entretenu des relations amicales avec les tribus indigènes, évitant ainsi la violence qui ravageait d'autres colonies. À l'origine, non seulement l'esclavage était interdit en Géorgie, de même que l'alcool et les avocats, mais on s'était bientôt rendu compte que le climat et la qualité du sol étaient idéals pour la culture du riz et du coton et l'on avait légalisé l'esclavage. Après l'indépendance, la Géorgie devint un État de l'Union et Savannah prospéra comme port d'entrée du trafic d'Africains pour approvisionner les plantations de la région. «Cela te démontre, Maurice, que l'honnêteté succombe rapidement à la cupidité. Dès qu'il s'agit de s'enrichir, la plupart des hommes sacrifient leur âme. Tu ne peux imaginer comment vivent les planteurs de Géorgie grâce au travail de leurs esclaves », pérorait Harrison Cobb. Le jeune homme n'avait pas besoin de l'imaginer, il l'avait vécu à Saint-Domingue et à La Nouvelle-Orléans, mais il accepta la proposition de son oncle Sancho de passer les vacances à Savannah, pour ne pas décevoir son maître. « L'amour de la justice ne suffit pas pour vaincre l'esclavage, Maurice, il faut voir la réalité et connaître à fond les lois et les engrenages de la politique », affirmait Cobb, qui le préparait à triompher là où lui-même avait échoué. L'homme connaissait ses propres limites, il n'avait ni le tempérament ni la santé pour se battre au Congrès, comme il le désirait dans sa jeunesse, mais c'était un bon maître : il savait reconnaître le talent d'un élève et modeler son caractère.

Tandis que Sancho García del Solar profitait franchement du raffinement et de l'hospitalité de Savannah, Maurice se sentait coupable de s'amuser. Qu'allait-il dire à son professeur lorsqu'il rentrerait au collège ? Qu'il avait séjourné dans un hôtel charmant, servi par une armée de domestiques empressés, et que les heures lui avaient manqué pour se divertir comme un irresponsable.

Cela ne faisait pas deux jours qu'ils se trouvaient à Savannah que Sancho s'était déjà lié d'amitié avec une veuve écossaise qui résidait à deux rues de l'hôtel. La dame offrit de leur montrer la ville, avec ses belles demeures, ses monuments, ses églises et ses parcs, car elle avait été admirablement reconstruite après un incendie dévastateur. Fidèle à sa promesse, la veuve apparut avec sa fille, la délicate Giselle, et tous quatre sortirent en promenade, entamant ainsi une amitié des plus agréables pour l'oncle et son neveu. Ils passèrent ensemble de nombreuses heures.

Pendant que la mère et Sancho jouaient d'interminables parties de cartes et disparaissaient de temps à autre de l'hôtel sans donner d'explications, Giselle se chargeait de montrer les environs à Maurice. Ils faisaient seuls des excursions à cheval, loin de la surveillance de la veuve écossaise, et cela surprenait

Maurice qui n'avait jamais connu de jeune fille aussi libre. À plusieurs reprises, Giselle le conduisit sur une plage solitaire, où ils partageaient un léger goûter et une bouteille de vin. Elle parlait peu et ce qu'elle disait était d'une banalité tellement irréfutable que Maurice ne se sentait pas intimidé ; les paroles qui en temps normal stagnaient dans sa poitrine jaillissaient à flots. Enfin il avait une interlocutrice qui ne bâillait pas en entendant ses propos philosophiques, mais qui l'écoutait avec une évidente admiration. De temps en temps, les doigts féminins l'effleuraient comme par inadvertance, et passer de ces frôlements à des caresses plus osées ne fut une question que de trois couchers de soleil. Ces assauts à l'air libre, picotés d'insectes, emmêlés dans les vêtements, craignant d'être découverts, laissaient Maurice au septième ciel et la fille plutôt agacée.

Le reste des vacances passa trop vite et, naturellement, Maurice finit par tomber amoureux comme l'adolescent qu'il était. L'amour exacerba le remords d'avoir souillé l'honneur de Giselle. Il n'existait qu'une façon chevaleresque de réparer sa faute, comme il l'expliqua à Sancho dès qu'il eut rassemblé suffisamment de courage.

« Je vais demander la main de Giselle, lui annonça-t-il.

— Tu as perdu la tête, Maurice ? Comment vas-tu te marier alors que tu ne sais même pas te moucher !

— Ne me manquez pas de respect, mon oncle. Je suis un homme accompli.

— Parce que tu as couché avec la belle ? » Et Sancho éclata d'un rire tonitruant.

Son oncle parvint à peine à esquiver le coup de poing que Maurice lui expédia dans la figure. Le malentendu fut dissipé peu après quand la dame écossaise eut précisé que Giselle n'était certainement pas sa fille et que celle-ci eut confessé que c'était là son nom de théâtre, qu'elle n'avait pas seize ans mais vingt-quatre, et que Sancho García del Solar l'avait payée pour distraire son neveu. L'oncle admit qu'il avait commis une énorme bêtise et essaya de le prendre en plaisanterie, mais il était allé trop loin, et Maurice, déchiré, lui jura qu'il ne lui adresserait plus jamais la parole. Cependant, lorsqu'ils arrivèrent à Boston, deux lettres de Rosette l'attendaient et la passion pour la belle de Savannah s'évanouit ; il pardonna alors à son oncle. En se quittant, ils s'étreignirent avec la camaraderie de toujours et la promesse de se revoir bientôt.

Au cours du voyage en France, Maurice ne raconta rien à son père de ce qui s'était passé à Savannah. Valmorain insista deux autres fois pour se divertir avec des dames de l'aube, après avoir amolli son fils par de l'alcool, mais il ne parvint pas à le faire changer d'avis et décida de ne plus aborder le sujet jusqu'à ce qu'ils arrivent à La Nouvelle-Orléans ; il mettrait alors à sa disposition un appartement de célibataire, comme en avaient les jeunes *créoles* de sa condition sociale. Pour l'instant, il ne permettrait pas que la chasteté suspecte de son fils brisât le précaire équilibre de leur relation.

Les espions

Jean-Martin Relais fit son apparition à La Nouvelle-Orléans trois semaines avant le premier bal du *Cordon Bleu* organisé par sa mère. Il arrivait sans l'uniforme de l'Académie militaire qu'il avait porté depuis l'âge de treize ans, en qualité de secrétaire d'Isidore Morisset, un savant dont la mission était d'évaluer les conditions du sol aux Antilles et en Floride, dans l'intention d'y établir de nouvelles plantations de sucre, destinées à compenser les pertes de la colonie de Saint-Domingue qui paraissaient définitives. Dans la nouvelle République noire d'Haïti, le général Dessalines éliminait de façon systématique tous les Blancs, ceux-là mêmes qu'il avait invités à revenir. Si Napoléon prétendait arriver à un accord commercial avec Haïti, puisqu'il n'avait pas réussi à l'occuper avec ses troupes, il y renonça après ces massacres épouvantables au cours desquels même les jeunes enfants finissaient dans des fosses communes.

Isidore Morisset était un homme au regard impénétrable, au nez cassé et aux épaules de lutteur qui faisaient craquer les coutures de sa veste, rouge brique à cause du soleil impitoyable de la traversée maritime et pourvu d'un vocabulaire monosyllabique qui le rendait antipathique dès qu'il ouvrait la bouche. Ses phrases – toujours trop brèves – sonnaient comme des éternuements. Il répondait aux questions par des ébrouements frustes et l'expression méfiante de celui qui n'attend que le pire de son prochain. Il fut aussitôt reçu par le gouverneur Claiborne avec les attentions dues à un étranger si respectable, comme l'attestaient les lettres de recommandation de plusieurs sociétés scientifiques qu'il remit au secrétaire dans une chemise en cuir vert repoussé.

Vêtu de deuil suite à la mort de son épouse et de sa fille victimes de la récente épidémie de fièvre jaune, Claiborne remarqua la couleur foncée du secrétaire. À la manière dont Morisset le lui présenta, il supposa que ce mulâtre était libre et le salua comme tel. On ne sait jamais quelle est l'étiquette due à ces peuples méditerranéens, pensa le gouverneur. Il n'était pas homme capable d'apprécier facilement la beauté virile, mais ne put faire autrement que remarquer les traits délicats du jeune homme – les cils épais, la bouche féminine, le menton rond creusé d'une fossette – qui contrastaient avec son corps svelte et souple, aux proportions incontestablement masculines. Le jeune homme, cultivé et aux manières irréprochables, servit d'interprète, car Morisset ne parlait que le français. La maîtrise de la langue anglaise du secrétaire laissait plutôt à désirer, mais elle fut suffisante, vu que Morisset parlait peu.

Le flair du gouverneur l'avertit que les visiteurs cachaient quelque chose. La mission sucrière lui parut aussi suspecte que le physique de fier-à-bras de cet homme, qui ne cadrait pas avec l'idée qu'il se faisait d'un savant, mais ces doutes ne le dispensaient pas de lui prodiguer l'hospitalité de rigueur à La Nouvelle-Orléans. Après le déjeuner frugal, servi par des Noirs libres, car il ne possédait pas d'esclaves, il leur offrit le logement. Le secrétaire traduisit que ce ne serait pas nécessaire, qu'ils n'allaient pas rester longtemps et logeraient dans un hôtel en attendant le bateau qui les ramènerait en France.

Dès qu'ils furent partis, Claiborne les fit suivre discrètement et apprit ainsi que les deux hommes avaient quitté l'hôtel dans l'après-midi, le jeune homme de couleur à pied en direction de la rue de Chartres et le musculeux Morisset sur un cheval loué, vers un modeste atelier de forge au bout de la rue Saint-Philippe.

Le gouverneur avait vu juste avec ses soupçons : Morisset n'avait rien d'un scientifique, c'était un espion bonapartiste. En décembre 1804, Napoléon était devenu empereur de France en posant lui-même la couronne sur sa tête, car le pape, invité spécialement pour l'occasion, ne lui parut pas digne d'accomplir ce geste. Napoléon avait déjà conquis la moitié de l'Europe, mais il avait la Grande-Bretagne dans sa ligne de mire, cette petite nation au climat horrible et au vilain peuple qui le défiait sur l'autre rive du détroit appelé canal de la Manche. Le 21 octobre 1805, les deux nations s'affrontèrent au sud-ouest de l'Espagne, à Trafalgar : d'un côté la flotte franco-espagnole avec trente-trois navires et de l'autre les Anglais avec vingt-sept, sous le commandement du célèbre amiral Horatio Nelson, génie de la guerre sur mer. Nelson mourut dans la bataille, après une victoire spectaculaire au cours de laquelle il détruisit la flotte ennemie et mit fin au rêve napoléonien d'envahir l'Angleterre. C'est justement à cette époque que Pauline Bonaparte rendit visite à son frère pour lui exprimer ses regrets au sujet du fiasco de Trafalgar. Pauline s'était coupé les cheveux pour les mettre dans le cercueil de son mari, ce cocu de général Leclerc mort de fièvre à Saint-Domingue et enterré à Paris. Ce geste dramatique de veuve inconsolable avait bien fait rire toute l'Europe. Sans sa longue chevelure couleur acajou, qu'elle coiffait autrefois dans le style des déesses grecques, Pauline était irrésistible et sa coiffure devint très vite à la mode. Ce jour-là elle arriva coiffée d'une tiare ornée des célèbres diamants Borghèse et accompagnée de Morisset.

Napoléon soupçonna que le visiteur était un autre des amants de sa sœur et le reçut avec mauvaise humeur, mais il s'y intéressa lorsque Pauline lui raconta que le bateau dans lequel Morisset voyageait sur la mer des Caraïbes avait été attaqué par des pirates, et qu'il avait été prisonnier d'un certain Jean Laffitte pendant plusieurs mois, avant de pouvoir payer sa rançon et de rentrer en France. Au cours de sa captivité, il avait noué une certaine amitié avec Laffitte, fondée sur des tournois d'échecs. Napoléon interrogea l'homme sur la remarquable organisation de Laffitte, qui contrôlait la mer des Caraïbes avec sa flotte ; aucun bateau n'était à l'abri hormis ceux des États-Unis, qui par une capricieuse loyauté du pirate n'étaient jamais attaqués.

L'Empereur conduisit Morisset dans un petit salon où ils passèrent deux heures en privé. Peut-être Laffitte était-il la solution d'un problème qui le tourmentait depuis le désastre de Trafalgar : comment empêcher les Anglais de s'emparer du commerce maritime. Comme il n'avait pas la capacité navale de les arrêter, il avait pensé s'allier avec les Américains, en conflit avec la Grande-Bretagne depuis la guerre d'Indépendance de 1775, mais le président Jefferson souhaitait consolider son territoire et n'avait pas l'intention d'intervenir dans les conflits européens. Dans une étincelle d'inspiration, comme tant de celles qui l'avaient porté des modestes rangs de l'armée au sommet du pouvoir, Napoléon chargea Isidore Morisset de recruter des pirates pour harceler les bateaux anglais dans l'Atlantique. Morisset comprit qu'il s'agissait d'une mission délicate, car l'Empereur ne pouvait apparaître comme l'allié de bandits, et il supposa qu'avec sa couverture de savant il pourrait voyager sans trop attirer l'attention. Les frères Jean et Pierre Laffitte s'étaient enrichis impunément pendant des années grâce au butin de leurs attaques et toutes sortes de trafics, mais les autorités américaines ne toléraient pas l'évasion fiscale et, malgré la sympathie manifeste des Laffitte pour la démocratie des États-Unis, ceux-ci les avaient déclarés hors la loi.

Jean-Martin ne connaissait pas l'homme qu'il allait accompagner à travers l'Atlantique. Un lundi matin, le directeur de l'Académie militaire l'avait convoqué dans son bureau, il lui avait remis de l'argent et ordonné de s'acheter des vêtements civils ainsi qu'une malle, parce qu'il devait s'embarquer deux jours plus tard. « Ne dites pas un mot de ceci, Relais, c'est une mission confidentielle », avait précisé le directeur. Fidèle à son éducation militaire, le jeune homme obéit sans poser de questions. Plus tard, il apprit qu'on l'avait choisi parce qu'il était le meilleur élève du cours d'anglais ; le directeur avait en outre supposé qu'étant originaire des colonies il ne tomberait pas foudroyé à la première piqûre d'un moustique tropical.

Le jeune homme partit à bride abattue pour Marseille où l'attendait Isidore Morisset, les billets à la main. Il fut silencieusement reconnaissant à l'homme d'à peine le regarder, car il était nerveux à la pensée que tous deux partageraient une cabine étroite pendant la durée du voyage. Rien ne blessait davantage son immense orgueil que les insinuations qu'il recevait souvent de la part d'autres hommes.

« Ne voulez-vous pas savoir où nous allons ? lui demanda Morisset alors qu'ils étaient en haute mer depuis plusieurs jours et n'avaient pas échangé plus de quelques mots de politesse.

— Je vais là où la France m'envoie, répliqua Relais sur la défensive en se mettant au garde-à-vous.

— Pas de salut militaire, jeune homme. Nous sommes des civils, vous comprenez ?

— Positif.

— Par Dieu, parlez donc comme tout le monde !

— À vos ordres, monsieur. »

Jean-Martin découvrit très vite que Morisset, si avare de paroles et si désagréable en société, pouvait être fascinant en privé. L'alcool lui déliait la langue et le détendait au point de paraître un autre homme, aimable, ironique, souriant. Il jouait bien aux cartes et connaissait mille histoires, qu'il relatait en quelques phrases, sans fioritures. Entre deux verres de cognac, ils apprirent à s'apprécier, et entre eux naquit une intimité naturelle de bons camarades.

« Un jour, Pauline Bonaparte m'a invité dans son *boudoir*, lui raconta Morisset. Un Noir antillais, à peine couvert d'un cache-sexe, l'a portée dans ses bras et baignée devant moi. La Bonaparte se vante de pouvoir séduire n'importe quel homme, mais avec moi ça n'a pas marché.

— Pourquoi ?

— La stupidité féminine m'ennuie.

— Vous préférez la stupidité masculine ? se moqua le jeune homme avec une pointe de coquetterie ; lui aussi avait bu quelques verres et il se sentait en confiance.

— Je préfère les chevaux. »

Mais Jean-Martin était plus intéressé par les pirates que par les qualités équestres ou la toilette de la belle Pauline et il s'arrangea, une fois de plus, pour revenir sur l'aventure que son nouvel ami avait vécue parmi eux lors de sa séquestration dans l'île de Barataria. Morisset savait que même les navires de guerre européens ne prenaient pas le risque de s'approcher de l'île des frères Laffitte, aussi avait-il catégoriquement écarté l'idée de s'y présenter sans invitation : ils seraient égorgés avant de poser le pied sur le rivage, sans que leur soit donnée l'occasion d'exposer l'objet d'une pareille audace. De plus, il n'était pas sûr que le nom de Napoléon lui ouvrirait les portes des Laffitte ; ce pouvait être tout le contraire, aussi avait-il décidé de les aborder à La Nouvelle-Orléans, un terrain plus neutre.

« Les Laffitte sont hors la loi. Je ne sais pas comment nous allons les trouver, expliqua Morisset à Jean-Martin.

— Ce sera très facile, car ils ne se cachent pas, le rassura le jeune homme.

— Comment le savez-vous ?

— Par les lettres de ma mère. »

Jusqu'à cet instant, l'idée n'était pas venue à Relais de préciser que sa mère vivait dans cette ville, cela lui apparaissant comme un détail mineur par rapport à l'ampleur de la mission dont les avait chargés l'Empereur.

«Ta mère connaît les Laffitte ?

— Tout le monde les connaît, ce sont les rois du Mississippi», répliqua Jean-Martin.

À six heures du soir, Violette Boisier se reposait encore, nue et mouillée de plaisir, dans le lit de Sancho García del Solar. Depuis que Rosette et Tété vivaient avec elle et que sa maison était envahie par les élèves du *plaçage*, elle préférait l'appartement de son amant pour faire l'amour, ou seulement la sieste s'ils n'avaient pas assez d'énergie pour davantage. Au début, Violette voulut nettoyer et embellir le logement, mais elle n'avait pas la vocation de domestique et trouvait absurde de perdre de précieuses heures d'intimité à essayer de ranger le désordre monumental de Sancho. L'unique serviteur de Sancho ne servait qu'à préparer le café. Valmorain le lui avait prêté parce qu'il lui était impossible de le vendre : personne ne l'aurait acheté. Il était tombé d'un toit, ce qui lui avait dérangé la tête, et il passait son temps à rire tout seul. Avec raison, Hortense Guizot ne pouvait le supporter. Sancho le tolérait et lui portait même une certaine sympathie, parce qu'il faisait un excellent café et ne lui volait pas la monnaie lorsqu'il allait faire les courses au Marché français. L'homme inquiétait Violette : elle était persuadée qu'il les espionnait quand ils faisaient l'amour. «Des idées à toi, femme. Il est si maladroit que son cerveau n'est même pas capable de cela», la rassurait son amant.

À la même heure, Loula et Tété étaient installées dans la rue sur des chaises d'osier, devant la porte de la maison jaune, comme le faisaient les voisines en fin de journée. Les notes d'un exercice de piano martelaient la paix d'une soirée d'automne. Les yeux mi-clos, Loula fumait son cigare noir, savourant le repos que son corps réclamait, et Tété cousait une brassière de bébé. Son ventre ne se voyait pas encore, mais elle avait déjà annoncé sa grossesse au cercle réduit de ses amies et Rosette avait été la seule surprise : elle était si distraite qu'elle ne s'était même pas rendu compte des amours de sa mère avec Zacharie. C'est là que les trouva Jean-Martin Relais. Il n'avait pas écrit pour annoncer son voyage, parce que ses ordres étaient de le tenir secret, et qu'en plus la lettre serait arrivée après lui.

Loula ne l'attendait pas, et comme cela faisait plusieurs années qu'elle ne l'avait pas vu elle ne le reconnut pas. Lorsqu'il se mit devant elle, elle se contenta de tirer une nouvelle bouffée de son cigare. « C'est moi, Jean-Martin ! » s'exclama le jeune homme, ému. Il fallut plusieurs secondes à la grosse femme pour le distinguer à travers la fumée et comprendre que c'était vraiment son petit, son prince, la lumière de ses yeux fatigués. Ses cris de joie secouèrent la rue. Elle le saisit par la taille, le souleva de terre et le couvrit de baisers et de larmes tandis que, dressé sur la pointe des pieds, il essayait de défendre sa dignité. « Où est *maman* ? » demanda-t-il dès qu'il put se libérer et récupérer son chapeau piétiné. « À l'église, mon fils, en train de prier pour l'âme de ton défunt père. Entrons dans la maison, je vais te préparer un café pendant que mon amie Tété va aller la chercher », répliqua Loula sans un instant d'hésitation. Tété partit en courant en direction de l'appartement de Sancho.

Dans le salon de la maison, Jean-Martin vit une adolescente vêtue d'une robe bleu ciel qui jouait du piano, une tasse sur la tête. « Rosette ! Regarde qui est là ! Mon petit, mon Jean-Martin ! » cria Loula en guise de présentation. Elle interrompit ses exercices de musique et se tourna lentement. Ils se saluèrent, lui d'une légère inclination de la tête et d'un claquement de talons, comme s'il avait encore porté l'uniforme, et elle d'un clignement de ses cils de girafe. « Bienvenue, monsieur. Il ne se passe pas un jour sans que Madame et Loula ne parlent de vous », dit Rosette sur le ton de politesse forcée qu'elle avait appris chez les ursulines. Rien n'était plus vrai.

Le souvenir du garçon flottait dans la maison tel un fantôme et Rosette en avait tant entendu parler qu'elle le connaissait déjà.

Loula prit la tasse de Rosette et partit préparer le café ; de la cour on entendait ses exclamations de joie. Rosette et Jean-Martin, assis en silence au bord de leurs chaises, se jetaient des regards furtifs en ayant l'impression de s'être connus autrefois. Vingt minutes plus tard, alors que Jean-Martin prenait son troisième morceau de gâteau, Violette arriva essoufflée, suivie de Tété. Sa mère parut à Jean-Martin plus belle que dans son souvenir et il ne se demanda pas pourquoi elle arrivait de la messe échevelée, la robe boutonnée en dépit du bon sens.

Depuis le seuil, Tété observait amusée ce jeune homme mal à l'aise parce que sa mère le couvrait de petits baisers sans lui lâcher la main tandis que Loula lui pinçait les joues. Les vents salés de la traversée maritime avaient obscurci la peau de Jean-Martin de plusieurs tons et les années de formation militaire avaient renforcé sa raideur, inspirée de l'homme qu'il croyait être son père. Il se souvenait d'Étienne Relais fort, stoïque, sévère ; c'est pourquoi il conservait comme un trésor la tendresse qu'il lui avait prodiguée dans la stricte intimité du foyer. Sa mère et Loula, au contraire, l'avaient toujours traité comme un enfant, et apparemment elles continueraient à le faire. Pour compenser son joli minois, il gardait toujours une distance exagérée, une attitude glacée et cette expression de pierre qu'arborent souvent les militaires. Dans son enfance il avait supporté qu'on le prenne pour une fille et, à l'adolescence, que ses camarades se moquent ou s'amourachent de lui. Ces caresses familiales devant Rosette et la mulâtresse, dont il n'avait pas saisi le nom, lui faisaient honte, mais il n'osait pas les repousser. Tété ne prêta pas attention au fait que Jean-Martin avait les mêmes traits que Rosette, parce qu'elle avait toujours pensé que sa fille ressemblait à Violette Boisier et que cette ressemblance s'était accentuée au fil des mois d'entraînement pour le *plaçage*, au cours desquels la jeune fille imitait les gestes de son professeur.

Pendant ce temps, Morisset était arrivé à la forge de la rue Saint-Philippe, car il avait vérifié que c'était un paravent pour couvrir les activités des pirates, mais il n'y trouva pas celui qu'il cherchait. Il fut tenté de laisser un billet pour Jean Laffitte lui demandant un rendez-vous et lui rappelant la relation qu'ils avaient établie devant un échiquier, mais il comprit que ce serait une grossière erreur. Cela faisait trois mois qu'il espionnait sous le déguisement d'un savant et il ne s'était toujours pas habitué à la prudence qu'exigeait sa mission ; deux fois sur trois, il se surprenait à deux doigts de commettre une imprudence. Plus tard ce jour-là, lorsque Jean-Martin le présenta à sa mère, ses précautions lui semblèrent ridicules, car elle lui offrit tout naturellement de le conduire chez les pirates. Ils étaient dans la salle de la maison jaune, quelque peu étroite pour la famille et ceux qui étaient venus faire la connaissance de Jean-Martin : le docteur Parmentier, Adèle, Sancho ainsi que deux ou trois voisines.

« J'ai cru comprendre que la tête des Laffitte a été mise à prix, dit l'espion.

— Ce sont des histoires des Américains, monsieur Moriste, dit Violette en riant.

— Morisset, Isidore Morisset, madame.

— Les Laffitte sont très estimés parce qu'ils vendent à bas prix. Personne n'aurait l'idée de les dénoncer pour les cinq cents dollars que l'on offre pour leurs têtes », intervint Sancho García del Solar.

Il ajouta que Pierre avait la réputation d'être un rustre, mais que Jean était un chevalier de la tête aux pieds, galant avec les femmes et courtois avec les hommes, qu'il parlait cinq langues, écrivait dans un style irréprochable et faisait montre de la plus généreuse hospitalité. Il était d'un courage à toute épreuve et ses hommes, qui étaient plus de trois mille, se faisaient tuer pour lui.

« Demain c'est samedi et il y aura une vente aux enchères. Aimeriez-vous allez au Temple ? lui demanda Violette.

— Le Temple ?

— C'est là que se passent leurs ventes aux enchères, précisa Parmentier.

— Si tout le monde sait où ils se trouvent, pourquoi ne les a-t-on pas arrêtés ? intervint Jean-Martin.

— Personne n'ose. Claiborne a demandé des renforts, car ces hommes sont redoutables, leur loi est la violence et ils sont mieux armés que l'armée elle-même. »

Le lendemain, Violette, Morisset et Jean-Martin partirent en excursion avec un pique-nique et deux bouteilles de vin dans un panier. Violette s'arrangea pour laisser Rosette sous prétexte d'exercices de piano, car elle s'était rendu compte que Jean-Martin la regardait beaucoup ; or son devoir de mère l'obligeait à empêcher toute fantaisie inconvenante. Rosette était sa meilleure élève, parfaite pour le *plaçage*, mais tout à fait inadéquate pour son fils, qui devait entrer dans la *Société du Cordon Bleu* par un beau mariage. Elle avait l'intention de choisir sa bru avec un sens implacable de la réalité, sans donner à Jean-Martin l'occasion de commettre des maladresses sentimentales. Tété se joignit à la partie de campagne et monta dans le bateau au dernier moment avec quelque réticence, car elle souffrait des nausées habituelles dans les premiers mois de son état et avait peur des caïmans, des serpents qui infestaient l'eau ou se laissaient tomber des mangroves. La fragile embarcation était conduite par un rameur capable de s'orienter les yeux fermés dans ce labyrinthe de canaux, d'îles et de marécages, éternellement plongé dans une vapeur pestilentielle et un nuage de moustiques, idéal pour des trafics illégaux et des félonies imaginaires.

Le bâtard

Le Temple était un îlot au milieu des marais du delta, une colline compacte de coquillages broyés par le temps couverte d'un bois de chênes, un lieu autrefois sacré des Indiens où l'on pouvait encore voir les restes d'un autel; de là venait son nom. Les frères Laffitte s'étaient installés de bonne heure, comme tous les samedis de l'année, sauf si cela tombait le jour de Noël ou celui de l'Ascension de la Vierge. Sur la berge s'alignaient des embarcations peu profondes, des bateaux de pêcheurs, des chaloupes, des canots, des petites barques privées surmontées de vélums pour les dames, et les lourdes barcasses destinées au transport des marchandises.

Les pirates avaient monté plusieurs tentes de toile épaisse sous lesquelles ils exhibaient leurs trésors et distribuaient gracieusement de la citronnade pour les dames, du rhum de la Jamaïque pour les hommes et des bonbons pour les enfants. L'air sentait l'eau stagnante et les fritures de langoustines en sauce piquante que l'on servait sur des feuilles de maïs. Il y avait une ambiance de carnaval, avec des musiciens, des jongleurs et un dompteur de chiens. Sur une estrade étaient en vente quatre esclaves adultes et un enfant nu, d'environ deux ou trois ans. Les intéressés examinaient leurs dents pour évaluer leur âge, le blanc de leurs yeux pour savoir s'ils étaient en bonne santé, et l'anus pour s'assurer qu'il n'était pas bouché avec de l'étoupe, l'astuce la plus courante pour dissimuler la diarrhée. De sa main gantée, une dame d'âge mûr qui portait une ombrelle en dentelle soupesait les testicules de l'un des hommes.

Pierre Laffitte avait déjà commencé la vente aux enchères de la marchandise, qui à première vue n'avait aucune logique : elle semblait avoir été choisie dans le seul but d'embrouiller la clientèle ; un fatras de lampes de cristal, de sacs de café, de lingerie féminine, d'armes, de bottes, de statues en bronze, de savon, de pipes et de rasoirs, de théières en argent, de sacs de poivre et de cannelle, de meubles, de tableaux, de vanille, de grandes coupes et de candélabres d'église ; des caisses de vin, un singe domestiqué et deux perroquets. Personne ne partait sans acheter, car les Laffitte faisaient aussi office de banquiers et de prêteurs. Chaque objet était unique, comme l'annonçait Pierre à pleins poumons, et il l'était forcément puisqu'il provenait d'attaques de navires marchands en haute mer. « Voyez, mesdames et messieurs, cette potiche en porcelaine digne d'un palais royal !... Et combien donnez-vous pour cette cape de brocart bordée d'hermine ? Une occasion comme celle-ci ne se représentera pas ! » Le public répondait par des plaisanteries et des sifflets, mais les offres montaient dans une compétition divertissante que Pierre savait exploiter.

Pendant ce temps, Jean, vêtu de noir, poignets et col de dentelle blanche, pistolets à la ceinture, se promenait dans la foule en séduisant les naïfs par son sourire facile et son regard sombre de charmeur de serpents. Il salua Violette Boisier d'une révérence théâtrale et elle répondit en l'embrassant sur les deux joues, comme les vieux amis qu'ils étaient devenus après plusieurs années de transactions et de faveurs réciproques.

« En quoi puis-je intéresser la seule dame capable de ravir mon cœur ? lui demanda Jean.

— Ne gaspille pas tes galanteries avec moi, *mon cher ami,*

parce que cette fois je ne viens pas acheter », dit Violette en riant et en montrant Morisset, qui se tenait à quatre pas derrière elle.

Jean Laffitte mit un instant à l'identifier, trompé par sa tenue d'explorateur, son visage rasé et ses lunettes aux verres épais, car il l'avait connu avec des moustaches et des favoris.

« Morisset ? *C'est vraiment vous !* » s'exclama-t-il en lui donnant une tape dans le dos.

L'espion, mal à l'aise, regarda autour de lui en enfonçant son chapeau jusqu'aux sourcils. Il ne lui convenait pas que ces démonstrations d'effusion amicale parviennent aux oreilles du gouverneur Claiborne, mais personne ne leur prêtait attention, car à cet instant Pierre proposait un cheval arabe que tous les hommes convoitaient. Jean Laffitte le guida vers l'une des tentes, où ils purent parler en privé et se rafraîchir de vin blanc. L'espion lui communiqua l'offre de Napoléon : une *lettre de marque*, une patente de course qui équivalait à une autorisation officielle d'attaquer d'autres navires ; en échange, il s'acharnerait contre les Anglais. Laffitte répondit aimablement qu'en réalité il n'avait pas besoin de permis pour continuer à faire ce qu'il avait toujours fait et que la *lettre de marque* était une limitation, car elle signifiait qu'il devrait s'abstenir d'attaquer des navires français, avec les pertes que cela supposait.

« Vos activités seraient légales. Vous ne seriez plus des pirates mais des corsaires, plus acceptables pour les Américains, argua Morisset.

— La seule chose qui changerait notre situation vis-à-vis des Américains serait de payer des impôts et, franchement, nous n'avons pas encore considéré cette possibilité.

— Une patente de course est précieuse…

— Seulement si nous pouvons naviguer sous pavillon français. »

Morisset lui expliqua de façon concise que cela n'était pas compris dans la proposition de l'Empereur, ils devraient continuer à utiliser le pavillon de Carthagène, mais ils bénéficieraient de l'impunité et d'un refuge dans les territoires français. C'était plus de mots énoncés d'une traite qu'il n'en avait dit depuis longtemps. Laffitte accepta de consulter ses hommes, parce que ce genre de choses était mis au vote entre eux.

«Mais en dernier ressort, seuls comptent votre vote et celui de votre frère, fit remarquer Morisset.

— Vous vous trompez. Nous sommes plus démocrates que les Américains et certainement beaucoup plus que les Français. Vous aurez votre réponse dans deux jours.»

Dehors, Pierre Laffitte avait commencé la vente des esclaves, moment le plus attendu de la foire, et le ton de la clameur des offres allait en augmentant. La seule femme du lot serrait l'enfant contre elle, implorant un couple d'acheteurs de ne pas les séparer, car son fils était vif et obéissant, disait-elle, tandis que Pierre Laffitte la décrivait comme une bonne reproductrice : elle avait eu plusieurs enfants et était encore très fertile. Tété observait, l'estomac noué et un cri étranglé dans la gorge, pensant aux enfants que cette pauvre femme avait perdus et à l'indignité d'être vendue aux enchères. Elle, au moins, n'avait pas connu cela et sa Rosette était à l'abri. Quelqu'un expliqua que les esclaves venaient d'Haïti, remis directement aux Laffitte par des agents de Dessalines, qui finançait ainsi ses armes et en même temps s'enrichissait en vendant ceux-là mêmes qui avaient lutté à ses côtés pour la liberté. Si Gambo voyait cela, il exploserait de rage, pensa Tété.

Alors que la vente était sur le point de se conclure, on entendit la grosse voix impossible à confondre d'Owen Murphy proposant cinquante dollars de plus pour la mère et encore cent pour le petit. Pierre attendit la minute réglementaire, et comme personne ne renchérit il cria qu'ils appartenaient au client à la barbe noire. Sur la plate-forme, la femme tomba à moitié évanouie de soulagement, sans lâcher son fils qui pleurait, terrorisé. L'un des assistants de Pierre Laffitte la saisit par un bras et la remit à Owen Murphy.

L'Irlandais s'éloignait en direction des bateaux, suivi de l'esclave et de l'enfant, quand Tété sortit de sa stupeur et courut derrière eux en l'appelant. Il la salua sans démonstrations excessives d'affection, mais son expression trahit le plaisir qu'il éprouvait à la voir. Il lui raconta que Brandan, son fils aîné, s'était marié du jour au lendemain et qu'il allait bientôt les rendre grands-parents. Il mentionna aussi la terre qu'il était en train d'acheter au Canada, où il pensait emmener bientôt toute sa famille, y compris Brandan et sa femme, pour commencer une nouvelle vie.

«J'imagine que Monsieur Valmorain n'approuve pas que vous partiez, commenta Tété.

— Il y a longtemps que Madame Hortense veut me remplacer. Nous n'avons pas les mêmes idées, répondit Murphy. Elle ne va pas être contente que j'aie acheté ce gamin, mais je me suis contenté de respecter le Code. Il n'a pas l'âge d'être séparé de sa mère.

— Ici, il n'y a pas de loi qui vaille, monsieur Murphy. Les pirates font ce qu'ils veulent.

— C'est pourquoi je préfère ne pas traiter avec eux, mais ce n'est pas moi qui décide, Tété», lui dit l'Irlandais en montrant Valmorain, plus loin.

Il était à l'écart de la foule, bavardant sous un chêne avec Violette Boisier, elle protégée du soleil par une ombrelle japonaise, et lui appuyé sur une canne, épongeant sa sueur avec un mouchoir. Tété recula, mais il était trop tard : il l'avait vue et elle se sentit obligée de s'approcher. Jean-Martin, qui attendait Morisset près de la tente de Laffitte, la suivit, et un moment après ils furent tous réunis sous l'ombre maigre du chêne. Tété salua son ancien maître sans le regarder en face, mais elle remarqua qu'il était encore plus gros et plus rouge. Elle regretta que le docteur Parmentier connût les remèdes qu'elle-même préparait pour refroidir le sang. Cet homme pouvait détruire d'un seul coup de canne l'existence précaire de Rosette et la sienne. Il eût mieux valu qu'il fût au cimetière.

Valmorain était attentif à la présentation que Violette Boisier faisait de son fils. Il examina Jean-Martin de haut en bas, appréciant son port svelte, l'élégance avec laquelle il portait son costume de facture modeste, la parfaite symétrie de son visage. Le jeune homme le salua d'une inclination de la tête, respectueux de la différence de classe et d'âge, mais l'autre lui tendit une main grassouillette, piquée de taches jaunes, qu'il dut serrer. Valmorain retint sa main entre les siennes beaucoup plus de temps qu'il n'était acceptable, souriant avec une expression indéchiffrable. Jean-Martin sentit le rouge lui monter aux joues et il s'écarta brusquement. Ce n'était pas la première fois qu'un homme lui faisait des avances et il savait gérer cette sorte de gêne sans exploser, mais l'insolence de cet *inverti* lui paraissait particulièrement offensante et il avait honte que sa mère fût témoin de la scène. Son rejet fut si évident que Valmorain se rendit compte qu'il avait été mal interprété et, loin d'en être embarrassé, il éclata de rire.

« Je vois que ce fils d'esclave est chatouilleux ! » s'exclama-t-il amusé.

Un silence pesant tomba entre eux tandis que ces mots enfonçaient leurs griffes de vautour dans les personnes présentes. L'air devint plus chaud, la lumière plus aveuglante, l'odeur de la foire plus nauséabonde, le bruit de la foule plus intense, mais Valmorain ne se rendit pas compte de l'effet qu'il avait provoqué.

« Qu'avez-vous dit ? » parvint à articuler Jean-Martin, livide, lorsqu'il retrouva la voix.

Violette le saisit par un bras et tenta de l'éloigner, mais il se libéra pour faire face à Valmorain. Par habitude, il porta la main à sa hanche, où aurait dû se trouver la poignée de son épée s'il avait porté l'uniforme.

« Vous avez insulté ma mère ! s'exclama-t-il d'une voix rauque.

— Ne me dis pas, Violette, que ce garçon ignore son origine », commenta Valmorain, encore moqueur.

Elle ne répondit pas. Elle avait lâché l'ombrelle qui roula sur le sol de coquillages, et couvrait sa bouche de ses deux mains, les yeux exorbités.

« Vous me devez réparation, monsieur. Je vous verrai dans les jardins de Saint-Antoine avec vos témoins dans un délai maximum de deux jours, parce que le troisième je retourne en France, annonça Jean-Martin en détachant chaque syllabe.

— Ne sois pas ridicule, mon fils. Je ne vais pas me battre en duel avec quelqu'un de ta classe. J'ai dit la vérité. Demande à ta mère », ajouta Valmorain en pointant sa canne vers les femmes avant de lui tourner le dos et de s'éloigner sans hâte en direction des bateaux, vacillant sur ses chevilles enflées, pour rejoindre Owen Murphy.

Jean-Martin tenta de le suivre dans l'intention de lui démolir la face à coups de poing, mais Violette et Tété s'accrochèrent à ses vêtements. À ce moment apparut Isidore Morisset qui, lorsqu'il vit son secrétaire lutter avec les femmes, écarlate de fureur, l'immobilisa par-derrière en le serrant entre ses bras. Tété parvint à inventer qu'ils avaient eu une altercation avec un pirate et devaient s'en aller tout de suite. L'espion fut d'accord – il ne voulait pas mettre en danger ses négociations avec Laffitte – et, retenant le jeune homme de ses mains de bûcheron, il l'entraîna, suivi par les femmes, vers le bateau où les attendait le rameur avec le panier du pique-nique intact.

Inquiet, Morisset mit un bras sur les épaules de Jean-Martin dans un geste paternel et essaya de savoir ce qui s'était passé, mais celui-ci se libéra et lui tourna le dos, le regard fixé sur l'eau. Dans le bateau, personne n'ouvrit la bouche pendant l'heure et demie que dura la navigation dans ce dédale marécageux jusqu'à La Nouvelle-Orléans. Morisset partit seul vers son hôtel. Son secrétaire n'obéit pas à l'ordre de l'accompagner et suivit Violette et Tété vers la rue de Chartres. Violette alla dans sa chambre, ferma la porte et se jeta sur son lit pour pleurer tout son soûl pendant que Jean-Martin, tel un lion en cage, faisait les cent pas dans la cour, attendant qu'elle se calme pour l'interroger. «Que sais-tu du passé de ma mère, Loula? Tu dois me le dire!» exigea-t-il de son ancienne nounou. Loula, qui n'avait aucun soupçon de ce qui s'était passé au Temple, crut qu'il faisait référence à l'époque glorieuse où Violette avait été la *poule* la plus divine du Cap et où son nom voyageait sur des mers lointaines dans la bouche de capitaines; son enfant, son prince aurait beau lui crier dessus, elle n'avait pas l'intention de le lui révéler. Violette avait fait en sorte d'effacer toute trace de son passé à Saint-Domingue et ce n'était pas elle, la fidèle Loula, qui allait trahir son secret.

À la nuit tombée, alors qu'on ne l'entendait plus pleurer, Tété porta à Violette une tisane contre le mal de tête, elle l'aida à se déshabiller, brossa le nid de poule qu'était devenue sa coiffure, l'aspergea d'eau de roses, lui enfila une chemise fine et s'assit à côté d'elle sur le lit. Dans la pénombre des persiennes fermées elle osa lui parler avec la confiance cultivée jour après jour pendant toutes les années où elles avaient vécu et travaillé ensemble.

«Ce n'est pas si grave, madame. Faites comme si ces mots n'avaient jamais été prononcés. Personne ne les répétera et votre fils et vous pourrez continuer à vivre comme avant», la consola-t-elle.

Elle supposait que Violette Boisier n'était pas née libre, comme elle le lui avait un jour raconté, mais que dans sa jeunesse elle avait été esclave. Elle ne pouvait lui en vouloir de l'avoir caché. Peut-être avait-elle eu Jean-Martin avant que Relais ne l'émancipe et n'en fasse son épouse.

«Mais Jean-Martin le sait maintenant! Il ne me pardonnera jamais de l'avoir trompé, répliqua Violette.

— Il n'est pas facile d'admettre qu'on a été esclave,

madame. L'important, c'est que vous êtes libres tous les deux à présent.

— Je n'ai jamais été esclave, Tété. La vérité, c'est que je ne suis pas sa mère. Jean-Martin est né esclave et mon mari l'a acheté. La seule à le savoir, c'est Loula.

— Et comment Monsieur Valmorain l'a-t-il appris ? »

Alors Violette Boisier lui raconta les circonstances dans lesquelles elle avait reçu l'enfant, comment Valmorain était arrivé avec le nouveau-né enveloppé dans une couverture en lui demandant de s'en occuper pendant un temps, et comment elle et son mari avaient fini par l'adopter. Ils n'avaient pas cherché à savoir d'où il venait, mais imaginé qu'il était le fils de Valmorain avec l'une de ses esclaves. Tété ne l'écoutait plus, parce qu'elle savait le reste. Au cours de milliers de nuits d'insomnie elle s'était préparée au moment de cette révélation, lorsqu'elle apprendrait enfin ce qu'était devenu l'enfant qu'on lui avait pris ; mais maintenant qu'elle l'avait à portée de la main elle ne ressentait aucun éclair de bonheur, ni un sanglot étouffé dans la poitrine, ni une vague irrésistible de tendresse, ni l'envie impulsive de courir le serrer dans ses bras, juste un bruit sourd dans ses oreilles, comme des roues de charrette sur la poussière d'un chemin. Elle ferma les yeux et évoqua l'image du jeune homme avec curiosité, surprise ne n'avoir pas eu le moindre soupçon de la vérité ; son instinct ne l'avait pas prévenue, même lorsqu'elle avait remarqué sa ressemblance avec Rosette. Elle fouilla ses sentiments à la recherche de l'insondable amour maternel qu'elle connaissait si bien, parce qu'elle l'avait prodigué à Maurice et à Rosette, mais elle ne trouva que du soulagement. Son fils était né sous une bonne étoile, une z'étoile resplendissante, voilà pourquoi il était arrivé entre les mains des Relais et de Loula, qui l'avaient gâté et élevé, voilà pourquoi le militaire lui avait légué la légende de sa vie et pourquoi Violette travaillait sans répit à lui assurer un bel avenir. Elle se réjouit sans la moindre ombre de jalousie, parce qu'elle n'aurait rien pu lui donner de cela.

Sa rancœur contre Valmorain, ce rocher noir et dur que Tété portait toujours au creux de la poitrine, parut rapetisser et la volonté de se venger du maître se dilua dans la reconnaissance envers ceux qui avaient si bien pris soin de son fils. Elle n'eut pas besoin de trop réfléchir à ce qu'elle ferait de l'information qu'elle venait de recevoir, parce que la gratitude le lui dicta. Que gagnerait-elle à annoncer aux quatre vents qu'elle était la mère de Jean-Martin et à réclamer une affection qui en toute justice appartenait à une autre femme ? Elle choisit d'avouer la vérité à Violette Boisier, sans s'appesantir sur la souffrance qui l'avait tant accablée dans le passé, car ces dernières années celle-ci s'était atténuée. Le jeune homme qui marchait en ce moment de long en large dans la cour était un inconnu pour elle.

Les deux femmes pleurèrent un long moment en se tenant la main, unies par un courant délicat de compassion mutuelle. Enfin leurs larmes se tarirent et elles conclurent que ce que Valmorain avait dit était ineffaçable, mais qu'elles allaient tenter d'adoucir son impact sur Jean-Martin. Pourquoi dire au jeune homme que Violette n'était pas sa mère, qu'il était né esclave, bâtard d'un Blanc, et qu'il avait été vendu ? Il valait mieux qu'il continue à croire ce qu'il avait entendu de Valmorain, parce qu'en réalité c'était vrai : sa mère avait été une esclave. Il n'avait pas non plus besoin de savoir que Violette avait été une *cocotte* ou que Relais avait eu la réputation d'être cruel. Jean-Martin croirait que Violette lui avait caché le stigmate de l'esclavage pour le protéger, mais il serait toujours aussi fier d'être le fils des Relais. Dans deux jours il retournerait en France et à sa carrière dans l'armée, où les préjugés à l'encontre de son origine étaient moins nuisibles qu'en Amérique et aux colonies, et où les paroles de Valmorain pourraient être reléguées dans un coin perdu de sa mémoire.

« Nous allons enterrer cela pour toujours, dit Tété.

« — Et qu'allons-nous faire avec Toulouse Valmorain ? demanda Violette.

— Allez le voir, madame. Expliquez-lui qu'il ne lui convient pas de divulguer certains secrets, parce que vous-même ferez en sorte que son épouse et toute la ville sachent qu'il est le père de Jean-Martin et de Rosette.

— Et aussi que ses enfants peuvent réclamer le nom de Valmorain et une partie de son héritage, ajouta Violette avec un clin d'œil malicieux.

— C'est vrai ?

— Non, Tété, mais le scandale serait mortel pour les Valmorain. »

Peur de la mort

Violette Boisier savait que le premier bal du *Cordon Bleu* donnerait le ton des bals suivants et qu'elle devait, dès le début, marquer la différence avec les autres fêtes qui animaient la ville à partir du mois d'octobre et jusqu'à fin avril. Le vaste local fut décoré sans regarder à la dépense. L'on aménagea des tribunes pour les musiciens, l'on disposa des petites tables couvertes de nappes en lin brodé ainsi que des fauteuils à capitons pour les mères et les chaperons autour de la piste de danse. L'on construisit une passerelle garnie de tapis pour l'entrée triomphale des jeunes filles dans la salle. Le jour du bal, on nettoya les rigoles de la rue et les couvrit de planches, on alluma des lanternes de couleur et le quartier fut animé par des musiciens et des danseurs noirs, comme pour le carnaval. Cependant, à l'intérieur de la salle, l'ambiance était très sobre.

Chez les Valmorain, dans le centre, parvenait la rumeur lointaine de la musique de rue, mais Hortense Guizot, comme toutes les femmes blanches de la ville, faisait mine de ne pas l'entendre. Elle savait de quoi il retournait, car on ne parlait pas d'autre chose depuis plusieurs semaines. Elle venait de dîner et s'était mise à sa broderie dans le salon, entourée de ses filles toutes aussi blondes et roses qu'elle-même l'était autrefois, jouant à la poupée tandis que la dernière dormait dans son berceau. Abîmée par les maternités, elle mettait maintenant du rouge sur ses joues et arborait un artistique chignon postiche de cheveux jaunes, que son esclave Denise mêlait aux siens de couleur paille. Le menu du dîner avait consisté en une soupe, deux plats principaux, une salade, des fromages et trois desserts, rien de trop compliqué, car elle était seule. Les fillettes ne prenaient pas encore place dans la salle à manger, non plus que son mari qui suivait un régime strict et préférait ne pas être tenté. On lui avait apporté du riz et du poulet bouilli sans sel dans la bibliothèque, où il respectait rigoureusement les ordres du docteur Parmentier. Non seulement il avait faim, mais il devait aussi faire de longues promenades exténuantes et se priver d'alcool, de cigares et de café. Il serait mort d'ennui sans son beau-frère Sancho, qui lui rendait visite chaque jour pour le tenir au courant des nouvelles et des potins, l'égayer de sa bonne humeur, le battre aux cartes et aux dominos.

Parmentier, qui se plaignait tellement des malaises de son propre cœur, ne suivait pas le régime monacal qu'il imposait à son patient, parce que Sanité Dédé, la prêtresse vaudoue de la place du Congo, avait lu son avenir dans les coquillages de cauri et que, d'après sa prophétie, il vivrait jusqu'à quatre-vingt-neuf ans. « Toi, Blanc, tu fermeras les yeux du saint père Antoine lorsqu'il mourra en 1829. » Cela l'avait rassuré au sujet de sa santé, mais angoissé à l'idée de perdre dans cette longue vie les êtres qu'il aimait le plus, Adèle et peut-être l'un de ses enfants.

La première alerte que quelque chose n'allait pas chez Valmorain était survenue pendant son voyage en France. Après la lugubre visite à sa mère nonagénaire et ses sœurs vieilles filles, il avait laissé Maurice à Paris et embarqué pour La Nouvelle-Orléans. Dans le bateau, il avait eu plusieurs gros coups de fatigue qu'il avait attribués au tangage et au roulis, à l'excès de vin et à la mauvaise qualité de la nourriture. À son arrivée, son ami Parmentier diagnostiqua une tension très

464

haute, un pouls irrégulier, une très mauvaise digestion, trop de bile, des flatulences, des humeurs putrides et des palpitations cardiaques. Il lui annonça sans détours qu'il devait perdre du poids et changer de vie ou il se retrouverait avant un an dans son tombeau du cimetière de Saint-Louis. Affolé, Valmorain se soumit aux exigences du médecin et au despotisme de sa femme, convertie en gardienne de prison sous prétexte de le surveiller. Au cas où, il eut recours à des « docteurs-feuilles » et des magiciens, dont il s'était toujours moqué jusqu'à ce que la peur le fasse changer d'avis. Il ne perdait rien à essayer, pensa-t-il. Il avait obtenu un *gri-gri*, disposé un autel païen dans sa chambre, buvait des potions impossibles à identifier que Célestine lui rapportait du marché, et avait fait deux excursions nocturnes vers un îlot au milieu des marais afin que Sanité Dédé le nettoie avec la fumée de son cigare et ses sortilèges. La concurrence de la prêtresse ne contrariait pas Parmentier, fidèle à son idée que l'esprit a le pouvoir de soigner et que, si le patient faisait confiance à la magie, il n'y avait pas de raison de la lui refuser.

Maurice, qui se trouvait en France, travaillant dans une agence d'importation de sucre où Valmorain l'avait placé afin qu'il apprît cet aspect du commerce familial, avait embarqué sur le premier bateau en partance dès qu'il avait eu connaissance de la maladie de son père et il arriva fin octobre à La Nouvelle-Orléans. Il trouva Valmorain changé en un gros lion de mer dans un fauteuil près de la cheminée, un bonnet tricoté sur la tête, un châle sur les jambes, une croix en bois et un *gri-gri* en tissu pendus au cou, très détérioré par comparaison avec l'homme altier et dépensier qui avait voulu lui faire connaître la vie dissipée de Paris. Il se planta à côté de son père et celui-ci le serra contre lui dans une étreinte tremblotante. « Mon fils, enfin tu es là, maintenant je peux mourir tranquille », murmura-t-il. « Ne dis pas de bêtises, Toulouse ! » l'interrompit Hortense Guizot qui les observait, contrariée. Et elle fut sur le point d'ajouter que l'heure de sa mort n'avait pas encore sonné, hélas, mais elle se retint à temps. Cela faisait trois mois qu'elle soignait son mari et elle était à bout de patience. Valmorain l'embêtait toute la journée et la réveillait la nuit avec des cauchemars récurrents sur un certain Lacroix, qui lui apparaissait écorché vif, traînant sa peau sur le sol comme une chemise ensanglantée.

La belle-mère reçut Maurice sèchement et ses sœurs le saluèrent avec des révérences polies, se tenant à distance, car elles n'avaient aucune idée de qui était ce frère que l'on mentionnait rarement dans la famille. L'aînée des cinq filles, la seule que Maurice avait connue alors qu'elle ne marchait pas encore, avait huit ans, la plus petite était dans les bras d'une nourrice. Comme la maison devenait très petite pour la famille et les domestiques, Maurice fut logé dans l'appartement de son oncle Sancho, solution idéale pour tous sauf pour Toulouse Valmorain, qui voulait l'avoir auprès de lui pour lui prodiguer ses conseils et lui transmettre la direction de ses biens. C'était la dernière chose que désirait Maurice, mais ce n'était pas le moment de contrarier son père.

Le soir du bal, Sancho et Maurice ne dînèrent pas chez les Valmorain, comme ils le faisaient presque chaque jour, plus par obligation que par plaisir. Aucun des deux ne se sentait à l'aise en présence d'Hortense Guizot, qui n'avait jamais aimé son beau-fils et tolérait Sancho à contrecœur, avec sa moustache insolente, son accent espagnol et son dévergondage, car il fallait être vraiment impudent pour se promener en ville avec cette Cubaine, une garce de *sang-mêlé*, coupable directe du si fameux bal du *Cordon Bleu*. Seule sa parfaite éducation empêchait Hortense d'exploser en insultes lorsqu'elle y pensait ; aucune dame ne se sentait concernée par la fascination que ces hétaïres de couleur exerçaient sur les hommes blancs ou par la pratique immorale consistant à leur offrir leurs filles. Elle savait que l'oncle et le neveu se faisaient beaux pour assister au bal, mais même à l'article de la mort elle n'aurait fait le moindre commentaire. Elle ne pouvait pas non plus en parler avec son mari, car ce serait admettre qu'elle espionnait ses conversations privées, de même qu'elle révisait sa correspondance et fouillait dans les compartiments secrets de son bureau où il gardait l'argent. Ainsi apprit-elle que Sancho avait obtenu deux invitations de Violette Boisier, parce que Maurice désirait assister au bal. L'intérêt intempestif de son neveu pour le *plaçage* nécessitant un apport financier, Sancho avait dû consulter Valmorain.

Hortense, qui écoutait l'oreille collée à un trou qu'elle-même avait fait percer dans le mur, entendit son mari approuver aussitôt l'idée et elle supposa que cela dissipait ses doutes sur la virilité de Maurice. Elle-même avait contribué à ces doutes en lâchant plus d'une fois dans la conversation le mot « efféminé » à propos de son beau-fils. Le *plaçage* parut approprié à Valmorain, étant donné que Maurice n'avait jamais manifesté le moindre penchant pour les bordels ou les esclaves de la famille. Il manquait au moins dix ans au jeune homme pour penser au mariage, et en attendant il avait besoin d'épancher son impétuosité masculine, comme disait Sancho. Une fille de couleur saine, vertueuse et fidèle offrait de nombreux avantages. Sancho expliqua à Valmorain les conditions financières, qui autrefois étaient laissées au bon gré du protecteur et maintenant, depuis que Violette Boisier avait pris cette affaire en main, étaient stipulées par un contrat sur parole, qui s'il n'avait pas de valeur légale était de toute façon inviolable. Valmorain n'opposa pas d'objection sur le coût : Maurice le méritait. De l'autre côté de la cloison, Hortense Guizot faillit se mettre à hurler.

Le bal des sirènes

Jean-Martin confessa à Isidore Morisset, avec des larmes de honte, ce que lui avait dit Valmorain et que sa mère n'avait pas démenti ; simplement, elle avait refusé d'aborder le sujet. Morisset reçut ses paroles avec un éclat de rire moqueur – « qu'est-ce que cela peut bien faire, mon garçon ! » –, mais aussitôt il fut ému et l'attira afin qu'il s'épanchât sur sa large poitrine. Il n'était pas sentimental, aussi fut-il lui-même surpris de l'émotion que le jeune homme suscitait en lui : le désir de le protéger et de l'embrasser. Il l'écarta doucement, prit son chapeau et s'en alla marcher sur la digue à grands pas, jusqu'à ce que son esprit fût plus clair. Deux jours plus tard, ils partirent pour la France. Jean-Martin fit ses adieux à sa petite famille avec la rigidité habituelle qu'il adoptait en public, mais au dernier moment il serra Violette dans ses bras et lui murmura qu'il lui écrirait.

Le bal du *Cordon Bleu* fut aussi magnifique que Violette Boisier l'avait imaginé et que les autres l'avaient espéré. Les hommes se présentèrent en tenue de soirée, ponctuels et corrects, et se répartirent en groupes sous les lampes de cristal éclairées de centaines de bougies, tandis que l'orchestre jouait et que les domestiques offraient des boissons légères et du champagne, aucun alcool fort. Les tables du banquet étaient préparées dans une salle adjacente, mais il eût été grossier de se jeter sur les plateaux avant l'heure. Violette Boisier, sobrement vêtue, leur souhaita la bienvenue ; les mères et les chaperons ne tardèrent pas à entrer et s'installèrent dans les fauteuils. L'orchestre attaqua une fanfare, un rideau de théâtre s'ouvrit à une extrémité de la salle et les jeunes filles apparurent sur la passerelle, avançant lentement en file indienne. Il y avait quelques mulâtresses très foncées, plusieurs *sang-mêlé* pouvant passer pour des Européennes, y compris deux ou trois aux yeux bleus, et une large gamme de quarteronnes de divers tons, toutes charmantes, réservées, douces, élégantes et élevées dans la foi catholique. Certaines étaient si timides qu'elles ne levaient pas les yeux du tapis, mais d'autres, plus hardies, lançaient à la dérobée des regards aux galants alignés contre les murs. Une seule était raide, sérieuse, avec une expression de défi, presque hostile. C'était Rosette. Les robes vaporeuses de couleurs claires avaient été commandées en France ou copiées à la perfection par Adèle, les coiffures simples mettaient en valeur les chevelures brillantes, les bras et les cous étaient nus et les visages ne semblaient pas maquillés. Seules les femmes savaient combien d'effort et d'art coûtait cette innocente apparence.

Un silence respectueux accueillit les premières jeunes filles, mais quelques minutes plus tard des applaudissements spontanés éclatèrent. Jamais on n'avait vu une collection aussi remarquable de sirènes, commenteraient le lendemain, dans les cafés et les tavernes, les heureux présents. Les candidates au *plaçage* glissèrent comme des cygnes à travers le salon, l'orchestre abandonna les trompettes pour jouer de la musique dansante et les Blancs entamèrent leurs avances avec une étiquette inusitée, dépourvue de l'insolente familiarité avec laquelle ils avaient l'habitude de faire irruption dans les fêtes des quarteronnes. Après avoir échangé quelques phrases de courtoisie pour tâter le terrain, ils sollicitaient une danse. Ils pouvaient danser avec toutes les filles, mais ils avaient été prévenus qu'à la deuxième ou troisième danse avec la même, ils devaient se décider. Les chaperons surveillaient avec des yeux d'aigle. Aucun de ces jeunes arrogants, accoutumés à faire ce que bon leur semblait, n'osa violer les règles. Pour la première fois de leur vie, ils étaient intimidés.

Maurice ne regarda personne. La seule idée que ces filles étaient offertes pour le bénéfice des Blancs le rendait malade. Il transpirait et sentait des coups de marteau dans ses tempes. Seule Rosette l'intéressait. Depuis qu'il avait débarqué à La Nouvelle-Orléans, quelques jours plus tôt, il n'attendait le bal que pour la retrouver, comme ils en étaient convenus dans leur correspondance secrète, mais n'ayant pas pu se voir avant, il craignait de ne pas la reconnaître. L'instinct et la nostalgie alimentée entre les murs de pierre du collège de Boston permirent à Maurice de deviner au premier regard que l'altière jeune fille vêtue de blanc, la plus belle de toutes, était sa Rosette. Lorsqu'il parvint à décoller les pieds du sol, elle était déjà entourée de trois ou quatre prétendants qu'elle scrutait, essayant de découvrir le seul qu'elle désirait voir. Elle aussi avait attendu impatiemment ce moment. Depuis l'enfance elle avait protégé son amour pour Maurice avec duplicité, le déguisant de tendresse fraternelle, mais elle n'avait plus l'intention de le faire. Cette nuit était celle de la vérité.

Maurice s'approcha, se frayant un passage, raide, et il se plaça devant Rosette, les yeux brillants. Ils se regardèrent, cherchant la personne dont ils gardaient le souvenir : elle, le garçonnet mince et pleurnicheur aux yeux verts qui la suivait comme une ombre dans son enfance ; lui, la fillette autoritaire qui se glissait dans son lit. Ils se retrouvèrent dans un recoin de la mémoire et en un instant redevinrent les mêmes qu'autrefois : Maurice, muet, tremblant, attendant, et Rosette faisant fi des règles pour le prendre par la main et le conduire sur la piste.

À travers les gants blancs, la jeune fille perçut la chaleur inusitée de la peau de Maurice, qui la parcourut de la nuque jusqu'aux pieds, comme si elle s'était approchée d'un fourneau. Elle sentit ses jambes flageoler, perdit le rythme et dut s'agripper à lui pour ne pas tomber à genoux. La première valse passa sans qu'ils s'en rendent compte, ils ne parvinrent pas à se dire un mot, juste à se toucher, se mesurer, totalement étrangers aux autres couples. La musique s'arrêta et ils restèrent absorbés, se déplaçant avec une maladresse d'aveugles jusqu'à ce que l'orchestre reprenne et qu'ils retrouvent le rythme. Plusieurs personnes les regardaient en se moquant et Violette Boisier s'était rendu compte que quelque chose menaçait la stricte étiquette de la fête.

Au dernier accord, un jeune homme plus audacieux que les autres s'interposa pour faire danser Rosette. Elle n'avait même pas remarqué l'interruption, accrochée au bras de Maurice, les yeux plongés dans les siens, mais l'homme insista. Alors Maurice parut sortir d'une transe de somnambule, il se retourna brusquement et écarta l'intrus d'une poussée si inattendue que son rival trébucha et tomba à terre. Une exclamation collective paralysa les musiciens. Maurice balbutia une excuse et tendit la main à celui qui était tombé pour l'aider à se relever, mais l'insulte avait été trop évidente. Deux amis du jeune homme s'étaient déjà précipités sur la piste et faisaient face à Maurice. Avant que quiconque pût lancer un défi en duel, comme cela arrivait trop souvent, Violette Boisier intervint pour essayer de dissiper la tension par des plaisanteries et des petits coups d'éventail, tandis que Sancho García del Solar prenait fermement son neveu par un bras pour l'entraîner dans la salle à manger où les hommes plus âgés savouraient déjà les mets délicieux de la meilleure *cuisine créole*.

«Que fais-tu, Maurice! Ne sais-tu donc pas qui est cette fille? lui demanda Sancho.

— Rosette, qui d'autre pourrait-elle être? J'ai attendu neuf ans pour la voir.

— Tu ne peux pas danser avec elle! Danse avec d'autres filles, il y en a plusieurs très jolies, et une fois que tu auras choisi je me charge du reste.

— Je ne suis venu que pour Rosette, mon oncle », précisa Maurice.

Sancho respira profondément, emplissant sa poitrine d'une bouffée d'un air raréfié par les cigares et le parfum douceâtre des fleurs. Il n'était pas préparé à cette éventualité, il n'avait jamais imaginé qu'il lui reviendrait d'ouvrir les yeux de Maurice, et encore moins que cette révélation si mélodramatique surviendrait aussi vite et en ce lieu. Il avait deviné cette passion depuis qu'il l'avait vu avec Rosette pour la première fois à Cuba en 1793, lorsqu'ils étaient arrivés fuyant Le Cap, les vêtements déchirés et des cendres de l'incendie dans les cheveux. Ils n'étaient alors que des enfants qui se tenaient par la main, effrayés par les horreurs auxquelles ils avaient assisté, et déjà il était évident qu'un amour jaloux et tenace les unissait. Sancho ne s'expliquait pas comment d'autres ne l'avaient pas remarqué.

« Oublie Rosette. Elle est la fille de ton père. Rosette est ta sœur, Maurice, soupira Sancho, les yeux fixés sur la pointe de ses bottes.

— Je le sais, mon oncle, répliqua sereinement le jeune homme. Nous l'avons toujours su, mais cela n'empêche pas que nous allons nous marier.

— Tu dois être fou, mon garçon. C'est impossible.

— Nous verrons, mon oncle. »

Hortense Guizot n'avait jamais osé espérer que le ciel la débarrasse de Maurice sans une intervention directe de sa part. Elle satisfaisait sa rancune en imaginant des façons d'éliminer son beau-fils, la seule rêverie que cette femme pratique se permettait, rien qu'elle dût confesser car ces crimes hypothétiques n'étaient que des rêves, et rêver n'est pas un péché. Elle avait tellement essayé de l'éloigner de son père et de le remplacer par un fils à elle, qu'elle n'avait pas réussi à concevoir, que lorsque Maurice se perdit seul, lui laissant le champ libre pour disposer à sa guise des biens de son mari, elle se

472

sentit vaguement déçue. Elle avait passé la nuit du bal dans son lit de reine, sous le dais aux angelots qu'elle transportait entre la maison et la plantation à chaque saison, se tournant et retournant entre les draps sans pouvoir dormir, pensant qu'à cet instant Maurice choisissait une concubine, le signal définitif qu'il laissait l'adolescence derrière lui et entrait de plain-pied dans l'âge adulte. Maintenant, son beau-fils était un homme, et naturellement il allait commencer à se charger des affaires de la famille, ce qui réduirait son propre pouvoir, car elle n'avait pas sur lui l'ascendant qu'elle exerçait sur son mari. La dernière chose qu'elle désirait était de le voir fouiller dans la comptabilité ou mettre des limites à ses dépenses.

Hortense ne parvint pas à se reposer jusqu'au matin, lorsqu'elle finit par prendre quelques gouttes de laudanum et put s'abandonner à un sommeil agité, peuplé de visions angoissantes. Elle se réveilla vers midi, décomposée par la mauvaise nuit et les mauvais présages, tira le cordon pour appeler Denise et lui demander un seau d'aisances propre et sa tasse de chocolat. Il lui parut entendre une conversation en sourdine et elle estima qu'elle venait de la bibliothèque, au rez-de-chaussée. Le conduit du cordon pour appeler les esclaves qui traversait les étages lui avait souvent servi à écouter ce qui se passait dans le reste de la maison. Elle approcha son oreille et entendit des voix irritées, mais elle ne put distinguer les mots et sortit silencieusement de sa chambre. Dans l'escalier, elle buta contre son esclave, qui, la voyant en chemise et déchaussée se glisser comme un voleur, s'aplatit contre le mur, invisible et muette.

Sancho était venu en avant-garde expliquer à Toulouse Valmorain ce qui s'était passé au bal du *Cordon Bleu* et préparer son esprit, mais il ne trouva pas la manière de lui annoncer avec tact la volonté insensée de Maurice d'épouser Rosette, et il lui lâcha la nouvelle en une seule phrase. « L'épouser ? » répéta Valmorain, incrédule. Cela lui parut franchement comique et il éclata de rire, mais au fur et à mesure que Sancho lui faisait part de la détermination de son fils, le rire

473

se changea en une violente indignation. Il se servit une bonne rasade de cognac, la troisième de la matinée malgré l'interdiction de Parmentier, et la but d'un trait, ce qui le fit tousser.

Peu après, Maurice arriva. Valmorain lui fit face debout, gesticulant et frappant la table, avec la rengaine habituelle, mais cette fois en criant : il était son unique héritier, destiné à porter avec orgueil le titre de *chevalier* et d'accroître le pouvoir et la fortune de la famille, gagnés grâce à beaucoup d'efforts ; il était le dernier mâle à pouvoir perpétuer la dynastie, c'est pour cela qu'il l'avait formé, qu'il lui avait inculqué ses principes et son sens de l'honneur, qu'il lui avait offert tout ce que l'on peut donner à un fils ; il ne lui permettrait pas de souiller le nom illustre des Valmorain par une impulsion juvénile. Non, non, ce n'était pas une impulsion, se reprit-il, mais un vice, une perversion, ce n'était rien de moins qu'un inceste. Il s'effondra dans son fauteuil, à bout de souffle. De l'autre côté du mur, collée au trou d'espionnage, Hortense Guizot étouffa une exclamation. Elle ne s'attendait pas à ce que son mari avouât à son fils la paternité de Rosette, qu'il lui avait si soigneusement cachée à elle.

«Inceste, monsieur ? Vous m'obligiez à avaler du savon lorsque j'appelais Rosette ma sœur, argua Maurice.

— Tu sais très bien à quoi je fais référence !

— J'épouserai Rosette même si vous êtes son père, dit Maurice en essayant de garder un ton respectueux.

— Mais comment peux-tu épouser une quarteronne ! rugit Valmorain.

— À ce que je vois, monsieur, la couleur de Rosette vous contrarie davantage que notre parenté. Mais si vous avez engendré une fille avec une femme de couleur, il ne devrait pas vous surprendre que j'en aime une autre.

— Insolent ! »

Sancho essaya de les calmer par des gestes conciliants. Valmorain comprit qu'en suivant ce chemin ils n'arriveraient à rien, aussi s'efforça-t-il de paraître calmé, raisonnable.

« Tu es un bon garçon, Maurice, mais trop sensible et rêveur, dit-il. T'envoyer dans ce collège américain a été une erreur. Je ne sais quelles idées ils t'ont mises dans la tête, mais il semble que tu ignores qui tu es, quelles sont ta position et les responsabilités que tu as envers ta famille et la société.

— Le collège m'a donné une vision plus ample du monde, monsieur, mais cela n'a rien à voir avec Rosette. Mes sentiments pour elle sont les mêmes aujourd'hui qu'il y a quinze ans.

— Ces impulsions sont normales à ton âge, mon fils. Il n'y a rien d'original dans ton cas, l'assura Valmorain. Personne ne se marie à dix-huit ans, Maurice. Tu choisiras une maîtresse, comme n'importe quel garçon de ta condition. Cela te calmera. Si quelque chose ne manque pas dans cette ville, ce sont les belles mulâtresses.

— Non ! Rosette est pour moi la seule femme, l'interrompit son fils.

— L'inceste est très grave, Maurice.

— L'esclavage est bien plus grave.

— Qu'est-ce que cette chose a à voir avec l'autre ?

— Beaucoup, monsieur. Sans l'esclavage, qui vous a permis d'abuser de votre esclave, Rosette ne serait pas ma sœur, lui expliqua Maurice.

— Comment oses-tu parler ainsi à ton père ?

— Pardonnez-moi, monsieur, répondit Maurice avec ironie. En réalité, les erreurs que vous avez commises ne peuvent excuser les miennes.

— Ce que tu as, c'est la fièvre, mon fils, dit Valmorain avec un soupir théâtral. Rien de plus compréhensible. Tu dois faire ce que nous faisons tous dans ces cas-là.

— Quoi donc, monsieur ?

— Je suppose que je n'ai pas besoin de te l'expliquer, Maurice. Couche avec cette fille une fois pour toutes, et ensuite oublie-la. C'est ainsi que l'on fait. Quoi d'autre avec une Noire ?

— C'est ce que vous voulez pour votre fille ? » demanda Maurice, pâle, les dents serrées. Des gouttes de sueur coulaient sur son visage et sa chemise était trempée.

« Elle est la fille d'une esclave ! Mes enfants sont blancs ! » s'exclama Valmorain.

Un silence de glace tomba sur la bibliothèque. Sancho recula, s'épongeant la nuque, pris du sentiment que tout était perdu. La maladresse de son beau-frère lui parut irréparable.

« Je l'épouserai », répéta enfin Maurice, et il sortit à grands pas, sans écouter le chapelet de menaces de son père.

À la droite de la lune

Il n'était pas venu à l'esprit de Tété d'aller au bal, et on ne l'avait pas invitée non plus, car on comprenait que ce n'était pas pour des gens de sa condition : les mères se seraient senties offensées et sa fille aurait eu honte. Elle se mit d'accord avec Violette pour que celle-ci serve de chaperon à Rosette. Les préparatifs de cette soirée, qui avaient exigé des mois de patience et de travail, donnèrent les résultats attendus : Rosette avait l'air d'un ange dans sa robe vaporeuse, avec des fleurs de jasmin piquées dans ses cheveux. Avant de monter dans la voiture louée, en présence des voisins qui étaient sortis dans la rue pour les applaudir, Violette répéta à Tété et Loula qu'elle trouverait le meilleur prétendant pour Rosette. Personne n'imagina qu'elle rentrerait une heure plus tard en traînant la jeune fille, alors que quelques voisins continuaient dans la rue à se perdre en commentaires.

Rosette entra dans la maison en trombe, avec la moue de mule obstinée qui cette année avait remplacé sa coquetterie, elle arracha violemment sa robe et s'enferma dans sa chambre sans un mot. Violette était hystérique, criant que cette vadrouilleuse allait le lui payer, qu'elle avait été sur le point de ruiner la fête, qu'elle les avait tous trompés, qu'elle lui avait fait perdre son temps, ses efforts et son argent, car elle n'avait jamais eu l'intention d'être *placée*, le bal avait été un prétexte pour retrouver ce pauvre diable de Maurice. Elle avait vu juste. Rosette et Maurice s'étaient mis d'accord de façon inexplicable, étant donné que la petite n'allait jamais seule nulle part. La façon dont elle envoyait et recevait les messages était un mystère qu'elle refusa de révéler, malgré la gifle que Violette lui flanqua. Cela confirma le soupçon que Tété avait toujours eu : les *z'étoiles* de ces deux enfants étaient unies dans le ciel ; certaines nuits, elles étaient clairement visibles à la droite de la lune.

Après la scène de la bibliothèque, au cours de laquelle il avait affronté son père, Maurice se retira décidé à couper pour toujours les liens avec sa famille. Sancho parvint à tranquilliser un peu Valmorain, puis il suivit son neveu à l'appartement qu'ils partageaient, où il le trouva décomposé, rouge de fièvre. Avec l'aide de son domestique, Sancho le déshabilla et le mit au lit, puis il l'obligea à avaler une tasse de rhum chaud avec du sucre et du citron, remède improvisé dont il eut l'idée comme palliatif des peines de cœur et qui fit tomber Maurice dans un profond sommeil. Il ordonna à son domestique de le rafraîchir avec des serviettes mouillées pour faire baisser la température, mais cela n'empêcha pas Maurice de passer le reste de l'après-midi et une bonne partie de la nuit à délirer.

Le lendemain matin, le jeune homme se réveilla moins fiévreux. La pièce était sombre, car on avait tiré les rideaux, mais il ne voulut pas appeler le domestique, bien qu'il eût besoin d'eau et d'une tasse de café. Lorsqu'il essaya de se lever pour utiliser le bassin il sentit tous ses muscles endoloris, comme s'il avait galopé une semaine, aussi préféra-t-il retourner se coucher. Peu après, Sancho arriva avec Parmentier. Le docteur, qui le connaissait depuis qu'il était enfant, ne put moins faire que répéter l'observation rebattue affirmant que le temps est plus fuyant que l'argent. Où les années étaient-elles passées ? Maurice était sorti par une porte en pantalons courts, et il réapparaissait par une autre devenu un homme. Il l'examina minutieusement sans pouvoir établir de diagnostic, le tableau n'était pas encore clair, dit-il, il fallait attendre. Il lui ordonna de garder le lit pour voir comment il réagissait. Récemment, à l'hôpital des religieuses, il avait soigné deux marins atteints de typhus. Il ne s'agissait pas d'une épidémie, assura-t-il, c'étaient des cas isolés, mais il fallait tenir compte de cette possibilité. Les rats des bateaux propageaient souvent cette maladie, et peut-être Maurice avait-il été infecté pendant le voyage.

« Je suis certain que ce n'est pas le typhus, docteur, marmotta Maurice, honteux.

— Qu'est-ce que c'est alors ? dit Parmentier avec un sourire.

— Les nerfs.

— Les nerfs ? répéta Sancho très amusé. Ce mal dont souffrent les vieilles filles ?

— Je n'ai pas eu cela depuis que j'étais petit, docteur, mais je n'ai pas oublié et je suppose que vous non plus. Vous ne vous souvenez pas, au Cap ? »

Alors Parmentier revit le petit garçon qu'était Maurice à l'époque, brûlant de fièvre car tourmenté par les fantômes des torturés qui se promenaient dans sa maison.

« J'espère que tu as raison, dit Parmentier. Ton oncle Sancho m'a raconté ce qui s'est passé au bal et la dispute que tu as eue avec ton père.

— Il a insulté Rosette ! Il l'a traitée de dévergondée, dit Maurice.

— Mon beau-frère était très perturbé, comme cela est logique, interrompit Sancho. Maurice s'est mis en tête d'épouser Rosette. Non seulement il veut défier son père, mais le monde entier.

— Nous demandons seulement qu'on nous laisse en paix, mon oncle, dit Maurice.

— Personne ne vous laissera en paix, parce que si vous arrivez à vos fins, vous mettez la société en danger. Imagine l'exemple que vous donneriez ! Ce serait comme un trou dans la digue. Au début un filet d'eau, puis une crue qui détruirait tout sur son passage.

— Nous partirons au loin, là où personne ne nous connaît, insista Maurice.

— Où ? Vivre avec les Indiens, couverts de peaux puantes, en mangeant du maïs ? Nous verrons combien de temps durera votre amour dans ces conditions.

— Tu es très jeune, Maurice, tu as toute la vie devant toi, argua faiblement le médecin.

— Ma vie ! Apparemment, c'est la seule chose qui compte ! Et Rosette ? Sa vie à elle ne compte donc pas ? Je l'aime, docteur !

— Je te comprends mieux que personne, mon fils. Ma compagne de toute la vie, la mère de mes trois enfants, est une mulâtresse, lui avoua Parmentier.

— Oui, mais elle n'est pas votre sœur ! s'exclama Sancho.

— Cela n'a pas d'importance, répliqua Maurice.

— Expliquez-lui, docteur, que de ces unions naissent des petits tarés, insista Sancho.

— Pas toujours », murmura le médecin, songeur.

Maurice avait la bouche sèche et de nouveau il sentait son corps brûlant. Il ferma les yeux, indigné contre lui-même de ne pouvoir contrôler ces tremblements, sans doute causés par sa maudite imagination. Il n'écoutait pas son oncle : il avait un bruit de houle dans les oreilles.

Parmentier interrompit la liste des arguments de Sancho. « Je crois qu'il n'y a qu'une manière satisfaisante pour tous que Maurice et Rosette puissent vivre ensemble. » Il expliqua que très peu de gens savaient qu'ils étaient demi-frère et sœur, et qu'en outre ce ne serait pas la première fois qu'une chose semblable arrivait. La promiscuité des maîtres et de leurs esclaves donnait lieu à toutes sortes de relations confuses, ajouta-t-il. Personne ne savait de source sûre ce qui se passait dans l'intimité des maisons, et encore moins dans les plantations. Les *créoles* n'accordaient que peu d'importance aux amours entre parents de race différente – non seulement entre frères et sœurs, mais aussi entre pères et filles, tant que cela ne se répandait pas publiquement. Des Blancs avec des Blancs, en revanche, c'était intolérable.

« Où voulez-vous en venir, docteur ? demanda Maurice.

— *Plaçage.* Penses-y, mon garçon. Tu traiterais Rosette comme une épouse, et même si tu ne vis pas ouvertement avec elle, tu pourrais lui rendre visite quand tu voudrais. Rosette serait respectée dans son milieu. Tu garderais ta situation, grâce à quoi tu pourrais bien mieux la protéger qu'en étant un paria de la société et pauvre en plus, comme tu le serais si tu t'obstinais à l'épouser.

— Brillant, docteur ! s'exclama Sancho avant que Maurice pût ouvrir la bouche. Il faut seulement que Toulouse Valmorain l'accepte. »

Les jours suivants, tandis que Maurice se débattait contre ce qui s'avéra finalement être le typhus, Sancho essaya de convaincre son beau-frère des avantages du *plaçage* pour Maurice et Rosette. Si auparavant Valmorain était disposé à financer les dépenses d'une inconnue, il n'avait pas de raison de le refuser à la seule que Maurice désirait. Jusque-là, Valmorain l'écoutait tête baissée, mais attentif.

« En plus, elle a été élevée au sein de ta famille et tu sais qu'elle est honnête, fine et bien éduquée, ajouta Sancho, mais à peine eut-il terminé qu'il comprit son erreur de lui avoir rappelé que Rosette était sa fille ; ce fut comme s'il avait piqué Valmorain.

— Je préfère voir Maurice mort que de le voir vivre en concubinage avec cette prostituée ! » s'exclama-t-il.

L'Espagnol se signa automatiquement : ça, c'était tenter le diable.

« Ne fais pas attention, Sancho, je l'ai dit sans y penser, bredouilla l'autre, lui aussi bouleversé par une appréhension superstitieuse.

— Calme-toi, beau-frère. Les enfants se rebellent toujours, c'est normal, mais tôt ou tard ils reviennent à la raison, dit Sancho en se servant un verre de cognac. Ton opposition ne fait que renforcer l'entêtement de Maurice. Tu n'obtiendras rien d'autre que l'éloigner de toi.

— Celui qui sort perdant, c'est lui !

— Penses-y. Toi aussi tu sors perdant. Tu n'es plus jeune et tu n'as plus la santé. Qui sera ton soutien dans la vieillesse ? Qui dirigera la plantation et tes affaires quand tu ne pourras plus le faire ? Qui prendra soin d'Hortense et des petites ?

— Toi.

— Moi ? – Sancho éclata d'un rire joyeux. Moi je suis un vaurien, Toulouse ! Tu me vois devenir le pilier de la famille ? À Dieu ne plaise.

— Si Maurice me trahit, tu devras m'aider, Sancho. Tu es mon associé et mon seul ami.

— S'il te plaît, ne me fais pas peur.

— Je crois que tu as raison : je ne dois pas affronter Maurice en face, mais agir avec ruse. Le garçon a besoin de se refroidir, de penser à son avenir, de s'amuser comme il convient à son âge et de connaître d'autres femmes. Cette coquine doit disparaître.

— Comment ? demanda Sancho.

— Il y a plusieurs façons.

— Lesquelles ?

— Par exemple lui offrir une belle somme d'argent pour qu'elle parte au loin et laisse mon fils tranquille. L'argent achète tout, Sancho, mais si cela ne donnait rien… eh bien nous prendrions d'autres mesures.

— Ne compte sur moi pour rien de cela ! s'exclama Sancho, alarmé. Maurice ne te le pardonnerait jamais.

— Il n'aurait pas besoin de le savoir.

— Je le lui dirais. Justement parce que je t'aime comme un frère, Toulouse, je ne permettrai pas que tu commettes une méchanceté pareille. Tu t'en repentirais toute ta vie, répliqua Sancho.

— Ne te mets pas dans cet état, mon ami ! Je plaisantais. Tu sais que je ne suis pas capable de tuer une mouche. »

Le rire de Valmorain résonna comme un aboiement. Sancho se retira, inquiet, et lui resta à réfléchir au *plaçage*. Cela paraissait l'alternative la plus logique, mais parrainer un concubinage entre frère et sœur était très dangereux. Si cela venait à se savoir, son honneur serait souillé de façon irréparable et tout le monde tournerait le dos aux Valmorain. Avec quel visage se présenteraient-ils en public ? Il devait penser à l'avenir de ses cinq filles, à ses affaires et à sa position sociale, comme le lui avait clairement fait voir Hortense. Il n'imaginait pas que la même Hortense avait déjà fait circuler la nouvelle. Entre prendre soin de la réputation de sa famille, première priorité de toute dame *créole*, ou ruiner celle de son beau-fils, Hortense avait choisi et cédé à la tentation de la seconde solution. Si cela avait été en son pouvoir elle aurait elle-même marié Maurice à Rosette, pour la seule satisfaction de le détruire. Le *plaçage* que proposait Sancho ne lui convenait pas, car dès que les esprits se calmeraient, comme cela arrivait toujours au bout d'un certain temps, Maurice pourrait exercer ses droits d'aînesse sans que personne se souvienne de son écart. Les gens avaient mauvaise mémoire. La seule solution pratique était que son beau-fils soit répudié par son père. « Il veut épouser une quarteronne ? Parfait. Qu'il le fasse et qu'il vive chez les Noirs, comme il convient », avait-elle raconté à ses sœurs et amies, qui à leur tour se chargèrent de le répéter.

Les amoureux

Tété et Rosette avaient quitté la maison jaune de la rue de Chartres au lendemain de l'orage qui avait éclaté au bal du *Cordon Bleu*. Violette cessa rapidement de trépigner de colère et pardonna à Rosette, parce que les amours contrariées l'émouvaient toujours, mais elle se sentit tout de même soulagée lorsque Tété lui annonça qu'elle ne voulait pas abuser plus longtemps de son hospitalité. Mieux valait mettre une certaine distance entre elles, pensa-t-elle. Tété emmena sa fille à la pension où, des années plus tôt, avait vécu le précepteur Gaspard Séverin, tandis qu'on terminait d'aménager la petite maison qu'avait achetée Zacharie à deux rues de celle d'Adèle. Elle continua à travailler avec Violette, comme toujours, et mit Rosette à la couture chez Adèle ; il était temps que la jeune fille gagne sa vie. Elle se sentait impuissante devant l'ouragan qui s'était déchaîné. Elle éprouvait une inévitable compassion à l'égard de sa fille, mais ne pouvait l'approcher pour essayer de l'aider, car celle-ci s'était fermée comme une huître. Rosette ne parlait à personne, elle cousait dans un silence revêche, attendant Maurice avec une dureté de granit, aveugle à la curiosité étrangère et sourde aux conseils des femmes qui l'entouraient : sa mère, Violette, Loula, Adèle et une douzaine de voisines indiscrètes.

Tété apprit l'affrontement entre Maurice et Toulouse

Valmorain par Adèle, à qui Parmentier l'avait raconté, et par Sancho, qui lui fit une brève visite à la pension pour lui apporter des nouvelles de Maurice. Il lui dit que le jeune homme était affaibli par le typhus, mais hors de danger, et qu'il voulait voir Rosette au plus tôt. « Il m'a demandé d'intercéder pour que tu le reçoives, Tété », ajouta-t-il. « Maurice est mon fils, don Sancho, il n'a pas besoin de m'envoyer des messages. Je l'attends », lui répondit-elle. Ils purent parler avec franchise, profitant de ce que Rosette était sortie porter des travaux de couture. Cela faisait plusieurs semaines qu'ils n'avaient pas eu l'occasion de se voir, car Sancho n'avait plus reparu dans le quartier. Il n'osait pas se montrer auprès de Violette Boisier depuis qu'elle l'avait surpris avec Adi Soupir, cette jeune écervelée dont il avait été épris. Sancho n'avait rien obtenu en lui jurant qu'ils s'étaient simplement rencontrés par hasard sur la place d'Armes et qu'il l'avait invitée à prendre un innocent verre de xérès, rien de plus. Quel mal y avait-il à cela ? Mais Violette ne tenait pas à être en concurrence avec une rivale pour le cœur d'artichaut de cet Espagnol, et encore moins avec une femme deux fois plus jeune qu'elle.

D'après Sancho, Toulouse Valmorain avait exigé que son fils aille lui parler dès qu'il pourrait tenir debout. Maurice avait trouvé la force de s'habiller et s'était rendu chez son père, car il ne pouvait continuer à reporter une résolution. Tant qu'il n'éclaircissait pas les choses avec son père, il n'était pas libre de se présenter devant Rosette. En voyant son fils jaune, vêtu d'habits qui flottaient sur lui parce qu'il avait perdu plusieurs kilos pendant sa brève maladie, Valmorain prit peur. La vieille crainte que la mort le lui enlevât, qui l'avait si souvent assailli lorsque Maurice était petit, lui serra de nouveau la poitrine. Poussé par Hortense Guizot, il s'était préparé à lui imposer son autorité, mais il comprit qu'il l'aimait trop : n'importe quoi était préférable à se quereller avec lui. Dans une impulsion, il opta pour le *plaçage*, auquel il s'était opposé auparavant par orgueil et sur le conseil de sa femme. Il vit avec lucidité que c'était la seule issue possible. «Je t'aiderai comme il se doit, mon fils. Tu auras ce qu'il te faut pour acheter une maison à cette jeune fille et l'entretenir convenablement. Je prierai pour qu'il n'y ait pas de scandale et que Dieu vous pardonne. Je te demande seulement de ne jamais prononcer son nom devant moi, pas plus que celui de sa mère », lui annonça Valmorain.

La réaction de Maurice ne fut pas celle qu'attendaient son père et Sancho, qui se trouvait également dans la bibliothèque. Il répondit qu'il le remerciait pour l'aide proposée, mais que tel n'était pas le sort qu'il souhaitait. Il n'avait pas l'intention de continuer à se soumettre à l'hypocrisie de la société ni de soumettre Rosette à l'injustice du *plaçage*, dans lequel elle serait prisonnière tandis que lui-même jouirait d'une totale liberté. De plus, cela constituerait un stigmate pour la carrière politique qu'il envisageait de mener. Il annonça qu'il allait retourner à Boston, vivre au milieu de gens plus civilisés ; il étudierait le droit et ensuite, depuis le Congrès et les journaux, il tenterait de changer la Constitution, les lois et enfin les coutumes, non seulement aux États-Unis mais dans le monde.

«De quoi parles-tu, Maurice ? l'interrompit son père, convaincu que le délire du typhus l'avait repris.

— D'abolitionnisme, monsieur. Je vais consacrer ma vie à lutter contre l'esclavage », répliqua fermement Maurice.

Ce fut un coup mille fois plus grave pour Valmorain que l'affaire de Rosette : c'était un attentat direct contre les intérêts de sa famille. Son fils était plus dérangé qu'il ne l'avait imaginé, il ne voulait rien de moins que démolir les fondements de la civilisation et de la fortune des Valmorain. Les abolitionnistes, on les rossait et on les pendait, comme ils le méritaient. C'étaient des fous fanatiques qui osaient défier la société, l'histoire, et même la parole divine, parce que l'esclavage apparaissait dans la Bible. Un abolitionniste dans sa propre famille ? Pas question ! Il lui lança sa harangue à grands cris, sans reprendre souffle, et termina en le menaçant de le déshériter.

« Faites-le, monsieur, parce que si j'héritais de vos biens, la première chose que je ferais serait d'émanciper les esclaves et de vendre la plantation », répondit Maurice sans se troubler.

Le jeune homme se leva en s'appuyant au dossier de sa chaise, car il avait un peu la nausée, il salua d'une légère inclination de la tête et sortit de la bibliothèque en essayant de dissimuler le tremblement de ses jambes. Les insultes de son père le poursuivirent jusque dans la rue.

Valmorain perdit tout contrôle, la colère le changea en un tourbillon : il maudit son fils, lui cria qu'il était mort pour lui et qu'il ne recevrait pas un centime de sa fortune. « Je t'interdis de remettre les pieds dans cette maison et d'utiliser le nom de Valmorain ! Tu ne fais plus partie de cette famille ! » Il ne put continuer parce qu'il s'écroula, entraînant une lampe d'opaline qui se brisa contre le mur. À ses cris étaient accourus Hortense et plusieurs domestiques, qui le trouvèrent les yeux révulsés, violacé, tandis que Sancho, à genoux près de lui, essayait de défaire sa cravate prise dans les plis de son double menton.

Lien de sang

Une heure plus tard, Maurice se présenta sans prévenir à la pension de Tété. Cela faisait sept ans qu'elle ne l'avait pas vu, mais ce jeune homme de haute taille à l'air sérieux, à la chevelure désordonnée et aux lunettes rondes lui parut identique au petit garçon qu'elle avait élevé. Maurice avait l'intensité et la tendresse de l'enfance. Ils s'étreignirent longuement, elle répétant son nom et lui murmurant *maman, maman,* le mot interdit. Ils se trouvaient dans le petit salon poussiéreux de la pension, plongée dans une pénombre éternelle. Le peu de lumière qui filtrait entre les persiennes laissait voir les meubles démantibulés, le tapis effiloché et le papier jauni des murs.

Rosette, qui avait tant attendu Maurice, ne le salua pas, étourdie de bonheur et déconcertée de le voir amaigri, si différent du jeune homme élégant avec lequel elle avait dansé deux semaines plus tôt. Muette, elle observait la scène comme si la visite intempestive de son amoureux n'avait rien à voir avec elle.

« Rosette et moi nous nous sommes toujours aimés, *maman,* vous le savez. Déjà petits nous parlions de nous marier, vous en souvenez-vous ? dit Maurice.

— Oui, mon fils, je m'en souviens. Mais c'est un péché.

« — Je ne vous ai jamais entendue prononcer ce mot. Seriez-vous devenue catholique ?

— Mes *loas* m'accompagnent toujours, Maurice, mais je vais aussi à la messe du père Antoine.

— Comment l'amour peut-il être un péché ? Dieu l'a mis en nous. Nous nous aimions déjà avant notre naissance. Nous ne sommes pas coupables d'avoir le même père. Le péché n'est pas le nôtre, c'est le sien.

— Il y a des conséquences…, murmura Tété.

— Je sais. Tout le monde s'acharne à me rappeler que nous pouvons avoir des enfants anormaux. Nous sommes prêts à courir ce risque, n'est-ce pas Rosette ? »

La jeune fille ne répondit pas. Maurice s'approcha et mit son bras autour de ses épaules dans un geste de protection.

« Qu'allez-vous devenir ? demanda Tété, angoissée.

— Nous sommes libres et jeunes. Nous irons à Boston et si là-bas ça ne nous convient pas, nous chercherons un autre endroit. L'Amérique est vaste.

— Et la couleur ? On ne vous acceptera nulle part. On dit que dans les États libres la haine est plus grande, parce que les Blancs et les Noirs ne vivent pas ensemble et ne se mélangent pas.

— C'est vrai, mais cela va changer, je vous le promets. Beaucoup de gens travaillent à abolir l'esclavage : des philosophes, des hommes politiques, des religieux, toutes les personnes qui ont un peu d'intégrité…

— Je ne vivrai pas pour le voir, Maurice. Mais je sais que même si l'on émancipait les esclaves il n'y aurait pas d'égalité.

— À la longue, il faudra bien qu'il y en ait, *maman*. C'est comme une boule de neige qui commence à rouler, qui grossit, qui prend de la vitesse, et alors rien ne peut l'arrêter. C'est ainsi que surviennent les grands changements dans l'Histoire.

— Qui t'a dit cela, mon fils ? lui demanda Tété, qui ne savait pas ce qu'était la neige.

« — Mon professeur, Harrison Cobb. »

Tété comprit que le raisonner était inutile, parce que les cartes étaient tirées depuis quinze ans, lorsqu'il s'était penché pour la première fois et avait embrassé le visage de la petite Rosette qui venait de naître.

« Ne vous inquiétez pas, nous nous débrouillerons, ajouta Maurice. Mais nous avons besoin de votre bénédiction, *maman*. Nous ne voulons pas nous enfuir comme des malhonnêtes.

— Vous avez ma bénédiction, mes enfants, mais cela ne suffit pas. Nous allons demander conseil au père Antoine, qui connaît les choses de ce monde et de l'autre », conclut Tété.

Ils se rendirent à pied dans la brise de février à la petite maison du capucin, qui venait de terminer sa première tournée caritative et se reposait un moment. Il les reçut sans paraître surpris, car il les attendait depuis qu'avaient commencé à arriver à ses oreilles les commérages selon lesquels l'héritier de la fortune Valmorain voulait épouser une quarteronne. Comme toujours il était au courant de tout ce qui se passait dans la ville ; ses fidèles pensaient que le Saint-Esprit lui soufflait les informations. Il leur offrit son vin de messe, aussi âpre que du vernis.

« Nous voulons nous marier, *mon père*, annonça Maurice.

— Mais il y a le petit détail de la race, n'est-ce pas ? dit le prêtre dans un sourire.

— Nous savons que la loi…, poursuivit Maurice.

— Vous avez commis le péché de chair ? l'interrompit le père Antoine.

— Comment pouvez-vous croire cela, *mon père* ! Je vous donne ma parole de chevalier que la vertu de Rosette et mon honneur sont intacts, proclama Maurice en rougissant.

— Quel dommage, mes enfants ! Si Rosette avait perdu sa virginité et que tu désirais réparer le mal perpétré, je serais obligé de vous marier pour sauver vos âmes », leur expliqua le saint homme.

Alors Rosette ouvrit la bouche pour la première fois depuis le bal du *Cordon Bleu*.

« Cela s'arrangera cette nuit même, *mon père*. Faites comme si c'était fait. Et maintenant, je vous en prie, sauvez notre âme », dit-elle le visage en feu, d'un ton décidé.

Le saint homme était doté d'une admirable souplesse pour esquiver les règles qu'il considérait comme inopportunes. Avec la même imprudence enfantine dont il défiait l'Église, il lui arrivait souvent de retirer toute substance à la loi, et jusqu'alors aucune autorité religieuse ou civile n'avait osé le rappeler à l'ordre. Il sortit un rasoir d'une boîte, trempa la lame dans son verre de vin et ordonna aux amoureux de relever leurs manches et de lui présenter un bras. Sans hésiter, avec l'adresse de celui qui a réalisé cette opération plusieurs fois, il fit une entaille au poignet de Maurice. Celui-ci poussa une exclamation et aspira le sang, tandis que Rosette serrait les lèvres et fermait les yeux, une main tendue. Puis le frère unit leurs deux bras, frottant le sang de Rosette sur la petite blessure de Maurice.

« Le sang est toujours rouge, comme vous le voyez, mais si quelqu'un pose la question, maintenant tu peux dire que tu as du sang noir, Maurice. Ainsi le mariage sera légal, précisa le frère en nettoyant la lame sur sa manche, tandis que Tété déchirait son mouchoir pour bander leurs poignets.

— Allons à l'église. Nous demanderons à sœur Lucie d'être le témoin de cette noce, dit le père Antoine.

— Un moment, *mon père*, l'arrêta Tété. Nous n'avons pas résolu le fait que ces enfants sont demi-frère et sœur.

— Mais que dis-tu là, ma fille ! s'exclama le saint.

— Vous connaissez l'histoire de Rosette, *mon père*. Je vous ai dit que Monsieur Toulouse Valmorain était son père, et vous savez qu'il est aussi le père de Maurice.

— Je ne m'en souvenais pas. La mémoire me fait défaut. » Vaincu, le père Antoine se laissa tomber sur une chaise.

« Je ne peux marier ces enfants, Tété. Une chose est de

491

tromper la loi des hommes, qui est souvent absurde, mais tromper la loi de Dieu en est une autre… »

Ils sortirent tête basse de la petite maison du père Antoine. Rosette essayait de retenir ses larmes et Maurice, décomposé, la tenait par la taille. « Comme je voudrais vous aider, mes enfants ! Mais il n'est pas en mon pouvoir de le faire. Personne ne peut vous marier sur cette terre-ci », avait été le triste adieu du saint homme.

Tandis que les amoureux traînaient les pieds, inconsolables, Tété marchait à deux pas en arrière, pensant à la manière dont le père Antoine avait appuyé sur le dernier mot. Peut-être n'y avait-il pas eu d'emphase, et avait-elle été trompée par l'accent saccadé avec lequel le saint espagnol parlait le français, mais la phrase lui parut quelque peu recherchée et elle l'entendait à nouveau comme en écho à ses pieds nus frappant les pavés de la place, jusqu'à ce que, de tant la répéter en silence, elle crût y saisir un sens caché. Elle changea de direction pour s'acheminer vers *Chez Fleur*.

Ils marchèrent pendant près d'une heure ; lorsqu'ils arrivèrent devant la discrète porte de la maison de jeu, ils virent une file de porteurs chargés de paquets de provisions, surveillés par Fleur Hirondelle qui notait chaque sac dans son livre de comptes. La femme les reçut affectueusement, comme toujours, mais elle ne pouvait s'occuper d'eux et leur fit signe d'entrer au salon. Maurice s'aperçut que c'était un endroit de réputation douteuse et il lui parut pittoresque que sa *maman*, toujours si soucieuse d'honnêteté, s'y trouvât comme chez elle. À cette heure, dans la cruelle lumière du jour, avec les tables vides, sans clients, sans *cocottes* ni musiciens, sans la fumée, le bruit, l'odeur de parfum et d'alcool, le salon avait l'air d'un pauvre théâtre.

« Que faisons-nous ici ? demanda Maurice sur un ton d'enterrement.

— Nous espérons que change notre sort, mon fils », dit Tété.

Quelques instants plus tard, Zacharie apparut en vêtements de travail et les mains sales, surpris par la visite. Il n'était plus le bel homme d'autrefois, son visage ressemblait à un masque de carnaval. C'est ainsi qu'il était resté après l'agression. Il faisait nuit et on l'avait frappé en toute tranquillité, il n'avait pu voir les hommes qui lui étaient tombés dessus à coups de gourdin, mais comme ils ne lui avaient pas volé son argent ni sa canne à poignée d'ivoire, il avait su que ce n'étaient pas des bandits du Marais. Tété l'avait averti plus d'une fois que sa personne trop élégante et sa largesse avec l'argent offensaient certains Blancs. On l'avait trouvé à temps, étalé dans un caniveau, roué de coups, le visage démoli. Le docteur Parmentier l'avait réparé avec tant de soin qu'il avait réussi à lui remettre les os en place et à lui sauver un œil ; Tété, quant à elle, l'avait nourri à l'aide d'une pipette jusqu'à ce qu'il puisse mâcher. Ce malheur n'avait en rien modifié son attitude triomphante, mais l'avait rendu plus prudent, et à présent il était toujours armé.

« Que puis-je vous offrir ? Du rhum ? Du jus de fruits pour la petite ? dit Zacharie avec son nouveau sourire tordu.

— Un capitaine est comme un roi, il peut faire ce qu'il veut sur son bateau, même pendre quelqu'un, n'est-ce pas ? lui demanda Tété.

— Uniquement lorsqu'il navigue, précisa Zacharie en s'essuyant avec un chiffon.

— Tu en connais un ?

— Plusieurs. Sans aller plus loin, Fleur Hirondelle et moi sommes associés à Romeiro Toledano, un Portugais qui possède une goélette.

— Associés pour quoi faire, Zacharie ?

— Disons, pour l'importation et le transport.

— Tu ne m'as jamais parlé de ce Toledano. On peut lui faire confiance ?

— Ça dépend. Pour certaines choses oui, pour d'autres non.

— Où puis-je lui parler ?

493

« — En ce moment, la goélette est au port. Il viendra sûrement ce soir boire quelques verres et jouer aux cartes. Que veux-tu, au juste ?

— J'ai besoin d'un capitaine qui marie Maurice et Rosette, lui annonça Tété à la surprise des deux intéressés.

— Comment peux-tu me demander cela, Zarité ?

— Parce que personne d'autre ne le ferait, Zacharie. Et il faut que ce soit tout de suite, parce que Maurice va partir pour Boston sur un bateau qui lève l'ancre après-demain.

— La goélette est dans le port, où commandent les autorités terrestres.

— Peux-tu demander à Toledano de larguer les amarres, de diriger son bateau à quelques milles en pleine mer et de marier ces enfants ? »

C'est ainsi que quatre heures plus tard, à bord d'une goélette balancée par la houle et battant pavillon espagnol, le capitaine Romeiro Toledano, un petit homme qui mesurait moins de sept empans mais compensait l'indignité de sa taille réduite par une barbe noire qui laissait à peine voir ses yeux, maria Rosette Sedella et Maurice. Les témoins furent Zacharie, en costume de gala mais les ongles encore sales, et Fleur Hirondelle, qui pour l'occasion mit une tunique en soie et un collier de dents d'ours. Tandis que Zarité essuyait ses larmes, Maurice ôta la médaille d'or de sa mère qu'il portait toujours et il la mit au cou de Rosette. Fleur Hirondelle distribua des coupes de champagne et Zacharie porta un toast à « ce couple qui symbolise l'avenir, quand les races seront mélangées et que tous les êtres humains seront libres et égaux devant la loi ». Maurice, qui avait souvent entendu le professeur Cobb prononcer les mêmes mots et que le typhus avait rendu très sentimental, laissa échapper un long et profond sanglot.

Deux nuits d'amour

N'ayant pas d'autre endroit, les nouveaux mariés passèrent la seule journée et les deux nuits d'amour qu'ils eurent dans l'étroite cabine de la goélette de Romeiro Toledano, sans se douter que dans un compartiment secret, sous le plancher, se tenait blotti un esclave qui pouvait les entendre. L'embarcation était la première étape du dangereux voyage vers la liberté de nombreux fugitifs. Zacharie et Fleur Hirondelle croyaient que l'esclavage allait bientôt se terminer, mais en attendant ils aidaient les plus désespérés qui ne pouvaient attendre cette échéance.

Cette nuit-là, Maurice et Rosette s'aimèrent sur une étroite couchette en planches, bercés par les courants du delta, dans la lumière tamisée par un vieux rideau de tissu rouge qui couvrait la petite fenêtre. Au début ils se touchaient, hésitants, avec timidité, bien qu'ils eussent grandi en s'explorant et qu'il n'existât pas un seul recoin de leur âme fermé à l'autre. Ils avaient changé et devaient maintenant réapprendre à se connaître. Émerveillé de tenir Rosette entre ses bras, Maurice oublia le peu qu'il avait appris dans ses cabrioles avec Giselle, la menteuse de Savannah. Il tremblait. « C'est à cause du typhus », dit-il en guise d'excuse. Émue par cette douce maladresse, Rosette prit l'initiative de commencer à se déshabiller sans hâte, comme le lui avait appris Violette Boisier en privé.

En y pensant, elle fut prise d'un tel fou rire que Maurice crut qu'elle se moquait de lui.

« Ne sois pas bête, comment pourrais-je me moquer de toi ? répliqua-t-elle en essuyant ses larmes de rire. Je me souviens des leçons pour faire l'amour, dont Madame Violette a eu l'idée pour les élèves du *plaçage*.

— Ne me dis pas qu'elle vous donnait des leçons !

— Bien sûr, crois-tu que la séduction s'improvise ?

— *Maman* sait cela ?

— Pas les détails.

— Qu'est-ce que cette femme vous apprenait ?

— Peu de chose, parce que finalement Madame a dû renoncer aux cours pratiques. Loula l'a convaincue que les mères ne le toléreraient pas et que le bal irait au diable. Mais elle a essayé sa méthode avec moi. Elle utilisait des bananes et des concombres pour m'expliquer.

— T'expliquer quoi ? s'exclama Maurice qui commençait à s'amuser.

— Comment vous êtes faits, vous les hommes, et comme il est facile de vous manipuler, parce que vous avez tout à l'extérieur. D'une façon ou d'une autre, elle devait m'apprendre, tu ne crois pas ? Je n'ai jamais vu un homme nu, Maurice. Bon, seulement toi, mais à l'époque tu étais un gamin.

— On peut supposer que quelque chose a changé depuis, dit-il avec un sourire. Mais ne t'attends pas à des bananes ou des concombres. Tu pécherais par optimisme.

— Non ? Fais voir. »

Dans sa cachette, l'esclave regretta qu'il n'y ait pas un trou entre les lames du plancher pour y coller son œil. Aux éclats de rire succéda un silence qui lui parut trop long. Que faisaient ces deux-là, si muets ? Il ne pouvait l'imaginer, car s'il en croyait son expérience l'amour était plutôt bruyant. Quand le capitaine barbu ouvrit la petite trappe pour lui permettre de sortir manger et s'étirer en profitant de l'obscurité de la nuit, le fugitif faillit lui dire de ne pas se déranger, car il pouvait attendre.

Romeiro Toledano conjectura que selon la coutume en vigueur les nouveaux mariés ne sortiraient pas de leur chambre et, obéissant aux ordres de Zacharie, il leur apporta du café et des beignets qu'il laissa discrètement à la porte de la cabine. Dans des circonstances normales, Rosette et Maurice auraient passé au moins trois jours enfermés, mais ils ne disposaient pas d'autant de temps. Plus tard, le bon capitaine leur laissa un plateau avec quelques délices du Marché français que Tété lui avait fait parvenir : des fruits de mer, du fromage, du pain frais, des fruits, des pâtisseries et une bouteille de vin, que des mains tirèrent bientôt à l'intérieur.

Pendant les heures trop courtes de ce jour unique et des deux nuits que Rosette et Maurice passèrent ensemble, ils s'aimèrent avec la tendresse qu'ils avaient partagée dans leur enfance et la passion qui les enflammait à présent, improvisant une chose et l'autre pour se donner mutuellement du plaisir. Ils étaient très jeunes, amoureux depuis toujours, et il y avait le terrible stimulant de la séparation imminente : ils n'eurent absolument pas besoin des instructions de Violette Boisier. Au cours de quelques pauses, ils prirent le temps de se parler, toujours enlacés, de certaines choses en suspens, et de préparer leur avenir immédiat. La seule chose qui leur permettait de supporter la séparation était la certitude de se retrouver bientôt, dès que Maurice aurait du travail et un lieu où recevoir Rosette.

Le second jour se leva et ils durent s'habiller, s'embrasser pour la dernière fois et sortir prudemment pour affronter le monde. La goélette était revenue à quai ; dans le port les attendaient Zacharie, Tété et Sancho, qui avait apporté la malle contenant les affaires de Maurice. Son oncle lui remit également quatre cents dollars, qu'il se vanta d'avoir gagnés aux cartes en une seule nuit. Le jeune homme avait acheté le billet sous son nouveau nom, Maurice Solar, le nom abrégé de sa mère prononcé à l'anglaise. Cela offensa un peu Sancho, qui était fier du sonore García del Solar, prononcé comme il se doit.

Rosette resta à terre, défaite de chagrin, mais arborant l'attitude sereine de celle qui a tout ce qu'elle peut désirer en ce monde, tandis que Maurice lui faisait des signes depuis le pont du clipper qui allait l'emmener à Boston.

Le purgatoire

Valmorain perdit d'un seul coup son fils et la santé. Au moment même où Maurice sortit de la maison paternelle pour ne plus jamais revenir, quelque chose explosa en lui. Lorsque Sancho et les autres parvinrent à le soulever, ils constatèrent que tout un côté de son corps était mort. Le docteur Parmentier détermina que le cœur n'avait pas lâché, comme on le craignait tant, mais qu'il avait eu une attaque cérébrale. Il était presque paralysé, bavait et avait perdu le contrôle de ses sphincters. « Avec le temps et un peu de chance, vous pourrez aller mieux, *mon ami,* mais vous ne serez plus le même », lui dit Parmentier. Il ajouta qu'il connaissait des patients qui avaient vécu de nombreuses années après une attaque semblable. Par signes, Valmorain lui indiqua qu'il voulait lui parler seul à seul et Hortense Guizot, qui le surveillait comme un vautour, dut sortir de la pièce et fermer la porte. Ses balbutiements étaient quasiment inaudibles, mais Parmentier parvint à comprendre que sa femme lui faisait plus peur que sa maladie. Hortense pouvait tenter de précipiter sa mort, parce qu'elle préférait sans doute rester veuve que soigner un invalide qui urinait sur lui. « Ne vous inquiétez pas, je règle cela en trois phrases », le rassura Parmentier.

Le médecin donna à Hortense les médicaments ainsi que les instructions nécessaires pour le malade et il lui conseilla de trouver une bonne infirmière, parce que la récupération de son mari dépendait beaucoup des soins qu'il recevrait. On ne devait pas le contrarier ni lui causer de soucis : le repos était essentiel. En partant, il retint la main de la femme entre les siennes dans un geste paternel de consolation. «Je souhaite que votre mari se sorte bien de cette situation critique, madame, car je ne crois pas que Maurice soit prêt à le remplacer», dit-il. Il lui rappela que Valmorain n'avait pas fait les formalités pour changer son testament, et que légalement Maurice était encore le seul héritier de la famille.

Quelques jours plus tard, un messager remit à Tété une note de Valmorain. Elle n'attendit pas que Rosette rentre pour la lui lire, mais se rendit directement chez le père Antoine. Tout ce qui provenait de son ancien maître avait le pouvoir de lui serrer le cœur d'appréhension. Elle supposa que Valmorain avait eu connaissance du mariage précipité et du départ de son fils – toute la ville le savait – et que sa colère ne serait pas dirigée seulement contre Maurice, que les médisants avaient déjà absous comme la victime d'une sorcière noire, mais contre Rosette. Elle était coupable de ce que la dynastie des Valmorain restât sans continuité et finît sans gloire. Après la mort du patriarche, la fortune passerait aux mains des Guizot et le nom des Valmorain ne figurerait plus que sur la pierre tombale d'un mausolée, car ses filles ne pouvaient le transmettre à leur descendance. Il y avait bien des raisons de craindre la vengeance de Valmorain, mais cette idée n'était venue à l'esprit de Tété que lorsque Sancho lui avait suggéré de surveiller Rosette et de ne pas lui permettre de sortir seule. De quoi avait-il voulu la prévenir ? Sa fille passait sa journée chez Adèle à coudre son modeste trousseau de nouvelle mariée et à écrire à Maurice. Là, elle était en sécurité, et elle-même allait toujours la chercher le soir, mais de toute façon elle était sur des charbons ardents, toujours sur le qui-vive : le bras long de son ancien maître pouvait aller très loin.

Le petit mot qu'elle reçut consistait en deux lignes d'Hortense Guizot lui notifiant que son mari avait besoin de lui parler.

« Cela a dû coûter beaucoup à cette dame orgueilleuse de t'appeler, commenta le prêtre.

— Je préfère ne pas me rendre dans cette maison, *mon père*.

— On ne perd rien à écouter. Quelle est la chose la plus généreuse que tu puisses faire dans ce cas, Tété ?

— Vous dites toujours la même chose », soupira-t-elle, résignée.

Le père Antoine savait que le malade était épouvanté par le silence abyssal et la solitude inconsolable du tombeau. Valmorain avait cessé de croire en Dieu à l'âge de treize ans, et depuis il s'était vanté d'un rationalisme pratique dans lequel n'entrait aucune fantaisie sur l'Au-Delà, mais en se voyant un pied dans la tombe il eut recours à la religion de son enfance. Répondant à son appel, le capucin lui apporta l'extrême-onction. Dans sa confession, marmottée entre des hoquets la bouche de travers, Valmorain admit qu'il s'était emparé de l'argent de Lacroix, seul péché qui lui paraissait important.

« Parlez-moi de vos esclaves, le somma le religieux.

— Je m'accuse de faiblesse, *mon père*, parce qu'à Saint-Domingue je n'ai pu éviter parfois que mon gérant donne des châtiments excessifs, mais je ne m'accuse pas de cruauté. J'ai toujours été un homme bon. »

Le père Antoine lui donna l'absolution et lui promit de prier pour sa santé, en échange de dons généreux pour ses mendiants et ses orphelins, car seule la charité attendrit le regard de Dieu, lui expliqua-t-il. Après cette première visite, Valmorain désirait se confesser à tout moment, afin que la mort ne vînt pas le surprendre en état de péché, mais le saint homme n'avait ni temps ni patience à consacrer à des scrupules tardifs et il accepta seulement de lui faire porter la communion deux fois par semaine par un autre religieux.

La maison des Valmorain s'emplit de l'odeur caractéristique de la maladie. Tété entra par la porte de service et Denise la conduisit au salon, où Hortense Guizot attendait debout, des cernes violets sous les yeux et les cheveux sales, plus furieuse que fatiguée. Elle avait trente-huit ans, mais en paraissait cinquante. Tété parvint à apercevoir quatre de ses filles, toutes tellement semblables qu'elle ne put distinguer celles qu'elle connaissait. En quelques mots crachés entre ses dents, Hortense lui dit de monter à la chambre de son mari. Elle resta à ruminer la frustration de voir cette malheureuse dans sa maison, cette maudite qui était parvenue à ses fins et qui avait défié rien moins que les Valmorain, les Guizot, la société tout entière. Une esclave ! Elle ne comprenait pas comment la situation avait pu à ce point lui échapper. Si son mari l'avait écoutée, ils auraient vendu cette garce de Rosette à sept ans, et cela ne serait jamais arrivé. Tout était la faute de cet obstiné de Toulouse, qui n'avait pas su éduquer son fils et ne traitait pas les esclaves comme il se devait. Il fallait que ce fût un émigrant ! Ils arrivent ici et croient pouvoir se ficher de nos coutumes. Voyez comment il a émancipé cette Noire, et sa fille en plus ! Une chose pareille n'arriverait jamais chez les Guizot, ça, elle pouvait le jurer.

Tété trouva le malade enfoncé dans des coussins, le visage méconnaissable, les mèches dans tous les sens, la peau grise, les yeux larmoyants et une main inerte posée sur sa poitrine. L'attaque avait provoqué chez Valmorain une intuition si vive que c'était une sorte de clairvoyance. Il supposa qu'une partie endormie de son esprit s'était réveillée, tandis qu'une autre partie, celle qui calculait naguère les bénéfices du sucre en quelques secondes ou déplaçait les pièces du domino, ne fonctionnait plus. Avec cette nouvelle lucidité, il devinait les motifs et les intentions d'autrui, en particulier de sa femme, qui ne pouvait plus le manipuler avec la même facilité qu'autrefois. Ses propres émotions et celles des autres acquirent une transparence de cristal ; en certains instants sublimes, il lui semblait traverser l'épais brouillard du présent et avancer, effrayé, vers le futur. Ce futur était un purgatoire dans lequel il paierait éternellement pour des fautes qu'il avait oubliées ou n'avait peut-être pas commises. « Priez, priez, mon fils, et faites la charité », lui avait conseillé le père Antoine et lui répétait le moine qui lui apportait la communion le mardi et le samedi.

Le malade renvoya avec un grognement l'esclave qui lui tenait compagnie. La salive coulait par les commissures de ses lèvres, mais il pouvait imposer sa volonté. Lorsque Tété s'approcha pour l'écouter, parce qu'elle ne comprenait pas ce qu'il disait, il la prit avec force par le bras en utilisant sa main valide, et l'obligea à s'asseoir à côté de lui sur le lit. Ce n'était pas un vieil abandonné, il était encore redoutable. « Tu vas rester ici et me soigner », exigea-t-il d'elle. C'était la dernière chose que Tété s'attendait à entendre et il dut le lui répéter. Étonnée, elle comprit que son ancien maître n'avait aucune idée de la haine qu'elle lui portait, qu'il ne savait rien de la pierre noire qu'elle avait dans son cœur depuis qu'il l'avait violée à onze ans, il ignorait la culpabilité et les remords, sans doute l'esprit des Blancs n'enregistrait-il même pas la souffrance qu'ils causaient aux autres. La rancœur n'avait étouffé qu'elle ; lui, elle ne l'avait pas effleuré. Sa nouvelle clairvoyance n'ayant pas permis à Valmorain de deviner le sentiment qu'il provoquait chez Tété, il ajouta qu'elle avait soigné Eugenia pendant des années, qu'elle avait appris de Tante Rose et que d'après Parmentier il n'y avait pas de meilleure infirmière. Un si long silence accueillit ces paroles que Valmorain finit par se rendre compte qu'il ne pouvait plus donner d'ordres à cette femme, aussi changea-t-il de ton. « Je te paierai ce qui est juste. Non. Ce que tu voudras. Fais-le au nom de tout ce que nous avons vécu ensemble et au nom de nos enfants », lui dit-il entre morve et bave.

Elle se rappela le sempiternel conseil du père Antoine, fouilla tout au fond de son âme, mais ne put y trouver la

503

moindre étincelle de générosité. Elle voulut expliquer à Valmorain que, pour ces raisons mêmes, elle ne pouvait lui venir en aide : à cause de ce qu'ils avaient passé ensemble, à cause de ce qu'elle avait souffert lorsqu'elle était son esclave et à cause de leurs enfants. Le premier, il le lui avait enlevé à la naissance et la seconde, il la détruirait à l'instant même si elle avait un moment d'inattention. Mais elle ne parvint à rien articuler de cela. « Je ne peux pas, pardonnez-moi, monsieur », fut la seule chose qu'elle réussit à dire. Hésitante, elle se leva, ébranlée par les coups de son propre cœur, et avant de sortir laissa sur le lit de Valmorain le poids inutile de sa haine, qu'elle ne voulait pas continuer à traîner. Elle quitta silencieusement cette maison par la porte de service.

Un long été

Rosette ne put rejoindre Maurice avec la promptitude que tous deux avaient envisagée, parce que cet hiver-là fut très rude dans le Nord et que le voyage était impossible. Le printemps resta à la traîne sous d'autres latitudes et à Boston le gel dura jusqu'à fin avril. À cette époque, elle ne pouvait plus embarquer. On ne remarquait pas encore son ventre, mais les femmes autour d'elles avaient deviné son état, car sa beauté paraissait surnaturelle. Elle avait le teint rose, les cheveux aussi brillants que du verre, le regard plus profond et plus doux, elle rayonnait de chaleur et de lumière. D'après Loula, c'était normal : les femmes enceintes ont plus de sang dans le corps. «D'où croyez-vous que l'enfant tire son sang?» disait-elle. Cette explication était irréfutable pour Tété, parce qu'elle avait vu plusieurs accouchements et s'était toujours étonnée de la générosité avec laquelle les femmes donnaient leur sang. Mais elle-même ne montrait pas les mêmes symptômes que Rosette. Son ventre et ses seins lui pesaient comme des pierres, elle avait des taches brunes sur le visage, des varices étaient apparues sur ses jambes et elle ne pouvait marcher au-delà de deux pâtés de maisons à cause de ses pieds enflés. Elle ne se rappelait pas s'être sentie aussi faible et aussi laide au cours de ses deux grossesses précédentes. Elle avait honte de se trouver dans le même état que Rosette ; elle allait être mère et grand-mère en même temps.

Un matin, au Marché français, elle vit un mendiant qui de sa main unique frappait deux tambours en fer-blanc. Il lui manquait aussi un pied. Elle pensa que son maître l'avait sans doute libéré afin qu'il gagne son pain comme il pouvait, puisqu'il était devenu inutile. Il était encore jeune, son sourire montrait une dentition complète et son expression espiègle contrastait avec sa condition misérable. Il avait le rythme dans l'âme, dans la peau, dans le sang. Il jouait et chantait avec une telle joie et un entrain si débridé qu'un attroupement s'était formé autour de lui. Les hanches des femmes remuaient toutes seules au rythme de ces tambours irrésistibles et les enfants de couleur chantaient en chœur les paroles, qu'ils avaient apparemment entendues bien des fois, en se battant avec des épées de bois. Au début, Tété ne comprit pas les paroles, mais bientôt elle se rendit compte qu'elles étaient dans le *créole* très caractéristique des plantations de Saint-Domingue, et elle put traduire mentalement le refrain en français : *Capitaine La Liberté / protégé par Mackandal / s'est battu avec son sabre / pour sauver son général.* Ses genoux faiblirent et, équilibrant péniblement son énorme ventre, elle dut s'asseoir sur une caisse de fruits où elle attendit que le musicien eût terminé et ramassé l'aumône du public. Il y avait longtemps qu'elle ne parlait plus le *créole* appris à Saint-Lazare, mais elle parvint à communiquer avec lui. L'homme venait d'Haïti, qu'il appelait encore Saint-Domingue ; il lui raconta qu'il avait perdu la main dans une broyeuse de cannes et le pied sous la hache du bourreau, parce qu'il avait tenté de s'enfuir. Elle lui demanda de répéter lentement les paroles de la chanson, pour bien la comprendre, et c'est ainsi qu'elle apprit que Gambo était déjà devenu une légende. D'après la chanson, il avait défendu Toussaint Louverture comme un lion, luttant contre les soldats de Napoléon jusqu'à finir par tomber, avec tant de blessures de balles et d'acier qu'on ne pouvait les compter.

Mais le capitaine, comme Mackandal, n'était pas mort : il s'était relevé changé en loup, prêt à poursuivre éternellement le combat pour la liberté.

« Beaucoup l'ont vu, *madame*. Ils disent que ce loup rôde autour de Dessalines et d'autres généraux, parce qu'ils ont trahi la révolution et vendent les gens comme esclaves. »

Cela faisait bien longtemps que Tété avait accepté la possibilité que Gambo fût mort et la chanson du mendiant le lui confirma. Ce soir-là elle alla chez Adèle voir le docteur Parmentier, la seule personne avec qui elle pouvait partager sa peine, et elle lui raconta ce qu'elle avait entendu au marché.

« Je connais cette chanson, Tété, les bonapartistes la chantent lorsqu'ils s'enivrent au *Café des Émigrés*, mais ils y ajoutent une strophe.

— Laquelle ?

— Quelque chose sur une fosse commune où pourrissent les Noirs et la liberté, et vive la France et vive Napoléon.

— C'est horrible, docteur !

— Gambo a été un héros en vie et il continue de l'être dans la mort, Tété. Tant que cette chanson circulera, il sera un exemple de courage. »

Zacharie n'eut pas connaissance du deuil que vivait sa femme, car elle fit en sorte de le dissimuler. Tété défendait ce premier amour comme un secret, le plus puissant de sa vie. Elle le mentionnait rarement, parce qu'elle ne pouvait offrir à Zacharie une passion de la même intensité ; la relation qu'ils partageaient était paisible et sans contrainte. Étranger à ces restrictions, Zacharie claironnait aux quatre vents sa future paternité. Il était habitué à se montrer et à commander, y compris au Cap où il était esclave, et la raclée qui l'avait presque tué, laissant son visage en morceaux mal recollés, ne l'avait pas échaudé : il était toujours aussi dépensier et expansif. Il distribuait gratuitement l'alcool aux clients de *Chez Fleur* pour qu'ils trinquent à l'enfant qu'attendait sa Tété. Son associée, Fleur Hirondelle, dut le réfréner, car les temps n'étaient ni au gaspillage ni à provoquer l'envie. Rien n'irritait davantage les Américains qu'un nègre fanfaron.

Rosette les tenait au courant des nouvelles de Maurice, qui arrivaient avec un retard de deux ou trois mois. Le professeur Harrison Cobb, après avoir écouté les détails de l'histoire, avait offert à Maurice l'hospitalité de sa maison, où il vivait avec une sœur veuve et sa mère, une vieille toquée qui mangeait des fleurs. Plus tard, lorsqu'il apprit que Rosette était enceinte et accoucherait en novembre, il le pria de ne pas chercher un autre logement, mais de faire venir sa famille pour vivre avec eux. Agatha, sa sœur, était la plus enthousiasmée par cette idée, parce que Rosette l'aiderait à soigner sa mère et que la présence du bébé les rendrait tous heureux. Cette immense maison traversée de courants d'air, avec des chambres vides où personne n'avait mis les pieds depuis des années et des ancêtres surveillant depuis leurs portraits sur les murs, avait besoin d'un couple amoureux et d'un enfant, annonça-t-elle.

Maurice comprit que Rosette ne pourrait pas non plus voyager en été et il se résigna à une séparation qui allait se prolonger plus d'un an, jusqu'à ce que le prochain hiver fût passé ; elle serait alors remise de l'accouchement et l'enfant pourrait supporter la traversée. En attendant, il nourrissait son amour par un fleuve de lettres, comme il l'avait toujours fait, et consacrait chaque instant de liberté à ses études. Harrison Cobb l'employa comme secrétaire, en le payant bien plus que ne valaient le classement de ses papiers et l'aide pour la préparation de ses cours, un travail léger qui laissait du temps à Maurice pour étudier les lois et pour la seule chose qui paraissait importante à Cobb : le mouvement abolitionniste. Ils assistaient ensemble à des manifestations publiques, rédigeaient des pamphlets, faisaient le tour des journaux, des commerces et des bureaux, parlaient dans des églises, des clubs, des théâtres et des universités. Harrison Cobb trouva en lui le fils qu'il n'avait jamais eu et le compagnon de lutte dont il avait rêvé. Avec ce garçon à ses côtés, le triomphe de ses idéaux lui paraissait à portée de la main. Sa sœur Agathe, elle aussi abolitionniste à l'instar de tous les Cobb, y compris la dame qui mangeait des fleurs, comptait les jours qui manquaient avant d'aller au port accueillir Rosette et le bébé. Une famille de sang-mêlé était la meilleure chose qui pouvait leur arriver, c'était l'incarnation de l'égalité qu'ils prêchaient, la preuve la plus éclatante que les races peuvent et doivent se mêler et cohabiter en paix. Quel impact aurait Maurice lorsqu'il se présenterait en public avec son épouse de couleur et son enfant, pour défendre l'émancipation ! Cela serait plus éloquent qu'un million de pamphlets. Les discours incendiaires de ses bienfaiteurs paraissaient un peu absurdes à Maurice, parce qu'en réalité il n'avait jamais considéré Rosette comme différente de lui.

L'été 1806 s'éternisa, apportant à La Nouvelle-Orléans une épidémie de choléra et plusieurs incendies. Toulouse Valmorain, accompagné de la religieuse qui le soignait, fut transporté à la plantation où la famille s'installa pour passer les plus grosses chaleurs de la saison. Parmentier diagnostiqua que la santé de son patient était stable et que la campagne le soulagerait sûrement. Les remèdes qu'Hortense diluait dans sa soupe, parce qu'il refusait de les prendre, n'avaient pas amélioré son caractère. Il était devenu si colérique qu'il ne se supportait pas lui-même. Tout l'irritait, de la douleur cuisante des couches aux rires innocents de ses filles dans le jardin, mais plus que tout Maurice. Il gardait toute fraîche en mémoire chaque étape de la vie de son fils. Il se souvenait de chacun des mots qu'ils s'étaient dits à la fin et les repassait mille fois, cherchant une explication à cette rupture si douloureuse et si définitive. Il pensait que Maurice avait hérité de la folie de sa famille maternelle. Dans ses veines coulait le sang affaibli d'Eugenia García del Solar et non le sang fort des Valmorain. Il ne reconnaissait rien de lui dans ce fils. Maurice était identique à sa mère, il avait les mêmes yeux verts, sa propension maladive à la rêverie et une forte propension à l'auto-destruction.

Contrairement à ce que supposait le docteur Parmentier, son patient ne trouva pas le repos, mais plus de préoccupations dans la plantation, où il put constater la détérioration dont Sancho lui avait touché deux mots. Owen Murphy était parti vers le nord avec toute sa famille, pour occuper la terre qu'il avait péniblement achetée après avoir travaillé trente ans comme une bête de somme. À sa place, il y avait un jeune gérant recommandé par le père d'Hortense. Le lendemain de son arrivée, Valmorain décida d'en chercher un autre, car l'homme manquait d'expérience pour diriger une plantation de cette taille. La production avait notablement diminué et les esclaves paraissaient provocants. La logique eût été que Sancho se chargeât de ces problèmes, mais il fut évident pour Valmorain que son associé n'avait qu'un rôle décoratif. Cela l'obligea à s'appuyer sur Hortense, tout en sachant que plus elle aurait de pouvoir, plus il s'enfoncerait dans son fauteuil d'hémiplégique.

Discrètement, Sancho avait décidé de réconcilier Valmorain et Maurice. Il devait le faire sans éveiller les soupçons d'Hortense Guizot, pour qui les choses allaient mieux qu'elle ne l'avait imaginé, car elle avait à présent la mainmise sur son mari et tous ses biens. Il restait en contact avec son neveu au moyen de lettres très brèves, parce qu'il n'écrivait pas bien le français ; en espagnol, il le faisait mieux que Góngora, affirmait-il, bien que personne dans son entourage ne sût qui était ce personnage. Maurice lui répondait avec des détails sur sa vie à Boston et toutes sortes de remerciements pour l'aide qu'il apportait à sa femme. Rosette lui avait dit qu'elle recevait souvent de l'argent de son oncle qui, lui, n'en parlait jamais. Maurice évoquait aussi les pas de fourmi auxquels avançait le mouvement anti-esclavagiste ainsi qu'un autre sujet qui l'obsédait : l'expédition de Lewis et Clark, envoyée par le président Jefferson pour explorer le fleuve

Missouri. La mission consistait à étudier les tribus indigènes, la flore et la faune de cette région presque inconnue des Blancs et à atteindre, dans la mesure du possible, la côte du Pacifique. L'ambition américaine d'occuper de plus en plus de terre laissait Sancho parfaitement froid : « Qui trop embrasse mal étreint », pensait-il, mais l'imagination de Maurice s'enflammait et s'il n'y avait eu Rosette, le bébé et l'abolitionnisme, il serait parti à la suite des explorateurs.

En prison

Tété accoucha de sa fille au cours de l'étouffant mois de juin, aidée par Adèle et Rosette, qui voulait voir de près ce qui l'attendait d'ici quelques mois, tandis que Loula et Violette se promenaient dans la rue, aussi nerveuses que Zacharie. Lorsqu'elle prit la petite dans ses bras, Tété se mit à pleurer de bonheur : elle pouvait l'aimer sans crainte qu'on la lui enlevât. Elle était à elle. Elle devrait la protéger des maladies, des accidents et d'autres malheurs naturels, comme tous les enfants, mais pas d'un maître ayant le droit de disposer d'elle comme il lui plairait.

Le bonheur du père fut excessif, et si généreuses les festivités qu'il organisa que Tété prit peur : elles pouvaient attirer le mauvais sort. Par précaution, elle porta le nouveau-né à la prêtresse Sanité Dédé, qui demanda quinze dollars pour la protéger par un rituel mêlant sa salive et le sang d'un coq. Ensuite, ils se rendirent tous à l'église afin que le père Antoine la baptise du nom de sa marraine : Violette.

Le reste de cet été humide et chaud parut éternel à Rosette. Plus son ventre grossissait, plus Maurice lui manquait. Elle vivait avec sa mère dans la petite maison que Zacharie avait achetée et elle était entourée de femmes qui ne la laissaient jamais seule, mais elle se sentait vulnérable. Elle avait toujours été forte – elle croyait avoir beaucoup de chance –, mais à présent elle était devenue craintive, elle faisait des cauchemars et était assaillie de mauvais pressentiments. «Pourquoi ne suis-je pas partie avec Maurice en février ? Et si quelque chose lui arrive ? Si nous ne nous revoyons plus ? Jamais nous n'aurions dû nous séparer ! » pleurait-elle. «Ne pense pas ces mauvaises choses, Rosette, car la pensée fait qu'elles se produisent », lui disait Tété.

En septembre, les quelques familles qui s'échappaient à la campagne étaient déjà de retour, parmi elles Hortense Guizot et ses filles. Valmorain resta à la plantation, parce qu'il n'avait toujours pas trouvé de remplaçant pour le gérant et qu'il était fatigué de sa femme — et elle de lui. Non seulement son gérant n'était pas à la hauteur, mais il ne pouvait pas non plus compter sur Sancho pour l'accompagner, car celui-ci était parti en Espagne. Il avait été informé qu'il pouvait récupérer quelques terres d'une certaine valeur, bien qu'abandonnées, appartenant aux García del Solar. Cet héritage insoupçonné donnait la migraine à Sancho, mais il désirait revoir son pays où il n'était pas retourné depuis trente-deux ans.

Valmorain se remettait peu à peu de son attaque grâce aux soins de la religieuse, une Allemande sévère que les colères de son patient n'impressionnaient pas du tout ; elle l'obligeait à faire quelques pas et des exercices en serrant une pelote de laine dans sa main malade. Elle soignait en outre son incontinence en l'humiliant au sujet de ses couches. Pendant ce temps, Hortense s'installait avec sa suite de nounous et autres esclaves dans la maison de la ville et s'apprêtait à profiter de la saison sociale, libérée de ce mari qui lui pesait autant qu'un cheval mort. Peut-être pourrait-elle s'organiser pour le garder en vie, comme il lui convenait, mais toujours loin d'elle.

Une semaine à peine s'était écoulée depuis que la famille était revenue à La Nouvelle-Orléans quand, dans la rue de Chartres, où elle était allée avec sa sœur Olivie pour acheter des rubans et des plumes, car elle gardait l'habitude de transformer ses chapeaux, Hortense Guizot tomba sur Rosette.

Ces dernières années, elle avait vu la jeune fille de loin une ou deux fois, et elle n'eut aucun mal à la reconnaître. Rosette était vêtue d'une robe en lainage de couleur sombre, elle portait un châle en tricot sur les épaules et les cheveux rassemblés en un chignon, mais la modestie de sa toilette ne diminuait en rien sa fière allure. La beauté de cette jeune fille était toujours apparue comme une provocation aux yeux d'Hortense, et plus que jamais à présent qu'elle-même s'étouffait dans son embonpoint. Elle savait que Rosette n'était pas partie avec Maurice à Boston, mais personne ne lui avait dit qu'elle était enceinte. Aussitôt retentit à ses oreilles une sonnette d'alarme : cet enfant, surtout si c'était un garçon, pouvait menacer l'équilibre de sa vie. Son mari, si faible de caractère, profiterait de ce prétexte pour se réconcilier avec Maurice et tout lui pardonner.

Rosette ne prêta pas attention aux deux dames avant qu'elles ne soient tout près d'elle. Elle fit un pas de côté, pour les laisser passer, et les salua d'un bonjour poli, mais dépourvu de l'humilité que les Blancs attendaient des gens de couleur. Hortense se planta devant elle, pleine de défi. «Regarde-moi ça, Olivie, cette effrontée», dit-elle à sa sœur, qui sursauta autant que Rosette. «Et vois ce qu'elle porte, c'est de l'or ! Les négresses ne peuvent porter de bijou en public. Elle mérite quelques bons coups de fouet, qu'en penses-tu?» ajouta-t-elle. Sa sœur, ne comprenant pas ce qui lui arrivait, la prit par le bras pour l'emmener, mais elle se libéra et, d'une secousse, arracha à Rosette la médaille que Maurice lui avait donnée. La jeune femme se rejeta en arrière, protégeant son cou, et Hortense lui donna alors une gifle retentissante.

Rosette avait vécu avec les privilèges d'une fillette libre, d'abord dans la maison de Valmorain et ensuite au collège des ursulines. Elle ne s'était jamais sentie esclave et sa beauté lui donnait une grande assurance. Jusqu'à ce jour, elle n'avait subi aucun abus de la part des Blancs, si bien qu'elle ne soupçonnait pas le pouvoir qu'ils avaient sur elle. Instinctivement, sans se rendre compte de ce qu'elle faisait ni imaginer les conséquences, elle rendit le coup à cette inconnue qui l'avait agressée. Hortense Guizot, paralysée par la surprise, tituba, un de ses talons se tordit et elle faillit tomber. Elle se mit à crier comme une possédée et en un instant un cercle de curieux se forma. Rosette se vit entourée de gens et elle voulut s'esquiver, mais on l'attrapa par-derrière et un moment plus tard les gardes l'emmenèrent en état d'arrestation.

Tété l'apprit une demi-heure plus tard, parce que de nombreuses personnes avaient assisté à l'incident ; la nouvelle vola de bouche en bouche et arriva aux oreilles de Loula et de Violette, qui vivaient dans la même rue, mais elle ne put voir sa fille que le soir, quand le père Antoine l'accompagna. Le saint homme, qui connaissait la prison comme sa maison, écarta le garde et guida Tété par un étroit couloir éclairé de deux torches. À travers les grilles, on apercevait les cellules des hommes et tout au bout se trouvait la cellule commune où s'entassaient les femmes. Elles étaient toutes de couleur, sauf une fille aux cheveux jaunes, une serve probablement, et deux enfants noirs, en haillons, qui dormaient contre l'une des prisonnières. Une autre tenait un bébé dans ses bras. Le sol était couvert d'une fine couche de paille, il y avait quelques couvertures immondes, un seau pour soulager le corps et une jarre contenant de l'eau sale, pour boire ; à la puanteur de l'atmosphère contribuait l'odeur impossible à confondre de la chair en décomposition. Dans la pâle lumière qui filtrait du couloir, Tété vit Rosette assise dans un coin entre deux femmes, enveloppée dans son châle, les mains posées sur son ventre et le visage gonflé d'avoir pleuré. Elle courut la serrer dans ses bras, effrayée, et heurta les lourds fers qu'on avait attachés aux chevilles de sa fille.

Le père Antoine venait préparé, parce qu'il connaissait parfaitement les conditions dans lesquelles se trouvaient les prisonniers. Dans son panier, il apportait du pain et des morceaux de sucre pour distribuer aux femmes, ainsi qu'une couverture pour Rosette. «Dès demain nous te sortirons d'ici, Rosette, n'est-ce pas, *mon père* ?» dit Tété en pleurant. Le capucin garda le silence.

La seule explication que Tété put imaginer pour comprendre ce qui s'était passé, c'était qu'Hortense Guizot avait voulu se venger de l'offense qu'elle avait faite à sa famille en refusant de soigner Valmorain. Elle ne savait pas que sa seule existence et celle de Rosette étaient une insulte pour cette femme. Vaincue, elle se rendit à la maison des Valmorain, où elle avait juré de ne plus jamais mettre les pieds, et se jeta aux pieds de son ancienne maîtresse, la suppliant de libérer Rosette ; en échange, elle s'occuperait de son mari et ferait tout ce qu'on lui demanderait, n'importe quoi, ayez pitié, madame. L'autre femme, empoisonnée par la rancœur, se donna le plaisir de lui dire tout ce qui lui passait par la tête avant de la faire jeter dehors.

Tété fit son possible pour soulager Rosette, avec ses ressources limitées. Elle laissait la petite Violette avec Adèle ou Loula et apportait chaque jour de quoi manger à la prison pour toutes les femmes, parce qu'elle était sûre que Rosette partagerait ce qu'elle recevait et ne pouvait supporter l'idée qu'elle eût faim. Elle devait laisser les provisions aux gardes, car ils la laissaient rarement entrer, et elle ne savait pas ce que ces hommes remettraient aux prisonnières et ce qu'ils garderaient pour eux. Violette et Zacharie se chargeaient de la dépense et elle-même passait la moitié de ses nuits à cuisiner. Comme en plus elle travaillait et s'occupait de sa petite, elle était exténuée. Elle se souvint que Tante Rose prévenait les maladies contagieuses avec de l'eau bouillie et supplia les femmes de ne pas goûter à l'eau de la jarre, même si elles mouraient de soif, pour ne boire que le thé qu'elle leur apportait. Au cours des mois précédents, plusieurs étaient mortes du choléra. Comme il faisait déjà froid la nuit, elle trouva des vêtements épais et d'autres couvertures pour toutes, parce que sa fille ne pouvait être la seule abritée, mais la paille humide du sol et l'eau qui suintait sur les murs provoquèrent chez Rosette une douleur dans la poitrine et une toux persistante. Elle n'était pas la seule malade, une autre était en bien plus mauvais état, avec une plaie gangrenée causée par les fers. Devant l'insistance de Tété, le père Antoine obtint qu'on lui permît d'emmener la femme à l'hôpital des religieuses. Les autres ne la revirent plus, mais une semaine plus tard elles apprirent qu'on lui avait coupé la jambe.

Rosette ne voulut pas qu'on avertît Maurice de ce qui s'était passé, car elle était sûre d'être libérée avant qu'il ne reçoive la lettre, mais la justice prenait du retard. Six semaines passèrent avant que le juge n'examine son cas et il agit avec une relative hâte pour la seule raison qu'il s'agissait d'une femme libre et sous la pression du père Antoine. Les autres prisonnières pouvaient attendre des années pour seulement connaître la raison de leur emprisonnement. Les frères d'Hortense Guizot, avocats, avaient présenté les charges contre elle «pour avoir attaqué et frappé une femme blanche». La peine consistait en coups de fouet et deux années de prison, mais le juge céda devant le saint homme et il supprima les coups de fouet parce que Rosette était enceinte et qu'Olivie Guizot décrivit les faits tels qu'ils s'étaient passés, refusant de donner raison à sa sœur. Le juge fut lui aussi ému par la dignité de l'accusée, qui se présenta vêtue d'une robe propre et répondit aux accusations sans se montrer hautaine, mais sans faiblir, bien qu'il lui en coûtât de parler à cause de sa toux et que ses jambes la soutinssent à peine.

En entendant la sentence, un ouragan se réveilla en Tété. Rosette ne survivrait pas à deux années dans une cellule immonde et son bébé encore moins. «Erzulie, *loa* mère, donne-moi des forces.» Elle libérerait sa fille coûte que coûte, même si elle devait démolir les murs de la prison de ses propres mains. Rendue folle, elle annonça à tous ceux qui se mettaient devant elle qu'elle tuerait Hortense Guizot et toute cette maudite famille ; alors le père Antoine décida d'intervenir avant qu'elle aussi ne se retrouvât en prison. Sans le dire à personne, il alla à la plantation parler avec Valmorain. La décision lui coûta beaucoup, d'abord parce qu'il ne pouvait abandonner pendant plusieurs jours tous ceux qu'il aidait, ensuite parce qu'il ne savait pas monter à cheval et que voyager en bateau à contre-courant revenait cher, mais il se débrouilla pour y arriver.

Le saint homme trouva Valmorain mieux qu'il ne s'y attendait, même s'il était encore invalide et parlait difficilement. Avant d'en venir à le menacer de l'enfer, il se rendit compte que l'homme n'avait pas la moindre idée de ce que sa femme avait fait à La Nouvelle-Orléans. En entendant ce qui était arrivé, Valmorain s'indigna plus de ce qu'Hortense se fût arrangée pour le lui cacher, comme elle lui cachait tant d'autres choses, que du sort de Rosette, qu'il qualifiait de « dévergondée ». Mais son attitude changea lorsque le prêtre l'eut informé que la jeune femme était enceinte. Il comprit qu'il n'aurait aucun espoir de se réconcilier avec Maurice si un malheur arrivait à Rosette ou au bébé. De sa main valide, il fit tinter la cloche de vache pour appeler la sœur et lui ordonna de faire préparer le bateau afin de partir tout de suite pour la ville. Deux jours plus tard, les avocats Guizot retirèrent toutes les charges contre Rosette Sedella.

Zarité

Quatre ans ont passé et nous sommes en 1810. Je n'ai plus peur de la liberté, mais je ne perdrai jamais la peur des Blancs. Je ne pleure plus ma Rosette, je suis presque toujours contente.

Rosette est sortie de prison infestée de poux, amaigrie, malade et avec des ulcères sur les jambes à cause de l'immobilité et des fers. Je l'ai gardée au lit, la soignant jour et nuit, je lui ai redonné des forces avec des soupes de moelle de bœuf et les plats revigorants que nous apportaient les voisines, mais rien de cela ne l'a empêchée d'accoucher avant terme. Le bébé n'était pas encore prêt à naître, il était minuscule et sa peau aussi transparente que du papier mouillé. La naissance a été rapide, mais Rosette était faible et elle a perdu beaucoup de sang. Le deuxième jour, elle s'est mise à avoir de la fièvre et le troisième elle délirait en appelant Maurice, alors j'ai compris, désespérée, qu'elle s'en allait. J'ai eu recours à toutes les connaissances que Tante Rose m'avait léguées, à la sagesse du docteur Parmentier, aux prières du père Antoine et aux invocations à mes loas. Je lui ai mis le nouveau-né au sein afin que son instinct de mère la pousse à lutter pour sa propre vie, mais je crois qu'elle ne l'a pas senti. Je me suis accrochée à ma fille, essayant de la retenir, la suppliant de boire une gorgée d'eau, d'ouvrir les yeux, de me répondre, Rosette, Rosette. À trois heures du matin, tandis que je la soutenais en lui fredonnant des berceuses africaines, j'ai remarqué qu'elle me murmurait quelque chose et je me suis penchée sur ses lèvres sèches. « Je t'aime, maman », m'a-t-elle dit, et aussitôt elle s'est éteinte dans un soupir. J'ai senti son corps léger dans mes bras et j'ai vu son esprit se détacher doucement, tel un fil de brume, et se glisser au-dehors par la fenêtre ouverte.

Aucun mot ne peut dire l'atroce déchirure que j'ai ressentie, mais il n'en est nul besoin : les mères la connaissent, car seules quelques-unes, les plus heureuses, ont tous leurs enfants en vie. Au lever du jour, Adèle est venue nous porter de la soupe et c'est elle qui a dû détacher Rosette de mes bras engourdis et l'allonger sur le lit. Pendant un moment elle m'a laissée gémir, tordue de douleur par terre, puis elle m'a mis un bol de soupe dans les mains et m'a rappelé les enfants. Mon pauvre petit-fils était blotti à côté de ma fille Violette dans le même berceau, si petit et abandonné qu'à tout moment il pouvait s'en aller à la suite de Rosette. Alors je l'ai déshabillé, je l'ai posé sur le long tissu de mon tignon et attaché sur ma poitrine nue, collé à mon cœur, peau contre peau, afin qu'il se croie encore dans le ventre de sa mère. Je l'ai porté ainsi pendant plusieurs semaines. J'avais assez de lait et de tendresse pour ma fille et mon petit-fils. Lorsque j'ai sorti Justin de son enveloppe, il était prêt à vivre dans ce monde.

Un jour, Monsieur Valmorain est venu chez moi. Deux esclaves l'ont descendu de sa voiture et porté à bout de bras jusqu'à la porte. Il avait beaucoup vieilli. « Je t'en prie, Tété, je veux voir l'enfant », m'a-t-il demandé d'une voix cassée. Et je n'ai pas eu le cœur de le laisser dehors.

« Je regrette beaucoup ce qui est arrivé à Rosette… Je te promets que je n'ai rien eu à voir avec cela.

— Je sais, monsieur. »

Il est resté à regarder notre petit-fils un long moment, puis il m'a demandé son nom.

« Justin Solar. Ses parents ont choisi ce nom, parce qu'il veut dire justice. Si ç'avait été une fille, elle se serait appelée Justine, lui ai-je expliqué.

— Hélas ! J'espère vivre assez longtemps pour réparer quelques-unes de mes erreurs, a-t-il dit, et il m'a semblé qu'il allait pleurer.

— Nous faisons tous des erreurs, monsieur.

— Cet enfant est un Valmorain par son père et par sa mère. Il a *les yeux clairs et peut passer pour un Blanc. Il ne devrait pas grandir parmi les Noirs. Je veux l'aider, qu'il ait une bonne éducation et qu'il porte mon nom, comme il se doit.*

— Vous devez parler de cela avec Maurice, monsieur, pas avec moi. »

Maurice a appris dans la même lettre que son fils était né et que Rosette était morte. Il s'est aussitôt embarqué, bien que ce soit le plein hiver. Quand il est arrivé, le petit venait d'avoir trois mois et c'était un bébé tranquille, aux traits délicats et aux yeux verts, qui ressemblait à son père et à sa grand-mère, la pauvre Eugenia. Maurice l'a serré longuement dans ses bras, mais il était comme absent, sec à l'intérieur, sans lumière dans le regard. « Il vous reviendra d'en prendre soin un certain temps, maman *», m'a-t-il dit. Il est resté moins d'un mois et n'a pas voulu voir Monsieur Valmorain, bien que son oncle Sancho, qui était rentré d'Espagne, l'en ait prié avec insistance. Le père Antoine au contraire, lui qui passait son temps à réparer des torts, a refusé de servir d'intermédiaire entre le père et le fils. Maurice a décidé que le grand-père pouvait voir Justin de temps en temps, mais uniquement en ma présence, et il m'a interdit d'accepter quoi que ce soit de lui : ni argent ni aide d'aucune sorte, et encore moins son nom pour l'enfant. Il m'a demandé de parler à Justin de Rosette, pour qu'il soit toujours fier d'elle et de son sang mêlé. Il croyait que son fils, fruit d'un amour immense, était marqué par le destin et qu'il ferait de grandes choses dans sa vie, celles-là mêmes qu'il avait voulu faire avant que la mort de Rosette ne brise sa volonté. Enfin il m'a ordonné de le tenir éloigné d'Hortense Guizot. Il n'avait pas besoin de m'en avertir.*

Bientôt mon Maurice est parti, mais il n'est pas retourné chez ses amis de Boston, il a abandonné ses études et est devenu un voyageur infatigable : il a parcouru plus de terre que le vent. Il écrit souvent quelques lignes, et nous savons ainsi qu'il est vivant, mais en ces quatre années il n'est venu qu'une seule fois voir son fils. Il est arrivé vêtu de peaux, barbu et bronzé par le soleil, on aurait dit un kaintock. *À son âge, personne ne meurt d'un cœur brisé. Maurice n'a besoin que de temps pour s'épuiser. À force de marcher et marcher de par le monde il se consolera peu à peu et un jour, lorsqu'il sera incapable de faire un pas* de plus, rompu de fatigue, il se rendra compte qu'on ne peut échapper à la douleur ; il faut la domestiquer, afin qu'elle cesse de faire mal. Alors il pourra sentir Rosette à côté de lui, l'accompagnant, comme je la sens moi-même ; peut-être qu'alors il retrouvera son fils et s'intéressera de nouveau à la fin de l'esclavage.

Zacharie et moi, nous avons un autre enfant, Honoré, qui commence déjà à faire ses premiers pas en tenant la main de Justin, son meilleur ami, mais aussi son neveu. Nous voulons d'autres enfants, bien que cette maison devienne étroite pour notre famille et que nous ne soyons plus jeunes — mon mari a cinquante-six ans, moi quarante —, parce que nous aimerions vieillir entourés de nombreux enfants, petits-enfants et arrière-petits-enfants, tous libres.

Mon mari et Fleur Hirondelle tiennent encore leur maison de jeu et ils sont toujours associés au capitaine Romeiro Toledano, qui navigue sur la mer des Caraïbes, transportant de la contrebande et des esclaves fugitifs. Zacharie n'a pas trouvé de crédit, car les lois sont devenues très dures pour les gens de couleur, si bien que son ambition de posséder plusieurs maisons de jeu est restée vaine. Quant à moi, je suis très occupée par les enfants, la maison et les remèdes du docteur Parmentier, que je prépare maintenant dans ma cuisine, mais l'après-midi je m'accorde le temps de prendre un café avec du lait dans la cour aux bougainvillées d'Adèle, où les voisines viennent bavarder. Nous voyons moins Madame Violette, parce qu'à présent elle retrouve surtout les dames de la Société du Cordon Bleu, qui ont toutes intérêt à cultiver son amitié, car elle préside les bals et peut fixer le sort de leurs filles par le plaçage. Elle a mis plus d'un an à se réconcilier avec don Sancho, car elle voulait le punir de ses frivolités avec Adi Soupir. Elle connaît la nature des hommes et n'attend pas d'eux qu'ils soient fidèles, mais elle exige au moins que son amant ne l'humilie pas en se promenant sur la digue en compagnie de sa rivale. Madame n'a pas pu marier Jean-Martin avec une riche quarteronne, comme elle l'espérait, parce que le garçon est resté en Europe et qu'il n'a pas l'intention de revenir. Loula, qui peut à peine marcher en raison de son grand âge — elle doit avoir plus de quatre-vingts ans —, m'a raconté que son prince a abandonné la carrière militaire et qu'il vit avec Isidore Morisset, ce perverti, qui n'était pas un savant mais un agent de Napoléon ou des Laffitte, un pirate de salon, comme elle l'affirme en soupirant. Madame Violette et moi n'avons plus jamais reparlé du passé, et de tant garder le secret nous avons fini par nous convaincre qu'elle est la mère de Jean-Martin. J'y pense très rarement, mais j'aimerais qu'un jour tous mes descendants se réunissent : Jean-Martin, Maurice, Violette, Justin et Honoré, ainsi que les autres enfants et petits-enfants que j'aurai. Ce jour-là j'inviterai mes amis, je préparerai le meilleur gumbo créole de La Nouvelle-Orléans, et il y aura de la musique jusqu'au matin.

Zacharie et moi, nous avons maintenant une histoire, nous pouvons regarder derrière nous et compter les jours que nous avons passés ensemble, additionner les chagrins et les joies ; c'est ainsi que l'on construit l'amour, sans hâte, jour après jour. Je l'aime comme toujours, mais je me sens plus à l'aise avec lui qu'autrefois. Lorsqu'il était beau, tous l'admiraient, en particulier les femmes, qui s'offraient impudemment à lui, et je luttais contre la crainte que la vanité et les tentations l'éloignent de moi, bien qu'il ne m'ait jamais donné de raison d'être jalouse. Maintenant il faut le connaître à l'intérieur, comme je le connais moi-même, pour savoir ce qu'il vaut. Je ne me rappelle pas comment il était, j'aime son étrange visage cassé, le bandeau sur son œil mort, ses cicatrices. Nous avons appris à ne pas nous disputer pour des vétilles, seulement pour les choses importantes, ce qui est déjà beaucoup. Afin de lui éviter les inquiétudes et les tracas, je profite de ses absences pour m'amuser à ma façon, c'est l'avantage d'avoir un mari très occupé. Il n'aime pas me voir marcher nu-pieds dans la rue, parce que je ne suis plus une esclave, que j'accompagne le père Antoine secourir les pécheurs dans le Marais, parce que c'est dangereux, ni que j'assiste aux bambousses de la place du Congo, qui sont très vulgaires. Je ne lui raconte rien de cela et lui ne me pose pas de questions. Pas plus tard qu'hier, je suis allée danser sur la place au son des tambours magiques de Sanité Dédé. Danser et danser. De temps en temps vient Erzulie, loa mère, loa de l'amour, et elle chevauche Zarité. Alors nous partons ensemble au galop rendre visite à mes morts dans l'île sous la mer. C'est ainsi.

Table

Cet ouvrage a été imprimé par
CPI Brodard et Taupin
72200 La Flèche
en avril 2011

Composé par IGS-CP à L'Isle-d'Espagnac (16)

Dépôt légal : mai 2011
N° d'édition : 16694 – N° d'impression : 64116
Imprimé en France